A IDENTIDADE BOURNE

ROBERT LUDLUM

A IDENTIDADE BOURNE

Tradução de Sergio Moraes Rego

Coleção **L&PM** Pocket, vol. 788

Texto atualizado conforme a nova ortografia

Título original: *The Bourne Identity*
Publicado pela Editora Rocco em formato convencional em 2000.

Este livro foi publicado mediante acordo de parceria entre a Editora Rocco e a L&PM
 Editores exclusivo para a Coleção L&PM Pocket
Primeira edição na Coleção **L&PM** POCKET: junho de 2009

Tradução: Sergio Moraes Rego
Capa: Marco Cena. *Foto*: Universal Studios Licensing LLLP
Preparação: Maira Parula
Revisão: Fernanda Lisbôa de Siqueira e Patrícia Rocha

CIP-Brasil. Catalogação-na-Fonte
Sindicato Nacional dos Editores de Livros, RJ

L975i

Ludlum, Robert, 1927-2001
 A identidade Bourne / Robert Ludlum ; tradução Sergio Moraes Rego. – Porto Alegre, RS : L&PM ; Rio de Janeiro : Rocco, 2009.
 592p. - (Coleção L&PM Pocket; v. 788)

 Tradução de: *The Bourne Identity*
 ISBN 978-85-254-1902-6

 1. Ficção americana. I. Rego, Sergio Moraes. II. Título. III. Série.

09-2353.	CDD: 813
	CDU: 821.111(73)-3

© 1998, Robert Ludlum
Direitos de edição da obra em língua portuguesa no Brasil adquiridos pela Editora Rocco Ltda. Todos os direitos reservados.

EDITORA ROCCO LTDA
Av. Pres. Wilson, 231 / 8º andar – 20030-021
Rio de Janeiro – RJ – Brasil / Fone: 21.3525.2000 – Fax: 21.3525.2001
email: rocco@rocco.com.br
www.rocco.com.br

L&PM EDITORES
Rua Comendador Coruja, 314, loja 9 – Floresta – 90220-180
Porto Alegre – RS – Brasil / Fone: 51.3225.5777 – Fax: 51.3221.5380
PEDIDOS & DEPTO. COMERCIAL: vendas@lpm.com.br
FALE CONOSCO: info@lpm.com.br
www.lpm.com.br

Impresso no Brasil
Inverno de 2009

A Glynis
Uma luz especial a quem adoramos.
Com todo nosso amor e profundo respeito.

PREFÁCIO

The New York Times
Sexta-feira, 11 de julho de 1975
PRIMEIRA PÁGINA

**DIPLOMATAS ACUSADOS DE LIGAÇÃO
COM TERRORISTA FUGITIVO
CONHECIDO COMO CARLOS**

PARIS, 10 de julho – A França expulsou hoje três diplomatas cubanos de alto escalão suspeitos de manterem alguma ligação com um terrorista procurado mundialmente. O homem chama-se Carlos e acredita-se ser um importante elo da rede de terrorismo internacional.

O suspeito, cujo nome real pensa-se ser Ilich Ramirez Sanchez, está sendo procurado pelo assassinato de dois agentes do serviço secreto francês e um informante libanês num apartamento do Quartier Latin no dia 27 de junho.

As três mortes levaram as autoridades das polícias americana e inglesa ao que eles consideram ser uma pista para uma importante rede de agentes do terrorismo internacional. Na busca por Carlos após os homicídios, os policiais franceses e ingleses descobriram grandes esconderijos de armas que ligam Carlos ao terrorismo internacional na Alemanha Ocidental, e isso os levou a suspeitar da existência de uma conexão entre muitos dos atos terroristas que avassalam a Europa.

Denúncias de que foi visto em Londres

Desde essa época há informações de que Carlos foi visto em Londres e em Beirute, no Líbano...

Associated Press
Segunda-feira, 7 de julho de 1975
noticiário nacional

GRANDE CERCO POLICIAL A UM ASSASSINO

LONDRES (AP) – Armas e mulheres, granadas e ternos caros, uma carteira recheada, passagens de avião para lugares românticos e apartamentos em meia dúzia de capitais mundiais. Este é o retrato que surge de um assassino da era do jato, objeto de uma caçada humana internacional.

A caçada começou quando o homem respondeu à campainha de sua porta, em Paris, e matou a tiros dois agentes do serviço secreto francês e um informante libanês. Foram presas quatro mulheres em duas capitais, acusadas de cumplicidade com o criminoso. O assassino propriamente dito desapareceu – talvez no Líbano, acredita a polícia francesa.

Em Londres, nesses últimos dias, os que o conheceram descreveram-no para os repórteres como bem-apessoado, gentil, bem-educado, rico e vestido de acordo com a moda.

Mas seus comparsas são homens e mulheres que têm sido considerados os mais perigosos do mundo. Acredita-se que ele tenha ligações com o Exército Vermelho japonês, a Organização de Luta Armada árabe, o grupo Baader-Meinhof da Alemanha Ocidental, a Frente de Libertação de Quebec, a Frente de Libertação Popular turca, os separatistas da França e da Espanha e a ala provisória do Exército Republicano Irlandês.

Quando o assassino viajava – para Paris, Haia ou Berlim Ocidental –, as bombas explodiam, as armas cuspiam fogo e havia sequestros.

A reviravolta ocorreu em Paris quando um terrorista libanês não suportou a pressão de um interrogatório e levou dois homens do serviço secreto à porta do assassino no dia 27 de junho. Este matou os três à queima-roupa e escapou. A polícia encontrou suas armas e cadernos de anotações contendo "listas negras" com os nomes de pessoas importantes marcadas para morrer.

Ontem o *London Observer* publicou que a polícia procurava o filho de um advogado venezuelano comunista para interrogá-lo sobre o triplo homicídio. A Scotland Yard declarou que "Não negamos a informação", mas acrescentou que não havia acusação contra ele e que ele estava sendo procurado apenas para fins de interrogatório.

O *Observer* identificou o homem procurado como Ilich Ramirez Sanchez, de Caracas. Afirmou que seu nome estava em um dos quatro passaportes encontrados pela polícia francesa quando esta invadiu o apartamento de Paris onde ocorreram as mortes.

O jornal afirmou que Ilich recebeu este nome por causa de Vladimir Ilych Lenin, fundador do estado soviético; ele foi educado em Moscou e fala fluentemente o russo.

Em Caracas um porta-voz do Partido Comunista Venezuelano declarou que Ilich é filho de um advogado marxista de setenta anos, que vive a 720 quilômetros de Caracas, mas "nem o pai nem o filho pertencem ao nosso partido".

Ele afirmou aos repórteres que não sabia onde Ilich se encontrava agora.

LIVRO UM

1

A traineira mergulhava nas ondas furiosas do mar escuro e selvagem como um animal desajeitado tentando desesperadamente se libertar de um pântano impenetrável. As vagas se erguiam a alturas monstruosas, arremetendo contra o casco com força bruta; a espuma branca contrastando com o céu noturno cascateava sobre o tombadilho sob a força do vento da noite. Por toda a parte se ouviam sons de dor inanimada, madeira forçando madeira, cordas vibrando, esticadas ao ponto de arrebentar. O animal estava morrendo.

Duas explosões repentinas transpassaram os sons do mar e do vento e a dor do barco. Vieram da cabine parcamente iluminada, que subia e descia com o movimento. Um homem lançou-se pela porta afora e apoiou-se na balaustrada com uma das mãos, a outra no estômago.

Um segundo homem o seguiu, cauteloso na perseguição, violento na intenção. Ficou de pé apoiando-se na porta da cabine; levantou a arma e atirou de novo. E de novo.

O homem na balaustrada levou instantaneamente ambas as mãos à cabeça, curvando-se para trás sob o impacto da quarta bala. A proa da traineira mergulhou subitamente no vácuo de duas gigantescas ondas, lançando o homem ferido para cima; ele virou-se para a esquerda sem poder tirar as mãos da cabeça. O barco empinou, proa e meia-nau lançando-se para fora da água, jogando o homem apoiado na porta para dentro da cabine, um quinto tiro disparado sem direção. O homem ferido gritou, as mãos agora tentando agarrar-se a qualquer coisa que ele pudesse, os olhos cobertos pelo sangue e a incessante espuma do mar. Não havia nada a que ele pudesse se agarrar, e não conseguiu segurar-se a nada; as pernas dobraram-se enquanto seu corpo era lançado para frente. O barco inclinou-se violentamente a sotavento, e o homem com o crânio lacerado caiu por sobre a balaustrada, mergulhando na loucura da escuridão.

Ele sentiu a água fria envolvê-lo rapidamente, engolindo-o, puxando-o para baixo e fazendo-o girar em círculos e depois empurrá-lo para a superfície só para que ele pudesse inspirar uma diminuta quantidade de ar. Uma única tomada de ar e lá foi ele para baixo novamente.

E sentia calor, um calor úmido estranho na têmpora, queimando na água gelada que o engolia e tornava a engolir, um fogo onde não devia queimar nenhum fogo. Havia gelo, também; um pulsar gelado no estômago e nas pernas e no peito, estranhamente aquecido pelo mar gélido a seu redor. Ele sentia tudo isso e percebia seu próprio pânico na medida de suas sensações. Via seu próprio corpo dando voltas e girando, braços e pés lutando freneticamente contras as pressões do redemoinho. Podia sentir, pensar, ver, perceber o pânico e a luta – mas, estranhamente, havia paz. Era a calma do observador, do observador distante, longe dos acontecimentos, percebendo-os mas não essencialmente envolvido.

Então uma outra forma de pânico apoderou-se dele, crescendo através do calor e do gelo e da percepção distanciada. Ele não podia se render à paz! Ainda não! Ia acontecer a qualquer instante agora; ele não tinha certeza do que era, mas ia acontecer. Ele tinha de *estar* lá!

Moveu os pés furiosamente, aferrando-se às enormes muralhas de água acima de si, o peito ardendo. Surgiu à superfície, debatendo-se para permanecer acima das ondas escuras. Suba! *Suba!*

Uma onda monstruosa se formou e arrebentou; ele estava na crista, rodeado de bolsões de espuma e escuridão. Nada. Vire! *Vire!*

Aí aconteceu. A explosão foi violentíssima; ele pôde ouvi-la, acima do fragor das águas e do vento, a visão e o som de certa forma servindo de passagem para a paz. O céu iluminou-se como um diadema chamejante, e dentro daquela coroa de fogo objetos de todas as formas e tamanhos foram lançados através da luz para o interior das trevas que o cercavam.

Ele tinha vencido. O que quer que fosse, ele tinha vencido.

De repente ele foi lançado para baixo novamente, outra vez para dentro de um abismo. Pôde sentir as águas avassaladoras desabando sobre seus ombros, esfriando o calor incandescente da têmpora, aquecendo as incisões gélidas no estômago e nas pernas e...

Seu peito. Seu peito entrou em agonia! Ele tinha sido atingido – o golpe esmagador, o impacto súbito e intolerável. Tinha acontecido de novo! *Deixe-me em paz. Me dê paz.*

E novamente!

E ele se agarrou novamente e bateu com os pés outra vez... até que sentiu algo. Um objeto grosso, oleoso, que se movia apenas com os movimentos do mar. Não conseguia dizer o que era, mas estava ali e ele podia senti-lo, segurá-lo.

Segure-o! Ele o conduzirá para a paz. Para o silêncio da escuridão... e paz.

Os raios do sol da madrugada surgiram através das brumas do céu a leste, fazendo resplandecer as águas calmas do Mediterrâneo. O capitão de um pequeno barco pesqueiro, olhos injetados de sangue, mãos marcadas de queimaduras de corda, estava sentado na borda do convés da popa fumando um Gauloise, embevecido com a vista do mar tranquilo. Deu uma olhada para a casa do leme aberta; seu irmão mais moço empurrava o acelerador de mão para apressar a marcha, enquanto o outro único tripulante inspecionava uma rede a alguns metros de distância. Riam de alguma coisa e isso era bom; não havia nada do que rir das coisas da noite passada. De onde tinha vindo aquela tempestade? Os boletins do tempo de Marselha não indicavam nada; se indicassem alguma coisa, ele teria ficado abrigado no litoral. Queria alcançar as águas piscosas a oitenta quilômetros ao sul de La Seyne-sur-Mer de madrugada, mas não à custa de consertos caros e que consertos não eram caros hoje em dia?

Ou à custa de sua vida, e houve momentos na noite passada em que chegou a pensar seriamente nessa hipótese.

– *Tu es fatigué, hein, mon frère?* – gritou seu irmão, rindo para ele. – *Va te coucher maintenant. Laisse-moi faire.*

– *D'accord* – respondeu o irmão, jogando o cigarro sobre a balaustrada e escorregando para o convés, sobre uma rede. – Um pouco de sono não vai fazer mal.

Era bom ter um irmão ao leme. Um membro da família devia sempre ser o piloto num barco da família; os olhos eram mais argutos. Mesmo um irmão que falava com a linguagem suave de um homem culto, ao contrário de seu próprio linguajar rude. Maluco! Um ano na universidade e seu irmão queria fundar uma *compagnie*. Com um único barco que já tinha visto dias melhores há muitos anos. Maluco. O que adiantaram seus livros ontem à noite? Quando sua *compagnie* estava a ponto de soçobrar.

Fechou os olhos, deixando as mãos mergulhadas na água que rolava pelo tombadilho. O sal do mar seria bom para as queimaduras das cordas. Queimaduras recebidas enquanto amarrava o equipamento que teimava em não ficar no lugar durante a tempestade.

– Olha! Lá!

Era seu irmão; aparentemente os penetrantes olhos da família não iam deixar que ele dormisse.

– O que é? – gritou.

– Na proa, a bombordo! Há um homem no mar! Está se segurando em alguma coisa! Um destroço, um tipo de tábua.

O capitão tomou o leme, desviando o barco para a direita do vulto na água, desligando os motores para reduzir a marola. O homem tinha a aparência de que o menor movimento o faria escorregar do pedaço de madeira ao qual se agarrava; tinha as mãos brancas, presas com força na borda, como garras, mas o resto do corpo estava flácido – tão flácido quanto o de um homem completamente afogado que tivesse deixado este mundo.

– Dá um laço nas cordas – gritou o capitão para seu irmão e o outro tripulante. – Mergulha elas em torno das pernas dele. Devagar agora! Vai puxando elas para a cintura. Puxa devagar.

– As mãos dele não largam a tábua!

– Segura ele agora! Força as mãos! Pode ser o aperto da morte.

– Não. Ele está vivo... mas não muito, acho eu. Os lábios se mexem, mas não sai som. Os olhos também, embora eu duvide que ele esteja nos vendo.

– As mãos se soltaram!

– Levanta ele. Pega ele pelos ombros e puxa ele para cima. Devagar, *agora!*

– Minha Mãe do Céu, olha para a cabeça dele! – gritou o tripulante.

– Está aberta.

– Deve ter batido com ela na tábua durante a tempestade – disse o irmão.

– Não – discordou o capitão, olhando bem para o ferimento. – É um corte limpo, como o de uma navalha. Causado por uma bala. Ele levou um tiro.

– Não se pode saber ao certo.

– Em mais de um lugar – acrescentou o capitão, os olhos percorrendo o corpo. – Vamos embicar para Ile de Port Noir, é a ilha mais próxima. Há um médico na zona do porto.

– O inglês?

– Ele dá consultas.

– Quando consegue – disse o irmão do capitão. – Quando o vinho deixa. Ele tem mais sucesso com os animais dos pacientes do que com os pacientes.

– Não importa. Este aqui já vai ser um cadáver quando chegarmos lá. Se por acaso ele viver, eu vou cobrar dele a gasolina extra e o que deixamos de pescar. Pega o kit de primeiros socorros. Vamos enfaixar a cabeça dele que é o melhor que podemos fazer.

– Olha! – gritou o tripulante. – Olha os olhos dele.

– O que é que tem? – perguntou o irmão.

– Um instante atrás eles eram cinzentos, cinzentos como cabos de aço. Agora são azuis!

– O sol está mais forte – disse o capitão, dando de ombros. – Ou está fazendo truques com os próprios olhos. Não interessa, não há cores na sepultura.

Os apitos intermitentes dos barcos pesqueiros se misturavam aos incessantes guinchos das gaivotas; juntos compunham os sons universais de um porto. O dia já ia avançado, o sol, uma bola de fogo no oeste, o ar parado e úmido demais, quente demais. Sobre os ancoradouros e de frente para a baía havia uma rua calçada de pedras com diversas casas brancas manchadas, separadas entre si por uma relva crescida que saía da terra seca e da areia. O que restava das varandas eram treliças remendadas e reboco em ruínas, apoiados em pilares colocados ali apressadamente. As residências já tinham visto dias melhores há várias décadas, quando os habitantes acreditavam equivocadamente que Ile de Port Noir poderia vir a ser um outro playground do Mediterrâneo. Isso nunca aconteceu.

Todas as casas tinham alamedas para a rua, mas a alameda da última casa do conjunto era evidentemente mais usada que as outras. Pertencia a um inglês que havia chegado a Port Noir oito anos atrás sob circunstâncias que ninguém entendia nem se importava; ele era médico, e o porto precisava de um médico. Anzóis, agulhas e facas eram ao mesmo tempo meios de subsistência e instrumentos de incapacidade. Se alguém ia ao *docteur* num dia bom, as suturas não eram tão ruins. Por outro lado, se o cheiro de vinho ou uísque era muito forte, a coisa era arriscada.

Tant pis! Era melhor ele do que ninguém.

Mas não hoje; ninguém passava na alameda hoje. Era domingo, e todo mundo sabia que toda noite de sábado o médico tomava uma bebedeira na cidade, terminando a noite com qualquer prostituta à mão. Naturalmente se sabia também que nos últimos sábados a rotina do médico tinha se modificado; ele não havia mais sido visto na cidade. Mas nada mudara radicalmente; o médico recebia regularmente garrafas de uísque escocês. Ele simplesmente ficava em casa agora; procedia assim desde que o barco pesqueiro vindo de La Ciotat lhe trouxera o homem desconhecido que era mais cadáver do que homem.

O dr. Geoffrey Washburn acordou de repente, o queixo caído sobre a clavícula fazendo seu hálito invadir as narinas; e não era agradável. Piscou, orientou-se e olhou para a porta aberta do quarto. O cochilo teria sido interrompido por um outro monólogo incoerente de seu paciente? Não, não se ouvia nada. Até mesmo as gaivotas lá fora estavam caridosamente quietas; era o dia santificado de Port Noir, nenhum barco chegando para atrair os pássaros com o fruto da pescaria.

Washburn olhou para o copo vazio e a garrafa de uísque pela metade na mesa ao lado de sua cadeira. Já era um progresso. Num domingo normal, ambos já estariam vazios, a dor da noite anterior esvaída pela bebida. Sorriu para si mesmo, uma vez mais abençoando uma velha irmã em Coventry que tornava possível o uísque escocês com o que ela ganhava mensalmente. Era uma boa moça, Bess era mesmo, e Deus sabia que ela podia gastar um monte de dinheiro mais do que lhe mandava, mas ele lhe era grato por ela fazer o que fazia. Mas um dia ela não mais o faria, o dinheiro não mais viria, e então o esquecimento seria conseguido com o vinho mais barato até que não houvesse mais dor. Nunca mais.

Ele já se conformara com esse fim... até três semanas e cinco dias atrás, quando o estranho semimorto fora arrancado do mar e trazido a sua porta por pescadores que não se deram ao trabalho de se identificar. Estavam numa missão de caridade, não de envolvimento. Deus compreenderia; o homem tinha levado uns tiros.

O que os pescadores não sabiam era que mais do que balas haviam invadido o corpo do homem. E sua mente.

O médico levantou da cadeira seu corpo magro e foi andando sem equilíbrio até a janela que dava para a baía. Abaixou a veneziana, fechando os olhos para bloquear o sol, depois espreitou entre as aletas observando a atividade na rua abaixo, especialmente a razão do estardalhaço. Era uma carroça puxada a cavalo, a família de um pescador dando um passeio dominical. Onde no inferno seria possível ver uma coisa assim? E aí ele se lembrou das carruagens e dos cavalos bem tratados que percorriam o Regent Park em Londres, conduzindo turistas nos meses de verão; riu alto com a comparação. Mas seu riso foi curto, substituído por algo impensável há três semanas. Tinha abandonado toda esperança de ver a Inglaterra novamente. Era possível que isso mudasse agora. O estranho poderia ser responsável por essa mudança.

A menos que seu prognóstico estivesse errado, aquilo aconteceria a qualquer dia, a qualquer hora ou minuto. Os ferimentos nas pernas, no estômago e no peito eram profundos e sérios, possivelmente fatais se não fosse pelo fato de as balas terem ficado onde se alojaram, autocauterizadas e continuamente lavadas pelo mar. Extraí-las fora muito menos perigoso do que poderia ter sido, pois o tecido estava preparado, amaciado, esterilizado, pronto para um bisturi. O ferimento no crânio foi o verdadeiro problema; não só a penetração fora subcutânea, como parecia ter lesionado as regiões fibrosas do tálamo e do hipocampo. Se a bala tivesse entrado alguns milímetros a mais para qualquer dos dois lados, as funções vitais teriam cessado; elas não tinham sido prejudicadas, e Washburn tomara uma decisão. Ficou sóbrio por 36 horas, comendo a maior quantidade de amido e bebendo tanta água quanto humanamente possível. Então ele realizou a mais delicada operação que já havia tentado desde que fora demitido do Hospital Macleans, em Londres. Milímetro por milímetro, angustiadamente, ele fez uma lavagem com escova das áreas fibrosas e depois esticou e suturou a pele sobre o ferimento no crânio, sabendo que o mais leve erro com a escova, a agulha ou a pinça causariam a morte do paciente.

Ele não desejava que aquele paciente desconhecido morresse por diversas razões. Mas especialmente uma.

Quando tudo terminou e os sinais vitais ficaram constantes, o dr. Geoffrey Washburn voltou para sua dependência química e psicológica. Sua garrafa. Tinha se embebedado e ficara assim, mas não passara dos limites. Sabia exatamente onde se encontrava e o que estava fazendo a todo momento. Definitivamente um progresso.

Agora, um dia qualquer, a qualquer hora talvez, o estranho focalizaria os olhos e palavras inteligíveis sairiam de seus lábios.

A qualquer momento mesmo.

As palavras chegaram primeiro. Pairaram no ar enquanto uma precoce brisa da manhã refrescava o quarto.

– Quem está aí? Quem está neste quarto?

Washburn sentou-se na cama de lona, colocou silenciosamente as pernas para o lado e levantou-se. Era importante não produzir nenhum sobressalto, nenhum barulho ou movimento súbito que pudesse amedrontar o paciente, levando-o a uma regressão psicológica. Os poucos minutos seguintes seriam tão delicados como os procedimentos cirúrgicos que ele tinha executado. O médico que existia nele estava preparado para a ocasião.

– Um amigo – disse suavemente.

— Amigo?
— Você fala inglês. Achei que falasse. Suspeitava que fosse americano ou canadense. Seu tratamento dentário não é da Grã-Bretanha nem de Paris. Como se sente?
— Não tenho certeza.
— Vai demorar um pouco. Acha que precisa evacuar?
— O quê?
— Tomar um laxante, meu velho. É para isso a comadre do seu lado. A branca à sua esquerda. Quando isso acontecer, é lógico.
— Desculpa.
— Não tem do quê. Função perfeitamente normal. Sou médico, o *seu* médico. Meu nome é Geoffrey Washburn. Qual é o seu?
— O quê?
— Perguntei qual é o seu nome.

O estranho mexeu a cabeça e olhou fixamente para a parede branca listrada de raios da luz da manhã. Aí ele tornou a se virar, os olhos azuis dirigidos para o outro.

— Não sei.
— Ah, meu Deus.

— Já te disse mil vezes. Vai levar tempo. Quanto mais você lutar contra isso, mais vai se mortificar, pior vai ser.
— Você está bêbado.
— Quase sempre. Isso não vem ao caso. Mas posso te dar pistas, se você me ouvir.
— Tenho ouvido.
— Não, você não tem. Você foge. Se mete no seu casulo e puxa a coberta sobre sua mente. Me ouve de novo.
— Estou ouvindo.
— Durante seu coma — seu coma prolongado —, você falou em três línguas diferentes. Inglês, francês e uma outra miserável coisa fanhosa que presumo ser oriental. Isso significa que você é poliglota. Você se sente em casa em várias partes do mundo. Pense geograficamente. O que é mais confortável para você?
— Obviamente o inglês.
— Concordamos nisso. O que é mais desconfortável?

– Não sei.
– Seus olhos são redondos, não são puxados. Eu diria obviamente ocidentais.
– Obviamente?
– Então por que você fala essa língua? Agora, pense em termos de associação. Escrevi umas palavras, ouça. Vou pronunciá-las foneticamente. *Ma-kwa. Tam-kwan. Kee-sah.* Diga a primeira coisa que vem a sua mente.
– Nada.
– Boa mostra.
– Que diabo você quer?
– Alguma coisa. Qualquer coisa.
– Você está bêbado.
– Já concordamos com isso. Estou sempre bêbado. Também salvei sua maldita vida. Bêbado ou não, *sou* um médico. Já fui um médico muito bom.
– O que aconteceu?
– O paciente interrogando o médico?
– Por que não?
Washburn fez uma pausa, olhando pela janela para a beira do cais.
– Eu estava bêbado – disse. – Disseram que matei dois pacientes na mesa de operação porque estava bêbado. Poderia ter salvado um. Não dois. Eles logo veem um padrão em tudo. Deus os abençoe. Nunca dê a um homem como eu a responsabilidade de um bisturi e de um avental.
– Era necessário?
– O que era necessário?
– A garrafa?
– Era, porra – disse Washburn baixo, virando-se da janela. – Era e é. E o paciente não tem permissão para emitir julgamentos no que diz respeito ao médico.
– Desculpe.
– Você tem também um hábito chato de se desculpar. Soa um pouco forçado e nada natural. Não acredito nem por um instante que você seja uma pessoa do tipo que gosta de se desculpar.
– Então você sabe algo que eu não sei.
– Sobre você, sim. Muito. E muito pouco disso que eu sei faz sentido.

O homem inclinou-se para a frente na cadeira. A camisa aberta afastou-se de sua estrutura magra, deixando à mostra as ataduras no peito e no estômago. Cruzou as mãos defronte de si, as veias salientes nos seus braços esguios, musculosos.

– Outras coisas além daquelas sobre as quais já falamos?
– Sim.
– Coisas que eu disse enquanto estava em coma?
– Não, nada disso. Já discutimos a maior parte das coisas embaralhadas que você falou. As línguas, o seu conhecimento de geografia, cidades de que eu nunca ou raramente ouvi falar. Sua obsessão em evitar o uso de nomes, nomes que você quer dizer mas não diz. Sua tendência ao confronto, ataca, recua, esconde, corre, tudo muito violento, devo acrescentar. Muitas vezes tive que prender seus braços para proteger os ferimentos. Mas já falamos disso tudo. Há outras coisas.
– O que é que você quer dizer? Que coisas? Por que não me contou?
– Porque são físicas. Como se fosse a casca externa. Não tinha certeza de que você estivesse pronto para ouvir. Nem agora tenho certeza.

O homem recostou-se para trás na cadeira, as sobrancelhas escuras abaixo do cabelo castanho-escuro juntaram-se demonstrando irritação.

– Agora é o julgamento do médico que não é solicitado. Estou pronto. De que é que você está falando?
– Vamos começar com a sua cabeça bastante bonita? O rosto, em particular.
– O que há com ele?
– Não é o rosto com que você nasceu.
– O que quer dizer com isso?
– Sob uma lente grossa a cirurgia sempre revela suas marcas. Você foi modificado, meu velho.
– Modificado.
– Você tem um queixo pronunciado. Eu diria que tinha uma fenda nele. Ela foi removida. Seu malar esquerdo superior, seus malares são também pronunciados, podemos admitir que eram eslavos gerações atrás, tem diminutos traços de uma cicatriz cirúrgica. Eu arriscaria dizer que foi retirado um sinal. Seu nariz é um nariz inglês, antes um pouco mais pronunciado

do que é agora. Foi afinado de uma maneira ainda mais sutil. Suas feições fortes foram atenuadas, o caráter delas foi escondido. Entende o que eu estou dizendo?

– Não.

– Você é um homem razoavelmente atraente, mas seu rosto se diferencia mais pela categoria na qual se enquadra do que pelo rosto propriamente dito.

– Categoria?

– Sim. Você é o protótipo de um anglo-saxão branco que se vê todo dia nos melhores campos de críquete ou nas quadras de tênis. Ou no bar do Mirabel. Esses rostos tornam-se quase indistinguíveis uns dos outros, não é? As feições adequadamente distribuídas, os dentes retinhos, as orelhas achatadas contra a cabeça; nada fora de equilíbrio, tudo na posição e apenas um pouco suave.

– Suave?

– Bem, "estragado" seria uma palavra melhor. Definitivamente seguro de si, até mesmo arrogante, acostumado a conseguir o que quer.

– Ainda não entendi o que você está tentando dizer.

– Vamos tentar de novo, então. Mude a cor do seu cabelo, e você muda de cara. Sim, há indícios de descoloramento, está quebradiço, foi tingido. Coloque óculos e um bigode e você é um homem diferente. Imagino que você deva ter de 35 a quarenta anos, mas pode ter mais dez ou menos cinco. – Washburn fez uma pausa, observando as reações do homem, como que pensando se continuaria ou não. – E, por falar em óculos, você se lembra daqueles exercícios, os exames que fizemos há uma semana?

– É claro.

– Sua vista é perfeitamente normal. Você não precisa usar óculos.

– Não achei que precisasse.

– Então por que há indícios de uso prolongado de lentes de contato em torno de suas retinas e pálpebras?

– Não sei. Não faz sentido.

– Posso sugerir uma explicação possível.

– Gostaria de ouvi-la.

– Talvez não goste. – O médico voltou para a janela e olhou para fora com ar abstraído. – Certos tipos de lentes de contato são projetadas para mudar a cor dos olhos. E certos tipos de olhos aceitam mais prontamente que outros o expediente. Geralmente os que têm uma tonalidade cinzenta ou azulada; os seus são um cruzamento. Castanho-acinzentado com uma luz, azul com outra. A natureza o favoreceu a esse respeito. Nenhuma alteração foi possível nem foi necessária.

– Necessária para o quê?

– Para mudar a sua aparência. De forma profissional, eu diria. Vistos, passaporte, carteira de motorista; modificados à vontade. Cabelo: castanho, louro, castanho-avermelhado. Olhos, não se pode adulterar os olhos, verdes, cinzentos, azuis? As possibilidades vão longe, não é? Tudo dentro dessa categoria reconhecível na qual os rostos tornam-se indistintos pela repetição.

O homem levantou-se da cadeira com dificuldade, empurrando o corpo com os braços, suspendendo a respiração conforme se erguia.

– Também é possível que você esteja indo longe demais. Talvez tenha se afastado do rumo.

– Os traços estão aí, as marcas. Há provas.

– Interpretadas por você, com uma pesada dose de cinismo por cima. Suponha que eu tenha tido um acidente e fui remendado? Isso explicaria a cirurgia.

– Não do tipo que você sofreu. O cabelo tingido e a remoção de marcas e sinais de nascença não fazem parte de um processo de restauração.

– Você não *sabe!* – disse o homem desconhecido com raiva. – Há diferentes tipos de acidentes, diferentes procedimentos. Você não estava lá; não pode ter certeza.

– Isso mesmo! Fique furioso comigo. Você não faz isso quase nunca. E, enquanto está com raiva, *pense.* O que é que você era? O que é que você *é?*

– Um profissional de vendas... um executivo de uma empresa internacional, especializado no Extremo Oriente. Isso pode ser. Ou um professor... de línguas. Em uma universidade em algum lugar. Isso é possível também.

– Muito bem. Escolha um. Agora!

– Eu... eu não *consigo.* – Os olhos do homem estavam à beira do desamparo.

— Porque você não acredita em nenhuma dessas hipóteses.

O homem balançou a cabeça.

— Não. Você acredita?

— Não – disse Washburn. – Por uma razão específica. Essas ocupações são relativamente sedentárias, e você tem o corpo de um homem que foi submetido a esforço físico. Ah, não quero dizer um atleta treinado ou algo assim, você não é um atleta. Mas o tônus de seus músculos é firme, seus braços e mãos estão acostumados a esforço e são muito fortes. Sob outras circunstâncias eu diria que você era um trabalhador braçal, acostumado a carregar objetos pesados, ou um pescador, condicionado pelo levantamento de redes o dia inteiro. Mas o nível do seu conhecimento, eu diria do seu intelecto, elimina essas possibilidades.

— Por que você está com a ideia de que está chegando a alguma coisa? A alguma coisa mais.

— Porque já estamos trabalhando juntos, intimamente e sob pressão, há várias semanas. Pode-se perceber um padrão.

— Estou bem, então?

— Está. Eu tinha que verificar como você aceitaria o que eu acabei de contar. A cirurgia anterior, o cabelo, as lentes de contato.

— Eu passei?

— Com um equilíbrio de dar raiva. Agora chegou a hora, não há razão para continuar adiando. Francamente, não tenho paciência. Vem comigo. – Washburn seguiu na frente do homem, atravessando a sala de estar até a porta na parede traseira que levava à sala de curativos. Lá dentro, ele foi até um canto e pegou um projetor antiquado, o suporte das grossas lentes enferrujado e rachado. – Mandei trazer isso de Marselha com os suprimentos – disse ele, colocando o aparelho na pequena mesa e ligando o fio na tomada da parede. – Não é um equipamento muito bom, mas serve para o que queremos. Abaixe as venezianas, sim?

O homem sem nome nem memória foi até a janela e abaixou as venezianas; a sala ficou escura. Washburn ligou a luz do projetor; um quadro brilhante apareceu na parede branca. Em seguida ele inseriu um pequeno pedaço de celuloide atrás das lentes.

O quadrado foi rapidamente preenchido por letras em tamanho grande.

GEMEINSCHAFT BANK
BAHNHOFSTRASSE, ZURIQUE.
ZERO-SETE-DEZESSETE-DOZE-ZERO –
QUATORZE-VINTE E SEIS-ZERO

– O que é isso? – perguntou o homem sem nome.
– Olha para isso. Estude. *Pense.*
– É um certo tipo de conta bancária.
– Exatamente. O nome e o endereço em letra de fôrma são do banco, os números em sequência substituem um nome, mas, no momento em que são escritos, eles passam a ser a assinatura de um detentor da conta. Procedimento padrão.
– Onde você conseguiu isso?
– De você. É um negativo muito pequeno, acho que metade de um filme de 35 milímetros. Foi implantado – implantado cirurgicamente – debaixo da pele no seu quadril direito. Os números estão escritos em sequência, são sua assinatura. Com ela você pode abrir um cofre em Zurique.

2

Escolheram o nome Jean-Pierre. Não espantava nem ofendia ninguém, um nome tão comum em Port Noir como qualquer outro.

E chegaram livros de Marselha, seis deles, de diversos tamanhos e espessuras, quatro em inglês, dois em francês. Eram textos médicos, livros que tratavam de danos à cabeça e à mente. Havia cortes transversais do cérebro, centenas de palavras estranhas para absorver e tentar compreender. *Lobos occipitais* e *temporais,* o *córtex* e as fibras que o ligavam ao *corpo caloso,* o *sistema límbico* – especificamente o *hipocampo* e os *corpos mamilares* que junto com o *fórnice* eram indispensáveis à memória e à recordação. Danificados, provocavam a amnésia.

Havia estudos psicológicos sobre o estresse emocional causador da *paralisia histérica* e da *afasia psíquica,* condições estas que também resultavam na perda parcial ou total da memória. Amnésia.

Amnésia.

– Não há regras – disse o homem de cabelo escuro, esfregando os olhos à luz fraca do abajur de mesa. – É um quebra-cabeças geométrico. Pode ocorrer pela mais variada combinação de fatores. Física ou psicologicamente, ou um pouco de cada um. Pode ser permanente ou temporária, total ou parcial. Não há *regras!*

– Concordo – disse Washburn, bebericando seu uísque numa cadeira no meio da sala. – Mas acho que estamos nos aproximando do que aconteceu. O que eu *acho* que aconteceu.

– E o que foi que aconteceu? – o homem perguntou, apreensivo.

– Você acabou de dizer: "Um pouco de cada um". Embora a palavra "pouco" devesse ser mudada para "muitíssimo". Choques violentíssimos.

– Choques violentíssimos em quê?

– No físico e no psicológico. Eles estão relacionados, interligados; duas partes da experiência, ou estímulos, que se entrelaçam.

– Quanto você já entornou hoje?

– Menos do que você imagina, não vem ao caso. – O médico pegou uma prancheta cheia de folhas. – Aqui está a sua história, sua nova história, iniciada no dia em que você foi trazido para cá. Deixe-me resumir. Os ferimentos físicos nos dizem que a situação em que você se encontrava era repleta de estresse psicológico, a histeria subsequente sendo causada por pelo menos nove horas na água, o que serviu para consolidar o dano psicológico. A escuridão, o movimento violento, os pulmões quase sem ar, foram estes os desencadeadores da histeria. Tudo que a precedeu, que precedeu a histeria, teve que ser apagado para que você pudesse aguentar, sobreviver. Está de acordo?

– Acho que sim. A cabeça estava se protegendo.

– Não a cabeça, a mente. Faça a distinção, é importante. Voltaremos à cabeça, mas vamos dar um rótulo a isso. O cérebro.

– Está bem. Mente, não cabeça... que é realmente o cérebro.

– Bom. – Washburn correu o polegar pelas folhas da prancheta. – Isso aqui contém centenas de observações. Há anotações de caráter médico normais: dosagem, tempo, reação, esse tipo de coisa, mas na maior parte elas dizem respeito a *você*, o homem propriamente dito. As palavras que você usa, as palavras às quais você reage; as frases que emprega, quando consigo anotá-las, tanto racionalmente quanto na fala durante o sono e quando você estava em coma. Até mesmo o modo de andar, o modo de falar ou ficar tenso quando fica espantado ou quando vê alguma coisa que lhe interessa. Você parece ser um acúmulo de contradições; há uma violência subjacente quase sempre sob controle, mas muito presente. Há também uma melancolia que lhe parece dolorosa, embora você raramente dê vazão à raiva que a dor deve provocar.

– Você está provocando essa dor agora – interrompeu o homem. – Temos repassado as palavras e frases incessantemente...

– E continuaremos a fazer isso – atalhou Washburn – enquanto houver progresso.

– Não sabia que tínhamos feito algum progresso.

– Não em termos de uma identidade ou de uma ocupação. Mas *estamos* descobrindo o que é mais confortável para você, as coisas com as quais você lida melhor. Dá um pouco de medo.

– Em que sentido?

– Vou lhe dar um exemplo. – O médico largou a prancheta e levantou-se da cadeira. Foi até um armário rústico junto à parede, abriu uma gaveta e tirou uma arma de fogo automática grande. O homem sem memória retesou-se na cadeira, e Washburn percebeu a reação. – Nunca usei isso nem mesmo sei se saberia usá-la, mas sei que moro na zona do cais do porto. – Sorriu e subitamente, sem aviso, jogou-a para o homem. A arma foi apanhada no ar, uma pegada certa, rápida, cheia de confiança.

– Desmonte isso aí.

– O quê?

– Desmonte a arma. *Agora*.

O homem olhou para a arma. Depois, em silêncio, suas mãos percorreram habilmente o revólver. Em menos de trinta segundos a arma estava completamente desmontada. Ele ergueu os olhos para o médico.

— Vê o que eu quero dizer? — disse Washburn. — Entre as suas habilidades está um extraordinário conhecimento de armas.

— Exército? — perguntou o homem, a voz tensa, mais uma vez apreensiva.

— Muito pouco provável — replicou o médico. — Logo que você saiu do coma, eu fiz menção a sua prótese dentária. Posso assegurar que não é militar. E naturalmente a cirurgia, eu diria, elimina totalmente qualquer associação com um passado militar.

— Então o que é?

— Não vamos nos estender mais nesse assunto. Voltemos ao que aconteceu. Estávamos tratando da mente, lembra-se? O estresse psicológico, a histeria. Não o cérebro físico, mas as pressões mentais. Estou sendo claro?

— Continue.

— Conforme o choque regride, assim também as pressões, até que não haja mais necessidade fundamental de proteger a psique. Enquanto esse processo vai tendo lugar, suas habilidades e capacidades voltarão. Você se lembrará de certos padrões de comportamento. Poderá lidar com eles com bastante naturalidade, suas reações superficiais ficando instintivas. Mas há um corte e tudo nessas observações me diz que é irreversível. — Washburn parou e voltou para sua cadeira e seu copo. Sentou-se e bebeu, fechando os olhos de cansaço.

— *Continue* — murmurou o homem.

O médico abriu os olhos, fixando-os no paciente.

— Voltemos à cabeça, que já rotulamos de cérebro. O cérebro físico com os seus milhões e milhões de células e componentes interagindo. Você leu os livros; o fórnice e o sistema límbico, as fibras do hipocampo e o tálamo; o corpo caloso e especialmente as técnicas cirúrgicas de lobotomia. A menor alteração pode causar drásticas mudanças. Foi o que aconteceu com você. O dano foi físico. Foi como se os blocos tivessem sido rearrumados, a estrutura física não é mais o que era. — Novamente Washburn fez uma pausa.

— E daí... — pressionou o homem.

– As pressões psicológicas em regressão vão permitir, estão permitindo, que suas habilidades e capacidades retornem. Mas eu acho que você jamais será capaz de relacioná-las a alguma coisa do passado.

– Por quê? Por que não?

– Porque os canais físicos que permitem e transmitem essas lembranças foram alterados. Foram fisicamente rearrumados a tal ponto que não mais funcionam como antes. Para todos os efeitos, eles foram destruídos.

O homem ficou imóvel.

– A resposta está em Zurique – disse.

– Ainda não. Você não está pronto. Ainda não está forte o bastante.

– Vou ficar.

– É, vai ficar.

As semanas se passaram. Os exercícios verbais continuaram enquanto as folhas na prancheta se acumulavam e a força do homem voltava. Na manhã da décima nona semana, o dia estava ensolarado, e o Mediterrâneo, calmo e resplandecente. Conforme era seu hábito, o homem tinha corrido durante uma hora na beira do cais e subido as colinas. Ele superara a marca dos vinte quilômetros diários, o ritmo dos passos mais rápidos a cada dia, os descansos menos frequentes. Sentou-se na cadeira perto da janela do quarto, ofegante, a camisa banhada de suor. Tinha entrado pela porta dos fundos, chegando ao quarto pelo corredor escuro que levava à sala de estar. Simplesmente era mais fácil; a sala servia de sala de espera para Washburn e ainda havia alguns pacientes com ferimentos e cortes para serem tratados. Estavam sentados nas cadeiras e pareciam amedrontados, pensando em qual seria o estado de *le docteur* naquela manhã. Na realidade não estava mal. Geoffrey Washburn ainda bebia como uma gambá, mas nos últimos dias ele vinha se aguentando em pé. Era como se tivesse achado uma reserva de esperança nos recessos de seu próprio fatalismo destrutivo. E o homem sem memória compreendia; aquela esperança estava associada a um banco na Bahnhofstrasse, em Zurique. Por que o nome da rua veio tão facilmente à sua mente?

A porta do quarto se abriu, e o médico precipitou-se para dentro, rindo, o paletó branco manchado de sangue de um paciente.

– Consegui! – disse ele, suas palavras revelando mais triunfo do que esclarecimento. – Eu devia abrir minha própria agência de empregos e viver de comissões. A renda seria mais constante.

– De que é que você está falando?

– Conforme combinamos, é do que você precisa. Você *tem* que sair para o mundo, e faz dois minutos que Monsieur Jean-Pierre Sem-Nome está vantajosamente empregado! Pelo menos por uma semana.

– Como é que você conseguiu isso? Pensei que não havia nenhuma vaga aberta.

– O que estava pronto para abrir era a perna infeccionada de Claude Lamouche. Eu expliquei a ele que meu estoque de anestésico local estava muito, *muito* limitado. Negociamos. Você foi a moeda de troca.

– Uma semana?

– Se você servir, ele pode continuar com você – Washburn fez uma pausa. – Embora isso não seja muitíssimo importante, não é?

– Não tenho certeza de que qualquer dessas coisas que estamos fazendo seja importante. Há um mês eram, talvez, mas não agora. Eu disse a você. Estou pronto para partir. E acho que você quer isso também. Tenho um compromisso em Zurique.

– E eu preferiria que você estivesse em plena capacidade para esse compromisso. Meus interesses são extremamente egoístas, não aceito qualquer redução.

– Estou pronto.

– Aparentemente, sim. Mas acredite no que eu digo, é fundamental que você passe períodos de tempo prolongados na água, uma parte deles à noite. Não sob condições controladas, não como passageiro, mas sujeito a condições razoavelmente duras. Na verdade, quanto mais duras, melhor.

– Um outro teste?

– Cada um que eu possa imaginar nesse primitivo manicômio de Port Noir. Se eu pudesse invocar uma tempestade e um pequeno naufrágio para você, eu o faria. Por outro lado,

Lamouche é ele mesmo algo parecido com uma tempestade; é um homem difícil. A inchação na perna dele vai diminuir, e ele vai descontar em você. Os outros também; você vai ter que entrar no lugar de alguém.

– Muito obrigado.

– Não precisa agradecer. Estamos combinando dois estresses. Pelo menos uma ou duas noites no mar, se Lamouche cumprir o programado, aí está o ambiente hostil que contribuiu para a sua histeria, e a exposição ao ressentimento e à suspeita por parte de homens a sua volta, simbólico da situação inicial de estresse.

– Obrigado de novo. Suponha que eles decidam me atirar fora do barco? Este seria o seu teste máximo, suponho, mas eu não sei que vantagem você teria se eu me afogasse.

– Ah, não vai acontecer nada disso – disse Washburn, zombeteiro.

– Fico contente de ver você tão confiante. Eu gostaria de estar.

– Pode ficar. Você tem a proteção da minha presença. Posso não ser um Christian Barnard ou Michael de Bakey, mas eu sou tudo que essa gente tem. Eles precisam de mim, não vão se arriscar a me perder.

– Mas você quer partir. Eu sou o seu passaporte para sair.

– De modos insondáveis, meu caro paciente. Vamos, agora. Lamouche quer você lá embaixo nas docas para se familiarizar com o equipamento dele. Você parte às quatro horas amanhã de manhã. Pense em como será benéfica uma semana no mar. Pense na coisa como um cruzeiro.

Nunca houve um cruzeiro como aquele. O capitão daquele barco pesqueiro sujo e lambuzado de óleo era um insignificante e desbocado capitão Bligh; a tripulação, um quarteto de desajustados, sem dúvida os únicos homens em Port Noir dispostos a aguentar Claude Lamouche. O quinto membro regular era um irmão do líder dos pescadores, informação transmitida ao conhecimento do homem chamado Jean-Pierre minutos depois de terem partido da baía, às quatro horas da manhã.

– Você tirou a comida da mesa de meu irmão! – murmurou o líder, com raiva, entre rápidas baforadas de um cigarro imóvel. – Da barriga dos filhos dele!

– É só por uma semana – protestou Jean-Pierre. Teria sido mais fácil, muito mais fácil, oferecer reembolso ao irmão desempregado, descontando do estipêndio mensal de Washburn, mas tanto o médico quanto seu paciente tinham concordado em não assumir esse compromisso.

– Espero que você seja bom com as redes!

Ele não era.

Durante as 72 horas seguintes houve momentos em que o homem chamado Jean-Pierre achou que teria valido a pena a alternativa da compensação financeira. A hostilidade nunca parava nem mesmo à noite – especialmente à noite. Era como se houvesse olhos encravados nele quando se deitava no colchão infestado do tombadilho, esperando que ele estivesse a ponto de adormecer.

– Você! Vá substituir o vigia que está doente!

– Levanta! Philippe está escrevendo suas memórias! Não pode ser perturbado.

– De pé! Você rasgou uma rede hoje à tarde. Não vamos pagar por sua burrice. Todos nós concordamos. Remenda ela agora!

As redes.

Se eram necessários dois homens de um lado, seus dois braços tomavam o lugar de quatro. Se trabalhava junto de um homem, havia arrastões e largadas repentinas que o deixavam com todo o peso, e uma pancada súbita de um ombro próximo o atirava dentro do convés e quase por sobre a balaustrada.

E Lamouche. Um maníaco coxo que media cada quilômetro de água pelo peixe que tinha perdido. Sua voz era uma corneta rascante, cheia de estática. Não se dirigia a ninguém sem que uma obscenidade precedesse o nome, um hábito que o paciente achava cada vez mais exasperador. Mas Lamouche não tocava no paciente de Washburn; ele estava simplesmente mandando um recado ao doutor: *"Nunca mais faça isso comigo. Não se meta com o meu barco e com o meu peixe."*

A programação de Lamouche previa o retorno a Port Noir ao pôr do sol do terceiro dia, o peixe descarregado, a tripulação livre até as quatro da manhã do dia seguinte para dormir, fornicar, embebedar-se ou, com sorte, fazer tudo isso. Quando eles chegaram perto da costa, aí a coisa se complicou.

As redes estavam sendo recolhidas e dobradas a meia-nau pelo líder dos pescadores e seu primeiro auxiliar. O tripulante indesejável que eles xingavam de "Jean-Pierre Sangsue" ("o Sanguessuga") escovava o tombadilho com uma vassoura de cabo longo. Os outros dois tripulantes jogavam baldes de água do mar defronte da vassoura, quase sempre atirando a água mais no Sanguessuga do que no tombadilho.

Um balde d'água foi jogado alto demais, cegando momentaneamente o paciente de Washburn, fazendo-o perder o equilíbrio. A pesada vassoura com cerdas duras como metal voou das suas mãos, a cabeça para cima, de modo que as cerdas agudas encostaram na coxa do pescador ajoelhado.

– *Merde alors!*

– *Désolé* – disse o ofensor casualmente, sacudindo a água dos olhos.

– Pro diabo com sua desculpa! – gritou o pescador.

– Eu disse que sentia muito – replicou o homem chamado Jean Pierre. – Diga a seus amigos para molhar o tombadilho, não a mim.

– A burrice dos meus amigos não me transforma no alvo deles.

– Eles foram a causa da minha justamente agora.

O pescador pegou o cabo da vassoura, levantou-se e empunhou-a como uma baioneta.

– Quer brincar, Sanguessuga?

– Vamos, me dá isso.

– Com prazer, Sanguessuga. Toma! – O pescador deu uma estocada com a vassoura, para frente e para baixo, as cerdas raspando o peito e o estômago do paciente, penetrando no tecido da camisa.

Quer fosse pelo contato com as cicatrizes que cobriam seus antigos ferimentos, quer fosse pela frustração e a raiva resultantes de três dias de hostilidade, o homem nunca saberia. Ele somente sabia que tinha que reagir. E sua reação foi mais alarmante para ele do que jamais poderia imaginar.

Ele agarrou o cabo com a mão direita, empurrando-o de volta contra o estômago do pescador e dando um empurrão final no instante do impacto; simultaneamente, lançou o pé esquerdo bem alto acima do tombadilho, golpeando a garganta do homem.

– *Tao!* – O sussurro gutural saiu de seus lábios involuntariamente; ele não sabia o que significava.

Antes que pudesse compreender, ele tinha feito o pivô, o pé direito lançado à frente como um aríete avassalador, batendo contra o rim esquerdo do pescador.

– *Che-sah!* – sussurrou ele.

O pescador recuou, depois lançou-se contra ele, de dor e de fúria, as mãos estendidas como garras.

– Seu filho da mãe!

O paciente agachou-se, jogando a mão direita para cima a fim de segurar o antebraço esquerdo do pescador, puxou-o para baixo e aí, levantando, empurrou o braço da vítima para cima, torcendo-o ao máximo no sentido dos ponteiros do relógio; puxou-o novamente e finalmente soltou-o enquanto seu calcanhar acertava as costas do outro na altura dos rins. O francês foi jogado para frente por sobre as redes, a cabeça batendo contra a parede do convés.

– *Mee-sah!* – De novo ele não sabia o significado de seu grito silencioso.

Um tripulante agarrou-lhe o pescoço por trás. O paciente acertou com força o punho direito na área pélvica atrás dele, depois curvou-se para frente, agarrando o cotovelo à direita de sua garganta. Aí ele jogou-se para a esquerda; o que o atacava foi levantado do chão, as pernas debatendo-se no ar enquanto era jogado através do tombadilho, o rosto e o pescoço espremidos entre as rodas do guincho.

Os dois homens restantes já estavam em cima dele, golpeando-o com os punhos e joelhos, enquanto o capitão do pesqueiro soltava repetidos gritos de aviso.

– *O médico! Lembrem-se do médico! Vão com delicadeza!*

As palavras estavam tão deslocadas quanto a avaliação do capitão para o que ocorria diante de si. O paciente agarrou o pulso de um homem, curvou-o para frente e torceu-o no sentido contrário ao dos ponteiros do relógio num único movimento violento; o homem berrou de dor. O pulso estava quebrado.

O paciente de Washburn uniu firmemente os dedos das mãos e, balançando os braços para cima como uma marreta, pegou o tripulante com o pulso quebrado no meio da garganta. O homem deu uma cambalhota no ar e desabou no tombadilho.

– *Kwa-sah!* – O sussurro ecoou no ouvido do paciente.

O quarto homem recuou, olhando espantado para o maníaco que apenas o encarava.

Estava terminado. Três homens da tripulação de Lamouche estavam inconscientes, punidos severamente pelo que tinham feito. Era duvidoso que eles seriam capazes de chegar ao porto às quatro horas da manhã.

As palavras de Lamouche foram proferidas em partes iguais: espanto e desprezo.

– De onde você vem eu não sei, mas caia fora desse barco.

O homem sem memória entendeu a ironia não intencional nas palavras do capitão. *Eu também não sei de onde vim.*

– Você não pode ficar aqui agora – disse Geoffrey Washburn, entrando no quarto escurecido. – Eu acreditava honestamente que você seria capaz de repelir qualquer ataque sério. Mas não posso te proteger quando você faz um estrago assim.

– Fui provocado.

– A ponto de provocar aquele estrago? Um pulso quebrado e cortes precisando de sutura na garganta e no rosto de um homem, e no crânio de outro. Uma concussão severa e dano não determinado num rim? Para não falar do golpe na virilha que causou o inchamento dos testículos? Acho que a palavra é mortandade.

– Teria sido simplesmente "morte" e eu seria o homem morto se tivesse acontecido de outra forma. – O paciente parou, mas falou de novo antes que o médico o interrompesse. – Acho que devemos conversar. Diversas coisas aconteceram; me vieram outras palavras. Temos que conversar.

– Devemos, mas não podemos. Não há tempo. Você tem que partir agora. Já fiz os preparativos.

– Agora?

– É. Eu disse a eles que você foi para a cidade, provavelmente para se embebedar. As famílias estarão à sua caça.

Todo irmão, primo e aparentado fisicamente capaz. Irão com facas, ganchos, talvez uma ou duas armas. Quando não encontrarem você, eles voltarão aqui. Não descansarão até que *achem* você.

– Por causa da briga que não comecei?

– Porque você machucou três homens que, somando, perderão pelo menos um mês de salários. E algo que é infinitamente mais importante.

– O que é?

– O insulto. Um forasteiro na ilha que prova ser páreo não para um mas para três respeitáveis pescadores de Port Noir.

– Respeitáveis?

– No sentido físico, sim. A tripulação de Lamouche é considerada a mais valente do cais do porto.

– Isso é ridículo.

– Não para eles. É a honra deles... Agora se apresse, junte as suas coisas. Há um barco chegando de Marselha. O capitão concordou em levar você escondido e deixar você a uns oitocentos metros ao largo da costa norte de La Ciotat.

O homem sem memória prendeu a respiração.

– Então chegou a hora – disse tranquilamente.

– Chegou a hora – replicou Washburn. – Acho que eu sei o que se passa na sua mente. Um sentimento de desamparo, de estar à deriva sem um leme que o coloque no rumo. Eu tenho sido o seu leme e não estarei com você; não posso fazer nada a esse respeito. Mas acredite quando eu lhe digo, você não está desamparado. Você *achará* o seu caminho.

– Para Zurique – acrescentou o paciente.

– Para Zurique – concordou o médico. – Venha cá. Embrulhei umas coisas para você nesse oleado. Amarre em torno da cintura.

– O que tem aí?

– Todo o dinheiro que tenho, cerca de dois mil francos. Não é muito, mas o ajudará a dar a partida. E meu passaporte, seja para o que for. Temos mais ou menos a mesma idade e ele já tem oito anos; as pessoas mudam. Não deixe ninguém observar o passaporte muito. É apenas um documento oficial.

– O que é que você vai fazer?

— Não vou mesmo precisar dele se não tiver notícias suas.

— Você é um homem decente.

— Acho que você é, também... Pelo que pude conhecer de você. Mas eu não conheci você antes. Portanto não ponho a mão no fogo por aquele outro homem. Gostaria de fazer isso, mas não há jeito.

O homem inclinou-se sobre a balaustrada, olhando as luzes de Port Noir que se distanciavam. A traineira avançava na escuridão, como ele mergulhara na escuridão há cerca de cinco meses.

Como ele estava mergulhando em outra escuridão agora.

3

Não se viam luzes na costa da França; somente uma lua mortiça banhava o litoral rochoso. Estavam a duzentos metros da terra, a traineira balançando suavemente na contracorrente da enseada. O capitão do barco apontou por sobre a borda do convés.

— Há um pequeno trecho de praia entre aqueles dois amontoados de pedra. Não é muito grande, mas você chega lá se nadar para a direita. Pode deixar se levar por mais uns trinta, quarenta metros, não mais do que isso. Apenas um minuto ou dois.

— Você está fazendo mais do que eu esperava. Agradeço-lhe por isso.

— Não precisa não. Eu pago minhas dívidas.

— E eu sou uma.

— É sim. O doutor de Port Noir costurou três homens da minha tripulação depois daquela loucura há cinco meses. Você não foi o único que levamos lá, você sabe.

— A tempestade? Você me conhece?

— Você estava branco como giz, mas eu não conheço você nem quero conhecer. Eu não tinha dinheiro na época nem peixe; o doutor disse que eu poderia pagar quando as coisas melhorassem. Você é meu pagamento.

— Preciso de documentos — disse o homem, percebendo uma fonte de ajuda. — Preciso alterar um passaporte.

– Por que me pede? – perguntou o capitão do barco. – Eu disse que jogaria um fardo ao mar ao norte de La Ciotat. Foi tudo que eu disse.

– Você não teria dito isso se não fosse capaz de outras coisas.

– *Não* vou levar você a Marselha. Não vou me arriscar com a guarda costeira. A Sûreté tem patrulhas por toda a baía. As equipes de combate ao narcótico são malucas. Ou você paga a *eles* ou paga vinte anos numa cela.

– Isso quer dizer que posso conseguir documentos em Marselha. E você pode me ajudar.

– Eu não disse isso.

– Disse sim. Preciso de um serviço e este serviço pode ser encontrado num lugar aonde você não quer me levar, mas o serviço está lá. Você disse.

– Disse o quê?

– Que você falará comigo em Marselha se eu chegar lá sem você. Apenas me diz onde.

O capitão da traineira ficou observando o rosto do paciente; a decisão não foi fácil, mas de qualquer jeito saiu.

– Há um café na rua Sarrasin, ao sul do porto velho, Le Bouc de Mer. Estarei lá hoje de noite entre nove e onze. Você vai precisar de dinheiro, uma parte dele adiantado.

– Quanto?

– Isso vai ser entre você e o homem com quem você falar.

– Tenho que ter uma ideia.

– É mais barato se você tiver um documento sobre o qual trabalhar; de outra forma tem que roubar um.

– Eu já te disse. Tenho um.

O capitão deu de ombros.

– Mil e quinhentos, dois mil francos. Estamos perdendo tempo.

O paciente pensou no oleado amarrado a sua cintura. Abriria falência em Marselha, mas era lá que conseguiria um passaporte alterado, um passaporte para Zurique.

– Eu me viro – disse, sem saber por que parecia tão confiante. – Hoje à noite então.

O capitão observou o litoral fracamente iluminado.

– Aqui é o máximo onde posso chegar à deriva. Agora é com você. Lembre-se, se não nos encontrarmos em Marselha, você nunca me viu e eu nunca vi você. Ninguém da minha tripulação jamais viu você também.

– Estarei lá. Le Bouc de Mer, na rua Sarrasin.

– Vai com Deus – disse o capitão, fazendo sinal para um tripulante ao leme; os motores roncaram debaixo do barco. – A propósito, os fregueses do Le Bouc não estão acostumados com esse seu sotaque parisiense. Eu daria uma engrossada nele, se fosse você.

– Obrigado pelo conselho – disse o paciente enquanto passava as pernas por sobre a amurada e se deixava abaixar na água. Manteve a mochila acima da superfície, movimentando as pernas para se manter à tona. – Vejo você hoje à noite – acrescentou com uma voz mais forte, olhando para o casco escuro da traineira acima dele.

Não havia mais ninguém lá; o capitão deixara a amurada. O único som vinha das batidas das ondas contra a madeira e da aceleração abafada dos motores.

Você está sozinho agora.

Estremeceu e girou na água fria, orientando o corpo na direção da costa, lembrando-se de dar as braçadas para a direita, de ir para o amontoado de rochas daquele lado. Se o capitão do barco estivesse certo, a corrente o levaria até uma praia ainda invisível.

Foi o que aconteceu; sentia a correnteza enterrando seus pés descalços na areia, o que fez com que os últimos trinta metros fossem mais difíceis de cobrir. Mas a mochila de lona estava relativamente seca, mantida acima das ondas que se quebravam.

Minutos depois ele estava sentado em uma duna coberta de capim, as hastes compridas curvando-se com a brisa de alto-mar, os primeiros raios da manhã se esgueirando no céu noturno. O sol nasceria dali a uma hora; ele tinha que se mexer com o sol.

Abriu a mochila e tirou um par de botas e meias grossas juntamente com calças de bainha virada e uma camisa rústica de brim. Numa certa época do seu passado ele tinha aprendido a empacotar com economia de espaço; a mochila continha bem mais do que um observador poderia supor. Onde aprendera aquilo? Por quê? As perguntas nunca cessavam.

Levantou-se e tirou o short de passeio que tinha aceitado de Washburn. Estendeu-o nas hastes de capim para secar; não podia dispensar nada. Tirou a camiseta e fez o mesmo com ela.

Nu, ali de pé na duna, ele sentiu um singular sentimento de satisfação misturado com uma dor profunda no meio do estômago. A dor era de medo, ele sabia. Entendia a satisfação também.

Tinha passado no seu primeiro teste. Havia confiado no instinto – talvez uma compulsão – e soubera o que dizer e como responder. Há uma hora ele estava sem destino imediato, sabendo apenas que Zurique era seu objetivo, mas sabendo também que havia fronteiras para serem atravessadas, olhos oficiais para satisfazer. Era tão óbvio que o passaporte de oito anos não lhe pertencia que até mesmo o mais estúpido funcionário da imigração iria perceber isso. E mesmo que conseguisse entrar na Suíça com ele, teria que sair; a cada movimentação as probabilidades de ser detido se multiplicariam. Ele não podia deixar que isso acontecesse. Não agora; não até que ele soubesse mais. As respostas estavam em Zurique, ele tinha que viajar livremente e, para tornar isso possível, teve que passar uma cantada num capitão de barco pesqueiro.

Você não está desamparado. Você achará o seu caminho.

Antes de o dia terminar ele teria feito contato com um profissional para alterar o passaporte de Washburn, transformando-o numa licença para viajar. Era o primeiro passo concreto, mas antes de dar este passo havia o problema do dinheiro. Os dois mil francos que o médico lhe dera eram insuficientes; talvez não dessem nem mesmo para o próprio passaporte. Que adiantava uma licença para viajar sem meios para a viagem? Dinheiro. Ele tinha que arranjar dinheiro. Tinha que pensar sobre isso.

Sacudiu as roupas que havia tirado da mochila, vestiu-as e calçou as botas. Depois ficou deitado na areia, olhando para o céu, que ficava cada vez mais claro. O dia começava a nascer, assim como ele.

Caminhou pelas ruas estreitas calçadas de pedra de La Ciotat, entrando nas lojas principalmente para conversar com os vendedores. Era uma sensação especial se sentir parte do tráfego humano, não um abandonado desconhecido, resgatado do mar. Lembrou-se do conselho do capitão do barco e tornou o seu francês mais gutural, o que permitia que ele fosse aceito como um estranho qualquer que passava pela cidade.

Dinheiro.

Havia uma parte de La Ciotat que aparentemente atendia a uma clientela rica. As lojas eram mais limpas e a mercadoria mais cara, o peixe mais fresco e a carne muito mais bem cortada do que na zona de comércio principal. Até mesmo as hortaliças reluziam; muitas eram exóticas, importadas da África do Norte e do Oriente Médio. A área tinha um quê de Paris ou Nice, estabelecida nos limites de uma comunidade litorânea normalmente de classe média. Um pequeno café, cuja entrada ficava no fim de uma alameda de lajotas, isolava-se das lojas contíguas por um gramado impecável.

Dinheiro.

Entrou num açougue, consciente de que a apreciação do proprietário não lhe era favorável nem amistoso o olhar. O homem atendia um casal de meia-idade, que, pelo falar e os modos, eram empregados domésticos de uma mansão afastada. Eram precisos, concisos e exigentes.

– A vitela da semana passada estava apenas passável – disse a mulher. – Arranje uma coisa melhor agora ou vou ser forçada a mandar vir de Marselha.

– E na outra noite – acrescentou o homem – o marquês me disse que as costeletas de carneiro estavam finas demais. Repito, um pouquinho mais de três centímetros.

O proprietário suspirou e deu de ombros, murmurando frases subservientes de desculpas e garantia de bons serviços. A mulher virou-se para seu acompanhante, com o mesmo tom de voz autoritário que usara com o açougueiro.

– Espere os embrulhos e coloque no carro. Vou até a mercearia, me encontre lá.

– Claro, querida.

A mulher saiu, uma encrenqueira à procura de outros motivos para encrenca. No instante em que ela passou pela porta, o marido virou-se para o dono da loja, sua atitude completamente diferente. Havia sumido a arrogância, surgiu um sorriso.

– Apenas um dia como outro qualquer para você, hum, Marcel? – disse ele, tirando um maço de cigarros do bolso.

– Tenho visto melhores e piores. As costeletas estavam realmente muito finas?

– Meu Deus, não. Quando foi a última vez que ele foi capaz de distinguir? Mas ela se sente melhor se eu me queixo, você sabe disso.

– Onde está o marquês Monte-de-Bosta agora?

– Bêbado no bar ao lado, esperando por aquela prostituta de Toulon. Vou passar lá mais tarde, pegá-lo e levá-lo, sem que a marquesa veja, para o estábulo. Nessa hora ele não vai mais estar em condições de dirigir o carro dele. Ele usa o quarto de Jean-Pierre em cima da cozinha, você sabe.

– Ouvi dizer.

À menção do nome Jean-Pierre, o paciente de Washburn virou-se da vitrina das aves. Foi um reflexo automático, mas o movimento só serviu para que o açougueiro notasse a sua presença.

– O que é? O que é que o senhor deseja?

Era hora de usar o francês menos gutural.

– O senhor foi recomendado por amigos de Nice – disse o paciente, o sotaque mais parecendo do Quai d'Orsay do que de Le Bouc de Mer.

– Ah? – O dono da loja fez uma reavaliação imediata. Na sua freguesia, especialmente entre os mais jovens, havia gente que preferia se vestir em oposição ao seu status social. As roupas rústicas estavam até mesmo na moda nos dias de hoje. – O senhor é novo por aqui?

– Meu barco está no conserto. Não poderemos chegar a Marselha hoje à tarde.

– Posso lhe ser útil?

O paciente riu.

– O senhor pode para o chef, eu não me atreveria. Ele vai chegar mais tarde, e eu certamente tenho um pouco de influência.

O açougueiro e o amigo riram.

– O senhor deve ter mesmo – disse o proprietário da loja.

– Eu precisarei de uma dúzia de patos novos e, digamos, dezoito filés Chateaubriand.

– Pois não.
– Bom. Vou mandar nosso chefe da cozinha falar diretamente com o senhor. – O paciente virou-se para o homem de meia-idade. – A propósito, eu não pude deixar de ouvir... não, por favor, não fique preocupado. O marquês não é esse imbecil d'Ambois, é? Acho que alguém me disse que ele mora aqui por perto.
– Oh, não senhor – replicou o empregado. – Não conheço o marquês d'Ambois. Eu me referia ao marquês de Chamford, senhor. Um fino cavalheiro, senhor, mas tem seus problemas. Um casamento difícil, senhor. Muito difícil; não é segredo.
– Chamford? É, acho que já nos conhecemos. É um sujeito baixinho, não é?
– Não, senhor. Na verdade é bem alto. Eu diria mais ou menos da sua altura.
– Ah, é?

O paciente memorizou rapidamente as diversas entradas e escadas internas do café de dois andares – um entregador de hortigranjeiros de Roquevaire que não conhecia muito sua nova rota. Havia dois lances de escada que levavam ao segundo andar, um partindo da cozinha, o outro logo atrás da entrada da frente, no pequeno saguão; esta última era a escada usada pelos fregueses que iam aos banheiros no andar de cima. Havia também uma janela através da qual uma pessoa interessada podia ver qualquer um que usasse essa determinada escada, e o paciente estava certo de que, se esperasse o bastante, ele veria duas pessoas fazendo isso. Sem dúvida iriam separadas, nenhuma das duas se dirigindo ao banheiro, mas, em vez disso, indo para um quarto sobre a cozinha. O paciente ficou a imaginar qual dos automóveis caros estacionados na rua tranquila pertenceria ao marquês de Chamford. Qualquer que fosse, o empregado de meia-idade no açougue não precisaria ficar preocupado; seu capitão não estaria dirigindo o carro.

Dinheiro.

A mulher chegou pouco antes de uma hora. Era uma loura de cabelos esvoaçantes, seios grandes esticando a seda azul da blusa, pernas compridas queimadas de sol, caminhando elegantemente sobre saltos agulha, coxas e quadris bamboleantes desenhados debaixo de uma saia branca bem justa. Chamford podia ter problemas mas ele também tinha bom gosto.

Vinte minutos mais tarde ele viu a saia branca pela janela; a moça subia a escada. Menos de sessenta segundos mais tarde, um outro vulto apareceu na moldura da janela; calças escuras e um blazer debaixo de um rosto branco se lançaram cautelosamente para cima. O paciente contou os minutos; esperava que o marquês de Chamford tivesse um relógio.

Levando sua mochila de lona pelas alças, o mais discretamente possível, o paciente percorreu a alameda de lajotas até a entrada do restaurante. Dentro, virou à esquerda no saguão e, pedindo desculpas a um velho que subia trôpego a escada, alcançou o segundo andar, virando novamente à esquerda num corredor comprido que levava à parte dos fundos do prédio, sobre a cozinha. Passou pelos banheiros e chegou a uma porta fechada no fim de uma passagem estreita onde permaneceu imóvel, as costas premidas contra a parede. Girou a cabeça e esperou que o velho chegasse à porta do banheiro e a empurrasse enquanto ia abrindo o zíper da calça.

O paciente – instintivamente, na verdade sem pensar – levantou a mochila macia e colocou-a encostada no centro da porta. Segurou-a firmemente no lugar com os braços estendidos, recuou e, num movimento rápido, jogou o ombro esquerdo contra a mochila. Quando a porta abriu violentamente, ele abaixou a mão direita e a segurou, evitando que batesse na parede. Ninguém no restaurante lá embaixo podia ter ouvido o arrombamento abafado.

– *Nom de Dieu!* – gritou ela. – *Qui est-ce!*
– *Silence!*

O marquês de Chamford largou de lado o corpo nu da mulher loura, caindo da cama e esparramando-se no chão. Ele era um quadro de ópera cômica: vestia ainda a camisa engomada, a gravata no pescoço e meias pretas de seda até a altura dos joelhos; mas isso era tudo que vestia. A mulher agarrou as cobertas, fazendo o possível para atenuar o constrangimento do momento.

O paciente deu suas ordens rapidamente.

– Não levantem as vozes. Ninguém vai se machucar se fizerem exatamente o que eu disser.

— Minha mulher contratou você! — gritou Chamford, as palavras atrapalhadas, os olhos quase fora de foco. — Eu te pago mais!

— Isso já é um começo — respondeu o paciente do dr. Washburn.

— Tira a camisa e a gravata. Também as meias. — Ele viu a pulseira de ouro brilhando no braço do marquês. — E o relógio.

Alguns minutos depois a transformação era completa. As roupas do marquês não lhe serviam perfeitamente, mas ninguém poderia negar a qualidade do tecido ou a perfeição do corte. Além disso, o relógio era um Girard Perregaux, e a carteira de Chamford continha mais quatorze mil francos. As chaves do carro também faziam vista; pendiam de discos com monograma de prata legítima.

— Pelo amor de Deus, me dá as minhas roupas! — disse o marquês, o caráter embaraçoso daquela situação difícil começando a penetrar na barreira do álcool.

— Sinto não poder fazer isso — replicou o intruso, pegando tanto suas próprias roupas como também as da mulher loura.

— Você não pode levar as *minhas!* — gritou ela.

— Eu lhe disse para falar baixo.

— Está bem, está *bem* — continuou ela — mas você *não pode*...

— Posso, sim. — O paciente olhou em volta do quarto; havia um telefone na mesa perto da janela. Cruzou o aposento até lá e arrancou o fio da tomada na parede. — Agora ninguém vai perturbar vocês — acrescentou, pegando a mochila.

— Você não vai fugir, você sabe! — arrebatou Chamford. — Não vai sair livre disso! A polícia vai achar você!

— A polícia? — perguntou o intruso. — Você acha realmente que poderia chamar a polícia? Eles terão que fazer um relatório formal, descrever as circunstâncias. Não sei se seria uma boa ideia. Acho que seria melhor para você esperar o seu criado vir buscá-lo no fim da tarde. Eu ouvi ele dizer que vai te levar escondido da marquesa até dentro dos estábulos. Levando em consideração todos os fatores, eu acho sinceramente que é isso que deve fazer. Tenho certeza de que você vai inventar uma história melhor do que aquilo que realmente aconteceu aqui. Não vou contradizê-lo.

O ladrão desconhecido saiu do quarto, fechando a porta danificada atrás dele.

Você não está desamparado. Você achará o seu caminho.

Até agora ele tinha conseguido, e isso dava um pouco de medo. O que é que Washburn tinha dito? Que suas habilidades e capacidades retornariam... *mas acho que você jamais conseguirá relacioná-las a qualquer coisa do passado.* O passado. Que espécie de passado era aquele que produzira as habilidades que ele vinha demonstrando nas últimas 24 horas? Onde ele aprendera a machucar e aleijar usando os pés e os dedos unidos como martelos? Como sabia precisamente onde colocar seus golpes? Quem lhe ensinara a lidar com a mente criminosa, provocando e conseguindo vencer a relutância ante um compromisso? Como ele chegava ao alvo tão rapidamente com base em simples suposições, convencido acima de tudo de que seus instintos estavam certos? Onde aprendera a perceber uma chance de extorsão imediata numa conversação casual, ouvida por acaso num açougue? Reforçando ainda mais esse ponto de vista havia talvez a simples decisão de cometer o crime. Meu Deus, como ele *podia* fazer isso?

Quanto mais você lutar contra isso, mais vai se mortificar, pior será.

Concentrou-se na estrada e no painel de mogno do Jaguar do marquês de Chamford. Não estava familiarizado com aquela profusão de instrumentos; seu passado não abarcava uma experiência grande com carros desse tipo. Achou que isso lhe dizia alguma coisa.

Em menos de uma hora cruzou a ponte sobre um canal largo e viu que havia chegado a Marselha. Pequenas casas quadradas de pedra saíam da água como blocos formando ângulos; ruas estreitas e muros por toda parte – os subúrbios do porto velho. Ele conhecia tudo aquilo e, contudo, não conhecia. À distância, no alto, projetando sua silhueta numa das colinas próximas, apareciam os contornos de uma catedral, a estátua da Virgem vista claramente no alto do campanário. Notre-Dame-de-la-Garde. O nome lhe veio à memória; ele a tinha visto antes – e, contudo, não a tinha visto.

Ah, Cristo! *Para com isso!*

Em minutos ele estava no centro agitado da cidade, dirigindo na Canebière cheia de gente, com a sua proliferação de lojas caras, os raios do sol da tarde saltitando nas vidraças coloridas de um lado e do outro lado enormes cafés com mesas na calçada. Dobrou à esquerda, na direção do porto, passando por armazéns e pequenas fábricas e terrenos cercados, cheios de automóveis preparados para serem transportados para o norte, para as exposições de Saint-Etienne, Lyon e Paris. E para lugares ao sul, cruzando o Mediterrâneo.

Instinto. Siga o instinto. Pois nada podia ser desconsiderado. Todo recurso tinha um uso imediato; havia valor numa pedra se ela pudesse ser jogada, ou num veículo se alguém o quisesse. Escolheu uma área onde havia carros novos e usados, mas todos caros; estacionou junto ao meio-fio e saiu. Atrás da cerca havia uma pequena garagem, os mecânicos de macacão perambulavam por ali com as suas ferramentas. Entrou e andou casualmente até avistar um homem num terno leve, de riscas fininhas, que o instinto lhe disse para abordar.

A negociação levou menos de dez minutos; as explicações mantidas num mínimo e a garantia do desaparecimento de um Jaguar na África do Norte com a adulteração dos números do motor.

As chaves com monograma de prata foram trocadas por 6 mil francos, aproximadamente um quinto do valor do carro de Chamford. Depois o paciente do dr. Washburn tomou um táxi e pediu para ir a uma casa de penhores – mas que não fosse uma loja que fizesse perguntas demais. A mensagem era clara; estava em Marselha. E meia hora depois o Girard Perregaux de ouro não estava mais no seu pulso, tendo sido substituído por um cronógrafo Seiko e oitocentos francos. Tudo tinha um valor na medida de sua utilidade; o cronógrafo era à prova de choque.

O próximo passo foi uma loja de departamentos de porte médio a sudeste da Canebière. Escolheu roupas nos cabides e nas prateleiras, experimentou-as nas cabines de prova, pagou-as, deixando para trás o blazer escuro e as calças que não se ajustavam a ele.

De uma vitrina no térreo escolheu uma valise de couro macio, colocando dentro outras roupas juntamente com a mochila. O paciente olhou para seu novo relógio; eram quase cinco horas, hora de achar um hotel confortável. Ele não dormia de verdade havia vários dias; pretendia dormir antes do encontro na rua Sarrasin, no café chamado Le Bouc de Mer, onde poderia acertar os preparativos para um compromisso mais importante em Zurique.

Ficou deitado na cama olhando fixamente para o teto, as luzes da rua fazendo com que desenhos irregulares dançassem na superfície branca. A noite chegara rapidamente a Marselha trazendo para o paciente uma sensação de liberdade. Era como se a escuridão fosse um gigantesco cobertor, bloqueando o brilho cru do dia que revelava coisas demais em muito pouco tempo. Estava aprendendo algo sobre si mesmo: sentia-se mais à vontade à noite. Como um gato faminto, ele se supria melhor à noite. Apesar disso, havia uma contradição, e ele reconhecia isso também. Durante os meses em Ile de Port Noir, ele ansiava pela luz do dia, esperava por ela a cada madrugada, desejando apenas que a escuridão fosse embora.

Estavam acontecendo coisas com ele; ele estava mudando.

Tinham acontecido coisas. Eventos que davam um certo ar de mentira a essa ideia de suprir-se melhor à noite. Doze horas antes ele estava numa traineira no Mediterrâneo, um objetivo em mente e 2 mil francos amarrados à cintura. Dois mil francos, algo menos que quinhentos dólares americanos, de acordo com a taxa de câmbio diária afixada no saguão do hotel. Agora ele tinha um enxoval de diversos conjuntos de roupa de boa qualidade e estava deitado numa cama de um hotel bastante caro com um pouco mais que 23 mil francos numa carteira Louis Vuitton pertencente ao marquês de Chamford. Vinte e três mil francos... quase 6 mil dólares americanos.

De onde ele teria vindo para poder fazer as coisas que fizera?

Para com isso!

A rua Sarrasin era tão antiga que numa outra cidade ela seria uma via pública tombada; uma alameda larga de tijolos ligando outras ruas construídas há séculos. Mas aquilo era Marselha; o antigo coexistindo com o velho, ambos desconfortáveis ante o novo. A rua Sarrasin não tinha mais que setenta metros de comprimento, congelada no tempo entre as paredes de pedra dos prédios à beira do cais, sem postes de iluminação e prendendo o nevoeiro que rolava da baía. Era um beco condizente com os rápidos encontros entre homens que não se importavam que suas conversas fossem observadas.

As únicas luzes e sons vinham do Le Bouc de Mer. O café estava situado aproximadamente no centro da ampla alameda, num antigo prédio de escritórios do século XIX. Um certo número de cubículos tinha sido retirado para dar lugar a um grande salão com bar e mesas; um número igual fora deixado para encontros menos públicos. Era a contrapartida da zona portuária aos gabinetes privados dos restaurantes na La Canebière, e, em concordância com seu status, tinham cortinas mas não tinham portas.

O paciente abriu caminho pelas mesas apinhadas, avançando entre as camadas de fumaça e desculpando-se com pescadores cambaleantes, soldados bêbados e também prostitutas de rosto vermelho que procuravam camas para descansar, bem como francos novos. Espreitou para dentro de uma série de cubículos, um tripulante procurando seus camaradas – até que encontrou o capitão da traineira. Havia um outro homem na mesa. Magro, rosto pálido, olhos estreitos voltados para cima como um furão curioso.

– Sente-se – disse o capitão com a voz áspera. – Achei que você chegaria mais cedo.

– Você disse entre nove e onze. São quinze para as onze.

– Você demorou, então paga o uísque.

– Com prazer. Peça alguma coisa decente, se é que eles têm aqui.

O homem magro, rosto pálido, sorriu. As coisas iam correr bem.

Assim foi. O passaporte em questão era, naturalmente, um dos mais difíceis do mundo de adulterar, mas com grande cuidado, equipamento e arte a coisa podia ser feita.

– Quanto?

– A habilidade... e o equipamento, isso não sai barato. Dois mil e quinhentos francos.

– Quando fica pronto?

— O cuidado, a arte, isso toma tempo. Três ou quatro dias. E isso pondo muita pressão no artista, ele vai espernear.

— São mais mil francos se ficar pronto amanhã.

— Às dez da manhã — disse o homem de rosto pálido rapidamente.

— Aguento a reclamação.

— E também os mil — interrompeu o capitão franzindo as sobrancelhas. — O que é que você trouxe de Port Noir? Diamantes?

— Inteligência — respondeu o paciente, com convicção, mas sem entender sua resposta.

— Preciso de uma fotografia — disse o contato.

— Parei numa galeria e tirei uma — replicou o paciente, tirando uma pequena fotografia do bolso da camisa. — Com todo o seu equipamento caro, tenho certeza de que você pode retocá-la.

— Roupa bonita — disse o capitão da traineira, passando a foto para o homem de rosto pálido.

— Bem cortada — acrescentou o paciente.

Combinaram o local do encontro da manhã seguinte, os drinques foram pagos e o capitão da traineira passou quinhentos francos por debaixo da mesa. O encontro tinha terminado; o comprador deixou o cubículo e atravessou o salão cheio e enfumaçado na direção da porta.

Tudo aconteceu tão rapidamente, tão subitamente, foi tão inesperado, que não houve tempo para pensar. Só para *reagir*.

A colisão foi abrupta, casual, mas os olhos que se fixaram nele não eram casuais; pareceram saltar das órbitas, escancarando-se sem acreditar, à beira da histeria.

— Não! Oh, meu Deus, não! Não *pode*. — O homem girou o corpo na multidão; o paciente lançou-se para frente, grudando a mão no ombro do homem.

— Espere um minuto!

O homem voltou-se de novo, lançando o V do polegar e dos dedos esticados no pulso do paciente, afastando a mão.

— *Você!* Você está *morto!* Você não pode estar *vivo!*

— Eu estou vivo. O que é que você sabe?

O rosto estava agora contorcido, uma massa de fúria

deformada, os olhos apertados, a boca aberta, engolindo ar, dentes amarelos à mostra com a aparência dos dentes de um animal. Subitamente o homem puxou uma faca, o estalido da lâmina desdobrada sobressaindo na algazarra em volta. O braço deu um golpe para frente, a lâmina uma extensão da mão que a segurava, ambos indo na direção do estômago do paciente.

– O que eu sei é que vou acabar com você! – murmurou o homem.

O paciente jogou seu antebraço direito para baixo, um pêndulo afastando todos os objetos à sua frente. Fez o pivô, lançando o pé esquerdo para cima, o calcanhar mergulhando no osso pélvico do atacante.

– *Che-sah.* – O eco nos seus ouvidos era ensurdecedor.

O homem foi jogado para trás em cima de um trio de fregueses que bebiam enquanto a faca caía no chão. Viram a arma; houve gritos, homens convergiram, punhos e mãos separando os lutadores.

– Saiam daqui!

– Vão brigar em outro lugar!

– Não queremos a polícia aqui dentro, seus bêbados safados!

Os dialetos guturais de Marselha sobressaíam nos sons cacofônicos do Le Bouc de Mer. O paciente foi cercado e ficou observando seu pretenso assassino abrir caminho na multidão, as mãos na virilha, forçando caminho até a entrada. A pesada porta abriu-se; o homem lançou-se correndo na escuridão da rua Sarrasin.

Alguém que pensava que ele estava morto – que o queria morto – sabia que ele estava vivo.

4

A classe econômica do Caravelle da Air France para Zurique estava inteiramente lotada, os assentos estreitos ainda mais desconfortáveis pela turbulência que sacudia o avião. Um bebê berrava nos braços da mãe; outras crianças choramingavam, prendendo os gritos de medo enquanto os pais sorriam, tentando demonstrar uma confiança que não sentiam. A maior parte dos outros passageiros estava calada, alguns bebendo uísque obviamente mais depressa do que seria normal. Um número menor ainda forçava risadas das gargantas presas, bravatas falsas que acentuavam a insegurança em vez de disfarçá-la. Um voo terrível assim significava muito para muita gente, mas ninguém escapava dos pensamentos clássicos de terror. Quando se aprisionou num tubo de metal a 10 mil metros de altura acima do solo, o homem se tornou vulnerável. Com uma trajetória alongada, sibilante, ele podia estar mergulhando na terra. E havia questões fundamentais que acompanhavam o terror fundamental. Que pensamentos passariam pela mente de alguém num momento assim? Como ele reagiria?

O paciente tentou descobrir; era importante para ele. Estava sentado junto à janela, os olhos na asa do avião, observando a grande seção de metal dobrar e vibrar sob o brutal impacto dos ventos. As correntes se entrechocavam, vergando o tubo feito pelo homem numa espécie de submissão, alertando aos microscópicos aspirantes que eles não podiam desafiar as vastas doenças da natureza. Uma fração de medida além da tolerância de flexibilidade e a asa racharia, o membro de sustentação aerodinâmica arrancado do corpo tubular, despedaçado ao vento; um espoucar de rebites e haveria uma explosão seguida do mergulho sibilante.

O que ele faria? O que pensaria? Além do medo incontrolável da morte e extinção, haveria mais alguma coisa? Era nisso que ele tinha que se concentrar; era essa a *projeção* que Washburn vivia enfatizando em Port Noir. As palavras do médico vieram-lhe à mente.

Sempre que você se encontrar em uma situação de estresse, faça o impossível para projetar-se nela. Faça as associações as mais livres que puder; deixe que palavras e imagens tomem conta de sua mente. Nelas você encontrará pistas.

O paciente continuou a olhar pela janela, tentando conscientemente estimular seu inconsciente, fixando os olhos na violência natural do outro lado do vidro, destilando o movimento, silenciosamente fazendo o impossível para deixar que sua reação fizesse surgir palavras e imagens.

E elas foram chegando – devagar. Havia novamente a escuridão e o som do vento sibilante, ensurdecedor, contínuo, crescendo em volume até ele pensar que a cabeça ia rachar. A cabeça... Os ventos sibilavam do lado esquerdo da cabeça e do rosto, queimando a pele, forçando-o a levantar o ombro esquerdo para proteger-se... Ombro esquerdo. *Braço* esquerdo. O braço estava levantado, os dedos enluvados da mão esquerda seguravam firmemente uma borda reta de metal, a mão direita segurando uma... correia; ele se segurava numa correia, esperando algo. Um sinal... uma luz piscando ou um tapa no ombro, ou ambos. Um sinal. O sinal *veio*. Ele mergulhou. Na escuridão, no vácuo, o corpo rodopiando, girando, varrido para dentro do céu da noite. Ele tinha... saltado de paraquedas!

– *Etes-vous malade?*

Seu devaneio insano foi quebrado; o passageiro nervoso sentado a seu lado tinha tocado seu braço esquerdo – que se achava levantado, os dedos da mão abertos, como que resistindo, rígido na posição travada. O antebraço direito estava cruzado sobre o peito, comprimido contra o paletó, a mão direita grudada na lapela, repuxando o tecido. E da sua testa desciam rios de suor; tinha acontecido. Aquela coisa-a-mais tinha entrado rapidamente – loucamente – em foco.

– *Pardon* – disse ele, abaixando os braços. – *Un mauvais rêve* – acrescentou inexpressivamente.

Houve uma pausa nas condições do tempo; o Caravelle se estabilizou. Os sorrisos nos rostos das aeromoças inquietas tornou-se novamente sincero; reiniciou-se o serviço de bordo completo enquanto os passageiros embaraçados entreolhavam-se.

O paciente observou em volta, mas não chegou a nenhuma conclusão. Estava exaurido pelas imagens e sons que se desenharam tão claramente no olho e no ouvido da mente. Havia se jogado de um avião... à noite... sinais e metal e correias inerentes ao salto. Ele *tinha* saltado de paraquedas. *Onde? Por quê?*

Pare de se martirizar!

Tentando afastar seus pensamentos daquela loucura, ele colocou a mão no bolso de dentro do paletó, puxou o passaporte alterado e abriu-o. Como se podia esperar o nome *Washburn* tinha sido mantido; era bastante comum e seu dono original lhe explicara que o nome era limpo. O *Geoffrey R.,* entretanto, tinha sido alterado para *George P.* As modificações e o preenchimento dos espaços foram um trabalho de perito. A inserção da fotografia fora um trabalho de perito também; não mais se assemelhava a uma cópia barata feita numa máquina automática de galeria de rua.

Os números de identificação, logicamente, eram diferentes, com a garantia de que não levantariam suspeitas num computador do serviço de imigração. Pelo menos até o momento em que o portador submetesse o passaporte à primeira inspeção; a partir dessa hora era responsabilidade do comprador. Pagava-se tanto por essa garantia como pela habilidade do artista e pelo equipamento, pois isso exigia contatos dentro da Interpol e dos órgãos de imigração. Funcionários da alfândega, especialistas em computador e funcionários de todas as redes de fronteira europeias recebiam dinheiro regularmente para fornecerem essa informação vital; raramente cometiam enganos. Se e quando erravam, a perda de um olho ou um braço não era rara – tratava-se da máfia dos "corretores" de papéis falsos.

George P. Washburn. Não se sentia confortável com o nome; o dono do original inalterado lhe tinha ensinado as noções básicas de projeção e associação. *George P.* era somente um desvio de *Geoffrey R.*, um homem corroído por uma compulsão que tinha raízes na fuga – fuga da identidade. Isso era a última coisa que o paciente desejava; o que mais ele queria da *vida* era saber quem ele era.

Será que queria?

Não interessava. A resposta estava em Zurique. Em Zurique havia...

– *Mesdames et messieurs. Nous commençons notre descente pour l'aéroport de Zurique.*

Ele sabia o nome do hotel: Carillon du Lac. Tinha dado o nome ao motorista do táxi sem pensar. Será que ele o lera em algum lugar? O nome seria um daqueles relacionados nos folhetos de Bem-vindo-a-Zurique colocados nos bolsos dos assentos do avião?

Não. Ele conhecia o saguão; a madeira pesada, escura e polida lhe era familiar... de certa maneira. E as grandes janelas envidraçadas que davam para o lago Zurique. Ele estivera ali *antes;* ele estivera ali onde estava agora – defronte ao balcão de mármore – havia muito tempo.

Tudo foi confirmado pelas palavras ditas pelo funcionário atrás do balcão. Elas soaram como o impacto de uma explosão.

– É bom ver o senhor novamente. Faz tempo desde a última vez que esteve aqui.

Fazia tempo? Quanto tempo? Por que não me chama pelo nome? Pelo amor de Deus. Eu não conheço você! Você não me conhece! Me ajude! Por favor, me ajude!

– Acho que faz – disse ele. – Me faça um favor, sim? Torci meu pulso estou com dificuldade para escrever. Você poderia preencher a ficha de registro e depois eu faço o possível para assinar? – O paciente prendeu a respiração. Suponha que o homem educado atrás do balcão pedisse que ele repetisse seu nome, ou que o soletrasse?

– É claro. – O funcionário virou a ficha ao contrário e escreveu. – O senhor gostaria de fazer uma visita ao hotel?

– Talvez mais tarde. Não agora. – O funcionário continuou escrevendo, depois levantou a ficha, virando-a para que o hóspede a assinasse.

Sr. J. Bourne, Nova York, N.Y., Estados Unidos.

Ele olhou para as palavras, transfixado, mesmerizado pelas letras. Ele tinha um nome – parte de um nome. E um país, bem como uma cidade de residência.

J. Bourne. *John? James? Joseph?* Que significaria o *J*?

– Alguma coisa errada, Herr Bourne? – perguntou o funcionário.

– Errada? Não, absolutamente não. – Pegou a caneta, lembrando-se de fingir desconforto. Estariam esperando que ele escrevesse o primeiro nome? Não; ele assinaria exatamente como o funcionário escrevera em letras de forma.

Sr. J. Bourne.

Escreveu seu nome de modo tão natural quanto possível, deixando a mente fluir livre, permitindo que lhe viessem à mente quaisquer pensamentos ou imagens que pudessem eclodir. Não surgiu nada; ele tinha simplesmente assinado um nome não familiar. Não sentiu nada.

– Fiquei preocupado, Herr Bourne – disse o funcionário. – Pensei que talvez eu tivesse cometido um engano. Tivemos uma semana tumultuada, um dia cheio. Mas no fim eu estava certo.

E se ele tivesse cometido um engano? O sr. J. Bourne, da cidade de Nova York, Estados Unidos, não perdeu tempo pensando nessa possibilidade.

– Jamais pensei em pôr em dúvida a sua memória... Herr Stossel – replicou o paciente, depois de olhar a tabuleta com o nome do funcionário na parede esquerda do balcão; o homem atrás do balcão era o subgerente do Carillon du Lac.

– Muita amabilidade de sua parte. – O subgerente inclinou-se para a frente. – Presumo que o senhor vai querer as normas de sempre na sua estada conosco?

– Algumas talvez tenham mudado – disse J. Bourne. – A quais você se refere?

– Quem quer que telefonasse ou perguntasse no balcão a resposta era que o senhor estava fora do hotel, e então o senhor seria imediatamente avisado. A única exceção é a sua empresa em Nova York, a Treadstone Seventy-One Corporation, se é que me lembro bem.

Um outro nome! Um nome que ele poderia verificar por meio de um telefonema internacional. Formas fragmentárias estavam se encaixando. A satisfação começava a voltar.

– Isso basta. Não vou esquecer a sua eficiência.

– Isso é Zurique – replicou o homem educado, dando de ombros.

– O senhor tem sido sempre extremamente generoso, Herr Bourne. – *Page, hierher, bitte!*

Enquanto seguia o carregador até o elevador, diversas coisas ficaram mais claras para o paciente. Ele tinha um nome e entendia por que este nome viera tão prontamente à memória do subgerente do Carillon du Lac. Ele tinha um país e uma cidade e uma empresa da qual era funcionário – *tinha sido* funcionário, na pior das hipóteses. E sempre que vinha a Zurique havia certas precauções que eram tomadas para protegê-lo de visitantes inesperados ou indesejáveis. Era isso que ele não compreendia. Ou se toma precauções completas para a proteção ou não se perde tempo em tomar precaução alguma. Onde estava a vantagem de um esquema de segurança tão frouxo, tão vulnerável à infiltração? Ficou intrigado com esse esquema de segunda classe, sem valor, como se uma criança pequena estivesse brincando de esconde-esconde. *Onde eu estou? Tente me achar. Vou dizer uma coisa em voz alta e te dou uma pista.*

Não era nada profissional e se ele tinha aprendido algo a respeito de si próprio durante as últimas 48 horas, essa coisa era que ele era um profissional. Do que, ele não fazia ideia, mas o status era indiscutível.

A voz da telefonista de Nova York diminuía esporadicamente na linha. A conclusão dela era, entretanto, irritantemente clara. E definitiva.

– Não há na lista *nenhuma* empresa com esse nome, senhor. Verifiquei as últimas listas bem como as dos telefones particulares e não existe uma Treadstone Corporation e nada parecido com o nome Treadstone seguido de números.

– Talvez eles os tenham tirado para abreviar...

– Não há nenhuma firma ou empresa com esse nome, senhor. Repito, se o senhor tiver um primeiro ou segundo nome ou o tipo de atividade da firma, eu poderei tentar ajudá-lo.

– Não tenho. Apenas o nome, Treadstone Seventy-One, cidade de Nova York.

– É um nome diferente, senhor. Tenho certeza de que se estivesse na lista seria fácil localizá-lo. Sinto muito.

– Muito obrigado pelo incômodo – disse J. Bourne, desligando o aparelho. Não adiantava continuar; o nome era um tipo de código: as palavras eram pronunciadas pela pessoa que telefonava e com isso ela obtinha acesso a um hóspede do hotel, o qual era inacessível de outra forma. E as palavras podiam ser usadas por qualquer um, independentemente do lugar onde se encontrava; portanto a localização em Nova York podia muito bem não fazer sentido. De acordo com a telefonista a mais de 8 mil quilômetros de distância, era isso que acontecia.

O paciente foi até a escrivaninha onde tinha posto a carteira Louis Vuitton e o cronógrafo Seiko. Colocou a carteira no bolso e o relógio no pulso; olhou para o espelho e falou calmamente.

– Você é J. Bourne, cidadão americano, residente na cidade de Nova York, e é bem possível que os números "zero-sete-dezessete-doze-zero-quatorze-vinte e seis-zero" sejam a coisa mais importante da sua vida.

O sol brilhava infiltrando-se entre as árvores ao longo da elegante Bahnhofstrasse, refletindo nas vitrinas das lojas e criando zonas de sombra onde os grandes bancos bloqueavam seus raios. Era uma rua onde solidez e dinheiro, segurança e arrogância, determinação e um toque de frivolidade, tudo coexistia; e o paciente do dr. Washburn já tinha percorrido aquelas calçadas antes.

Ele entrou na Burkli Platz, a praça que dava para o lago Zurique, com seus numerosos ancoradouros na beira d'água, margeados por jardins que no calor do verão transformavam-se em círculos de flores desabrochadas. Podia vê-las passando em sua mente; imagens chegando até ele. Mas nenhum pensamento nem lembranças.

Deu meia-volta para entrar na Bahnhofstrasse, sabendo instintivamente que o Gemeinschaft Bank era um edifício próximo de pedra acinzentada; ficava do lado oposto da rua na qual ele acabara de andar; passara por ele deliberadamente. Aproximou-se das pesadas portas de vidro e empurrou a placa do centro. A porta moveu-se para a direita com facilidade, e ele pisou num chão de mármore marrom; já havia estado ali antes, mas a imagem não era tão nítida como as outras. Tinha a desagradável sensação de que o Gemeinschaft devia ser evitado.

Não era para ser evitado agora.

– *Bonjour, monsieur. Vous désirez...?* – O homem que fazia a pergunta vestia um fraque, a *boutonnière* vermelha como símbolo da autoridade. O uso do francês se explicava pelas roupas do cliente; até mesmo os subordinados de Zurique eram observadores.

– Venho tratar de negócios particulares e confidenciais – respondeu J. Bourne em inglês, de novo ligeiramente espantado pelas palavras que lhe saíam tão naturalmente. A razão pelo uso do inglês era dupla: queria observar a expressão do homem ante seu engano e evitar a possibilidade de qualquer mal-entendido naquilo que dissesse durante a hora seguinte.

— Perdão, senhor — disse o homem, as sobrancelhas se arqueando ligeiramente, estudando o sobretudo do cliente. — O elevador a sua esquerda, segundo andar. A recepção ajudará o senhor.

A recepção encaminhou-o a um homem de meia-idade com cabelo à escovinha e óculos de aro de tartaruga; expressão grave, olhos rigidamente curiosos.

— O senhor frequentemente faz negócios particulares e confidenciais conosco? — perguntou, repetindo as palavras do recém-chegado.

— Faço.

— Sua assinatura, por favor — disse o funcionário, apresentando uma folha de papel timbrado do Gemeinschaft com duas linhas em branco no meio da página.

O cliente compreendeu, não era preciso um nome. *Os números substituem um nome... eles passam a ser a assinatura do detentor da conta. Procedimento padrão.* Washburn.

O paciente escreveu os números, relaxando a mão para que a escrita fluísse livre. Entregou o papel timbrado de volta ao homem, que examinou o que estava escrito, levantou-se da cadeira e indicou uma fileira de portas estreitas com painéis de vidro fosco.

— O senhor, por favor, espere na quarta sala que alguém logo irá recebê-lo.

— A quarta sala?

— A quarta sala à esquerda. Ela se trancará automaticamente.

— Isso é necessário?

O homem olhou para ele, espantado.

— É condizente com o seu próprio pedido, senhor — acrescentou educadamente, um leve tom de surpresa por trás da cortesia. — É uma conta de três zeros. No Gemeinschaft os detentores de contas desse tipo costumam telefonar com antecedência de modo a que possamos providenciar uma entrada particular.

— Eu sei disso — mentiu o paciente de Washburn com um ar de indiferença que não sentia. — O problema é que eu estava com pressa.

— Vou levar isso para a verificação, senhor.

– Verificação? – O sr. J. Bourne, da cidade de Nova York, Estados Unidos, não pôde evitar; a palavra soava como um alarme.

– O Serviço de Verificação de Assinaturas, senhor. – O homem ajeitou os óculos; o movimento encobriu o fato de ele dar um passo para junto da escrivaninha, sua mão mais baixa a centímetros de um console.

– Sugiro que o senhor espere na Sala Quatro. – A sugestão não era um pedido; era uma ordem, o comando nos olhos do guarda pretoriano.

– Por que não? Apenas peça a eles para se apressarem, está bem? – O paciente encaminhou-se para a quarta porta, abriu-a e entrou. A porta fechou-se automaticamente; ele pôde ouvir o estalido do trinco. J. Bourne olhou para o painel de vidro fosco; não era um simples painel de vidro, pois havia uma rede de fios delgados trançados debaixo da superfície. Indubitavelmente seu rompimento faria soar um alarme; ele estava numa cela, esperando ser convocado.

O restante da pequena sala era revestido de madeira, e a mobília era de bom gosto: duas poltronas de couro perto uma da outra, confrontando um sofá pequeno flanqueado por mesas antigas. Na extremidade oposta havia uma segunda porta, em agudo contraste; era feita de aço cinzento. Nas mesas havia revistas e jornais em três idiomas. O paciente sentou-se e pegou a edição parisiense do *Herald Tribune*. Lia as palavras impressas mas não conseguia absorver nada. A convocação aconteceria a qualquer momento agora; sua mente estava inundada por pensamentos de manobra. Manobra sem memória, apenas por instinto.

Finalmente a porta de aço se abriu revelando um homem alto, esbelto, com feições aquilinas e cabelo grisalho meticulosamente penteado. Tinha o rosto nobre, ansioso para servir a alguém de sua categoria que precisasse de sua opinião de especialista. Estendeu a mão, o inglês refinado e melífluo disfarçando o sotaque suíço.

– É um grande prazer atendê-lo. Desculpe a demora. Foi bastante engraçado, na verdade.

– Como assim?

– Acho que o senhor assustou bastante a Herr Koenig. Não é sempre que uma conta de três zeros chega sem aviso prévio. O senhor sabe, ele tem métodos muito conservadores; o inusitado estraga seu dia. Por outro lado, torna o meu mais agradável. Sou Walther Apfel. Por favor, me acompanhe.

O funcionário do banco largou a mão do paciente e fez um gesto para a porta de aço. A sala contígua era uma extensão em forma de V da cela. Forração escura nas paredes, mobiliário pesado e confortável e uma escrivaninha larga que ficava em frente a uma janela mais larga dando para a Bahnhofstrasse.

– Sinto tê-lo assustado – disse J. Bourne. – É apenas porque disponho de muito pouco tempo.

– É, ele me informou sobre isso. – Apfel contornou a escrivaninha, fazendo sinal com cabeça para a poltrona de couro defronte. – Por favor, sente-se. Uma ou duas formalidades e poderemos discutir o negócio em pauta. – Ambos os homens se sentaram. Assim que se acomodaram, o funcionário do banco pegou uma prancheta branca e inclinou-se por sobre a mesa, passando-a ao cliente do Gemeinschaft. Presa à prancheta havia uma outra folha de papel timbrado, mas em vez de duas linhas brancas havia dez, começando embaixo do timbre e estendendo-se a uma distância de cerca de três centímetros da margem inferior. – Sua assinatura, por favor. Um mínimo de cinco será suficiente.

– Eu não entendo. Acabei de fazer isso.

– E com muito sucesso. Nosso Serviço de Verificação.

– Então por que de novo?

– Uma só assinatura pode ser falsificada em um nível aceitável. Entretanto, repetições sucessivas apresentarão falhas se a assinatura não for autêntica. Um scanner grafológico as denunciará instantaneamente; mas eu tenho certeza de que isso não o preocupa. – Apfel sorriu enquanto colocava a caneta sobre a mesa. – Nem a mim, francamente, mas Koenig insiste.

– Ele é um homem cauteloso – disse o paciente, pegando a caneta e começando a escrever. Tinha começado a quarta assinatura quando o banqueiro o interrompeu.

– Isso basta. O resto seria realmente uma perda de tempo. – Apfel estendeu a mão para pegar a prancheta. – O Serviço de

Verificação disse que o senhor não era nem mesmo um caso duvidoso. Ao receber isso, a conta lhe será entregue. – Ele introduziu a folha de papel na fenda de uma caixa de metal na extremidade direita da escrivaninha e apertou um botão; uma luz brilhante acendeu e se apagou. – Isso transmite sua assinatura diretamente para o scanner – continuou o funcionário. – Que, naturalmente, é programado. De novo, para falar francamente, acho bobagem isso tudo. Ninguém que soubesse de nossas precauções consentiria em fazer as assinaturas adicionais se fosse um impostor.

– Por que não? Já que ele tinha ido tão longe, por que não arriscar?

– Há apenas uma entrada para esse escritório, também só uma saída. Tenho certeza de que o senhor ouviu o estalido da fechadura na sala de espera.

– E vi a tela de arame no vidro – acrescentou o paciente.

– Então o senhor compreende. Se desmascarado, o impostor estaria cercado.

– Suponha que ele tivesse uma arma?

– O senhor não tem.

– Ninguém me revistou.

– O elevador revistou. De diversos ângulos. Se o senhor estivesse armado, ele teria parado entre o primeiro e segundo andar.

– Vocês são cautelosos.

– Tentamos fazer bem nosso serviço. – O telefone tocou. Apfel respondeu. – Sim?... Entre. – O funcionário olhou para o cliente. – A ficha de sua conta está aqui.

– Foi rápido.

– Herr Koenig liberou-a faz alguns minutos. Ele só estava esperando a aprovação do scanner. – Apfel abriu uma gaveta e tirou um molho de chaves. – Tenho certeza de que ele ficou desapontado. Ele estava quase certo de que havia alguma coisa irregular.

A porta de aço abriu-se, e o homem da recepção entrou carregando um cofre escuro de metal, que foi colocado na escrivaninha perto da bandeja onde havia uma garrafa de água Perrier e dois copos.

– O senhor está gostando da estada em Zurique? – perguntou o funcionário, obviamente para preencher o silêncio.

– Muito mesmo. Meu quarto dá para o lago. É uma linda vista, tranquilo, silencioso.

– Ótimo – disse Apfel, enchendo o copo do cliente com Perrier. Herr Koenig saiu; a porta fechou-se e o funcionário voltou aos negócios.

– Sua conta, senhor – disse ele, escolhendo uma chave do molho.

– Posso destrancar o cofre ou prefere fazer isso o senhor mesmo?

– Vá em frente. Abra.

O funcionário levantou os olhos.

– Eu disse destrancar, não abrir. Não é prerrogativa minha nem eu gostaria de assumir essa responsabilidade.

– Por que não?

– Na eventualidade de sua identidade estar escrita, não cabe a mim tomar conhecimento dela.

– Suponha que eu quisesse fazer uma operação? Transferir dinheiro, enviá-lo a alguém?

– Isso poderia ser feito com a sua assinatura numérica aposta a um formulário de retirada.

– Ou enviar a um outro banco, fora da Suíça? Para mim.

– Neste caso seria necessário um nome. Nessas circunstâncias, uma identidade seria tanto da minha responsabilidade quanto minha prerrogativa.

– Abra o cofre.

O funcionário abriu. O paciente do dr. Washburn prendeu a respiração, uma dor aguda ia se formando na boca do estômago. Apfel tirou um maço de documentos presos por um clipe grande. Os olhos do funcionário se dirigiram para a coluna da direita das páginas de cima, a expressão do rosto inalterável, mas não inteiramente. Seu lábio inferior projetou-se ligeiramente, fazendo um sulco nos cantos da boca; inclinou-se para a frente e passou os papéis para o proprietário da conta.

Abaixo do timbre do Gemeinschaft as palavras datilografadas eram em inglês, obviamente a língua do cliente:

Conta: Zero – Sete – Dezessete – Doze
Zero – Quatorze – Vinte e Seis – Zero
Nome: Restrito a Recebimento de Instruções

Legais e ao Proprietário
Acesso: Lacrado em Envelope Separado
Saldo em Conta-Corrente: 7.500.000 Francos

O paciente soltou a respiração lentamente, olhando para o número. Por maior que fosse a quantia que ele *pensasse* estar preparado para encontrar, nada o havia preparado para aquilo. Era a coisa mais espantosa que ele já tinha experimentado nos últimos cinco meses. Calculando por alto a importância, era superior a 5 milhões de dólares americanos.

US$ 5.000.000!

Como? Por quê?

Controlando a mão que começava a tremer, ele folheou os lançamentos de depósito. Eram numerosos, as somas extraordinárias, nenhuma menor que 300 mil francos, os depósitos espaçados de cinco a seis semanas de intervalo, o primeiro feito há 23 meses. Chegou ao lançamento do fim da página, o primeiro. Era uma transferência feita de um banco de Cingapura e o maior de todos os depósitos. Dois milhões e setecentos mil dólares malaios convertidos em *5.175.000* francos suíços.

Debaixo da folha ele pôde sentir o volume de um envelope separado, bem menor que a folha propriamente dita. Levantou o papel; o envelope estava circundado por uma margem preta, com palavras datilografadas na frente.

Identidade: Acesso do Proprietário
Restrições Legais: Acesso – Funcionário Registrado, Treadstone Seventy-One Corporation. O Portador Trará Instruções Escritas do Proprietário. Sujeito a Verificação.

– Eu gostaria de verificar isto – disse o cliente.
– Tem todo o direito – respondeu Apfel. – Posso lhe assegurar que permaneceu intacto.

O paciente retirou o envelope e virou-o. Havia um lacre do Gemeinschaft aposto nas bordas da orelha do envelope; não havia sinais de violação em nenhuma das letras em relevo. Abriu o envelope, tirou uma ficha e leu:

Proprietário: Jason Charles Bourne
Endereço: Não consta.
Nacionalidade: Estados Unidos da América

Jason Charles Bourne.
Jason.
O J era de Jason! Seu nome era *Jason Bourne.* O *Bourne* não tinha significado nada, o *J. Bourne* era ainda sem significado, mas na combinação Jason *e* Bourne as peças se encaixavam. Podia aceitar aquilo; *aceitou* aquilo. Ele era Jason Charles Bourne, americano. Podia sentir o peito arfando; a vibração nos ouvidos era ensurdecedora, a dor no estômago, mais aguda. *O que estava acontecendo? Por que tinha a sensação de que estava mergulhando na escuridão de novo, de novo nas águas escuras?*

– Alguma coisa errada? – perguntou Walther Apfel.
Alguma coisa errada, Herr Bourne?
– Não. Está tudo bem. Meu nome é Bourne. Jason Bourne.
Será que ele estava gritando? Sussurrando? Ele não sabia dizer.

– É um privilégio conhecê-lo, sr. Bourne. Sua identidade continuará confidencial. O senhor tem a palavra de um funcionário graduado do banco Gemeinschaft.

– Obrigado. Agora eu acho que vou transferir uma grande parte desse dinheiro e precisarei de sua ajuda.

– De novo é um privilégio. Qualquer ajuda ou conselho que eu possa dar, eu o farei com o maior prazer.

Bourne pegou o copo com água Perrier.

A porta de aço do escritório de Apfel fechou-se atrás de Bourne; dentro de segundos ele sairia do elegante gabinete que servia de antecâmara, entraria na sala de recepção e seguiria na direção dos elevadores. Em minutos ele estaria na Bahnhofstrasse com um nome, uma grande soma em dinheiro e pouco mais que o medo e a confusão.

Ele tinha conseguido. O dr. Geoffrey Washburn recebera muito mais do que o valor da vida que salvara. Uma transferência pelo teletipo no valor de 1.500.000 francos suíços fora feita para um banco em Marselha, depositada numa conta em código que chegaria ao único médico de Ile de Port Noir, sem que jamais o nome de Washburn fosse usado ou revelado. Tudo que o médico tinha que fazer era ir a Marselha, dizer o código e o dinheiro seria dele. Bourne sorriu para si mesmo, imaginando a expressão do rosto de Washburn quando visse a conta. O excêntrico e alcoólatra médico ficaria transbordando de alegria com dez ou quinze mil libras: ele tinha mais de um milhão de dólares. Isso lhe garantiria a recuperação ou a destruição; era a escolha dele, o problema dele.

Uma segunda transferência, de 4.500.000 francos, foi feita para um banco em Paris, na rua Madeleine, depositada em nome de Jason C. Bourne. A ordem foi expedida pelo malote que ia a Paris duas vezes por semana, fichas com assinaturas em triplicata enviadas juntamente com os documentos. Herr Koenig tinha asseverado tanto a seu superior como ao cliente que os papéis chegariam a Paris em três dias.

A transação final foi menor em comparação. Cem mil francos em notas grandes foram trazidos até o escritório de Apfel, a papeleta de retirada preenchida com a assinatura numérica do detentor da conta.

Restaram na conta do Gemeinschaft Bank 1.400.000 francos suíços, uma soma nada desprezível por qualquer critério.

Como? Por quê? De onde?

O negócio todo tinha demorado uma hora e vinte minutos, com apenas uma nota discordante nos procedimentos sem acidentes. Como não podia deixar de ser, ela partiu de Koenig, cuja expressão era um misto de solenidade e triunfo mesquinho. Ele tinha ligado para Apfel, foi recebido e entregara um pequeno envelope com bordas pretas.

– *Une fiche* – dissera em francês.

Apfel abrira o envelope, retirara um cartão, estudara o que estava escrito e entregara de volta as duas coisas para Koenig.

– Vamos nos ater às normas – dissera ele.

Koenig tinha saído.

– Isso dizia respeito a mim?

– Apenas no que diz respeito à liberação de quantias tão grandes. É apenas uma norma da casa. – O funcionário sorrira procurando tranquilizá-lo.

A fechadura deu um estalido. Bourne abriu a porta de vidro fosco e entrou no território pessoal de Herr Koenig. Dois outros homens haviam chegado e sentado em lados opostos da sala de recepção. Como não estavam em gabinetes separados atrás de janelas de vidro opaco, Bourne presumiu que nenhum deles deveria ter uma conta de três zeros. Ficou imaginando se tinham assinado seus nomes ou escrito uma sequência de números, mas parou de pensar no momento em que alcançou o elevador e apertou o botão.

Pelo canto dos olhos ele percebeu o movimento. Koenig tinha feito um sinal com a cabeça para os dois homens que se levantaram quando a porta do elevador se abriu. Bourne virou-se; o homem da direita tinha retirado um pequeno rádio do bolso do sobretudo; falou no aparelho – foi breve, rápido.

O homem à esquerda estava com a mão escondida debaixo da capa de chuva. Quando puxou a mão para fora, tinha nela uma pistola automática preta, calibre 38, com um cilindro perfurado atarraxado no cano. Um silenciador.

Os dois homens convergiram para Bourne quando ele se lançou para dentro do elevador.

Então começou a loucura.

5

As portas do elevador começaram a se fechar. O homem com o rádio na mão já estava dentro, enquanto os ombros do seu companheiro armado arremetiam-se por entre as portas em movimento, a arma apontada para a cabeça de Bourne.

Jason inclinou-se para a direita – um repentino gesto de medo – e depois, abruptamente, sem aviso, ergueu o pé esquerdo do chão, fazendo o pivô. O calcanhar bateu na mão do homem armado, lançando a pistola para cima e jogando o homem para trás, para fora do elevador. Dois tiros abafados foram disparados antes de as portas se fecharem e as balas penetraram na madeira grossa do teto. Bourne completou o pivô, lançando com toda a força o ombro contra o estômago do outro homem, enquanto a mão direita acertava o peito e a esquerda imobilizava a mão com o rádio. Ele lançou o homem contra a parede. O rádio voou no elevador; ao cair, saíram palavras do alto-falante.

– *Henri? Ça va? Qu'es-ce qui se passe?*

A imagem de um outro francês surgiu na mente de Jason. Um homem à beira da histeria, descrente de seus olhos; um pretenso assassino que fugira correndo do Bouc de Mer para as sombras da rua Sarrasin há menos de 24 horas. *Aquele* homem não perdera tempo e enviara sua mensagem para Zurique; aquele que eles pensavam estar morto estava vivo. Muito vivo. *Matem-no!*

Bourne agarrou o francês na sua frente, o braço esquerdo em torno da garganta do homem, a mão direita torcendo a orelha esquerda.

– *Quantos?* – perguntou em francês. – Quantos há lá embaixo? Onde *estão?*

– Descubra, *seu filho da mãe!*

O elevador estava no meio do caminho para o saguão do andar térreo.

Jason virou o rosto do homem para baixo, quase lhe arrancando a orelha da base, e arremessou a cabeça dele contra a parede. O francês gritou, arriando no chão. Bourne arremeteu o joelho com força no peito do oponente; pôde sentir o volume do coldre. Abriu com violência o sobretudo e puxou um revólver de cano curto. Por um instante ocorreu-lhe que alguém teria desativado o dispositivo de segurança do elevador. *Koenig.* Ele se lembraria; não haveria amnésia no que se referisse a Herr Koenig. Enfiou a arma na boca aberta do francês.

– Me diz ou eu arrebento o fundo do seu crânio! – O homem deixou escapar um gemido apertado; a arma foi retirada, o cano agora encostado na maçã do rosto.

– Dois. Um perto dos elevadores, outro fora, na calçada, perto do carro.

– Que *tipo* de carro?

– Peugeot.

– Cor? – O elevador estava diminuindo a marcha, quase parando.

– Marrom.

– O homem no saguão. O que está usando? – Perguntou Jason, pressionando mais a arma no rosto do francês.

– Um casaco preto!

O elevador parou; Bourne pôs o francês de pé; as portas se abriram. À esquerda um homem numa capa de chuva preta e usando excêntricos óculos de aros de ouro avançou. Os olhos atrás das lentes reconheceram as circunstâncias; corria um pouco de sangue pelo rosto do francês. Ele levantou a mão invisível, escondida no bolso largo da capa de chuva, uma outra automática mirando o alvo de Marselha.

Jason colocou o francês na frente do seu corpo ao sair pela porta. Ouviram-se três rápidos *estampidos;* o francês gritou, os braços erguidos num protesto gutural, final. Dobrou as costas e caiu no chão de mármore. Uma mulher à direita do homem de óculos de aros de ouro gritou, no que foi seguida por diversos homens que pediam a ninguém e a todo mundo que chamassem a *Hilfe!* A *Polizei!*

Bourne sabia que não poderia usar o revólver que tirara do francês. Não tinha silenciador, e o som de um tiro o denunciaria. Colocou-o no bolso de cima do casaco, passou pela mulher que gritava e agarrou os ombros uniformizados do funcionário dos elevadores, fazendo girar o homem aparvalhado e lançando-o contra o vulto do assassino de capa de chuva preta.

O pânico no saguão crescia enquanto Jason corria na direção das portas de vidro da entrada. O porteiro que havia confundido seu idioma fazia hora e meia berrava num telefone de parede, enquanto um guarda uniformizado a seu lado, arma na mão, bloqueava a saída, olhos fixados no caos, subitamente fixados *nele.* Sair tornou-se um problema imediato. Bourne evitou os olhos do guarda, dirigindo suas palavras para o auxiliar que estava ao telefone.

— O homem de óculos de aros de ouro! — gritou ele. — É ele! Eu vi que é ele!

— *O quê? Quem é você?*

— Sou amigo de Walther Apfel. *Preste atenção!* O homem de óculos de ouro, de capa de chuva preta. Lá!

A mentalidade burocrática era a mesma há séculos. À menção do nome de um funcionário do alto escalão, era preciso seguir as ordens.

— Herr Apfel! — O porteiro do Gemeinschaft virou-se para o guarda. — Você ouviu o que ele disse! O homem de óculos. De óculos de aros de ouro!

— Sim, senhor! — O guarda correu para a frente.

Jason esgueirou-se junto ao porteiro até as portas de vidro. Abriu com força a porta da direita, olhando para trás, sabendo que tinha que correr de novo, mas não sabendo se o homem ali fora na calçada, esperando junto a um Peugeot marrom, o reconheceria e meteria uma bala na sua cabeça.

O guarda passou correndo junto a um homem de capa de chuva preta, um homem que andava mais devagar do que as pessoas em pânico em torno dele, um homem sem óculos. Este homem acelerou o passo na direção da porta, na direção de Bourne.

Lá fora na calçada, o caos reinante era a proteção de Jason. A notícia já se espalhara fora do banco; o som cortante das sirenes ficava cada vez mais alto, os carros da polícia subindo a Bahnhofstrasse em alta velocidade. Ele andou vários metros para a direita, flanqueado por pedestres e depois, subitamente, correu, abrindo caminho em meio à multidão curiosa que se refugiava numa fachada de loja, sua atenção presa nos automóveis parados no meio-fio. Viu o Peugeot, viu o homem de pé ao lado do carro, a mão ameaçadoramente dentro do bolso do sobretudo. Em menos de quinze segundos o motorista do Peugeot estava reunido com o de capa preta, este recolocando os óculos de aros de ouro, ajustando os olhos à visão recuperada. Os dois homens conferenciaram rapidamente, os olhos esquadrinhando a Bahnhofstrasse.

Bourne entendeu a confusão deles. Ele tinha saído sem pânico pelas portas de vidro do Gemeinschaft reunindo-se à multidão. Estava preparado para correr, mas *não* tinha corrido, com medo de ser parado antes de estar razoavelmente longe da entrada. E ninguém mais fizera isso – e o motorista do Peugeot não conseguira fazer a ligação. Ele *não* tinha reconhecido o alvo identificado e marcado para execução em Marselha.

O primeiro carro da polícia chegou ao local quando o homem de óculos de aros de ouro tirava a capa de chuva, jogando-a pela janela aberta do Peugeot. Ele fez sinal para o motorista, que entrou no veículo e deu a partida no motor. O assassino tirou os óculos delicados e fez a coisa mais inesperada que Jason poderia imaginar. Caminhou rapidamente na direção das portas do banco, juntando-se à polícia que entrava apressada.

Bourne ficou observando o Peugeot afastar-se do meio-fio e acelerar pela Bahnhofstrasse. A multidão na fachada da loja começou a se dispersar, muitos encaminhando-se para as portas de vidro, esticando os pescoços uns entre os outros, erguendo-se nas pontas dos pés para olhar para dentro. Um policial saiu, fazendo sinal para os curiosos se afastarem, exigindo que abrissem uma passagem até o meio-fio. Enquanto ele gritava, uma ambulância apareceu na esquina de noroeste, o som da buzina juntando-se às notas agudas e penetrantes da sirene do teto, alertando a todos para abrirem caminho.

O motorista embicou o veículo de tamanho fora do comum até parar no espaço criado pelo Peugeot que partira. Jason não podia mais ficar observando. Ele precisava ir até o Carillon du Lac, pegar suas coisas e sair de Zurique, da Suíça. Para Paris.

Por que Paris? Por que ele insistira para que os fundos fossem transferidos para *Paris?* Isso não lhe tinha ocorrido antes de ele se sentar no escritório de Walther Apfel, chocado com as extraordinárias cifras que lhe foram apresentadas. Elas estavam acima de qualquer coisa que pudesse imaginar, tão acima que ele só pôde reagir instintivamente. E o instinto lhe tinha evocado a cidade de Paris. Como se a cidade lhe fosse de certa maneira vital. *Por quê?*

De novo, não havia tempo... Viu a equipe da ambulância passar pelas portas do banco carregando uma maca. Nela ia um corpo, a cabeça coberta, significando morte. O significado disso não passou despercebido a Bourne; se não fosse por suas habilidades, que ele não conseguia relacionar com nada que pudesse compreender, ele seria o homem morto naquela maca.

Viu um táxi vazio na esquina e correu para lá. Tinha que sair de Zurique; uma mensagem fora enviada de Marselha, o homem morto ainda estava vivo. Jason Bourne estava vivo. Matem-no. Matem Jason Bourne!

Deus do céu, *por quê?*

Ele esperava encontrar o subgerente do Carillon du Lac atrás do balcão de recepção, mas o homem não estava lá.

Pensou então que um bilhete curto para o homem – qual era mesmo o nome – Stossel? Sim, Stossel – seria suficiente. Não era necessário uma explicação da sua partida súbita, e quinhentos francos compensariam de sobra as poucas horas que o hotel lhe servira – e o favor que ele pediria a Herr Stossel.

No seu quarto ele jogou o aparelho de barbear na valise vazia, checou a pistola que ele tinha tirado do francês, colocando-a no bolso do sobretudo, e sentou-se à escrivaninha; escreveu um bilhete para Herr Stossel, subgerente. Nele Jason colocou uma frase que lhe veio à mente com facilidade – quase com facilidade demasiada.

Talvez eu entre brevemente em contato com o senhor para receber as mensagens que, espero, sejam enviadas para mim. Confio que será conveniente para o senhor não lê-las e recebê-las em meu nome.

Se houvesse qualquer comunicado da misteriosa Treadstone Seventy-One, ele queria tomar conhecimento. Isso era Zurique; ele ia saber.

Pôs uma nota de quinhentos francos no meio do papel timbrado dobrado e fechou o envelope com cola. Depois pegou a valise, saiu do quarto e caminhou pelo corredor até o hall dos elevadores. Havia quatro; apertou um botão e olhou em volta, lembrando-se do Gemeinschaft. Não havia ninguém ali; uma campainha se fez ouvir e a luz vermelha em cima do terceiro elevador acendeu. Ele ia pegar um elevador que descia. Bom. Precisava chegar ao aeroporto o mais rápido possível; tinha que sair de Zurique, da Suíça. Uma mensagem havia sido mandada.

As portas do elevador se abriram. Dois homens estavam ao lado de uma mulher de cabelo ruivo; eles pararam de conversar, cumprimentaram o recém-chegado – percebendo a valise e afastando-se – e depois retomaram o diálogo quando as portas se fecharam. Tinham trinta e poucos anos e falavam um francês suave, rápido, a mulher olhando alternadamente para cada um, sorrindo e parecendo pensativa. Estavam sendo tomadas decisões de pouca importância. O riso era entrecortado por perguntas casuais.

– Então vamos voltar para casa depois dos relatórios de amanhã? – perguntou o homem da esquerda.

— Não tenho certeza. Estou esperando uma resposta de Ottawa — replicou a mulher. — Tenho parentes em Lyon, seria bom vê-los.

— É impossível — disse o homem da direita — que a comissão organizadora encontre dez pessoas que queiram fazer uma síntese dessa maldita conferência em um único dia. Ficaremos todos aqui mais uma semana.

— Bruxelas não vai aprovar — disse o primeiro homem sorrindo. — O hotel é muito caro.

— Então se mude para outro — disse o segundo homem com um olhar de soslaio para a mulher. — Estamos esperando que você faça justamente isso, não é?

— Você é maluco — disse a mulher. — Vocês dois são malucos, e esta é a *minha* síntese.

— Você não é, Marie — interrompeu o primeiro. — Maluca, quero dizer. Sua apresentação de ontem foi brilhante.

— Não foi nada disso — disse ela. — Foi rotineira e muito chata.

— Não, não — discordou o segundo. — Foi sensacional; tinha que ser. Não entendi uma palavra. Mas tenho outras habilidades.

— Maluco...

O elevador estava chegando; o primeiro homem falou de novo.

— Vamos sentar na última fileira do salão. Estamos atrasados de qualquer jeito e é o Bertinelli que está falando, o que pouco representa, acho eu. Suas teorias de flutuações cíclicas forçadas desapareceram com as finanças dos Bórgia.

— Antes mesmo — disse a mulher de cabelo ruivo, rindo. — Se foram com os impostos de César. — Fez uma pausa e acrescentou. — Se não com as guerras púnicas.

— Na última fileira, então — disse o segundo homem, oferecendo o braço à mulher. — Poderemos dormir. Ele usa um projetor de slides, e a sala estará escura.

— Não, vocês dois vão na frente. Estarei com vocês em poucos minutos. Preciso mesmo passar uns telegramas e não confio que a telefonista vá fazer certo.

As portas se abriram, e os três saíram do elevador. Os dois homens começaram a atravessar juntos o saguão em diagonal, a mulher indo na direção do balcão de recepção. Bourne acompanhou-a de perto, lendo de modo absorto um aviso num cavalete a uns metros de distância.

BEM-VINDOS:
MEMBROS DA SEXTA CONFERÊNCIA
MUNDIAL DE ECONOMIA

PROGRAMA DE HOJE:

13:00: SUA EXCIA. JAMES FRAZIER,
MEMBRO DO PARLAMENTO DO REINO UNIDO
SALÃO 12

18:00: DR. EUGENIO BERTINELLI,
UNIVERSIDADE DE MILÃO, ITÁLIA
SALÃO 7

21:00: JANTAR DE DESPEDIDA DO PRESIDENTE
SALÃO DA HOSPITALIDADE

– Quarto 507. A telefonista disse que há um telegrama para mim.

Inglês. A mulher de cabelo ruivo, agora ao seu lado no balcão, falava inglês. Mas então ela disse que "esperava uma mensagem de Ottawa". Canadense.

O funcionário no balcão checou os escaninhos e voltou com um telegrama.

– Dra. St. Jacques? – perguntou, apresentando o envelope.

– Sou eu. Muito obrigada.

A mulher virou-se, abrindo o telegrama, enquanto o funcionário punha-se à frente de Bourne.

– Pois não, senhor.

– Eu gostaria de deixar esse bilhete para Herr Stossel. – Ele colocou o envelope timbrado do Carillon du Lac no balcão.

– Herr Stossel só voltará às seis horas da manhã de amanhã, senhor. Às tardes ele deixa o serviço às quatro. Posso ajudá-lo em alguma coisa?

– Não, obrigado. Apenas não deixe de entregar isto a ele, por favor. – Depois Jason se lembrou: isso era Zurique. – Não é nada urgente – acrescentou – mas preciso de uma resposta. Eu falo com ele amanhã.

– Pois não, senhor.

Bourne pegou a valise e começou a atravessar o saguão na direção da entrada do hotel, uma fileira de largas portas de vidro que levavam a um passeio circular defronte do lago. Podia ver diversos táxis esperando em fila debaixo dos holofotes da marquise; o sol já tinha se posto; era noite em Zurique. Apesar disso havia voos para todos os pontos da Europa até bem depois da meia-noite...

Parou de andar, a respiração suspensa, uma forma de paralisia caindo sobre ele. Os olhos não acreditaram no que ele via além das portas de vidro. Um Peugeot marrom estava estacionando no passeio circular, na frente do primeiro táxi. A porta do carro abriu e um homem saltou – um assassino de capa de chuva preta, usando óculos finos de aros de ouro. Em seguida uma outra pessoa saiu da outra porta, mas não era o motorista que estivera parado no meio-fio na Bahnhofstrasse, esperando por um alvo que ele não identificara. Em vez dele, havia agora um outro assassino, em outra capa de chuva, os bolsos largos protuberantes com armas poderosas. Era o homem que estava sentado na sala de recepção do segundo andar do Gemeinschaft Bank, o mesmo homem que puxara uma pistola calibre 38 de um coldre debaixo do casaco. Uma pistola com um cilindro perfurado no cano que abafou os dois tiros endereçados ao crânio da presa que ele tinha seguido até o elevador.

Como? Como poderiam tê-lo achado?... Então ele se lembrou e sentiu-se mal. Fora uma coisa tão inócua, tão casual!

O senhor está gostando da estada em Zurique? Walther Apfel tinha perguntado enquanto esperavam que o funcionário da recepção saísse e os deixasse sozinhos novamente.

Muito mesmo. Meu quarto dá para o lago. É uma linda vista, tranquilo, silencioso.

Koenig! Koenig ouvira ele dizer que o seu quarto dava para o lago. Quantos hotéis tinham quartos dando para o lago? Especialmente hotéis que um homem com uma conta de três zeros pudesse frequentar. Dois? Três?... De uma lembrança remota vieram-lhe nomes à mente: *Carillon du Lac, Baur au Lac, Eden au Lac.* Havia outros? Não lhe ocorreu mais nomes. Como deve ter sido fácil chegar até ele! Como fora fácil para ele dizer as palavras. Como tinha sido idiota!

Não havia tempo. Era tarde demais. Podia vê-los através da sequência de portas de vidro, logo os assassinos também podiam vê-lo. O segundo homem já o tinha avistado. Houve uma troca de palavras por sobre o capô do Peugeot, os óculos de aros de ouro foram ajustados, as mãos colocadas nos bolsos protuberantes, e as armas invisíveis empunhadas. Os dois homens convergiram para a entrada, separando-se no último instante, um em cada extremidade da fileira das claras portas envidraçadas. Os flancos estavam cobertos, a armadilha pronta; ele não podia sair correndo.

Será que eles achavam que podiam entrar num saguão de hotel cheio e simplesmente matar um homem?

É claro que podiam. A aglomeração de pessoas e o barulho eram a sua proteção. Dois, três, quatro tiros abafados disparados a curta distância seriam tão eficazes como uma emboscada numa praça cheia de gente à luz do dia, a fuga facilitada pelo caos resultante.

Ele não podia deixar que chegassem perto! Recuou, os pensamentos passando velozmente pela mente, a ousadia acima de tudo. Como se *atreviam?* O que os fazia pensar que ele não correria à procura de proteção, gritaria pela polícia? E aí a resposta ficou clara, tão simplória quanto a própria pergunta. Os assassinos tinham certeza daquilo que ele apenas suspeitava – ele não podia procurar a polícia. Para Jason Bourne, todas as autoridades tinham que ser evitadas... Por quê? Elas estariam também procurando por *ele?*

Jesus Cristo, por quê?

Mãos estendidas abriram as duas portas opostas, outras mãos escondidas, em torno do aço. Bourne voltou-se; havia elevadores, portas, corredores – um telhado e porões; deveria haver uma dúzia de passagens que levassem para fora do hotel.

Será que havia? Será que os assassinos, agora abrindo caminho no meio das pessoas, sabiam de algo que ele somente podia imaginar? Será que o Carillon du Lac só tinha duas ou três saídas? Facilmente cobertas por homens do lado de fora, facilmente usadas, essas mesmas saídas, como armadilhas para derrubar o vulto isolado de um homem correndo.

Um homem sozinho; um homem sozinho era um alvo evidente. Mas supondo que ele não estivesse sozinho? Supondo que alguém estivesse com ele? Duas pessoas não eram uma, mas para alguém sozinho uma pessoa a mais era uma camuflagem – especialmente em aglomerações, especialmente à noite, e *era* de noite. Assassinos profissionais evitam tirar a vida da pessoa errada, não por compaixão, mas por questões práticas; no pânico resultante o verdadeiro alvo poderia escapar.

Ele sentiu o peso da arma no bolso, mas não ficou aliviado de saber que ela estava ali. Como no banco, usá-la – ou mesmo mostrá-la – era marcá-lo. Apesar disso, ela estava ali. Ele foi recuando na direção do centro do saguão, depois virou para a direita onde havia uma concentração maior de pessoas. Todos estavam se preparando para suas atividades noturnas, havia uma conferência internacional, milhares de planos provisórios estavam sendo feitos, chefes e subordinados separados por olhares de aprovação e rejeição, novos grupos se formando por toda parte.

Havia um balcão de mármore junto à parede, um funcionário atrás dele verificando páginas de papel amarelo com um lápis que ele segurava como se fosse um pincel. *Telegramas.* Defronte do balcão havia duas pessoas, um velho gordo e uma mulher trajando um vestido vermelho-escuro, a cor viva da seda complementando seu cabelo longo, ruivo... Cabelo ruivo. Era a mulher do elevador, que fizera um gracejo a respeito dos impostos de César e das guerras púnicas, a mulher que ficara a seu lado no balcão do hotel, perguntando pelo telegrama que ela sabia que tinha chegado.

Bourne olhou para trás. Os assassinos sabiam se aproveitar do aglomerado de pessoas, desculpando-se educadamente, mas abrindo caminho com determinação, um pela direita, outro pela esquerda, convergindo como duas pontas de uma tesoura se fechando. Enquanto o mantivessem à vista, eles podiam forçá-lo a continuar fugindo cegamente, sem direção, não sabendo que o caminho que tomasse poderia levá-lo a um beco sem saída, de onde não poderia mais fugir. E aí surgiriam os estampidos abafados, os bolsos enegrecidos pelo calor da pólvora...

Mantê-lo à vista?

Na última fileira então... Poderemos dormir. Ele usa um projetor de slides e a sala estará escura.

Jason virou-se de novo e olhou para a mulher ruiva. Ela tinha acabado com seus telegramas e agradecia ao funcionário, tirando do rosto os óculos coloridos, de aros de tartaruga, e colocando-os na bolsa. Ela não estava a mais de dois metros dele.

É o Bertinelli que está falando, o que pouco representa, acho eu.

Não havia tempo para nada mais que não fossem decisões instintivas. Bourne passou a valise para a mão esquerda, andou rapidamente até a mulher no balcão de mármore e tocou-lhe o cotovelo gentilmente, procurando alarmá-la o mínimo possível.

– Doutora?...
– Sim?
– A senhorita *é* a dra...? – Ele a soltou, um homem perplexo.

– St. Jacques – completou ela, usando a pronúncia francesa. – O senhor estava no elevador.

– Não percebi que era a senhorita – disse ele. – Disseram-me que a senhorita deveria saber onde Bertinelli está fazendo sua conferência.

– Está bem ali no quadro. Salão Sete.

– Acho que não sei onde é. Será que se importaria de me mostrar? Estou atrasado e tenho que fazer umas anotações sobre essa palestra.

– Sobre a palestra de Bertinelli? Por quê? O senhor trabalha para algum jornal marxista?

– É um pool neutro – disse Jason, imaginando de onde aquelas frases estavam saindo. – Faço a cobertura para diversas pessoas. Acham que ele não vale a pena.

– Talvez não, mas deve ser ouvido. Há umas poucas verdades cruas no que ele diz.

– Eu me perdi, de modo que tenho de encontrá-lo. Talvez a senhorita possa me levar até lá.

– Receio que não. Vou lhe mostrar a sala, mas preciso dar um telefonema. – Ela fechou bruscamente a bolsa.

– Por favor. *Depressa!*

– O quê? – Ela olhou para ele, nada amistosamente.

– Desculpe, mas *tenho* pressa. – Ele olhou para a direita; os dois homens estavam a menos de sete metros.

— Você também tem modos grosseiros — disse Marie St. Jacques friamente.

— *Por favor.* — Ele conteve o desejo de empurrá-la para a frente, para longe da armadilha móvel que se fechava sobre ele.

— É por aqui. — Ela começou a andar na direção de um corredor largo à esquerda. O aglomerado de gente era menor, os grupos menos distintos nas áreas mais afastadas do saguão. Chegaram ao que parecia ser um túnel forrado de veludo vermelho-escuro, com portas nos lados opostos e avisos luminosos identificando-os como Salão de Conferências Um, Salão de Conferências Dois. No fim da passagem havia portas duplas, as letras douradas da direita avisando que ali era a entrada para o Salão Sete.

— Aí está — disse Marie St. Jacques. — Tenha cuidado ao entrar, provavelmente vai estar escuro. Bertinelli dá as palestras com slides.

— Como num cinema — comentou Bourne, olhando para trás, para o aglomerado de pessoas na outra extremidade do corredor. Lá estava ele; o homem com óculos de aros de ouro desculpava-se ao passar junto a um animado trio no saguão. Entrava no corredor, o companheiro atrás dele.

— ...uma diferença considerável. Ele se senta abaixo do palco e doutrina. — Marie St. Jacques dissera alguma coisa e agora ia se afastando dele.

— O que disse? Um palco?

— Bem, uma plataforma elevada. Geralmente para painéis de exibição grandes.

— Eles têm que ser trazidos para dentro — disse ele.

— O que é que tem que ser trazido?

— Os painéis. Há uma saída lá dentro? Uma outra porta?

— Não faço ideia e agora realmente preciso dar meu telefonema. Tomara que goste do *professore.* — Ela se virou.

Ele deixou cair a valise e pegou no braço dela. Ao toque, ela olhou espantada para ele.

— Tire a mão de cima de mim, por favor.

— Não quero assustá-la, mas não tenho escolha. — Ele falou calmamente, os olhos por sobre o ombro dela; os assassinos tinham retardado o passo, a armadilha certa, quase fechando. — Você tem de vir comigo.

– Não seja ridículo!

Ele apertou a mão com força em torno do braço dela, colocando a mulher a sua frente. Depois puxou a arma do bolso, tomando cuidado para que o corpo da mulher o escondesse dos homens a dez metros dele.

– Não quero usar isso. Não quero machucá-la, mas eu farei as duas coisas se tiver que fazer.

– Meu Deus...

– Fique quieta. Faça exatamente o que eu mandar e você não se machucará. Tenho que sair desse hotel, e você vai me ajudar. Quando eu estiver lá fora, deixo você ir. Mas não antes. Venha. Vamos entrar aí.

– Você *não pode*...

– Posso, sim. – Ele empurrou o cano da arma contra o estômago dela, contra a seda escura que se enrugou sob a pressão. Pelo medo ela foi forçada ao silêncio, à submissão. – Vamos.

Bourne ficou do lado esquerdo da mulher, a mão ainda segurando o braço dela, a pistola cruzada no seu peito e a centímetros do peito de sua prisioneira. Os olhos dela estavam transfixados na arma, os lábios entreabertos, a respiração irregular. Ele abriu a porta, empurrando-a defronte dele. Pôde ouvir uma única palavra gritada no corredor.

– *Schnell!*

Estavam na escuridão, mas isso não durou muito. Um facho de luz atravessou a sala, sobre as fileiras de cadeiras, iluminando as cabeças da plateia. À distância, numa tela sobre o palco, estava projetado um gráfico, as grades marcadas com números e uma linha preta grossa que partia da esquerda e se estendia até a direita num contorno serrilhado, cortando as linhas verticais. Ouviu-se uma voz com sotaque forte, ampliada pelo alto-falante.

– Os senhores poderão observar que durante os anos de 1970 e 1971, quando foram autoimpostas restrições específicas à produção – repito, *autoimpostas* – por esses líderes da indústria, a recessão econômica resultante foi bem menos severa que na... slide doze, por favor, chamada regulação paternalista do mercado efetuada por intervencionistas do governo. O próximo slide, por favor.

A sala ficou escura novamente. Havia um problema com o projetor; não surgiu um segundo facho de luz substituindo o primeiro.

– Slide doze, por favor!

Jason empurrou a mulher para a frente, passando pelas pessoa, de pé junto à parede dos fundos, atrás da última fileira de cadeiras. Ele tentava avaliar o tamanho do salão de conferências, procurando uma luz vermelha que pudesse significar escape. Viu a luz! Um brilho fraco a certa distância. No palco, atrás da tela. Não havia outras saídas nem outras portas além da porta de entrada do Salão Sete. Ele tinha de chegar lá; tinha que levá-los até aquela saída. No palco.

– *Marie, par ici!* – O sussurro veio da esquerda, de um assento na última fileira.

– *Non, chérie. Reste avec moi.* – O segundo sussurro partiu de um vulto na sombra, um homem de pé bem na frente de Marie St. Jacques. Ele se afastara da parede, interceptando-a. – *On nous a séparé. I'l n'y a plus de chaises.*

Bourne comprimiu firmemente a arma nas costas da mulher, sua mensagem inequívoca. Ela sussurrou sem respirar, Jason contente com o fato de o rosto dela não poder ser visto claramente.

– Por favor, deixe-nos passar – disse em francês. – *Por favor.*

– O que é isso? Ele é o seu telegrama, querida?

– Um velho amigo – sussurrou Bourne.

Ouviu-se um grito sobre o murmurar cada vez mais alto da plateia.

– Pode projetar o *slide doze! Per favore!*

– Temos que ver alguém no fim da fileira – continuou Jason, olhando atrás de si. A folha direita da porta de entrada abriu-se; no meio de um rosto na sombra, um par de óculos de aros de ouro refletia a luz fraca do corredor. Bourne esgueirou a moça pelo seu amigo espantado, empurrando-o de volta contra a parede, murmurando uma desculpa.

– Desculpe, mas estamos com pressa!

– Você é muito grosseiro, além disso.

– Sou mesmo, eu sei.

– Slide doze! *Ma che infamia!*

O facho de luz saltou do projetor, trêmulo, sob a mão nervosa do operador. Um outro gráfico apareceu na tela enquanto Jason e a mulher alcançavam o início de uma estreita passagem que levava do salão propriamente dito ao palco. Ele a empurrou para o canto, apertando o corpo contra o dela, o rosto contra o rosto dela.

– Vou gritar – ela sussurrou.

– Eu atiro – disse ele. Olhou em volta os vultos encostados na parede; ambos os assassinos já estavam dentro, apertando os olhos, erguendo as cabeças como roedores alarmados, tentando identificar o seu alvo dentre as fileiras de rostos.

A voz do conferencista levantou-se como o tinir de um sino rachado, sua diatribe breve mas estridente.

– *Ecco!* Eu me dirijo esta noite aos céticos, e isso compreende a maioria dos presentes, aqui está a prova estatística! Idêntica em substância a uma centena de outras análises que já fiz. Deixem o mercado para os que vivem lá. Sempre existirão pequenos excessos. São um preço pequeno a pagar pelo bem geral.

Houve alguns aplausos isolados, a aprovação de uma minoria definida. Bertinelli retomou o tom normal e continuou sua cantilena, o ponteiro comprido batendo na tela, enfatizando o óbvio – o seu óbvio. Jason inclinou-se para trás de novo; os óculos de ouro brilharam na luz crua do projetor. O homem tocou no braço do companheiro, acenando com a cabeça para a esquerda, ordenando a seu subordinado para continuar a busca do lado esquerdo do salão; ele tomaria a direita. Começou a andar, os aros de ouro ficando mais brilhantes enquanto ele passava pela frente dos que estavam de pé, estudando cada rosto. Chegaria ao canto, chegaria a *eles,* em questão de segundos. Parar o assassino com um tiro era tudo que restava; e se alguém da fileira das pessoas de pé se mexesse, ou se a mulher que ele apertara contra a parede entrasse em pânico e o empurrasse... ou se ele não acertasse no assassino por diversas razões, ele estava preso na armadilha. E mesmo se ele acertasse o homem, havia um outro assassino do outro lado do salão, um atirador de elite, naturalmente.

– Slide *treze,* por favor.

Era isso. *Agora!*

O facho de luz apagou-se. Na escuridão, Bourne puxou a mulher da parede, girou-a e ficou cara a cara com ela.

– Se fizer um barulho, eu te mato!

– Acredito em você – sussurrou ela, aterrorizada. – Você é um louco.

– Vamos! – Ele a empurrou pela estreita passagem que levava ao palco, quinze metros à frente. A luz do projetor acendeu de novo; ele agarrou a moça pelo pescoço, forçando-a a ajoelhar-se enquanto ele também se ajoelhava ao lado dela. Estavam escondidos dos assassinos por fileiras de corpos que se mexiam nas cadeiras. Comprimiu a carne dela com os dedos; era seu sinal para ela continuar para a frente, rastejando... vagarosamente, mantendo-se abaixada, mas *movimentando-se*. Ela compreendeu e começou a movimentar-se para a frente sobre os joelhos, tremendo.

– As conclusões dessa fase são irrefutáveis – gritou o conferencista. – O motivo do lucro é inseparável do incentivo à produtividade, mas os papéis adversos nunca podem ser iguais. Como compreendeu Sócrates, a desigualdade dos valores é constante. Ouro simplesmente não é latão nem ferro; quem dentre vocês pode negar? Slide quatorze, por favor!

Novamente a escuridão. *Agora.*

Ele puxou com força a mulher para cima, empurrando-a para frente na direção do palco. Estavam a um metro da beira.

– *Cosa succede?* O que é que há, por favor? Slide *quatorze!*

Tinha acontecido! O projetor tinha enguiçado de novo; a escuridão permanecia. E ali no palco na frente deles, acima deles, estava o brilho vermelho do aviso de saída. Jason apertou o braço da moça com toda força.

– Suba no palco e corra para a saída! Vou logo atrás de você. Se parar ou gritar, eu atiro.

– Pelo amor de Deus, me deixe aqui!

– Ainda não. – Colocou todo o empenho na frase; havia uma outra saída em algum lugar, havia homens do lado de fora esperando pelo alvo de Marselha. – Vamos! *Agora.*

Marie St. Jacques levantou-se e correu em direção ao palco. Bourne ergueu-a do chão, ajudando-a a subir, depois ele mesmo saltou para cima do palco e colocou-a de pé de novo.

A luz ofuscante do projetor acendeu de novo, inundando o palco. Gritos de surpresa e caçoada partiram da plateia ao ver os dois vultos, enquanto os gritos do indignado Bertinelli se faziam ouvir por cima da algazarra.

– *È insoffribile! Ci sono comunisti qui!*

E aí se ouviram outros sons – três – letais, agudos, rápidos. Estampidos de uma arma com silenciador – armas; madeira estilhaçada na moldura do arco do proscênio. Jason empurrou a moça em direção ao chão e jogou-se para a frente, caindo em um espaço lateral estreito protegido pela escuridão e puxando-a atrás de si.

– *Da ist er! Da oben!*
– *Schnell! Der Projektor!*

Partiu um grito do corredor central do salão quando a luz do projetor virou para a direita, resvalando nas alas – mas não inteiramente. O facho de luz era interceptado pelas estruturas verticais inclinadas que ocultavam os bastidores; *luz, sombra, luz, sombra.* E, no fim daquelas estruturas, no fundo do palco, estava a saída. Uma porta de metal larga, alta, com uma barra de segurança.

Houve o barulho de vidro arrebentando; a luz vermelha explodiu quando uma bala de um dos atiradores de elite bateu no aviso acima da porta. Não importava; Bourne podia ver claramente o metal brilhante da barra de segurança.

O salão de conferências virara um pandemônio. Bourne agarrou a mulher pelo pano da blusa, empurrando-a com força através da entrada dos bastidores, na direção da porta. Por um instante ela resistiu; ele lhe deu uma bofetada e arrastou-a atrás de si até que a barra de segurança estivesse ao seu alcance.

Balas explodiram na parede a sua direita; os assassinos corriam pelos corredores laterais procurando linhas de mira mais precisas. Eles os alcançariam em segundos, e em segundos outras balas, ou uma única bala, encontrariam seu alvo. Ainda tinham bastantes cartuchos, ele sabia. Não tinha ideia de como ou por que ele sabia, mas *sabia.* Pelo som ele podia visualizar as armas e a retirada dos pentes. Sabia contar os cartuchos.

Bateu com força o antebraço na barra de segurança da porta de saída. Ela abriu rapidamente, e ele se lançou através da passagem, arrastando com ele a mulher, que esperneava.

— Para! — gritou ela. — Não vou continuar! Você é maluco! Aquilo eram tiros!

Jason fechou com os pés a grande porta de metal.

— Levanta!

— Não!

Ele golpeou o rosto dela com as costas da mão.

— Desculpe, mas você vem comigo. Levanta! Logo que estivermos fora, você tem a minha palavra, eu a deixo ir. — Mas aonde iria ele agora? Estavam em outro túnel, mas não havia tapete nem portas polidas com avisos luminosos em cima. Estavam numa espécie de área de descarga, deserta; o chão era de concreto, e havia dois carrinhos de carga de armação tubular perto dele, encostados na parede. Ele tinha razão; os painéis de exibição usados no palco do Salão Sete tinham que ser trazidos de carrinho, a porta de saída era alta e larga o bastante para deixar passar grandes armações.

A *porta!* Ele tinha que bloquear a porta! Marie St. Jacques estava de pé; ele ficou segurando-a enquanto pegava o primeiro carrinho e o empurrava até a porta de saída, comprimindo-o com o ombro e o joelho até que ele ficasse engatado no metal. Olhou para baixo; embaixo da grossa base de madeira havia travas nas rodas. Meteu o calcanhar com força na trava da frente e depois na traseira.

A moça se virou, tentando soltar-se da sua mão enquanto ele esticava a perna até a extremidade do carrinho; ele deslizou a mão pelo braço dela, agarrou-lhe o pulso e deu uma torção para dentro. Ela gritou, lágrimas nos olhos, os lábios trêmulos. Ele puxou-a para o seu lado, forçando-a a ficar do lado esquerdo, e começou a correr, presumindo que assim ia na direção da parte dos fundos do Carillon du Lac, esperando achar a saída. Pois lá e somente lá ele precisaria da mulher; uns poucos instantes, quando saísse um casal, não um homem sozinho, correndo.

Houve uma série de batidas fortes; os assassinos tentavam forçar a porta do palco, mas o carrinho de carga travado era uma barreira pesada demais.

Ele foi puxando a moça pelo chão de cimento; ela tentava se libertar, dando pontapés, torcendo o corpo de novo de um lado para o outro; estava à beira da histeria. Ele não tinha escolha; agarrou o cotovelo dela, o polegar no músculo interno, e comprimiu o mais que pôde. Ela prendeu a respiração, a dor súbita e excruciante; soluçou e soltou a respiração, permitindo que ele a continuasse empurrando para a frente.

Chegaram a uma escada de cimento, quatro degraus, que levava a um par de portas mais abaixo. Era a plataforma de descarga; além daquela porta ficava o estacionamento do Carillon du Lac. Ele estava quase lá. Agora era só uma questão de aparências.

– Ouça aqui! – disse ele para a mulher rígida, amedrontada. – Você quer que eu a solte?

– Oh, meu Deus, quero! *Por favor!*

– Então faça exatamente o que eu disser. Vamos descer estes degraus e sair por aquela porta como duas pessoas perfeitamente normais ao fim de um dia de trabalho normal. Você vai me dar o braço e vamos sair andando devagar, conversando calmamente, até os carros na outra extremidade do estacionamento. E vamos rir os dois – não muito alto, somente de maneira casual – como se estivéssemos lembrando de coisas engraçadas que aconteceram durante o dia. Entendeu?

– Não aconteceu nada de engraçado comigo nos últimos quinze minutos – ela respondeu, numa voz monocórdia quase inaudível.

– Finja que aconteceu. Posso cair numa armadilha. Se isso acontecer, eu não me importo. Você me entende?

– Acho que meu pulso está quebrado.

– Não está.

– Meu braço esquerdo, meu ombro. Não posso movê-los; estão latejando.

– Comprimi a extremidade de um nervo, vai passar daqui a pouco. Você vai ficar bem.

– Você é um animal.

– Quero viver – disse ele. – Venha. Lembre-se, quando eu abrir a porta, você olha para mim e sorri, inclina a cabeça para trás, ri um pouco.

– Vai ser a coisa mais difícil que já fiz.

– É mais fácil do que morrer.

Ela passou o braço machucado pelo braço dele, e os dois desceram a pequena escada até a porta da plataforma. Ele a abriu e saíram, a mão dele no bolso do sobretudo segurando firmemente a pistola do francês, os olhos esquadrinhando a plataforma de descarga. Havia uma única lâmpada dentro de uma tela de arame sobre a porta, o feixe de luz iluminando os degraus de concreto da esquerda, que levavam ao andar de baixo. Ele conduziu a refém naquela direção.

Ela procedeu conforme ele havia ordenado, e o resultado era macabro. Enquanto desciam os degraus, o rosto dela permanecia virado para o dele, as feições aterrorizadas evidentes na luz. Os lábios grossos estavam entreabertos, esticados sobre os dentes brancos num sorriso falso, tenso; os olhos grandes eram dois círculos escuros, refletindo um medo profundo, a pele manchada de lágrimas, tesa e pálida, marcada de vergões vermelhos nos lugares onde ele a tinha golpeado. Ele olhava para um rosto talhado em pedra, uma máscara rodeada de cabelos ruivos que caíam em cascata sobre os ombros, agitados pela brisa noturna – dotados de movimento, eram a única coisa viva daquela máscara.

Um riso sufocado veio da garganta dela, as veias do pescoço longo saltadas. Ela não estava longe de entrar em colapso, mas ele não podia pensar nisso. Tinha que se concentrar no espaço em volta deles, em qualquer movimento – mesmo que pequeno – que percebesse nas sombras do grande estacionamento. Era óbvio que aquela área dos fundos, sem iluminação, era usada pelos empregados do Carillon du Lac; eram quase seis e meia, o turno da noite já enfronhado em suas tarefas. Tudo estava tranquilo, um terreno liso e escuro quebrado pelas fileiras de automóveis silenciosos, fileiras de grandes insetos, o vidro fosco dos faróis, cem olhos olhando para o nada.

Um rangido leve. Metal arranhando metal. Veio da direita, de um dos carros na fileira próxima. *Qual fileira? Qual carro?* Ele inclinou a cabeça para trás como que respondendo a uma coisa engraçada dita por sua companhia, enquanto os olhos percorriam as janelas dos carros mais próximos deles. Nada.

Alguma coisa? Estava lá, mas era tão pequeno, quase invisível... tão intrigante. Um minúsculo círculo verde, um feixe infinitesimal de luz verde. Moveu-se... quando eles se moveram.

Verde. Pequeno... *luz?* De repente, de algum lugar do passado esquecido, explodiu nos seus olhos a imagem de um retículo de fios cruzados. Seus olhos olhavam para duas linhas finas que se cruzavam! *Retículo!* Uma mira... a mira infravermelha de um rifle.

Como é que os assassinos sabiam? Havia diversas respostas. Um rádio portátil tinha sido usado no Gemeinschaft; um outro podia estar sendo usado agora. Ele usava um sobretudo; sua refém usava um vestido leve de seda e a noite estava fria. Nenhuma mulher sairia assim.

Bourne se lançou para a esquerda, abaixando-se, jogando-se sobre Marie St. Jacques, o ombro golpeando o estômago dela, atirando-a de volta sobre os degraus. Os estampidos abafados vieram em rápida sucessão; pedra e asfalto explodiram por toda parte em volta deles. Mergulhou para a direita, rolando repetidas vezes no momento em que seu corpo fez contato com o chão, enquanto arrancava a pistola do bolso do sobretudo. Saltou então de pé novamente, agora em linha reta para a frente, a mão esquerda firmando o pulso direito, a arma centralizada, mirando a janela com o rifle. Deu três tiros.

Um grito agudo veio do espaço aberto e escuro do carro estacionado; que se transformou num grito mais baixo, um arquejo e depois silêncio. Bourne ficou imóvel, esperando, ouvindo, vigiando, preparado para atirar de novo. Silêncio. Começou a se levantar... mas não conseguiu. Tinha acontecido alguma coisa. Ele quase não podia se mexer. Depois a dor se espalhou pelo peito; o pulsar era tão violento que se curvou, apoiando o corpo com ambas as mãos, sacudindo a cabeça, tentando focalizar os olhos, tentando afastar a agonia. Seu ombro esquerdo, a parte de baixo de seu peito – abaixo das costelas... sua coxa direita – acima do joelho, abaixo do quadril; áreas de seus antigos ferimentos, onde dezenas de pontos tinham sido retirados há cerca de um mês. Ele tinha lesionado as áreas enfraquecidas ao esticar tendões e músculos que não estavam ainda inteiramente recuperados. Oh, Cristo! Ele precisava se levantar; precisava chegar ao carro do pretenso assassino, tirar o homem de lá e fugir.

Jogou a cabeça para cima, contorcendo o rosto de dor, e procurou por Marie St. Jacques. Ela se levantava devagar, primeiro num joelho, depois num pé, apoiando-se na parede externa do hotel. Num segundo ela estaria de pé, depois correndo. Para longe.

Não podia deixá-la ir! Ela entraria correndo e gritando no Carillon du Lac, viriam homens, alguns para pegá-lo... outros para matá-lo. Ele tinha que pará-la!

Deixou o corpo cair para a frente e começou a rolar para a esquerda, girando loucamente como um manequim fora de controle, até ficar a pouco mais de um metro da parede, pouco mais de um metro dela. Levantou a arma, apontando para a cabeça da mulher.

– Me ajude a levantar – disse ele, notando a tensão na própria voz.

– O quê?

– Você me ouviu! Me ajude a levantar.

– Você disse que eu podia ir! Você me deu a sua palavra!

– Tenho que retirá-la.

– Não, *por favor.*

– Esta arma está apontada diretamente para o seu rosto, doutora. Venha até aqui e me ajude a levantar ou eu estouro a sua cabeça.

Ele arrancou o homem morto do carro e mandou que ela entrasse atrás do volante. Depois abriu a porta traseira e se arrastou para o assento de trás, escondido.

– Pegue a direção – disse ele. – Vai dirigir para onde eu disser.

6

Sempre que você se encontrar em uma situação de estresse – e houver tempo para isso, naturalmente –, faça exatamente o que faria se você estivesse na posição de observador. Deixe sua mente fluir livre, deixe que quaisquer pensamentos e imagens que venham à tona cheguem claros. Não tente exercer qualquer disciplina mental. Seja como uma esponja; concentre-se em tudo e em nada. Certos acontecimentos específicos poderão lhe ocorrer, certos circuitos reprimidos poderão ser estimulados eletricamente a entrar em funcionamento.

Bourne pensou nas palavras de Washburn enquanto ajeitava seu corpo no canto do assento, tentando recuperar um certo controle. Massageou o peito, esfregando levemente os músculos doloridos em torno dos antigos ferimentos; ainda doíam, mas não tão fortemente quanto há uns minutos.

– Você não pode simplesmente me mandar dirigir! – gritou a mulher. – Não sei para onde estou indo.

– Nem eu sei – disse Jason. Ele tinha dito a ela para se manter na avenida junto ao lago; estava escuro e ele precisava de tempo para pensar. Nem que fosse apenas para se sentir como uma esponja.

– As pessoas vão me *procurar* – exclamou ela.

– Estão me procurando também.

– Você me pegou contra minha vontade. Você me agrediu. Várias vezes. – Ela falava mais baixo agora, mantendo certo controle sobre si mesma. – Isso é sequestro, agressão... são crimes graves. Você está fora do hotel, era o que queria. Deixe eu ir e não direi nada. Eu prometo a você!

– Quer dizer que você me dá a sua palavra?

– É!

– Eu te dei a minha e não cumpri. Você também pode fazer o mesmo.

– Você é diferente. Eu não vou fazer isso. Ninguém está tentando me matar! Oh, meu Deus! Por favor!

– Continue dirigindo.

Uma coisa estava clara para ele. Os assassinos o tinham visto largar a valise e deixá-la para trás na sua corrida para escapar. Aquela valise dizia-lhes o óbvio: ele estava indo embora de Zurique, indubitavelmente da Suíça também. O aeroporto e a estação ferroviária seriam vigiados. E o carro que roubara do homem que havia matado – e que o tentara matar – seria objeto de busca.

Não podia ir ao aeroporto nem à estação ferroviária; precisava se livrar do carro e encontrar outro. Entretanto não estava desprovido de recursos. Levava 100 mil francos suíços e mais de 16 mil francos franceses, o dinheiro suíço no passaporte e o francês na carteira que ele havia roubado do marquês de Chamford. Era mais do que suficiente para levá-lo secretamente a Paris.

Por que Paris? Era como se a cidade fosse um ímã, atraindo-o para ela sem explicação.

Você não está desamparado. Você encontrará o seu caminho... Siga os instintos, razoavelmente, é claro.

Para Paris.

— Você já esteve em Zurique antes? — perguntou ele à refém.

— Nunca.

— Você não está mentindo para mim, não é?

— Não tenho *razão* para isso! *Por favor.* Deixe-me *ir!*

— Há quanto tempo está aqui?

— Uma semana. A conferência foi de uma semana.

— Então você teve tempo de dar umas voltas, de fazer algum turismo.

— Eu raramente saio do hotel. Não tenho tempo.

— O programa que eu vi no quadro não parecia muito cheio. Apenas duas palestras o dia todo.

— Aqueles são os conferencistas convidados; nunca há mais de dois por dia. A maior parte do nosso trabalho foi feito em reuniões... reuniões pequenas. Dez a quinze pessoas de países diferentes, com interesses diferentes.

— Você é do Canadá?

— Trabalho para o Tesouro do governo canadense, Departamento de Receita.

— A "doutora" não é de médica, então.

— Doutora em economia. Universidade McGill e Faculdade Pembroke, Oxford.

— Que importante.

De repente, com uma estridência controlada, ela acrescentou:

— Meus chefes esperam que eu entre em contato com eles. *Esta noite.* Se não tiverem notícias de mim, ficarão alarmados. Farão perguntas; chamarão a polícia de Zurique.

— Sei — disse ele. — Isso é algo em que se pensar, não é? — Ocorreu a Bourne que, durante todo o choque e violência da última meia hora, Marie St. Jacques não deixara de segurar a bolsa. Ele se inclinou para a frente, encolhendo-se ao fazê-lo, a dor no peito aguda de novo, repentinamente. — Me dê a sua bolsa.

— O quê? — Ela tirou a mão rapidamente do volante, agarrando a bolsa numa tentativa inútil de mantê-la longe dele.

Ele estendeu a mão direita por sobre o encosto do assento, os dedos segurando o couro.

— Apenas dirija, doutora — disse ele enquanto levantava a bolsa e encostava-se novamente.

— Você não tem o *direito*... — Parou, vendo a tolice de sua observação.

— Eu sei disso — replicou ele, abrindo a bolsa, acendendo a luz interna do sedã e aproximando a bolsa do feixe de luz. Condizente com a dona, a bolsa era bem organizada. Passaporte, carteira, uma bolsa de moedas, chaves e diversas anotações e bilhetes nos compartimentos de trás. Ele procurou uma mensagem específica; estava num envelope amarelo que fora entregue a ela pelo funcionário no balcão de recepção do Carillon du Lac. Encontrou-a, abriu o envelope e tirou o papel dobrado. Era um telegrama de Ottawa.

RELATÓRIOS DIÁRIOS PRIMEIRA QUALIDADE. LICENÇA CONCEDIDA. ENCONTRAREI VOCÊ NO AEROPORTO QUARTA-FEIRA 26. TELEFONE OU TELEGRAFE O VOO. EM LYON NÃO PERCA MISS BELLE MEUNIERE. COZINHA EXTRAORDINÁRIA. AMOR PETER.

Jason pôs o telegrama de volta na bolsa. Viu uma pequena caixa de fósforos, a superfície de um branco acetinado com letras floreadas. Pegou-a e leu o nome. Kronenhalle. Um restaurante... Um restaurante. Alguma coisa o perturbava; ele não sabia o que era, mas havia alguma coisa. Alguma coisa a respeito de um restaurante. Guardou os fósforos, fechou a bolsa e inclinou-se, deixando-a cair no assento da frente.

— É tudo que eu queria ver — disse ele, ajeitando-se no canto, olhando para os fósforos. — Parece que eu me lembro de ter ouvido você dizer alguma coisa sobre "uma resposta de Ottawa". Você recebeu essa resposta; falta uma semana para o dia 26.

— Por favor...

A súplica era um grito de socorro, ele a entendeu dessa maneira, mas não conseguiu reagir. Durante mais ou menos a próxima hora ele necessitaria daquela mulher, necessitaria dela como um aleijado precisa de uma muleta, ou, mais adequadamente, como alguém que não sabe dirigir precisa de um motorista. Mas não naquele carro.

– Dê a volta – ordenou ele. – Vamos voltar para o Carillon.

– Ao... hotel?

– É – disse ele, os olhos nos fósforos, virando-os sem cessar na mão, debaixo da luz interna. – Nós precisamos de outro carro.

– Nós? Não, você não pode! Não vou mais... – De novo parou antes de completar a frase, antes de completar o pensamento. Um outro pensamento tinha lhe ocorrido, obviamente; ficou de repente em silêncio enquanto girava o volante até que o carro ficasse na direção oposta na estrada escura ao redor do lago. Apertou o acelerador com tanta força que o carro pulou para a frente; as rodas giraram em seco com a súbita aceleração. Ela soltou o pedal instantaneamente, agarrando com força o volante, tentando se controlar.

Bourne levantou os olhos dos fósforos, vendo a parte de trás da cabeça da mulher, o longo cabelo ruivo que brilhava à luz. Tirou a arma do bolso e mais uma vez inclinou-se para a frente diretamente atrás dela. Levantou a arma, passando a mão por sobre o ombro dela e, girando o cano, comprimiu-o contra o rosto da mulher.

– Vê se me entende bem. Você vai fazer exatamente como eu estou dizendo. Você vai ficar bem ao meu lado, e a arma vai estar no meu bolso. Estará apontada para o seu estômago, exatamente como estou apontando para a sua cabeça agora. Como você já viu, eu estou fugindo para salvar minha vida e não vou hesitar em puxar o gatilho. Quero que compreenda.

– Eu compreendo. – A resposta da mulher foi um sussurro. Ela ofegava entre os lábios entreabertos, em total estado de pânico. Jason retirou o cano da arma do rosto dela; estava satisfeito.

Satisfeito e revoltado.

Deixe sua mente fluir livremente... Os fósforos. O que é que havia com os fósforos? Mas não eram os fósforos, era o restaurante – não o Kronenhalle, mas um restaurante. Vigas do teto pesadas, luz de velas, triângulos... negros do lado de fora. Pedra branca e triângulos negros. Três?... Três triângulos negros.

Alguém estava lá... num restaurante com três triângulos na frente. A imagem era tão clara, tão vívida... tão perturbadora. Que imagem era essa? Existia um lugar assim?

Você talvez se lembre de acontecimentos específicos... certos circuitos reprimidos... estimulados a funcionar.

Será que isso estava acontecendo agora? *Oh, Cristo, eu não aguento!*

Ele podia ver as luzes do Carillon du Lac a várias centenas de metros adiante na estrada. Não tinha planejado ainda todos os seus movimentos, mas estava agindo segundo duas suposições. A primeira era a de que os assassinos não tivessem ficado no hotel. Por outro lado, Bourne não estava disposto a cair numa armadilha que ele mesmo houvesse preparado. Ele conhecia dois dos assassinos; não reconheceria outros se tivessem ficado no local.

O estacionamento principal ficava depois do passeio circular, no lado esquerdo do hotel.

– Devagar – ordenou Jason. – Vire na primeira entrada à esquerda.

– É uma saída – protestou a mulher, a voz tensa. – Estamos indo no sentido errado.

– Ninguém está saindo. Vamos! Entre no estacionamento, depois das luzes.

A cena junto à marquise do hotel explicava por que ninguém prestava atenção a eles. Havia quatro carros da polícia alinhados no passeio circular, as luzes do teto girando, dando ao local uma atmosfera de emergência. Ele podia ver policiais uniformizados ao lado de funcionários do hotel vestidos a rigor e grupos de hóspedes agitados; os policiais faziam perguntas e também as respondiam, checando os nomes dos que saíam de carro.

Marie St. Jacques atravessou o estacionamento até sair da luz dos holofotes e entrar numa área aberta para a direita. Desligou o motor e sentou-se imóvel, olhando fixo para a frente.

– Tenha bastante cuidado – disse Bourne, abaixando o vidro do seu lado. – E se mexa devagar. Abra a sua porta e saia, depois fique perto da minha e me ajude. Lembre que a janela está aberta e a arma está na minha mão. Você está só a um metro na minha frente; não há como errar se eu atirar.

Ela fez conforme lhe fora ordenado, um autômato aterrorizado. Jason apoiou-se na porta e empurrou o corpo para fora. Mudou o peso de um pé para o outro; a mobilidade estava voltando. Podia andar. Não muito bem, estava mancando, mas podia andar.

– O que é que você vai fazer? – perguntou a mulher, como se estivesse com medo de ouvir a resposta.

– Espere. Mais cedo ou mais tarde alguém vai trazer um carro até aqui e estacionar. Apesar do que aconteceu lá dentro, ainda é hora do jantar. Foram feitas reservas, há reuniões marcadas, muitos negócios, essa gente não vai mudar seus planos.

– E, quando um carro vier, como é que você vai pegá-lo? – Ela fez uma pausa e depois respondeu a sua própria pergunta. – Oh, meu Deus, você vai matar quem estiver dirigindo.

Ele segurou o braço da mulher com força, o rosto dela branco como giz, de terror, a centímetros do dele. Tinha que controlá-la pelo medo, mas não a ponto de ela entrar num processo histérico.

– Se tiver que fazer, eu o farei, mas não acho que vá ser necessário. Os manobreiros trazem os carros até aqui. As chaves geralmente são deixadas no painel ou debaixo dos assentos. É mais fácil.

A luz dos faróis saltou de uma bifurcação no passeio circular; um pequeno cupê entrou no estacionamento, acelerando depois da entrada, característica de um manobreiro. O carro veio diretamente para eles, alarmando Bourne, até que ele viu a vaga ali perto. Mas eles estavam na direção dos faróis; tinham sido vistos.

Reservas para o jantar... Um restaurante. Jason tomou a decisão; ele usaria o momento.

O manobreiro saiu do cupê e colocou as chaves debaixo do assento. Ao afastar-se do carro, ele acenou com a cabeça para eles, não sem curiosidade. Bourne falou em francês.

– Ei, rapaz! Talvez você possa nos ajudar.

– Pois não, senhor? – O manobreiro aproximou-se deles hesitante, cauteloso, com os acontecimentos do hotel obviamente ainda frescos na memória.

– Não estou me sentindo muito bem, bebi demais o excelente vinho suíço de vocês.

– Acontece, senhor. – O rapaz sorriu, aliviado.

— Minha esposa achou que seria uma boa ideia apanhar um pouco de ar antes de partirmos da cidade.

— Uma boa ideia, senhor.

— Ainda está tudo uma loucura lá dentro? Eu achei que o policial não nos deixaria sair até que ele viu que eu poderia vomitar no uniforme dele.

— Está uma loucura, senhor. Eles estão por toda parte... Recebemos ordem de não discutir o assunto.

— É claro. Mas temos um problema. Um sócio meu chegou de avião esta tarde, e combinamos de nos encontrar num restaurante, só que eu esqueci o nome. Já estive lá, mas simplesmente não consigo me lembrar onde fica e como se chama. Me lembro bem de que na frente há três figuras diferentes... uma espécie de desenho, acho eu. Triângulos. Eu acho...

— É o Drei Alpenhäuser, senhor. Os... Três Chalés. É numa rua transversal à Falkenstrasse.

— Ah, é claro, é esse! E para ir lá saindo daqui... — Bourne arrastou as últimas palavras, um homem muito cheio de vinho para concentrar-se.

— Basta virar à esquerda depois da saída, senhor. Siga pela Uto Quai por uns cem metros, até chegar a um píer grande, depois dobre à direita. Aí o senhor estará na Falkenstrasse. Depois de passar a Seefeld, o senhor não pode deixar de notar a rua ou o restaurante. Há um letreiro na esquina.

— Obrigado. Você vai estar aqui nas próximas horas, quando voltarmos?

— Estou de serviço até duas da manhã, senhor.

— Bom. Eu procurarei por você e expressarei minha gratidão de maneira mais concreta.

— Obrigado, senhor. Posso pegar o carro para o senhor?

— Você já fez muito, obrigado. Preciso andar mais um pouco. — O manobreiro despediu-se e foi andando na direção da entrada do hotel. Jason levou Marie St. Jacques na direção do cupê, mancando ao lado dela. — Depressa. As chaves estão debaixo do assento.

— Se eles nos pararem, o que é que você vai fazer? O manobreiro vai ver o carro sair; ele perceberá que você o roubou.

— Duvido. Isso não acontecerá se partirmos imediatamente, no instante em que ele voltar para o aglomerado de gente.

– Suponha que ele *perceba?*
– Aí eu espero que você saiba dirigir com velocidade – disse Bourne, empurrando-a na direção da porta. – Entra. – O manobreiro tinha dobrado a esquina e subitamente apressara o passo. Jason tirou a arma e, mancando, contornou rapidamente o capô da carro, apoiando-se nele enquanto mantinha a pistola apontada para o para-brisa. Abriu a porta do passageiro e sentou-se ao lado dela. – Merda... eu disse para pegar as *chaves!*
– Está bem... não consigo *pensar.*
– Tente mais!
– Oh, *meu Deus...* – Ela enfiou a mão debaixo do assento, apalpando o tapete, até que achou o pequeno chaveiro de couro.
– Dê a partida no motor, mas espere até eu dizer para dar a ré. – Ele ficou vendo se não surgiam faróis na área do passeio circular; teria sido uma razão para o manobreiro ter começado a andar depressa de repente, quase correndo; um carro para ser estacionado. Não apareceu nenhum farol; a razão poderia ter sido outra. Duas pessoas desconhecidas no estacionamento. – Vá em frente. Rápido. Quero sair daqui. – Ela engatou a marcha à ré; segundos depois eles chegavam à saída que dava para a avenida junto ao lago. – Devagar – ordenou ele. Um táxi fazia a curva mais à frente deles.

Bourne conteve a respiração e olhou através da janela oposta para a entrada do Carillon du Lac; a cena debaixo da marquise explicava a súbita decisão do manobreiro de se apressar. Surgira uma discussão entre a polícia e um grupo de hóspedes do hotel. Formara-se uma fila, enquanto eram checados os nomes dos que saíam do hotel. A demora resultante deixava irritados os inocentes.

– Vamos – disse Jason, contorcendo o rosto novamente, a dor lancinante no peito. – O caminho está livre.

Era uma sensação de dormência, misteriosa e estranha. Os três triângulos estavam como ele os tinha imaginado: em madeira escura e grossa, afixados em baixo-relevo em pedra branca. Três triângulos iguais, versão abstrata de tetos de chalés num vale de neve tão profunda que os andares mais baixos ficavam obscurecidos. Acima das três figuras estava o nome do restaurante em letras góticas: DREI ALPENHÄUSER. Abaixo da base do triângulo do centro ficava a entrada, portas duplas que juntas formavam o arco de uma catedral, com sólidos anéis de ferro comuns aos *chateaux* suíços.

Os prédios circunvizinhos, em ambos os lados da estreita rua de tijolo, eram construções restauradas de uma Zurique e de uma Europa há muito desaparecidas. Não era uma rua para automóveis; em vez destes, podia-se imaginar carruagens ornamentadas puxadas por cavalos, os condutores empertigados em seus mantos e cartolas, e lampiões a gás por toda parte. Era uma rua cheia de imagens e sons de lembranças esquecidas, pensou o homem que não tinha recordações para esquecer.

Ainda assim, ele *tinha* uma, vívida e perturbadora. Três triângulos, vigas pesadas e luz de velas. Ele tinha razão; era uma recordação de Zurique. Mas numa outra vida.

– Chegamos – disse a mulher.

– Eu sei.

– Diga o que eu tenho que fazer! – gritou a mulher. – Nós vamos passar por ele.

– Vá até a próxima esquina e vire à esquerda. Contorne o quarteirão e depois volte até aqui.

– Por quê?

– Eu gostaria de saber.

– O quê?

– Faça o que eu disse. – *Alguém estava lá... naquele restaurante. Por que não lhe ocorriam outras imagens? Uma outra imagem. Um rosto.*

Eles passaram de carro pelo restaurante mais duas vezes. Dois casais separados e um grupo de quatro pessoas entraram; um homem sozinho saiu, dirigindo-se para a Falkenstrasse. A julgar pelos carros parados no meio-fio, o Drei Alpenhäuser não estava lotado. O número de fregueses aumentaria nas próximas duas horas, a maior parte deles preferindo jantar por volta das dez e meia a jantar às oito. Não havia motivo para demorarem-se mais; nada mais ocorria a Bourne. Ele apenas estava sentado, observando e esperando que alguma coisa lhe *ocorresse. Alguma coisa.* Porque alguma coisa já lhe havia ocorrido; uma caixa de fósforos tinha evocado uma imagem da realidade. Dentro daquela realidade havia uma verdade que ele precisava descobrir.

— Estacione à direita, na frente do último carro. A gente volta a pé.

Silenciosamente, sem comentário ou protesto, Marie St. Jacques fez o que ele mandava. Jason olhou para ela; sua reação fora dócil demais, em contraste com o seu comportamento anterior. Ele compreendeu. Tinha que lhe dar uma lição. Independentemente do que acontecesse dentro do Drei Alpenhäuser, ele precisava de uma contribuição final por parte dela. Ela deveria levá-lo de carro para longe de Zurique.

O carro parou, os pneus raspando o meio-fio. Ela desligou o motor e começou a retirar as chaves, os movimentos lentos, lentos demais. Ele estendeu a mão e pegou no pulso dela; ela olhou para ele, nas sombras, prendendo a respiração. Ele deslizou os dedos sobre a mão dela até sentir as chaves.

— Fico com elas — disse ele.

— Naturalmente — replicou ela, a mão esquerda pousada de modo pouco natural ao lado do corpo, junto ao painel da porta.

— Agora saia e fique junto ao carro — continuou ele. — Não vá fazer nenhuma besteira.

— Por que eu faria isso? Você me mataria.

— Bom. — Ele estendeu a mão para a maçaneta da porta, exagerando a dificuldade. Ficou com a nuca virada para ela; apertou a maçaneta para baixo.

O farfalhar do tecido foi súbito, a golfada de ar mais súbita ainda; a porta dela abriu-se violentamente, a mulher já com meio-corpo na rua. Mas Bourne estava pronto; ele tinha que lhe dar uma lição. Virou, o braço esquerdo foi lançado como uma mola solta e a mão como uma garra agarrou a seda do vestido entre as espáduas da mulher. Puxou-a de volta para o assento e, segurando-a pelos cabelos, trouxe-a de encontro a ele até que o pescoço dela ficasse esticado, o rosto encostado no dele.

— Não vou fazer isso de novo! — chorava ela, lágrimas brotando dos olhos. — Juro para você que não farei mais!

Ele estendeu a mão e fechou a porta do lado dela, depois olhou para ela de perto, tentando entender algo em si mesmo. Há trinta minutos, num outro carro, ele tinha sentido uma certa náusea ao encostar o cano da arma no rosto da mulher, ameaçando matá-la se ela o desobedecesse. Não sentia aquela reação agora; com uma ação premeditada, ela havia passado para o outro lado. Tinha se tornado uma inimiga, uma ameaça; ele podia matá-la se tivesse que fazê-lo, matá-la sem emoção porque era a coisa sensata a fazer.

– *Diga* alguma coisa! – gemeu ela. Seu corpo teve um espasmo ligeiro, os seios arfando contra a seda escura do vestido, subindo e descendo num movimento agitado. Ela agarrou com força seu próprio pulso numa tentativa de se controlar. Um pouco mais calma, falou de novo, o sussurro substituído por uma voz monótona. – Eu disse que não faria isso novamente e não vou fazer.

– Você vai tentar – respondeu ele calmamente. – Chega um momento em que você acha que pode fazer e aí você vai tentar. Acredite em mim quando eu te digo que você não pode, mas se você tentar de novo eu vou ter que matá-la. Não quero fazer isso, não há razão para isso, nenhuma razão mesmo. A menos que você se torne uma ameaça para mim, e, se fugir antes que eu a deixe ir, vai acontecer exatamente isso. Não posso permitir.

Ele tinha falado a verdade como ele entendia a verdade. A simplicidade da decisão era tão espantosa para ele como a decisão em si. Matar era uma coisa prática, nada mais.

– Você disse que ia me deixar ir – disse ela. – Quando?

– Quando eu estiver seguro – respondeu ele. – Quando não fizer nenhuma diferença o que você disser ou fizer.

– Quando é que vai ser isso?

– Daqui a uma hora mais ou menos. Quando estivermos fora de Zurique e eu estiver a caminho de um outro lugar. Você não saberá onde e como.

– Por que devo acreditar em você?

– Eu não me importo absolutamente se você acredita ou não. – Ele a soltou. – Arrume-se. Enxugue os olhos e penteie o cabelo. Vamos entrar.

– O que é que há lá dentro?

– Eu gostaria de saber – disse ele, olhando pelo vidro traseiro para a porta do Drei Alpenhäuser.

– Você já disse isso antes.

Ele olhou para ela, para os grandes olhos castanhos que procuravam os seus. Procurando com medo, com perplexidade.

– Eu sei. Anda.

Havia vigas grossas no teto alto de estilo alpino, mesas e cadeiras de madeira pesada, reservados recônditos e luz de velas por toda parte. Um acordeonista circulava entre os fregueses, tirando acordes do instrumento, música bávara, em surdina.

Ele já vira o grande salão antes, as vigas e a luz das velas estavam impressas em alguma parte de sua mente, os sons também. Ele estivera ali numa outra vida. Ficaram na pequena sala de espera defronte do *maître d'station;* o homem, vestido a rigor, cumprimentou-os.

– *Haben Sie einen Tisch schon reserviert, mein Herr?*

– Se você quer dizer reservas, acho que não. Mas vocês me foram muito bem recomendados. Espero que consiga nos acomodar. Um reservado, se possível.

– Com toda certeza, senhor. Ainda é cedo, temos mesas sobrando. Por aqui, por favor.

Foram levados a um reservado no canto mais próximo, com uma vela bruxuleante no centro da mesa. O fato de Bourne estar mancando e de se apoiar na mulher exigiam um lugar o mais próximo possível. Jason assentiu para Marie St. Jacques; ela se sentou, e ele se esgueirou para o assento defronte a ela.

– Encoste-se na parede – disse ele, depois que o maître se afastou.

– Não se esqueça, a arma está no meu bolso e tudo que preciso fazer é levantar meu pé e você fica presa.

– Eu disse que não tentaria.

– Espero que não. Peça uma bebida, não temos tempo para comer.

– Eu não conseguiria comer. – Ela segurou o pulso de novo, as mãos visivelmente trêmulas. – Por que não temos tempo? O que é que você está esperando?

– Não sei.

– Por que você está sempre *dizendo* isso? "Eu não sei." "Gostaria de saber." Por que veio até aqui?

– Porque já estive aqui antes.
– Isso não é uma resposta!
– Não há razão para que eu dê uma resposta a você.

Um garçom aproximou-se. Marie St. Jacques pediu vinho, e Bourne, uísque escocês, pois precisava de uma bebida mais forte. Ele olhou em volta do restaurante, tentando se concentrar *em tudo e em nada*. Uma esponja. Mas só havia o nada. Nenhuma imagem lhe vinha à mente, nenhum pensamento introduziu-se na sua ausência de pensamentos. *Nada*.

E aí ele viu o rosto do outro lado do salão. Era um rosto grande numa cabeça grande, sobre um corpo obeso espremido contra a parede do último reservado, perto de uma porta fechada. O homem gordo permanecia na sombra do seu ponto de observação, como se essa sombra fosse a sua proteção, aquela seção não iluminada do recinto servindo-lhe de santuário. Seus olhos estavam grudados em Jason, seu olhar um misto, em partes iguais, de medo e descrença. Bourne não conhecia o rosto, mas o rosto o conhecia. O homem levou os dedos aos lábios e limpou os cantos da boca, depois desviou os olhos, encarando cada pessoa em cada mesa. Só depois disso é que ele começou o que era obviamente uma marcha penosa em torno do salão na direção do reservado deles.

– Um homem está vindo para cá – disse Jason sobre a chama da vela. – Um homem gordo, e ele está com medo. Não diga nada. Não importa o que ele diga, fique de boca fechada. E não olhe para ele, levante a cabeça, encoste a cabeça no cotovelo, casualmente. Olhe para a parede, não para ele.

A mulher franziu as sobrancelhas, levando a mão direita ao rosto; os dedos tremiam. Os lábios curvaram-se numa pergunta, mas não saiu nenhuma palavra. Jason respondeu ao que não foi perguntado.

– Para o seu próprio bem – disse ele. – Não adianta nada ele poder te identificar.

O homem gordo contornou a parede do reservado. Bourne apagou a vela com um sopro, jogando a mesa numa escuridão relativa. O homem desceu o olhar sobre ele e falou numa voz baixa, tensa.

– *Du lieber Gott!* Por que o senhor *veio* aqui? O que é que eu fiz para o senhor fazer isso comigo?

– Gosto da comida, você sabe.

– O senhor não tem *sentimentos?* Tenho uma família, uma mulher e filhos. Eu só fiz o que me mandaram. Eu lhe dei o envelope, não olhei dentro, não sei de nada!

– Mas você foi pago, não foi? – perguntou Jason instintivamente.

– Fui, mas eu não disse nada. Nunca nos encontramos, nunca descrevi o senhor. Não falei com ninguém!

– Então, por que está com medo? Sou apenas um freguês comum que vai pedir o jantar.

– Eu imploro ao senhor. Vá embora.

– Agora eu fiquei zangado. Acho melhor você me contar por quê.

O homem gordo levou a mão ao rosto, os dedos novamente enxugando a umidade que se formara em torno da boca. Ele inclinou a cabeça, olhando para a porta, depois voltou-se para Bourne.

– Outros podem ter falado, outros podem saber quem o senhor é. Já tive meu quinhão de problemas com a polícia, eles viriam diretamente a mim.

Marie St. Jacques perdeu o controle; ela olhou para Jason, as palavras lhe escapando.

– A polícia... Eles eram da *polícia*.

Bourne lançou um olhar penetrante para ela, depois voltou-se de novo para o homem gordo, nervoso.

– Você está me dizendo que a polícia causaria mal a sua esposa e seus filhos?

– Não a própria polícia, como o senhor bem sabe. Mas o interesse dela poderia levar os outros a vir atrás de mim. Quantos estão procurando pelo senhor, *mein Herr*? E o que *são?* O senhor não precisa me responder, nada os detém, a morte de uma esposa ou uma criança não significa nada. *Por favor.* Pela minha vida. Eu não disse nada. *Vá embora.*

– Você está exagerando. – Jason levou o drinque aos lábios, um prelúdio ao encerramento da conversa.

– Em nome de Deus, *não faça* isso! – O homem inclinou-se para a frente, agarrando a beirada da mesa. – O senhor deseja uma prova do meu silêncio, eu lhe dou. A notícia se espalhou por toda a *Verbrecherwelt*. Qualquer um com qualquer informação, qualquer que fosse, deveria chamar um número fornecido pela polícia de Zurique. Tudo deveria ser mantido no mais estrito sigilo; eles não mentiriam na *Verbrecherwelt* sobre isso. As recompensas eram grandes, a polícia de diversos países enviando fundos através da Interpol. Desavenças passadas deveriam ser tratadas sob uma nova ótica imparcial. – O conspirador levantou-se, enxugando a boca novamente, o corpanzil imponente sobre a madeira. – Um homem como eu pode lucrar com uma relação mais afável com a polícia. Apesar de eu não ter feito nada. A despeito da garantia da confidencialidade, eu não fiz absolutamente nada.

– Alguém mais fez? Me diga a verdade, eu saberei se você estiver mentindo.

– Só conheço Chernak. Ele é o único com quem falei que admite já ter visto o senhor. Mas o senhor sabe disso, o envelope foi passado dele para mim. Ele nunca diria nada.

– Onde está Chernak agora?

– Onde sempre esteve. No seu apartamento na Löwenstrasse.

– Nunca estive lá. Qual é o número?

– O senhor nunca esteve...? – O homem gordo fez uma pausa, os lábios comprimidos um contra o outro, um sinal de alarme nos olhos. – O senhor está me testando?

– Responda à pergunta.

– Número 37. O senhor sabe disso tanto quanto eu.

– Então eu estou te testando. Quem deu o envelope a Chernak?

O homem ficou imóvel, vendo sua integridade dúbia posta à prova.

– Não tenho meios de saber. Nem iria nunca perguntar.

– Nem por curiosidade?

– É claro que não. Uma cabra nunca quer entrar na cova do lobo.

– As cabras têm pés firmes, têm um faro apurado.

– E são cautelosas, *mein Herr*. Porque o lobo é mais rápido, infinitamente mais agressivo. Haveria apenas uma única caça. A última da cabra.

– O que continha o envelope?

– Já disse ao senhor, não o abri.

— Mas você sabe o que ele continha.
— Dinheiro, eu presumo.
— Você *presume?*
— Muito bem. Dinheiro. Muito dinheiro. Se houve qualquer discrepância, não tive nada a ver com isso. Agora por favor, eu lhe *imploro*. *Saia* daqui!
— Uma última pergunta.
— *Qualquer coisa.* Somente saia!
— Para que era o dinheiro?

O homem obeso olhou espantado para Bourne, a respiração audível, o suor brilhando no queixo.

— O senhor me tortura, mein Herr, mas eu não fugirei do senhor. Pode chamar isso de coragem de uma insignificante cabra que sobreviveu. Todo dia eu leio os jornais. Em três línguas. Há seis meses um homem foi morto. A morte dele foi noticiada na primeira página desses jornais.

7

Eles fizeram a volta do quarteirão, saindo na Falkenstrasse, e depois viraram à direita no Limmat Quai na direção da catedral de Grossmünster. A Löwenstrasse cruzava o rio, na parte oeste da cidade. O meio mais rápido de chegar lá era cruzar a ponte Münster para a Bahnhofstrasse, depois pegar a Nüschelerstrasse; as ruas se cruzavam, de acordo com a informação de um casal que entrava no Drei Alpenhäuser no momento em que Bourne e Marie saíram.

Marie St. Jacques estava silenciosa, grudada ao volante como estivera grudada nas alças da bolsa durante a loucura no Carillon du Lac, uma forma que encontrara para manter sua ligação com a sanidade. Bourne deu uma olhada para ela e compreendeu.

...um homem foi morto, sua morte noticiada na primeira página de cada um desses jornais.

Jason Bourne tinha sido pago para matar, e a polícia de diversos países mandara fundos através da Interpol para convencer informantes indecisos, a fim de ampliar a base para sua captura. O que significava que outros homens tinham sido mortos...

Quantos estão procurando pelo senhor, mein Herr? E o que são? Eles não se detêm diante de nada, a morte de uma esposa ou de uma criança não significa nada!

Não era a polícia. Outros.

As torres gêmeas com sinos da igreja de Grossmünster elevavam-se no céu noturno, as luzes dos holofotes criando sombras fantasmagóricas. Jason olhou para a velha construção; como tanta coisa mais ele a conhecia e não conhecia. Ele a tinha visto antes, mas, apesar disso, a estava vendo pela primeira vez.

Eu só conheço Chernak... O envelope foi passado dele para mim... Löwenstrasse. Número 37. O senhor sabe disso tão bem quanto eu.

Será que ele sabia? Saberia?

Cruzaram a ponte entrando no tráfego da cidade mais nova. As ruas estavam cheias, automóveis e pedestres concorrendo pela supremacia em cada cruzamento, os sinais vermelhos e verdes erráticos e intermináveis. Bourne tentou não se concentrar em nada... e em tudo. Os contornos da verdade começavam a ser apresentados a ele, forma por forma enigmática, cada uma mais surpreendente que a anterior. Ele não tinha certeza de que seria capaz – *mentalmente* capaz – de absorver muito mais coisa.

– *Halt! Die Dame da! Die Scheinwerfer sind aus und Sie haben links signalizert. Das ist eine Einbahnstrasse!*

Jason levantou o olhar e uma dor vazia deu um nó no seu estômago. Um carro-patrulha estava do lado deles, um policial gritando pela janela aberta. Tudo ficou claro repentinamente... claro e enfurecedor. Marie St. Jacques tinha visto o carro da polícia pelo espelho retrovisor; havia apagado os faróis e sinalizado que ia dobrar à esquerda. Virar à esquerda numa rua de mão única cujas placas nos cruzamentos identificavam claramente a mão para a direita e, além disso, ultrapassando um carro da polícia resultaria em diversas violações das regras: ausência de faróis acesos, talvez uma colisão premeditada; eles seriam parados, a mulher livre para gritar.

Bourne acendeu rápido os faróis, depois inclinou-se por sobre a moça e desligou a seta de dobrar à esquerda, a outra mão agarrando o braço dela onde já o tinha agarrado antes.

– Eu acabo com você, doutora – disse calmamente e depois gritou para o policial, através da janela. – Desculpe! Estamos um pouco confusos! Turistas! Queremos o próximo quarteirão!

O policial estava a meio metro de Marie St. Jacques, os olhos no rosto da mulher, evidentemente intrigado com a falta de reação dela.

O sinal abriu.

– Vá em frente com cuidado. Não faça nenhuma besteira – disse Jason. Ele acenou para o policial. – Desculpe de novo! – gritou. O policial deu de ombros, virando-se para o colega a fim de retomar a conversa que vinham tendo.

– Eu fiquei confusa – disse a moça, com voz baixa e trêmula. – O trânsito aqui é intenso... Oh, Deus, você quebrou meu braço!... Seu filho da mãe!

Bourne soltou-a, perturbado com a raiva dela; ele preferia o medo.

– Você não acha que eu vou acreditar em você, não é?

– Meu braço?

– Na sua confusão.

– Você disse que íamos dobrar à esquerda em seguida; era a única coisa em que eu pensava.

– Da próxima vez preste atenção. – Ele se afastou, mas não tirou os olhos do rosto da mulher.

– Você é um animal – sussurrou ela, fechando os olhos e logo os abrindo com medo; o medo tinha voltado.

Chegaram à Löwenstrasse, uma avenida larga onde prédios baixos de tijolo e madeira pesada se erguiam espremidos entre construções modernas de concreto aparente e vidro. O estilo dos apartamentos do século XIX competia com o utilitarismo da neutralidade contemporânea e não ficava atrás. Jason observava os números; em cada quarteirão as velhas casas se evidenciavam mais do que os arranha-céus, fazendo a rua voltar no tempo a uma outra era. Havia uma fileira de prédios de quatro andares, de bom gosto, tetos e janelas feitos de madeira, degraus de pedra e corrimãos conduzindo a entradas banhadas pela luz de lanternas de carruagem. Bourne reconhecia o que não se lembrava; o fato de isso acontecer não era tão surpreendente, mas havia algo mais que era. A fileira de casas evocou uma outra imagem, uma imagem muito forte de uma outra fileira de prédios, semelhante nos contornos, mas estranhamente diferentes. Arrasados pelas intempéries, mais antigos, nem de longe tão elegantes e limpos... janelas rachadas, degraus quebrados, corrimãos incompletos – extremidades pontudas e enferrujadas de metal. Longe dali, numa outra parte de... Zurique, sim, eles *estavam* em Zurique. Num pequeno bairro raramente visitado – se é que alguma vez isso acontecia por gente que não morava lá, uma parte da cidade que tinha sido deixada para trás, como um traste velho.

– Steppdeckstrasse – disse para si mesmo, concentrando-se na imagem que tinha na mente. Podia ver uma entrada, pintada de um vermelho desbotado, tão escuro quanto o vestido de seda vermelho usado pela mulher a seu lado. – Uma pensão... na Steppdeckstrasse.

– O quê? – Marie St. Jacques olhou surpreendida. As palavras dele a tinham alarmado; ela obviamente achou que ele estivesse se dirigindo a ela e ficou apavorada.

– Nada. – Ele tirou os olhos do vestido dela e olhou pela janela. – Ali está o número 37 – disse ele, apontando para a quinta casa na fileira. – Pare o carro.

Ele saltou primeiro, ordenando que ela deslizasse pelo assento dele e o seguisse. Testou as pernas e tirou as chaves dela.

– Você já pode andar – disse ela. – Se pode andar, então pode *dirigir*.

– Provavelmente.

– Então me deixa ir embora! Fiz tudo que você queria.

– E até mais do que isso – acrescentou ele.

– Não direi nada, você não *entende* isso? Você é a última pessoa na terra que eu gostaria de ver de novo... ou de *ter* qualquer ligação. Não quero ser testemunha nem me envolver com a polícia, nem declarações, nem *nada!* Não quero fazer parte do que quer que você faça parte! Estou morrendo de medo... é esta a sua garantia, não percebe? Deixa eu *ir, por favor.*

– Não posso.

– Você não acredita em mim.

– Isso não é importante. Eu preciso de você.

– Para quê?

— Para uma coisa muito boba. Não tenho carteira de motorista. Não se pode alugar um carro sem uma carteira de motorista, e eu preciso alugar um carro.

— Você já tem *esse* carro.

— Serve por talvez mais uma hora. Alguém vai sair do Carillon du Lac e vai querer o carro. A descrição será passada pelo rádio para todos os carros de polícia de Zurique.

Ela olhou para ele, medo mortal no brilho dos olhos.

— Não quero ir lá em cima com você. Ouvi o que aquele homem disse no restaurante. Se eu ouvir mais coisas você vai me matar.

— O que você ouviu não faz mais sentido para mim do que faz para você. Talvez menos. Venha. — Ele a pegou pelo braço e pôs a mão livre no corrimão de modo que pudesse subir os degraus com um mínimo de dor.

Ela olhou para ele, o espanto e o medo convergindo no olhar.

O nome de M. Chernak estava sob o segundo escaninho, uma campainha abaixo das letras. Ele não tocou aquela campainha, mas apertou os quatro botões adjacentes. Segundos depois uma cacofonia de vozes explodiu dos pequenos alto-falantes, perguntando em alemão quem era. Mas um morador não respondeu; apenas apertou o mecanismo que soltava o trinco. Jason abriu a porta, empurrando Marie St. Jacques na frente dele.

Ele encostou-a na parede e esperou. Lá de cima veio o som de portas se abrindo, passos andando na direção da escada.

— *Wer ist da?*
— Johann?
— *Wo bist du denn?*

Silêncio. Seguido por palavras de irritação. Ouviram-se passos de novo; portas se fechando.

M. Chernak morava no segundo andar, apartamento 2C. Bourne pegou o braço da moça, foi mancando com ela até a escada e começou a subir. Ela tinha razão, é claro. Seria muito melhor se ele estivesse sozinho, mas ele não podia fazer nada a esse respeito; precisava dela.

Ele havia estudado os mapas rodoviários durante as semanas que passara em Port Noir. Lucerna não ficava a mais de uma hora, Berna, duas e meia ou três. Ele podia ir para qualquer uma, largando-a num lugar deserto no caminho, e depois desaparecer. Era apenas uma questão de senso de oportunidade; ele tinha recursos para comprar cem conexões. Precisava apenas de um salvo-conduto para sair de Zurique, e ela era esse salvo-conduto.

Mas, antes de partir de Zurique, ele tinha que saber; tinha que falar com um homem chamado...

M. Chernak. O nome estava à direita da campainha. Ele se afastou da porta, puxando a mulher com ele.

– Você fala alemão? – perguntou Jason.

– Não.

– Não minta.

– Não estou mentindo.

Bourne ficou pensando, olhando em torno do pequeno corredor. Depois:

– Toque a campainha. Se a porta abrir, fique apenas parada. Se alguém responder, diga que tem um recado, um recado urgente, de um amigo do Drei Alpenhäuser.

– Suponha que ele, ou ela, diga para enfiar por debaixo da porta?

Jason olhou para ela.

– Muito bem.

– Eu só não quero mais violência. Não quero *saber* de nada nem *ver* nada. Eu só quero...

– Sei – interrompeu ele. – Voltar aos impostos de César e às guerras púnicas. Se ele, ou ela, disser algo assim, diga em poucas palavras que o recado é verbal e só pode ser entregue ao homem que te descreveram, pessoalmente.

– Se ele pedir essa descrição? – disse Marie St. Jacques friamente, a análise tomando momentaneamente o lugar do medo.

– A senhora tem uma boa cabeça, doutora – disse ele.

– Sou precisa. Estou com medo, já disse. O que é que eu faço?

– Então eles que vão para o diabo, que um outro entregue a mensagem. Depois comece a se afastar.

Ela se aproximou da porta e tocou a campainha. Veio um som intrigante de dentro. Um som de coisa raspando, ficando mais forte, constante. Depois o som parou e ouviu-se uma voz profunda atravessando a madeira.

– *Ja?*
– Desculpe, mas não falo alemão.
– *Englisch.* O que é? Quem é você?
– Tenho um recado urgente de um amigo do Drei Alpenhäuser.
– Meta debaixo da porta.
– Não posso fazer isso. Não está escrita. Tenho que entregá-la pessoalmente a um homem que me descreveram.
– Bem, isso não deve ter sido difícil – disse a voz. Houve o estalido do trinco e a porta se abriu.

Bourne afastou-se da parede e colocou-se no umbral da porta.

– Você é *louco!* – gritou um homem com dois tocos de perna, sentado numa cadeira de rodas. – *Saia!* Vá embora daqui!
– Estou cansado de ouvir isso – disse Jason, puxando a moça para dentro e fechando a porta.

Não foi preciso pressionar Marie St. Jacques para convencê-la a ficar no pequeno quarto de dormir, sem janelas, enquanto eles conversavam na sala, ela fez isso de bom grado. O inválido Chernak estava à beira do pânico, o rosto branco como giz, o cabelo grisalho sem trato emaranhado sobre o pescoço e a testa.

– O que é que o senhor *quer* de mim? – perguntou ele.
– O senhor jurou que a última transação seria a nossa transação final! Não posso fazer mais, não posso correr esse risco. Têm vindo mensageiros aqui. Não importa que tenham cautela, quantas vezes estejam afastados de suas fontes, eles *têm vindo* aqui! Se alguém deixar um endereço num lugar errado, sou um homem morto!
– Você tem se saído muito bem tendo em vista os riscos que corre – disse Bourne, ficando de pé defronte da cadeira de rodas, a mente voando, imaginando se havia uma palavra ou frase que disparasse um fluxo de informação. Aí ele se lembrou do envelope. *Se houve qualquer discrepância, eu não tive nada a ver com isso.* Um homem gordo no Drei Alpenhäuser.
– Não é nada comparado com a dimensão desses riscos.
– Chernak balançou a cabeça; a parte superior do peito arfava;

os tocos de perna que caíam sobre a cadeira moviam-se para frente e para trás. – Eu era feliz antes que o senhor entrasse na minha vida, *mein Herr*, porque eu era *pequeno*. Um velho soldado que chegou até Zurique arrebentado, um aleijado, sem valor a não ser por certos fatos guardados e que ex-colegas pagavam avaramente para manter em segredo. Era uma vida decente, não muito, mas o bastante. Aí *o senhor* me encontrou...

– Estou comovido – interrompeu Jason. – Vamos falar sobre o envelope, o envelope que você entregou ao nosso amigo comum no Drei Alpenhäuser. Quem deu o envelope a você?

– Um mensageiro. Quem mais seria?

– De onde ele veio?

– Como eu ia saber? Chegou numa caixa, exatamente como os outros. Eu desembrulhei e despachei. Era *o senhor* que queria dessa forma. O senhor disse que não poderia mais vir aqui.

– Mas você o abriu. – Era uma afirmação.

– Nunca!

– Suponha que eu diga a você que havia dinheiro faltando.

– Então não foi pago, não estava no envelope! – O homem levantou a voz. – Entretanto, eu não acredito no senhor. Se fosse assim, o senhor não teria aceitado a missão. Mas o senhor aceitou aquela missão. Então por que está aqui agora?

Porque eu tenho que saber. Porque estou ficando maluco. Vejo coisas e ouço coisas que não compreendo. Sou habilidoso, talentoso... mas sou um vegetal! Me ajude!

Bourne afastou-se da cadeira; andou sem rumo na direção de uma estante onde havia diversas fotografias, na vertical, apoiadas na parede. Elas explicavam o homem atrás dele. Grupos de soldados alemães, alguns com cães pastores, posando fora das barracas e perto de cercas... e defronte de um portão de tela alto com parte do nome aparecendo – DACH...

Dachau.

O homem atrás dele. Ele estava se mexendo! Jason se virou; o inválido Chernak estava com a mão dentro de uma bolsa de lona amarrada à cadeira, os olhos em fogo, a face contorcida. A mão saiu rapidamente, nela um revólver de cano curto, e, antes que Bourne pudesse puxar o seu, Chernak disparou. Os tiros saíram rapidamente, a dor gélida enchendo seu ombro esquerdo, depois a cabeça – Oh, *Deus!* Ele mergulhou para a direita, girando no tapete e atirando um pesado abajur de pé na direção do aleijado, rodando de novo até que ficou do lado oposto da cadeira de rodas. Agachou-se e saltou, jogando seu ombro direito nas costas de Chernak e atirando o homem sem pernas para fora da cadeira, enquanto metia a mão no bolso à procura do revólver.

– Eles pagarão pelo seu cadáver! – berrou o homem deformado, contorcendo-se no chão, tentando firmar o corpo caído para poder fazer a mira. – O senhor não vai me pôr num caixão! Vou te ver num deles! Carlos pagará! Por Cristo, ele pagará!

Jason pulou de pé e disparou. A cabeça de Chernak caiu para trás, sangue saindo da garganta. Estava morto.

Um grito veio da porta do quarto de dormir. Aumentou em profundidade, baixo e vazio, um gemido alongado, medo e repulsa unidos num acorde. Um grito de mulher... é claro, era uma mulher! Sua refém, seu salvo-conduto para sair de Zurique! Oh, *Jesus,* ele não conseguia focalizar a vista! Sua têmpora estava queimando!

Recuperou a visão, recusando-se a aceitar a dor. Viu um banheiro, a porta aberta, toalhas e uma pia e um... armário de parede com espelho. Correu lá para dentro, puxou o espelho com tanta força que ele saltou das dobradiças e bateu no chão se estilhaçando. *Prateleiras.* Rolos de gaze e esparadrapo e... era tudo que pôde pegar. Tinha que cair fora dali... *tiros;* tiros causam alarme. Ele tinha que cair fora, pegar sua refém e fugir! O quarto de dormir, *o quarto de dormir.* Onde ficava o quarto?

O choro, o gemido... siga o choro! Chegou à porta e deu-lhe um pontapé. A mulher... sua refém – como diabo era o *nome* dela? – estava colada na parede, lágrimas abundantes escorrendo pelo rosto, os lábios entreabertos. Ele correu e agarrou-a pelo pulso, puxando-a para fora.

– Meu *Deus,* você matou o homem! – gritou ela. – Um velho sem...

– Calada! – Ele a empurrou na direção da porta, abriu-a e lançou a mulher no corredor. A visão embaralhada distinguia vultos nos espaços abertos, encostados nos corrimãos, dentro dos quartos. Eles começaram a correr, desaparecendo;

ouviu portas se fechando com força, pessoas gritando. Segurou o braço da mulher com a mão esquerda; o aperto causava dores lancinantes no seu ombro. Empurrou-a para a escada e forçou-a a descer com ele, usando-a como apoio, a mão direita segurando a arma.

Alcançaram o saguão e a porta pesada.

– Abra! – ordenou ele; ela abriu. Passaram pela fileira de caixas do correio já na saída. Ele a soltou um pouco, abrindo a porta, olhando para fora, na rua, procurando ouvir as sirenes. Não se ouvia nada. – Vem! – disse ele, puxando-a para os degraus de pedra e atingindo a calçada. Ele meteu a mão no bolso, fazendo uma careta de dor, e pegou as chaves do carro. – Entra!

Dentro do carro desenrolou a gaze, fazendo um tampão para o lado da cabeça, estancando o filete de sangue. Lá do fundo de sua consciência havia uma estranha sensação de alívio. O tiro tinha pegado de raspão; o fato de que atingira sua cabeça o deixara em pânico, mas a bala *não* tinha entrado no crânio. Não tinha entrado; não estaria de volta às agonias de Port Noir.

– Diabo, liga o carro! Vamos cair fora daqui!

– Para onde? Você não disse para onde. – A mulher não estava gritando; em vez disso, ela se mostrava calma. Excessivamente calma. Olhando para ele... será que ela estava olhando para ele?

Estava se sentindo tonto novamente, perdendo novamente o foco da visão.

–Steppdeckstrasse... – Ouviu a palavra no momento de dizê-la, sem saber ao certo se a voz era dele. Mas podia imaginar a entrada da porta. Pintura vermelho-escura desbotada, vidros quebrados... corrimão enferrujado. – Steppdeckstrasse – repetiu.

O que é que estava errado? Por que o motor não pegava? Por que o carro não se movimentava para a frente? Ela não tinha *ouvido* ele falar?

Seus olhos estavam fechados; abriu-os. A arma. Estava no seu colo; ele a tinha colocado ali na pressa de apertar o curativo... ela estava *batendo* na arma, batendo na arma! A arma caiu no chão; ele estendeu a mão para baixo, e ela o empurrou, jogando a cabeça dele contra a janela. A porta do lado abriu-se, e ela pulou na rua e começou a correr. Ela estava fugindo! Sua refém, seu salvo-conduto subia correndo a Löwenstrasse!

Ele não podia mais ficar no carro e não ousava dirigi-lo. Era uma ratoeira de aço, marcando-o. Pôs a arma no bolso com o rolo de esparadrapo e pegou a gaze, segurando-a na mão esquerda, pronto para comprimi-la contra a têmpora na primeira ocorrência de sangue. Saiu do carro e foi mancando o mais rápido possível pela calçada.

Em algum lugar havia uma esquina, em algum lugar um táxi. *Steppdeckstrasse.*

Marie St. Jacques continuou correndo no meio da avenida larga, deserta, entrando e saindo dos claros de luz lançados pelos postes, agitando os braços para os automóveis na Löwenstrasse que passavam rápidos por ela. Ela voltava para o claro de luz, levantava as mãos, chamando atenção; os carros aceleravam e passavam por ela. Aquela era Zurique, e a Löwenstrasse à noite era larga e escura demais, perto demais do parque deserto e do rio Sihl.

Os homens de um automóvel, entretanto, perceberam a mulher. Estavam com os faróis apagados e o motorista havia visto uma mulher à distância. Ele falou para seu companheiro em alemão.

– Pode ser ela. Esse Chernak mora nessa rua, a apenas um quarteirão mais ou menos.

– Para e deixa ver se ela se aproxima. Ela deve estar usando um vestido de seda... é *ela.*

– Vamos nos certificar antes de avisar aos outros pelo rádio.

Ambos os homens saltaram do veículo, o passageiro dando discretamente a volta pelo carro para se reunir ao motorista. Vestiam ternos formais, de homens de negócios, os rostos agradáveis, mas sérios, atentos ao problema em questão. A mulher em pânico se aproximou; eles andaram rapidamente para o meio da rua. O motorista falou.

– *Was ist passiert, Fräulein?*

– Ajude-me! – gritou ela. – Eu... eu não sei falar alemão. *Nicht sprechen.* Chamem a polícia! A... *Polizei!*

O companheiro do motorista falou com autoridade, acalmando-a com a voz.

– Nós estamos com a polícia – disse ele em inglês. – Zurique Sicherheitpolizei. Não temos certeza, senhorita. A senhorita é a mulher do Carillon du Lac?

– *Sou!* – gritou ela. – Ele não queria me deixar ir! Ficou me batendo, me ameaçando com a arma! Foi horrível!

– Onde é que ele está agora?

– Ele está ferido. Levou um tiro. Eu fugi do carro... ele estava no carro quando eu fugi! – Ela apontou para a Löwenstrasse. – Lá adiante. Dois quarteirões, eu acho, no meio do quarteirão. Um cupê, um cupê cinza! Ele tem uma arma.

– Nós também temos, senhorita – disse o motorista. – Venha conosco, entre no assento traseiro do carro. A senhorita estará inteiramente segura. Tomaremos bastante cuidado. Rápido, agora.

Eles se aproximaram do cupê cinza, devagar, os faróis apagados. Não havia ninguém dentro. No entanto havia gente na calçada falando nervosa e também nos degraus de pedra do número 37. O companheiro do motorista voltou-se e falou para a amedrontada mulher encolhida no canto do banco traseiro.

– Esta é a residência de um homem chamado Chernak. Ele o mencionou? Ele disse alguma coisa sobre ir visitá-lo?

– Ele foi *visitar* o homem, me fez ir com ele! Ele matou o homem! Ele matou aquele homem aleijado!

– *Der Sender – schnell* – disse o companheiro do motorista, enquanto pegava o microfone no painel do carro. – *Wir sind zwei Strassen von da.* – O carro arrancou; a mulher agarrou-se no encosto dianteiro.

– O que é que vocês estão fazendo? Um homem foi morto lá atrás.

– E precisamos encontrar o assassino – disse o motorista. – Conforme a senhorita disse, ele estava ferido; talvez ainda esteja nesta área. Esta é uma viatura sem identificação e podemos avistá-lo. Esperaremos, naturalmente, até termos certeza de que a equipe de inspeção chegou, mas nossas missões são bem diversas. – O carro diminuiu a marcha, parando no meio-fio a várias centenas de metros do número 37 da Löwenstrasse.

O companheiro falara no microfone enquanto o motorista explicava o status policial dos dois. Saiu estática do alto-falante do painel, e depois as palavras "*Wir kommen binnen zwanzig Minuten. Wartet.*"

– Nosso chefe logo estará aqui – disse o companheiro. – Temos que esperar por ele. Ele deseja falar com a senhorita.

Marie St. Jacques reclinou-se no assento, fechando os olhos, soltando a respiração.

– Oh, Deus, eu gostaria de tomar um drinque!

O motorista riu e assentiu para seu companheiro. Este tirou uma garrafa de meio litro do porta-luvas e ofereceu-a, sorrindo para a mulher.

– Não somos chiques, senhorita. Não temos copos nem xícaras, mas mesmo assim temos conhaque. Para emergências médicas, é claro. Acho que estamos numa dessas agora. Por favor, com nossos cumprimentos.

Ela deu um sorriso de agradecimento e aceitou a garrafa.

– Vocês são muito gentis e nunca saberão como lhes sou agradecida. Se alguma vez forem ao Canadá, vou preparar-lhes a melhor refeição à francesa de toda a província de Ontário.

– Obrigado, senhorita – disse o motorista.

Bourne verificou a atadura no ombro, olhando de soslaio para ver a imagem embaçada no espelho sujo e quebrado, enquanto sua visão se ajustava à fraca luz do quarto imundo. Ele tinha razão acerca de Steppdeckstrasse, a imagem desbotada da porta vermelha, agora viva, o detalhe das vidraças quebradas e dos corrimãos enferrujados. Não lhe fizeram nenhuma pergunta quando ele alugou o quarto, a despeito do fato de ele estar obviamente ferido. Entretanto, o encarregado da pensão afirmara a Bourne, quando este foi pagar:

– Se precisar de algo mais substancial, posso encontrar um médico que mantém a boca fechada.

– Eu aviso a você.

O ferimento não era grave; o esparadrapo serviria até que ele pudesse encontrar um médico um pouco mais confiável do que um clandestino de Steppdeckstrasse.

Se uma situação de estresse ocasionar um ferimento, atente para o fato de que o dano pode ser tanto psicológico quanto físico. Você pode ter uma reação violenta real à dor e ao dano corporal. Não se arrisque, mas se houver tempo, dê a si mesmo um tempo para se refazer. Não entre em pânico...

Ele havia entrado em pânico; áreas do seu corpo tinham enrijecido. Embora a ferida no ombro e a escoriação na têmpora fossem reais e dolorosas, nenhuma das duas era grave o bastante para imobilizá-lo. Ele não podia se deslocar tão depressa como desejaria ou com a força que ele sabia que possuía, mas conseguia andar com desenvoltura. As mensagens eram enviadas e recebidas, cérebro para músculo e para os membros; ele podia funcionar.

Ele funcionaria melhor depois de um descanso. Não tinha salvo-conduto agora; precisava estar de pé bem antes do amanhecer e encontrar um outro meio de sair de Zurique. O encarregado da pensão gostava de dinheiro; Bourne iria acordar o desmazelado senhorio dentro de mais ou menos uma hora.

Deixou-se cair na cama arqueada e repousou no travesseiro, olhando fixo para a lâmpada nua no teto, tentando não ouvir as palavras de maneira a poder dormir. Elas vinham, não obstante, enchendo seus ouvidos como o soar de timbales.

Um homem foi morto...
Mas o senhor aceitou aquela missão...

Ele se virou para a parede, fechando os olhos, bloqueando as palavras. Aí outras palavras surgiram, e ele sentou-se, o suor porejando da testa.

Eles pagarão pelo seu cadáver!... Carlos pagará! Por Cristo, ele pagará!

Carlos.

Um grande sedã aproximou-se e estacionou na frente do cupê, junto ao meio-fio. Atrás deles, no 37 da Löwenstrasse, os carros-patrulha tinham chegado há quinze minutos, a ambulância em menos de cinco. Formou-se um ajuntamento de moradores dos apartamentos vizinhos ao longo da calçada, perto da escada, mas a excitação agora era muda. Havia ocorrido uma morte, um homem fora morto à noite naquela parte tranquila da Löwenstrasse. A ansiedade era enorme; o que acontecera no número 37 podia acontecer no 32 ou no 40 ou no 53. O mundo estava ficando maluco, e Zurique ia na onda com ele.

– Nosso chefe chegou, senhorita. Podemos levá-la até ele, por favor? – O companheiro saiu do carro e abriu a porta para Marie St. Jacques.

– Certamente. – Ela pisou no chão e sentiu a mão do homem no seu braço; era muito mais gentil do que o aperto férreo do animal que pusera o cano de uma arma encostada no seu rosto. Ela estremeceu ao se lembrar. Eles se aproximaram da traseira do sedã, e ela entrou. Recostou-se no assento e olhou para o homem a seu lado. Ela engasgou, subitamente paralisada, incapaz de respirar, o homem a seu lado lhe trazendo uma lembrança de terror.

A luz dos postes refletiam-se nos finos aros de ouro dos óculos.

– *Você!...* Você estava no hotel! Você é um deles!

O homem assentiu com ar cansado; era evidente sua fadiga.

– É certo. Somos uma seção especial da polícia de Zurique. E, antes de continuarmos a falar, eu devo esclarecer que em nenhum momento, durante os acontecimentos no Carillon du Lac, a senhorita esteve em perigo de ser atingida por nós. Somos atiradores de elite bem treinados; nenhum dos tiros disparados poderia atingi-la. Deixamos de disparar diversas vezes porque a senhorita estava muito próxima do homem em quem mirávamos.

O choque da mulher diminuiu ante o ar de calma e confiança do homem.

– Obrigada por isso.

– Foi o mínimo – disse o agente. – Agora, segundo depreendo, a última vez em que a senhorita o viu ele estava no assento dianteiro daquele carro ali atrás.

– Sim. E ele estava ferido.

– Muito ferido?

– O bastante para ficar incoerente. Ele segurava uma espécie de bandagem na cabeça e havia sangue no ombro dele, no tecido do casaco, quero dizer. Quem é ele?

– Nomes não têm importância, ele responde por muitos. Mas, como a senhorita já viu, ele é um assassino. Um assassino brutal e tem que ser encontrado antes que mate de novo. Nós o estamos caçando há vários anos. Muitas polícias de muitos países. Temos agora a oportunidade que nenhuma delas teve antes. Sabemos que está em Zurique e que está ferido. Ele não ficaria na nossa área, mas até onde poderá ir? Ele disse alguma coisa sobre como esperava sair da cidade?

– Ele ia alugar um carro. Em meu nome, acho eu. Ele não tem carteira de motorista.

– Ele está mentindo. Ele viaja com todos os tipos de documentos falsos. A senhorita era uma refém descartável. Agora, desde o início, diga-nos tudo que ele lhe disse. Onde foram, quem encontraram, o que quer que lhe venha à memória.

– Há um restaurante, Drei Alpenhäuser, e um homem grande e gordo que ficou morto de pavor... – Marie St. Jacques contou tudo de que ela se lembrava. De tempos em tempos o agente da polícia a interrompia, interrogando-a sobre uma frase, uma reação, ou uma súbita decisão por parte do assassino. Intermitentemente retirava os óculos de ouro, enxugando-os com ar absorto, agarrando na armação como se a pressão servisse para controlar sua irritação. O interrogatório durou quase 25 minutos; depois o agente tomou sua decisão. Falou para o motorista.

– Drei Alpenhäuser. *Schnell!* – Virou-se para Marie St. Jacques.

– Vamos enfrentar esse homem nos seus próprios termos. *Sua* incoerência era intencional. Ele sabe bem mais do que disse à mesa.

– Incoerência... – Ela disse a palavra suavemente, lembrando-se do seu próprio modo de usá-la. – Steppdeck... Steppdeckstrasse. Janelas rachadas, quartos.

– O quê?

– Uma pensão na Steppdeckstrasse. Foi o que ele disse. Tudo estava acontecendo tão depressa, mas ele *disse* isso. E, no momento antes de eu saltar do carro, ele disse de novo. *Steppdeckstrasse.*

O motorista falou.

– *Ich kenne diese Strasse. Früher gab es Textilfabriken da.*

– Não compreendo – disse Marie St. Jacques.

– É uma região em decadência que não acompanhou os tempos – retrucou o agente. – As antigas fábricas de tecido ficavam lá. É um refúgio para os menos afortunados... e para outros. *Los!* – ordenou ele.

Partiram.

8

Um estalido. Fora do quarto. Repentino, extinguindo-se num final agudo, o som penetrante, diminuindo à distância. Bourne abriu os olhos.

A escada. A escada no corredor sujo, fora de seu quarto. Alguém vinha subindo os degraus e havia parado, ciente do ruído que seu peso causara na madeira empenada, rachada. Um hóspede normal daquela pensão na Steppdeckstrasse não teria um cuidado assim.

Silêncio.

Craque. Agora mais próximo. Assumira um risco, a oportunidade era primordial, fugir do esconderijo. Jason saltou da cama, pegando a arma que estava perto de sua cabeça, e correu até a parede junto à porta. Agachou-se, ouvindo os passos – um homem –, o enviado, não mais preocupado com o som, mas apenas em atingir seu objetivo. Bourne não tinha dúvida do que era; ele tinha razão.

A porta abriu-se com violência; ele a empurrou de volta e depois lançou todo o peso do corpo na madeira, imprensando o intruso contra o portal e atacando-o com socos no estômago, no peito e no braço. Puxou a porta de volta, lançou o pé direito na garganta do homem e, estendendo a mão esquerda, agarrou o homem pelo cabelo louro e arrastou-o para dentro. A mão do homem ficou inerte; a arma que empunhava caiu no chão, um revólver de cano longo com silenciador.

Jason fechou a porta e ficou escutando os sons na escada. Não se ouvia nada. Baixou os olhos para o homem inconsciente. Ladrão? Assassino? O que ele era?

Polícia? Será que o encarregado da pensão havia decidido passar por cima do código de Steppdeckstrasse em troca de uma recompensa? Bourne desviou o corpo do intruso e tirou uma carteira. Uma segunda natureza fez com que ele retirasse o dinheiro, sabendo que isso era ridículo; carregava uma pequena fortuna consigo. Olhou para os diversos cartões de crédito e para a carteira de motorista; sorriu, mas depois o sorriso desapareceu. Não havia nada de engraçado; os nomes dos cartões de crédito eram todos diferentes, e o nome da carteira de motorista não combinava com nenhum deles. O homem inconsciente não era um agente da polícia.

Era um profissional, enviado para matar um homem ferido na Steppdeckstrasse. Alguém o tinha contratado. Quem? Quem poderia saber onde ele se encontrava?

A mulher? Será que ele mencionara Steppdeckstrasse ao ver a fileira de casas elegantes, quando procurava o número 37? Não, não foi ela; ele podia ter dito alguma coisa, mas ela não teria compreendido. E, se tivesse, não estaria ali no seu quarto um assassino profissional; em vez disso, aquela pensão decadente estaria cercada pela polícia.

Veio-lhe a imagem de um homem grande e gordo suando junto a uma mesa. Aquele mesmo homem tinha enxugado o suor de seus lábios protuberantes e falara da coragem de uma insignificante cabra... que havia sobrevivido. Seria este um exemplo da sua técnica de sobrevivência? Será que ele sabia de Steppdeckstrasse? Estaria ele a par dos hábitos do cliente cuja presença o aterrorizava? Teria ele *estado* na pensão suja? Entregado um envelope ali?

Jason apertou a mão contra a testa e fechou os olhos. *Por que ele não se lembrava? Quando o nevoeiro se dissiparia? Será que jamais iria se dissipar?*

Não se martirize...

Bourne abriu os olhos, fixando-os no homem louro. Por um brevíssimo instante ele quase deu uma gargalhada; estava sendo apresentado ao seu visto de saída de Zurique e, em vez de perceber isso, perdia tempo se atormentando. Pôs a carteira no bolso, junto com a do marquês de Chamford, pegou o revólver e meteu-o no cinto. Depois arrastou o homem inconsciente para a cama.

Um minuto mais tarde o homem estava amarrado ao colchão e amordaçado com um pedaço de pano preso no rosto. Ficaria naquele lugar por horas, e em horas Jason estaria fora de Zurique.

Ele tinha dormido vestido. Não havia nada para pegar ou carregar exceto seu sobretudo. Ele o vestiu e testou a perna, um pouco lenta nos reflexos, refletiu. No calor dos últimos minutos estivera inconsciente da dor; mas a dor estava lá, bem como a claudicação, mas nenhuma das duas o imobilizava. O ombro não estava tão bom. Uma paralisia lenta espalhava-se por seu corpo, precisava arranjar um médico. A cabeça... não queria pensar na cabeça.

Saiu para o corredor fracamente iluminado, fechou a porta e ficou imóvel, ouvindo. Veio uma risada de cima; encostou as costas na parede, a arma preparada. O riso desapareceu; era um riso de bêbado – incoerente, sem motivo.

Foi mancando até a escada, segurou no corrimão e começou a descer. Estava no terceiro andar do prédio de quatro andares, tendo ele insistido pelo andar mais alto quando a frase *lugar alto* lhe veio instintivamente. *Por que será que essa frase lhe viera? O que significava em relação a alugar um quarto sujo por uma única noite? Santuário?*

Para com isso!

Chegou ao patamar do segundo andar, estalidos da escada de madeira acompanhando cada passo. Se o encarregado saísse do seu apartamento embaixo para satisfazer a sua curiosidade, seria a última coisa com a qual ele teria satisfação durante várias horas.

Um ruído. Um roçar. Pano macio roçando ligeiramente em uma superfície abrasiva. Pano contra madeira. Alguém estava escondido na pequena passagem do corredor entre o final de um lance de escada e o início de outro. Sem quebrar o ritmo do andar, Jason olhou para as sombras; havia três vãos de portas recuados na parede da direita, idênticos aos do andar de cima. Num deles...

Ele se aproximou mais um passo. Não era no primeiro; estava vazio. E não seria o último, pois a parede contígua formava um beco sem saída, sem espaço para se mover. Tinha que ser o segundo, sim, o segundo vão de porta. Dali um homem poderia correr para a frente, para a esquerda ou para a direita, ou jogar-se com o ombro contra uma vítima desprevenida, lançando-a por sobre o corrimão, escada abaixo.

Bourne desviou para a direita, passando a arma para a mão esquerda e colocando a direita no cinto, onde estava o revólver com silenciador. A meio metro da porta recuada, ele apontou a automática da mão esquerda para as sombras, enquanto girava contra a parede.

– *Was ist?...* – Um braço apareceu; Jason atirou uma vez, fazendo explodir a mão do homem. – *Ahh!* – Ele se lançou para fora em estado de choque, incapaz de mirar sua arma. Bourne atirou de novo, atingindo o homem na coxa; ele caiu no chão, se contorcendo, se encolhendo. Jason deu um passo à frente e ajoelhou, o joelho contra o peito do homem, a arma na cabeça. Falou num sussurro.

– Há mais alguém lá embaixo?
– *Nein!* – disse o homem, fazendo uma careta de dor. – *Zwei...* somente nós dois. Fomos pagos.
– Por quem?
– Você sabe.
– Um homem chamado Carlos?
– Não vou responder a isso. Melhor me matar.
– Como você sabia que eu estava aqui?
– Chernak.
– Ele está morto.
– Agora. Não ontem. A notícia chegou a Zurique, de que você estava vivo. Checamos todo mundo... por toda parte. Chernak sabia.

Bourne jogou verde.

– Você está mentindo! – Pressionou a arma contra a garganta do homem. – Eu nunca falei a Chernak sobre Steppdeckstrasse.

O homem fez uma careta de novo, o pescoço dobrado.

– Talvez você não precisasse. O porco nazista tinha informantes por toda parte. Por que Steppdeckstrasse seria diferente? Ele podia descrever você. Quem mais poderia?
– O homem do Drei Alpenhäuser.
– Nunca ouvimos falar de qualquer homem lá.
– "Nós" quem?

O homem engoliu, os lábios esticados de dor.

– Homens de negócios... apenas homens de negócios.
– E o serviço de vocês é matar.
– É estranho você falar assim. Mas, *nein*. Você devia ser capturado, não morto.
– Levado para onde?
– Saberíamos pelo rádio. Frequência do carro.
– Maravilha – disse Jason com determinação. – Você não só é de segunda classe, como está me prestando um favor. Onde está o seu carro?
– Lá fora.
– Me dê as chaves. – O rádio o identificaria.

O homem tentou resistir; afastou o joelho de Bourne e começou a rolar junto à parede.

– *Nein!*

– Você está perdido. – Jason bateu com a coronha da pistola no crânio do homem. O suíço desabou.

Bourne encontrou três chaves em um estojo de couro, pegou a arma do homem e colocou-a no bolso. Era uma arma menor do que a que ele tinha na mão e não tinha silenciador, levando-o a acreditar um pouco mais na alegação de que ele devia ser capturado, não morto. O homem louro em cima agira como uma vanguarda e, portanto, precisava da proteção de um tiro abafado pelo silenciador, se fosse necessário ferir. Mas uma detonação não abafada poderia levar a complicações; o suíço no segundo andar era a retaguarda, sua arma para ser usada como uma ameaça visível.

Então por que ele estava no segundo andar? Por que não tinha seguido seu colega? Na escada? Havia alguma coisa estranha, mas não adiantava levantar esquemas táticos nem ele tinha tempo para pensar sobre isso. Havia um carro lá fora na rua, e ele tinha as chaves.

Não podia deixar de levar nada em consideração. A terceira arma.

Ergueu-se penosamente e encontrou o revólver que ele havia tirado do francês no elevador do Gemeinschaft Bank. Levantou a perna esquerda da calça e colocou a arma debaixo do tecido elástico da meia. Ali estava segura.

Fez uma pausa para recuperar o fôlego e o equilíbrio, depois dirigiu-se para a escada, percebendo que a dor no seu ombro esquerdo se tornara de repente mais aguda, a paralisia se espalhando mais rapidamente. As mensagens do cérebro para os membros já eram menos claras. Ele tinha esperança em Deus de que pudesse dirigir.

Chegou ao quinto degrau e parou repentinamente, procurando escutar, como tinha escutado não fazia um minuto atrás, sons de alguém escondido. Não havia nada; o homem ferido podia não entender de táticas, mas ele tinha falado a verdade. Jason desceu depressa a escada. Ele ia sair de Zurique de carro – de alguma maneira – e achar um médico – em algum lugar.

Localizou facilmente o carro. Era diferente dos outros automóveis da rua, todos mal conservados. Era um sedã grande, bem cuidado, e ele pôde ver a base de uma antena aparafusada na mala. Aproximou-se do lado do motorista e correu a mão pela almofada da porta e pelo para-lama dianteiro esquerdo; não havia dispositivo de alarme.

Destrancou a porta e abriu-a, prendendo a respiração para o caso de estar enganado e haver alarme; não estava. Tomou posição atrás do volante, ajeitando-se até ficar o mais confortável possível, satisfeito de o carro ter câmbio automático. A arma grande na cintura prejudicava-lhe os movimentos. Colocou-a no assento ao lado, depois estendeu a mão para a ignição, pressupondo que a chave que destrancava a porta fosse a chave certa.

Não era. Tentou a chave seguinte, mas ela também não servia. Era da mala, presumiu. Seria a terceira chave.

Ou não seria? Ficou tentando enfiá-la na abertura. A chave não entrava; tentou a segunda de novo; ficava bloqueada. Depois a primeira. Nenhuma das chaves servia na ignição! Ou estariam as mensagens do cérebro para os membros e para os dedos deturpadas demais, a coordenação ruim demais! Diabos! Tente de novo!

Surgiu uma luz forte a sua esquerda, queimando-lhe os olhos, cegando-o. Procurou a arma, mas um segundo facho de luz saltou da direita; a porta foi aberta com violência e uma lanterna pesada acertou-lhe um golpe forte na mão, enquanto outra mão pegava a arma no assento.

– Saia! – A ordem veio da esquerda, o cano da arma pressionado contra seu pescoço.

Ele saiu, milhares de círculos coruscantes brancos nos olhos. A visão foi-lhe voltando aos poucos, e a primeira coisa que viu foi o contorno de dois círculos. Círculos de ouro; os óculos do assassino que o viera perseguindo durante toda a noite. O homem falou.

– Dizem as leis da física que cada ação provoca uma reação igual e contrária. Da mesma forma o comportamento de certos homens sob certas condições é previsível. Para um homem como você nós apresentamos um desafio, cada oponente sabendo o que dizer se perder. Se seu oponente não cai, o homem está perdido. Se ele cai, o homem fica desorientado, embalado por uma falsa sensação de progresso.

– E um alto grau de risco – disse Jason. – Para os que participam do desafio.

– Eles são bem pagos. E há algo mais, sem garantias, é claro, mas há. O enigmático Bourne não mata indiscriminadamente. Não por compaixão, naturalmente, mas por uma razão muito mais prática. Os homens se lembram quando foram poupados; ele se infiltra nos exércitos dos outros. Táticas de guerrilha refinadas aplicadas a um campo de batalha sofisticado. Eu o cumprimento.

– Você é um babaca. – Foi tudo que Jason pôde pensar em dizer.

– Mas os seus homens estão vivos, se é isso que você quer saber.

Apareceu uma outra pessoa à vista, trazida das sombras do edifício por um homem baixo, atarracado. Era uma mulher, era Marie St. Jacques.

– É ele – disse ela em voz baixa, o olhar resoluto.

– Oh, meu Deus... – Bourne balançou a cabeça, sem acreditar. – Como é que fizeram a coisa, doutora? – perguntou a ela, levantando a voz. – Havia alguém vigiando meu quarto no Carillon? O elevador foi programado? A senhorita foi muito convincente. E pensei que íamos bater num carro da polícia.

– No final das contas – replicou ela – não foi necessário. Esses são da polícia.

Jason olhou para o assassino a sua frente, o homem ajeitava os óculos de ouro.

– Eu o cumprimento – disse.

– Foi o mínimo – respondeu o assassino. – As condições são favoráveis. Você as forneceu.

– O que acontece agora? O homem lá dentro disse que eu deveria ser capturado, não morto.

– Esqueça. Ele foi instruído para dizer aquilo. – O suíço fez uma pausa. – Então é assim que você se parece. Muitos de nós ficamos a imaginar durante os últimos dois ou três anos. Quanta especulação houve! Quantas contradições! Ele é alto, não, é de altura mediana. Ele é louro, não, ele tem cabelos pretos. Olhos azuis muito claros, não, é óbvio que são castanhos. As feições são pronunciadas, não, são realmente bastante comuns, não se pode distingui-lo no meio de outras pessoas. Mas nada de ordinário, comum. Tudo era extraordinário.

Suas feições foram atenuadas, o caráter delas foi escondido. Mude a cor do cabelo e você muda de cara... – Certos tipos de lentes de contato são projetadas para mudar a cor dos olhos... Se usar óculos, você é um homem diferente. Vistos, passaportes... modificados à vontade.

Todo o quadro estava ali. Tudo se encaixava. Não todas as respostas, mas a maior parte da verdade que ele desejava ouvir.

– Eu gostaria de terminar com isso – disse Marie St. Jacques, se adiantando. – Eu assino o que tiver que assinar... no seu gabinete, penso eu. Mas depois eu realmente preciso voltar para o hotel. Não preciso lhes contar o que eu passei esta noite.

O suíço olhou para ela através dos seus óculos de aros de ouro. O homem atarracado que a tinha trazido das sombras segurou-a pelo braço. Ela olhou espantada para ambos os homens, depois baixou os olhos para a mão que a segurava.

Depois para Bourne. Sua respiração parou, uma terrível percepção se apossando dela. Os olhos arregalaram-se.

– Deixe ela ir – disse Jason. – Ela está voltando para o Canadá. Nunca mais vocês a verão.

– Seja prático, Bourne. Ela *nos* viu. Somos dois profissionais, há regras. – O homem colocou o revólver sob o queixo de Bourne, o cano pressionado mais uma vez contra sua garganta. Correu a mão esquerda pelas roupas da vítima, sentiu a arma no bolso de Jason e tirou-a. – Eu já pensei nisso – disse ele, virando-se para o homem atarracado. – Leve-a no outro carro. O Limmat.

Bourne gelou. Marie St. Jacques ia ser morta, o corpo jogado no rio Limmat.

– Espere um minuto! – Jason deu um passo à frente; o revólver foi empurrado com força no seu pescoço, forçando-o a recuar para o capô do carro. – Vocês estão sendo estúpidos! Ela trabalha para o governo do Canadá. Eles vão revirar toda Zurique.

– O que é que isso te interessa? Você não estará aqui.

— Porque é um desperdício! — gritou Bourne. — Somos profissionais, lembra-se?

— Você me aborrece. — O assassino virou-se para o homem atarracado. — *Geh! Schnell. Guisan Quai!*

— Grite o mais que puder! — gritou Jason. — Comece a gritar! Não pare!

Ela tentou, o grito interrompido por um golpe paralisante na garganta. Caiu na calçada enquanto seu pretenso carrasco a puxava para o pequeno sedã preto sem identificação.

— Que estupidez — disse o assassino, olhando através dos seus óculos de aros de ouro para o rosto de Bourne. — Você apenas apressou o inevitável. Por outro lado, ficará mais simples agora. Posso liberar um homem para cuidar de nossos feridos. Tudo de um jeito tão militar, não é? É realmente um campo de batalha. — Virou-se para o homem com a lanterna. — Faça sinal para Johann entrar. Depois viremos buscá-los.

A lanterna foi acesa e apagada duas vezes. Um quarto homem, que havia aberto a porta do pequeno sedã para a mulher condenada, assentiu com a cabeça. Marie St. Jacques foi jogada no assento traseiro, a porta batida com força. O homem chamado Johann começou a subir os degraus de concreto, fazendo sinal afirmativo para o carrasco.

Jason sentiu um nó na barriga quando o motor do pequeno sedã deu a partida e o carro afastou-se do meio-fio tomando a Steppdeckstrasse, o para-choque cromado torto desaparecendo nas sombras da rua. Dentro do carro ia uma mulher que ele nunca tinha visto na sua vida... até três horas atrás. E ele a tinha matado.

— Você não carece de soldados — disse ele.

— Se houvesse cem homens em quem eu pudesse confiar, eu os pagaria com o maior prazer. Como dizem, a reputação vem antes do homem.

— Suponhamos que eu te pague. Você esteve no banco, sabe que tenho fundos.

— Provavelmente milhões, mas eu não tocaria numa nota de um franco.

— Por quê? Tem medo?

— Com toda certeza. A riqueza guarda relação com o tempo que se tem para gozá-la. Eu não teria cinco minutos. —

O assassino virou-se para o subordinado. – Ponha-o para dentro. Dispa-o. Quero fotografias dele nu, antes e depois de ele nos deixar. Você vai encontrar muito dinheiro com ele. Quero fotos dele com o dinheiro. Eu vou dirigindo. – Olhou de novo para Bourne. – Carlos vai receber a primeira cópia. E não tenho dúvida de que poderei vender as outras com bastante lucro no mercado livre. As revistas pagam preços absurdos.

– Por que "Carlos" acreditaria em você? Por que *qualquer* um acreditaria em você? Você disse que ninguém sabe qual é a minha aparência.

– Vou ter cobertura – disse o suíço. – Suficiente para o dia. Dois banqueiros suíços se apresentarão para identificá-lo como um tal de Jason Bourne. O mesmo Jason Bourne que satisfez as exigências excessivamente rígidas estabelecidas pela lei suíça para a liberação de uma conta numerada. Será o bastante. – Falou para o atirador de elite. – *Depressa!* Tenho que passar uns telegramas. Dívidas a cobrar.

Um braço poderoso passou por cima do ombro de Bourne, prendendo sua garganta numa gravata. O cano de uma arma foi encostado na sua espinha, a dor se estendendo por todo o peito enquanto ele era arrastado para dentro do sedã. O homem que o segurava era um profissional; mesmo sem os ferimentos seria impossível para Jason livrar-se dele. A destreza do atirador, entretanto, não satisfez ao líder da caçada. Ele se postou atrás do volante e deu uma outra ordem.

– Quebre os dedos dele – disse ele.

Por rápidos instantes a gravata sufocou a respiração de Jason enquanto o cano da arma batia repetidas vezes na sua mão – *mãos*. Instintivamente, ele havia colocado a mão esquerda sobre a direita, protegendo-a. Quando o sangue saltou das costas da mão esquerda, ele torceu os dedos, deixando-o correr entre eles até que as duas mãos ficaram cobertas. Sufocou os gritos; o aperto afrouxou; ele gritou:

– Minhas mãos! Estão quebradas!

– *Gut.*

Mas não estavam quebradas; a esquerda tinha sido machucada a ponto de não poder ser usada; não a direita. Mexeu os dedos na sombra; a mão estava intacta.

O carro acelerou pela Steppdeckstrasse e dobrou numa rua lateral, no sentido sul. Jason caiu para trás no assento, arquejando. O atirador agarrou suas roupas, rasgando a camisa e tirando o cinto. Em segundos seu tórax estaria nu; passaporte, documentos, cartões de crédito, dinheiro, todas as coisas essenciais para sua fuga de Zurique lhe seriam tomadas. Era agora ou nunca. Ele gritou:

— Minha *perna*! Diabo da minha perna! — Inclinou-se de repente para a frente, a mão direita trabalhando furiosamente no escuro, remexendo sob o pano da perna da calça. Sentiu o volume. A coronha da automática.

— *Nein!* — rugiu o profissional na frente. — Fique de olho nele! — Ele sabia, era um conhecimento instintivo.

Também era tarde demais. Bourne segurou a arma na escuridão junto ao chão; o forte soldado puxou-o de volta para trás. Ele caiu com o golpe, o revólver agora na altura da sua cintura, apontado diretamente para o peito do atacante.

Ele atirou duas vezes; o homem arqueou o corpo para trás. Jason atirou de novo, a pontaria certa, o coração trespassado; o homem caiu sobre o assento.

— Larga isso! — gritou Bourne, desviando o revólver para o assento dianteiro, apertando o cano contra a base do crânio do motorista. — Larga!

Com a respiração entrecortada, o assassino deixou a arma cair.

— Vamos conversar — disse ele, agarrando o volante. — Somos profissionais. Vamos conversar. — O grande carro lançou-se para a frente, ganhando velocidade, o motorista aumentando a pressão no acelerador.

— Diminua!

— Qual é a sua resposta? — O carro acelerou ainda mais. À frente apareciam as luzes do tráfego; estavam deixando a Steppdeckstrasse, entrando em ruas mais movimentadas da cidade. — Você quer sair de Zurique, eu posso tirá-lo daqui. Sem mim, você não consegue. Tudo que preciso fazer é virar o volante, bater na calçada. Não tenho nada a perder, Herr Bourne. Há policiais por toda parte ali adiante. Acho que você não quer a polícia.

— Vamos conversar — mentiu Jason. Tudo era uma questão de oportunidade, medida em frações de segundos. Eram agora dois assassinos num recinto fechado em velocidade, que era em si mesmo uma armadilha. Não se devia confiar em nenhum dos dois assassinos; ambos sabiam disso. Um tinha que fazer uso daquele meio segundo extra que o outro não aproveitaria. Profissionais. – Freia – disse Bourne.

– Deixa cair a sua arma no assento ao meu lado.

Jason soltou a arma. Ela caiu em cima da arma do assassino, o tinir do metal pesado sendo a prova do contato.

– Feito.

O assassino tirou o pé do acelerador, transferindo-o para o freio. Foi aplicando a pressão vagarosamente, depois em pequenos golpes de modo que o grande automóvel progredia aos solavancos. Bourne compreendeu a manobra. Era parte da estratégia do motorista, jogar com um fator de vida ou morte.

O marcador do velocímetro girou para a esquerda, *trinta quilômetros, dezoito quilômetros, nove quilômetros*. Estavam quase parando, era o momento para o meio segundo extra – jogar com um fator, a vida em jogo.

Jason agarrou o homem pelo pescoço, apertou-o na garganta, arrancando-o do assento. Depois ele levantou a mão esquerda ensanguentada e lançou-a para a frente, passando na região dos olhos do assassino. Soltou a garganta, jogando a mão direita para baixo na direção das armas sobre o assento. Bourne pegou uma coronha, afastando a mão do outro; o homem gritou, a visão toldada, a arma fora de alcance. Jason jogou o braço contra o peito do homem, empurrando-o contra a porta, forçando a garganta dele com seu cotovelo esquerdo, enquanto segurava o volante com a palma ensanguentada. Levantou os olhos para o para-brisa e virou o carro para a direita, embicando-o para um monte de lixo na calçada.

O automóvel entrou no monte de entulho – um inseto grande, sonâmbulo, rastejando no lixo, a aparência não deixando transparecer a violência que se desenrolava no interior da sua carapaça.

O homem debaixo dele aprumou o corpo, rolando no assento. Bourne já tinha a automática na mão, os dedos procurando o espaço aberto do gatilho. Encontrou-o. Curvou o pulso e disparou.

O corpo do seu pretenso carrasco ficou flácido, um orifício vermelho-escuro na testa.

Na rua, homens vinham correndo na direção do que parecia ser um acidente perigoso devido à imprudência. Jason jogou o homem morto atravessado no assento e sentou-se atrás do volante. Engatou a marcha a ré; o sedã foi recuando desajeitadamente para fora do entulho sobre o meio-fio e entrou na rua. Ele abaixou o vidro da sua janela para avisar às pessoas que se aproximavam para uma provável prestação de socorro.

– Desculpe! Está tudo bem! Foi só um pouco de bebida a mais!

O pequeno grupo de cidadãos preocupados dispersou-se rapidamente, alguns fazendo gestos de censura, outros voltando depressa para junto de seus acompanhantes. Bourne respirou profundamente, tentando controlar o tremor involuntário que tomava conta de todo o seu corpo. Engatou a marcha e partiu. Ele tentava imaginar as ruas de Zurique com base na memória que poderia lhe ser útil.

Sabia vagamente onde estava – onde esteve – e, mais importante, ele sabia de forma mais nítida onde se achava o Guisan Quai em relação ao Limmat.

Geh! Schnell. Guisan Quai!

Marie St. Jacques deveria ser morta no Guisan Quai, o corpo sendo lançado no rio. Havia apenas um trecho onde o Guisan e o Limmat se encontravam; era na foz do lago Zurique, na base da costa oeste. Em algum ponto de um estacionamento vazio ou num jardim deserto dando para a água, um homem baixo e atarracado estava a ponto de levar a cabo uma execução ordenada por um homem morto. Talvez nesse momento a arma já tivesse sido disparada, ou uma faca enterrada no alvo; não havia meio de saber, mas Jason sabia que ele tinha de descobrir. Seja lá quem ele fosse, ele não podia fugir cegamente.

O profissional que havia nele, contudo, exigia que desviasse para a alameda larga e escura adiante. Havia dois homens mortos no carro; eram um risco e um fardo que ele não podia carregar. Os preciosos segundos que levaria para removê-los poderiam evitar o risco de um policial do trânsito olhar pelas janelas e ver a morte.

Trinta e dois segundos eram o seu palpite; levou menos de um minuto para puxar os pretensos carrascos para fora do carro. Olhou para eles enquanto voltava mancando para o carro. Estavam enroscados obscenamente um junto ao outro, encostados a uma parede de tijolos suja. Na escuridão.

Entrou no carro e deu uma ré para sair da alameda.

Geh! Schnell. Guisan Quai!

9

Ele chegou a um cruzamento, o sinal vermelho. Luzes. À esquerda, diversos quarteirões a leste, ele via luzes curvando-se suavemente no céu noturno. Uma ponte! O Limmat! O sinal ficou verde; ele virou o sedã para a esquerda.

Estava de volta à Bahnhofstrasse; o início do Guisan Quai ficava apenas a minutos dali. A larga avenida curvava-se ao longo da água, margem do rio e margem do lago se fundindo. Momentos depois, a sua esquerda surgiu a silhueta de um parque, no verão um paraíso para se passear, agora escuro, sem turistas e sem habitantes de Zurique. Passou por uma entrada para veículos; havia uma corrente grossa atravessada na calçada branca, suspensa em dois pilares de pedra. Chegou a uma segunda, uma outra corrente proibindo o acesso. Mas não era igual; algo estava diferente, alguma coisa estranha. Parou o carro e olhou mais de perto, procurando no assento a lanterna que ele havia tirado do seu pretenso carrasco. Acendeu a lanterna e dirigiu o facho de luz para a pesada corrente. O que era aquilo? O que estava diferente?

Não era a corrente. Era alguma coisa *debaixo* da corrente. Na calçada branca mantida imaculadamente limpa pelas equipes de manutenção. Havia marcas de pneus sobressaindo da limpeza em torno. Elas não seriam notadas durante os meses de verão; mas o eram agora. Era como se a sujeira de Steppdeckstrasse tivesse viajado até ali.

Bourne apagou a lanterna e deixou-a no assento. A dor da sua mão esquerda machucada tinha subitamente se fundido à agonia do ombro e do braço; precisava expulsar toda a dor de sua mente; tinha que estancar o sangramento o melhor que pudesse. Sua camisa estava rasgada; deu um puxão e rasgou-a ainda mais, arrancando uma tira de pano com a qual enrolou a mão esquerda, dando um nó com os dentes e os dedos. Ele estava o mais preparado possível nas circunstâncias.

Pegou a arma e examinou o pente: cheio. Esperou até que dois carros passassem, depois apagou os faróis e fez uma curva em U, estacionando perto da corrente. Saltou, testando instintivamente sua perna no calçamento, depois, não se apoiando muito nela, foi até o pilar mais próximo e levantou o gancho da argola de ferro que saía da pedra. Abaixou a corrente, fazendo o mínimo de barulho possível, e voltou para o carro.

Engrenou a marcha, apertando suavemente o acelerador e depois soltando-o. Deslizava agora na grande área de um parque sem iluminação, parecendo ainda mais escuro pelo fim abrupto da estrada de entrada branca e o começo de uma área de asfalto negro. Mais além, a duzentos metros de distância, ficava a linha reta escura do clique marítimo, um clique que não represava o mar, mas, em vez dele, as correntes do rio Limmat que se derramavam no lago Zurique. Mais para longe viam-se as luzes dos barcos, balançando no seu esplendor majestoso. Depois vinham as luzes paradas da Cidade Velha, o clarão embaçado dos holofotes dos píeres escurecidos. Os olhos de Jason percorreram tudo, pois a distância era sua tela de fundo; procurava formas na frente dela.

Para a direita. *À direita.* Um contorno escuro, mais escuro que a parede, uma intrusão do negro no menos negro – obscuro, fraco, quase imperceptível, mas lá. A cem metros de distância... agora noventa, 85; desligou o motor e fez parar o carro. Sentou-se imóvel, o vidro abaixado, olhando fixamente para a escuridão, tentando ver com mais clareza. Ouviu o vento vindo da água; encobria qualquer som que o carro tivesse feito.

Som. Um grito. Baixo, sufocado... originado pelo medo. Seguiu-se uma bofetada dura, depois outra e mais outra. Um grito se formou, depois foi recolhido, quebrado, extinguindo-se no silêncio.

Bourne saiu silenciosamente do carro, a arma na mão direita, a lanterna segura com dificuldade nos dedos ensanguentados da mão esquerda. Caminhou na direção de uma obscura forma escura, cada passo, cada claudicação um estudo do silêncio.

O que ele viu primeiro foi o que já tinha visto por último quando o pequeno sedã desapareceu nas sombras da Steppdeckstrasse. O metal brilhante do para-choque cromado torto, que agora reluzia na luz noturna.

Quatro tapas em rápida sucessão, carne contra carne, golpes dados por um maníaco e recebidos com sufocados gritos de terror. Os gritos cessaram, houve soluços, sons de espancamento dentro do carro!

Jason agachou-se o mais que pôde para aproximar-se da janela traseira. Levantou-se vagarosamente, depois subitamente, e usando o som como uma arma de choque, gritou ao mesmo tempo que acendia a poderosa lanterna.

– Não se mexa, senão está morto!

O que ele viu dentro encheu-o de revolta e fúria. As roupas de Marie St. Jacques tinham sido rasgadas, feitas em pedaços. Mãos grudavam-se como garras no seu corpo seminu, apalpando os seios, separando as pernas. O órgão do carrasco se projetava do pano das calças; ele inflingia à mulher a indignidade final antes de levar a cabo a sentença de morte.

– *Saia,* seu *filho da puta!*

Houve um terrível estourar de vidro; o homem que estuprava Marie St. Jacques viu o óbvio. Bourne não podia disparar a arma com receio de matar a mulher; ele a jogou de lado e golpeou com o salto do sapato a vidraça do pequeno carro. O vidro voou e pequenos estilhaços cortantes cobriram o rosto de Jason. Ele fechou os olhos e recuou mancando para evitar aquela chuva de vidro.

A porta se abriu; um jato ofuscante de luz acompanhou a explosão. Uma dor quente e aguda espalhou-se pelo lado direito de Bourne. O tecido de seu casaco rasgou-se com violência, o sangue ensopando o que restara da camisa. Ele puxou o gatilho, mal podendo ver o vulto que rolava no chão; atirou de novo, a bala arrebentando a superfície do asfalto. O carrasco tinha rolado e se lançado para fora de sua vista... para dentro da escuridão mais espessa, invisível.

Jason sabia que não podia ficar onde estava; fazer isso era decretar sua própria execução. Correu, arrastando a perna, para se abrigar na porta aberta.

– Fica aí dentro! – gritou para Marie St. Jacques; a mulher tinha começado a entrar em pânico. – Diabo! Fica aí!

Um tiro; a bala alojou-se no metal da porta. A silhueta de um vulto correndo foi projetada na parede. Bourne atirou duas vezes, contente de ouvir um arquejo à distância. Ele havia ferido o homem; não o tinha matado. Mas o carrasco agiria com menos eficiência do que há sessenta segundos.

Luzes. Luzes fracas... quadradas, esquadrias. O que era aquilo? O que eram elas? Olhou para a esquerda e viu que talvez não as tivesse visto antes. Uma pequena construção de tijolo, uma espécie de moradia perto do muro. Luzes haviam se acendido lá dentro. A casa de um vigia; alguém dentro da casa ouvira os tiros.

– *Was ist los? Wer ist da?* – Os gritos vieram do vulto de um homem, um homem velho, curvado, parado no umbral iluminado. Então o facho de luz de uma lanterna cortou a escuridão mais forte. Bourne acompanhou a luz com os olhos, com esperança de que fosse incidir no carrasco.

E isso aconteceu. Ele estava agachado perto do muro. Jason levantou-se e atirou; ao barulho da arma, o facho de luz virou para ele. Ele era o alvo; partiram dois tiros da escuridão, uma bala ricocheteando no metal da janela. O aço furou seu pescoço; jorrou sangue.

Passos rápidos. O carrasco correu na direção da fonte de luz.

– *Nein!*

Ele já o tinha alcançado; o vulto no umbral da porta foi agarrado por um braço que era ao mesmo tempo correia e prisão. A luz se apagou; na luz que vinha das janelas Jason pôde ver o assassino puxando o vigia, usando o velho como escudo, arrastando-o para a escuridão.

Bourne ficou esperando até que não avistou mais nada, a arma levantada sobre o capô, inútil. Assim como ele estava inútil, o corpo se esvaindo.

Houve um tiro final, seguido de um grito gutural e, mais uma vez, passos apressados. O carrasco tinha levado a cabo a sentença de morte, não contra a mulher condenada, mas contra um velho. Ele estava correndo; tinha conseguido escapar.

Bourne não podia mais correr; a dor o tinha finalmente imobilizado, a vista embaralhada, o instinto de sobrevivência exaurido. Deixou-se cair no chão. Não havia nada; ele simplesmente não se importava com mais nada.

O que quer que seja, que aconteça. Que aconteça.

Marie St. Jacques arrastou-se para fora do carro, segurando as roupas, cada movimento demonstrando o estado de choque. Encarou Jason, descrença, horror e confusão convergindo nos seus olhos.

– Vá embora – murmurou ele, esperando que ela o pudesse ouvir. – Há um carro ali atrás, as chaves estão nele. Cai fora daqui. Ele pode trazer outros, não sei.

– Você veio me buscar – disse ela, a voz ecoando através de um túnel de perplexidade.

– Cai fora! Entra naquele carro e foge a toda, doutora. Se alguém tentar pará-la, passa por cima. Procure a polícia... polícia verdadeira mesmo, com uniformes, sua idiota. – Sua garganta estava tão quente, seu estômago, tão frio. Fogo e gelo... ele já tinha sentido isso antes. Juntos. Onde teria sido?

– Você salvou minha vida – continuou ela naquele tom oco, as palavras flutuando no ar. – Você veio me buscar. Você voltou para me buscar e salvou... minha... vida.

– Não faz de uma coisa o que ela não é. – *Você é uma eventualidade, doutora Você é um reflexo, um instinto nascido de lembranças esquecidas, circuitos eletricamente estimulados pelo estresse. Você vê como eu sei as palavras... Eu não me importo mais. Dói – oh, meu Deus, dói.*

– Você estava livre. Podia ter continuado sua fuga mas não continuou. Você veio me buscar.

Ele ouvia a mulher através de um nevoeiro de dor. Ele a via, e o que via não fazia sentido – tão sem sentido quanto a dor. Ela estava ajoelhada ao seu lado, tocando seu rosto, tocando sua cabeça. *Para com isso! Não toque na minha cabeça! Me deixa.*

– Por que fez isso? – Era a voz dela, não a dele.

Ela estava lhe fazendo uma pergunta. Ela não compreendia? Ele não podia lhe responder.

O que é que ela estava fazendo? Tinha rasgado um pedaço de pano e o amarrava em torno do pescoço dele... e agora outro, este maior, parte do vestido dela. Tinha afrouxado o cinto dele e empurrava o pano macio e liso contra a pele quente, fervente, no seu quadril direito.

– Não foi por *você*. – Ele encontrou palavras e as usava rapidamente. Ele queria a paz da escuridão; já havia desejado aquela paz antes, mas não conseguia se lembrar quando. Ele a encontraria se a mulher o deixasse. – Aquele homem... ele tinha me visto. Ele poderia me identificar. Era ele. Eu queria *ele*. Agora dá o fora!

– Como também meia dúzia de outros – replicou ela, já com um outro tom de voz. – Não acredito em você.

– Acredite em mim!

Ela estava de pé junto dele agora. Depois ela já não estava ali. Tinha ido. Ela o tinha deixado. A paz viria rapidamente agora... seria engolido pelas ondas escuras que arrebentavam, e a dor iria embora. Encostou-se no carro e deixou-se levar pelos fluxos da mente.

Um ruído se intrometeu. Um motor, girando e perturbando. Ele não queria aquilo... o ruído interferia na liberdade de seu próprio mar particular. Sentiu uma mão segurando o seu braço. Depois outra, gentilmente o puxando para cima.

– Vem – disse a voz. – Me ajude.

– Me deixa! – O comando saiu num grito, ele tinha gritado. Mas a ordem não foi obedecida. Ele estava estarrecido; comandos devem ser obedecidos. Embora nem sempre. Alguma coisa lhe dizia isso. Lá estava o vento de novo, mas não o vento de Zurique. Em algum outro lugar, lá no alto, no céu noturno. Veio um sinal, uma luz acendeu e ele saltou, açoitado por novas e furiosas correntes.

– Está bem. Você está bem – disse a voz enlouquecedora que não prestava atenção a seus comandos. – Levanta o seu pé. *Levanta!*... Isso. Conseguiu. Agora, para dentro do carro. Vá com cuidado para trás... devagar. Está bom.

Ele estava caindo... caindo no céu negro como breu. E depois a queda cessou, tudo cessou, e veio a calmaria. Podia ouvir sua própria respiração. E passos, ele podia ouvir passos... e o som de uma porta fechando, seguido por um ruído de algo girando, um ruído perturbador abaixo dele, na frente dele, em algum lugar.

Movimento, girando em círculos. O equilíbrio desaparecera, e ele estava caindo de novo, apenas para ser parado novamente, um outro corpo contra seu corpo, uma mão o segurando, abaixando-o. O rosto estava frio, e depois ele não sentiu nada. Fora arrastado de novo, as correntes mais suaves agora, escuridão completa.

Ouvia vozes perto dele, à distância, mas não muito distante. As formas foram entrando vagarosamente em foco, iluminadas pelo halo de um abajur de mesa. Estava num quarto bastante grande, deitado numa cama, uma cama estreita, com cobertores por cima. Do outro lado do quarto havia duas pessoas, um homem de sobretudo e uma mulher... vestida com uma saia vermelho-escura e uma blusa branca. Cabelo ruivo, como o cabelo de...

Marie St. Jacques? *Era* ela, de pé junto à porta, falando com um homem que segurava uma bolsa de couro na mão esquerda. Falavam em francês.

– Repouso, principalmente – o homem estava dizendo. – Se a senhora não me encontrar, qualquer um pode retirar os pontos. Podem ser tirados em uma semana, acredito eu.

– Muito obrigada, doutor.

– Obrigado à senhora. A senhora foi muito generosa. Vou agora. Talvez eu ainda tenha notícias de vocês, talvez não.

O médico abriu a porta e saiu. Depois que ele já tinha ido embora, a mulher trancou a porta com o ferrolho. Ela se virou e viu Bourne olhando para ela. Foi andando devagar, cautelosamente, na direção da cama.

– Você pode me ouvir? – perguntou.

Ele assentiu.

– Você está ferido – disse ela – com bastante gravidade, mas, se ficar quieto, não será necessário levar você a um hospital. Era um médico... obviamente. Paguei-o com o dinheiro que achei com você. Bastante mais do que o normal, mas disseram-me que poderia confiar nele. Foi ideia sua, por sinal. Enquanto nós vínhamos de carro, você ficou dizendo que tinha que encontrar um médico, um que receberia para ficar calado. Você tinha razão. Não foi difícil.

– Onde estamos? – Ele podia ouvir a própria voz. Era fraca, mas podia ouvi-la.

– Numa vila chamada Lenzburg, a cerca de doze quilômetros de Zurique. O médico é de Wohlen, uma cidade próxima. Ele verá você novamente dentro de uma semana, se você estiver aqui.

– Como?... – Ele tentou se erguer mas não teve forças. Ela lhe tocou o ombro; era uma ordem para deitar de novo.

– Vou contar-lhe o que aconteceu e talvez isso responda a suas perguntas. Pelo menos espero que sim, porque se isso não acontecer, não sei se eu poderia responder. – Ela ficou de pé imóvel, olhando para ele na cama, o tom de voz controlado. – Um animal estava me estuprando, depois de ter ordens para me matar. Não havia nenhuma maneira de eu escapar com vida. Na Steppdeckstrasse, você tentou fazer com que eles parassem e, quando não conseguiu, você me disse para gritar, para ficar gritando. Era tudo que você podia fazer e, gritando para mim, você se arriscou a ser morto naquele momento. Mais tarde, você se livrou de alguma maneira, não sei como, mas sei que você ficou muito ferido na tentativa, e então voltou para me pegar.

– Ele – interrompeu Jason. – Eu queria *ele*.

– Você já me disse isso, e digo o que já disse antes. Eu não acredito em você. Não porque você não sabe mentir, mas porque isso não condiz com os fatos. Eu trabalho com estatísticas, sr. Washburn, ou sr. Bourne, ou qualquer que seja o seu nome. Eu respeito dados observáveis e posso detectar inexatidões; fui ensinada para fazer isso. Dois homens entraram naquele prédio para encontrá-lo, e eu ouvi você dizer que ambos estavam vivos. Eles podiam identificá-lo. E há também o proprietário do Drei Alpenhäuser, ele também pode. Estes são os fatos, e você os conhece tão bem quanto eu. Não, você voltou para me encontrar. Você voltou para salvar a minha vida.

– Continue – disse ele, a voz ficando mais forte. – Que aconteceu?

– Tomei uma decisão. Foi a mais difícil que já tomei na minha vida. Acho que uma pessoa só pode tomar uma decisão como essa se quase perde a vida por um ato de violência e sua vida é salva por uma outra pessoa. Decidi ajudá-lo. Apenas por algum tempo, por umas poucas horas, talvez, mas eu iria ajudá-lo a fugir.

– Por que não chamou a polícia?

– Quase fiz isso e não tenho certeza se saberia dizer por que não o fiz. Talvez tenha sido o estupro, não sei. Estou sendo honesta com você. Sempre me disseram que é a mais horrível das experiências pela qual pode passar uma mulher. Acredito nisso agora. E ouvi a raiva e repulsa na sua própria voz quando gritava para mim. Nunca esquecerei aquele momento enquanto viver, mesmo que eu queira.

– E a polícia? – repetiu ele.

– Aquele homem do Drei Alpenhäuser disse que a polícia estava procurando por você. Que tinham reservado um número de telefone em Zurique. – Fez uma pausa. – Eu não poderia entregá-lo à polícia. Não naquela ocasião. Não depois do que você fez.

– Sabendo o que eu sou? – perguntou ele.

– Sei apenas o que ouvi, e o que ouvi não guarda correspondência com o homem ferido que veio atrás de mim e ofereceu sua vida pela minha.

– Isso não é muito inteligente.

– Aí está uma coisa que eu sou, sr. Bourne, acho que é Bourne, foi assim que ele o chamou. Muito inteligente.

– Eu agredi você. Ameacei matá-la.

– Se eu fosse você e homens estivessem tentando *me* matar, eu provavelmente teria feito a mesma coisa... se fosse capaz.

– Então você nos trouxe de carro para fora de Zurique?

– Não imediatamente, não antes de uma meia hora, mais ou menos. Tive que me acalmar, chegar a uma decisão. Sou metódica.

– Estou começando a perceber.

– Eu estava um desastre, um lixo. Precisava de roupas, escovar o cabelo, me pintar. Não podia ir andando a lugar nenhum. Encontrei uma cabine telefônica perto do rio e, como não havia ninguém por perto, saí do carro e chamei alguém do hotel...

– O francês? O belga? – interrompeu Jason.

– Não. Eles estavam na palestra de Bertinelli e se tivessem me reconhecido lá no palco com você, acho que teriam dado meu nome à polícia. Em vez disso chamei uma mulher que é membro da nossa delegação; ela odeia Bertinelli e estava no quarto dela. Trabalhamos juntas há vários anos e somos amigas. Eu disse a ela que, se ela ouvisse qualquer coisa a meu respeito, que não tomasse conhecimento, pois tudo estava perfeitamente bem. Na verdade, se alguém perguntasse por mim, era para ela dizer que eu tinha saído de noite com um amigo, a noite toda, se insistissem. Que eu tinha saído da palestra de Bertinelli mais cedo.

— Metódica — disse Bourne.

— Sou. — Marie deu uma espécie de sorriso. — Pedi a ela que fosse ao meu quarto, nossos quartos estão separados por duas portas e a camareira da noite sabe que somos amigas. Se não houvesse ninguém lá, ela deveria pôr umas roupas e minha maquiagem na minha valise e voltar para o quarto dela. Eu telefonaria em cinco minutos.

— Ela simplesmente aceitou o que você disse?

— Eu já disse, somos amigas. Ela sabia que eu estava bem, talvez nervosa, mas bem. E que eu queria que ela fizesse o que eu pedia. — Marie fez uma pausa de novo. — Ela provavelmente pensou que eu estava dizendo a verdade.

— Continue.

— Telefonei para ela de novo, e ela já estava com as minhas coisas.

— Isto quer dizer que os outros dois não deram o seu nome à polícia. O seu quarto estaria sendo vigiado, isolado.

— Não sei se eles fizeram isso ou não. Mas, se fizeram, minha amiga foi provavelmente interrogada há bastante tempo. Ela responderia simplesmente o que eu disse a ela para dizer.

— Ela estava no Carillon, você estava lá perto do rio. Como pegou suas coisas?

— Foi muito simples. Um pouco deselegante, mas simples. Ela falou com a camareira da noite, dizendo-lhe que eu estava evitando um homem no hotel e encontrando-me com outro fora. Eu precisava de minha valise pequena e se ela podia sugerir um meio de fazê-la chegar a mim. A um automóvel... perto do rio. Um garçom que não estava de serviço me trouxe as coisas.

— Não ficou surpreendido com a sua aparência?

— Ele não teve muita oportunidade de ver nada. Abri a mala do carro, permaneci dentro do carro e disse a ele para pôr a valise atrás. Deixei uma nota de dez francos no estepe.

— Você não é metódica, você é notável.

— Metódica serve.

— Como achou o médico?

— Bem aqui. O *concierge,* ou como quer que chamem na Suíça. Lembre-se de que eu fiz as ataduras em você o melhor que pude, reduzindo ao máximo a hemorragia. Como a maior parte das pessoas, eu tenho noções práticas de primeiros socorros; isto significa que tive de retirar algumas peças de roupa suas. Encontrei o dinheiro e depois compreendi o que é que você quis dizer com encontrar um médico que você pudesse pagar. Você tem milhares e milhares de dólares com você, conheço as taxas de câmbio.

— Isso é só o começo.

— O quê?

— Deixa para lá. — Tentou se levantar de novo; era difícil demais. — Não tem medo de mim? Medo do que fez?

— É claro que tenho. Mas sei o que você fez por mim.

— Você é mais confiante do que eu seria sob as mesmas circunstâncias.

— Então talvez você não esteja ciente das circunstâncias. Você ainda está muito fraco, e eu tenho a arma. Além do mais, você está completamente sem roupas.

— Nenhuma?

— Nem mesmo um short. Joguei tudo fora. Você ia parecer um pouco idiota correndo pela rua vestido somente com um cinturão cheio de dinheiro.

Bourne riu apesar da dor, lembrando-se de La Ciotat e do marquês de Chamford.

— Metódica — disse ele.

— Muito.

— O que acontece agora?

— Anotei o nome do médico e paguei o aluguel de uma semana do quarto. O *concierge* trará refeições para você a partir do meio-dia de hoje. Ficarei aqui mais um pouco. São quase seis horas, logo estará claro. Aí eu voltarei para o hotel para pegar o resto das minhas coisas e minhas passagens de avião e farei o possível para evitar qualquer menção a você.

— Suponha que você não possa? Suponha que você seja identificada?

— Negarei. Estava escuro. O lugar todo estava em pânico.

— Agora você não está sendo metódica. Pelo menos, não tão metódica como seria a polícia de Zurique. Tenho um meio melhor. Chame sua amiga e diga a ela para arrumar o resto das suas roupas nas malas e pagar a conta. Pegue quanto do meu dinheiro você quiser e se jogue no primeiro avião para o Canadá. É mais fácil negar quando se está muito longe.

Ela olhou para ele em silêncio, depois assentiu.

– Essa proposta é muito tentadora.

– E muito lógica.

Ela continuou a encará-lo por um momento mais, a tensão dentro dela crescendo, demonstrada pelo olhar. Virou-se de costas e foi até a janela, olhando para os primeiros raios de sol nascente. Ele a ficou observando, sentindo a intensidade, conhecendo suas raízes, vendo o rosto dela no matiz laranja pálido da madrugada. Não havia nada que ele pudesse fazer; ela tinha feito o que achava que devia ser feito porque tinha sido libertada do terror. De uma espécie de degradação terrível que nenhum homem poderia realmente compreender. Da morte. E, fazendo o que fez, ela quebrara todas as regras. A mulher virou de repente a cabeça para ele, os olhos reluzindo.

– Quem *é* você?

– Você ouviu o que eles disseram.

– Eu sei o que eu vi! O que eu *senti!*

– Não tente justificar o que fez. Você simplesmente fez, é tudo. Deixe para lá.

Deixe para lá. Oh, meu Deus, você poderia ter deixado para lá. E haveria paz. Mas agora você me restituiu parte da minha vida, e eu tenho de lutar de novo, encarar tudo de novo.

Subitamente ela estava no pé da cama, a arma na mão. Ela apontou para ele, e a voz tremia.

– Devo desfazer o que fiz, então? Devo chamar a polícia e dizer a eles para vir pegar você?

– Há umas poucas horas eu teria dito para você ir em frente. Não consigo dizer isso agora.

– Então quem é você?

– Eles dizem que meu nome é Bourne. Jason Charles Bourne.

– O que significa isso? "Eles dizem."

Ele olhou para a arma, o círculo escuro do cano. Não sobrara mais nada senão a verdade – a verdade que ele conhecia.

– O que isso significa? – repetiu ele. – Você sabe quase tanto quanto eu, doutora.

– O quê?

– É bom que ouça. Talvez faça você se sentir melhor. Ou pior. Não sei. Mas é melhor ouvir, porque não sei de mais nada que possa te contar.

Ela abaixou a arma.

– Me contar o quê?

– Minha vida começou há cinco meses numa pequena ilha do Mediterrâneo chamada Ile de Port Noir...

O sol já se encontrava na altura das árvores circunvizinhas, os raios filtrados por ramos balançados pelo vento, entrando pelas janelas e desenhando nas paredes formas irregulares de luz. Bourne estava deitado no travesseiro, exausto. Tinha terminado; não havia mais nada a dizer.

Marie estava sentada do outro lado do quarto numa poltrona de couro, as pernas encolhidas debaixo do corpo, cigarros e a arma numa mesa a sua esquerda. Ela quase não se movera, o olhar fixo no rosto dele; mesmo quando fumava, seus olhos nunca se desviavam, nunca deixavam os dele. Era uma analista técnica, avaliando os dados, filtrando os fatos como as árvores filtram a luz do sol.

– Você continuava dizendo isso – disse ela em voz baixa, espaçando suas próximas palavras. – "Eu não sei..." "Eu gostaria de saber." Você olhava fixo para alguma coisa, e eu ficava com medo. Eu lhe perguntava, o que era? O que é que você ia fazer? E você dizia de novo "Eu gostaria de saber". Meu Deus, por que coisas você passou... Por que coisas está passando.

– Depois do que eu fiz a você, mesmo assim você pensa no que aconteceu comigo?

– São duas linhas separadas de acontecimentos – disse ela, absorta, franzindo as sobrancelhas ante o pensamento.

– Separadas...

– Relacionadas na origem, desenvolvendo-se independentemente... isso são bobagens da economia... E também na Löwenstrasse, pouco antes de subirmos para o apartamento de Chernak, eu implorei para que não me levasse com você. Estava convencida de que se ouvisse mais alguma coisa, você me mataria. Foi aí que você disse a mais estranha de todas as coisas. Você disse: "O que você ouviu não faz mais sentido para mim do que para você. Talvez menos..." Pensei que você fosse louco.

– O que eu tenho é uma forma de loucura. Uma pessoa sã lembra-se, eu não.

– Por que você não me disse que Chernak tentou matá-lo?

– Não havia tempo e achei que não tinha importância.

– Não tinha importância naquele momento... para você. Tinha importância para mim.

– Por quê?

– Porque eu me apoiava na esperança fugaz de que você não dispararia a arma em alguém que não tivesse tentado matá-lo antes.

– Mas ele tentou. Eu fiquei ferido.

– Não acompanhei a sequência, você não me contou.

– Não compreendo.

Marie acendeu um cigarro.

– É difícil explicar, mas durante todo o tempo em que você me manteve como refém, mesmo quando me bateu, me arrastou e apertou a arma contra meu estômago e a apontou para minha cabeça, Deus sabe, eu estava apavorada, mas eu pensava ter visto algo nos seus olhos. Chame essa coisa de relutância. É a melhor forma que posso defini-la.

– Serve. Aonde quer chegar?

– Não estou certa. Talvez isso tenha a ver com algo que você disse no Drei Alpenhäuser. Aquele homem gordo estava vindo na nossa direção, e você disse para eu ficar encostada na parede, cobrir meu rosto com as mãos. "Para o seu próprio bem", você disse. "Não adianta nada ele poder te identificar."

– Não adiantava.

– "Para o seu próprio bem." Isso não é o raciocínio de um assassino patológico. Acho que me apeguei naquilo, para conservar minha própria sanidade, talvez, naquilo e no que eu via nos seus olhos.

– Ainda não percebi aonde você quer chegar.

– O homem com óculos de aros de ouro que me convenceu de que era da polícia disse que você era um assassino brutal que tinha de ser detido antes de matar de novo. Se não fosse por Chernak, eu não teria acreditado nele. Em nenhuma das duas alegações dele. A polícia não se comporta daquela maneira; ela não usa armas no escuro, em lugares cheios de gente. E você era um homem fugindo para salvar sua vida, é um homem fugindo para salvar sua vida, mas você não é um assassino.

Bourne levantou a mão.

– Desculpe, mas isso me soa como uma avaliação baseada na falsa gratidão. Você diz que respeita os fatos, então olhe para eles. Repito: você ouviu o que eles disseram, independentemente do que você viu e sentiu, você ouviu as palavras deles. Resumindo, envelopes cheios de dinheiro me foram entregues para cumprir certas missões. Eu diria que essas missões eram bem claras, e eu as aceitei. Eu tinha uma conta numerada no Gemeinschaft Bank no montante de 5 milhões de dólares. Onde é que eu obtive isso? Onde é que um homem como eu, com as evidentes habilidades que tenho, consegue esse tipo de dinheiro? – Jason olhou para o teto. A dor estava voltando, a sensação de inutilidade também. – São esses os fatos, dra. St. Jacques. Chegou a hora de a senhorita partir.

Marie levantou-se da cadeira e esmagou o cigarro. Depois pegou a arma e foi até a cama.

– Você está muito ansioso para se condenar, não está?

– Eu respeito os fatos.

– Então, se o que você diz é verdade, eu tenho uma missão também, não tenho? Como cidadã cumpridora das leis de uma ordem social devo chamar a polícia de Zurique e dizer-lhes onde você está. – Ela levantou a arma.

Bourne olhou para ela.

– Pensei...

– Por que não? – interrompeu ela. – Você é um homem condenado que quer pôr um fim a essa situação, não quer? Você fica deitado aí falando com tanta certeza, se me permite, com bastante autocomiseração, esperando estimular a minha... como é mesmo? falsa gratidão? Bem, acho que é melhor você entender uma coisa. Não sou boba, se eu achasse por um minuto que você era o que você pensa que é, eu não estaria aqui nem você. Fatos que não podem ser documentados não são absolutamente fatos. Você não tem fatos, você tem *conclusões*, suas próprias conclusões baseadas em declarações feitas por homens que você sabe serem marginais.

– E uma inexplicável conta bancária de 5 milhões de dólares. Não esqueça isso.

– Como eu poderia esquecer? Sou considerada um gênio das finanças. Essa conta talvez não se explique da maneira que você gostaria, mas ela tem uma cláusula que lhe empresta um grau considerável de legitimidade. Ela pode ser inspecionada, provavelmente violada, por um diretor legítimo de uma instituição denominada, se assim podemos dizer, Seventy-One. Isso dificilmente sugere uma associação com um assassino de aluguel.

– A instituição pode ser de fachada; não está na lista.

– Numa lista telefônica? Você é ingênuo. Mas voltemos a você. Agora, neste momento. Devo realmente chamar a polícia?

– Você sabe minha resposta. Não posso impedi-la, mas não quero que faça isso.

Marie abaixou a arma.

– E não farei. Pela mesma razão que você não quer que eu faça. Não acredito que você seja o que eles dizem que você é mais do que você próprio acredita.

– Então no que é que você acredita?

– Já disse, não tenho certeza. Tudo que sei realmente é que há sete horas eu estava debaixo de um animal, a boca dele na minha, as mãos dele me agarrando... e eu sabia que ia morrer. E aí um homem veio me buscar, um homem que poderia ter continuado a fugir, mas que veio me buscar e se ofereceu para morrer no meu lugar. Acho que acredito nele.

– Suponha que esteja enganada?

– Então terei cometido um terrível engano.

– Obrigado. Onde está o dinheiro?

– Na escrivaninha. Junto com o passaporte e na carteira. Também está ali o nome do médico e o recibo do quarto.

– Me dá o passaporte, por favor? Lá tem moeda suíça.

– Eu sei – disse Marie ao entregar-lhe o passaporte. – Dei ao *concierge* trezentos francos pelo quarto e duzentos pelo nome do médico. Os serviços do médico custaram outros 450, ao que eu somei outros 150 pela cooperação. Ao todo paguei mil e cem francos.

– Você não tem que me prestar contas – disse ele.

– Você precisa saber. O que é que você vai fazer?

– Dar um dinheiro para que você possa voltar para o Canadá.

– Quero dizer, depois disso.

– Esperar para ver como me sinto. Provavelmente dar dinheiro ao *concierge* para ele me comprar umas roupas. Fazer umas perguntas a ele. Vou ficar bem. – Ele pegou um maço de notas grandes e entregou-as a ela.

– Aqui tem mais de cinquenta mil francos.

– Eu fiz você passar o diabo.

Marie St. Jacques olhou para o dinheiro, depois para a arma na sua mão esquerda.

– Não quero seu dinheiro – disse ela, colocando a arma na mesinha de cabeceira.

– O que é que você quer dizer com isso?

Ela se virou e voltou para a poltrona, tornando a olhar para ele enquanto se sentava.

– Acho que quero te ajudar.

– Vem cá, espera aí...

– Por favor – interrompeu ela. – Por favor, não me faça perguntas. Não diga nada por enquanto.

LIVRO DOIS

10

Nenhum dos dois soube quando aconteceu ou, na verdade, se aconteceu. Ou, se tivesse acontecido, até onde cada um iria para preservá-lo ou aprofundá-lo. Não se instalou um clima dramático profundo nem houve conflitos para resolver, nem barreiras para ultrapassar. Tudo que foi necessário foi a comunicação, por palavras e olhares, e, talvez tão importantes quanto cada um desses dois, o acompanhamento frequente de um riso tranquilo.

Os arranjos no quarto da hospedaria do interior eram tão terapêuticos como teriam sido na enfermaria de um hospital. Durante o dia Marie cuidava das questões práticas, como roupas, refeições, mapas e jornais. Sozinha ela tinha dirigido o carro roubado dezesseis quilômetros para o sul até a cidade de Reinach, onde o abandonou, tomando um táxi de volta para Lenzburg. Quando ela estava fora, Bourne se concentrava no descanso e nos exercícios. De algum lugar no seu passado esquecido ele percebia que a recuperação dependia tanto de um quanto de outro e aplicava uma rígida disciplina a ambos; ele já tinha passado por isso antes... antes de Port Noir.

Quando estavam juntos, eles conversavam, a princípio meio sem jeito, revezando estocadas e defesas como estranhos sobrevivendo a ondas de choque. Tentavam impor uma normalidade onde nenhuma normalidade poderia existir, mas ficou mais fácil quando ambos aceitaram a anormalidade essencial: não tinham nada a dizer que não estivesse relacionado com o que tinha acontecido. E, se havia, isso só começava a aparecer nos momentos em que a sondagem do "acontecido" ficava temporariamente esgotada e os silêncios serviam de trampolins para o alívio, para outras palavras e pensamentos.

E foi nesses momentos que Jason ficou sabendo dos fatos importantes da mulher de que ele havia salvado a vida. Ele reclamou que ela sabia tanto sobre ele quanto ele próprio, mas que ele não sabia nada sobre ela. De onde ela havia surgido? Por que uma mulher atraente com um cabelo ruivo-escuro e a pele nitidamente de quem mora em uma fazenda em algum lugar decidira ser doutora em economia?

– Porque eu estava cheia da fazenda – replicou Marie.

– Não brinca? Uma fazenda, mesmo?

– Bem, um pequeno sítio seria mais apropriado. Pequeno em comparação com seus similares gigantescos em Alberta. No tempo de meu pai, quando um Canuck ia comprar terra, havia restrições não escritas. Não competir em tamanho com os melhores. Ele costumava dizer que se tivesse usado o nome St. James em vez de St. Jacques, ele seria um homem muito mais rico hoje em dia.

– Ele era fazendeiro?

Marie deu um sorriso.

– Não, ele era um contador que virou fazendeiro por causa dos bombardeiros Vickers durante a guerra. Ele era piloto da Força Aérea Real canadense. Acho que depois que ele viu todo aquele céu, um escritório de contabilidade ficou parecendo muito aborrecido.

– É preciso muita coragem.

– Mais do que você imagina. Ele vendia gado que não era dele em terras que não eram dele, antes de comprar o sítio. Francês até a alma, como dizem.

– Acho que eu gostaria dele.

– Você gostaria.

Ela havia morado em Calgary com os pais e dois irmãos até os dezoito anos, quando foi para a Universidade McGill em Montreal e iniciou uma vida que nunca tinha imaginado. Uma estudante indiferente, que preferia galopar pelos campos no dorso de um cavalo ao tédio de uma escola religiosa em Alberta, descobriu a emoção de usar a mente.

– Foi simples como estou contando – disse ela. – Eu olhava para os livros como inimigos naturais e, subitamente, lá estava eu num lugar cercado de gente que se deleitava com eles e se divertia muito. Tudo era conversa. Se conversava o dia todo, a noite toda, nas salas de aula e nos seminários, nos bares defronte de canecos de cerveja. Acho que foram as conversas que me estimularam. Isso faz sentido para você?

– Não consigo me lembrar, mas posso entender – disse Bourne. – Não tenho recordações de uma universidade ou de amigos como tal, mas tenho certeza de que estive em uma. – Ele sorriu. – Conversar na frente de canecos de cerveja é uma impressão bastante forte.

Ela retomou o sorriso.

— E eu era muito competente nesse departamento. Uma garota robusta de Calgary que competia com dois irmãos mais fortes era capaz de beber mais cerveja do que metade dos universitários de Montreal.

— Deviam ter ressentimento contra você.

— Não, somente me invejavam.

Um mundo novo se apresentara a Marie St. Jacques; ela nunca mais retornaria ao antigo. Exceto nas férias regulamentares entre os períodos de estudo, as viagens prolongadas até Calgary foram ficando cada vez menos frequentes. Seus círculos em Montreal se alargaram, os verões foram ocupados com empregos dentro e fora da universidade. Ela se entusiasmou primeiro com história, depois percebeu que a maior parte da história é moldada por forças econômicas — poder e importância têm seu preço — e aí ela partiu para as teorias da ciência econômica. E foi absorvida.

Ficou na McGill cinco anos, fez o mestrado e ganhou do governo canadense uma bolsa para Oxford.

— Aquele foi um dia memorável, vou te contar. Achei que meu pai ia ter um ataque apoplético. Ele deixou o precioso gado com meus irmãos durante tempo bastante para ir de avião até o leste e me fazer desistir.

— Te fazer desistir? Por quê? Ele era contador, você batalhava por um doutorado em economia.

— Não cometa *esse* erro — exclamou Marie. — Contadores e economistas são inimigos naturais. Um vê as árvores, o outro, as florestas, e as perspectivas são geralmente contrárias, como devem ser. Além do mais, meu pai não é apenas canadense, ele é franco-canadense. Acho que ele me via como uma traidora de Versalhes. Mas se acalmou quando eu lhe disse que a condição para a bolsa era um compromisso de trabalhar para o governo por no mínimo três anos. Ele disse que eu poderia "servir à causa com mais proveito se estivesse dentro". *Vive Québec libre, vive la France!*

Ambos riram.

O compromisso com Ottawa foi estendido por todas as razões lógicas: sempre que ela pensava em deixar, promoviam-na a um posto, davam-lhe um escritório e um quadro de auxiliares maiores.

– O poder corrompe, naturalmente – ela sorriu. – E ninguém sabe mais disso do que um burocrata de carreira que bancos e empresas bajulam esperando uma recomendação. Mas acho que Napoleão colocou isso de forma melhor. "Deem-me bastante medalhas e vencerei qualquer guerra." De modo que fiquei. Gosto demais do meu trabalho. Mas é um trabalho no qual sou eficiente e isso ajuda.

Jason a observava enquanto ela falava. Debaixo do exterior controlado havia nela uma exuberância de criança. Era uma entusiasta, segurando seu entusiasmo sempre que sentia que estava evidente demais. É lógico que ela era eficiente no que fazia; ele desconfiava que ela sempre punha o máximo de si mesma em tudo que fazia.

– Tenho certeza de que você é... eficiente, quero dizer, mas isso não deixa muito tempo para outras coisas, não é?

– Que outras coisas?

– Ah, as coisas corriqueiras. Marido, família, casa com cerquinha.

– Isso pode vir um dia, não descarto.

– Mas ainda não veio.

– Não. Umas poucas vezes cheguei perto, mas não houve alianças nem brilhantes.

– Quem é Peter?

O sorriso desapareceu.

– Eu tinha esquecido. Você leu o telegrama.

– Desculpe.

– Não precisa. Já passamos em revista isso... Peter? Adoro Peter. Moramos juntos durante quase dois anos, mas a coisa não funcionou.

– Aparentemente ele não ficou nada ressentido.

– É melhor que não fique! – Ela riu de novo. – Ele é diretor da seção, espera ser nomeado para o gabinete dentro em breve. Se ele não se comportar, direi à diretoria do Tesouro o que ele não sabe e ele voltará a ser um chefe de seção.

– Ele disse que ia esperá-la no aeroporto no dia 26. É melhor você telegrafar para ele.

– É, eu sei.

A partida dela era um assunto sobre o qual eles não falavam; vinham evitando isso como se fosse uma eventualidade distante. Não dizia respeito ao "acontecido", era algo que viria a acontecer. Marie dissera que queria ajudá-lo; ele aceitara, achando que ela fora levada por uma falsa gratidão a ficar com ele por um dia ou dois – e lhe era agradecido por isso. Mas qualquer coisa além disso era impensável.

E era por isso que eles não falavam sobre essa questão. Palavras e olhares passavam entre os dois, havia risos calmos, estabelecera-se uma espécie de camaradagem. Em raros momentos houve impulsos para manifestações de afeto, e ambos entenderam e recuaram. Qualquer coisa além disso *era* impensável.

Assim eles estavam sempre voltando para a anormalidade, para o "acontecido". Para *ele* mais do que para eles, pois ele era o motivo irracional de eles estarem juntos... juntos num quarto de hospedaria de uma pequena cidade na Suíça. Anormalidade. Não fazia parte do mundo racional e ordenado de Marie St. Jacques, e, por causa disso, sua mente organizada, analítica, se sentia estimulada. Coisas irracionais deviam ser examinadas, desenroladas, explicadas. Ela era incansável na sondagem, tão insistente quanto Geoffrey Washburn tinha sido na Ile de Port Noir, mas sem a paciência do médico. Pois não tinha tempo; sabia disso, e isso a levava às raias de uma insistência maciça.

– Quando você lê os jornais, o que te chama a atenção?
– A confusão. Parece ser universal.
– Fala sério. O que te parece familiar?
– A maioria das coisas, mas não posso dizer por que razão.
– Me dá um exemplo.
– Hoje de manhã. Havia uma história sobre um embarque de armas americanas para a Grécia e o debate subsequente nas Nações Unidas; os russos protestaram. Compreendo a importância, a luta pelo poder no Mediterrâneo, extravasando para o Oriente Médio.
– Me dá outro.
– Havia um artigo sobre a interferência da Alemanha Oriental no escritório de ligação do governo de Bonn em Varsóvia. Bloco Oriental, Bloco Ocidental; de novo eu entendo.
– Você vê a relação, não vê? Você tem sensibilidade para a política, para a geopolítica.

— Ou eu tenho um conhecimento prático perfeitamente normal no que diz respeito aos acontecimentos atuais. Não acho que tenha sido diplomata antes. O dinheiro no Gemeinschaft elimina a hipótese de eu ter tido qualquer tipo de emprego junto ao governo.

— Concordo. Ainda assim, você está a par da política. E os mapas? Você me pediu para comprar mapas. O que vem à sua mente quando você olha para eles?

— Em alguns casos os nomes evocam imagens, exatamente como acontecia em Zurique. Prédios, hotéis, ruas... às vezes rostos. Mas nunca nomes. Os rostos nunca têm nomes.

— Entretanto você viajou muito.

— Acho que sim.

— Você *sabe* que sim.

— Está bem, viajei.

— Como você viajou?

— O que quer dizer, como?

— Foi geralmente de avião, ou de carro, não táxis, mas dirigindo você mesmo?

— Ambas as coisas, acho eu. Por quê?

— Aviões em geral significam distâncias maiores. Você se encontrava com pessoas? Há rostos nos aeroportos, nos hotéis?

— Nas ruas — replicou ele, quase involuntariamente.

— Ruas? Por que ruas?

— Não sei. Rostos me encontram nas ruas... e em lugares tranquilos. Lugares escuros.

— Restaurantes? Cafés?

— É. E quartos.

— Quartos de hotel?

— É.

— Não em escritórios? Escritórios de empresas?

— Às vezes. Não comumente.

— Muito bem. Você se encontra com pessoas. Rostos. Homens? Mulheres?

— Ambos?

— Na maioria são homens. Às vezes mulheres, mas na maioria são homens.

— Sobre o que eles falam?

— Não sei.

— Tente se lembrar.
— Não consigo. Não há qualquer voz, não há qualquer palavra.
— Havia programação? Você encontrava pessoas, o que significa que tinha compromissos. Elas esperavam se encontrar com você, e você esperava se encontrar com elas. Quem arranjava esses encontros? Alguém tinha que fazer isso.
— Telegramas. Telefonemas.
— De quem? De onde?
— Não sei. Eles chegavam até mim.
— Em hotéis?
— Na maior parte das vezes, penso eu.
— Você me disse que o subgerente do Carillon du Lac *recebia* mensagens.
— Então elas chegavam até os hotéis.
— Como a de Seventy-One?
— Treadstone.
— Treadstone. É essa a sua empresa, não é?
— Não significa nada para mim. Não pude encontrá-la.
— Concentre-se!
— Estou me concentrando. Não estava na lista. Telefonei para Nova York.
— Você parece achar que isso é incomum. Não é.
— *Por que* não?
— Pode ser uma divisão interna independente, ou uma subsidiária de fachada, uma empresa estabelecida com a finalidade de fazer aquisições para a matriz, cujo nome elevaria os preços em negociação. Faz-se isso todo dia.
— A quem você está tentando convencer?
— A você. É bem possível que você seja um negociador itinerante de interesses financeiros americanos. Tudo aponta para isso: fundos destinados ao aporte imediato de capital, abertura de sigilo para aprovação da empresa, que nunca foi exercida. Esses fatos, mais a sua própria intuição para mudanças políticas, apontam para um agente de compras de confiança, e muito provavelmente um grande acionista ou proprietário de uma parcela da empresa controladora.
— Você fala depressa demais.
— Eu não disse nada que não seja lógico.

– Há um ou dois furos.
– Onde?
– Aquela conta não mostra nenhuma retirada. Apenas depósitos. Eu não estava comprando. Estava vendendo.
– Você não sabe, não se lembra. Podem-se fazer pagamentos com depósitos em várias contas.
– Eu nem mesmo sei como fazer isso.
– Um tesoureiro conhecedor de certas estratégias fiscais saberia. Qual é o outro furo?
– Não se tenta matar alguém porque esse alguém está comprando algo a um preço mais baixo. Pode-se denunciar o jogo dele, não matá-lo.
– Podem fazer isso se foi cometido um erro gigantesco. Ou se essa pessoa foi confundida com uma outra. O que eu estou tentando dizer é que você não pode ser o que você não é! Não importa o que digam os outros.
– Você está mesmo convencida disso.
– Estou inteiramente convencida. Já passei três dias com você. Conversamos, eu ouvi. *Foi cometido* um erro terrível. Ou é algum tipo de conspiração.
– Envolvendo o quê? *Contra* o quê?
– É isso que você tem que descobrir.
– Obrigado.
– Me diz uma coisa. O que vem à sua mente quando você pensa em dinheiro?

Para com isso! Não faz isso! Você não entende? Você está errada. Quando eu penso em dinheiro, penso em matar.

– Não sei – disse ele. – Estou cansado. Quero dormir. Mande o seu telegrama de manhã. Diga a Peter que você está de volta.

Já passava bastante da meia-noite, o começo do quarto dia, e o sono ainda não chegara. Bourne olhava fixo para o teto, para a madeira escura que espalhava pelo quarto a luz do abajur de mesa. A luz ficava acesa durante as noites; Marie simplesmente a deixava assim, sem procurar explicações, sem dar explicações.

De manhã ela iria partir e seus próprios planos tinham que se cristalizar. Ele ficaria na hospedaria por mais uns dias, chamaria o médico de Wohlen e teria seus pontos removidos. Depois disso, Paris. O dinheiro estava em Paris, e ali também estava algo mais; ele sabia disso, sentia isso. Uma resposta final; esta resposta estava em Paris.

Você não está desamparado. Você encontrará o seu caminho.

O que é que ele encontraria? Um homem chamado Carlos? Quem era Carlos e o que ele era para Jason Bourne?

Ele ouviu, vindo do sofá, o roçar de pano contra a parede. Deu uma olhada, espantado de ver que Marie não estava dormindo. Em vez disso ela olhava para ele, na realidade ela o encarava.

– Você está enganado, você sabe – disse ela.
– Sobre o quê?
– Sobre o que está pensando.
– Você não sabe o que estou pensando.
– Sei, sim. Já vi esse olhar em seus olhos, vendo coisas sobre as quais você não tem certeza se estão lá, com medo de que elas possam estar.
– Elas têm estado – retrucou ele. – Explique Steppdeckstrasse. Explique o homem gordo do Drei Alpenhäuser.
– Eu não posso, mas você também não.
– Elas estavam lá. Eu vi e elas estavam lá.
– Descubra por quê. Você não pode ser o que você não é, Jason. Descubra.
– Paris – disse ele.
– É, Paris. – Marie vestia uma camisola amarelo-clara, quase branca, botões cor de pérola na gola; a roupa ficou flutuando quando ela caminhou na direção da cama com os pés descalços. Ficou ali do lado dele, olhando para baixo, depois levantou as duas mãos e começou a desabotoar o alto da camisola. Deixou-a cair enquanto se sentava na cama, os seios sobre ele. Inclinou-se sobre Jason, estendendo a mão para o rosto dele, colocando-o na concha da mão, apertando-o suavemente, os olhos – como tantas vezes durante os últimos dias – resolutamente fixos nos dele. – Obrigada pela minha vida – murmurou.

– Obrigado pela minha – respondeu ele, sentindo o mesmo desejo que sabia que ela sentia, imaginando se uma dor também acompanhava o anseio dela, assim como acompanhava o dele. Não tinha recordação de nenhuma mulher e, talvez porque ele não a tivesse, Marie era tudo o que ele poderia imaginar; tudo e mais, muito mais. Ela afastava a escuridão que havia nele. Ela fazia cessar a dor.

Tivera medo de contar a ela. E Marie estava lhe dizendo agora que não tinha importância, mesmo que fosse por um momento, por uma hora ou o que fosse. O resto da noite ela passou sendo para ele uma lembrança, porque ela também ansiava por se livrar do turbilhão da violência. A tensão ficou em suspenso, a satisfação tomou conta deles, por uma hora ou o que fosse. Era tudo que ele pedia, mas, Deus do Céu, como ele *precisava* dela!

Ele estendeu a mão para os seios de Marie e puxou seus lábios contra os dela, a umidade da mulher excitando-o, carregando para longe suas dúvidas.

Ela levantou as cobertas e chegou-se a ele.

Marie ficou nos braços dele, a cabeça encostada no peito, com cuidado para evitar o ferimento no ombro. Deslizou para trás suavemente, levantando-se nos cotovelos. Ele olhou para ela; os olhares se encontraram e ambos sorriram. Ela levantou a mão esquerda, apertando o dedo indicador contra os lábios dele, e falou baixo.

– Tenho uma coisa para te dizer e não quero que você me interrompa. Não vou mandar o telegrama para Peter. Ainda não.

– *Espere aí.* – Ele tirou a mão dela do seu rosto.

– Por favor, não me interrompa. Eu disse "ainda não". Isso não quer dizer que eu não vou mandar, mas sim que não vá mandar por enquanto. Vou ficar com você. Vou para Paris com você.

Ele forçou as palavras.

– Suponha que eu não queira que você vá.

Ela se inclinou para a frente, passando de leve os lábios no rosto dele.

– Essa não colou. O computador simplesmente a rejeitou.

– Eu não teria tanta certeza, se eu fosse você.

– Mas você não é. Eu sou eu e sei o jeito como me abraçou e tentou dizer tantas coisas que não conseguia dizer.

Coisas que eu acho que ambos vínhamos querendo dizer um ao outro nesses últimos dias. Não sei explicar o que aconteceu. Oh, acho que está por aí, em alguma obscura teoria psicológica, duas pessoas razoavelmente inteligentes lançadas no inferno juntas e tentando se arrastar para fora... juntas. E talvez isso seja tudo o que há. Mas nesse momento isso existe e você não pode fugir. Eu não posso fugir de você. Porque você precisa de mim e você me deu a vida.

– O que faz você pensar que eu preciso de você?

– Posso fazer coisas para você que, sozinho, você não pode fazer. Isso é tudo que eu tenho pensado nessas duas últimas horas. – Ela se levantou ainda mais, nua junto dele. – De certa forma você está envolvido com uma grande quantia em dinheiro, mas acho que não consegue distinguir um débito de um crédito. Talvez soubesse no passado, mas agora não sabe. Eu sei. E há algo mais. Tenho uma posição de chefia no governo canadense. Tenho autorização para acessar todas as espécies de inquéritos. E proteção. As finanças internacionais são uma coisa suja, e o Canadá tem sido espoliado. Nós estabelecemos nosso próprio sistema de proteção, e sou parte desse sistema. É por isso que eu estava em Zurique. Para observar e relatar alianças, não para discutir teorias abstratas.

– E o fato de você ter essa autorização, esse acesso, pode me ajudar?

– Acho que pode. E proteção da embaixada, que pode ser da máxima importância. Mas eu dou a você minha palavra de que, ao primeiro sinal de violência, eu mando o telegrama e caio fora. À parte meus próprios medos, eu não serei um fardo para você em circunstâncias assim.

– Ao primeiro sinal – repetiu Bourne, estudando-a. – E eu determino quando e onde vai ser isto?

– Se você quiser. Minha experiência é limitada. Não vou discutir.

Ele continuou a encará-la, um momento longo, ampliado pelo silêncio. Finalmente ele perguntou:

– Por que está fazendo isso? Você acabou de dizer. Somos duas pessoas razoavelmente inteligentes tentando sair de uma espécie de inferno. Isso pode ser tudo que somos. Vale a pena?

Ele ficou sentada, imóvel.

– Eu também disse alguma coisa mais; talvez você tenha esquecido. Há quatro noites um homem que podia ter continuado sua fuga veio me buscar e ofereceu-se para morrer no meu lugar. Acredito nesse homem. Mais do que ele próprio, acho eu. É isso, realmente, que tenho para oferecer.

– Eu aceito – disse ele, estendendo a mão para ela. – Não deveria, mas aceito. Preciso muito que alguém acredite em mim.

– Pode parar agora – murmurou ela, abaixando o lençol, seu corpo aproximando-se do dele. – Faça amor comigo, tenho minhas necessidades também.

Passaram-se três dias e três noites, preenchidas pelo calor do conforto mútuo, a excitação da descoberta. Viviam com a intensidade de duas pessoas cientes de que viria uma mudança. E, quando ela viesse, viria rapidamente; então havia coisas sobre as quais se falar e que não poderiam ser mais evitadas.

A fumaça dos cigarros formava espirais sobre a mesa, juntando-se ao vapor do café quente, amargo. O *concierge*, um suíço exaltado, cujos olhos percebiam mais do que os lábios poderiam revelar, os havia deixado há alguns minutos, depois de trazer o *petit déjeuner* e os jornais de Zurique, tanto em inglês quanto em francês. Jason e Marie estavam sentados um defronte do outro; ambos já tinham passado os olhos nas notícias.

– Alguma coisa no seu? – perguntou Bourne.

– Aquele velho, o vigia de Guisan Quai, foi enterrado anteontem. A polícia ainda não tem nada de concreto. "Está sendo feita uma investigação" é o que diz.

– Está um pouco mais explicado aqui – disse Jason, manipulando seu jornal desajeitadamente com a mão esquerda enfaixada.

– Como está ela? – disse Marie, olhando para a mão dele.

– Melhor. Já tenho mais jogo com os dedos agora.

– Sei disso.

– Você tem uma mente pervertida. – Ele dobrou o jornal. – Aqui está. Eles repetem o que disseram outro dia. As cápsulas e os restos de sangue estão sendo examinados. – Bourne levantou os olhos. – Mas acrescentaram algo. Restos de roupa; isso não tinha sido mencionado antes.

– É um problema?

– Não para mim. As minhas foram compradas em uma loja de roupas de Marselha. E o seu vestido? Tinha um desenho ou tecido especial?

– Hum... não. Todas as minhas roupas são feitas por uma mulher em Ottawa.

– Não podem ser rastreadas, então?

– Não vejo como. A seda veio de uma peça que um funcionário de nossa seção trouxe de Hong Kong.

– Você comprou alguma coisa nas lojas do hotel? Alguma coisa que poderia ter trazido com você. Um lenço, um alfinete, qualquer coisa assim?

– Não. Não sou muito de fazer compras assim.

– Bom. E a sua amiga, não fizeram a ela muitas perguntas quando ela deixou o hotel?

– Ninguém da recepção, já disse a você. Somente os dois homens com quem você me viu no elevador.

– Das delegações francesa e belga.

– É. Tudo correu bem.

– Vamos repassar tudo então.

– Não há nada para repassar. Paul, o de Bruxelas, não viu nada. Ele foi jogado para fora da cadeira e ficou caído no chão. Claude, o que tentou nos deter, lembra-se?, a princípio pensou que fosse eu ali no palco, durante a fuga, mas antes que pudesse falar com a polícia ele se machucou na confusão e foi levado para a enfermaria...

– E na hora em que ele poderia ter dito alguma coisa... – interrompeu Jason, repetindo as palavras dela – aí ele não tinha mais certeza.

– É. Mas tenho a impressão de que ele sabia do meu principal objetivo de estar presente à conferência; a minha apresentação não o enganou. Se isso aconteceu, reforçaria sua decisão de ficar fora do caso.

Bourne pegou o café.

– Deixa eu ver isso de novo – disse ele. – Você está investigando... alianças?

– Bem, indícios delas, na verdade. Ninguém vai sair por aí dizendo que há interesses financeiros do seu próprio país conspirando com os interesses de outro país para poderem penetrar no mercado canadense de matérias-primas ou em qualquer outro mercado. Mas a gente vê quem se reúne para os drinques, quem janta com quem. Ou às vezes é um delegado tão pateta como o de Roma, por exemplo; que se sabe estar a soldo de Agnelli e que chega e pergunta qual é realmente a intenção de Ottawa em relação às leis de reconhecimento.

– Ainda não tenho certeza se entendo.

– Você deve entender. O seu próprio país é extremamente sensível acerca desse assunto. Quem possui o quê? Quantos bancos americanos são controlados pelo dinheiro da OPEP? Que percentual da indústria é de propriedade de consórcios europeus e japoneses? Quantas centenas de milhares de hectares foram adquiridos por capital que fugiu da Inglaterra, da Itália e da França? Estamos todos preocupados.

– Estamos?

Marie riu.

– É claro. Nada torna um homem mais nacionalista do que pensar que seu país é de propriedade de estrangeiros. Com o tempo a gente pode aceitar ter perdido uma guerra, isso significa apenas que o inimigo era mais forte, mas perder a sua economia significa que o inimigo era mais esperto. O período de ocupação é mais longo, e também as cicatrizes.

– Você tem pensado muito nessas coisas, não é?

Durante um breve instante o olhar de Marie perdeu sua ponta de humor; ela respondeu seriamente.

– Tenho, sim. Acho que são importantes.

– Você soube de alguma coisa em Zurique?

– Nada de espantoso. O dinheiro está circulando por toda parte; os sindicatos estão tentando encontrar oportunidades de investimento interno onde os mecanismos burocráticos não se intrometem.

– Aquele telegrama de Peter dizia que os seus relatórios diários eram de primeira. O que ele quis dizer?

– Encontrei alguns colegas casuais de profissão os quais eu acho que talvez estejam usando testas-de-ferro canadenses para comprar propriedades canadenses. Não estou sendo evasiva. É que eles não têm importância nenhuma para você.

– Não estou tentando ser intrometido – retrucou Jason – mas acho que você *me* pôs numa dessas categorias. Não no que diz respeito ao Canadá, mas no geral.

– Não o excluo, a estrutura está aí. Você pode ser parte de um grupo financeiro que procura de todas as maneiras fazer aquisições ilícitas. É uma das coisas que preciso investigar tranquilamente, mas quero fazê-lo por telefone. Não com palavras em um telegrama.

– Agora fiquei curioso. O que você vai fazer e como?

– Se existe uma Treadstone Seventy-One por trás da fachada de uma corporação multinacional, há meios de se achar que empresa, que fachada. Quero telefonar para Peter de um desses telefones públicos de Paris. Eu direi a ele que encontrei por acaso o nome Treadstone Seventy-One em Zurique e que este nome está me intrigando. Pedirei para ele fazer uma busca sigilosa e direi que telefonarei para ele de volta.

– E se ele encontrar a empresa?

– Se houver, ele vai encontrar.

– Aí eu entro em contato com qualquer um que esteja registrado como diretor e apareço.

– Com muita cautela – acrescentou Marie. – Através de intermediários. Eu mesma, se preferir.

– Por quê?

– Por causa do que eles fizeram. Ou não fizeram, na verdade.

– Por exemplo?

– Eles não terem tentado entrar em contato com você por quase seis meses.

– Você não sabe se foi assim, eu não sei.

– O banco sabe. Milhões de dólares ficaram intocados, sem que se prestasse contas, e ninguém se preocupou em saber por quê. É uma coisa que não entendo. É como se você tivesse sido abandonado. É onde pode ter havido o erro.

Bourne recostou-se na cadeira, olhando para a mão enfaixada, lembrando-se da visão da arma, das sombras do carro em disparada na Steppdeckstrasse. Ergueu os olhos e fitou Marie.

– O que você está dizendo é que, se fui abandonado, é porque os diretores da Treadstone acham mesmo que cometi esse erro.

— Possivelmente. Eles podem pensar que você se meteu em transações ilegais, com elementos criminosos, o que lhes custaria muitos milhões a mais. E, é bem compreensível, arriscando-se à desapropriação de companhias inteiras por parte de governos enfurecidos. Ou que você juntou forças com o sindicato do crime internacional, provavelmente sem o saber. Qualquer coisa. Isso explicaria o fato de eles não terem se aproximado do banco. Eles não gostariam de levar a culpa por essa associação.

— Assim, de certo modo, não importa o que o seu amigo Peter descubra, ainda estou de volta à casa um.

— *Nós* estamos de volta, mas não à casa um; mais provavelmente à casa quatro e meio ou cinco, numa escala de dez.

— Mesmo que a casa fosse nove, nada muda, na verdade. Há homens tentando me matar e não sei por quê. Outros podem fazer com que os primeiros parem de me perseguir, mas não querem. Aquele homem no Drei Alpenhäuser disse que a Interpol já lançou suas redes contra mim e que, se eu cair numa delas, não terei quaisquer respostas. Segundo as acusações, sou culpado porque não sei quais as respostas. Não ter memória não significa muito como defesa, e é possível que eu não tenha defesa, ponto final.

— Eu me recuso a acreditar nisso, e você também não deve aceitar isso.

— Obrigado.

— Estou falando sério, Jason. Para com isso.

Para com isso. Quantas vezes eu digo isso a mim mesmo? Você é o meu amor, a única mulher que já conheci, e você acredita em mim. Por que não consigo acreditar em mim mesmo?

Bourne levantou-se, como sempre, testando as pernas. A mobilidade estava voltando, os ferimentos menos graves do que tinha imaginado. Havia marcado uma consulta com o médico em Wohlen naquela noite para retirar os pontos. Amanhã, viria a mudança.

— Paris — disse Jason. — A mudança está em Paris. Sei disso com tanta certeza como vi o desenho dos triângulos em Zurique. Só não sei por onde começar. É uma coisa louca. Sou um homem esperando por uma imagem, por uma palavra ou uma frase, ou uma caixa de fósforos, que venham me dizer algo. Para me mandar para um outro lugar.

— Por que não esperar até eu ter a resposta de Peter? Posso telefonar para ele amanhã, podemos estar em Paris amanhã.

— Porque não faria nenhuma diferença, você não vê? Não importa o que ele descubra, a única coisa que eu preciso saber não está lá. Pela mesma razão que a Treadstone não se aproximou do banco. *Eu*. Tenho que saber por que há homens querendo me matar, por que alguém chamado Carlos pagará... o que seja... uma fortuna pelo meu cadáver.

Jason não conseguiu dizer mais nada pois foi interrompido por um barulho de algo se quebrando sobre a mesa. Marie havia deixado cair a xícara e olhava fixo para ele, o rosto branco, como se o sangue tivesse se esvaído de sua cabeça.

— O que é mesmo que você acabou de dizer? – perguntou ela.

— O quê? Eu disse que tenho que saber...

— O *nome*. Você acabou de dizer o nome Carlos.

— Disse sim.

— Durante todas as horas em que você falou, os dias em que estivemos juntos, você nunca mencionou esse nome.

Bourne olhou para ela, tentando se lembrar. Era verdade; ele tinha contado tudo que lhe viera à mente, mas de alguma forma omitira Carlos... quase que de propósito, como se estivesse bloqueando.

— Acho que não falei – disse ele. – Você parece saber. Quem é Carlos?

— Você está brincando? Se estiver, não é muito engraçado.

— Não estou tentando ser engraçado. Não acho que haja alguma coisa engraçada nisso. Quem é Carlos?

— Meu Deus, você *não* sabe! – exclamou ela, estudando os olhos dele. – Isso é parte do que tiraram de você.

— Quem é Carlos?

— Um assassino. É chamado de o assassino da Europa. É um homem que vem sendo caçado há vinte anos. Acredita-se que tenha matado entre cinquenta a sessenta políticos e militares. Ninguém sabe como é a aparência dele... mas dizem que age nos arredores de Paris.

Bourne sentiu uma onda de frio atravessando seu corpo.

O táxi para Wohlen era um Ford inglês pertencente ao genro do *concierge*. Jason e Marie sentaram-se no banco traseiro, a escura paisagem dos campos passando rapidamente pelas janelas. Os pontos tinham sido retirados e substituídos por ataduras macias presas com largas tiras de esparadrapo.

– Volte para o Canadá – disse Jason em voz baixa, quebrando o silêncio entre eles.

– Vou voltar, já disse. Ainda tenho uns dias. Quero ver Paris.

– Não quero você em Paris. Telefonarei para você em Ottawa. Você mesma pode fazer a investigação sobre a Treadstone e dar a informação por telefone.

– Achei que tivesse dito que não faria qualquer diferença. Você tinha que saber *o porquê;* o *quem* não teria significado até você entender.

– Vou encontrar um meio. Só preciso de um homem, vou achá-lo.

– Mas você não sabe por onde começar. Você é um homem à espera de uma imagem, uma frase ou uma caixa de fósforos. Talvez isso não esteja lá.

– Alguma coisa vai estar lá.

– Alguma coisa *está,* mas você não consegue ver. Eu *vejo.* É por isso que você precisa de mim. Conheço as palavras, os métodos. Você não.

Bourne olhou para ela nas sombras que passavam rápidas.

– Acho melhor você ser mais clara.

– Os bancos, Jason. As conexões da Treadstone estão nos bancos. Mas não da forma pela qual você acha que estão.

O velho curvado, de sobretudo puído e boina preta na mão, percorria o corredor da esquerda daquela igreja do interior, na cidade de Arpajon, dezesseis quilômetros ao sul de Paris. Os sinos do Angelus da tardinha ecoaram pelas alturas de pedra e madeira; o homem parou na quinta fileira e esperou que a música parasse. Era o seu sinal; ele sabia que durante o repique dos sinos um outro homem, mais jovem – o mais cruel dos homens vivos –, tinha dado a volta na pequena igreja e observado cada pessoa dentro e fora do recinto. Se aquele homem tivesse visto alguma coisa que ele não esperasse ver, alguém que considerasse uma ameaça a sua pessoa, não faria perguntas, simplesmente haveria uma execução. Esse era o jeito de Carlos, e somente aqueles que sabiam que suas vidas poderiam ser extintas com um sopro, porque eles próprios tinham sido seguidos, somente esses aceitavam dinheiro para agir como mensageiros do assassino. Eram todos como ele, homens velhos dos velhos tempos, cujas vidas estavam se acabando, os meses que faltavam limitados pela idade, ou doença, ou ambas.

Carlos não admitia quaisquer riscos, sendo o único consolo o fato de que, se alguém morresse a seu serviço – ou por sua mão – o dinheiro iria para as velhas esposas, ou os filhos destas. É necessário que se diga que havia uma certa dignidade em trabalhar para Carlos. E não faltava generosidade. Era isso que seu pequeno exército de velhos alquebrados compreendia; ele dava um propósito ao fim de suas vidas.

O mensageiro apertou a boina na mão e continuou pelo corredor até a fileira de confessionários encostados à parede esquerda. Caminhou até o quinto confessionário, abriu a cortina e entrou, ajustando a visão à luz de uma única vela que brilhava do outro lado da cortina diáfana que separa o padre do pecador. Sentou-se no pequeno banco de madeira e olhou para a silhueta no compartimento sagrado. Estava como sempre, a figura encapuzada de um homem em hábito de monge. O mensageiro tentou não imaginar qual seria a aparência do homem; não lhe cabia especular sobre essas coisas.

– *Angelus Domini* – disse ele.

– *Angelus Domini*, filho de Deus – sussurrou a silhueta encapuzada. – Seus dias são confortáveis?

– Eles estão chegando ao fim – replicou o velho, dando a resposta adequada. – Mas estão confortáveis.

– Bom. É importante ter a sensação de segurança na sua idade – disse Carlos. – Mas vamos aos negócios. Conseguiu os detalhes sobre Zurique?

– A coruja morreu; também dois outros, possivelmente um terceiro. A mão do outro ficou muito ferida, não pode trabalhar. Doutora desapareceu. Acham que a mulher está com ele.

– Uma reviravolta estranha nos acontecimentos – disse Carlos.

– Há mais. O que tinha ordens de matar a mulher não foi mais encontrado. Ele devia levá-la ao Guisan Quai, ninguém sabe o que aconteceu.

– Exceto que um vigia foi morto no lugar dela. É possível que ela nem mesmo tenha ficado de refém, mas, ao contrário, tenha servido de isca para uma armadilha. Uma armadilha que se virou contra Caim. Quero pensar a respeito disso. Nesse ínterim, aqui estão minhas instruções. Está pronto?

O velho enfiou a mão no bolso e tirou um toco de lápis e um pedaço de papel.

– Muito bem.

– Telefone para Zurique. Quero um homem em Paris amanhã que tenha visto Caim, que possa reconhecê-lo. Além disso Zurique deve contactar com Koenig no Gemeinschaft e dizer-lhe para mandar a fita para Nova York. Ele deve usar a caixa postal de Village Station.

– Por favor – interrompeu o velho mensageiro. – Essas velhas mãos já não escrevem como antes.

– Desculpe – sussurrou Carlos. – Estou preocupado e fui desatencioso. Desculpe.

– Não há de quê, não há de quê. Continue.

– Finalmente, quero que nossa equipe alugue quartos a uma distância de um quarteirão do banco, na rua Madeleine. Desta vez o banco será a ruína de Caim. O embusteiro será derrotado na fonte de seu orgulho indigno. Um preço de pechincha, desprezível como ele é... a menos que ele seja algo diferente.

11

Bourne ficou observando à distância enquanto Marie passava pela alfândega e a imigração no aeroporto de Berna, procurando sinais de interesse ou de reconhecimento por parte de qualquer pessoa na multidão que circulava na área de embarque da Air France. Eram quatro horas da tarde, a hora mais movimentada para voos com destino a Paris, hora em que homens de negócios privilegiados corriam de volta para a Cidade Luz depois de aborrecidos compromissos profissionais nos bancos de Berna. Marie olhou por cima do ombro ao passar pelo portão; ele assentiu, esperou até que ela desaparecesse, depois voltou-se e dirigiu-se para o saguão da Swissair.

George P. Washburn tinha uma reserva no avião das quatro e meia para Orly.

Eles se encontrariam mais tarde no café de que Marie se lembrava dos seus tempos de Oxford. Chamava-se Au Coin de Cluny, no bulevar Saint-Michel, a diversos quarteirões da Sorbonne. Se por qualquer motivo o café não fosse mais lá, Jason a encontraria por volta de nove horas nos degraus do Museu Cluny.

Bourne se atrasaria, estaria por perto, mas atrasado. A Sorbonne contava com uma das maiores bibliotecas de toda a Europa e possuía números atrasados de jornais. As bibliotecas de universidades não estavam sujeitas ao horário de trabalho dos funcionários públicos; eram usadas por estudantes durante as noites. Era o que faria ele também assim que chegasse a Paris. Havia algo que ele precisava saber.

Todo dia eu leio os jornais. Em três línguas. Há seis meses um homem foi morto e sua morte foi noticiada na primeira página de cada um desses jornais. Assim falara o homem gordo em Zurique.

Deixou a valise na recepção da biblioteca e seguiu para o segundo andar, dobrando à esquerda na direção do arco que levava ao grande salão de leitura. A Salle de Lecture ficava nesse anexo, os jornais presos em hastes e suspensos em cavaletes, os números indo até precisamente um ano atrás.

Percorreu os cavaletes, deixando de lado os jornais dos últimos seis meses, e retirou os números anteriores a essa data. Levou-os para a mesa vaga mais próxima e, de pé, começou a folhear as primeiras páginas de cada número.

Homens importantes haviam morrido em seus leitos, enquanto outros haviam feito pronunciamentos; o dólar caíra, o ouro subira; greves haviam causado prejuízos, e governos haviam vacilado entre a ação e a paralisia. Mas não havia sido morto nenhum homem que merecesse manchetes; não houve nenhum incidente desse tipo – nenhum assassinato.

Jason voltou até os cavaletes e procurou até quase oito meses atrás. Nada.

De repente, uma luz se acendeu em sua mente, ele havia *recuado* no tempo, não avançara em relação à data de seis meses atrás. Podia haver um erro em ambas as direções; uns poucos dias ou uma semana, mesmo duas. Ele colocou os jornais de volta nos cavaletes e procurou os números atrasados de quatro e cinco meses.

Catástrofes de aviões e revoluções haviam acontecido causando mortes; homens santos se manifestaram e foram imediatamente contestados por outros homens santos; pobreza e doença foram encontradas onde todo mundo sabia que seriam encontradas, mas nenhum homem de importância fora morto.

Começou a ler os jornais da última haste, as névoas da dúvida e da culpa se aclarando a cada dobrar de página. Será que o homem gordo de Zurique havia mentido? Seria tudo mentira? *Tudo* mentira? Será que ele não estava vivendo um pesadelo que se desvaneceria com...

AMBASSADEUR LELAND ASSASSINÉ
À MARSEILLE!

As grossas letras de forma da manchete explodiram da página, doendo nos olhos. Não era uma dor imaginada, uma dor inventada, mas uma dor aguda que penetrava nas órbitas e queimava por dentro da cabeça. A respiração parou, os olhos rígidos no nome LELAND. Ele o conhecia; podia imaginar seu rosto, na verdade podia *descrevê-lo*. Sobrancelhas grossas debaixo de uma testa larga, um nariz rombudo no centro de maçãs do rosto salientes e sobre lábios curiosamente finos, encimados por um bigode grisalho aparado com esmero. Ele conhecia o rosto, ele conhecia o homem. E o homem tinha sido morto com um único tiro de um rifle de grande potência, disparado de uma janela na beira do cais. O embaixador Howard Leland estava caminhando por um píer de Marselha às cinco horas da tarde. Sua cabeça fora estourada.

Ele não precisou ler o segundo parágrafo para saber que Howard Leland era o almirante H. R. Leland, da Marinha dos Estados Unidos, até ser nomeado interinamente diretor do Serviço de Inteligência Naval e depois embaixador junto ao Quai d'Orsay, em Paris. Também não precisou chegar ao corpo principal do artigo, onde se especulava sobre os motivos do assassinato, para conhecê-los; ele já sabia. A principal função de Leland em Paris era dissuadir o governo francês de autorizar vendas maciças de armas – em particular frotas de jatos Mirage – para a África e o Oriente Médio. Ele tivera um êxito espetacular na missão, levantando a ira de grupos interessados por todo o Mediterrâneo. Presumia-se que fora morto por causa dessa interferência; um castigo que servia como aviso a outros. Não se devia criar obstáculos aos compradores e vendedores da morte.

E o vendedor da morte que o havia matado teria recebido uma grande quantia em dinheiro, longe da cena, sem deixar pistas.

Zurique. Um mensageiro para um inválido; um outro para um homem gordo num restaurante cheio na Falkenstrasse.

Zurique.

Marselha.

Jason fechou os olhos, a dor era insuportável agora. Ele fora alçado do mar fazia cinco meses, seu porto de origem provavelmente Marselha. E, se Marselha, o cais do porto, tinha sido o seu caminho de fuga, um barco fora alugado levando-o à vastidão do Mediterrâneo. Tudo se encaixava tão bem, cada peça do quebra-cabeça modelada na outra. Como é que ele poderia saber o que sabia se não fosse ele aquele vendedor da morte, de uma janela no cais do porto de Marselha?

Abriu os olhos, a dor inibindo o pensamento, mas não todos os pensamentos, uma decisão, a mais clara possível na sua memória limitada. Não se encontraria com Marie St. Jacques em Paris.

Talvez um dia escrevesse uma carta, dizendo tudo que não podia dizer-lhe agora. Se ele estivesse vivo e pudesse escrever uma carta; ele não podia escrever agora. Não haveria palavras escritas de agradecimento ou amor, nenhuma explicação em absoluto; ela esperaria por ele, e ele não estaria lá. Precisava colocar uma distância entre eles; ela não podia se envolver com um vendedor da morte. Ela se enganara, seus maiores temores eram verdadeiros.

Oh, Deus! Ele era capaz de descrever o rosto de Howard Leland e não havia uma fotografia naqueles jornais! A primeira página com aquela manchete terrível que desencadeara tanta coisa, confirmara tantas coisas. A data. *Quinta-feira, 26 de agosto, Marselha*. Era um dia do qual ele se lembraria o resto de sua vida atormentada.

Quinta-feira, 26 de agosto...

Alguma coisa estava errada. O que era? O que *era?* Quinta-feira?... Quinta-feira não lhe dizia nada. O 26 de agosto?... O 26? Não podia ser o dia 26! Não era o 26! Tinha ouvido aquilo incontáveis vezes. O diário de Washburn – o diário do paciente. Quantas vezes Washburn tinha repassado cada fato, cada frase, cada dia e cada ponto de progresso? Foram muitas, demais para se contar. Demais para se esquecer!

Você foi trazido à minha porta na manhã de terça-feira, 24 de agosto, precisamente às 8h20 da manhã. A sua condição era...

Terça-feira, 24 de agosto.

24 de agosto.

Ele não estava em Marselha no dia 26! Não poderia ter disparado um rifle de uma janela no cais do porto. Ele não era o vendedor da morte em Marselha; ele não tinha matado Howard Leland!

Há seis meses um homem fora morto... Mas não fora há seis meses; fora há *quase* seis meses, mas não seis meses. E ele não havia matado aquele homem; ele estava semimorto na casa de um alcoólatra em Ile de Port Noir.

As névoas estavam se dissipando, a dor se afastando. Uma sensação de alegria o invadiu, tinha encontrado uma mentira concreta! Se havia uma, poderia haver outras!

Bourne consultou o relógio, eram 21h15. Marie já deixara o café; estaria esperando por ele nos degraus do Museu Cluny. Recolocou as hastes nos cavaletes e correu na direção da grande porta estilo catedral da sala de leitura. Um homem com pressa.

Desceu o bulevar Saint-Michel, acelerando a marcha a cada passo. Guardava consigo um forte sentimento de que agora ele sabia o que é ter comutada a pena de morte e queria compartilhar essa experiência rara. Naquele momento ele havia saído da escuridão violenta, estava além das tormentas; encontrara um momento de luz e calor – como os momentos de luz e calor que haviam preenchido o quarto de uma hospedaria do interior – e precisava encontrar a pessoa que lhe proporcionara essas coisas. Encontrá-la, abraçá-la, dizer a ela que havia esperança.

Viu-a nos degraus, os braços cruzados se protegendo do vento gelado que varria o bulevar. A princípio Marie não o viu, os olhos observando a rua ladeada de árvores. Estava inquieta, ansiosa, uma mulher impaciente temerosa de não ver o que queria ver, com medo de que ele não aparecesse.

Dez minutos atrás ele não teria aparecido.

Marie avistou Bourne. Seu rosto ficou radiante, surgiu um sorriso e este sorriso era cheio de vida. Correu até ele ao mesmo tempo em que ele subia apressado os degraus na direção dela. Juntaram-se e por um instante nenhum dos dois disse nada, aquecidos e sozinhos na Saint-Michel.

– Eu esperei e *esperei* – conseguiu ela finalmente falar. – Estava com tanto medo, tão preocupada. Aconteceu alguma coisa? Você está bem?

– Estou ótimo. Melhor do que estive durante muito tempo.
– O quê?

Ele a segurou pelos ombros.

– Há seis meses um homem foi morto... Lembra-se?

A alegria abandonou-lhe os olhos.

– Sim, me lembro.

– Eu não o matei – disse Bourne. – Não poderia ter matado.

Encontraram um pequeno hotel no bulevar Montparnasse, apinhado de gente. O saguão e os quartos tinham uma aparência decadente, mas havia uma insinuação de elegância esquecida que lhe conferia um ar de atemporalidade. Era um lugar sossegado para descansar, situado em pleno caos e aferrando-se a sua identidade através da aceitação dos novos tempos, mas sem render-se a estes.

Jason fechou a porta, assentindo para o chefe dos carregadores, de cabelos brancos, cuja indiferença se transformara em satisfação ao receber uma nota de vinte francos.

– Ele pensa que você é um diácono do interior entusiasmado com o que a noite lhe reserva – disse Marie. – Espero que você tenha notado que fui direto para a cama.

– O nome dele é Hervé e ele vai satisfazer todas as nossas necessidades. Ele não tem intenção de dividir a fortuna.
– Foi até ela e tomou-a nos braços. – Obrigado pela minha vida – disse.
– Às ordens, meu amigo. – Ela levantou os braços e pegou o rosto dele nas mãos. – Mas não me deixe esperando daquela forma de novo. Quase fiquei maluca, tudo em que eu pensava era que alguém havia reconhecido você... que havia acontecido algo de terrível.
– Você se esqueceu, ninguém sabe como eu pareço.
– Não confie nisso; não é verdade. Havia quatro homens na Steppdeckstrasse, incluindo aquele safado do Guisan Quai. Estão vivos, Jason. Eles o viram.
– Na verdade, não. Viram um homem de cabelo escuro com bandagens no pescoço e na cabeça, que mancava. Apenas dois estiveram perto de mim: o homem do segundo andar e o safado no Guisan. O primeiro não vai poder sair de Zurique durante algum tempo; ele não pode andar e não sobrou muito da mão esquerda. O segundo tinha o facho da laterna nos olhos; não estava nos meus.

Ela o soltou, franzindo a testa, a mente alerta, pensativa.
– Você não pode ter certeza. Eles estavam lá, eles o viram.
Mude a cor do cabelo... e você muda de cara. Geoffrey Washburn, Ile de Port Noir.
– Repito, eles viram um homem de cabelo escuro nas sombras. Você sabe usar água oxigenada?
– Nunca usei.
– Bem, vou achar uma loja pela manhã. O Montparnasse é um bom lugar para isso. Louros se divertem mais, não é o que dizem?

Ela ficou observando o rosto dele.
– Estou tentando imaginar como é que você vai ficar.
– Diferente. Não muito, mas o bastante.
– Talvez você tenha razão. Tenho esperança em Deus que sim. – Beijou o rosto dele, prelúdio para uma discussão. – Agora, me conte o que aconteceu. Onde você foi? O que soube sobre... o incidente de seis meses atrás?
– O incidente não ocorreu há seis meses, e, justamente por isso, eu não poderia ter matado o homem. – Ele lhe contou

tudo, a não ser pelos breves momentos em que pensou que nunca a veria de novo. Não precisava contar; ela adivinhara.

— Se aquela data não estivesse tão clara na sua mente, você não teria voltado para mim, não é?

Ele balançou a cabeça.

— Provavelmente não.

— Eu sabia. Eu senti. Durante um minuto, enquanto andava do café até os degraus do museu, eu quase não conseguia respirar. Era como se eu fosse sufocar. Você acredita nisso?

— Não quero acreditar.

— Nem eu, mas aconteceu.

Estavam sentados, ela, na cama, ele, na única poltrona próxima. Ele lhe estendeu a mão.

— Ainda não tenho certeza se deveria estar aqui... Eu conheci aquele homem. Eu vi o rosto dele. Eu estava em Marselha 48 horas antes de ele ser morto.

— Mas você não o matou.

— Então, por que eu estava lá? Por que as pessoas acham que fui eu? Cristo, isso é loucura! — Ele saltou da cadeira, a dor nos olhos voltando. — Mas depois eu esqueci. Não sou uma pessoa sã, não é? Porque esqueci... Anos, uma vida inteira.

Marie falou de maneira direta, sem compaixão na voz.

— As respostas virão a você. De uma fonte ou de outra, ou de você mesmo.

— Talvez isso não seja possível. Washburn disse que são como blocos rearrumados, túneis diferentes... janelas diferentes. — Jason andou até a janela e apoiou-se no peitoril, olhando para baixo, para as luzes de Montparnasse. — A paisagem não é a mesma, nunca mais será. Lá fora há pessoas que sabem, que me conhecem. A milhares de quilômetros de distância há outras pessoas que são importantes para mim e para quem eu não sou importante... Ou, ah, meu Deus, talvez uma esposa e filhos... não sei. Continuo solto no vento, dando voltas e mais voltas e não consigo baixar ao solo. Toda vez que tento, sou lançado para cima de novo.

— Para o céu? — perguntou Marie.

— É.

— Você saltou de um avião — disse ela, em tom afirmativo.

Bourne se voltou.

— Eu nunca contei a você sobre isso.

— Você falou sobre isso durante o sono uma noite dessas. Você suava, seu rosto estava vermelho e quente e tive de enxugá-lo com uma toalha.

— Por que não me disse nada?

— Eu disse, de certa forma. Perguntei se você era piloto ou se voar o perturbava. Especialmente à noite.

— Eu não sabia do que você estava falando. Por que não me pressionou?

— Fiquei com medo. Você estava quase histérico e não sou treinada para lidar com esse tipo de coisa. Posso ajudá-lo a se lembrar, mas não posso lidar com o seu inconsciente. Acho que ninguém pode, a não ser um médico.

— Um médico? Estive com um médico por quase seis meses, espaço miserável.

— Pelo que você me contou dele, acho que seria necessário uma outra opinião.

— Não quero! — replicou ele, confuso com a sua própria raiva.

— Por que não? — Marie levantou-se da cama. — Você precisa de ajuda, querido. Um psiquiatra poderia...

— *Não!* — Ele gritou mais para si próprio, furioso consigo mesmo. — Não vou fazer isso. Não posso.

— Por favor, me diz por quê? — perguntou ela calmamente.

— Eu... eu... não posso.

— Apenas me diz por que, só isso.

Bourne ficou olhando fixo para ela, depois se virou e olhou para fora da janela de novo, as mãos de novo no peitoril.

— Porque tenho medo. Alguém mentiu e sou grato a isso mais do que posso dizer a você. Mas suponha que não haja mais mentiras, suponha que o resto seja verdade. Aí o que é que eu faço?

— Você está dizendo que não quer descobrir?

— Não dessa maneira. — Ele se encostou na moldura da janela, os olhos ainda nas luzes lá embaixo. — Tente me entender — disse ele. — Tenho que saber certas coisas... o bastante para tomar uma decisão... mas talvez não tudo. Uma parte de

mim tem que ser capaz de se afastar, desaparecer. Preciso poder dizer a mim mesmo, o que foi não é mais, e há a possibilidade de que *nunca* tenha sido porque não tenho lembrança disso. O que uma pessoa não se lembra não existiu... para ela.
– Virou-se de novo para ela. – O que eu estou tentando dizer a você é que talvez seja melhor assim.

– Você quer evidências, mas não provas, é isso que você está dizendo?

– Quero setas apontando numa direção ou na outra, me dizendo se devo correr ou não correr.

– Dizendo a você. E quanto a nós?

– Isso virá com as setas, não é? Você sabe disso.

– Então vamos descobrir – retrucou ela.

– Tenha cuidado. Você talvez não consiga conviver com o que está lá fora. Estou falando sério.

– Posso conviver com você. Estou falando sério. – Ela estendeu a mão e tocou o rosto dele. – Vem cá. Ainda não são cinco horas em Ottawa, e posso alcançar Peter no escritório. Ele pode iniciar a busca da Treadstone... e nos dar o nome de alguém aqui na embaixada que nos ajude, se for necessário.

– Você vai dizer a Peter que está em Paris?

– Ele vai saber, de qualquer maneira, pela telefonista, mas não poderá descobrir que a ligação partiu deste hotel. E não se preocupe, vou manter tudo bem "caseiro", até mesmo casual. Vim a Paris por uns dias porque meus parentes de Lyon são simplesmente muito chatos. Ele vai aceitar.

– Será que ele conhece alguém na embaixada aqui?

– Peter faz questão de conhecer alguém em todos os lugares. É uma de suas qualidades mais úteis, mas menos atraentes.

– Acho que ele vai achar alguém mesmo. – Bourne pegou os casacos. – Depois do telefonema vamos jantar. Acho que ambos merecemos um drinque.

– Vamos passar pelo banco na rua Madeleine. Quero ver uma coisa.

– O que é que você quer ver à noite?

– Uma cabine telefônica. Espero que haja uma nas proximidades.

Havia. Diagonalmente em relação à entrada, do outro lado da rua.

O homem alto, louro, usando óculos de aro de tartaruga, olhou para o relógio sob o sol da tarde na rua Madeleine. As calçadas estavam apinhadas, o trânsito, insuportável na rua, como na maior parte de Paris. Ele entrou na cabine telefônica e desenrolou o fio do espelho que pendia solto, todo torcido. Era um sinal de gentileza para com o usuário seguinte, indicando que o telefone estava enguiçado; reduzia a chance de que a cabine fosse ocupada. Estava funcionando.

Olhou para o relógio de novo; tinha começado a contagem regressiva. Marie dentro do banco. Ele a chamaria em alguns minutos. Tirou diversas moedas do bolso, colocou-as na bancada e encostou-se na cabine, os olhos no banco do outro lado da rua. Uma nuvem diminuiu a claridade do sol e ele podia ver seu próprio reflexo no vidro. Aprovou a sua imagem, recordando a reação espantada de um cabeleireiro de Montparnasse que o manteve isolado em uma divisória com cortina enquanto durava a transformação em louro. A nuvem passou, voltou a claridade do sol e o telefone tocou.

– É você? – perguntou Marie St. Jacques.

– Sou eu – disse Bourne.

– Certifique-se de que está com o nome e a localização do escritório. E torne esse seu francês mais rústico. Pronuncie errado algumas palavras de modo que ele perceba que você é americano. Diga a ele que você não está habituado com os telefones de Paris. Depois faça tudo em sequência. Volto a telefonar em exatamente cinco minutos.

– O relógio está andando.

– O quê?

– Nada. Quero dizer, vamos em frente.

– Está bem... O relógio está andando. Boa sorte.

– Obrigado. – Jason desligou e discou o número que ele memorizara.

– La Banque de Valois. *Bonjour.*

– Preciso de ajuda – continuou Bourne, quase com as mesmas palavras que Marie lhe dissera para usar. – Transferi recentemente uma quantia importante da Suíça por malote. Gostaria de saber se o dinheiro já está liberado.

— Isso é com o nosso Departamento de Serviços Exteriores, senhor. Vou passar a ligação.

Um clique, depois uma outra voz feminina.

— Serviços Exteriores.

Jason repetiu a solicitação.

— O senhor pode me dar o seu nome, por favor?

— Eu preferiria falar com alguém da alta gerência do banco antes de dar meu nome.

Houve uma pausa na linha.

— Muito bem, senhor. Vou passar a ligação para a sala do vice-presidente d'Amacourt.

A secretária de monsieur d'Amacourt foi menos gentil, dando início ao processo de filtragem de ligações para o vice-presidente, conforme Marie havia previsto. Então Bourne usou mais uma vez as palavras de Marie. — Refiro-me a uma transferência de Zurique, do Gemeinschaft Bank na Bahnhofstrasse, e trata-se de uma quantia de sete dígitos. Monsieur d'Amacourt, por favor. Tenho pouco tempo.

Não cabia a uma secretária retardar ainda mais o assunto. Um vice-presidente perplexo entrou na linha.

— Posso ajudá-lo, senhor?

— O senhor é d'Amacourt? — perguntou Jason.

— Sou Antoine d'Amacourt, sim, senhor. E quem, por favor, está na linha?

— Bom! Eu devia ter sido informado do seu nome em Zurique. Vou certamente tomar essa providência da próxima vez, com certeza — disse Bourne, a redundância proposital, o sotaque americano.

— Desculpe, senhor? O senhor se sentiria melhor falando inglês?

— Sim — replicou Jason, mudando o idioma. — Já tive bastantes problemas com esse maldito telefone. — Olhou para o relógio; tinha menos de dois minutos. — Meu nome é Bourne, Jason Bourne, e há oito dias eu transferi 4,5 milhões de francos do Gemeinschaft Bank de Zurique. Eles me garantiram que a transferência seria confidencial.

— Todas as transações são confidenciais, senhor.

— Muito bem. Bom. O que eu quero saber é se está tudo liberado?

— Eu devo explicar — continuou o vice-presidente do banco — que a confidencialidade exclui confirmações gerais para pessoas não identificadas, por telefone.

Marie tinha razão, a lógica do esquema que ela armara era agora mais evidente para Jason.

— Eu esperava por isso, mas eu disse a sua secretária que estou com pressa. Vou partir de Paris dentro de umas poucas horas e tenho que pôr tudo em ordem.

— Então eu sugiro que o senhor venha ao banco.

— Eu sei *disso* — disse Bourne, satisfeito porque a conversação estava se desenrolando precisamente da maneira como Marie havia previsto. — Eu só queria que tudo estivesse pronto quando eu chegasse aí. Onde fica sua sala?

— No final do andar principal, monsieur. Na porta do meio. Há uma recepcionista ali.

— E vou tratar do assunto somente com o senhor, não é?

— Se o senhor desejar, embora meu funcionário...

— Olhe aqui, cavalheiro — exclamou o americano irado —, estamos falando de algo acima de 4 milhões de francos!

— Somente comigo, monsieur Bourne.

— Ótimo. Bom. — Jason pôs os dedos no gancho. Ele tinha quinze segundos ainda. — Veja, são *14h35* agora... — Ele pressionou a alavanca duas vezes, interrompendo a ligação, mas não desfazendo a conexão. — Alô? Alô?

— Sou eu, monsieur.

— Diabo desse telefone! Ouça, eu... — Pressionou a alavanca de novo, desta vez três vezes em rápida sucessão. — Alô? Alô?

— Monsieur, por favor... se o senhor me der o seu número do telefone.

— Telefonista? Telefonista?

— Monsieur Bourne, por favor...

— Não consigo ouvir! — *Quatro segundos, três segundos, dois segundos.* — Espere um minuto. Volto a telefonar. — Ele pressionou a alavanca para baixo, desfazendo a ligação. Passaram-se mais três segundos e o telefone tocou; ele pegou o fone. – O nome dele é d'Amacourt, escritório no andar principal, no fundo, porta do meio.

– Peguei – disse Marie, desligando.

Bourne discou para o banco de novo, inserindo as moedas.

– *Je parlais avec monsieur d'Amacourt quand on m'a coupé...*

– *Je regrette, monsieur.*

– Monsieur Bourne?

– D'Amacourt?

– Sim, minhas desculpas pelo senhor estar tendo tantos problemas. O senhor dizia? Sobre as horas?

– Ah, sim. Já passa um pouco das 14h30. Vou chegar aí por volta de 15h.

– Terei prazer em recebê-lo, monsieur.

Jason enrolou o fio do telefone, deixando-o pender livre, depois saiu da cabine e passou apressado por um ajuntamento de pessoas até a sombra do toldo de um loja. Virou-se e esperou, os olhos no banco do outro lado da rua, lembrando-se de outro banco em Zurique e do som das sirenes na Bahnhofstrasse. Os próximos vinte minutos lhe diriam se Marie estava com a razão ou não. Se estava, não haveria sirenes na rue Madeleine.

A mulher esbelta de chapéu de abas largas que cobria parcialmente o lado do rosto desligou o telefone público na parede, à direita da entrada do banco. Abriu a bolsa, retirou um estojo de cosméticos e examinou ostensivamente a maquiagem, inclinando o pequeno espelho primeiro para a esquerda, depois para a direita. Satisfeita, colocou o estojo na bolsa, fechou esta e passou pelos caixas na direção dos fundos do andar principal. Parou num balcão no centro, pegou uma caneta esferográfica amarrada a uma correntinha e começou a escrever números sem sentido num formulário que se encontrava na superfície de mármore. A menos de três metros havia um pequeno portão, de metal dourado, flanqueado por uma divisória baixa de madeira que se estendia por toda a extensão do saguão. Além do portão e da cerca estavam as mesas dos funcionários menos graduados e, atrás destas, as mesas das secretárias mais importantes – cinco ao todo – defronte de cinco portas na parede de trás. Marie leu o nome impresso em letras douradas na porta do centro.

M.A.R. D'Amacourt
Vice-Président
Comptes à L'Étranger et Devises

Agora ia acontecer a qualquer momento – se ia realmente acontecer, se ela estivesse certa. E, se estivesse, tinha que saber qual era a aparência de monsieur d'Amacourt; ele seria o homem que Jason devia encontrar. Encontrar e falar com ele, mas não no banco.

Aconteceu. Houve uma atmosfera de nervosismo controlado. A secretária na mesa em frente ao escritório de d'Amacourt entrou apressada para falar com ele com o seu bloco de anotações, saindo trinta segundos depois para dirigir-se ao telefone. Discou três algarismos – telefonema interno – e falou, lendo o que tinha escrito.

Dois minutos depois a porta do escritório de d'Amacourt abriu-se e o vice-presidente ficou de pé no umbral, um executivo preocupado com uma demora injustificada. Era um homem de meia-idade com um rosto prematuramente envelhecido, mas que se esforçava para parecer mais jovem. Tinha o cabelo preto ralo tingido e penteado de modo a cobrir as partes calvas; os olhos empapuçados denunciando as longas horas que devia passar bebendo bom vinho. Os olhos eram frios, penetrantes, evidência de um homem exigente, desconfiado do que o cercava. Falou asperamente com a secretária; ela girou na cadeira, fazendo o possível para se manter calma.

D'Amacourt voltou para dentro do escritório sem fechar a porta, a jaula ameaçadora aberta. Passou-se mais um minuto; a secretária continuava olhando para a direita, olhando para algo – *procurando* algo. Quando viu o que queria, respirou fundo, fechando os olhos de alívio.

Na parede esquerda mais afastada, apareceu subitamente uma luz verde sobre dois painéis de madeira escura; havia um elevador em uso. Segundos depois a porta se abriu e um homem elegante, de idade, saiu rapidamente carregando uma pequena caixa preta, não muito maior que sua mão. Marie olhou fixamente para a caixa, sentindo tanto satisfação quanto medo; sua previsão fora correta. A caixa preta havia sido retirada de um arquivo confidencial em uma sala de segurança e entregue a um homem acima de qualquer suspeita ou tentação – uma pessoa de idade que passava pelas fileiras de mesas na direção do escritório de d'Amacourt.

A secretária levantou-se da cadeira, cumprimentou o executivo e acompanhou-o até o escritório de d'Amacourt. Ela saiu imediatamente, fechando a porta atrás de si.

Marie consultou o relógio, os olhos no ponteiro dos segundos. Precisava de mais uma pequena evidência e ela a conseguiria se pudesse passar pelo portãozinho, obtendo uma visão clara da mesa da secretária. Se fosse fazê-lo, teria que ser rápida.

Ela foi até o portãozinho, abrindo a bolsa e dando um sorriso vazio para a recepcionista, que falava no telefone. Pronunciou o nome de d'Amacourt com os lábios para a recepcionista espantada, estendeu a mão e abriu o portãozinho. Entrou rapidamente no recinto, uma cliente decidida, se não muito inteligente, do Banco Valois.

– *Pardon, madame...* – A recepcionista pôs a mão no bocal do telefone, apressando as palavras em francês. – Posso ajudá-la?

De novo Marie pronunciou o nome com os lábios – agora uma cliente gentil atrasada para um compromisso e não desejando atrapalhar o serviço de uma funcionária atarefada.

– Monsieur d'Amacourt. Acho que estou atrasada. Vou apenas falar com a secretária dele. – Ela continuou pelo corredor na direção da mesa da secretária.

– *Please,* madame – chamou a recepcionista. – Devo anunciar...

O ruído das máquinas de escrever elétricas e a conversação em voz baixa abafaram suas palavras. Marie aproximou-se da secretária com expressão séria, que olhou para ela tão espantada quanto a recepcionista.

– Sim? Posso ajudá-la?

– Monsieur d'Amacourt, por favor.

– Acho que ele está em reunião, madame. A senhora marcou hora?

– Oh, sim, é claro – disse Marie, abrindo a bolsa novamente.

A secretária olhou para a agenda datilografada sobre a mesa.

– Acho que não tenho ninguém agendado para esta hora.

– Oh, meu Deus! – exclamou a cliente confusa do Valois. – Agora é que notei. É para amanhã, não hoje! Desculpe!

Ela se virou e voltou rapidamente para o portãozinho. Ela tinha visto o que queria, o último detalhe da evidência. Uma única luz estava acesa no telefone de d'Amacourt; ele não recorrera à secretária para dar um telefonema externo. A conta pertencente a Jason Bourne tinha instruções específicas e confidenciais as quais não deveriam ser reveladas ao detentor da conta.

Na sombra do toldo Bourne olhou para o relógio, eram 14h49. Marie já deveria estar de volta ao telefone na entrada do banco, de olho em tudo lá dentro. Os próximos minutos lhes dariam a resposta; talvez ela já a tivesse.

Esgueirou-se para o lado esquerdo da vitrine da loja, mantendo a entrada do banco sob sua vista. Uma vendedora dentro da loja sorriu para ele, o que serviu para adverti-lo de que ele deveria evitar chamar qualquer atenção. Puxou um maço de cigarros, acendeu um e olhou para o relógio de novo. Oito minutos para as três.

E aí ele os viu. *Ele.* Três homens bem-vestidos andando rapidamente pela rue Madeleine, falando uns com os outros, os olhos, contudo, fixos à frente. Passaram pelos pedestres mais lentos que iam a sua frente, pedindo desculpas com uma cortesia que não era inteiramente parisiense. Jason concentrou-se no homem do meio. Era ele. Um homem chamado Johann.

Faça sinal para Johann entrar. Depois viremos buscá-los. Um homem alto, magro, usando óculos de aros de ouro, tinha dito aquelas palavras em Steppdeckstrasse. Johann. Eles o haviam enviado de Zurique; ele vira Jason Bourne. E isso lhe confirmou algo: não tinham fotografias.

Os três homens chegaram à entrada. Johann e o homem a sua direita entraram; o terceiro homem ficou na porta. Bourne começou a voltar para a cabine telefônica; esperaria quatro minutos e daria o seu último telefonema para Antoine d'Amacourt.

Jogou o cigarro do lado de fora da cabine, esmagou-o com o pé e abriu a porta.

– *Monsieur.* – Uma voz veio detrás.

Jason deu meia-volta, prendendo a respiração. Um homem de aparência comum com a barba por fazer apontou para a cabine.

– *Le téléphon... il ne marche pas. Regardez la corde.*

– *Merci bien. Je vais essayer quand même.*

O homem deu de ombros e foi embora. Bourne entrou; os quatro minutos tinham passado. Ele tirou as moedas do bolso – o bastante para dois telefonemas e discou o primeiro número.

– La Banque de Valois. *Bonjour.*

Dez segundos mais tarde d'Amacourt estava no telefone, a voz tensa.

– É o senhor, monsieur Bourne? Pensei que o senhor tivesse dito que estava vindo para o meu escritório.

– Mudança de planos, sinto muito. Eu telefonarei para o senhor amanhã. – Subitamente, através do vidro da cabine Jason viu um carro entrar de repente numa vaga numa rua em frente ao banco. O terceiro homem que estava perto da entrada assentiu para o motorista.

– ... possa fazer? – D'Amacourt tinha feito uma pergunta.

– Desculpe, não entendi.

– Perguntei se há algo que eu possa fazer pelo senhor. Tenho a sua conta, tudo está pronto para o senhor aqui.

Tenho certeza que está, pensou Bourne; valia a pena tentar uma manobra.

– Veja, tenho que estar em Londres hoje ainda. Vou pegar um voo agora, mas volto amanhã. Mantenha tudo aí pronto, está bem?

– Para Londres, monsieur?

– Eu telefonarei amanhã. Tenho que achar um táxi para Orly. – Ele desligou e ficou observando a entrada do banco. Em menos de meio minuto, Johann e seu companheiro saíram correndo; falaram com o terceiro homem, depois todos três entraram no carro que esperava.

O carro dos assassinos ainda prosseguia na caçada, agora a caminho do aeroporto de Orly. Jason memorizou o número da placa, depois deu o segundo telefonema. Se o telefone público no banco não estivesse sendo usado, Marie pegaria o fone quase na mesma hora que soasse a campainha. Foi isso que aconteceu.

– Sim?
– Viu alguma coisa?
– Muito. D'Amacourt é o seu homem.

12

Eles percorreram a loja, de balcão em balcão. Marie, no entanto, não saía de perto da ampla vitrine, mantendo sob constante observação a entrada do banco, do outro lado da rue Madeleine.

– Escolhi duas echarpes para você – disse Bourne.
– Você não devia ter feito isso. São muito caras.
– São quase quatro horas. Se ele não saiu até agora, só vai sair no fim do expediente.
– Provavelmente. Se ele fosse encontrar alguém, já teria feito isso. Mas tínhamos que saber.
– Acredite no que eu digo, os amigos dele estão em Orly, procurando nos locais de embarque. Não há meio de saberem se vou tomar algum desses aviões ou não, porque eles não sabem que nome estou usando.
– Eles dependem do homem de Zurique para reconhecer você.
– Ele está procurando um homem de cabelo escuro que manca, não eu. Vem, vamos entrar no banco. Você me mostra d'Amacourt.
– Não podemos fazer isso – disse Marie, balançando a cabeça. – As câmeras no teto têm lentes de grande-angular. Se passassem as fitas, eles poderiam detectá-lo.
– Um homem louro de óculos?
– Ou eu. Eu estive lá, a recepcionista ou a secretária dele podem me identificar.
– Você está dizendo que há um esquema de segurança rotineiro lá dentro. Tenho minhas dúvidas.
– Eles podem pensar em diversas razões para passar as fitas. – Marie parou; pegou o braço de Jason, os olhos no banco,

para além da vitrine. – Lá está! Aquele de sobretudo com um colarinho de veludo preto é d'Amacourt.
– Puxando as mangas?
– É.
– Já vi. Encontro você de volta no hotel.
– Tenha cuidado. Tenha *muito* cuidado.
– Pague as echarpes no balcão lá atrás.

Jason saiu da loja e procurou uma brecha no tráfego para poder atravessar a rua; não havia nenhuma. D'Amacourt tinha dobrado à direita e andava sem pressa; não era um homem ansioso para encontrar alguém. Em vez disso, havia nele um leve ar de pavão murcho.

Bourne chegou à esquina e parou no sinal, logo atrás do banqueiro. D'Amacourt parou numa banca de jornais e comprou um jornal da tarde. Jason deu uma parada defronte de um loja de artigos esportivos, depois seguiu o banqueiro que descia o quarteirão.

À frente ficava um café, as vitrines escuras, entrada de madeira maciça, porta grossa de metal. Não era preciso muita imaginação para adivinhar o seu interior; era uma uisqueria para homens e para mulheres acompanhadas de homens e sobre as quais os outros homens não discutiriam. Era um ótimo lugar para uma tranquila conversa com Antoine d'Amacourt. Jason apressou o passo, emparelhando com o banqueiro. Falou no francês canhestro, anglicizado, que usara ao telefone.

– *Bonjour, monsieur. Je... pense que vous... êtes monsieur d'Amacourt.* Eu acho que estou certo, não é?

O banqueiro parou. Os olhos frios estavam amedrontados, se lembrando. O pavão murchou ainda mais em seu sobretudo bem cortado.
– Bourne? – sussurrou.
– A essa hora os seus amigos devem estar bem confusos. Espero que estejam percorrendo afobados todo o aeroporto de Orly, achando, talvez, que você lhes deu a informação errada. Talvez propositadamente.
– *O quê?* – Os olhos amedrontados se esbugalharam.

— Vamos entrar — disse Jason, pegando o braço de d'Amacourt, um aperto firme. — Acho que precisamos ter uma conversa.

— Não sei absolutamente de nada! Simplesmente segui as instruções do banco. Não estou envolvido!

— Desculpe. Quando liguei, você disse que não podia confirmar o tipo de conta bancária à qual eu me referia no telefone; não discutiria negócios com alguém que não conhecia. Mas, vinte minutos mais tarde, disse que tinha tudo pronto para mim. Isso é confirmação, não é? Vamos entrar.

De certo modo o café era uma versão menor do Drei Alpenhäuser de Zurique. As divisórias dos reservados eram altas e a luz, fraca. A partir daí, entretanto, as diferenças se acentuavam; o café na rue Madeleine era totalmente francês, garrafas de vinho substituindo os canecos de cerveja. Bourne pediu um reservado no canto; o garçom acompanhou-os.

— Peça um drinque — disse Jason. — Você vai precisar.

— Sim — disse o banqueiro friamente. — Quero um uísque.

Os drinques foram trazidos rapidamente, o breve intervalo sendo aproveitado por d'Amacourt para puxar um maço de cigarros de sob o sobretudo bem cortado. Bourne acendeu um fósforo, mantendo-o perto do rosto do banqueiro. Bem perto.

— *Merci*. — D'Amacourt deu uma tragada, tirou o cigarro da boca e engoliu metade do uísque no copo. — Eu não sou o homem com quem você deve falar — disse ele.

— Quem é?

— Um proprietário do banco, talvez. Não sei, mas certamente não sou eu.

— Explique isso.

— Foram feitos certos acordos. Um banco privado tem mais flexibilidade do que uma instituição pública com acionistas.

— Como?

— Há maior amplitude, digamos assim, no que diz respeito às exigências de certos clientes e bancos coligados. Menos fiscalização do que a exercida sobre uma empresa que aplica na Bolsa. O Gemeinschaft em Zurique é também uma instituição particular.

— As exigências foram feitas pelo Gemeinschaft?
— Pedidos... exigências... sim.
— A quem pertence o Valois?
— A quem? A muitos, é um consórcio. Dez ou doze homens e suas famílias.
— Então eu tenho que falar com você, não é? Quero dizer, seria um pouco de tolice eu ficar correndo por toda Paris atrás desses homens.
— Sou somente um executivo. Um funcionário. — D'Amacourt engoliu o restante do drinque, esmagou o cigarro e pegou outro. E os fósforos.
— Qual é esse acordo?
— Posso perder meu emprego, monsieur!
— Você pode perder a vida — disse Jason, perturbado pelo fato de as palavras lhe ocorrerem tão facilmente.
— Não tenho os privilégios que o senhor pensa que tenho.
— Nem é tão ignorante como gostaria que eu acreditasse — disse Bourne, os olhos fixos no homem. — Gente do seu tipo tem por toda parte, d'Amacourt. Com o mesmo tipo de roupa, de pentear o cabelo, até com o mesmo andar; você anda muito empertigado. Um homem como você não chega a vice-presidente do Banco Valois sem fazer perguntas; você se protege. Não faz uma merda de um movimento sem tirar o seu da reta. Agora, me diga que acordo foi esse. Você não é importante para mim, estou sendo claro?

D'Amacourt acendeu um fósforo e manteve-o debaixo do cigarro enquanto olhava fixo para Jason.

— O senhor não tem que me ameaçar, monsieur. O senhor é um homem muito rico. Por que não me pagar? — Ele sorriu nervosamente. — O senhor tem toda razão, por falar nisso. Fiz realmente algumas perguntas. Paris não é Zurique. Um homem na minha posição tem que ter respostas.

Bourne inclinou-se para trás, girando o copo, o tinir dos cubos de gelo irritando d'Amacourt.

— Diga um preço razoável — disse finalmente — e vamos discutir.

— Sou um homem razoável. Vamos deixar que a decisão se baseie no valor, e que seja sua. Em todo o mundo os funcionários dos bancos são gratificados por clientes gratos a quem eles deram aconselhamento. Eu gostaria de considerá-lo um cliente.

— Tenho certeza disso. — Bourne sorriu, balançando a cabeça ante a desfaçatez do homem. — Então passamos de suborno para gratificação. Gratificação por aconselhamento e serviços pessoais.

D'Amacourt deu de ombros.

— Aceito a definição e, se me perguntarem alguma vez, repetiria suas palavras.

— O acordo?

— Acompanhando a transferência de seus fundos de Zurique veio *une fiche confidentielle...*

— *Une fiche?* — interrompeu Jason, ao lembrar-se do momento em que Koenig pronunciou essas mesmas palavras no Gemeinschaft. — Eu já ouvi isso antes. O que é?

— Uma palavra obsoleta, na verdade. Teve origem na metade do século XIX, quando era prática comum nas grandes casas bancárias, principalmente a dos Rothschild, manter um registro da trajetória do fluxo internacional de dinheiro.

— Obrigado. Agora, o que é isso, especificamente?

— São instruções em separado, seladas, para serem abertas e seguidas quando a conta em questão for movimentada.

— Movimentada?

— Dinheiro sacado ou depositado.

— Suponha que eu simplesmente vá a um caixa, apresente uma caderneta do banco e peça o dinheiro?

— Apareceria um asterisco duplo no computador. O senhor seria encaminhado para mim.

— Fui encaminhado a você, de qualquer maneira. A telefonista me conectou com o seu escritório.

— Por mera casualidade. Há dois outros funcionários no meu Departamento. Se tivessem posto o senhor em comunicação com qualquer um dos dois, mesmo assim a *fiche* teria feito com que o senhor viesse a mim. Sou o executivo sênior.

— Percebo. — Mas Bourne não tinha certeza disso. Havia uma falha naquela sequência, um espaço a ser preenchido. — Espere um minuto. Você não sabia nada sobre uma *fiche* quando pediu que levassem a conta a seu escritório.

— Por que eu a pedi? – interrompeu d'Amacourt, antecipando a pergunta. – Seja razoável, monsieur. Coloque-se no meu lugar. Um homem telefona e se identifica, depois diz que "está falando de mais de 4 milhões de francos". Quatro *milhões*. O senhor não ficaria desejoso de prestar um favor? Quebrar uma regra aqui ou ali?

Olhando para o elegante executivo do banco, Jason percebeu que aquela tinha sido a coisa menos surpreendente que ele dissera.

— As instruções. Quais são?

— Vamos começar com um número de telefone, fora da lista, é lógico. Deve ser chamado e toda informação repassada.

— Lembra-se do número?

— Faço questão de trazer coisas assim na memória.

— Sem dúvida. Qual é o número?

— Devo me proteger, monsieur. Como o senhor poderia obtê-lo de outra forma? Coloco a questão... como se diz? ...retoricamente.

— O que significa que você tem a resposta. Como eu o *consegui?* Se é que vai vir à baila.

— Em Zurique. O senhor pagou um preço muito alto a alguém para quebrar não apenas a mais severa das regras na Bahnhofstrasse, mas também as leis da Suíça.

— Somente peguei o homem – disse Bourne, o rosto de Koenig entrando em foco. – Ele já tinha cometido o crime.

— No Gemeinschaft? O senhor está brincando?

— Nem um pouco. O nome dele é Koenig, sua mesa fica no segundo andar.

— Vou me lembrar disso.

— Tenho certeza que vai. O número? – D'Amacourt disse o número. Jason anotou em um guardanapo de papel. – Como sabe que é certo?

— O senhor tem uma garantia razoável. Não fui pago.

— Isso é bastante.

— E como o valor faz parte da nossa discussão, devo lhe dizer que esse é o segundo número de telefone; o primeiro foi cancelado.

— Explique isso.

D'Amacourt inclinou-se para a frente.

— Uma fotocópia *da fiche* original chegou com o malote das contas. Vinha fechada numa caixa preta, entregue ao encarregado dos registros que passou o recibo. Estava autenticada por um sócio do Gemeinschaft, com firma reconhecida por um tabelião suíço comum; as instruções eram simples, bem claras. Em todos os assuntos pertinentes à conta de Jason C. Bourne, deveria ser dado imediatamente um telefonema internacional para os Estados Unidos, informando os detalhes... Aqui o documento estava adulterado, o número de Nova York havia sido apagado e um número de Paris tinha sido inserido.

— Nova York? — interrompeu Bourne. — Como sabe que era Nova York?

— O código de área do telefone estava escrito entre parênteses, separado à frente do número propriamente dito; ficou intacto. Era 212. Como vice-presidente de um banco com contatos no exterior, telefono para lá todo dia.

— A adulteração foi muito malfeita.

— Possivelmente. Talvez tenha sido feita apressadamente, ou não tenha sido bem entendida. Por outro lado, não havia meio de apagar o corpo das instruções sem levar novamente a um tabelião. Seria um risco pequeno considerando o número de telefones em Nova York. De qualquer maneira, a substituição me deu a abertura para fazer uma ou duas perguntas. Qualquer mudança é anátema para um funcionário de banco. — D'Amacourt bebeu o restante do drinque.

— Quer outro? — perguntou Jason.

— Não, obrigado. Isso prolongaria nossa conversa.

— Foi você que parou.

— Estou pensando, monsieur. Talvez o senhor deva ter em mente uma vaga importância antes de continuarmos.

Bourne observou o homem.

— Podia ser cinco — disse ele.

— Cinco o quê?

— Cinco algarismos.

— Vou prosseguir. Falei com uma mulher...

— Uma mulher? Como foi que você começou?

— Dizendo a verdade. Eu era vice-presidente do Valois e estava seguindo instruções do Gemeinschaft em Zurique. O que mais haveria para dizer?

— Continue.

– Eu disse que um homem que alegava ser Jason Bourne havia se comunicado comigo. Ela me perguntou quando tinha sido, e eu disse que há uns poucos minutos. Ela ficou extremamente ansiosa para saber o teor de nossa conversa. Foi aí que externei minhas próprias preocupações. A *fiche* declarava especificamente que deveria ser dado um telefonema para Nova York e não para Paris. Naturalmente ela disse que isso *não* devia me preocupar, que a mudança fora autorizada por assinatura e que eu não gostaria que o banco de Zurique fosse informado de que um funcionário do Valois se recusara a seguir as instruções do Gemeinschaft.

– Espere – interrompeu Jason. – Quem era ela?

– Não tenho ideia.

– Quer dizer que você falou todo esse tempo com ela sem saber quem era? Você não perguntou?

– É essa a natureza da *fiche*. Se se disser um nome, tudo bem. Se não, não se pergunta.

– Você não hesitou em perguntar sobre o número do telefone.

– Um mero expediente, eu queria uma informação. O senhor transferiu 4,5 milhões de francos, uma quantia considerável, e era portanto um cliente de peso, com, talvez ligações *mais* fortes ainda... A gente reclama, depois concorda, depois reclama de novo, somente para depois concordar novamente; é dessa forma que se aprendem as coisas. Especialmente se a parte com quem se está falando demonstra ansiedade. E, posso lhe assegurar, ela demonstrava.

– O que você soube?

– Que o senhor deveria ser considerado um homem perigoso.

– Em que sentido?

– A definição foi deixada em aberto. Mas o fato de o termo ter sido usado foi o bastante para que eu perguntasse por que a Sûreté não fora chamada. A resposta dela foi extremamente interessante: "Ele está além da Sûreté, além da Interpol".

– O que lhe veio à mente?

– Que era um assunto altamente complicado, com grande número de possibilidades, sendo melhor que todas elas ficassem em sigilo. Desde que começamos nossa conversa, entretanto, a coisa me diz algo mais.

– O que é?

– Que o senhor realmente deveria me pagar bem, pois devo ter extrema cautela. Quem estiver lhe procurando deve estar também, talvez, além da Sûreté, além da Interpol.

– Vamos chegar lá. Você disse a essa mulher que eu estava indo para o seu escritório?

– Que chegaria dali a uns quinze minutos. Ela me pediu para aguardar no telefone por alguns instantes, que voltaria logo. Obviamente ela deu um outro telefonema. Voltou com instruções finais. O senhor deveria ficar retido no meu escritório até que um homem chegasse à minha secretária perguntando sobre um assunto de Zurique. E quando o senhor saísse eu deveria identificar o senhor por um aceno de cabeça ou um gesto; não poderia haver qualquer confusão. O homem veio, é claro, e, também é claro, o senhor não apareceu; então ele esperou perto dos caixas com um colega. Quando o senhor telefonou e disse que estava a caminho de Londres, saí do meu escritório para dar-lhes esta informação. O resto o senhor já sabe.

– Não lhe pareceu estranho que eu tivesse que ser identificado?

– Não só estranho como também exagerado. Uma *fiche* é uma coisa, telefonemas, comunicações sem rosto, mas ser envolvido diretamente, no aberto, como aconteceu, é outra bem diferente. Eu disse isso para a mulher.

– O que ela lhe disse?

D'Amacourt pigarreou.

– Ela deixou claro que a parte que ela representava, cuja importância era, na verdade, confirmada pela própria *fiche*, se lembraria da minha cooperação. O senhor vê, não lhe ocultei nada... Aparentemente eles não sabem qual é a sua aparência.

– O homem que estava no banco me viu em Zurique.

– Então os colegas não confiam na visão dele. Ou, talvez, no que ele pensa que viu.

– Por que você diz isso?

– Mera observação, monsieur; a mulher foi insistente. O senhor deve compreender, eu me recusei firmemente a qualquer participação aberta; que *não* é essa a natureza *da fiche*. Ela disse que não tinha uma fotografia sua. Uma mentira óbvia, é claro.

– Será que é?

– Naturalmente. Todos os passaportes têm fotografias. Onde está o funcionário da imigração que não pode ser comprado ou tapeado? Dez segundos numa sala de controle de passaportes, uma fotografia de uma fotografia; podem-se fazer arranjos. Não, eles cometeram um terrível descuido.

– Acho que cometeram.

– E o senhor – continuou d'Amacourt – acabou de me contar uma outra coisa. E o senhor deve realmente me pagar muito bem.

– O que é que eu acabei de lhe contar?

– Que o seu passaporte não o identifica como Jason Bourne. Quem é o senhor, monsieur?

Jason não respondeu de pronto à pergunta; girou o copo de novo.

– Alguém que pode lhe pagar muito dinheiro – disse ele.

– Basta isso. O senhor é simplesmente um cliente chamado Bourne. E devo ser cauteloso.

– Quero aquele número de telefone em Nova York. Pode obtê-lo para mim? Haveria uma gratificação elevada.

– Desejaria poder. Não vejo como.

– Pode ser levantado da *fiche*. Com um instrumento específico para isso.

– Quando eu disse que o número foi apagado, monsieur, eu não quis dizer que foi riscado. Foi *apagado,* eliminado.

– Então alguém em Zurique tem esse número.

– Ou foi destruído.

– Última pergunta – disse Jason, agora ansioso para partir. – Diz respeito a você, por sinal. É o único meio de você ser pago.

– A pergunta será aceita, naturalmente. O que é?

– Se eu fosse até o Valois sem telefonar, sem lhe avisar que estava indo, o senhor deveria dar um outro telefonema?

– Sim. Não se lida com negligência com as *fiches,* elas provêm das salas do alto escalão. Eu seria imediatamente despedido.

– Então como vamos pegar *nosso* dinheiro?

D'Amacourt franziu os lábios.

– Há um meio. Saque *in absentia*. Preenche-se formulários, dá-se instruções por carta, a identificação é confirmada e autenticada por uma firma de advogados estabelecida. Eu não teria competência para interferir.

– Ainda assim você deveria dar o telefonema.

– É uma questão de tempo. Se um advogado com o qual o Valois vem tendo diversas transações me telefonar solicitando que eu prepare, digamos, um certo número de cheques administrativos destinados a uma transferência para o exterior que ele garante já ter sido autorizada, eu o farei. Ele declararia que estava enviando os formulários preenchidos, os cheques, naturalmente consignados ao "portador", o que constitui uma prática não muito rara nestes dias de impostos tão altos. Um mensageiro chegaria com a carta durante as horas de maior movimento, e minha secretária, uma funcionária de muitos anos, estimada, de confiança, simplesmente traria os formulários para minha autenticação e a carta para eu rubricar.

– Sem dúvida – interrompeu Jason – junto com diversos outros documentos para você assinar.

– Exatamente. Só depois eu daria o telefonema, provavelmente enquanto observava o mensageiro sair com a sua pasta.

– Você não se lembraria, por um mero acaso, do nome de uma firma de advocacia em Paris, não é? Ou um certo advogado?

– Na verdade, ocorreu-me um nome agora mesmo.

– Quanto custará?

– Dez mil francos.

– É caro.

– Absolutamente. Era um membro da magistratura, um homem honrado.

– E quanto a você? Vamos aos detalhes.

– Como já disse, sou razoável, e a decisão deve ser sua. Como o senhor mencionou cinco algarismos, começamos com cinco. Cinquenta mil francos.

– Isso é um abuso!

– Também é um abuso o que quer que o senhor tenha feito, monsieur Bourne.

– *Une fiche confidentielle* – disse Marie, sentada na cadeira perto da janela, o sol do fim da tarde descendo pelos pomposos prédios do bulevar Montparnasse. – Então é esse o truque que eles têm usado.

– É ainda mais impressionante, sei de onde vem. – Jason pegou uma garrafa na escrivaninha, serviu uma dose de bebida e levou-a até a cama; sentou-se defronte dela. – Quer ouvir?

– Não preciso – respondeu ela, com o olhar vago pela janela, preocupada. – Sei exatamente de onde vem e o que significa. É um choque, é tudo.

– Por quê? Achei que você já esperava por isso.

– Os resultados, sim, não o mecanismo. Uma *fiche* é um golpe arcaico na legitimidade, quase totalmente restrito a bancos particulares da Europa. As leis americanas, canadenses e do Reino Unido proíbem seu uso.

Bourne recordou-se das palavras de d'Amacourt e repetiu-as:

– "Elas provêm de salas do alto escalão" – foi o que ele disse.

– Ele tem razão. – Marie levantou os olhos para ele. – Você não percebe? Eu sabia que a sua conta deveria ser marcada. Presumi que alguém tivesse sido subornado para passar a informação. Isso não é incomum, os banqueiros não estão na vanguarda da canonização. Mas esse caso é diferente. Aquela conta em Zurique foi aberta, desde o início mesmo, com uma *fiche* como parte de sua movimentação. Provavelmente com o seu próprio conhecimento.

– Treadstone Seventy-One – disse Jason.

– É. Os proprietários do banco tinham de trabalhar em conluio com a Treadstone. E, considerando a amplitude do seu acesso, é possível que você estivesse a par de que eles procediam assim.

– Mas alguém foi subornado. Koenig. Ele substituiu um número de telefone por outro.

– Foi bem pago, posso garantir. Ele pode pegar dez anos numa prisão na Suíça.

– Dez? Isso é muito duro.

– As leis da Suíça também são. Ele deve ter recebido uma pequena fortuna.

– Carlos – disse Bourne. – Carlos... Por quê? O que sou eu para ele? Fico me perguntando. Repito o nome milhares de vezes! Não *chego* a nada, absolutamente nada. Apenas um... um... não sei. Nada.

– Mas há alguma coisa aí, não é? – Marie aprumou o corpo, sentada. – O que é, Jason? Em que está pensando?

– Não estou pensando... não sei.

– Então você está sentindo. Alguma coisa. O que é?

– Não sei. Medo, talvez... Raiva, nervosismo. Não sei.

– Se concentra!

– Diabos, você pensa que eu *não* estou me concentrando? Pensa que eu não tenho me concentrado? Você tem ideia do que é isso? – Bourne se empertigou, aborrecido com a sua explosão. – Desculpe.

– Não precisa se desculpar. Nunca. Esses são os sinais, as pistas que você deve procurar, *nós* temos que procurar. O seu amigo médico em Port Noir estava certo; as coisas chegam até você, provocadas por outras coisas. Como você próprio disse, uma caixa de fósforos, um rosto ou a fachada de um restaurante. Temos visto isto acontecer. Agora, é um nome, um nome que você evitou por quase uma semana enquanto me contava tudo que tinha acontecido com você durante os últimos cinco meses, até o menor dos detalhes. Apesar disso você nunca mencionou Carlos. Você deveria ter mencionado esse nome, mas não mencionou. Ele tem um significado *especial* para você, não percebe? Mexe com coisas dentro de você, e elas não querem sair.

– Eu sei. – Jason deu um gole na bebida.

– Querido, há uma famosa livraria no bulevar Saint-Germain administrada por um fanático por revistas. Há um andar inteiro só de números atrasados de velhas revistas, milhares delas. Ele chega mesmo a catalogar por assunto, indexa tudo como um bibliotecário. Eu gostaria de descobrir se Carlos está nesse índice. Vai fazer isso?

Bourne sentiu uma dor aguda no peito. Não era causada por seus ferimentos; era medo. Ela percebeu isso e de certa forma compreendeu; ele sentiu a dor e não podia entender.

– Havia números atrasados de jornais na Sorbonne – disse, levantando os olhos para ela. – Um deles me pôs nas nuvens, de alegria, durante algum tempo. Até que eu comecei a pensar sobre o assunto.

— Foi revelada uma mentira. Isso é que importa.

— Mas agora nós não estamos procurando uma mentira, não é?

— Não, estamos procurando a verdade. Você não deve ter medo dela, querido. Eu não tenho.

Jason levantou-se.

— Está bem. Saint-Germain está no programa. Nesse ínterim, telefone para aquele cara da embaixada. — Bourne colocou a mão no bolso e tirou o guardanapo de papel com o número de telefone escrito nele; ali ele acrescentara o número da placa do carro que tinha partido em velocidade pela rue Madeleine. — Aqui está o número que d'Amacourt me deu, também o da placa daquele carro. Veja o que ele pode fazer.

— Tudo bem. — Marie pegou o guardanapo e foi até o telefone. Junto havia um pequeno caderno de anotações, ela o folheou. — Aqui está. O nome dele é Dennis Corbelier. Peter disse que telefonaria para ele hoje por volta do meio-dia. Hora de Paris. E que eu podia confiar nele; é o mais inteligente dos adidos na embaixada.

— Peter conhece ele, não é? Não se trata apenas de um nome numa lista.

— Foram colegas de turma na Universidade de Toronto. Posso telefonar para ele daqui, não posso?

— Claro. Mas não diga onde você está.

Marie pegou o telefone.

— Vou dizer a ele a mesma coisa que disse a Peter. Que estou mudando de um hotel para outro, mas ainda não sei qual é. — Ela pediu uma linha externa, depois discou o número da embaixada do Canadá na avenida Montaigne. Quinze segundos depois ela estava falando com Dennis Corbelier, o adido.

Marie chegou ao assunto do telefonema quase que imediatamente.

— Presumo que Peter lhe disse que eu poderia necessitar de ajuda.

— Mais do que isso — replicou Corbelier. — Ele me explicou que você estava em Zurique. Não posso dizer que entendi tudo que ele disse, mas fiquei com uma ideia geral. Parece que está havendo muita manipulação no mundo das finanças por esses dias.

– Mais do que de costume. O problema é que ninguém quer dizer quem está manipulando quem. Aí é que está a questão.

– Como posso ajudá-la?

– Tenho os números de uma placa de automóvel e de um telefone, ambos em Paris. O telefone não está na lista, seria constrangedor se eu fizesse a chamada.

– Me dá os dois. – Ela deu. – *A mari usque ad mari* – disse Corbelier, recitando o lema nacional de sua pátria comum. – Temos diversos amigos em ótimos lugares. Trocamos favores com frequência, geralmente na área das drogas, mas também somos todos flexíveis. Por que não almoçar comigo amanhã? Eu levaria o que puder apurar.

– Eu gostaria, mas amanhã não dá. Vou passar o dia com um velho amigo. Talvez numa outra ocasião.

– Peter disse que eu seria um idiota se não insistisse. Ele afirma que você é sensacional.

– Ele é um amor, e você também. Telefono amanhã à tarde.

– Ótimo. Vou trabalhar nesses números.

– Então falo com você amanhã e mais uma vez obrigada. – Marie desligou o telefone e consultou o relógio. – Vou telefonar para Peter dentro de três horas. Não me deixe esquecer.

– Você acha realmente que ele já terá conseguido alguma coisa em tão pouco tempo?

– *Ele* consegue. Começou ontem à noite telefonando para Washington. Foi o que Corbelier acabou de dizer, eles vivem trocando figurinhas. Uma informação aqui por aquela ali, um nome do nosso lado por outro do seu.

– Isso soa vagamente como traição.

– É o oposto. Estamos lidando com dinheiro, não mísseis. Dinheiro que se movimenta ilegalmente por aí, burlando leis que são boas para todos os nossos interesses. A menos que você queira os xeques da Arábia comprando a Grumman Aircraft. *Aí* nós iríamos falar de mísseis... depois que eles tivessem partido das plataformas de lançamento.

– Derrubou minha objeção.

– Temos que ver o homem de d'Amacourt logo no início da manhã. Calcule quanto você quer sacar.

– Tudo.

– Tudo?

– É isso mesmo. Se você fosse da diretoria da Treadstone, o que você faria se soubesse que faltavam 6 milhões de francos da conta da empresa?

– Entendi.

– D'Amacourt sugeriu uma série de cheques administrativos ao portador.

– Ele disse isso? Cheques?

– Sim. Alguma coisa de errado?

– É claro. Os números desses cheques poderiam ser identificados e enviados a bancos por toda parte. Você tem que ir a um banco para descontá-los, os pagamentos seriam sustados.

– Ele é esperto, não é? Pega dinheiro dos dois lados. O que é que vamos fazer?

– Aceitar parte do que ele disse, a parte do portador. Mas não em cheques. Títulos. Títulos ao portador com quantias variadas. São muito mais fáceis de serem trocados.

– Você acabou de fazer jus ao jantar – disse Jason, estendendo a mão e tocando o rosto dela.

– É meu ganha-pão, senhor – replicou ela, mantendo a mão dele encostada no rosto. – Primeiro o jantar, depois Peter... e depois uma livraria em Saint-Germain.

– Uma livraria em Saint-Germain – repetiu Bourne, sentindo de novo a dor no peito. *O que era aquilo? Do que ele tinha tanto medo?*

Saíram do restaurante no bulevar Raspail e foram andando até o complexo telefônico na rue Vaugirard. Havia cabines envidraçadas encostadas nas paredes e um grande balcão circular no centro do salão, onde funcionários preenchiam papeletas, designando as cabines para os que queriam fazer as chamadas.

– O movimento está bem pequeno, madame – disse o funcionário a Marie. – Sua chamada será completada em questão de minutos. Número doze, por favor.

– Obrigada. Cabine doze?

— Sim, madame. Direto ali adiante.

Enquanto iam atravessando o salão até a cabine, Jason segurou o braço de Marie.

— Sei por que as pessoas preferem esses lugares — disse ele. — São cem vezes mais rápidos do que um telefone de hotel.

— Esta é apenas uma das razões.

Mal tinham chegado à cabine e acendido os cigarros quando ouviram os dois pequenos toques da campainha. Marie abriu a porta e entrou, com o caderninho de anotações e um lápis na mão. Pegou o fone.

Sessenta segundos depois Bourne viu com espanto ela ficar olhando para a parede, o rosto sem um pingo de sangue, a pele branca como giz. Marie começou a gritar e deixou cair a bolsa, o conteúdo se espalhando pelo chão da pequena cabine; o caderno de anotações ficou preso na prateleira, o lápis quebrado no crispar da mão. Ele correu para dentro; ela estava à beira do colapso.

— Aqui é Marie St. Jacques, de Paris, Lisa. Peter está esperando meu telefonema.

— Marie? Oh, meu Deus... — A voz da secretária foi sumindo, substituída por outras vozes ao fundo. Vozes nervosas, abafadas por uma mão em concha sobre o fone. Depois houve uma agitação indicando movimento, o fone sendo entregue a outra pessoa ou sendo tomado por ela.

— Marie, aqui é Alan — disse o diretor-adjunto da seção. — Nós estamos todos no escritório de Peter.

— O que é que há, Alan? Não tenho muito tempo, posso falar com ele, por favor?

Houve um momento de silêncio.

— Eu gostaria de tornar as coisas mais fáceis para você, mas não sei como. Peter está morto, Marie.

— Ele está... o quê?

— A polícia acabou de telefonar, eles estão indo para lá.

— A polícia? O que é que aconteceu? Oh, Deus, ele está *morto?* O que é que *aconteceu?*

— Estamos tentando entender as coisas. Estamos verificando o registro de telefonemas, mas não devemos mexer em nada na mesa dele.

– Na mesa dele...?
– Anotações ou memorandos, ou alguma coisa desse tipo.
– Alan! Diga-me o que aconteceu!
– Aí é que está, nós não sabemos. Ele não disse a nenhum de nós o que estava fazendo. Tudo que sabemos é que ele recebeu dois telefonemas esta manhã dos Estados Unidos, um de Washington e o outro de Nova York. Por volta de meio-dia ele disse a Lisa que ia ao aeroporto encontrar alguém que partia. Não disse quem era. A polícia o encontrou há uma hora num desses túneis usados para carga. Foi terrível; tinha levado um tiro. Na garganta... Marie? *Marie?*

O velho de olhos fundos e a barba branca por fazer entrou mancando no confessionário, piscando repetidamente, tentando focalizar o vulto encapuzado atrás da cortina opaca. A visão não era fácil para esse mensageiro de oitenta anos. Mas sua mente estava clara; era tudo que interessava.
– *Angelus Domini* – disse ele.
– *Angelus Domini*, filho de Deus – sussurrou a silhueta encapuzada.
– Seus dias são confortáveis?
– Estão chegando ao fim, mas têm sido confortáveis.
– Bom... Zurique?
– Encontraram o homem do Guisan Quai. Estava ferido; acharam a sua pista através de um médico conhecido do *Verbrecherwelt*. Colocado sob severo interrogatório, ele admitiu ter assaltado a mulher. Caim veio em socorro dela; foi Caim que atirou nele.
– Então foi um acordo, a mulher e Caim.
– O homem do Guisan Quai não pensa assim. Ele foi um dos dois que a pegou em Löwenstrasse.
– Ele também é um idiota. Ele matou o vigia?
– Ele admite que sim e se defende. Disse que não tinha escolha para poder fugir.
– Ele não precisa se defender com isso, talvez tenha sido a coisa mais inteligente que fez. Ele ficou com a arma?
– O seu pessoal ficou com ela.
– Bom. Há um funcionário na polícia de Zurique. A arma deve ser entregue a ele. Caim é ardiloso, a mulher bem menos.

Ela tem colegas em Ottawa; eles permanecem em contato. Se a pegarmos, temos a pista dele. O seu lápis está pronto?
— Está, Carlos.

13

Bourne amparou Marie no apertado espaço da cabine envidraçada, fazendo-a sentar com cuidado no assento que saía da estreita parede. Ela tremia, inspirando aos arrancos e soluçando, os olhos vidrados, que só entraram em foco quando ela olhou para ele.

— Eles o mataram. Eles *mataram* Peter! Meu Deus, o que é que eu *fiz?* Peter!

— Não foi você que fez! Se alguém fez isso, fui eu. Não você. Mete isso na sua cabeça.

— Jason, estou com medo. Ele estava a meio mundo de distância... e eles o mataram!

— Treadstone?

— Quem mais? Houve dois telefonemas, Washington... Nova York. Ele foi ao aeroporto encontrar alguém e foi morto.

— Como?

— Oh, Meu Deus... — Lágrimas encheram os olhos de Marie. — Recebeu um tiro. Na garganta — sussurrou.

Bourne sentiu de repente uma dor surda; não conseguia localizá-la, mas ela estava lá, sufocando-o.

— Carlos — disse ele, sem saber por que dizia aquilo.

— O quê? — Marie olhava espantada para ele. — O que é que você disse?

— Carlos — repetiu ele em voz baixa. — Um tiro na garganta. Carlos.

— O que é que você está querendo dizer?

— Eu não sei. — Ele pegou o braço dela. — Vamos sair daqui. Você está bem? Pode andar?

Ela assentiu, fechando os olhos um instante, respirando fundo.

— Posso.

— Vamos parar para um drinque, nós dois precisamos disso. Depois vamos para lá.

— Lá aonde?

— A livraria em Saint-Germain.

Havia três números atrasados de revistas no índice "Carlos". Uma cópia de três anos atrás de uma edição internacional do *Potomac Quarterly* e dois números parisienses de *Le Globe*. Eles não leram os artigos dentro da loja; em vez disso compraram as três revistas e tomaram um táxi de volta para o hotel em Montparnasse. Lá eles começaram a ler, Marie, na cama, Jason, na cadeira perto da janela. Depois de um tempo Marie teve um sobressalto.

— Está aqui — disse ela, medo estampado no rosto e na voz.

— Leia.

— "Diz-se que uma forma particularmente brutal de castigo é aplicada por Carlos e/ou seu pequeno bando de soldados. É a morte por um tiro na garganta, muitas vezes deixando a vítima morrer com dores excruciantes. É reservada àqueles que quebram o código de silêncio ou de lealdade exigido pelo assassino, ou a outros que se recusam a passar informação..." — Marie parou, incapaz de seguir adiante. Recostou-se e fechou os olhos. — Ele se recusou a falar e por isso foi morto. Oh, *meu Deus*...

— Ele não podia contar a eles o que não sabia — disse Bourne.

— Mas *você* sabia! — Marie aprumou o corpo novamente, os olhos abertos. — Você sabia sobre o tiro na garganta! Você *falou* disso!

— Eu falei. Eu conhecia isso. É tudo que eu posso dizer.

— Como?

— Eu gostaria de poder responder. Não consigo.

— Quer me preparar um drinque?

— É claro. — Jason levantou-se e foi até a escrivaninha. Preparou duas doses pequenas de uísque e levantou os olhos para ela. — Quer que eu peça gelo? Hervé está de serviço, virá rápido.

— Não. Não virá rápido o bastante. — Ela atirou a revista sobre a cama e voltou-se para ele. — Vou enlouquecer!

— Então somos dois.

— Eu quero acreditar em você, eu *acredito* muito em você. Mas eu... eu...

– Você não pode ter certeza – completou Bourne. – Não mais do que eu. – Trouxe a bebida para ela. – O que quer que eu diga? O que posso dizer? Que sou um dos homens de Carlos? Que quebrei o código de silêncio ou de lealdade? É por isso que eu conhecia o método de execução?

– Para com isso!

– Eu digo isso a mim mesmo muitas vezes, "Para com isso". Não pense; trate de se lembrar, mas em algum ponto há um freio. Não vá longe demais, fundo demais. Uma mentira pode vir à tona, apenas para levantar dez outras perguntas intrínsecas a essa mentira. Talvez seja como quando se acorda depois de uma longa bebedeira, sem ter certeza de com quem a gente brigou ou... diabos... quem a gente matou.

– Não... – Marie alongou a palavra. – Você é *você*. Não tire isso de mim.

– Não quero tirar. Não quero tirar isso de mim mesmo. – Jason voltou até a cadeira e sentou-se, o rosto virado para a janela. – Você encontrou... um método de execução. Eu encontrei algo mais. Eu conhecia o método, exatamente como eu sabia sobre Howard Leland. Nem mesmo precisei ler.

– Ler o quê?

Bourne abaixou a mão e apanhou o número de três anos atrás do *Potomac Quarterly*. A revista estava aberta na página onde se via um esboço de um homem barbado, linhas duras, o desenho incompleto, como se tivesse sido baseado em uma descrição obscura. Ele mostrou a revista a ela.

– Leia – disse ele. – Comece na esquerda, em cima, debaixo do título "Mito ou Monstro". Depois vamos fazer um jogo.

– Um jogo?

– É. Eu só li os dois primeiros parágrafos, você tem que acreditar em mim.

– Está bem. – Marie observou-o, desconcertada. Abaixou a revista até a luz e leu.

MITO OU MONSTRO

Há mais de uma década o nome "Carlos" vem sendo murmurado nos becos de diversas cidades tais como Paris,

Teerã, Beirute, Londres, Cairo e Amsterdã. Dizem que ele é o terrorista supremo, no sentido de que seu compromisso é com a morte e o assassinato em si mesmos, sem uma ideologia política aparente. No entanto há provas concretas de que ele levou a efeito execuções lucrativas para grupos extremistas radicais como a OLP e o Baader-Meinhof, tanto como instrutor quanto aproveitador. Na realidade, é através de suas raras passagens por essas organizações terroristas – e os conflitos internos destas – que uma imagem mais clara de "Carlos" está começando a emergir. Dessas rixas sangrentas saem informantes que falam.

Embora as narrativas de suas façanhas deem margem a que se imagine um mundo cheio de violência e conspiração, explosivos de alto poder de destruição e intrigas ainda mais destrutivas, carros rápidos e mulheres mais rápidas ainda, os fatos parecem indicar um Adam Smith tanto quanto um Ian Fleming. "Carlos" é reduzido a proporções humanas e nessa compressão um homem verdadeiramente assustador entra em foco. O mito sado-romântico transforma-se num monstro inteligentíssimo, sanguinolento, que contrata assassinatos com a perícia de um analista de mercado, com grande atenção a salários, custos, distribuição e divisões de trabalho no submundo. É um negócio complicado, e "Carlos" é o mestre de quanto ele vale em dólares.

O retrato começa com um nome conhecido, tão original a seu modo quanto a profissão de quem o detém. Ilich Ramirez Sanchez. Dizem que é venezuelano, filho de um advogado marxista fanaticamente devotado à causa mas sem proeminência (o Ilich é o tributo do pai a Vladimir Ilyich Lenin e explica parcialmente as incursões de Carlos no terrorismo extremista), o qual mandou o jovem para a Rússia onde recebeu a maior parte da sua educação, inclusive treinamento em espionagem no complexo soviético de Novgorod. É aqui que o retrato fica brevemente esmaecido, entrando em cena boatos e especulações. De acordo com estes, um comitê qualquer do Kremlin, que regularmente avalia estudantes estrangeiros para fins de infiltração futura, percebeu quem era Ilich Sanchez e não quis saber mais dele. Era um paranoico, que via todas as soluções em termos de uma bala ou uma bomba bem colocadas; a recomendação foi que se mandasse o jovem de volta para Caracas e se cortasse todo e qualquer laço soviético com a família. Rejeitado assim por Moscou e profundamente antiético para a sociedade ocidental, Sanchez decidiu construir o seu próprio mundo, um mundo onde ele seria o líder supremo. Que melhor maneira haveria para transformar-se no assassino apolítico, cujos serviços poderiam ser contratados por uma ampla gama de clientes políticos e filosóficos?

O retrato fica nítido novamente. Fluente em diversos idiomas, incluindo seu espanhol nativo bem como russo, francês e inglês, Sanchez usou seu treinamento soviético como um trampolim para o refinamento de suas técnicas. À sua expulsão de Moscou seguiram-se meses de estudo concentrado, dizem alguns sob a tutela de cubanos, Che Guevara em particular. Ele dominou a ciência e o manejo de todos os tipos de armamentos e explosivos; não havia arma que ele não soubesse desmontar e montar novamente de olhos vendados, nenhum explosivo que não pudesse analisar pelo cheiro e pelo tato e saber como detoná-lo por uma dúzia de maneiras diferentes. Ele estava pronto; escolheu Paris como base de operações, e a notícia se espalhou. Havia um homem que se podia contratar para matar onde outros não se aventurassem.

De novo o retrato esmaece principalmente pela falta de certidão de nascimento. Qual é exatamente a idade de "Carlos"? Quantos alvos podem lhe ser atribuídos e quantos fazem parte do mito – autoproclamado ou proclamado por outros? Correspondentes baseados em Caracas não conseguiram desenterrar nenhuma certidão de nascimento em qualquer parte do país para um certo Ilich Ramirez Sanchez. Por outro lado, há milhares e milhares de Sanchez na Venezuela, centenas de Ramirez Sanchez, mas nenhum Ilich Sanchez. O Ilich foi acrescentado depois, ou a omissão é simplesmente mais uma prova da meticulosidade de "Carlos"? Há um consenso de que o assassino tem entre 35 e quarenta anos de idade. Ninguém sabe ao certo.

UMA LADEIRA GRAMADA EM DALLAS?

Mas um fato indiscutível é que os lucros provenientes de seus diversos crimes permitiram ao criminoso montar uma organização capaz de causar inveja em um analista de operações da General Motors. É o capitalismo na sua forma mais eficiente, a lealdade e o serviço extraídos do medo e da recompensa. As consequências da deslealdade chegam rapidamente – morte – mas também os benefícios do serviço – gratificações generosas e altas somas para despesas. A organização parece ter escolhido a dedo executivos em toda parte; e esse boato bem fundado leva a uma questão óbvia. De onde saíram os lucros iniciais? Quais foram os primeiros assassinatos?

O mais frequentemente citado aconteceu há treze anos em Dallas. Não importa quantas vezes se discuta o assassinato de John F. Kennedy, ninguém jamais conseguiu explicar satisfatoriamente a pequena explosão de fumaça que saiu de uma ladeira gramada a uns trezentos metros de distância dos automóveis oficiais que desfilavam. A fumaça foi registrada por uma câmera; dois rádios de policiais em suas motocicletas, com a frequência aberta, registraram ruído(s). Entretanto não foram encontradas nem cápsulas de projéteis, nem pegadas. Na realidade, a única informação sobre a conhecida ladeira gramada foi enterrada na investigação feita em conjunto pelo FBI e a polícia de Dallas e nunca chegou ao Relatório da Comissão Warren. Foi fornecida por um transeunte, K. M. Wright, do distrito norte da cidade, que, quando perguntado, fez a seguinte declaração:

"Diabos, o único filho da mãe perto dali era o velho Burlap Billy, e ele estava a uns duzentos metros de distância."

O "Billy" a que ele se referia era um velho vagabundo de Dallas visto frequentemente pedindo esmolas nas áreas turísticas. O apelido "Burlap", que significa "estopa", era porque ele costumava enrolar os sapatos com estopa para comover os passantes de quem esmolava. De acordo com nossos correspondentes, a declaração de Wright nunca veio a público.

Contudo, há seis semanas um terrorista libanês preso cedeu ante o interrogatório em Tel Aviv. Pedindo para não ser executado, ele alegou possuir informações excepcionais sobre o assassino "Carlos". O serviço secreto israelense passou a informação para Washington; nossos correspondentes na capital obtiveram alguns excertos.

Informante: Carlos estava em Dallas em novembro de 1963. Ele se fingia de cubano e planejou com Oswald. Era a retaguarda de Oswald. A operação era dele, Carlos.

Pergunta: Que provas você tem?

Informante: Eu o ouvi declarar isso. Ele estava numa pequena elevação gramada, atrás de uma laje. Seu rifle tinha um dispositivo que recolhia as cápsulas dos projéteis detonados.

Pergunta: Isso nunca foi relatado. Por que ele não foi visto?

Informante: Talvez tenha sido, mas ninguém o reconheceria. Estava vestido como um velho, com um casaco sebento, e os sapatos estavam enrolados em lona para evitar deixar pegadas.

Certamente a informação de um terrorista não serve de prova, mas por outro lado não deve ser descartada. Especialmente quando diz respeito a um assassino de grande importância, conhecido por ser um mestre em disfarces e que admitiu o assassinato. A confissão do libanês corrobora de maneira surpreendente uma declaração desconhecida e não publicada sobre um momento de crise nacional e que nunca foi investigada. Essa informação deve ser levada a sério. Como tantas outras pessoas ligadas – mesmo remotamente – aos trágicos acontecimentos em Dallas, "Burlap Billy" foi encontrado morto vários dias depois de overdose de drogas. Ele era conhecido como um velho que sempre se embebedava com vinho barato; nunca se soube que usasse drogas. Não tinha dinheiro para isso.

Seria "Carlos" o homem na ladeira gramada? Que extraordinário começo para uma extraordinária carreira! Se Dallas foi realmente uma "operação", quantos milhões de dólares foram canalizados para ele? Certamente mais do que o suficiente para estabelecer uma rede de informantes e soldados, que é uma empresa em si mesma.

O mito tem substância demais. Carlos pode muito bem ser um monstro de carne e muito sangue.

Marie abaixou a revista.
– Qual é o jogo?
– Terminou? – Jason voltou-se da janela.
– Terminei.
– Percebo que foram feitas várias declarações. Teoria, suposição, equações.

– Equações?

– Se alguma coisa aconteceu aqui e houve um efeito lá, existe uma relação.

– Você quer dizer conexões – disse Marie.

– Está bem, conexões. Está tudo aí, não é?

– Até certo ponto pode-se dizer que sim. Dificilmente pode-se considerá-lo um documento legal. Há muita especulação, boatos e informações de segunda mão.

– Entretanto *há* fatos.

– Dados.

– Está bem. Dados. Muito bem.

– Qual é o jogo? – repetiu Marie.

– Tem um nome simples. Chama-se "Armadilha".

– Armadilha para quem?

– Para mim. – Bourne inclinou o corpo para a frente. – Quero que você me faça perguntas. Qualquer coisa que esteja aí. Uma frase, o nome de uma cidade, um boato, um fragmento de... dados. Qualquer coisa. Vamos ver quais serão as minhas respostas neste jogo de associação.

– Querido, isso não é prova de...

– Faça! – ordenou Jason.

– Está bem. – Marie levantou o número do *Potomac Quarterly*. – Beirute – disse.

– Embaixada – respondeu ele. – Homem da CIA infiltrado como adido. Abatido a tiros na rua. Trezentos mil dólares.

Marie olhou para ele.

– Eu me lembro – começou ela.

– Eu não! – interrompeu Jason. – Continue.

Ela respondeu ao olhar fixo dele e voltou à revista.

– Baader-Meinhof.

– Stuttgart. Regensburg. Munique. Duas mortes e um sequestro, atribuídos a Baader. Pagamento vindo de – Bourne parou, depois sussurrou, espantado – fontes americanas. Detroit... Wilmington, estado de Delaware.

– Jason, o que são...

– *Continue. Por favor.*

– O nome, Sanchez.

– O *nome* é Ilich Ramirez Sanchez – replicou ele. – Ele é Carlos.

– Por que o Ilich?

Bourne fez uma pausa, os olhos vagos.

– Não sei.

– É russo, não é espanhol. A mãe dele era russa?

– Não... sim. A mãe dele. Tinha que ser sua mãe... eu acho. Não tenho certeza.

– Novgorod.

– Complexo de espionagem. Comunicações, códigos, tráfego de frequências. Sanchez estudou lá.

– Jason, você leu isso aqui!

– Não li! Por favor. Continue.

Os olhos de Marie voltaram para o início do artigo.

– Teerã.

– Oito mortes. A autoria foi dividida, Khomeini e OLP. Honorários, dois milhões. Fonte: setor soviético do sudoeste.

– Paris – disse Marie rapidamente.

– Todos os contratos devem ser processados por Paris.

– Que contratos?

– *Os* contratos... Assassinatos.

– Assassinatos de quem? Contratos de quem?

– Sanchez... Carlos.

– Carlos? Então são contratos de Carlos, assassinatos *dele*. Não têm nada a ver com você.

– Contratos de Carlos – disse Bourne, como em transe. – Nada a ver com... comigo – repetiu ele, quase num sussurro.

– Você acabou de dizer, Jason. Nada disso tem a ver com você!

– Não! Não é verdade! – gritou Bourne, pulando da cadeira, ficando de pé ali, olhando para baixo, para ela. – *Nossos* contratos – acrescentou calmamente.

– Você não sabe o que está dizendo!

– Estou respondendo! Sem pensar! É por isso que eu tinha que vir a Paris! – Ele deu meia-volta e foi até a janela, agarrando o peitoril. – É este o objetivo do jogo – continuou. – Não estamos procurando por uma mentira, estamos procurando pela verdade, lembra-se? Talvez a tenhamos encontrado; talvez o jogo a tenha revelado.

– Este teste não vale! É um exercício doloroso de memória incidental. Se uma revista como a *Potomac Quarterly* publicou isto, o assunto deve ter saído em metade dos jornais de todo o mundo. Você poderia ter lido 1.550 em qualquer lugar.

— O fato é que eu me lembrei.

— Não completamente. Você não sabia de onde veio Ilich e que o pai de Carlos era um advogado comunista na Venezuela. São pontos importantes, penso eu. Você não mencionou nada sobre os cubanos. Se tivesse, isso teria levado você à mais chocante das especulações descritas aqui. Você não disse uma palavra sobre ela.

— Do que é que você está falando?

— Dallas — disse ela. — Novembro de 1963.

— Kennedy — retrucou Bourne.

— É isso? Kennedy?

— Aconteceu então. — Jason ficou imóvel.

— Aconteceu, mas não é a isso que eu me referia.

— Eu sei — disse Bourne, a voz cava de novo, como se falasse num vácuo. — Uma colina coberta de relva... Burlap Billy.

— Você leu isso!

— Não.

— Então você ouviu isso antes, leu isso antes.

— É possível, mas isso não tem importância, tem?

— Para com isso, Jason!

— Essas palavras de novo. Eu gostaria de poder parar.

— O que é que você está tentando me dizer? Que você é Carlos?

— Meu Deus, não. Carlos quer me matar, e eu não falo russo, eu sei.

— Então *o quê?*

— O que eu disse no início. O jogo. O jogo se chama Armadilha para o Soldado.

— Um soldado?

— É. Um soldado que desertou de Carlos. É a única explicação, a única razão para eu saber o que sei. Sobre todas as coisas.

— Por que você diz desertar?

— Porque ele quer me matar *mesmo*. Ele tem que me matar, ele acha que eu sou a pessoa que mais sabe coisas sobre ele e ainda está viva.

Marie estava sentada na cama com as pernas encolhidas; ela esticou as pernas sobre a cama, as duas mãos na cintura. – Este é o resultado da deserção. E a causa? Se isso for verdade, então você fez essas coisas, você se tornou... se tornou... – Ela parou.

– Levando em consideração todas as coisas, é um pouco tarde para se procurar uma justificativa moral – disse Bourne, vendo a dor que o reconhecimento causava na mulher que amava. – Poderia pensar em diversas razões, chavões. Que tal uma desavença entre ladrões... assassinos.

– Não faz sentido! – gritou Marie. – Não há um pingo de evidência.

– Há montes de evidências e você sabe disso. Eu poderia ter sido seduzido por uma oferta maior ou ter roubado grandes quantias de dinheiro destinado aos honorários. Qualquer das duas razões explicaria a conta em Zurique. – Ele parou um instante, olhando para a parede do outro lado da cama, sentindo, não vendo. – Qualquer uma delas explicaria Howard Leland, Marselha, Beirute, Stuttgart... Munique. Tudo. Todos os fatos esquecidos que querem voltar à tona. E um especialmente. Por que eu tenho evitado o nome dele, por que eu nunca o mencionei. Estou apavorado. Tenho medo dele.

O momento passou em silêncio; dizia mais do que o medo. Marie assentiu.

– Tenho certeza de que você acredita nisso – disse ela. E de certa maneira eu desejaria que fosse verdade. Mas não acho que seja. Você quer acreditar nisso porque isso fundamenta o que você acabou de dizer. Isso dá a você uma resposta... uma identidade. Pode não ser a identidade que você quer, mas Deus sabe que isso é melhor do que vagar cegamente através desse terrível labirinto com que você tem que se defrontar todo dia. Qualquer coisa serviria, acho eu. – Fez uma pausa. – E *eu* desejo que fosse verdade porque então nós não estaríamos aqui.

– Como assim?

– Aí está a incoerência, querido. O número ou o símbolo que não se encaixa na sua equação. Se você fosse o que diz ser, e temeroso de Carlos, e Deus sabe que você deve estar, Paris seria o último lugar na terra para o qual você seria compelido a vir. Nós estaríamos em algum outro lugar, você mesmo disse isso. Você fugiria; você pegaria o dinheiro em Zurique e desapareceria. Mas você não está fazendo isso; ao contrário, você está caminhando direto para o covil de Carlos. Um homem assim não tem medo nem se sente culpado.

— Não há nada mais. Vim para Paris a fim de descobrir; é muito simples.

— Então fuja. Teremos o dinheiro pela manhã; não há nada que o impeça, nos impeça. É muito simples, também. — Marie ficou observando o homem com atenção.

Jason olhou para ela, depois virou-se. Foi até a escrivaninha e serviu-se de um drinque.

— Há ainda a Treadstone a considerar — disse de modo defensivo.

— Por que mais do que a Carlos? Aí está a sua verdadeira equação. Carlos e a Treadstone. Um homem que um dia eu amei muito foi morto por causa da Treadstone. Mais uma razão para fugirmos, para sobrevivermos.

— Acho que você gostaria de ver desmascaradas as pessoas que mataram Peter — disse Bourne. — Fazer com que elas paguem por isso.

— E quero. Muito. Mas outros podem encontrá-lo. Tenho prioridades, e a vingança não está no início da lista. Nós estamos. Você e eu. Ou isso é apenas minha opinião? Meus sentimentos.

— Você sabe perfeitamente bem. — Ele segurou o copo com força na mão e fixou os olhos nela. — Eu te amo — sussurrou.

— Então vamos fugir! — disse ela, levantando a voz quase mecanicamente, dando um passo na direção dele. — Vamos esquecer tudo isso, esquecer *mesmo,* e fugir o mais rápido possível, para o mais longe que pudermos. Vamos!

— E... eu — Jason gaguejou, a confusão perturbando-o. — Há... coisas.

— Que coisas? Nós nos amamos, nós encontramos um ao *outro!* Podemos ir a qualquer parte, ser qualquer um. Não há nada para nos deter, há?

— Apenas você e eu — ele repetiu baixinho, a confusão agora se fechando sobre ele, sufocando-o. — Eu sei. Eu sei. Mas tenho que pensar. Há tantas coisas para saber, tantas coisas que têm que vir à tona.

– Por que isso é tão importante?
– É... apenas é importante.
– Você não sabe?
– Sei... Não sei, não tenho certeza. Não me pergunte agora.
– Se não for agora, quando? Quando eu vou poder perguntar? Quando passar? Ou nunca?
– Para com isso! – De repente ele berrou, batendo o copo com força na bandeja de madeira. – Não posso fugir! Não vou fugir! Tenho que ficar aqui! Tenho que saber!

Marie correu até ele, pondo primeiro as mãos nos ombros, depois no rosto, enxugando o suor.

– Agora você disse. Pode ouvir a si próprio, querido? Você não pode fugir porque, quanto mais perto você chega, mais enlouquecedor isso fica para você. E, se você fugir mesmo, seria ainda pior. Você não vive uma vida, vive um pesadelo. Eu sei disso.

Ele estendeu a mão para o rosto dela, tocando-o, olhando para ela.

– Você sabe?
– É claro. Mas você tinha que dizer, não eu. – Ela o abraçou, a cabeça dele contra seu peito. – Eu tinha que forçar. O engraçado é que eu poderia fugir. Eu poderia tomar um avião com você hoje à noite e ir para onde quiséssemos, desaparecer, e não olhar para trás, mais feliz do que jamais fui na minha vida. Mas você não podia fazer isso. O que está, ou não está, aqui em Paris ficaria te roendo até você não aguentar mais. É essa a ironia maluca, meu amor. Eu poderia conviver com ela, mas você não.

– Você simplesmente desapareceria? – perguntou Jason. – E a sua família, o seu emprego, todas as pessoas que você conhece?

– Não sou nem criança nem idiota – respondeu ela rapidamente. – Eu me esconderia de certa forma, mas acho que não levaria isso muito a sério. Eu pediria uma licença longa por razões médicas e pessoais. Estresse emocional, esgotamento nervoso, sempre poderia voltar, o departamento compreenderia.

– Peter?

– É. – Ela ficou em silêncio por um momento. – Nós saímos de um relacionamento para outro, o segundo mais importante para nós dois, acho eu. Ele era como um irmão imperfeito que você quer que tenha sucesso apesar das falhas, porque no fundo há muita honestidade.

– Desculpe. Desculpe mesmo.

Ela ergueu os olhos para ele.

– Você tem essa mesma honestidade. Quando se faz o tipo de trabalho que eu faço, ser honesto é muito importante. Não são os mansos que estão herdando a terra, Jason, são os corruptos. E penso que a distância entre a corrupção e o crime é um passo bem pequeno.

– Treadstone Seventy-One?

– É. Nós dois estávamos certos. Quero que sejam desmascarados, quero que paguem pelo que fizeram. E você não pode fugir.

Ele roçou os lábios no rosto dela e depois no cabelo e abraçou-a.

– Eu devia te mandar embora – disse ele. – Eu devia te dizer para sair da minha vida. Não posso fazer isso, mas sei muitíssimo bem que deveria.

– Não faria a menor diferença se você fizesse. Eu não iria, meu amor.

O conjunto de salas do escritório do advogado ficava no bulevar de la Chapelle, a sala de reuniões forrada de livros mais parecendo um cenário de teatro do que um escritório; tudo era falso, e tudo arrumado no lugar. Naquela sala eram feitas negociações, não contratos. Quanto ao advogado propriamente dito, uma imponente barbicha branca e um respeitoso pince-nez sobre o nariz aquilino não escondiam a natureza velhaca fundamental do homem. Ele chegou mesmo a insistir no seu inglês sofrível, pois, com base neste artifício, poderia alegar mais tarde ter sido mal compreendido.

A maior parte da conversa ficou a cargo de Marie, Bourne em segundo plano, cliente cedendo o lugar à assessora. Ela colocou o que desejava de modo sucinto, alterando os cheques administrativos para títulos ao portador, pagáveis em dólares, em valores que iam de um máximo de 20 mil dólares a um mínimo de cinco. Instruiu o advogado para dizer ao banco que todas as séries deveriam ser desmembradas numericamente em três, revezando-se as instituições internacionais garantidoras a cada lote de cinco certificados. O objetivo dela não passou despercebido ao advogado; ela complicou tanto a emissão dos títulos que seguir-lhes a pista estaria além da capacidade da maioria dos bancos ou corretoras. E também esses bancos ou corretoras não iriam se dar a esse trabalho ou a essas despesas dobradas; os pagamentos estavam garantidos.

Quando o advogado de barbicha, irritado, tinha quase terminado a ligação telefônica com um igualmente perturbado Antoine d'Amacourt, Marie estendeu a mão.

– Desculpe, mas monsieur Bourne insiste que monsieur d'Amacourt também inclua 200 mil francos em dinheiro, cem mil para vir junto com os títulos e cem mil para ficarem com monsieur d'Amacourt. Ele sugere que estes últimos sejam divididos de acordo com o seguinte: 75 mil para monsieur d'Amacourt e 25 mil para o senhor. Ele entende que deve muito a ambos por seu aconselhamento e pelos problemas adicionais que lhes trouxe. Desnecessário acrescentar que não é necessário um registro especificado do desdobramento.

A irritação e a inquietação desapareceram com as palavras de Marie, substituídas por uma subserviência não vista desde a corte de Versalhes. Foram tomadas providências de acordo com as inusitadas – mas inteiramente compreensíveis – exigências de monsieur Bourne e sua estimada assessora.

Monsieur Bourne apresentou então um pasta executiva de couro para os títulos e o dinheiro que deveriam ser trazidos por um carro-forte que partiria do banco às 14h30 da tarde e encontraria monsieur Bourne às 15h00 na Pont Neuf. O distinto cliente se identificaria com um pequeno pedaço de couro cortado do exterior da pasta e que, quando colocado no lugar, atestaria ser o pedaço que faltava. Acrescentaria a isto as palavras: "Herr Koenig, com os cumprimentos de Zurique".

Para concluir, um outro detalhe foi esclarecido pela assessora.

– Sabemos que as exigências da *fiche* devem ser cumpridas ao pé da letra e temos plena confiança de que monsieur d'Amacourt fará isso – disse Marie St. Jacques. – Entretanto sabemos também que a oportunidade deve ser totalmente aproveitada por monsieur Bourne, e ele espera que isso aconteça. Se isso não acontecer, acho que eu, na qualidade de membro autorizado da Comissão Internacional de Bancos – embora no momento, em anonimato – serei obrigada a relatar certos desvios das normas bancárias e legais das quais fui testemunha. Tenho certeza de que isso não será necessário, todos nós fomos muito bem pagos, *n'est-ce pas, monsieur?*

– *C'est vrai, madame!* Quanto se trata de bancos e da lei... na verdade, da própria vida... a oportunidade é tudo. A senhora não tem nada a temer.

– Eu sei – disse Marie.

Bourne examinou o corpo do silenciador, satisfeito com o seu trabalho de remoção das partículas de poeira e fiapos de pano que ali haviam se juntado com a falta de uso. Por fim atarraxou, apertou a trava do carregador e verificou o conteúdo. Restavam seis cartuchos; estava pronto. Colocou a arma no cinto e abotoou o paletó.

Marie não o vira com a arma. Ela estava sentada na cama, de costas para ele, falando ao telefone com o adido da embaixada canadense, Dennis Corbelier. A fumaça do cigarro descansando no cinzeiro perto do seu caderno de anotações subia alto em espirais; ela tomava nota das informações passadas por Corbelier. Ao terminar, agradeceu e desligou o telefone. Ficou imóvel por uns dois ou três segundos, o lápis ainda na mão.

– Ele não sabia o que tinha acontecido com Peter – disse ela, virando-se para Jason. – É estranho.

– Muito – concordou Bourne. – Eu achei que ele seria um dos primeiros a saber. Você disse que eles examinaram o registro de telefonemas de Peter; ele tinha feito uma ligação para Paris, para Corbelier. Era de se imaginar que eles seguiriam essa pista.

– Eu não cheguei nem a pensar nisto. Eu pensava nos jornais, o serviço telegráfico. Peter foi... foi encontrado há dezoito horas e, por mais casual que o caso pudesse ter sido considerado, ele era um homem importante no governo do Canadá. A sua morte teria constituído por si mesma uma notícia, seu assassinato infinitamente mais... Não foi noticiada.

– Telefone para Ottawa hoje à noite. Descubra por quê.

— Vou telefonar.
— O que é que Corbelier disse a você?
— Ah, sim. — Marie desviou os olhos para o caderno de anotações.
— A placa do carro na rue Madeleine não tem significado algum, o carro foi alugado no Aeroporto Charles de Gaulle em nome de Jean-Pierre Larousse.
— John Smith — interrompeu Jason.
— Exatamente. Ele teve mais sorte com o número de telefone que d'Amacourt te deu, mas ele não vê absolutamente que relação esse número possa ter com qualquer coisa. Nem eu, para dizer a verdade.
— É assim tão estranho?
— Acho que é. É uma linha particular pertencente a uma casa de modas em Saint-Honoré. Les Classiques.
— Uma casa de modas? Você quer dizer um ateliê?
— Tenho certeza de que eles têm um, mas essencialmente é uma loja de roupas elegante. Como a Maison Dior ou Givenchy. *Haute couture*. Nos meios da moda, Corbelier disse, ela é conhecida como a Casa René. É Bergeron.
— Quem?
— René Bergeron, um estilista. Ele vem trabalhando há anos, sem conseguir grande sucesso. Eu sei disso porque a minha querida costureira lá no Canadá copia os modelos dele.
— Você pegou o endereço?
Marie assentiu.
— Por que Corbelier não sabia do acontecido com Peter? Por que ninguém sabia?
— Talvez você saiba quando telefonar. O motivo talvez seja muito simples: o fuso horário; tarde demais para as edições matutinas aqui em Paris. Vou pegar o jornal da tarde. — Bourne foi até o closet pegar o sobretudo, sentindo o peso escondido no cinto. — Vou voltar ao banco. Vou seguir o cara do banco até Pont Neuf. — Pôs o sobretudo, ciente de que Marie não estava ouvindo. — Esses caras usam uniforme?
— Quem?
— Os courriers do banco.
— Isso explicaria o caso dos jornais, mas não dos serviços telegráficos.
— Não entendi.

— A diferença de fuso horário. Os jornais podiam não ter tido tempo de pegar a notícia, mas os serviços telegráficos teriam sabido. E as embaixadas têm teletipos; elas teriam sabido do ocorrido. O caso não foi noticiado, Jason.

— Você vai telefonar hoje à noite — disse ele. — Já vou.

— Você perguntou sobre os courriers. Se eles usam uniforme?

— Eu estava curioso.

— Na maior parte das vezes, sim. Também usam em carros-fortes, mas fui específica a esse respeito. Se fosse utilizado um carro-forte, este deveria estacionar a um quarteirão da ponte e o courrier deveria prosseguir a pé.

— Eu ouvi você falar, mas fiquei sem saber por que você queria isso. Por quê?

— Um courrier é necessário, o seguro bancário exige. Um carro-forte simplesmente chama atenção demais, pode ser seguido com facilidade. Você não quer mudar de ideia e deixar que eu vá com você?

— Não.

— Acredite em mim, não vai dar nada errado. Esses dois ladrões não vão permitir isso.

— Então não há razão para você estar lá.

— Você é de enlouquecer.

— Estou com pressa.

— Eu sei. E você se desloca mais depressa sem mim. — Marie levantou-se e chegou-se a ele. — Eu compreendo. — Ela se encostou nele, beijando-o nos lábios, percebendo subitamente a presença da arma no cinto. Ela olhou-o diretamente nos olhos. — Você está preocupado, não está?

— Apenas cauteloso. — Ele sorriu, tocando o rosto dela. — É uma montanha de dinheiro. Pode nos manter por muito tempo.

— Gosto de ouvir isso.

— O dinheiro?

— Não. Nos manter. — Marie franziu as sobrancelhas. — Um cofre de segurança.

— Você continua se expressando por charadas.

— Não se pode deixar títulos negociáveis no valor de mais de um milhão de dólares num quarto de hotel em Paris. Temos que arranjar um cofre de segurança.

– Podemos fazer isso amanhã. – Ele a largou, virando-se para a porta. – Enquanto estou fora, procure Les Classiques na lista telefônica e chame o número regular. Descubra até que horas ficam abertos. – Ele saiu rapidamente.

Bourne ficou sentado no banco traseiro de um táxi estacionado, observando a fachada do banco pelo para-brisa. O motorista cantarolava uma música irreconhecível, lendo jornal e satisfeito com a nota de cinquenta francos que tinha recebido adiantado. O motor do táxi, entretanto, estava ligado, o passageiro tinha insistido nesse ponto.

Um carro-forte surgiu na janela traseira da direita, a antena de rádio se projetando do centro do teto como um mastro de proa afunilado. Estacionou numa vaga reservada para veículos autorizados bem na frente do táxi de Jason. Duas pequenas luzes vermelhas apareceram acima do círculo de vidro à prova de bala na porta traseira. O sistema de alarme tinha sido ativado.

Bourne inclinou-se para a frente, os olhos fixos no homem uniformizado que saiu pela porta lateral e, já na calçada, abriu caminho em meio ao grande número de pessoas na direção da entrada do banco. Teve uma sensação de alívio; o homem não era um dos três homens bem-vestidos que tinham vindo ao Valois no dia anterior.

Quinze minutos mais tarde o courrier saiu do banco, a pasta de couro na mão esquerda, a direita cobrindo um coldre desabotoado. O pedaço cortado no lado da pasta podia ser visto claramente. Jason apalpou o pedaço de couro no bolso da camisa; para ele ali estava a combinação primitiva que tornava possível a vida longe de Paris, longe de Carlos. Se houvesse uma tal vida e se ele pudesse aceitá-la sem o terrível labirinto do qual não encontrava saída.

Mas era mais do que isso. Num labirinto feito pelo homem, a pessoa podia se deslocar, correr, se esgueirar pelas paredes, o próprio contato sendo uma forma de progresso, ainda que cego. No seu labirinto pessoal não havia paredes, não havia corredores definidos através dos quais ele pudesse correr. Apenas espaço e nevoeiros em redemoinho na escuridão que ele via tão bem quando abria os olhos à noite e sentia o suor escorrendo pelo rosto. Por que havia sempre espaço e escuridão e ventos fortes? Por que ele era sempre lançado no ar, à noite? Um para-quedas. Por quê? Depois outras palavras lhe vieram; ele não tinha ideia de onde vinham, mas estavam lá e ele as ouvia.

O que resta quando a sua memória se foi? É a sua identidade, sr. Smith?

Para com isso!

O carro-forte entrou no tráfego da rue Madeleine. Bourne bateu no ombro do motorista.

– Siga aquele carro, mas mantenha pelo menos dois carros de distância entre nós – disse ele em francês.

O motorista virou-se, alarmado.

– Acho que o senhor pegou o táxi errado, monsieur. Tome de volta o seu dinheiro.

– Sou da empresa do carro-forte, seu idiota. É uma missão especial.

– Desculpe, monsieur. Não vamos perdê-lo. – O motorista entrou em diagonal na guerra do trânsito.

O carro-forte pegou o caminho mais rápido para o Sena, indo por ruas laterais, dobrando à esquerda no Quai de la Rapée na direção de Pont Neuf. Depois do que Jason julgou ser três ou quatro quarteirões da ponte, ele diminuiu a marcha, encostando no meio-fio como se o courrier tivesse decidido que estava muito adiantado para o encontro. Mas, se é que havia alguma coisa, pensou Bourne, ele estava é se atrasando. Faltavam seis minutos para as três, tempo apenas suficiente para o homem estacionar e caminhar o quarteirão combinado até a ponte. Então por que o carro diminuíra a marcha? Diminuir? Não, ele tinha parado; não se mexia! Por quê?

O trânsito?... Bom Deus, naturalmente – o trânsito!

– Pare aqui – disse Bourne para o motorista. – Encoste no meio-fio. Rápido!

– O que é que há, monsieur?

– Você é um homem de sorte – disse Jason. – Minha companhia gostaria de lhe pagar uma gratificação de cem francos se você simplesmente for até a janela dianteira daquele carro-forte e disser algumas palavras para o motorista.

– O que é, monsieur?

— Na verdade estamos fazendo um teste com ele. É funcionário novo. Quer os cem francos?

— Eu só vou até a janela dianteira e digo algumas palavras?

— É tudo. Cinco segundos no máximo, depois você pode voltar para o seu táxi e ir embora.

— Não tem confusão? Não quero confusão.

— Minha firma é das mais respeitáveis da França. Você vê os nossos carros por toda parte.

— Não sei...

— Esqueça! — Bourne estendeu a mão para a maçaneta da porta.

— Quais são as palavras?

Jason apresentou os cem francos.

— Apenas essas: "Herr Koenig. Cumprimentos de Zurique". Consegue gravar?

— "Koenig, com os cumprimentos de Zurique". O que é tão difícil? O senhor vem atrás de mim?

— Tudo bem. — Andaram rapidamente até o carro-forte, esgueirando-se à direita da estreita margem deixada pelo tráfego, os automóveis e caminhões passando à sua esquerda, em pequenos avanços e paradas. O carro-forte era a armadilha de Carlos, pensou Bourne. Através do suborno o assassino tinha se infiltrado nas fileiras dos seguranças armados. Um único nome e um local de encontro transmitidos pelo rádio podiam dar muito dinheiro a um courrier de baixo salário. *Bourne. Pont Neuf.* Muito simples. O courrier no caso estava menos preocupado em ser pontual do que em fazer com que os homens de Carlos alcançassem a Pont Neuf a tempo. O trânsito de Paris era famoso; qualquer um podia se atrasar. Jason parou o motorista do táxi, colocando na mão dele quatro notas de duzentos francos; os olhos do homem ficaram transfixados no dinheiro.

— Monsieur?

— Minha empresa vai ser muito generosa. Esse homem deve ser punido por ter cometido graves infrações.

— O que, monsieur?

— Depois de dizer "Herr Koenig, com os cumprimentos de Zurique", acrescente simplesmente, "A programação mudou. Há um passageiro no meu táxi que quer ver você." Pegou isso?

Os olhos do motorista voltaram às notas.

– Qual é a dificuldade? – Ele pegou o dinheiro.

Eles se esgueiraram ao longo do carro-forte, as costas de Jason premidas contra a parede de aço, a mão direita escondida debaixo do sobretudo, segurando a arma no cinto. O motorista aproximou-se da janela e, levantando a mão, bateu de leve no vidro.

– Você aí dentro! Herr Koenig! Cumprimentos de Zurique – gritou ele.

O vidro foi abaixado, não mais de quatro ou cinco centímetros.

– O que é? – uma voz gritou de volta. – O senhor deveria estar em Pont Neuf, monsieur!

O motorista não era idiota; ele também estava ansioso para deixar o local o mais rápido possível.

– Não eu, seu burro! – gritou ele através do burburinho do tráfego, perigosamente próximo. – Eu estou lhe dizendo o que me mandaram! A programação mudou. Há um homem lá atrás que diz que quer te ver!

– Diga a ele para se apressar – disse Jason, colocando uma última nota de cinquenta francos na mão dele, fora do campo de visão da janela.

O motorista olhou para o dinheiro, depois de volta para o courrier.

– Se apressa! Se você não for até ele imediatamente, vai perder seu emprego!

– Agora dá o fora daqui! – disse Bourne. O motorista virou-se e passou correndo por Jason, agarrando a nota de cinquenta francos enquanto voltava a toda velocidade para o táxi.

Bourne ficou parado, subitamente alarmado pelo que ouviu através da cacofonia das buzinas estridentes e dos motores acelerados na rua cheia. Eram vozes de dentro do carro-forte, não a de um homem gritando no rádio, mas dois gritando um para o outro. O courrier não estava sozinho; havia outro homem com ele.

– Foram essas as palavras. Você ouviu.

– Ele tinha que vir *até* você. Tinha que se mostrar.

– E *ele fará* isso. E apresentará o pedaço de couro que se encaixa perfeitamente! Você espera que ele faça isso no meio de uma rua movimentada?

— Não estou gostando dessa história!

— Você me pagou para ajudar você e seu pessoal a encontrar alguém. Não para perder meu emprego. Eu vou!

— *Devia* ser Pont Neuf!

— Vai à merda!

Ouviu-se um som de passadas pesadas no piso de metal.

— Eu vou com você!

A porta abriu; Jason colocou-se atrás dela, a mão ainda debaixo do casaco. Ao lado dele o rosto de uma criança apareceu achatado contra a vidraça da janela de um automóvel, os olhos espremidos, as feições juvenis contorcidas numa máscara feia, a criança querendo meter medo e brincar. O som atordoante das buzinas raivosas, soando em contraponto, enchia a rua; o tráfego parara, engarrafado.

O courrier pisou no degrau de metal, a pasta de couro na mão esquerda. Bourne estava pronto; no momento em que o homem pisou na rua, ele empurrou com toda a força a porta de volta contra o corpo do segundo homem, batendo o aço pesado contra um joelho que descia e uma mão estendida. O homem gritou, recolhendo-se para dentro do carro. Jason gritou para o courrier, o pedaço de couro cortado na mão livre.

— Sou Bourne! Aqui está o seu pedaço! E fica com essa arma no coldre ou você não vai perder só o seu emprego, mas também a vida, filho da puta!

— Eu não tinha má intenção, monsieur! Eles queriam encontrar o senhor! Não tinham interesse na sua encomenda, palavra de honra!

A porta abriu com violência; Jason forçou-a com o ombro de novo para dentro, depois puxou-a para fora para ver o rosto do soldado de Carlos, a mão sobre a arma na cintura.

O que ele viu foi o cano de uma arma, o orifício negro da boca encarando-o nos olhos. Ele girou de volta, percebendo que a demora de fração de segundo no tiro que se seguiu foi causada pelo soar de um alarme agudo que explodiu no carro blindado. O alarme disparara, o som ensurdecedor abafando a dissonância da rua; o tiro pareceu mudo em comparação, nem se ouvindo o rasgar do asfalto embaixo.

Mais uma vez Jason bateu a porta. Ouviu o barulho de metal contra metal; a porta esbarrara na arma do soldado de Carlos. Puxou sua própria arma da cintura, ajoelhou-se na rua e abriu a porta.

Jason viu o rosto de Zurique, o assassino que eles chamavam de Johann, o homem que trouxeram a Paris para reconhecê-lo. Bourne atirou duas vezes; o homem caiu para trás, sangue se espalhando na testa.

O courrier! A pasta!

Jason viu o homem; ele havia mergulhado sob a parte traseira do carro-forte buscando proteção, a arma na mão, gritando por socorro. Bourne saltou na direção da mão estendida, agarrando o cano e torcendo-o até arrancá-lo da mão do courrier. Pegou a pasta e gritou.

— Sem más intenções, não é? Me dá isso, seu filho da mãe! — Jogou a arma do homem debaixo do carro-forte, levantou-se e correu entre o aglomerado de gente histérica na calçada.

Correu selvagemente, cegamente, os corpos defronte dele como paredes móveis de um labirinto. Mas havia uma diferença fundamental entre este desafio e o que vinha vivendo todo dia. Não havia escuridão; o sol da tarde brilhava, cegando-o enquanto ele corria através do labirinto.

14

— Está tudo aqui — disse Marie. Ela havia conferido os títulos por valor, empilhados na escrivaninha juntamente com as notas. — Eu disse que estaria.

— Por pouco deixou de estar.

— O quê?

— O homem que eles chamam de Johann, aquele de Zurique. Está morto. Eu o matei.

— Jason, o que *aconteceu?*

Ele contou o acontecido.

— Eles contavam com a Pont Neuf — disse ele. — Meu palpite é que o carro de apoio ficou preso no trânsito e mandou uma mensagem pelo rádio para que o carro-forte esperasse. Estou certo disso.

— Oh, meu Deus, eles estão por toda parte!

— Mas eles não sabem onde *eu* estou — disse Bourne, olhando para o espelho por sobre a escrivaninha, estudando seu cabelo louro enquanto punha os óculos de aro de tartaruga. – É o último lugar no qual eles poderiam me esperar neste momento, se eles chegarem a pensar que eu sei da existência do lugar, seria uma casa de modas na Saint-Honoré.

– Les Classiques? – perguntou Marie, espantada.

– Isso mesmo. Você telefonou para lá?

– Telefonei, mas isso é loucura!

– Por quê? – Jason virou-se para o espelho. – Pense nisso. Há vinte minutos a armadilha deles falhou; vai haver confusão, recriminações, acusações de incompetência ou coisa pior. Agora, neste exato momento, eles estão mais preocupados uns com os outros do que comigo; ninguém está querendo uma bala na garganta. Não vai demorar muito; vão se reagrupar rapidamente. Carlos vai tomar providências para isso. Mas durante a próxima hora ou mais, enquanto eles estão tentando compreender o que aconteceu, o único lugar onde não me procurariam seria em um ponto de passagem de informações. Eles não têm a mais vaga ideia de que eu conheço o lugar.

– Alguém vai te reconhecer!

– Quem? Eles trouxeram um homem de Zurique para fazer isso e o homem está morto. Eles não têm certeza da minha aparência.

– O courrier. Eles vão pegar o courrier, ele te viu.

– Durante as próximas horas a polícia vai manter ele ocupado.

– D'Amacourt. O advogado!

– Suspeito que estejam a meio caminho na direção da Normandia ou de Marselha ou, se tiverem sorte, fora do país.

– Suponha que sejam parados, apanhados?

– Tudo bem. Você acha que Carlos denunciaria um informante seu? Não, não se arriscaria.

– Jason, estou com medo.

– Eu também. Mas não de ser reconhecido. – Bourne voltou-se para o espelho. – Posso fazer para você uma longa dissertação sobre classificação de rostos e feições atenuadas, mas não vou fazer.

– Você está falando sobre as marcas da cirurgia. Port Noir. Você me contou sobre isso.

– Não tudo. – Bourne inclinou-se sobre a escrivaninha, olhando fixo para ela. – De que cor são os meus olhos?

— O quê?

— Não, não olhe para mim. Agora me diz, de que cor são os meus olhos? Os seus são castanhos com lampejos de verde, e os meus?

— Azuis... azulados. Ou um tipo de cinza, na verdade... — Marie parou. — Na verdade, não tenho certeza. Estou terrivelmente embaraçada.

— É perfeitamente natural. Basicamente eles são castanho-claros, mas não durante todo o tempo. Até eu mesmo já notei isso. Quando uso uma camisa ou gravata azul, eles se tornam mais azuis; um casaco ou paletó marrom, os olhos ficam cinzentos. Quando estou nu, eles ficam de uma cor indefinida.

— Isso não é tão estranho. Estou certa de que acontece com milhões de pessoas.

— Também acho. Mas quantas delas usam lentes de contato quando sua visão é normal?

— Lentes de...

— Foi o que eu disse — interrompeu Jason. — Certos tipos de lentes de contato são usadas para mudar a cor dos olhos. Elas são mais eficazes quando os olhos são castanho-claros. A primeira vez que Washburn me examinou havia marcas de uso prolongado. É uma das pistas, não é?

— É qualquer coisa que você queira — disse Marie. — Se for verdade.

— Por que não seria?

— Porque o médico vivia mais bêbado do que sóbrio. Você me disse isso. Ele acumulava uma suposição atrás da outra, só Deus sabe quantas delas distorcidas pelo álcool. Nunca foi específico. Não conseguia ser.

— Ele foi específico sobre uma coisa. Sou um camaleão, criado para me adaptar a um molde flexível. Quero descobrir qual; talvez agora isso seja possível. Graças a você já tenho um endereço. Alguém lá sabe a verdade. Apenas um homem, é tudo de que preciso. Uma pessoa com a qual eu possa me confrontar, dobrá-la, se for preciso...

— Eu não posso detê-lo, mas, pelo amor de Deus, tenha cuidado. Se eles o reconhecerem, vão matá-lo.

— Eles não farão isso lá, seria desastroso para os negócios. Estamos em Paris.

– Não acho graça nisso, Jason.

– Nem eu. Falando sério, conto com isso.

– O que é que você vai fazer? Quero dizer, como?

– Vou saber melhor quando chegar lá. Ver se há alguém parecendo nervoso ou ansioso, ou esperando um telefonema como se sua vida dependesse disso.

– E depois?

– Vou fazer o mesmo que fiz com d'Amacourt. Esperar do lado de fora e seguir a pessoa, quem quer seja. Estou bem perto, não vou perder essa pista. E vou tomar cuidado.

– Você me telefona?

– Vou tentar.

– Posso ficar maluca esperando. Sem saber.

– Não espere. Você pode depositar os títulos em algum lugar?

– Os bancos estão fechados.

– Use um grande hotel. Os hotéis têm cofres.

– A pessoa tem que ter um quarto.

– Pegue um. No Meurice ou no George Cinq. Deixe a pasta lá mas volte aqui.

Marie assentiu.

– Isso me dá alguma coisa para fazer.

– Depois telefone para Ottawa. Descubra o que aconteceu.

– Vou telefonar.

Bourne cruzou o quarto até a mesinha de cabeceira e pegou 5 mil francos.

– Um suborno seria mais fácil – disse ele. – Acho que não vai ser preciso, mas pode acontecer.

– Pode – concordou Marie, e depois no mesmo impulso continuou. – Você ouviu o que você mesmo disse? Acabou de dizer sem hesitar o nome de dois hotéis.

– Ouvi. – Ele se virou e encarou-a. – Já estive aqui antes, Marie. Muitas vezes. Morei aqui, mas não nesses hotéis. Em ruas fora de mão, acho eu. Que não são facilmente encontradas.

O momento passou em silêncio, o medo se espalhando.

– Eu te amo, Jason.

– Eu te amo também – disse Bourne.

– Volte para mim. Não interessa o que acontecer, volte para mim.

A iluminação era suave e teatral, refletores isolados brilhando no teto marrom-escuro, banhando com círculos de luz amarela suave manequins e clientes em roupas caras. Os balcões de joias e acessórios eram forrados de veludo negro, sedas vermelhas e verdes brilhantes esvoaçavam elegantemente no esplendor da noite, erupções de ouro e prata cintilavam presas nas luzes escondidas dos recessos. Os corredores curvavam-se graciosamente em semicírculos, dando uma ilusão de espaço que não havia na realidade, pois Les Classiques, sem ser absolutamente uma firma pequena, não era um estabelecimento grande. Era, contudo, uma loja lindamente instalada em uma das mais caras zonas imobiliárias de Paris. As cabines de prova com portas de vidro fumê ficavam no fundo, sob um balcão onde se localizavam os escritórios da administração. Uma escada atapetada se erguia ao lado de uma mesa telefônica na frente da qual sentava-se um homem de meia-idade, estranhamente deslocado naquele ambiente. O homem vestia, um terno clássico e operava a mesa, falando num microfone que era a extensão de seu fone de ouvido.

A maioria dos funcionários eram mulheres, altas, elegantes, magras de rosto e corpo, fantasmas de ex-modelos cujos bom gosto e inteligência fizeram com que superassem suas colegas de profissão, sendo impossível o exercício de outro ofício. Os poucos homens à vista também eram elegantes; figuras esguias como caniços, o porte acentuado pelas roupas bem talhadas, gestos rápidos e a postura desafiadora de bailarinos.

Uma música romântica leve derramava-se do teto escuro, crescendos suaves pontuados abstratamente pelos feixes de luz de minúsculos refletores. Jason ficou andando pelos corredores, estudando os manequins, apalpando os tecidos, fazendo sua própria avaliação. Esta avaliação servia para encobrir seu sentimento de perplexidade elementar. Onde estava a confusão, a ansiedade que ele esperava encontrar no coração do centro de informações de Carlos? Lançou um olhar para as portas abertas dos escritórios e para o único corredor que dividia em dois o pequeno complexo. Homens e mulheres andavam por ali de maneira normal, da mesma forma como faziam no andar principal, parando de vez em quando para falar uns com os outros, trocando amabilidades ou, evidentemente, pequenas informações irrelevantes. Fofocas. Em lugar algum havia o menor indício de urgência, absolutamente nenhum sinal de que uma armadilha importantíssima havia talhado bem na cara deles, um assassino importado – o único homem em Paris que trabalhava para Carlos e que poderia identificar o alvo – morto com um tiro na cabeça, morto na traseira de um carro blindado no Quai de la Rapée.

Era incrível, pelo simples fato de que a atmosfera como um todo era o oposto do que ele estava esperando. Não que esperasse encontrar o caos, longe disso; os homens de Carlos eram controlados demais para que isso acontecesse. Ainda assim ele tinha esperado *algo*. E ali não havia rostos tensos ou olhares furtivos, nenhum movimento brusco que significasse alarme. Nada, absolutamente, era incomum; o mundo elegante da *haute couture* continuava girando na sua elegante órbita, sem se dar conta dos acontecimentos que deveriam ter abalado seu eixo de equilíbrio.

Contudo em alguma parte havia um telefone particular e havia alguém que não só falava por Carlos, mas que também tinha poderes para desencadear uma caçada com três assassinos. Uma mulher...

Jason a viu; tinha que ser ela. A meio caminho na escada, uma mulher alta, porte imperioso, com um rosto que a idade e os cosméticos tinham transformado numa máscara fria de si mesma. Ela fora parada por um funcionário magro que lhe apresentou um talão de vendas para aprovação; ela olhou para o talão, depois para o andar térreo, para um homem nervoso, de meia-idade, junto a um balcão de joias perto dali. O olhar foi breve mas contundente. *Está bem, mon ami, pegue sua quinquilharia mas pague logo sua conta. Se não você poderá ficar embaraçado da próxima vez. Ou pior, eu poderia telefonar para sua esposa.* Em milissegundos a reprimenda tinha cessado; um sorriso tão falso quanto largo rachou a máscara, e com um sinal de assentimento e um floreio a mulher pegou o lápis do funcionário e rubricou a papeleta de venda. Ela continuou descendo a escada, o funcionário atrás, inclinando-se para continuar conversando. Era óbvio que ele a estava bajulando; ela se virou no último degrau, tocando sua coroa de cabelo escuro com mechas e bateu de leve no relógio com um gesto de agradecimento.

Havia pouca tranquilidade nos olhos da mulher. Eram os olhos mais penetrantes que Bourne já vira, exceto talvez aqueles atrás dos óculos de aros de ouro em Zurique.

Instinto. Ela era seu objetivo; restava saber como chegar até ela. Os primeiros movimentos da pavana tinham que ser sutis, nem muito nem pouco, mas de modo a merecer a atenção. Ela tinha que vir até ele.

Os minutos seguintes espantaram Jason – o que seria dizer que ele ficou espantado consigo mesmo. O termo era "encenação", ele sabia, mas o que o chocou foi a facilidade com que ele entrou na pele de um personagem tão afastado de sua própria personalidade – de como ele sabia que era. Onde minutos antes ele fazia avaliações, agora ele examinava, tirando as roupas dos cabides individuais, levantando os tecidos para examiná-los à luz. Verificava cuidadosamente as costuras, olhava botões e casas, passando os dedos nos colarinhos, afofando-os e deixando-os cair. Era um árbitro em roupas finas, um comprador experimentado que sabia o que queria e que rapidamente descartava o que não lhe agradava ao gosto. As únicas coisas que não examinava eram as etiquetas de preço; obviamente estas não lhe interessavam.

Esse fato atraiu o interesse da mulher imperiosa que ficou olhando na sua direção. Uma vendedora, o corpo côncavo flutuando ereto sobre o tapete, aproximou-se dele; ele sorriu gentilmente, mas disse que preferiria examinar por conta própria. Menos de trinta segundos depois ele estava atrás de três manequins vestidos com os mais caros modelos encontrados na Les Classiques. Ele levantou as sobrancelhas, a boca fechada numa aprovação silenciosa enquanto olhava de soslaio, entre as figuras de plástico, para a mulher atrás do balcão. Ela conversava baixinho com a vendedora que havia falado com ele; a ex-modelo balançou a cabeça, dando de ombros.

Bourne ficou com as mãos na cintura, inflando as bochechas, deixando escapar o ar vagarosamente enquanto seus olhos iam de um manequim para o outro; era um inseguro incerto sobre que decisão tomar. E um cliente potencial naquela situação, especialmente um que não olhava os preços, precisava de ajuda por parte da pessoa mais conhecedora do métier ali presente; ele era irresistível. A mulher de porte real deu um toque no cabelo e graciosamente saiu pelos corredores na direção dele. A pavana tinha chegado ao fim de sua primeira fase; os dançarinos cumprimentaram-se, preparando-se para a gavota.

– Reparei que o senhor está gravitando em torno de nossos melhores artigos, monsieur – disse a mulher em inglês, um pressuposto obviamente baseado na avaliação de seu olho clínico.

– Receio que sim – replicou Jason. – A senhora tem uma coleção interessante aqui, mas é preciso examinar, não acha?

– A sempre presente e inevitável escala de valores, monsieur. Entretanto nossos modelos são exclusivos.

– *Cela va sans dire, madame.*

– *Ah, vous parlez français?*

– *Un peu.* É passável.

– O senhor é americano?

– Raramente vou lá – disse Bourne. – A senhora afirma que estes são feitos exclusivamente para a senhora?

– Ah, sim. Nosso estilista está sob contrato de exclusividade; tenho certeza de que já ouviu falar dele. René Bergeron.

Jason franziu as sobrancelhas.

– Sim, já ouvi. Muito respeitado, mas nunca conseguiu decolar, não é?

– Vai conseguir, monsieur. É inevitável, sua reputação cresce a cada ano. Há alguns anos ele trabalhou para St. Laurent, depois Givenchy. Alguns dizem que ele fazia muito mais do que simplesmente cortar os modelos, se é que o senhor entende o que quero dizer.

– Não é difícil de entender.

– E como tentaram empurrá-lo para baixo! É revoltante! Porque ele adora mulheres, ele as exalta e não as transforma em rapazinhos, *vous comprenez?*

– *Je vous comprends parfaitement.*

– Ele logo vai estourar no mundo inteiro, e eles não conseguirão chegar na bainha de suas criações. Considere os nossos artigos como o trabalho de um mestre emergente, monsieur.

— A senhora é muito convincente. Vou levar esses três. Presumo que a senhora tenha no número doze.
— Quatorze, monsieur. Serão ajustados, é claro.
— Prefiro levar assim, mas tenho certeza de que há alfaiates muito bons em Cap-Ferrat.
— *Naturellement* — concordou a mulher rapidamente.
— Além disso... — Bourne hesitou, franzindo as sobrancelhas novamente. — Enquanto eu dou uma olhada, e para poupar tempo, escolha alguns outros para mim no mesmo estilo. Padrões diferentes, cortes diferentes, mas combinando. Se é que isso faz sentido.
— Faz *muito* sentido, monsieur.
— Obrigado, fico-lhe grato. Acabo de chegar de um longo voo das Bahamas e estou exausto.
— O senhor gostaria de se sentar então?
— Francamente, monsieur gostaria de um drinque.
— Isso pode se arranjar, é claro. Quanto à forma de pagamento, monsieur...?
— *Je paierai cash,* eu acho melhor — disse Jason, ciente de que a troca de mercadoria por dinheiro vivo estimularia a supervisora da Les Classiques. — Cheques e contas são como rastros numa floresta, não acha?
— O senhor é tão sensato quanto perspicaz. — O sorriso rígido rachou a máscara novamente, os olhos não acompanhando, em absoluto, a satisfação fingida. — Quanto àquele drinque, por que não no meu escritório? É mais reservado e o senhor pode relaxar enquanto eu lhe trago as amostras para sua aprovação.
— Esplêndido.
— Quanto à faixa de preços, monsieur?
— *Les meilleurs, madame.*
— *Naturellement.* — Surgiu estendida uma mão fina e branca. — Sou Jacqueline Lavier, sócia-gerente da Les Classiques.
— Muito prazer. — Bourne apertou a mão sem apresentar um nome. Podia apresentá-lo em lugares menos públicos, dizia sua expressão, mas não naquele momento. Por enquanto, dinheiro era sua apresentação. — No seu escritório? O meu está a milhares de quilômetros daqui.

– Por aqui, monsieur. – O sorriso rígido apareceu mais uma vez, quebrando a máscara facial como uma lâmina de gelo que vai progressivamente rachando. Madame Lavier fez um gesto na direção da escada. O mundo da *haute couture* continuava, sem que sua órbita sofresse interrupção pelo fracasso e morte no Quai de la Rapée.

Essa ausência de interrupção era tão perturbadora quanto intrigante para Jason. Estava convencido de que a mulher que caminhava a seu lado era a mensageira de ordens mortais, ordens estas que tinham sido abortadas por uma troca de tiros há uma hora; dadas por um homem sem rosto que exigia obediência ou morte. Contudo não havia a mais leve indicação de que um fio de seu cabelo penteado com perfeição tivesse sido perturbado por dedos nervosos nem que a palidez da máscara cinzelada tivesse sido assaltada pelo medo. Entretanto não havia ninguém mais acima na hierarquia da Les Classiques nem ninguém mais que tivesse um número privativo num escritório muito privativo. Estava faltando parte da equação... mas uma outra tinha sido confirmada, deixando-o perturbado.

Ele próprio. O camaleão. O estratagema tinha funcionado; ele estava em território inimigo, convencido acima de qualquer dúvida de que não tinha sido reconhecido. O episódio todo tinha um quê de *déjà vu*. Ele já tinha feito encenações antes, experimentado as sensações de um esquema semelhante. Era um homem correndo em uma selva desconhecida, mas que instintivamente conhecia o caminho, sabendo onde estavam as armadilhas e a maneira de evitá-las. O camaleão era um perito.

Chegaram à escada e começaram a subir. Abaixo, à direita, o telefonista de meia-idade falava em voz baixa num microfone comprido, balançando a cabeça grisalha de maneira quase enfastiada, como se estivesse assegurando a outra pessoa na linha de que o mundo *deles* estava o mais sereno possível.

Bourne parou no sétimo degrau, uma pausa involuntária. A nuca do homem, o contorno das maçãs do rosto, a visão do cabelo grisalho ralo – o modo como caía ligeiramente sobre a orelha; ele vira aquele homem antes! Em algum lugar. No passado, no passado não recordado, mas lembrado agora na escuridão... e com relâmpagos de luz. Explosões, nevoeiro; ventos que açoitavam, seguidos por silêncios cheios de tensão. O que era aquilo? Onde era aquilo? Por que a dor voltava novamente a seus olhos? O homem de cabelo grisalho começou a se virar na cadeira giratória; Jason desviou o olhar antes que fizessem contato.

– Vejo que monsieur está interessado na nossa mesa de telefone bastante original – disse Madame Lavier. – É uma característica que, na minha opinião, faz a Les Classiques se destacar entre as outras lojas de Saint-Honoré.

– Como assim? – perguntou Bourne, enquanto subiam os degraus, a dor em seus olhos fazendo-o piscar.

– Quando um cliente telefona para Les Classiques, a chamada não é respondida por uma voz feminina oca, mas, em vez disso, por um cavalheiro culto que tem todas as informações na ponta da língua.

– Um detalhe sutil.

– Outros cavalheiros também pensam assim – acrescentou ela. – Especialmente quando estão fazendo compras pelo telefone sobre as quais eles gostariam de manter sigilo. Não há rastros na nossa floresta, monsieur.

Chegaram ao espaçoso escritório de Jacqueline Lavier. Era o covil de uma executiva eficiente, montanhas de papel em pilhas separadas na escrivaninha, um cavalete encostado na parede com esboços de aquarela, alguns ousadamente com suas iniciais, outros intocados, claramente inaceitáveis. As paredes eram cobertas com fotografias do Beantiful People, a beleza muito frequentemente prejudicada por bocas abertas e sorrisos tão falsos como os estampados na máscara da usuária do escritório. Havia um quê de fêmea no ar perfumado; aquele era o reduto de uma tigresa envelhecida, inquieta, pronta para atacar qualquer um que ameaçasse seu território ou a mitigação de seus apetites. Contudo ela era disciplinada; levando-se em conta todos os fatores, um importante elo de ligação para Carlos.

Quem era aquele homem na mesa telefônica? Onde já o tinha visto?

Ela lhe ofereceu um drinque de uma fileira de garrafas; ele preferiu conhaque.

– Por favor, sente-se, monsieur. Vou convocar a ajuda do próprio René, se conseguir encontrá-lo.

– Muito gentil, mas tenho certeza de que qualquer coisa que a senhora escolher irá servir. Tenho um instinto para o bom gosto; o seu está por toda parte neste escritório. Agrada-me o que está aqui.

– O senhor é muito generoso.

– Somente quando é merecido – disse Jason, ainda de pé. – Na verdade, eu gostaria de olhar essas fotografias em volta. Vejo algumas conhecidas, se não amigas. Muitos desses rostos passam pelos bancos das Bahamas com bastante frequência.

– Tenho certeza que sim – concordou Lavier, num tom que traía respeito pelas passarelas das finanças. – Não demoro, monsieur.

Nem iria demorar, pensou Bourne, enquanto a sócia da Les Classiques desaparecia do escritório. Mme. Lavier não permitiria que um alvo cansado e rico ficasse pensando por muito tempo. Ela voltaria com os modelos mais caros que pudesse reunir o mais rápido possível. Portanto, se houvesse alguma coisa na sala que pudesse lançar uma luz sobre essa intermediária de Carlos – ou sobre os passos do assassino – teria que ser encontrada rapidamente. E, se estivesse ali, estaria sobre ou do outro lado da escrivaninha.

Jason deu a volta na cadeira imperial defronte da parede, fingindo um interesse divertido nas fotografias, mas concentrando-se na escrivaninha. Havia faturas, recibos e contas não pagas, juntamente com cartas de cobrança insistentes esperando a assinatura de Lavier. Um caderno de endereços estava aberto, com quatro nomes na página; ele se aproximou para ver mais claramente. Cada um era nome de uma empresa, os contatos individuais entre parênteses, e o nome do homem ou mulher sublinhado. Ficou pensando se deveria memorizar cada empresa, cada contato. Estava a ponto de fazê-lo quando seus olhos caíram na margem de uma ficha de arquivo. Era apenas a margem, o resto estava escondido debaixo do próprio telefone. E havia alguma coisa mais – embaçado, quase indistinguível. Era um pedaço de fita transparente, que corria ao longo da margem da ficha, mantendo-a no lugar. A fita propriamente dita era relativamente nova, tendo sido colocada recentemente sobre o papel pesado e a madeira brilhante; estava limpa, sem nódoas, bordas enroladas ou sinais de estar ali há muito tempo.

Instinto.

Bourne pegou o telefone e afastou-o para o lado. O aparelho tocou, a campainha vibrando na sua mão, o som agudo enervante. Ele o colocou na mesa e afastou-se no momento em que um homem em mangas de camisa entrou apressado pela porta aberta, vindo do corredor. O homem parou, olhando alarmado para Bourne, a expressão espantada mas neutra. O telefone tocou uma segunda vez; o homem andou rapidamente até a escrivaninha e pegou o fone.

– *Allô?* – Houve um silêncio enquanto o intruso ouvia, a cabeça baixa, concentrado na pessoa que falava. Era um homem bronzeado, musculoso, de idade indefinida, a pele queimada de sol disfarçando os anos. O rosto era magro, os lábios finos, o cabelo cerrado e bem negro cortado à escovinha, e bem penteado. Os tendões de seus braços nus mexiam-se debaixo da carne quando ele passava o telefone de uma mão para a outra, falando em voz áspera. – *Pas ici. Sais pas. Téléphonez plus tard...* – Ele desligou e olhou para Jason. – *Où est Jacqueline?*

– Um pouco mais devagar, por favor – disse Bourne, mentindo em inglês. – Meu francês é limitado.

– Desculpe – replicou o homem bronzeado. – Eu estava procurando Madame Lavier.

– A proprietária?

– Pode ser. Onde está ela?

– Arrasando com meus fundos. – Jason sorriu, levando o copo aos lábios.

– Oh, e quem é o senhor, monsieur?

– Quem é o *senhor?*

O homem ficou observando Bourne.

– René Bergeron.

– Oh, meu Deus! – exclamou Jason. – Ela está lhe procurando. O senhor é muito *bom,* sr. Bergeron. Ela disse que eu devia olhar para os seus modelos como o trabalho de um mestre emergente. – Bourne sorriu de novo. – O senhor é a razão pela qual eu talvez tenha que telegrafar para as Bahamas solicitando uma grande quantia de dinheiro.

— O senhor é muito gentil, monsieur. E eu peço desculpas por ter entrado dessa forma.

— Foi melhor que você atendesse ao telefone e não eu. Berlitz sempre me considerou um fracasso.

— Compradores, fornecedores, todos são uns idiotas que vivem gritando. Com quem, monsieur, tenho a honra de falar?

— Briggs — disse Jason, sem ter ideia de onde saiu o nome, espantado de ter vindo tão rápido, tão naturalmente. — Charles Briggs.

— É um prazer conhecê-lo. — Bergeron estendeu a mão; o aperto era firme. — O senhor disse que Jacqueline estava me procurando?

— Por minha causa, acho eu.

— Vou encontrá-la. — O estilista saiu depressa.

Bourne foi até a mesa, os olhos na porta, a mão no telefone. Ele arredou o aparelho para o lado, deixando à mostra a ficha de arquivo. Havia dois números de telefone, o primeiro reconhecível como sendo de Zurique, o segundo obviamente de Paris.

Instinto. Ele estava com a razão, e o único sinal que precisara fora um pedaço de fita transparente. Olhou para os números, memorizou-os, depois colocou o telefone de volta no lugar e afastou-se.

Mal tinha se afastado da mesa quando Madame Lavier entrou apressada na sala, meia dúzia de vestidos no braço. — Encontrei René na escada. Ele aprova totalmente a seleção que fiz. Também me disse que o seu nome é Briggs, monsieur.

— Eu teria lhe dito eu mesmo — disse Bourne, retribuindo o sorriso, para contrabalançar o desapontamento na voz de Lavier. — Mas acho que a senhora não perguntou.

— Rastros na floresta, monsieur. Veja, eu lhe trago uma festa! — Ela separou os vestidos, colocando-os cuidadosamente sobre diversas cadeiras. — Creio realmente que estes estão entre as melhores criações que René já nos trouxe.

— Trouxe? Ele não trabalha aqui, então?

— É um modo de falar, o ateliê dele fica no fim do corredor, mas é um templo sagrado. Até mesmo eu tremo quando entro lá.

— São magníficos — continuou Bourne, indo de um até outro. — Mas não quero soterrá-la com roupas, apenas acalmá-la — acrescentou, apontando para três dos vestidos. — Vou levar estes.

— Uma escolha inteligente, monsieur Briggs!

— Coloque-os junto com os outros, por favor.

— É claro. Ela é realmente uma mulher de muita sorte.

— Uma boa companhia, mas uma criança. Acho que é uma criança mimada. Entretanto, fiquei fora muito tempo e não dei muita atenção a ela, de modo que acho que devo fazer as pazes. Foi uma das razões pelas quais mandei-a para Cap-Ferrat. — Ele sorriu, sacando a carteira Louis Vuitton. — *La facture, s'il vous plaît?*

— Vou mandar uma das moças despachar tudo. — Madame Lavier apertou um botão no fone. Jason ficou observando atentamente, pronto para comentar sobre o telefonema que Bergeron tinha respondido na eventualidade de os olhos da mulher pousarem sobre o telefone, ligeiramente fora do lugar. — *Faltes venir Janine, avec les robes la facture aussi* — Ela se levantou. — Outro conhaque, monsieur Briggs?

— *Merci bien.* — Bourne apresentou o copo; ela o apanhou e foi até o bar. Jason sabia que ainda não havia chegado a hora para o que tinha em mente; o momento logo chegaria, logo que ele pagasse com dinheiro vivo, mas não agora. Contudo ele podia continuar sondando o terreno com a sócia-gerente da Les Classiques. — Quanto a Bergeron — disse ele. — A senhora disse que ele tem um contrato de exclusividade com a senhora?

Madame Lavier virou-se, o copo na mão.

— É, tem. Somos uma família muito unida aqui.

Bourne aceitou o conhaque, agradeceu com a cabeça e sentou-se na cadeira, defronte da escrivaninha.

— É um arranjo bem criativo — disse ele, em tom neutro.

A vendedora alta e magra com quem ele primeiro falara entrou no escritório, um talão de vendas na mão. Foram dadas instruções rápidas, entraram outras pessoas, as roupas foram reunidas e separadas conforme o talão de vendas mudava de mãos. Lavier apresentou-o para a conferência de Bourne.

— *Voici la facture, monsieur* — disse ela.

Bourne balançou a cabeça, dispensando a conferência.
– *Combien?* – perguntou.
– *Vingt-mille, soixante francs, monsieur* – respondeu a sócia da Les Classiques, observando a reação dele com a expressão de um enorme pássaro desconfiado.

Não houve qualquer reação. Jason simplesmente retirou cinco notas de cinco mil francos e entregou-as a ela. Ela assentiu e deu-as por seu turno a uma vendedora esguia, que saiu do escritório com um andar cadavérico, carregando os vestidos.

– Tudo será embrulhado e trazido aqui com o seu troco.
– Lavier foi até a mesa e sentou-se. – Então o senhor está a caminho de Ferrat. Deve ser maravilhoso.

Ele tinha pago; chegara a hora.

– Uma última noite em Paris antes de eu voltar para o jardim-de-infância – disse Jason, levantando o copo num brinde, caçoando de si mesmo.

– Sim, o senhor disse que a sua amiga é muito jovem.

– Uma criança, foi o que eu disse, e é isso que ela é. É uma boa companhia, mas acho que prefiro a companhia de mulheres mais maduras.

– O senhor deve gostar muito dela – contestou Lavier, tocando seu cabelo esmeradamente penteado, a lisonja aceita. – O senhor lhe compra coisas tão lindas e, para ser sincera, muito caras.

– Um preço até pequeno se considerarmos o que ela poderia escolher.

– Realmente.

– Ela é minha esposa, a terceira para ser exato, e nas Bahamas precisam ser mantidas certas aparências. Faço o possível para minha vida ser muito organizada.

– Tenho certeza disso, monsieur.

– Por falar nas Bahamas, ocorreu-me uma coisa há uns minutos. Foi por isso que perguntei sobre Bergeron.

– O que foi?

– A senhora pode me julgar impetuoso, mas asseguro-lhe que não sou. No entanto, quando uma ideia me vem à cabeça, gosto de explorá-la. Tendo em vista que Bergeron é exclusividade sua, já lhe ocorreu a ideia de abrir uma filial nas ilhas?

– As Bahamas?

– E pontos mais para o sul. No Caribe, talvez.

– Monsieur, aqui em Saint-Honoré já é mais do que podemos administrar. Sem os olhos do dono a terra fica abandonada, como diz o ditado.

– Não teria que ser administrada, não do modo como a senhora pensa. Uma franquia aqui, uma lá exclusividade nos modelos, o proprietário local pagando uma percentagem sobre o faturamento. Apenas uma butique ou duas, ampliando-se, com cautela, é lógico.

– Isso exige um capital considerável, monsieur Briggs.

– Preços de mercado. O que se poderia chamar de taxas de admissão. São altos mas não proibitivos. Nos melhores hotéis e clubes isso geralmente depende de seu grau de conhecimento com a gerência.

– E o senhor os conhece?

– Muito bem. Como disse, estou só explorando as possibilidades, mas acho que a ideia tem seu valor. Sua grife teria uma certa classe... Les Classiques, Paris, a Grande Bahama... Caneel Bay, talvez. – Bourne bebeu o resto do conhaque. – Mas a senhora provavelmente me acha maluco. Considere isso somente uma conversa... Embora eu tenha ganho um dinheirinho ou outro aceitando riscos que simplesmente me ocorreram de maneira inesperada.

– Riscos? – Jacqueline Lavier tocou o cabelo novamente.

– Eu não deixo as ideias escaparem, madame. Eu geralmente as sustento.

– É, eu compreendo. Conforme o senhor disse, a ideia merece estudo.

– Acho que merece. É claro, eu gostaria de ver que tipo de acordo a senhora tem com Bergeron.

– Podemos ver isso, monsieur.

– Vou lhe dizer uma coisa – disse Jason. – Se a senhora estiver livre, podemos conversar sobre isso com uns drinques e jantar. É minha única noite em Paris.

– E o senhor prefere a companhia de mulheres mais maduras – concluiu Jacqueline Lavier, a máscara rachada novamente num sorriso, o gelo branco quebrando debaixo dos olhos, agora as duas partes do rosto mais em harmonia.

– *C'est vrai, madame.*

– Podemos combinar – disse ela, estendendo a mão para o telefone.

O telefone. Carlos.

Ele a subjugaria – pensou Bourne. – *Ele a mataria se preciso fosse. Arrancaria a verdade.*

Marie foi andando no meio da calçada cheia de gente na direção da cabine do complexo telefônico na rue Vaugiard. Ela havia reservado um quarto no Meurice, deixado a pasta no balcão de recepção e ficara sentada no quarto exatamente 22 minutos. Até que não aguentou mais. Sentara-se numa cadeira olhando para uma parede vazia, pensando em Jason, na loucura dos oito últimos dias que a haviam empurrado para uma insanidade além da compreensão. Jason. Atencioso, amedrontado, espantado – Jason Bourne. Um homem com tanta violência em si e, estranhamente, com tanta compaixão. E com uma terrível capacidade de lidar com um mundo que gente comum desconhecia inteiramente. De onde surgira ele, esse seu amor? Quem lhe havia ensinado a encontrar o caminho nos becos escuros de Paris, Marselha e Zurique... até mesmo no longínquo Oriente, talvez? O que era o Extremo Oriente para ele? Como ele sabia as línguas? O que *eram* as línguas? Ou a língua?

Tao.

Che-sah.

Tam Quan.

Um outro mundo, e ela não sabia nada dele. Mas ela conhecia Jason Bourne, ou o homem chamado Jason Bourne, e se apegava à noção de caráter que sabia que ele possuía. Oh, Deus, como ela o amava!

Ilich Ramirez Sanchez. Carlos. Para Jason Bourne o que ele representava?

Para com isso! Disse ela para si mesma sozinha naquele quarto. E aí ela fez o que vira Jason fazer tantas vezes: ela saltara da cadeira, como se o movimento físico pudesse clarear a névoa – ou permitir que a atravessasse.

Canadá. Ela precisava ligar para Ottawa e descobrir por que a morte de Peter – seu assassinato – estava sendo tratada de maneira tão secreta, tão indecente. Aquilo não fazia sentido;

ela o rejeitava com toda a sua energia. Pois Peter, também, era um homem de caráter, e ele tinha sido morto por homens sem caráter. Deviam lhe dizer por que ou ela mesma anunciaria aquela morte – aquele assassinato. Ela gritaria para o mundo todo ouvir o que ela sabia e diria "Façam alguma coisa!"

E assim ela saíra do Meurice, tomara um táxi para a rue Vaugirard e solicitara uma ligação para Ottawa. Estava agora esperando do lado de fora da cabine, sua raiva aumentando, um cigarro ainda não aceso apertado entre os dedos. Quando a campainha tocasse, ela não perderia tempo em apagá-lo.

A campainha tocou. Ela abriu a porta de vidro da cabine e entrou.

– É você, Alan?

– Sim – foi a resposta lacônica.

– Alan, que diabo está acontecendo? Peter foi *assassinado*, e não saiu uma única palavra em qualquer jornal ou noticiário de rádio! Acho que a embaixada nem sabe! E como se ninguém estivesse se importando! O que é que vocês aí *estão fazendo?*

– O que nos mandaram fazer. E você também deve fazer isso.

– O quê? Foi *Peter!* Ele era seu amigo! Ouça aqui, Alan...

– Não! – A interrupção foi ríspida. – Ouça *você*. Saia de Paris. Agora! Tome o próximo voo direto de volta. Se você tiver algum problema, a embaixada resolve, mas você só deve falar com o embaixador, compreendeu?

– Não! – gritou Marie St. Jacques. – Não compreendo! Peter foi morto, e ninguém se importa! Tudo que você sabe dizer é essa merda burocrática! Não se envolva; pelo amor de Deus, *nunca* se envolva!

– Fique fora disso, Marie!

– Ficar fora de *quê?* É isso que você não está me dizendo, não é? Bem, é melhor você...

– Eu não posso! – Alan abaixou a voz. – Eu não sei. Estou só dizendo o que me pediram para dizer.

– Quem pediu?

– Você não pode me fazer essa pergunta.

– Eu *estou* fazendo.

— Ouça o que eu estou dizendo, Marie. Não fui em casa nessas últimas 24 horas. Há doze horas que espero o seu telefonema. Tente me compreender, eu não estou *sugerindo* que você volte. São ordens do seu governo.
— *Ordens?* Sem explicações?
— É assim que é. É o máximo que posso dizer. Querem você fora daí, eles o querem isolado... É assim que é.
— Desculpe, Alan, *não* é assim que é. Adeus. — Ela bateu o fone e então instantaneamente agarrou as mãos para parar de tremer. *Oh, meu Deus, ela o amava tanto... e eles estavam tentando matá-lo. Jason, meu Jason. Todos eles queriam matá-lo. Por quê?*

O homem de terno clássico na mesa telefônica ligou a chave vermelha que bloqueava as linhas, fazendo com que todas as chamadas ouvissem um sinal de ocupado. Ele fazia aquilo uma ou duas vezes por hora porque precisava muito clarear sua mente e apagar as imbecilidades vazias que fora obrigado a falar nos minutos precedentes. A necessidade de cortar toda conversação geralmente lhe ocorria depois de uma troca de palavras particularmente aborrecida; e ele tinha acabado justamente de ter uma dessas. A esposa de um deputado tentava esconder o preço escandaloso de uma compra desdobrando-a em várias, de modo a não ficar tão patente para seu marido. Chega! Ele precisava de um tempo para respirar.

A ironia chamou-lhe a atenção. Não fazia muitos anos que outros se sentavam em mesas telefônicas para servir a ele. Nas suas empresas em Saigon e no centro de comunicações de uma grande fazenda no delta do Mekong. E ali estava ele, na frente de uma mesa telefônica de uma outra pessoa, naquele ambiente perfumado de Saint-Honoré. Quem melhor descrevera essa situação fora o poeta inglês: há mais mistérios na vida do que sonha a nossa vã filosofia.

Ele ouviu risos na escada e olhou para cima. Jacqueline saía mais cedo, sem dúvida com um de seus celebrados e muito ricos conhecidos. Não havia dúvida quanto a isso. Ela possuía uma capacidade de retirar ouro de uma mina bem guardada, até mesmo diamantes de De Beers. Ele não conseguia ver o homem que a acompanhava; ele caminhava do outro lado de Jacqueline, a cabeça estranhamente virada.

Então, por um instante, ele viu o homem; os olhos dos dois se cruzaram; o contato foi breve e explosivo. O grisalho operador da mesa telefônica ficou subitamente sem respirar, em suspenso por um momento sem acreditar, olhando fixo para um rosto, uma cabeça que ele não via há anos. E assim mesmo sempre na escuridão, pois trabalhavam à noite... morriam à noite.

Oh, meu Deus... era *ele!* Saído dos pesadelos vivos – mortos – a milhares de quilômetros de distância. Era *ele!*

O homem grisalho levantou da mesa telefônica como que em transe. Arrancou fora o microfone e deixou-o cair no chão. O aparelho fez barulho ao cair, enquanto a mesa se acendia com chamadas que não eram completadas, em resposta apenas zumbidos discordantes. Ele desceu da plataforma e afastou-se rapidamente na direção do corredor para ter uma visão melhor de Jacqueline Lavier e do fantasma que a acompanhava. O fantasma que era um assassino – mais do que qualquer outro homem que ele já conhecera, um *assassino*. Tinham dito que isso poderia acontecer mas ele nunca acreditara; ele agora acreditava. Era o *homem*.

Então ele os viu claramente. Ele viu o *homem*. Os dois iam andando pelo corredor central na direção da entrada. Ele tinha que detê-los. Deter *Jacqueline!* Mas correr e gritar significariam morte. Uma bala na cabeça, instantânea.

Os dois chegaram às portas; *ele* empurrou-as para fora, levando Jacqueline até a calçada. O homem grisalho saiu correndo de seu esconderijo, atravessou o corredor de ligação e foi até a janela da frente. Lá na rua *ele* tinha chamado um táxi. Abriu a porta fazendo um gesto para que Jacqueline entrasse. Oh, Deus! Ela estava indo!

O homem de meia-idade voltou-se e correu o mais depressa que pôde na direção da escada. Esbarrou com dois espantados fregueses e com uma vendedora, empurrando todos três violentamente para o lado. Subiu correndo os degraus, atravessou o balcão e seguiu pelo corredor até a porta aberta do ateliê.

– René! René! – gritou ele, irrompendo na sala.

Bergeron levantou os olhos da prancheta, atônito.

– O que é que há?

— Aquele homem com Jacqueline! Quem é ele? Há quanto tempo está aqui?

— Ah? Deve ser o americano — disse o estilista. — O nome dele é Briggs. Um idiota cheio da grana; ele deu um grande impulso nas vendas hoje.

— Aonde é que eles foram?

— Eu não sabia que eles tinham ido a algum lugar.

— Ela foi com ele!

— Nossa Jacqueline não perde a classe, não é? E seu bom senso.

— Temos que encontrá-los! Pegá-la!

— Por quê?

— Ele *sabe!* Ele vai matá-la!

— O quê?

— É ele! Juro que é! Aquele homem é Caim!

15

— O homem é Caim — disse o coronel Jack Manning secamente, como se esperasse ser contestado por pelo menos três dos quatro civis em torno da mesa de reuniões do Pentágono. Todos eram mais velhos do que ele, e cada um se considerava mais experiente do que ele. Nenhum deles estava pronto a admitir que o Exército conseguira obter informações sobre algo em que suas organizações haviam falhado. Havia um quarto civil mas sua opinião não contava. Era membro do Comitê de Fiscalização do Congresso e, nessa posição, devia ser tratado com deferência, mas não levado a sério. — Se não agirmos *agora* — continuou Manning —, até mesmo sob o risco de revelarmos tudo que conseguimos saber até agora, ele pode escapar pelas malhas da rede de novo. Há onze dias ele estava em Zurique. Estamos convencidos de que ainda está lá. E, senhores, ele *é Caim.*

— Uma informação e tanto — disse o homem do Conselho de Segurança Nacional, calva incipiente e feições de pássaro, enquanto lia a folha com o relatório de Zurique recebida por cada delegado à mesa. Seu nome era Alfred Gillette, um especialista em triagem e avaliação de pessoal e considerado pelo Pentágono como inteligente, vingativo e bem relacionado com os poderosos.

— Eu acho isso extraordinário — acrescentou Peter Knowlton, diretor-adjunto da Agência Central de Inteligência, um homem nos seus cinquenta e poucos anos, que continuava com a roupa, a aparência e as atitudes de um universitário de trinta anos atrás. — Nossas fontes dão Caim como estando em Bruxelas, *não* Zurique, na mesma oportunidade, há onze dias. Nossas fontes dificilmente se enganam.

— *Esta* é que uma afirmação e tanto — disse o terceiro civil, o único à mesa que Manning realmente respeitava. Era o mais velho de todos, um homem chamado David Abbott, ex-nadador olímpico cujo intelecto rivalizava com suas proezas físicas. Tinha quase setenta anos agora, mas o porte se mantinha ereto, sua mente tão perspicaz como sempre; a idade, contudo, se revelava por um rosto vincado pelas tensões de uma vida inteira que ele nunca revelaria. Ele sabia do que estava falando, pensou o coronel. Embora fosse atualmente membro do onipotente Comitê dos Quarenta, Abbott havia trabalhado para a CIA desde suas origens na OSS. O Monge Silencioso das Operações Secretas era a alcunha que lhe fora dada por seus colegas na comunidade de informações. — Quando eu trabalhava na CIA — continuou Abbott, dando um risinho — as fontes discordavam mais do que concordavam.

— Temos diferentes métodos de verificação — pressionou o diretor-adjunto. — Sem faltar ao respeito, sr. Abbott, mas nossos equipamentos de transmissão são literalmente instantâneos.

— O equipamento, não a verificação. Mas não vou discutir, parece que há discordância. Bruxelas ou Zurique.

— O caso de Bruxelas é incontrolável — insistiu Knowlton firmemente.

— Vamos ouvi-lo — disse Gillette, da calva incipiente, ajustando os óculos. — Podemos voltar ao relatório de Zurique; está bem à frente dos senhores. Além disso nossas fontes têm mais informações a dar que não entram em conflito com Bruxelas ou Zurique. Aconteceu há seis meses.

Abbott, de cabelo prateado, levantou os olhos para Gillette.

— Há seis meses? Não me recordo de o Conselho ter informado algo sobre Caim há seis meses.

– Não foi totalmente confirmado – replicou Gillette. – Tentamos não sobrecarregar o comitê com dados sem muita substância.

– Aí está também uma informação e tanto – disse Abbott, sem precisar esclarecer.

– Sr. Walters – interrompeu o coronel, olhando para o congressista – O senhor tem alguma pergunta antes de continuarmos?

– Diabos, tenho sim – falou com voz arrastada o cão de fila do Congresso, deputado pelo Tennessee, os olhos inteligentes percorrendo os rostos. – Mas, como sou novo no assunto, sigam em frente de modo que eu possa saber por onde começar.

– Muito bem, deputado – disse Manning, assentindo para Knowlton, da CIA. – O que temos sobre Bruxelas de onze dias atrás?

– Um homem foi morto na Place Fontainas, um contrabandista de diamantes que agia entre Moscou e o Ocidente. Ele operava através de uma divisão da Russolmaz, a empresa soviética em Genebra que faz a corretagem de todas essas compras. Sabemos ser este um dos meios pelos quais Caim converte seus fundos.

– O que liga esse assassinato a Caim? – perguntou o esquivo Gillette.

– Primeiro o método. A arma foi uma agulha longa, inserida com precisão cirúrgica na vítima, numa praça cheia de gente ao meio-dia. Caim já usou esse método antes.

– É verdade – concordou Abbott. – Houve um romeno em Londres cerca de um ano atrás, um outro apenas semanas antes. As circunstâncias apontavam para Caim.

– Apontavam mas não confirmavam – objetou o coronel Manning. – Eram desertores políticos de alto nível, podiam ter sido alvo da KGB.

– Ou por intermédio de Caim, com muito menos risco para os soviéticos – argumentou o homem da CIA.

– Ou por Carlos – acrescentou Gillette, a voz se elevando. – Nem Carlos nem Caim se preocupam com ideologia, são ambos assassinos de aluguel. Por que será que sempre que há um assassinato de importância nós o atribuímos a Caim?

— Sempre que o fazemos — replicou Knowlton, um ar óbvio de condescendência — é porque fontes bem informadas, uma sem conhecimento da outra, passaram a mesma informação. Como os informantes não têm conhecimento uns dos outros, dificilmente poderia haver conivência.

— Tudo muito certinho — disse Gillette, mostrando desagrado.

— De volta a Bruxelas — interrompeu o coronel. — Se foi Caim, por que ele mataria um corretor da Russolmaz? O homem trabalhava para ele.

— Era um corretor secreto — corrigiu o diretor da CIA. — E, por diversas razões, de acordo com nossos informantes. O homem era um ladrão, e por que não? A maior parte dos clientes dele também era: dificilmente poderiam apresentar denúncia. Ele pode ter enganado Caim, e, se o fez, essa foi a sua última transação. Ou ele poderia ter sido bastante idiota a ponto de querer especular sobre a identidade de Caim; até mesmo uma pequena suspeita poderia chamar a agulha. Ou talvez Caim desejasse simplesmente encobrir suas pistas atuais. Não obstante, as circunstâncias mais as fontes deixam pouca dúvida de que tenha sido Caim.

— Muito mais coisas surgirão quando eu esclarecer o que houve em Zurique — disse Manning. — Posso prosseguir com o relatório?

— Um momento, por favor. — David Abbott falou de modo casual enquanto acendia o cachimbo. — Eu creio que o nosso colega do Conselho de Segurança mencionou a ocorrência relacionada com Caim que teve lugar há seis meses. Talvez devêssemos ouvi-la.

— Por quê? — perguntou Gillette, os olhos de coruja atrás das lentes dos óculos sem aro. — O fator tempo afasta esse incidente de qualquer efeito sobre Bruxelas *ou* Zurique. Eu mencionei essa ocorrência, também.

— É, o senhor mencionou — concordou o antes formidável monge do serviço secreto. — Acho, entretanto, que qualquer coisa aparentemente irrelevante pode ajudar. Como o senhor também disse, podemos voltar ao relatório, está bem na frente dos senhores. Mas, se não for relevante, continuemos com Zurique.

— Obrigado, sr. Abbott — disse o coronel. — Os senhores verão que há onze dias quatro homens foram mortos em Zurique. Um deles era um vigia numa área de estacionamento perto do rio Limmat. Pode-se presumir que ele não estava envolvido nas atividades de Caim, mas foi apanhado nelas. Dois outros foram encontrados em uma alameda na margem ocidental da cidade; à primeira vista homicídios sem correlação, exceto no que diz respeito à quarta vítima. Esta está ligada aos homens mortos na alameda: todos três faziam parte do submundo de Zurique-Munique; e as mortes, sem dúvida, têm a ver com Caim.

— É Chernak — disse Gillette, lendo o relatório. — Pelo menos eu acho que é Chernak. Reconheci o nome e o associei ao arquivo de Caim em algum lugar.

— É isso mesmo — replicou Manning. — Primeiro ele apareceu num relatório do G-Dois há dezoito meses e de novo um ano mais tarde.

— O que daria seis meses atrás — interrompeu Abbott, em voz baixa, olhando para Gillette.

— Pois é, senhores — continuou o coronel. — Se algum dia houve um exemplo do que se pode chamar de escória, este exemplo foi Chernak. Durante a guerra ele foi um recruta tcheco-eslovaco em Dachau, um interrogador trilíngue tão violento como qualquer guarda do campo. Mandava poloneses, eslovacos e judeus para as câmeras de gás depois de sessões de tortura nas quais extraía — e fabricava — informações incriminatórias que os comandantes de Dachau queriam ouvir. Fazia qualquer coisa para agradar a seus superiores, e os grupos mais sádicos eram pressionados para igualar suas proezas. O que eles não percebiam é que *Chernak* estava anotando suas proezas. Depois da guerra, ele escapou, teve as pernas amputadas pela explosão de uma mina terrestre não detectada, e ainda assim conseguiu sobreviver com bastante conforto graças às extorsões de Dachau. Caim o descobriu e usou-o como intermediário para pagamentos de seus assassinatos.

— Espere aí! — objetou Knowlton, a voz tensa — Já vimos essa questão de Chernak antes. Se você se lembra, quem primeiro o descobriu foi a CIA, nós o teríamos desmascarado há muito tempo se o Departamento de Estado não tivesse interferido por causa de diversos funcionários poderosos e antissoviéticos do governo de Bonn. Você pressupõe que Caim tenha se utilizado de Chernak, mas não tem tanta certeza disso mais do que nós.

– Agora nós temos – disse Manning. – Há sete meses e meio recebemos um informe acerca de um homem que dirigia um restaurante chamado Drei Alpenhäuser. Fomos informados de que ele era intermediário entre Caim e Chernak. Vigiamos o homem durante semanas, mas nada adiantou; era uma figura sem importância no submundo de Zurique, isso é tudo. Não o seguimos tempo o bastante. – O coronel fez uma pausa, satisfeito de todos os olhares estarem voltados para ele. – Quando soubemos do assassinato de Chernak, fizemos uma jogada. Cinco noites atrás dois dos nossos homens se esconderam no Drei Alpenhäuser depois que o restaurante fechou. Eles pressionaram o proprietário e o acusaram de negociar com Chernak, trabalhando para Caim; armaram um verdadeiro circo. Os senhores podem imaginar o choque dos meus homens quando o proprietário amoleceu; literalmente caiu de joelhos pedindo para ser protegido. Admitiu que Caim estava em Zurique na noite em que Chernak foi morto; que, na verdade, ele vira Caim naquela noite e que o nome de Chernak tinha surgido durante a conversa. De maneira muito negativa.

O militar parou de novo, o silêncio quebrado por um lento e baixo assobio de David Abbott, o cachimbo na mão, defronte de seu rosto marcado.

– Isso sim é que é uma afirmação – disse o Monge em voz baixa.

– Por que a CIA não foi notificada sobre esse informe que o senhor recebeu há sete meses? – perguntou o homem da CIA rispidamente.

– O informe não se confirmou.

– Nas suas mãos. Poderia ser diferente nas nossas.

– É possível. Admito que não ficamos com o homem o tempo necessário. Nossa mão-de-obra é limitada. Quem de nós pode manter um esquema de vigilância improdutiva indefinidamente?

– Podíamos ter dividido os esforços se tivéssemos sabido.

— E nós podíamos ter economizado o tempo que os senhores levaram para montar o arquivo de Bruxelas, se tivéssemos sido informados do assunto.

— De onde veio esse informe? — perguntou Gillette, interrompendo, impaciente, os olhos em Manning.

— Foi anônimo.

— E os senhores se satisfizeram com isso? — A expressão de pássaro no rosto de Gillette mostrava seu espanto.

— Foi uma das razões pelas quais a vigilância inicial foi limitada.

— Sim, é claro, mas o senhor quer dizer que não procuraram mais pistas relacionadas?

— É lógico que procuramos — replicou o coronel, irritado.

— Aparentemente sem muito entusiasmo — continuou Gillette em tom zangado. — Ocorreu-lhe que alguém em Langley ou no Conselho podia ter ajudado, podia ter preenchido uma lacuna? Concordo com Peter. Devíamos ter sido informados.

— Houve uma razão pela qual isso não aconteceu. — A respiração de Manning era forçada; em companhias menos militares aquilo podia ter sido interpretado como um suspiro. — O informante deixou claro que, se chamássemos qualquer outro órgão da inteligência, ele não faria contato de novo. Sentimos que tínhamos que obedecer; já fizemos isso antes.

— O que é que o senhor está dizendo? — Knowlton abaixou a folha do relatório e olhou fixo para o oficial do Pentágono.

— Não é nada novo, Peter. Cada um de nós estabelece e protege suas próprias fontes.

— Sei disso. Foi por isso que vocês não foram informados sobre Bruxelas. Os dois informantes disseram para deixar o Exército de fora.

Silêncio. Quebrado pela voz áspera de Alfred Gillette, do Conselho de Segurança.

— Quantas vezes "já fizemos isso antes", coronel?

— O quê? — Manning olhou para Gillette, mas percebeu que David Abbott observava os dois atentamente.

— Eu gostaria de saber quantas vezes disseram ao senhor para manter as fontes em segredo. Me refiro a Caim, é lógico.

— Diversas vezes, acho eu.

– O senhor acha?
– A maior parte das vezes.
– E você, Peter? Quanto à CIA?
– Temos nos limitado muito no que se refere à divulgação mais ampla de informações.
– Pelo amor de Deus, o que *isso* quer dizer? – A interrupção veio do participante da reunião de quem menos se esperava essa reação, o congressista.
– Deputado Walters, nós nos arriscamos a perder informantes se chamarmos para eles a atenção de outros órgãos da inteligência. Posso lhe assegurar que é um procedimento padrão.
– Isso me soa como se vocês estivessem fazendo teste com uma novilha num tubo de ensaio.
– Com talvez os mesmos resultados – acrescentou Gillette. – Sem polinização cruzada para não contaminar a cepa. E, inversamente, sem uma contraprova para detectar os padrões de erro.
– Um belo fraseado – disse Abbott, o rosto marcado enrugando-se de aprovação. – Mas não tenho certeza se entendi.
– Eu diria que é bastante claro – retrucou o homem do CSN, olhando para o coronel Manning e para Peter Knowlton. – Os dois mais ativos órgãos de informação do país receberam informações sobre Caim – durante os *três últimos anos* – e não trocaram suas informações para levantar as origens da fraude. Simplesmente recebemos as informações como dados fidedignos, os armazenamos e os aceitamos como válidos.
– Bem, eu estive fora durante muito tempo – talvez tempo demais, confesso – mas não há nada aqui que eu já não tenha escutado – disse o Monge. – As fontes em geral são inteligentes e sabem se proteger. Elas guardam zelosamente seus contatos. Ninguém está nesse negócio por caridade, somente por lucros e sobrevivência.
– Acho que os senhores não estão dando a devida atenção à minha posição. – Gillette tirou os óculos. – Eu disse antes que estava alarmado pelo fato de tantos crimes recentes estarem sendo atribuídos a Caim – atribuídos *aqui* a Caim, quando me parece que o mais completo assassino de nosso

tempo, talvez de toda a história, vem sendo relegado a um papel relativamente sem importância. Acho que isso está errado. Acho que Carlos é o homem no qual devemos nos concentrar. O que aconteceu a *Carlos?*

— Eu ponho em dúvida essa opinião, Alfred — disse o Monge. — A época de "Carlos" já passou, estamos na de Caim. A velha ordem muda, há uma nova ordem e, suspeito eu, com tubarões muito mais perigosos nas águas.

— Não concordo com isso — disse o homem da Segurança Nacional, os olhos de coruja faiscando para o velho político da comunidade de informações. — Desculpe, David, mas chego a pensar se Carlos não estaria manipulando este comitê. Para desviar a atenção de si mesmo, fazendo com que nos concentremos num objetivo de muito menor importância. Estamos gastando todas as nossas energias indo atrás de um tubarão da areia sem dentes enquanto o cabeça-de-martelo vai por aí livre.

— Ninguém está esquecendo Carlos — objetou Manning. — É que simplesmente ele não tem estado tão ativo quanto Caim.

— Talvez — disse Gillette com a maior frieza. — É isso exatamente o que Carlos quer que acreditemos. E, por Deus, nós estamos acreditando.

— Você pode duvidar disso? — perguntou Abbott. — O registro dos feitos de Caim é espantoso.

— Se posso duvidar disso? — repetiu Gillette. — Aí é que está a questão, não é? Mas algum de nós pode ter certeza? Esta é também uma pergunta válida. Descobrimos agora que tanto o Pentágono quanto a CIA vêm literalmente agindo independentemente um do outro, sem nem mesmo verificar a confiabilidade de suas fontes.

— Uma norma raramente violada nesta cidade — disse Abbott, divertido.

O deputado interrompeu de novo.

— O que é que o senhor está tentando dizer, sr. Gillette?

— Eu gostaria de ter mais informações sobre as atividades de um certo Ilich Ramirez Sanchez. Isto é...

— Carlos — disse o deputado. — Lembro-me de ter lido. Entendo. Obrigado. Continuem, senhores.

Manning falou rapidamente.

– Vamos voltar a Zurique, por favor. Nossa recomendação agora é ir atrás de Caim. Podemos espalhar a informação na *Verbrecherwelt,* apertar todos os informantes que tivermos, exigir a cooperação da polícia de Zurique. Não podemos nos dar ao luxo de perder um dia a mais. O homem em Zurique é *Caim.*

– Então o que foi Bruxelas? – Knowlton, da CIA, fez a pergunta mais para si mesmo do que para qualquer outro à mesa. – O método era de Caim, os informantes não tinham dúvidas. Qual foi o objetivo?

– Soltar informações falsas, obviamente – disse Gillette. – E, antes de fazermos qualquer operação em Zurique, sugiro que cada um examine detidamente o dossiê de Caim e verifique cada fonte relacionada. Fazer com que nosso pessoal na Europa aperte cada informante que, de modo tão miraculoso, apareceu oferecendo informações. Tenho ideia de que vocês podem acabar descobrindo algo de que não suspeitam, a linda mão latina de Ramirez Sanchez.

– Já que você insiste tanto em esclarecimentos, Alfred – interrompeu Abbott –, por que não nos conta sobre a ocorrência não confirmada que teve lugar há seis meses? Parece que estamos num atoleiro agora. Talvez seja útil.

Pela primeira vez durante a reunião, o ríspido delegado do Conselho de Segurança Nacional pareceu hesitar.

– Recebemos uma informação em meados de agosto de uma fonte confiável em Aix-en-Provence de que Caim estava a caminho de Marselha.

– Agosto? – exclamou o coronel. – Marselha? Foi Leland! O embaixador Leland foi morto a tiro em Marselha. Em agosto!

– Mas Caim não disparou aquele rifle. Foi obra de Carlos, isso foi confirmado. As marcas do cano eram semelhantes às de mortes anteriores, além de três descrições de um homem de cabelo escuro desconhecido no terceiro ou quarto andar de um armazém na beira do cais, carregando uma mochila. Nunca houve dúvida de que Leland foi assassinado por Carlos.

– Pelo amor de Deus – rugiu o oficial. – Isso tudo só se sabe depois do fato, depois do assassinato? Não interessa quem, houve um contrato para matar Leland, isso não lhes tinha corrido? Se soubéssemos onde estava Caim, poderíamos ter protegido Leland. Ele era propriedade militar! Diabos, ele poderia estar vivo hoje!

– Pouco provável – replicou Gillette calmamente. – Leland não era o tipo de homem para viver numa casamata. E, dado o seu estilo de vida, um alerta em tom vago não teria adiantado. Além do mais, se nossa estratégia estivesse certa, alertar Leland teria sido contraproducente.

– De que modo? – perguntou o Monge asperamente.

– É o restante da explicação. Nossa fonte deveria fazer contato com Caim entre meia-noite e três horas da manhã na rue Sarrasin no dia 23 de agosto. Leland não era esperado senão no dia *25*. Como disse, se tivesse dado certo, teríamos apanhado Caim. Não deu, Caim não apareceu.

– E a *sua fonte* insistiu em cooperar somente com *você* – disse Abbott. – Com exclusão de todos os outros.

– Sim – assentiu Gillette, tentando, mas incapaz de ocultar seu constrangimento. – Na nossa opinião o risco para Leland tinha sido eliminado, o que em termos de Caim acabou sendo verdade, e as possibilidades de captura maiores do que jamais tinham sido. Tínhamos finalmente encontrado alguém querendo se apresentar e identificar Caim. Algum de vocês teria procedido de maneira diferente?

Silêncio. Desta vez quebrado pela voz arrastada do astuto deputado pelo Tennessee.

– Jesus Cristo Todo-Poderoso... que bando de babacas.

Silêncio, encerrado pela voz sensata de David Abbott.

– Quero cumprimentá-lo, senhor, por ser o primeiro homem honesto que o Capitólio nos manda. Não nos passou despercebido o fato de o senhor não ter ficado inebriado pela atmosfera rarefeita desse ambiente altamente secreto. É confortador.

– Acho que o deputado não entendeu inteiramente a sutileza da...

– Oh, cale a boca, Peter – disse o Monge. – Acho que o deputado quer dizer algo.

– Somente uma coisinha – disse Walters. – Acho que todos aqui têm idade suficiente, pelo menos parecem ter, para saber se deveriam ser capazes de manter uma conversação inteligente, trocar informações respeitando a confidencialidade das mesmas e procurar soluções em comum. Em vez disso os senhores parecem um bando de crianças pulando num diabo de um carrossel, discutindo sobre quem vai pegar o anel de latão barato. É uma péssima forma de gastar o dinheiro dos contribuintes.

– O senhor está simplificando demais, deputado – arrematou Gillette. – O senhor está falando de um sistema de coleta de informações utópico. Não existe tal coisa.

– Estou falando de racionalidade, senhor. Sou advogado e, antes de conhecer esse circo lúgubre, eu lidei com altíssimos níveis de confidencialidade todos os dias da minha vida. Qual a novidade disso?

– E qual é a sua tese? – perguntou o Monge.

– Quero uma explicação. Por mais de dezoito meses trabalhei no Subcomitê de Assassinatos da Câmara de Deputados. Estudei milhares de páginas com centenas de nomes e duas vezes mais teorias. Acho que não houve uma hipótese de conspiração ou um suspeito de homicídio que eu não tenha tido conhecimento. Convivi com esses nomes e essas teorias por quase dois amaldiçoados anos, até que achei que não havia mais nada a aprender.

– Eu diria que suas credenciais são impressionantes, deputado – interrompeu Abbott.

– Achei que seriam. Foi por isso que aceitei participar do Comitê de Fiscalização. Achei que poderia dar uma contribuição bem concreta, mas agora não tenho mais certeza. De repente comecei a duvidar do que eu *sei*.

– Por quê? – perguntou Manning, apreensivo.

– Porque estou sentado aqui ouvindo os senhores descreverem uma operação que vem se desenvolvendo há três anos, envolvendo redes de pessoal, informantes e órgãos da inteligência por toda a Europa... tudo centrado num assassino cuja "lista de realizações" é impressionante. Estou certo em substância?

– Continue – replicou Abbott calmamente, segurando o cachimbo, mesmerizado. – Qual é a sua pergunta?

– Quem é ele? Com todos os diabos, quem é Caim?

16

O silêncio durou precisamente cinco segundos, durante os quais olhos percorreram olhos, gargantas pigarrearam e ninguém se mexeu na cadeira. Era como se tivessem tomado uma decisão sem discussão: evitar um subterfúgio. O deputado Efrem Walters, vindo lá das montanhas do Tennessee via Escola de Direito de Yale, não podia ser menosprezado com circunlóquios superficiais que incluíam a linguagem esotérica de manipulações clandestinas. Não havia lugar para mentiras!

David Abbott descansou o cachimbo na mesa, a pequena batida servindo de abertura.

– Quanto menos exposição pública um homem como Caim receber, melhor é para todos.

– Isso não é resposta – disse Walters. – Mas acho que é o começo de uma.

– É. Ele é um assassino profissional, isto é, um especialista treinado numa ampla gama de métodos de matar. Essa especialidade está à venda, não se interessando ele absolutamente por política ou por motivações pessoais. Está no negócio exclusivamente por lucro, e seus lucros sobem na razão direta de sua reputação.

O deputado assentiu.

– Então, encobrindo o máximo possível essa reputação, os senhores estão evitando a propaganda gratuita.

– Exatamente. Há um bando de maníacos neste mundo com um monte de inimigos reais ou imaginários que poderiam facilmente se aproximar de Caim, se tivessem conhecimento de sua existência. Infelizmente já sabem disso mais pessoas do que gostaríamos. Até hoje 38 mortes podem ser atribuídas diretamente a Caim e cerca de doze ou quinze são prováveis.

– É esta a lista de suas "realizações"?

– É. E estamos perdendo a batalha. A cada novo crime sua reputação se espalha.

– Ele ficou em hibernação durante algum tempo – disse Knowlton da CIA. – Recentemente, por uns meses, pensamos que ele próprio tinha sido apanhado. Houve diversos casos prováveis em que os próprios assassinos foram eliminados; achamos que ele poderia ser um desses casos.

– Tais como? – perguntou Walters.

— Um banqueiro em Madri que canalizava subornos para a Europolitan Corporation destinado a compras do governo na África. Foi morto a tiros de um automóvel em disparada no Paseo de la Castellana. Um dos guarda-costas matou tanto o motorista quanto o assassino, durante algum tempo achamos que o assassino era Caim.

— Eu me lembro do incidente. Quem poderia ter pago aquilo?

— Diversas empresas – respondeu Gillette – que queriam vender carros forrados a ouro e encanamentos domésticos para ditadores de plantão.

— Quem mais?

— O xeque Mustafá Kalig de Omã – disse o coronel Manning.

— Dizem que morreu durante um golpe fracassado.

— Não foi bem assim – continuou o oficial. – Não houve tentativa de golpe; dois informantes do G-Dois confirmaram isso. Kalig era impopular, mas os outros xeques não são idiotas. A história do golpe foi para encobrir um mero assassinato que poderia tentar outros matadores profissionais. Três oficiais sem importância que andavam causando perturbação foram executados para dar credibilidade à mentira. Por algum tempo pensamos que um deles fosse Caim, a época corresponde ao período em que Caim esteve em hibernação.

— Quem pagaria a Caim para assassinar Kalig?

— Nós nos fizemos essa pergunta inúmeras vezes – disse Manning.

— A única resposta possível veio de uma fonte que alegava saber, mas não houve meio de confirmar. Ela disse que Caim fez aquilo para provar que o atentado podia ser feito. Por ele. Os xeques do petróleo viajam com os mais rígidos esquemas de segurança do mundo.

— Há dezenas de outros incidentes – acrescentou Knowlton. – Todos com o mesmo padrão, em que pessoas fortemente protegidas são mortas, e as fontes se apressam a dizer que foi Caim.

— Entendo. – O deputado pegou a folha do relatório de Zurique. – Mas pelo que pude observar os senhores não sabem quem ele é.

— Não há duas descrições coincidentes – adiantou-se Abbott. – Aparentemente Caim é um mestre no disfarce.

— Contudo há pessoas que já o viram, falaram com ele. As suas fontes, os informantes, este homem em Zurique; nenhum deles pode ter se apresentado para testemunhar, mas é claro que os senhores os interrogaram. Os senhores têm que ter chegado a uma composição, a *alguma coisa.*

— Já chegamos a muita coisa – replicou Abbott. – Mas não temos uma descrição coerente. Para começar Caim nunca se deixa ver à luz do dia. Realiza os encontros à noite, em aposentos ou becos escuros. Se ele se encontrou com mais de uma pessoa simultaneamente, como Caim, isso não chegou ao nosso conhecimento. Sabemos que nunca fica de pé, está sempre sentado, na luz fraca de um restaurante, numa cadeira no canto, ou num carro estacionado. Às vezes usa óculos grossos, às vezes não usa absolutamente nada; num encontro ele pode ter cabelo escuro, num outro cabelo branco ou ruivo ou coberto com um chapéu.

— Idioma?

— Aí nós temos mais coisa – disse o diretor da CIA, ansioso para apresentar a pesquisa da agência. – Inglês e francês fluentes e diversos dialetos orientais.

— Dialetos? Que dialetos? Um idioma não vem primeiro?

— É claro. A base é o vietnamita.

— Vietnamita – Walters inclinou-se para frente. – Por que eu tenho a impressão de que estou chegando perto de alguma coisa que os senhores preferem não me contar?

— Porque o senhor é provavelmente muito esperto em interrogatórios, senhor conselheiro. – Abbott riscou um fósforo e acendeu o cachimbo.

— Meio esperto – concordou o deputado. – Agora, de que se trata?

— Caim... – disse Gillette, os olhos fixados em David Abbott. – Sabemos de onde veio.

— De onde?

— Lá do sudeste da Ásia – respondeu Manning, como que aguentando a dor de uma facada. – Até onde podemos verificar, ele dominou os dialetos regionais de modo a ser compreendido no terreno montanhoso ao longo das rotas fronteiriças do Camboja e do Laos, bem como do Vietnã rural. Acreditamos nesses dados, eles combinam.

— Combinam com quê?

— Operação Medusa. — O coronel estendeu a mão para um grosso envelope pardo à sua esquerda. Abriu-o e tirou uma única pasta do meio de diversas outras; colocou-a defronte dele. — Aqui está o dossiê de Caim — disse ele, assentindo para o envelope aberto. — Esse é o material da Medusa, os aspectos da operação que podem, sob qualquer aspecto, ser relevantes para o caso de Caim.

O homem do Tennessee inclinou-se para trás na cadeira, o traço de um sorriso sardônico curvando seus lábios.

— Os senhores sabem que me matam com esses seus nomes cruéis. Por falar nisso, esse agora é uma gracinha, é muito sinistro, muito tenebroso. Acho que vocês dão um curso sobre esse tipo de coisa. Vamos, coronel. O que vem a ser a Operação Medusa?

Manning deu um olhar rápido para David Abbott, depois falou.

— Foi um produto clandestino do conceito de busca e destruição, projetado para funcionar atrás das linhas inimigas durante a guerra do Vietnã. No fim da década de 1960 e início da de 1970, unidades de voluntários americanos, franceses, ingleses, australianos e nativos foram divididas em equipes para operar em zonas ocupadas por norte-vietnamitas. Suas prioridades eram o rompimento das linhas de comunicação e suprimento inimigas, a localização precisa de campos de prisioneiros, e por fim, mas não menos importante, o assassinato de líderes de aldeias conhecidos por sua colaboração com os comunistas, bem como de comandantes inimigos, sempre que possível.

— Era uma guerra dentro da guerra — interrompeu Knowlton. — Infelizmente a diversidade e a linguística tornaram a participação infinitamente mais perigosa do que, digamos, nos movimentos de resistência alemão ou holandês, ou na Resistência Francesa, durante a Segunda Guerra Mundial. Assim, o recrutamento no Ocidente não foi sempre tão seletivo quanto poderia ter sido.

— Havia dezenas dessas equipes — continuou o coronel —, e o pessoal ia de comandantes navais da velha guarda que conheciam o litoral até fazendeiros franceses cuja única esperança de reparação estava na vitória americana. Havia marginais ingleses e australianos que viviam na Indochina há anos, bem como oficiais de carreira do Exército e civis dos serviços de informações americanos altamente motivados. Também, inevitavelmente, havia uma facção bem grande de criminosos empedernidos. Na maior parte, contrabandistas, homens que lidavam com armas, narcóticos, ouro e diamantes por toda a região sul do mar da China. Eram enciclopédias ambulantes quando se tratava de desembarques noturnos e picadas na selva. Muitos eram desertores ou fugitivos dos Estados Unidos, alguns tinham instrução, todos eram habilidosos. Precisávamos de seus conhecimentos.

— Vocês tinham um senhor elenco de voluntários — interrompeu o deputado. — Velha guarda da Marinha e do Exército, vagabundos ingleses e australianos, fazendeiros franceses e pelotões de ladrões. Como conseguiram que eles trabalhassem em equipe?

— A cada um de acordo com a sua cobiça — disse Gillette.

— Promessas — ampliou o coronel. — Garantias de cargos, promoções, anistia, gratificações ostensivas em dinheiro e, em certo número de casos, oportunidade para furtar fundos da própria operação. O senhor vê, todos eles tinham que ser um pouco loucos, nós compreendíamos isso. Nós os treinamos secretamente, usando códigos, métodos de transporte, armadilhas e meios de matar, até mesmo armas, sobre os quais o comando em Saigon tinha total desconhecimento. Como Peter mencionou, os riscos eram gigantescos, a captura resultava em tortura e execução, o preço era alto e eles pagavam por isso. A maior parte das pessoas os teria classificado como uma bando de paranoicos, mas eram gênios no que diz respeito à destruição e morte. Especialmente morte.

— E qual era o preço?

— A Operação Medusa tinha noventa por cento de baixas. Mas havia um problema, entre aqueles que não voltaram havia um certo número que realmente nunca quis voltar.

— Da facção de ladrões e fugitivos?

— Sim. Alguns roubaram quantias consideráveis de dinheiro da Medusa. Achamos que Caim é um desses.

— Por quê?

— O *modus operandi* dele. Ele tem usado códigos, armadilhas, métodos de matar e de transporte que foram desenvolvidos e aperfeiçoados no treinamento da operação.

— Então, pelo amor de Deus — interrompeu Walters —, os senhores têm uma linha direta para a identidade dele. Não interessa onde esteja enterrada... e tenho uma tremenda certeza de que os senhores não querem torná-la pública, pois presumo que foram guardados os registros.

— Foram sim e nós os extraímos todos dos arquivos clandestinos, inclusive o material que está aqui. — O oficial bateu de leve no dossiê a sua frente. — Estudamos tudo, pusemos as listas sob exame microscópico, alimentamos os computadores com os fatos, tudo em que se podia pensar. Não estamos mais longe do que quando começamos.

— Isso é incrível — disse o deputado. — Ou incrivelmente incompetente.

— Na verdade não — protestou Manning. — Olhe para o homem, olhe para o material com o qual temos que trabalhar. Depois da guerra, Caim espalhou sua reputação pela maior parte da Ásia ocidental, vindo do extremo norte de Tóquio através das Filipinas, Malásia e Cingapura, com viagens a Hong Kong, Camboja, Laos e Calcutá. Há cerca de dois anos e meio começaram a pingar relatórios para os nossos postos e embaixadas asiáticos. Havia um assassino de aluguel, seu nome era Caim. Altamente profissional, impiedoso. Esses relatórios começaram a aumentar com frequência alarmante. Parecia que em cada homicídio de importância, Caim estava envolvido. As fontes telefonavam para as embaixadas no meio da noite ou paravam os adidos nas ruas, sempre com a mesma informação. Era Caim, Caim era o homem. Um assassinato em Tóquio, um automóvel que explodia em Hong Kong; uma caravana de narcóticos emboscada no Triângulo; um banqueiro morto a tiros em Calcutá, um embaixador assassinado em Moulmein, um técnico russo ou um homem de negócios americano morto nas ruas da própria Xangai. Caim estava por toda a parte, seu nome sussurrado por dezenas de informantes de confiança em todos os setores vitais das informações. Contudo ninguém, nem uma única pessoa em toda a zona ocidental do

Pacífico, se apresentava para fornecer a sua identificação. Por onde íamos começar?

— Mas por essa época os senhores já não sabiam ao certo que ele havia estado na Operação Medusa? — perguntou o homem do Tennessee.

— Sabíamos, com certeza.

— E os dossiês individuais da operação, porra!

O coronel abriu a pasta de que ele havia tirado do dossiê de Caim.

— Aqui estão as listas das baixas. Entre os ocidentais brancos que desapareceram durante a Operação Medusa, e quando eu digo desapareceram, quero dizer sumiram sem deixar traço, estão os seguintes. Setenta e três americanos, 46 franceses, 39 e 24 australianos e ingleses, respectivamente, e cerca de cinquenta homens brancos recrutados como contatos de países neutros em Hanói e treinados diretamente no campo; a maioria *deles* gente que nunca chegamos a conhecer. Mais de 230 possibilidades; quantas são becos sem saída? Quem está vivo? Quem está morto? Mesmo que soubéssemos o nome de cada homem que realmente sobreviveu, quem é ele agora? O que ele é? Nem mesmo sabemos ao certo a nacionalidade de Caim. Achamos que é americano, mas não temos prova.

— Caim é um dos temas constantes na permanente pressão que exercemos sobre Hanói para localizar os americanos desaparecidos em combate — explicou Knowlton. — Estamos sempre cotejando esses nomes com as listas das divisões.

— E há um pequeno senão nisso também — acrescentou o oficial do Exército. — Os serviços de contrainformação de Hanói capturaram e executaram dezenas de elementos da Medusa. Eles sabiam da operação, e nós nunca descartamos a possibilidade de infiltração. Hanói sabia que os medusianos não eram tropas de combate, não usavam uniforme. Nunca exigimos prestação de contas.

Walters levantou a mão.

— Posso? — disse ele, assentindo para as páginas grampeadas.

— É claro. — O oficial deu-lhe o dossiê. — O senhor compreende, é lógico, que esses nomes aí ainda são sigilosos, assim como a própria Operação Medusa.

– Quem tomou essa decisão?

– É uma ordem executiva não cancelada pelos sucessivos presidentes, baseada numa recomendação da Junta de Chefes do Estado-Maior. Foi referendada pelo Comitê das Forças Armadas do Senado.

– É muito poder de fogo, não é?

– Percebeu-se que se tratava do interesse nacional – disse o homem da CIA.

– Nesse caso, não vou discutir – concordou Walters. – O fantasma de uma operação desse tipo não contribuiria muito para a glória da nossa bandeira. Nós não treinamos assassinos, muito menos os lançamos a campo. – Ele folheou as páginas. – E em algum lugar aqui está exatamente um assassino que treinamos e lançamos a campo e que agora não conseguimos encontrar.

– Acho que é isso sim – disse o coronel.

– O senhor disse que ele construiu sua reputação na Ásia, mas mudou-se para a Europa. Quando?

– Há cerca de um ano.

– Por quê? Tem alguma ideia?

– O óbvio, sugiro eu – disse Peter Knowlton. – Ele ampliou demais suas atividades. Alguma coisa deu errado, e ele se sentiu ameaçado. Era um assassino branco entre orientais, no mínimo um conceito perigoso, já era hora de ele se mudar. Deus sabe que sua reputação já estava feita, não lhe faltaria emprego na Europa.

David Abbott pigarreou.

– Eu gostaria de oferecer uma outra possibilidade com base em algo que Alfred disse há uns poucos minutos. – O Monge fez uma pausa e assentiu com a cabeça para Gillette. – Ele disse que tínhamos sido forçados a nos concentrar em um "tubarão da areia sem dentes enquanto o cabeça-de-martelo agia livremente". Acho que foi essa a frase, embora a sequência possa estar errada.

– Sim – disse o homem do CSN. – Eu me referia a Carlos, é claro. Não devíamos estar atrás de Caim e sim de Carlos.

– É lógico. Carlos. O mais evasivo matador da história moderna, um homem que muitos de nós acreditamos ser responsável, de uma ou outra forma, pelos mais trágicos assassinatos de nosso tempo. Você tem toda razão, Alfred, e, de certo modo, eu estava enganado. Não podemos nos permitir esquecer Carlos.

– Obrigado – disse Gillette. – Fico contente de ver meu ponto de vista reconhecido.

– Ele foi reconhecido. Por mim, pelo menos. Mas você também me fez pensar. Podem imaginar a tentação de um homem como Caim, agindo nos confins enevoados de uma zona repleta de vagabundos e fugitivos e de governos atolados até o pescoço em corrupção? Quanto ele deve ter invejado Carlos; quanto deve ter ficado com ciúmes do mundo europeu, mais animado, mais culto, mais luxuoso. Quantas vezes ele disse para si mesmo, "Sou melhor do que Carlos". Não importa quão frios esses sujeitos sejam, seus egos são imensos. Sugiro que ele foi para a Europa para encontrar um mundo melhor... e para destronar Carlos. O pretendente, senhor, deseja se apossar do título. Ele quer ser o campeão.

Gillette olhou para o Monge.

– É uma teoria interessante.

– E, se eu acompanho seu raciocínio – interrompeu o deputado –, seguindo a pista de Caim, podemos chegar até Carlos.

– Exatamente.

– Não sei se acompanhei – disse o diretor da CIA, aborrecido. – Por quê?

– Dois garanhões no padoque – respondeu Walters. – Eles se embolam.

– Um campeão não cede seu título prazerosamente. – Abbott pegou o cachimbo. – Ele luta selvagemente para retê-lo. Como diz o deputado, continuamos a seguir a pista de Caim, mas devemos também observar outros rastros na floresta. E, quando e se acharmos Caim, talvez devêssemos parar. Esperar que Carlos venha atrás dele.

– E aí pegar ambos – acrescentou o militar.

– Muito inteligente – disse Gillette.

Terminara a reunião, os membros se preparavam para deixar o local. David Abbott ficou de pé com o coronel do Pentágono, que juntava as páginas do dossiê da Medusa; ele pegara as folhas com baixas, pronto para guardá-las.

– Posso dar uma olhada? – perguntou Abbott. – Nós não temos uma cópia lá no Comitê dos Quarenta.

– São as ordens que temos – replicou o oficial, passando as páginas grampeadas ao homem mais velho. – Pensei que elas vinham de vocês. Apenas três cópias. Aqui, na agência e lá no Conselho.

– Vieram realmente de mim. – O Monge silencioso sorriu benevolentemente. – Civis demais no meu quintal.

O coronel virou-se para responder a uma pergunta feita pelo deputado do Tennessee. David Abbott não ouviu; em vez disso correu os olhos com rapidez pelas colunas de nomes; ficou alarmado. Diversos deles estavam riscados, tinham prestado contas. Prestação de contas era uma coisa que eles não podiam permitir. Nunca. Onde *estava* ele? Ele era o único homem naquela sala que sabia o nome e sentia o martelar no peito ao chegar à última página. O nome estava lá.

Bourne, Jason C. – Último posto conhecido: Tam Quan. Em nome de Deus, *o que tinha acontecido?*

René Bergeron bateu o telefone na sua mesa; a voz era apenas um pouco mais controlada que seu gesto.

– Tentei todos os cafés, todos os restaurantes e bistrôs que ela já frequentou!

– Não há um hotel em Paris onde ele tenha se registrado – disse o operador grisalho da mesa telefônica, sentado junto a um outro telefone, perto de uma prancheta. – Agora já faz mais de duas horas, ela pode estar morta. Se não estiver, talvez até preferisse estar.

– Ela pode contar a ele bastante coisa – refletiu Bergeron. – Menos do que nós poderíamos, ela nada sabe do velho.

– Ela sabe bastante, tem telefonado para Parc Monceau.

– Ela repassava as mensagens, não tinha certeza para quem.

– Ela sabe por quê.

– E Caim também sabe, posso te assegurar. E ele cometeria um erro grotesco com Parc Monceau. – O estilista inclinou-se a para frente, os braços poderosos se retesando ao unir as mãos com força, os olhos no homem grisalho. – Me diz, de novo, tudo de que você se lembra. Por que você tem tanta certeza de que ele é Bourne?

– Eu não sei se é Bourne. Eu disse que ele era Caim. Se você descreveu seus métodos com precisão, ele é o homem.

— Bourne é Caim. Nós o encontramos por meio dos registros da Medusa. Foi para isso que você foi contratado.

— Então ele é Bourne, mas não era esse o nome que ele usava. Naturalmente havia diversos homens na Medusa que não deixavam que seus verdadeiros nomes fossem usados. Havia para esses a garantia de uma falsa identidade, tinham ficha criminal. Ele podia ser um desses homens.

— Por que ele? Outros desapareceram. Você desapareceu.

— Eu poderia dizer que foi porque ele estava aqui em Saint-Honoré, e isso seria o bastante. Mas há mais, muito mais. Observei ele agir. Fui designado para uma missão que ele comandou, foi uma experiência para não ser esquecida, nem a ele. Aquele homem podia ser, seria, o seu Caim.

— Me conte.

— Nós saltamos de paraquedas à noite num setor chamado Tam Quan, sendo nosso objetivo resgatar um americano de nome Webb que era prisioneiro dos vietcongues. Nós não sabíamos, mas as probabilidades de não sobreviver eram gigantescas. Até mesmo o voo saindo de Saigon foi horrível. Ventos com força de um tufão a 3 mil metros, o avião vibrando como se fosse se despedaçar. Mesmo assim ele mandou que saltássemos.

— E vocês saltaram?

— Ele tinha a arma apontada para nossas cabeças. Para cada um de nós, conforme chegávamos à escotilha. Podíamos sobreviver aos elementos, não a um tiro no crânio.

— Quantos vocês eram?

— Dez.

— Vocês podiam ter dominado ele.

— Você não o conhece.

— Continue — disse Bergeron, se concentrando, imóvel, na mesa.

— Oito se reagruparam no solo; dois, ao que presumimos, não tinham sobrevivido ao salto. Foi inacreditável que eu conseguisse. Eu era o mais velho e não muito forte, mas eu conhecia a área; foi por isso que fui mandado. — O homem grisalho fez uma pausa, balançando a cabeça ao lembrar-se. — Menos de uma hora depois percebemos que era uma armadilha. Estávamos correndo como lagartos através da selva. E durante as noites ele continuava sozinho em meio às explosões de morteiros e de granadas. Para matar. Sempre voltando antes da madrugada para nos forçar a chegar cada vez mais junto do acampamento. Naquela ocasião eu achei que era puro suicídio.

– Por que vocês fizeram o que ele mandava? Ele tinha que dar uma razão, vocês eram da Medusa, não soldados.

– Ele disse que era a única forma de sairmos vivos, e havia lógica nisso. Estávamos muito atrás das linhas de combate, precisávamos de suprimentos que poderíamos encontrar no acampamento, se pudéssemos tomá-lo. Ele disse que tínhamos que tomá-lo, não tínhamos escolha. Se alguém discutisse, ele punha uma bala na cabeça, nós sabíamos. Na terceira noite tomamos o acampamento e encontramos o homem chamado Webb mais morto do que vivo, mas respirando. Achamos também os dois membros da nossa equipe que haviam desaparecido, muito bem vivos e espantados com o que tinha acontecido. Um homem branco e um vietnamita; eles tinham sido pagos pelos vietcongues para nos apanhar numa armadilha; para apanhar a ele, eu suspeito.

– Caim?

– É. O vietnamita nos viu primeiro e escapou. Caim deu um tiro na cabeça do homem branco. Acho que ele simplesmente foi até ele e lhe estourou os miolos.

– Ele conseguiu retirar vocês de lá? Através das linhas de combate?

– Quatro de nós, sim, e o homem chamado Webb. Cinco homens foram mortos. Foi durante essa terrível jornada de volta que eu penso que compreendi por que os boatos acerca dele podiam ser verdade, que ele era o recruta da Medusa mais bem pago.

– Em que sentido?

– Ele era o homem mais frio que já vi, o mais perigoso e o mais totalmente imprevisível. Na ocasião pensei que aquela era uma guerra estranha para ele; ele era um Savonarola, mas sem o princípio religioso, com apenas a sua moralidade esquisita, a qual era centrada em si próprio. Todos os homens eram seus inimigos, os líderes em particular, e ele não dava a mínima importância a qualquer dos lados. – O homem grisalho parou de novo, os olhos na prancheta, o pensamento obviamente a milhares de quilômetros de distância, recuado no tempo. – Lembre-se, a Medusa era cheia de homens diferentes e desesperados. Muitos tinham um ódio paranoico dos comunistas. Mate um comunista e Cristo sorri, exemplos estranhos do ensinamento cristão. Outros, como eu, tiveram suas fortunas roubadas por eles, o único meio de recuperá-las era os americanos vencerem a guerra. A França tinha nos abandonado em Dienbienphu. Mas havia dezenas de outros que viam o dinheirão que podiam ganhar na operação. Os malotes frequentemente continham 50 a 75 mil dólares. Um mensageiro que roubasse metade durante dez ou quinze entregas podia se aposentar em Cingapura ou Kuala Lumpur ou estabelecer sua própria rede de narcóticos no Triângulo. Além do pagamento exorbitante, e muitas vezes a anistia por crimes passados, as oportunidades eram ilimitadas. Foi nesse grupo que encaixei esse homem estranho. Era um pirata dos tempos modernos, no mais puro sentido.

Bergeron afrouxou as mãos.

– Espere um minuto. Você usou uma frase "uma missão que ele comandou". Havia militares na Medusa, você tem certeza de que ele não era um oficial americano?

– Americano, com certeza, mas certamente não do Exército.

– Por quê?

– Ele odiava tudo que se relacionava aos militares. Seu desprezo pelo Comando Saigon emergia em todas as decisões que tomava; considerava os militares do Exército idiotas e incompetentes. Num determinado ponto em Tam Quan recebíamos ordens pelo rádio. Ele interrompeu a transmissão e mandou que o general se fodesse porque ele não ia obedecer. Um oficial do Exército dificilmente faria aquilo.

– A menos que ele estivesse a ponto de abandonar a carreira – disse o estilista. – Como Paris abandonou, e você se virou o melhor que pôde, roubando da Medusa, montando suas próprias mas pouco patrióticas atividades onde quer que pudesse.

– Minha pátria me traiu antes que eu a traísse, René.

— Voltando a Caim. Você disse que Bourne não era o nome que ele usava. Qual era?

— Não me recordo. Como eu disse, para muitos os sobrenomes não tinham importância. Para mim ele era simplesmente "Delta".

— Do Mekong?

— Não, do alfabeto, acho eu.

— Alfa, Bravo, Charlie... Delta — disse Bergeron pensativamente em inglês. — Mas em muitas operações o codinome "Charlie" era substituído por "Caim" porque Charlie tinha virado sinônimo de Cong. "Charlie" virou "Caim".

— É isso mesmo. De modo que Bourne manteve uma letra e assumiu o codinome de "Caim". Poderia ter escolhido "Eco" ou "Foxtrote" ou "Zulu". Vinte outros se quisesse. Qual a diferença? Aonde você quer chegar?

— Ele escolheu Caim propositalmente. Era simbólico. Ele queria deixar isso bem claro desde o começo.

— Quis deixar bem claro o quê?

— Que Caim substituiria Carlos. *Pense.* "Carlos" é a forma espanhola de Charles, Charlie. O codinome "Caim" substituiria "Charlie", Carlos. Era a intenção dele desde o começo. Caim substituiria Carlos. E ele queria que Carlos soubesse disso.

— Carlos *sabe?*

— É claro. A notícia correu em Amsterdã e Berlim, em Genebra e Lisboa, Londres e aqui mesmo em Paris. Caim estava disponível para contratos, os preços mais baixos do que os cobrados por Carlos. Ele está corroendo constantemente a fama de Carlos!

— Dois matadores na mesma arena. Só pode haver um.

— Será Carlos. Nós pegamos o pardal vaidoso. Ele está em algum lugar num raio de duas horas de Saint-Honoré.

— Mas onde?

— Não interessa. Vamos encontrá-lo. Afinal de contas, ele nos encontrou. Ele voltará, seu ego exige isso. E aí a águia atacará e pegará o pardal. Carlos vai matá-lo.

O velho colocou a sua única muleta debaixo do braço esquerdo, afastou a cortina preta e entrou no confessionário.

Não se sentia bem, a palidez da morte cobria-lhe o rosto e ficou contente de o vulto em hábito de padre atrás da cortina transparente não poder vê-lo claramente. O assassino não lhe daria mais nenhuma missão se ele parecesse esgotado demais para realizá-la; ele precisava de trabalho agora. Faltavam só duas semanas, e ele tinha responsabilidades. Ele falou.

– *Angelus Domini*.

– *Angelus Domini*, filho de Deus – foi o sussurro de resposta. – Seus dias são confortáveis?

– Estão chegando ao fim, mas estão confortáveis.

– Sim. Acho que este será o seu último trabalho para mim. É de tal importância, porém, que sua paga será cinco vezes maior do que a de sempre. Espero que isso ajude.

– Obrigado, Carlos. Você é que sabe.

– Eu sei. Aqui está o que você deve fazer para merecê-la e a informação deve deixar o mundo com você. Não há espaço para erros.

– Sempre fui preciso. Vou até a morte para ser preciso agora.

– Morra em paz, meu velho amigo. É mais fácil... Você vai até a embaixada do Vietnã e pergunte por um adido chamado Phan Loc. Quando estiverem sozinhos, diga as seguintes palavras para ele: "Fins de 1968. Medusa, setor de Tam Quan. Caim esteve lá. Um outro também". Compreendeu?

– "Fins de 1968. Medusa, setor de Tam Quan. Caim esteve lá. Um outro também."

– Ele lhe dirá quando voltar. Será em questão de horas.

17

– Acho que está na hora de falarmos de uma *fiche confidentielle* lá de Zurique.

– Meu Deus!

– Eu não sou o homem que vocês estão procurando.

Bourne agarrou a mão da mulher, retendo-a no lugar, evitando que ela fugisse pelos corredores do elegante restaurante de Argenteuil, cheio de gente, a uns quilômetros do centro de Paris. A pavana tinha terminado, acabara a gavota. Estavam sozinhos, a gaiola era o reservado de veludo.

– Quem *é o senhor?*– Lavier fez uma careta, tentando soltar a mão, as veias do pescoço coberto de cosmético saltadas.

– Um americano rico que vive nas Bahamas. Você não acredita nisso?

– Eu devia ter percebido – disse ela. – Nada de débitos, nada de cheques, somente dinheiro vivo. O senhor nem mesmo olhou para a conta.

– Ou para os preços, antes dela. Foi isso que a trouxe até mim.

– Fui uma idiota. Os ricos sempre olham os preços, se não por outra razão, pelo menos pelo prazer de não lhes darem importância. – Lavier falava olhando em volta, procurando um espaço nos corredores, um garçom que ela pudesse chamar. Escapar.

– Não faça isso – disse Jason, observando-a nos olhos. – Seria uma tolice. Será melhor para nós dois se conversarmos.

A mulher fixou o olhar nele, a ponte de silêncio hostil acentuada pelo burburinho do grande salão, à meia-luz dos candelabros, e as intermitentes interrupções de risadas contidas das mesas vizinhas.

– Eu pergunto de novo – disse ela. – Quem é o senhor?

– Meu nome não tem importância. Fique com o que eu lhe dei.

– Briggs? É falso.

– Larousse também é e com ele foi alugado um carro que pegou os três assassinos no Banco Valois. Lá eles falharam. E também falharam esta tarde na Pont Neuf. Ele fugiu.

– Oh, meu Deus! – gritou ela, tentando se libertar.

– Eu disse *não!* – Bourne a segurou com firmeza, puxando-a de volta.

– E se eu gritar, monsieur? – Agora a máscara estava rachada com linhas de veneno, o batom vermelho brilhante marcando o rosnar de um roedor envelhecido e acuado.

– Eu gritarei mais alto – retrucou Jason. – Nós dois seríamos expulsos, e, uma vez lá fora, creio que poderei controlá-la. Por que não falar? Poderíamos aprender alguma coisa um com o outro. Afinal de contas, somos empregados, não patrões.

– Não tenho nada a lhe dizer.

– Então eu começo. Talvez isso a faça mudar de ideia. – Ele afrouxou o aperto cautelosamente. A tensão continuava no rosto branco, cheio de maquiagem, mas começou a se atenuar conforme a pressão dos dedos dele foi se reduzindo. Ela estava pronta para ouvir. – Vocês pagaram um preço em Zurique. Nós pagamos, também. Obviamente mais do que vocês. Estamos atrás do mesmo homem, *nós* sabemos por que o queremos. – Ele soltou a mulher. – Por que vocês o querem?

Ela não falou nada por quase meio minuto; em vez disso, ficou estudando Bourne em silêncio, os olhos cheios de raiva porém amedrontados. Bourne sabia que tinha colocado a questão de modo apropriado; para Jacqueline Lavier deixar de falar com ele seria um erro perigoso. Isso poderia lhe custar a vida se fossem levantadas outras questões.

– Quem são "nós"? – perguntou ela.

– Uma empresa que quer o dinheiro dela de volta. Muito dinheiro. Ele ficou com esse dinheiro.

– Ele não fez jus a ele, então?

Jason sabia que tinha que ser cuidadoso; ela supunha que ele sabia mais do que ele sabia na realidade.

– Digamos que houve um desacordo.

– Como poderia ter havido? Ou ele fez jus ao dinheiro ou não fez, dificilmente haveria uma zona neutra.

– É minha vez – disse Bourne. – Você respondeu a uma pergunta com uma pergunta, e eu não a evitei. Agora, vamos voltar. Por que vocês o querem? Por que o telefone de uma das melhores lojas de Saint-Honoré consta de uma *fiche* de Zurique?

– Foi um arranjo, monsieur.

– Para quem?

– O senhor enlouqueceu?

– Está bem, deixemos isso de lado por enquanto. De qualquer forma acho que nós sabemos.

– Impossível!

– Talvez sim, talvez não. Então foi um arranjo... para matar um homem?

– Não tenho nada a dizer.

– Mas há apenas um minuto, quando eu mencionei um carro, você tentou fugir. Isso queria dizer alguma coisa.

– Foi uma reação perfeitamente natural. – Jacqueline Lavier tocou a haste do copo de vinho. – Providenciei o aluguel. Eu não fiz questão de lhe dizer porque não há provas de que eu fiz isso. Além disso eu não sei nada do que aconteceu. – De repente ela segurou com força o copo, a máscara do rosto uma mistura de fúria e medo controlados. – Quem *são vocês?*

– Eu já lhe disse. Uma empresa que quer o dinheiro dela de volta.

– O senhor está interferindo! Saia de Paris! Largue isso!

– Por que deveríamos fazer isso? Nós somos a parte prejudicada, queremos corrigir o balancete. Temos direito a isso.

– Vocês não têm direito a nada! – cuspiu mme. Lavier. – O erro foi de vocês e pagarão por isso!

– Erro? – Ele precisava ser cuidadoso. Era ali, logo abaixo da superfície, os olhos da verdade podiam ser vistos debaixo do gelo. – Nada disso. Não há erro cometido pela vítima.

– O erro foi sua *escolha,* monsieur. Vocês escolheram o homem errado.

– Ele roubou milhões de Zurique – disse Jason. – Mas vocês sabiam disso. Ele pegou milhões, e, se vocês pensam que vão tirá-los dele, o que é a mesma coisa que tirá-los de nós, vocês estão completamente enganados.

– Nós não queremos dinheiro!

– Fico contente em saber. Quem são "nós"?

– Pensei que o senhor disse que sabia.

– Eu disse que tinha uma ideia. O bastante para denunciar um homem chamado Koenig em Zurique; d'Amacourt aqui em Paris. Se resolvermos fazer isso, a coisa poderia se transformar num grande embaraço, não é?

– Dinheiro? Embaraço? Essas coisas *não são importantes.* Vocês se atolam em estupidez, todos vocês! Vou dizer de novo. Saia de Paris. Largue isso. Não é mais do seu interesse.

– Acho que não é do seu. Francamente, achamos que vocês não têm competência.

– *Competência?* – repetiu Lavier, como se ela não acreditasse no que tinha ouvido.

– É isso mesmo.

– O senhor tem ideia do que está *dizendo?* De quem o senhor está *falando?*

— Não interessa. A menos que vocês recuem, meu conselho é que vocês se apresentem em alto e bom som. Acusações fabricadas; que não poderão ser rastreadas até nós, naturalmente. Denunciar Zurique, o Valois. Chamar a Sûreté, a Interpol... qualquer um e qualquer coisa para criar uma caçada, uma caçada maciça.

— O senhor é louco. E é um idiota.

— Absolutamente. Temos amigos em cargos muito importantes, obteremos as informações primeiro. Estaremos esperando no lugar certo na hora certa. Vamos pegá-lo.

— Vocês *não* o pegarão. Ele desaparecerá de novo! O senhor não *percebe?* Ele está em Paris, e uma rede de pessoas que ele não conhece o está procurando. Ele pode ter escapado uma vez, duas vezes, mas não uma terceira vez! Ele caiu na armadilha agora. Nós o cercamos!

— Nós não queremos que vocês o cerquem. Isso não é do nosso interesse. – Tinha quase chegado o momento, pensou Bourne. Quase, mas não ainda; o medo dela tinha de se igualar à sua raiva. Ela tinha que ser levada a explodir para revelar a verdade. – Este é o nosso ultimato, e nós a responsabilizamos por sua entrega, ou então você irá se juntar a Koenig e d'Amacourt. Suspenda a caçada hoje à noite. Se você não fizer isso, nós agiremos logo pela manhã; começaremos a gritar. Les Classiques será a loja de maior fama popular de Saint-Honoré, mas acho que não será entre as pessoas certas.

O rosto maquiado rachou.

— Não se atreva! Como se atreve! Quem é o senhor para dizer isso?!

Ele fez uma pausa, depois atirou.

— Um grupo de pessoas que não se importa muito com o seu Carlos.

Jacqueline Lavier congelou, os olhos arregalados, esticando a pele seca num tecido de cicatriz.

— O senhor *certamente* sabe – sussurrou ela. – E o senhor acha que pode se opor a ele? O senhor se acha páreo para Carlos?

— De certa forma, sim.

— O senhor é *louco.* Não se dá ultimatos a Carlos.

— Acabei de dar.

— Então o senhor está morto. O senhor levanta a voz para *qualquer um* e o senhor não dura um dia. Ele tem homens por toda parte, eles o matam na rua.

— Eles até que poderiam se soubessem a quem matar — disse Jason. — Você se esquece. Ninguém o conhece. Mas eles sabem quem você é. E Koenig e d'Amacourt. No momento em que denunciarmos vocês, vocês serão eliminados. Carlos não irá mais tolerar vocês. Mas ninguém me conhece.

— O senhor se esquece, monsieur. Eu o conheço.

— É o que menos me preocupa. Me encontrar... depois de feito o estrago e antes que seja tomada a decisão no que diz respeito a seu próprio futuro. Não vai demorar muito.

— Isso é loucura. O senhor sai do nada e fala como um louco. O senhor não pode fazer isso!

— Está sugerindo um acordo?

— É possível — disse Jacqueline Lavier. — Qualquer coisa é possível.

— Você está em posição de negociá-lo?

— Estou em posição de encaminhá-lo... muito melhor do que faria com um ultimato. Outros o levarão a quem possa decidir.

— O que você está dizendo é o que eu disse há uns minutos, podemos conversar.

— Podemos conversar, monsieur — concordou mme. Lavier, os olhos lutando pela própria vida.

— Então vamos começar pelo óbvio.

— Qual é?

Agora. A verdade.

— O que é Bourne para Carlos? Por que Carlos o quer?

— O que é *Bourne*... — A mulher parou, veneno e medo substituídos por uma expressão de absoluto choque. — O *senhor* pode perguntar *isso*?

— Vou perguntar de novo — disse Jason, ouvindo os ecos pulsando no peito. — O que é Bourne para Carlos?

— Ele é Caim! O senhor sabe disso tão bem quanto eu. Ele foi o seu erro, sua escolha! Você escolheu o homem errado!

Caim. Ele ouviu o nome, e os ecos explodiram em estouros de trovão ensurdecedor. E a cada estouro, a dor o torturava, os relâmpagos explodindo um após outro por toda a sua cabeça, a mente e o corpo se contorcendo debaixo da investida violenta do nome. Caim. Caim. As névoas estavam lá novamente. A escuridão, o vento, as explosões.

Alfa, Bravo, Caim, Delta, Eco, Foxtrote... Caim, Delta. Delta, Caim. Delta... Caim.

Caim é Charlie.
Delta é Caim!

– O que é? O que está acontecendo com o senhor?

– Nada. – Bourne tinha passado a mão direita sobre o pulso esquerdo, apertando com força, os dedos comprimindo a carne com tal violência que ele achou que a pele fosse rachar. Precisava fazer alguma coisa; precisava fazer parar o tremor, diminuir o ruído, expulsar a dor. Ele tinha de *clarear a mente*. Os olhos da verdade olhavam fixos para ele; ele não podia desviar o olhar. Ele estava ali, estava em casa, e o frio o fazia tremer. – Continue – disse ele, conseguindo controlar a própria voz, fazendo com que esta se transformasse num sussurro; não tinha como evitar.

– O senhor está doente? Está muito pálido e o senhor...

– Estou bem – interrompeu ele, ríspido. – Eu disse, *continue*.

– O que há para lhe contar?

– Conte tudo. Quero ouvir de você.

– Por quê? Não há nada que você não saiba. O senhor escolheu Caim. O senhor dispensou Carlos, pensa que pode dispensá-lo agora. O senhor estava enganado e está enganado novamente.

Vou matar você! Pego a sua garganta e estrangulo você. Me conte! Pelo amor de Cristo, me conte! No fim das contas, há apenas o meu começo! Preciso saber.

– Isso não interessa – disse ele. – Se você não esta procurando um acordo, se quer mesmo salvar a sua vida, me diga por que devemos escutar. Por que Carlos é tão inflexível... tão paranoico... quando se trata de Bourne? Me explique como se eu não tivesse ouvido antes. Se você não fizer, esses nomes que não devem ser mencionados serão divulgados por toda Paris, e você estará morta à tarde.

Lavier estava rígida, a máscara de alabastro fixa.

– Carlos perseguirá Caim até os confins da terra e o matará.

– Sabemos disso. Queremos saber por quê.
– Ele tem que fazer isso. Olhe para o senhor mesmo. Para gente como o senhor.
– Isso não faz sentido. Você não sabe o que somos.
– Não preciso. Sei o que vocês fizeram.
– Diga!
– Eu já disse. Vocês escolheram Caim em vez de Carlos, este foi o seu erro. Escolheram o homem errado. Pagaram ao assassino errado.
– O assassino... errado.
– O senhor não foi o primeiro, mas será o último. O desafiante orgulhoso será morto aqui em Paris, quer haja um acordo ou não.
– Escolhemos o assassino errado... – As palavras flutuavam no ar elegante e perfumado do restaurante. O trovão ensurdecedor tinha diminuído, forte ainda mas bem longe nas nuvens tempestuosas; as névoas clareavam agora, círculos de vapor espiralando em torno dele. Começou a ver, e o que ele via era o esboço de um monstro. Não um mito, mas um monstro. Um outro monstro. Havia dois.
– O senhor duvida? – perguntou a mulher. – Não interfira com Carlos. Deixe que ele pegue Caim, deixe que ele exerça sua vingança. Ela fez uma pausa, as duas mãos pousadas de leve na mesa. – Não prometo nada, mas vou realmente defender vocês, a perda que vocês tiveram. Há uma possibilidade... apenas uma possibilidade, o senhor compreende... de que o seu contrato seja honrado por aquele que o senhor deveria ter escolhido em primeiro lugar.
– O primeiro que deveríamos ter escolhido... Porque escolhemos o homem errado.
– O senhor entendeu, não é monsieur? Carlos deve ser informado de que o senhor entendeu. Talvez... apenas talvez... ele fique com pena das suas perdas se estiver convencido de que o senhor percebeu o erro.
– É esse o seu acordo? – disse Bourne, sem emoção, lutando para encontrar uma linha de raciocínio.
– Qualquer coisa é possível. Nada adiantam suas ameaças, posso lhe assegurar. Para nenhum de nós, e sou franca o bastante para me incluir nisso aí. Haveria apenas uma matança

sem propósito e Caim ficaria por fora, rindo. O senhor perderia não apenas uma vez, mas duas.

– Se isso for verdade... – Jason engoliu, quase sufocando quando o ar seco encheu o vácuo da sua garganta seca – então eu terei que explicar para minha própria gente que nós... escolhemos... o homem errado. – *Para com isso! Termine a frase. Se controle.* – Conte-me tudo que você sabe sobre Caim.

– Com que finalidade? – Lavier pôs os dedos na mesa, os dez pontos de verniz vermelho brilhante como pontas de uma arma.

– Se escolhemos o homem errado, então temos a informação errada.

– Vocês ouviram falar que ele era igual a Carlos, não foi? Que seus honorários eram mais razoáveis, seu dispositivo mais reduzido e, como menos intermediários estavam envolvidos, não havia meio de o contrato ser rastreado. Não foi?

– Talvez.

– É claro que foi assim. É o que dizem a todos, e isso é uma mentira. A força de Carlos está nas suas fontes de informação de longo alcance, informações *infalíveis*. No seu sofisticado sistema de alcançar a pessoa certa precisamente no momento certo que antecede ao golpe de morte.

– Isso dá a entender que há pessoas demais envolvidas. Havia pessoas demais em Zurique, demais também aqui em Paris.

– Todos cegos, monsieur. Todos.

– Cegos?

– Para dizer de modo bem simples. Eu venho participando da operação há alguns anos, encontrando de uma ou de outra maneira dezenas de pessoas que desempenharam papéis pouco importantes, nenhum é de importância. Contudo ainda não encontrei uma única pessoa que já tenha falado com Carlos, muito menos que tenha ideia de como ele é.

– Isso é Carlos. Quero saber sobre Caim. O que você sabe sobre Caim. – *Mantenha o controle. Você não pode se virar. Olhe para ela. Olhe para ela!*

– Por onde devemos começar?

– Por aquilo que lhe vier à mente primeiro. De onde ele veio? – *Não desvie o olhar!*

— Do sudeste da Ásia, é claro.
— É claro... — *Oh, meu Deus.*
— Da Medusa americana, sabemos isso...
Medusa! Os ventos, a escuridão, os relâmpagos de luz, a dor... A dor rasgava seu crânio agora; ele não estava ali, mas no passado. Um mundo longe na distância e no tempo. A dor. Oh, Jesus. A dor.
Tao!
Che-sah!
Tam Quan!
Alfa, Bravo, Caim... Delta.
Delta... Caim!
Caim é Charlie.
Delta é Caim.
— O que é que há? — A mulher parecia amedrontada; ela estudava o rosto dele, os olhos se movendo sem cessar, fixados nos dele. — O senhor está suando. Suas mãos estão tremendo. Está passando mal?
— Já vai passar. — Jason arrancou a mão que segurava o pulso e pegou um guardanapo para enxugar a testa.
— Vem quando está sob pressão, não é?
— Quando estou sob pressão, é sim. Continue. Não temos muito tempo; é preciso contactar as pessoas, tomar decisões. A sua vida é talvez uma delas. De volta a Caim. Você diz que ele veio da... Medusa americana.
— *Les mercenaires du diable* — disse Lavier. — Era o apelido dado à Medusa pelos colonos da Indochina, o que sobrou deles. Bem apropriado, não acha?
— Não faz muita diferença o que eu penso. Ou o que eu sei. Quero ouvir o que você *acha,* o que você sabe sobre Caim.
— O mal-estar o torna grosseiro.
— A minha impaciência me faz impaciente. Você diz que nós escolhemos o homem errado; se fizemos isso é porque tínhamos a informação errada. *Les mercenaires du diable.* Você está querendo dizer que Caim é francês?
— Absolutamente, o senhor não está me pondo à prova bem. Eu mencionei isso somente para indicar como é grande a nossa penetração na Medusa.
— "Nós" são as pessoas que trabalham para Carlos?

– Poderia se dizer que sim.
– Eu digo isso. Se Caim não é francês, o que é que ele é?
– Sem dúvida americano.
Oh, meu Deus!
– Por quê?
– Tudo que ele faz tem o toque da audácia americana. Ele vai abrindo seu caminho com pouca ou nenhuma sutileza, levando fama onde não lhe cabe nenhuma, alegando crimes quando não tem nada a ver com o caso. Ele estudou os métodos e conexões de Carlos como nenhuma pessoa viva jamais o fez. Nós soubemos que ele os descreve sem erros para seus clientes em potencial, quase sempre colocando-se no lugar de Carlos, convencendo os idiotas de que foi ele, e não Carlos, que aceitou e cumpriu os contratos. – Lavier fez uma pausa. – Eu toquei no ponto certo, não é? Ele fez o mesmo com o senhor, com seu pessoal, não foi?

– Talvez. – Jason segurou seu próprio pulso de novo, enquanto as declarações da mulher lhe voltavam à mente. Declarações feitas em resposta a pistas, num jogo mortal.

Stuttgart Regensburg. Munique. Dois assassinatos e um sequestro. Crédito para Baader. Honorários vindos de fonte americana...

Teerã? Oito assassinatos. Crédito dividido – Khomeini e OLP. Honorários, dois milhões. Setor Sudoeste da União Soviética.

Paris... Todos os contratos serão processados por Paris.
Contratos de quem?
Sanchez... Carlos.

– ...sempre com um artifício transparente.

Lavier tinha falado, ele não a escutara.

– O que é que você disse?

– O senhor está se lembrando agora, não é? Ele usou o mesmo artifício com o senhor, com o seu pessoal. É como ele consegue as missões.

– Missões? – Bourne retesou os músculos da barriga até que a dor o trouxesse de volta à mesa no salão de jantar cheio de candelabros de Argenteuil. – Então ele recebe missões – disse, sem mostrar emoção.

— E as cumpre com bastante perícia, ninguém pode negar isso. Sua lista de assassinatos é impressionante. De vários modos, ele é o segundo depois de Carlos – não seu par, mas muito acima das fileiras de *les guérilleros*. É um homem de tremenda habilidade, extremamente engenhoso, uma arma mortífera treinada na Medusa. Mas é a sua arrogância, suas mentiras à custa de Carlos que o derrubarão.

— E isso o torna um americano? Ou é preferência sua? Sei que você gosta do dinheiro americano, mas isso é quase o seu único produto de exportação do qual você realmente gosta. – *Tremenda habilidade; extremamente engenhoso, uma arma mortífera treinada... Port Noir, La Ciotat, Marselha, Zurique, Paris.*

— Isso está além do preconceito, monsieur. A identificação é positiva.

— Como a obteve?

Lavier tocou a haste do copo de vinho, o dedo indicador com a ponta vermelha enlaçando-o.

— Um homem insatisfeito foi comprado em Washington.

— Washington?

— Os americanos também procuram por Caim, com um ímpeto que se aproxima do de Carlos, suspeito eu. A Operação Medusa nunca veio a público, e Caim pode vir a ser um enorme contratempo. Esse homem insatisfeito estava num cargo que o possibilitava nos dar uma grande quantidade de informações, inclusive os registros da Medusa. Foi algo simples cotejar os nomes com aqueles de Zurique. Simples para Carlos, mas não para outro qualquer.

Simples demais, pensou Jason, sem saber por que aquele pensamento o assaltara.

— Entendo – disse ele.

— E o senhor? Como o encontrou? Não Caim, é lógico, mas Bourne.

Através da névoa da ansiedade, Jason lembrou-se de outra declaração. Não sua, mas uma dita por Marie.

— Muito mais simples – disse ele. – Entregamos o dinheiro a ele através de vários depósitos em várias contas. Os números podiam ser rastreados, é um expediente fiscal comum.

— Caim permitiu isso?
— Ele não soube. Os números eram pagos por... como se paga por números diferentes, números de telefone, numa *fiche*.
— Eu o cumprimento.
— Não é necessário, mas tudo que você fez até agora foi explicar uma identificação. Agora, continue. Tudo o que você sabe sobre esse homem, Bourne, tudo que lhe contaram. — *Tenha cuidado. Tire a tensão da voz. Você está apenas... avaliando dados. Marie, você disse isso. Querida, querida Marie. Graças a Deus você não está aqui.*
— O que sabemos sobre ele é incompleto. Ele conseguiu remover a maior parte dos registros essenciais, lição que ele sem dúvida aprendeu com Carlos. Mas não todos; conseguimos juntar as peças para montar um esboço. Antes de ser recrutado para a Operação Medusa, julgamos que ele era um homem de negócios que falava francês, morava em Cingapura e representava um grupo de importadores americanos de Nova York à Califórnia. A verdade é que ele foi demitido pelo grupo, que então tentou extraditá-lo para os Estados Unidos para ser processado; ele tinha roubado centenas de milhares dos importadores. Era conhecido em Cingapura como sendo uma pessoa retraída, muito poderosa em operações de contrabando e de extraordinária crueldade.
— Antes disso — interrompeu Jason, sentindo novamente o suor começando a porejar na linha do cabelo. — Antes de Cingapura. De onde ele veio? — *Tenha cuidado! As imagens! Ele podia ver as ruas de Cingapura, seus nomes: Prince Edward, Kim Chuan, Boon Tat, Maxwell, Cuscaden.*
— São esses registros que ninguém consegue achar. Há apenas boatos, e não fazem sentido. Por exemplo, dizem que ele era um jesuíta que abandonou o hábito e enlouqueceu; uma outra especulação era que ele teria sido um jovem e agressivo banqueiro de investimentos apanhado quando desviava fundos em conluio com diversos bancos de Cingapura. Não há nada de concreto, nada que possa ser rastreado. Antes de Cingapura, nada.
Você está enganada, há muita coisa. Mas nada disso faz parte do conjunto... Há um vácuo que precisa ser preenchido,

e você não pode me ajudar. Talvez ninguém possa; talvez ninguém devesse.

– Até agora você não me disse nada surpreendente – disse Bourne. – Nada relacionado com a informação na qual estou interessado.

– Então eu não sei o que o senhor quer! O senhor me faz perguntas, insiste em detalhes e, quando eu lhe ofereço as respostas, o senhor as rejeita como irrelevantes. O que é que o senhor quer *realmente?*

– O que você sabe sobre... o trabalho de Caim? Como você está querendo um acordo, me dê uma razão para isso. Se nossas informações diferirem, ficará anulado o que já fizemos, não é? Quando é que ele primeiro lhe chamou a atenção? A atenção de Carlos? *Rapidamente!*

– Há dois anos – disse mme. Lavier, desconcertada com a impaciência de Jason, aborrecida, amedrontada. – Chegaram notícias da Ásia sobre um homem branco oferecendo um serviço espantosamente semelhante ao fornecido por Carlos. Ele estava rapidamente se transformando numa indústria. Um embaixador foi assassinado em Moulmein; dois dias depois um político japonês altamente conceituado foi morto em Tóquio antes de um debate no Congresso. Daí a uma semana um editor de jornal morreu com a explosão de seu automóvel em Hong Kong, e em menos de 48 horas um banqueiro foi alvejado a tiros numa rua de Calcutá. Por trás de cada um, Caim. Sempre Caim. – A mulher parou, avaliando a reação de Bourne. Ele não apresentava nenhuma reação. – O senhor não vê? Ele estava por *toda parte.* Ele voava de um crime para outro, aceitando contratos com tal rapidez que não fazia discriminação. Era um homem com muita pressa, construindo sua reputação de maneira tão rápida que chocou até mesmo os mais experientes profissionais. E ninguém duvidava que *ele* fosse um profissional, e muito menos Carlos. Foram enviadas instruções: descobrir coisas sobre esse homem, conhecer tudo que for possível. O senhor vê, Carlos percebeu o que nenhum de nós percebeu, e em menos de doze meses ele mostrou que tinha razão. Chegaram relatórios de informantes em Manila, Osaka, Hong Kong e Tóquio. Caim estava se mudando para a Europa, diziam; ele faria da própria Paris a sua base de operações. O desafio era claro: Caim estava querendo destruir Carlos. Ele se tornaria o *novo* Carlos, seus serviços seriam *os* serviços exigidos por aqueles que os procurassem. Como *o senhor* os procurou, monsieur.

— Moulmein, Tóquio, Calcutá... — Jason ouviu os nomes saindo de seus lábios, sussurrados por sua garganta. Ali estavam eles de novo flutuando, suspensos no ar perfumado, sombras de um passado esquecido. — Manila, Hong Kong... — Ele parou, tentando clarear as névoas, olhando os contornos de estranhas formas que continuavam a deslizar com velocidade pelo olho de sua mente.

— Esses lugares e muitos outros — continuou Lavier. — Esse foi o erro de Caim, e é ainda seu erro. Carlos pode ser muitas coisas para muita gente, mas entre os que foram beneficiados por sua confiança e generosidade, há lealdade. Seus informantes e mercenários não se vendem facilmente, embora Caim tenha tentado inúmeras vezes. Dizem que Carlos é rápido em fazer julgamentos severos, mas, como também dizem, é melhor um diabo que se conhece do que um sucessor que não se conhece. O que Caim não percebeu, e não percebe agora, é que a rede de Carlos é muito grande. Quando Caim se mudou para a Europa, ele não sabia que suas atividades foram descobertas em Berlim, Lisboa, Amsterdã... até mesmo no longínquo Omã.

— Omã — disse Bourne involuntariamente. — Xeque Mustafá Kalig — murmurou ele, como para si próprio.

— Nunca foi provado! — interrompeu Lavier desafiadoramente. — Uma cortina de fumaça de confusão lançada intencionalmente, o próprio contrato era ficção. Ele levou crédito por um assassinato interno; ninguém poderia se infiltrar naquela segurança. Uma mentira.

— Uma mentira — repetiu Jason.

— Tantas mentiras — acrescentou mme. Lavier desdenhosamente. — Entretanto ele não é bobo, ele mente tranquilamente, plantando uma deixa aqui outra ali, sabendo que elas serão exageradas no processo até ganharem substância. A cada acontecimento ele provoca Carlos, se promovendo à custa do homem que ele substituiria. Mas ele não é páreo para Carlos; ele aceita contratos que não consegue cumprir. O senhor é um exemplo, sabemos que há diversos outros. Dizem que foi por isso que ele se afastou por meses, evitando gente como vocês.

— Evitando gente... — Jason segurou o pulso; o tremor havia começado de novo, o som distante do trovão ribombando em regiões afastadas de seu crânio. — Você... tem certeza disso?

— Absoluta. Ele não estava morto; estava escondido. Caim falhou em várias missões; era inevitável. Aceitou missões demais em um tempo muito curto. Entretanto sempre que isso acontecia, ele pulava de um assassinato fracassado para um outro espetacular, não contratado, para manter a fama. Selecionava uma pessoa importante e a eliminava; o assassinato era um choque para todo mundo, e, sem sombra de dúvida, atribuído a Caim. O embaixador que viajava em Moulmein foi um exemplo; ninguém contratara a sua morte. Há dois outros que chegaram ao nosso conhecimento, um comissário russo em Xangai e, mais recentemente, um banqueiro em Madri...

As palavras saíam dos lábios vermelhos brilhantes que se moviam freneticamente na parte inferior da máscara de maquiagem defronte dele. Ele as ouviu; já as tinha ouvido antes. Ele as tinha *vivido* antes. Não eram mais sombras, mas lembranças de um passado esquecido. Imagens e realidade se fundiram. Toda frase que ela começava ele era capaz de concluir, todo nome ou cidade ou incidente ditos por ela lhe eram instintivamente familiares.

Ela estava falando sobre... ele.
Alfa, Bravo, Caim, Delta...
Caim é Charlie, Delta é Caim.
Jason Bourne era o assassino chamado Caim.

Houve uma pergunta final, seu breve alívio da escuridão há duas noites na Sorbonne. Marselha, 23 de agosto.

— Que aconteceu em Marselha? — perguntou ele.

— Marselha? — Lavier se encolheu. — Como é que o senhor pôde? Que mentiras lhe contaram? Que *outras* mentiras?

— Apenas me conte o que houve.

— O senhor se refere a Leland, naturalmente. O onipresente embaixador cuja morte foi encomendada e paga, o contrato aceito por Carlos.

– E se eu lhe contar que há gente que acha que Caim foi o responsável?

– É nisso que ele queria que todos acreditassem! Foi o insulto máximo a Carlos, roubar esse assassinato dele. O pagamento era irrelevante para Caim; ele só queria mostrar ao mundo, nosso mundo, que ele podia chegar lá antes e fazer o serviço pelo qual Carlos havia sido pago. Mas não conseguiu, o senhor sabe. Ele não teve nada a ver com a morte de Leland.

– Ele estava lá.

– Ele caiu numa armadilha. Pelo menos, não apareceu. Alguns disseram que ele havia sido morto, mas, como não apareceu o corpo, Carlos não acreditou.

– Como foi que Caim foi dado como morto?

Madame Lavier encolheu-se, balançando a cabeça em movimentos curtos e rápidos.

– Dois homens no cais do porto tentaram ficar com o crédito, tentaram receber dinheiro pelo feito. Um nunca mais foi visto; pode-se supor que Caim o matou, se é que *era* Caim. Eram marginais do porto.

– Qual foi a armadilha?

– A *suposta* armadilha, monsieur. Ele disseram ter sabido que Caim deveria encontrar alguém na rue Sarrasin uma noite ou duas antes do assassinato. Disseram que deixaram mensagens bem obscuras na rua e atraíram o homem que ele estavam convencidos ser Caim para as docas, para um barco pesqueiro. Nem a traineira nem o capitão desta foram mais vistos depois disso, de modo que talvez eles tenham razão... mas, como eu digo, não houve prova. Nem mesmo uma boa descrição para cotejar com a do homem da rue Sarrasin. De qualquer modo, é aqui que termina.

Você está enganada. É aqui que começa. Para mim.

– Percebo – disse Bourne, tentando de novo incutir naturalidade a sua voz. – Nossas informações são diferentes, é claro. Nós escolhemos com base naquilo que conhecíamos.

– A escolha *errada,* monsieur. O que lhe contei é a verdade.

– Sim, eu sei.

– Temos um acordo fechado, então?

— Por que não?

— *Bien*. — Aliviada, a mulher levou o copo aos lábios. — O senhor verá que foi melhor para todos.

— Isso... não interessa realmente, agora. — Ele mal se fazia ouvir e tinha consciência disso. O que é que ele disse? O que é que ele tinha acabado de dizer? Por que é que disse isso?... As névoas estavam se fechando de novo, o trovão ficando mais forte; a dor tinha voltado a suas têmporas. — Quero dizer... quero dizer, como você diz, é melhor para todos. — Ele podia sentir, *ver*, os olhos de Lavier cravados nele, estudando-o. — É uma solução razoável.

— É lógico que é. O senhor não está se sentindo bem?

— Eu disse que não era nada, vai passar.

— Estou aliviada. Agora, o senhor me desculpe por um instante?

— Não. — Jason agarrou o braço dela.

— *Je vous prie, monsieur*. O toilette, é isso. Se faz questão, o senhor pode ficar do lado de fora, na porta.

— Vamos sair. Você pode parar no caminho. — Bourne fez sinal para o garçom trazer a conta.

— Como quiser — disse ela, observando-o.

Ele ficou no corredor escurecido entre focos de luz que saíam de lâmpadas embutidas no teto. Do outro lado estava o toilette das senhoras, assinalado por letras em maiúsculas, douradas, onde se lia FEMMES. Gente bonita — mulheres estonteantes, homens bem-apessoados passavam; o ambiente era semelhante ao de Les Classiques. Jacqueline Lavier estava em casa.

Ela já estava no toilette das senhoras há quase dez minutos, fato este que teria perturbado Jason se ele pudesse se concentrar no tempo. Mas não conseguia; estava fervendo. Ruído e dor o consumiam, cada terminal nervoso vivo, exposto, as fibras se inchando, aterrorizadas de pânico. Olhava fixamente para a frente, a história dos homens mortos atrás dele. O passado estava nos olhos da verdade; a verdade o buscara e ele a tinha visto. Caim... Caim... *Caim*.

Balançou a cabeça e levantou os olhos para o teto negro. Ele tinha que agir; não podia se permitir continuar caindo, mergulhando no abismo cheio de escuridão e ventos fortes.

Havia decisões a tomar... Não, elas estavam tomadas; tinha de implementá-las.

Marie. Marie? Oh, Deus, meu amor, nós estávamos tão errados!

Respirou profundamente e olhou para o relógio – o cronômetro que tinha trocado por uma fina peça de joalheria de ouro pertencente a um marquês no sul da França. *Ele é um homem de enorme habilidade, extremamente engenhoso...* Não havia alegria nessa verificação. Olhou para a porta do toilette das senhoras, do outro lado do corredor.

Onde estava Jacqueline Lavier? Por que ela ainda não tinha saído? O que é que ela pretendia permanecendo lá dentro? Ao chegarem no restaurante, ele tivera a presença de espírito de perguntar ao maître se havia um telefone lá; o homem respondera negativamente, apontando para uma cabine na entrada. Madame Lavier estava do seu lado e ela ouvira a resposta, compreendendo a razão da pergunta.

De repente um clarão de luz ofuscante. Ele se lançou para trás, encolhendo-se junto à parede, as mãos defronte dos olhos. A dor! Oh, Cristo! Os olhos estavam em fogo!

E aí ele escutou as palavras, misturadas às risadas educadas de homens e mulheres bem-vestidos que passavam casualmente pelo corredor.

– Como recordação do seu jantar no Roget, monsieur – disse uma animada recepcionista, segurando uma câmera fotográfica pela haste vertical do flash. – A fotografia estará pronta dentro de poucos minutos. Cumprimentos do Roget.

Bourne permaneceu rígido, sabendo que não poderia espatifar a câmera, sendo invadido pelo medo de uma outra percepção.

– Por que eu? – perguntou.

– Sua noiva pediu, monsieur – replicou a moça, acenando com a cabeça para o toilette das senhoras. – Falamos lá dentro. O senhor tem muita sorte, ela é uma senhora adorável. Ela pediu que eu lhe desse isso. – A recepcionista estendeu um bilhete dobrado. Jason pegou o papel enquanto a moça saía empertigada na direção da entrada do restaurante.

Sua doença me perturba e tenho certeza de que ao senhor também, meu novo amigo. O senhor pode ser o que diz que é, e também pode não ser. Terei a resposta em mais ou menos uma hora. Uma freguesa simpática deu um telefonema para mim, e aquela fotografia está a caminho de Paris. O senhor não pode impedi-lo como também não pode impedir os que agora estão vindo de carro para Argenteuil. Se nós, na realidade, temos um acordo, ninguém o perturbará como a sua doença me perturbou – e falaremos de novo quando meus colegas chegarem.

Dizem que Caim é um camaleão, aparecendo sob vários disfarces, e muito convincentes. Dizem também que ele é dado à violência e a crises de raiva. São também doenças, não são?

Ele desceu correndo a rua escura em Argenteuil atrás de uma luz no teto de um táxi que se afastava; o veículo dobrou a esquina e desapareceu. Bourne parou, ofegante, olhando em todas as direções por um outro; não viu nenhum. O porteiro do Roget lhe dissera que um táxi demoraria dez ou quinze minutos para chegar; por que monsieur não tinha pedido antes? A armadilha fora preparada, e ele caíra nela.

Lá na frente! Uma luz, um outro táxi! Ele partiu correndo. Tinha que pará-lo; tinha que voltar a Paris. Para Marie.

Estava de volta a um labirinto, fugindo cegamente, sabendo, enfim, que não tinha escapatória. Mas a fuga tinha que ser empreendida sozinho; esta decisão era irrevogável. Não haveria discussão, nem brigas, nem gritos de parte a parte ou argumentos baseados no amor e na incerteza. Pois a certeza tinha se confirmado. Ele sabia quem era... o que tinha sido; ele era culpado das acusações – como se suspeitava.

Durante uma hora ou duas não diria nada. Apenas observaria, falando calmamente sobre tudo exceto a verdade. Amando. E depois partiria; ela nunca saberia quando e ele talvez nunca lhe contasse por quê. Ele devia isso a ela; doeria muito durante algum tempo, mas a dor máxima seria bem menor do que aquela causada pelo estigma de Caim.

Caim!

Marie. Marie! O que é que eu fiz?

– Táxi! Táxi!

18

Saia de Paris! Agora! Não interessa o que esteja fazendo, pare e caia fora!... São estas as ordens do governo. Eles querem você fora daí. Eles o querem isolado.

Marie esmagou o cigarro no cinzeiro na mesinha-de-cabeceira, os olhos postos no número atrasado do *Potomac Quarterly,* os pensamentos indo rapidamente para o terrível jogo que Jason a forçara a jogar.

– Não vou ouvir! – disse para si mesma em voz alta, espantando-se como som de sua própria voz no quarto vazio. Foi até a janela, a mesma janela onde ele estivera, olhando para fora, amedrontado, tentando fazê-la entender.

Tenho que saber umas coisas... o bastante para tomar uma decisão... mas talvez não tudo. Uma parte de mim tem de ser capaz... de se afastar, desaparecer. Preciso poder dizer a mim mesmo, o que foi não é mais, e há a possibilidade que nunca tenha sido porque não tenho lembrança disso. O que uma pessoa não pode se lembrar não existiu... para ela.

– Meu querido, meu querido. Não deixem que façam isso com você! – As palavras pronunciadas não a surpreenderam agora, pois era como se ele estivesse ali no quarto, ouvindo, prestando atenção a suas próprias palavras, querendo fugir, desaparecer... com ela. Mas no fundo de sua compreensão ela sabia que ele não podia fazer isso; ele não aceitaria uma meia-verdade, ou três quartos de uma mentira.

Eles o querem isolado.

Quem eram *eles?* A resposta estava no Canadá e o Canadá estava fora de cogitação, uma outra armadilha.

Jason tinha razão sobre Paris; ela sentia isso, também. O que quer que fosse, estava ali. Se eles pudessem encontrar alguém para levantar a mortalha e deixar que ele percebesse por si mesmo que estava sendo manipulado, aí outras questões se tornariam viáveis, e as respostas não o empurrariam inexoravelmente para a autodestruição. Se Bourne pudesse ser convencido de que quaisquer que fossem os crimes não lembrados que pudesse ter cometido, ele era um peixe pequeno em um esquema muito maior, ele poderia ir embora, desaparecer com ela. Tudo *era* relativo. O que o homem que ela amava tinha de poder dizer a si próprio não era que o passado não existia mais, mas que tinha existido, e que ele podia conviver com esse passado e deixá-lo para trás. Era essa a racionalização de que ele precisava, a convicção de que, não importa o que ele tivesse sido, isso era menos do que seus inimigos queriam que o mundo acreditasse, pois eles não o usariam de outra maneira a não ser aquela. Ele era o bode expiatório, sua morte tomando o lugar da morte de outro. Se ele pelo menos pudesse *ver* isso, se ela pelo menos pudesse convencê-lo. E, se não conseguisse, ela o perderia. Eles iriam pegá-lo, iriam matá-lo.

Eles.

— Quem *é* você? — gritou ela pela janela, para as luzes de Paris lá fora. — *Onde* você está?

Pôde sentir o frio vento contra o rosto de maneira tão vívida que era como se as vidraças tivessem se derretido, o ar da noite avançando para dentro. Sobreveio-lhe um aperto na garganta e, por um momento, ela ficou sem poder engolir... sem poder respirar. O momento passou e ela respirou de novo. Teve medo; aquilo tinha acontecido antes, na sua primeira noite em Paris, quando saíra do café para encontrá-lo nos degraus do museu. Ela vinha andando rapidamente pela Saint-Michel quando aconteceu: o vento frio, a garganta inchando... na hora ela ficou sem poder respirar. Mais tarde ela compreendeu que sabia por quê; naquele instante, também, a diversos quarteirões de distância, dentro da Sorbonne, Jason tinha chegado a uma conclusão que em minutos seria revertida — mas ele tinha decidido naquele instante. Ele decidira que não voltaria para ela.

— Para com isso! — gritou ela. — É loucura — acrescentou, balançando a cabeça, olhando para o relógio. Ele partira há mais de cinco horas. Onde ele estava? *Onde ele estava?*

Bourne saltou do táxi defronte do outrora elegante hotel em Montparnasse. A hora seguinte seria a mais difícil de sua vida de curta memória — uma vida que era um vazio antes de Port Noir, um pesadelo depois. O pesadelo continuaria, mas Jason viveria com ele sozinho; ele a amava demais para pedir-lhe que vivesse aquele horror também. Encontraria um meio de desaparecer, levando consigo as provas que o ligavam a Caim.

Era assim bem simples; ele partiria para um encontro inexistente e nunca retornaria. Pouco depois escreveria um bilhete:

Acabou. Achei minhas flechas. Volte para o Canadá e não diga nada para o bem de nós dois. Sei onde te encontrar.

A última frase era falsa – ele nunca a encontraria –, mas essa pequena alegre esperança tinha que estar lá, nem que fosse apenas para conseguir que ela tomasse o avião para Ottawa. Com o tempo – o tempo passando – as semanas que haviam passado juntos se esvaneceriam num segredo guardado com tristeza, um depósito de breves riquezas para ser aberto e tocado em poucos e tranquilos momentos. E depois nada mais, pois a vida era vivida por memórias ativas; as memórias adormecidas perdiam significado. Ninguém melhor do que ele sabia disso.

Passou pelo saguão, assentindo para o *concierge* que estava sentado no banquinho atrás do balcão de mármore, lendo um jornal. O homem mal levantou os olhos, notando apenas que o intruso era um hóspede.

O elevador rugia e gemia a caminho do quinto andar. Jason respirou fundo e estendeu a mão para a porta; acima de tudo ele queria evitar cenas dramáticas – não levantar nenhum alarme com palavras ou olhares. O camaleão tinha que se confundir com a parte calma da floresta, aquela onde não se encontrava rastros. Ele sabia o que dizer; tinha pensado sobre o assunto cuidadosamente assim como sobre o bilhete que lhe escreveria.

– A maior parte da noite dando voltas – disse ele, abraçando-a, acariciando seu cabelo ruivo escuro, aconchegando a cabeça dela contra o ombro... e sofrendo –, andando atrás de vendedoras cadavéricas, ouvindo um bla-bla-blá animado e bebendo café disfarçado de lama azeda. Les Classiques foi uma perda de tempo; aquilo é um jardim zoológico. Os macacos e pavões montaram um espetáculo e tanto, mas acho que ninguém sabe mesmo de nada. Há uma possibilidade mínima, mas ele poderia ser simplesmente um francês esperto à procura de um otário americano.

— Ele? — perguntou Marie, o tremor diminuindo.

— Um homem que opera a mesa telefônica — disse Bourne, expulsando as imagens de explosões ofuscantes e escuridão e ventos fortes enquanto vinha-lhe à mente o rosto que conhecia sem saber de onde. Aquele homem era agora apenas uma escapatória; ele empurrou as imagens para longe. — Fiquei de encontrá-lo por volta da meia-noite no Bastringue na rue Hautefeuille.

— O que foi que ele disse?

— Muito pouco, mas o bastante para me interessar. Eu vi o sujeito me observando enquanto eu fazia perguntas. O lugar estava bastante cheio de gente, de modo que pude me movimentar por lá livremente, falar com as vendedoras.

— Perguntas? Que perguntas você fez?

— Qualquer coisa que me viesse à cabeça. Principalmente sobre a gerente, ou como quer que a chamem. Considerando o que aconteceu hoje à tarde, se aquela mulher fosse um elo de ligação direta com Carlos, ela estaria à beira da histeria. Eu a observei. Ela não estava nervosa; comportava-se como se nada tivesse acontecido a não ser por um bom dia de vendas na loja.

— Mas ela *era* um elo de ligação, como você diz. D'Amacourt explicou isso. *A fiche.*

— Indireto. Ela recebe um telefonema, e lhe dizem o que ela deve dizer antes de dar outro telefonema. — Na verdade, pensou Jason, esta avaliação inventada tinha fundamento na realidade. Jacqueline Lavier era, realmente, um elo de ligação indireto.

— Era simplesmente impossível ficar andando por lá fazendo perguntas sem parecer suspeito — protestou Marie.

— Era possível, sim — respondeu Bourne — se se tratasse de um escritor americano fazendo um artigo sobre as lojas de Saint-Honoré para uma revista de âmbito nacional.

— Muito boa desculpa, Jason.

— Funcionou. Ninguém quer ficar de fora.

— O que é que você soube?

— Como a maioria das lojas desse tipo, Les Classiques tem sua própria clientela, todos ricos, a maior parte do mesmo círculo e com as costumeiras intrigas conjugais e adultérios que fazem parte do cenário. Carlos sabia o que estava fazendo; lá existe uma central de informações regular mas não do tipo que encontramos numa lista telefônica.

— As pessoas te disseram isso? — perguntou Marie, segurando os braços dele, olhando-o nos olhos.

— Não com tantas palavras — disse ele, consciente das sombras de desconfiança dela. — A ênfase era sempre no talento desse tal de Bergeron, mas uma coisa leva a outra. Pode-se obter um quadro geral. Todo mundo parece gravitar em torno daquela gerente. Pelo que pude observar, a mulher é uma fonte de informações sociais, embora provavelmente ela não pudesse me contar nada, exceto que fez um favor a alguém, um arranjo, e que este alguém fez um favor a um outro alguém. É impossível rastrear a fonte, mas isso foi tudo que consegui.

— Por que o encontro hoje à noite em Bastringue?

— Ele se chegou a mim quando eu ia saindo e me disse uma coisa muito estranha. — Jason não precisava inventar essa parte da mentira. Ele tinha lido as palavras no bilhete num restaurante elegante em Argenteuil há menos de uma hora. — Ele disse: "Você pode ser o que diz que é, mas também pode não ser". Foi então que eu sugeri um drinque mais tarde, longe de Saint-Honoré. — Bourne viu as dúvidas dela se afastando. Ele tinha conseguido; ela aceitara a tapeçaria de mentiras. E por que não? Ele era um homem de *tremendas habilidades, extremamente engenhoso*. O elogio não lhe pareceu odioso, ele era Caim.

— Ele pode ser o homem, Jason. Você disse que precisava apenas de um; esse homem pode ser ele!

— Veremos. — Bourne olhou para o relógio. A contagem regressiva para sua partida tinha começado; não podia olhar para trás. — Temos quase duas horas. Onde você deixou a pasta?

— No Meurice. Eu me registrei lá.

— Vamos pegá-la e jantar. Você ainda não comeu, não é?

— Não... — A expressão de Marie era de curiosidade. — Por que não deixar a pasta onde está? Está perfeitamente segura, nós não precisaríamos nos preocupar com ela.

— Nós teríamos de nos preocupar se tivéssemos de sair daqui às pressas — disse ele, de modo quase brusco, indo até a escrivaninha. *Tudo era uma questão de graduação, agora, pequenos atritos se revelando gradualmente na fala, em olhares, em toques. Nada para alarmar, nada que se baseasse em falsos heroísmos; ela perceberia a verdade se ele usasse essas táticas. Apenas o necessário para que mais tarde ela pudesse compreender a verdade quando lesse suas palavras. "Acabou. Achei minhas flechas..."*

– Qual é o problema, querido?

– Nada. – O camaleão sorriu. – Só que eu estou cansado e provavelmente um pouco desanimado.

– Deus do céu, por quê? Um homem quer encontrar você confidencialmente tarde da noite, um homem que opera uma mesa telefônica. Ele pode levar você a algum lugar. E você está convencido de que se aproximou de um contato de Carlos através dessa mulher; ela terá que contar a você alguma coisa, quer queira, quer não. Com uma certa dose de humor negro, acho que você deveria estar feliz.

– Não sei se posso explicar – disse Jason, olhando agora para seu reflexo no espelho. – Você precisa compreender o que encontrei lá.

– O que é que você encontrou? – Uma pergunta.

– O que encontrei. – Uma afirmação. – É um mundo diferente – continuou Bourne, pegando a garrafa de scotch e um copo. – Pessoas diferentes. É suave e lindo e frívolo, com um monte de pequenos refletores e veludo negro. Nada é levado a sério exceto fofocas e prazer. Qualquer uma daquelas pessoas levianas – inclusive aquela mulher – podia ser um elo de ligação com Carlos e nunca saber, nunca suspeitar disso. Um homem como Carlos usaria pessoas assim; qualquer um como ele faria isso, inclusive *eu*... Foi o que encontrei. É desencorajador.

– E pouco racional. Apesar de você não acreditar, aquelas pessoas tomam decisões muito conscientes. Essa frivolidade que você mencionou exige isso; elas pensam. E você sabe o que eu acho? Acho que você está cansado e com fome, e precisa de uns drinques. Eu gostaria que você cancelasse o encontro de hoje à noite. Você teve um dia pesado.

– Não posso fazer isso – disse ele secamente.

– Está bem, não pode – respondeu ela, na defesa.

– Desculpe, estou estressado.

– Sim, eu sei. – Ela se dirigiu para o banheiro. – Vou lavar o rosto e depois podemos ir. Prepare um bom drinque para você, meu amor. Você está nervoso.

– Marie?

– Sim?

– Tente compreender. O que eu encontrei lá me transtornou. Achei que seria diferente. Mais fácil.

– Enquanto você procurava, eu esperava, Jason. Sem saber. Não foi mais fácil.

– Achei que você fosse telefonar para o Canadá. Telefonou?

Ela estancou por um instante.

– Não – disse ela. – Já era muito tarde.

A porta do banheiro se fechou, Bourne atravessou o quarto até a escrivaninha. Abriu a gaveta, tirou o papel de carta, pegou uma caneta esferográfica e escreveu as palavras:

Acabou. Achei minhas flechas. Volte para o Canadá e não diga nada para o bem de nós dois. Sei onde te encontrar.

Dobrou o papel, colocou-o num envelope, mantendo a borda aberta enquanto pegava a carteira. Tirou notas de dinheiro suíço e francês e introduziu-as atrás do papel dobrado, selando o envelope. Escreveu na frente: MARIE.

Queria desesperadamente acrescentar: *Meu amor, meu querido amor.*

Não o fez. Não pôde.

A porta do banheiro se abriu. Ele pôs o envelope no bolso do paletó.

– Foi rápido – disse ele.

– Foi? Acho que não. O que é que você estava fazendo?

– Eu queria uma caneta – respondeu ele, pegando a esferográfica. – Se aquele cara tiver alguma coisa para me contar, eu quero estar pronto para tomar nota.

Marie estava perto da escrivaninha; olhou para o copo seco, vazio.

– Você não tomou o drinque.

– Não usei o copo.

– Sei. Vamos?

Esperaram no corredor pelo ruidoso elevador, um silêncio constrangedor entre os dois, verdadeiramente insuportável. Ele pegou a mão dela. Ao toque Marie apertou a mão dele com força, olhando fixamente para ele, seus olhos dizendo que o seu controle estava sendo posto à prova e que ela não sabia por quê. Jason lhe enviara sinais silenciosos, não chegaram a causar alarme, mas eles tinham sido enviados e ela os tinha escutado. Era parte da contagem regressiva, rígida, irreversível, prelúdio de sua partida.

Oh, meu Deus, eu te amo tanto. Você está aqui junto de mim e nós estamos nos tocando e eu estou morrendo por dentro. Mas você não pode morrer comigo. Você não deve. Eu sou Caim.

– Tudo vai ficar bem – disse ele.

A gaiola de metal vibrou ruidosamente dentro de seu nicho. Jason empurrou a porta gradeada de metal dourado, abrindo-a, e de repente praguejou baixo.

– Oh, Cristo, eu esqueci.
– O quê?
– Minha carteira. Deixei-a na gaveta da escrivaninha esta tarde para o caso de haver problemas em Saint-Honoré. Espere por mim no saguão. – Conduziu-a suavemente para dentro do elevador, apertando o botão com a mão livre. – Desço logo. – Ele fechou a grade; a treliça dourada cortou o olhar espantado dela. Ele se virou e dirigiu-se rapidamente para o quarto.

Lá dentro Bourne tirou o envelope do bolso e colocou-o apoiado na base do abajur na mesinha de cabeceira. Ficou olhando para ele, a dor insuportável.

– Adeus, meu amor – murmurou.

Bourne ficou esperando na chuva fina, do lado de fora do Hotel Meurice, na rue de Rivoli, observando Marie através das portas de vidro da entrada. Ela estava no balcão de recepção, assinando um recibo pela entrega da pasta. Depois ela pediu a conta a um funcionário um pouco espantado, disposta a pagar por um quarto que havia ocupado por menos de seis horas. Dois minutos se passaram antes de lhe trazerem a conta. O funcionário estava relutante, um hóspede do Meurice não se comportava daquela forma pouco cortês. Na verdade, toda Paris rejeitava esses hóspedes de poucas horas.

Marie saiu para a calçada, juntando-se a ele nas sombras e no chuvisco semelhante a uma névoa, à esquerda do toldo. Deu-lhe a pasta, um sorriso forçado nos lábios, um tom ligeiramente arquejante na voz.

– Aquele homem não gostou de mim. Tenho certeza de que ele está convencido de que eu usei o quarto para negócios escusos.

– O que é que você disse a ele? – perguntou Bourne.

– Que eu havia mudado de planos, foi tudo.

– Bom, quanto menos disser, melhor. O seu nome está no livro de registro. Invente uma boa razão para você ter estado lá.

– Inventar?... *Eu* devo inventar uma razão? – Ela estudou os olhos dele, o sorriso desaparecera.

– Eu quero dizer que nós devemos inventar uma razão. Naturalmente.

– Naturalmente.

– Vamos. – Começaram a andar na direção da esquina, o trânsito barulhento na rua, a garoa no ar agora mais forte, o nevoeiro mais denso, a promessa iminente de uma chuva pesada. Ele pegou no braço dela, não para guiá-la, nem mesmo por gentileza, apenas para tocá-la, para segurar uma parte dela. Restava tão pouco tempo.

Eu sou Caim. Eu sou a morte.

– Podemos ir mais devagar? – perguntou Marie secamente.

– O quê? – Jason percebeu que ele estava praticamente correndo; por alguns segundos ele sentiu que voltara ao labirinto, correndo por ele, se esgueirando, sentindo e não sentindo. Olhou para a frente e encontrou uma resposta. Na esquina um táxi vazio tinha parado perto de uma banca de jornais espalhafatosamente enfeitada, o motorista gritando pela janela aberta para o jornaleiro. – Quero pegar aquele táxi – disse Bourne, sem diminuir o passo. – A chuva vai apertar.

Quando chegaram à esquina, ambos ofegantes, o táxi vazio deu a partida, dobrando à esquerda na rue de Rivoli. Jason levantou os olhos para o céu noturno, sentindo os golpes úmidos no rosto, desalentado. A chuva tinha chegado. Ele olhou para Marie sob as luzes brilhantes da banca de jornais; ela piscava os olhos diante da súbita chuvarada. Não. Ela não estava piscando os olhos; ela olhava para alguma coisa... olhava espantada, sem acreditar, em estado de choque. De horror. Sem aviso ela gritou, o rosto contorcido, os dedos da mão direita apertados contra a boca. Bourne agarrou-a, puxando sua cabeça contra o sobretudo molhado; ela não parava de gritar.

Ele se virou, tentando achar a causa do ataque histérico. Então ele viu o que era, numa inacreditável fração de segundo ele percebeu que a contagem regressiva tinha sido interrompida. Ele cometera o crime final; não podia deixá-la. Não agora, ainda não.

Na prateleira de cima da banca de jornais estava um tabloide da primeira edição da manhã, a manchete em letras negras reluzindo sob os círculos de luz:

ASSASSINA EM PARIS
MULHER PROCURADA POR MORTES EM ZURIQUE
SUSPEITA EM RUMOROSO ROUBO DE MILHÕES

Abaixo das letras berrantes havia uma fotografia de Marie St. Jacques.

– Para com isso! – sussurrou Jason, usando o corpo para esconder o rosto da mulher do curioso jornaleiro, enquanto enfiava a mão no bolso à procura de moedas. Jogou o dinheiro no balcão, pegou dois jornais e empurrou-a para a rua escura, banhada de chuva. Agora os dois estavam no labirinto.

Bourne abriu a porta e conduziu Marie para dentro. Ela ficou de pé, imóvel, olhando para ele, o rosto pálido e amedrontado, a respiração entrecortada, uma mistura audível de medo e raiva.

– Vou preparar um drinque para você – disse Jason, indo até a escrivaninha. Enquanto enchia o copo, seus olhos se desviaram para o espelho e teve um desejo incontrolável de espatifar o vidro, tão desprezível lhe parecia sua própria imagem. O que diabos tinha feito? Oh, meu Deus.

Eu sou Caim. Eu sou a morte.

Ele ouviu o soluço dela e se voltou, tarde demais para impedi-la, longe demais para correr e rasgar aquela surpresa terrível que ele reservara para ela. Oh, Cristo, ele tinha esquecido! Ela encontrara o envelope na mesinha de cabeceira e estava lendo o bilhete. Seu único grito foi cortante, cheio de dor.

– *Jasonnnn!...*

– Por favor! Não! – Ele se afastou da escrivaninha e agarrou-a. – Não interessa! Não tem mais importância! – gritou, desesperado, vendo as lágrimas encherem os olhos de Marie, correndo pelo seu rosto. – Me *ouve!* Isso foi antes, não agora.

– Você ia embora! Meu Deus, você ia me *deixar!* – Os olhos dela ficaram vazios, dois círculos cegos de pânico. – Eu sabia! Eu senti!

– Eu *fiz* com que você sentisse! – disse ele, forçando-a a olhar para ele. – Mas agora isso acabou. Não vou te deixar. Me ouve. Não vou te deixar!

Ela gritou de novo.

– Eu não conseguia respirar!... Estava tão frio!

Bourne puxou-a para si, envolvendo-a com os braços.

– Temos que começar de novo. Tente compreender. É diferente agora... e não posso mudar o que aconteceu, mas não vou te deixar. Não vou te deixar dessa maneira.

Ela empurrou as mãos contra o peito dele, o rosto manchado de lágrimas se afastando, suplicando.

– Por que, Jason? Por quê?

– Mais tarde. Não agora. Não diga nada por enquanto. Apenas me abrace, deixe eu te abraçar.

Passaram-se minutos, a histeria foi se esvaindo, e os contornos da realidade foram entrando em foco. Bourne levou-a para a cadeira; ela pegou a manga do vestido, a renda rasgada. Ambos sorriram, ele ajoelhado junto a ela, segurando-lhe a mão em silêncio.

– Que tal aquele drinque? – disse ele finalmente.

– Acho que quero – replicou ela, apertando ligeiramente a mão dele enquanto ele se levantava. – Faz tempo que você o preparou.

– Não vai estragar. – Ele foi até a escrivaninha e voltou com dois copos cheios até a metade com uísque. Ela pegou um. – Está se sentindo melhor? – perguntou ele.

– Mais calma. Ainda estou confusa... com medo, é claro. Talvez com raiva, também. Não tenho certeza. Tenho medo de pensar naquilo.

– Ela bebeu, fechando os olhos, a cabeça apoiada com força contra a cadeira. – Por que você fez isso, Jason?

– Porque achei que tinha que fazer. Esta é a resposta simples.

– E não é absolutamente uma resposta. Eu mereço mais do que isso.

– Merece sim, e vou dar a você. Agora eu preciso fazer isso porque você tem que ouvir, você tem que compreender. Tem que se proteger.

– Proteger...

Ele levantou a mão, interrompendo-a.

– Isso virá mais tarde. Tudo, se você quiser. Mas a primeira coisa que temos que fazer é saber o que aconteceu, não *comigo,* mas com *você.* E aí que temos que começar. Você está em condições?

– O jornal?

– É.

– Só Deus sabe como estou interessada – disse ela, dando um sorriso fraco.

– Aqui. – Jason foi até a cama onde tinha largado os dois jornais.

– Vamos ler juntos.

– Sem jogo?

– Sem jogo.

Eles leram o longo artigo em silêncio, um artigo que falava de morte e intriga em Zurique. De vez em quando Marie arquejava, chocada com o que estava lendo; outras vezes balançava a cabeça, não acreditando. Bourne não disse nada. Ele via a mão de Ilich Ramirez Sanchez. *Carlos perseguirá Caim até os confins da terra. Carlos vai matá-lo.* Marie St. Jacques era descartável, uma isca que morreria na armadilha para pegar Caim.

Eu sou Caim. Eu sou a morte.

O artigo era, na realidade, dois artigos – uma estranha combinação de fato e conjectura, especulações ganhando espaço onde as provas terminavam. A primeira parte falava de uma funcionária do governo canadense, uma economista, Marie St. Jacques. Ela estava na cena de três crimes, as impressões digitais confirmadas pelo governo do Canadá. Além disso a polícia encontrou uma chave do Hotel Carillon du Lac, aparentemente perdida durante a violência em Guisan Quai. Era a chave do quarto de Marie St. Jacques, que lhe fora dada pelo funcionário do hotel. Este se lembrava dela muito bem; lembrava-se de uma hóspede que lhe parecia estar perturbada por grande ansiedade. A prova final era uma arma de fogo descoberta não longe de Steppdeckstrasse, numa alameda perto da cena dos dois outros crimes. O exame balístico comprovou ser aquela a arma do crime, e aí de novo foram encontradas impressões digitais, também confirmadas pelo governo canadense. Elas pertenciam à mulher, Marie St. Jacques.

Era nesse ponto que o artigo se afastava da realidade. Citava boatos que corriam na Bahnhofstrasse sobre um roubo de milhões de dólares que tivera lugar através da manipulação de computadores. O roubo estava relacionado com uma conta numerada, confidencial, pertencente a uma empresa americana denominada Treadstone Seventy-One. O banco também era citado; naturalmente tratava-se do Gemeinschaft. Mas tudo mais era nebuloso, obscuro, mais especulação do que fato.

De acordo com "fontes não reveladas" um indivíduo americano de posse dos códigos adequados transferira milhões para um banco em Paris, passando a nova conta para determinados indivíduos que deveriam assumir o direito de posse. Esses indivíduos estavam esperando em Paris e, feita a liberação, sacaram os milhões e desapareceram. O sucesso da operação foi atribuído ao fato de o americano ter obtido os códigos certos da conta do Gemeinschaft através de uma invasão no sistema de sequências numéricas sigilosas do banco, sistema este que vem a ser o procedimento padrão do banco para transações confidenciais. Uma análise desse tipo só poderia ser feita através do uso de sofisticadas técnicas de computação e um completo conhecimento das práticas bancárias suíças. Quando questionado, um funcionário do banco, Herr Walther Apfel, reconheceu que estava em curso uma investigação sobre assuntos pertinentes à empresa americana, mas, de acordo com a lei suíça, "o banco não tinha nenhum comentário a fazer – a ninguém".

Nesse ponto esclarecia-se a conexão com Marie St. Jacques. Ela era descrita como uma economista do governo altamente competente em normas bancárias internacionais, bem como uma programadora de computador de grande habilidade. Suspeitava-se que ela era cúmplice, suas qualificações sendo necessárias para a realização do enorme roubo. E *havia* um suspeito do sexo masculino; dizia-se que a mulher tinha sido vista em companhia dele no Carillon du Lac.

Marie terminou a leitura primeiro e deixou o jornal cair no chão. Com o ruído, Bourne ergueu os olhos para ela. Marie estava olhando fixo para a parede, uma serenidade estranha e melancólica a envolvendo. Esta era a última reação que ele esperava dela. Ele terminou de ler rapidamente, sentindo-se deprimido e desesperançado. Durante alguns segundos não disse uma palavra. Depois recuperou a voz e falou.

– Mentiras – disse ele. – E foram espalhadas por minha causa, pelo que sou. Descobrindo você, eles me encontram. Sinto muito, sinto mais do que consigo expressar.

Marie tirou os olhos da parede e olhou para ele.

– Isso vai mais fundo do que mentiras, Jason – disse ela. – Há verdades demais aqui para que tudo seja mentira.

– Verdade? A única verdade é que você esteve em Zurique. Você nunca pegou numa arma, nunca esteve numa alameda perto da Steppdeckstrasse, não perdeu uma chave de hotel e nunca esteve perto do Gemeinschaft.

– Concordo, mas não é dessa verdade que estou falando.

– Então qual é?

– O Gemeinschaft, a Treadstone Seventy-One, Apfel. Isto tudo é verdade, e o fato de qualquer deles ter sido mencionado, especialmente o reconhecimento de Apfel, é inacreditável. Os banqueiros suíços são homens cautelosos. Eles não ridicularizam as leis, pelo menos dessa maneira. As penas de prisão são extremamente severas. As normas relativas ao sigilo bancário estão entre as mais sagradas da Suíça. Apfel pode pegar anos de prisão por dizer o que ele disse, até mesmo por ter feito alusão a uma conta desse tipo, ainda mais confirmando o nome. A menos que ele tenha recebido, por parte de uma autoridade com bastante poder para ir contra as leis, a ordem de dizer o que disse. – Ela parou, os olhos desviando-se para a parede novamente. – Por quê? Por que o Gemeinschaft, a Treadstone ou Apfel se meteram nessa história?

– Eu te digo. Eles querem a mim e eles sabem que estamos juntos. Carlos sabe que estamos juntos. Encontra você e aí ele me encontra.

– Não, Jason, isso vai além de Carlos. Você realmente *não* entende as leis suíças. Nem mesmo Carlos poderia fazer com que elas fossem burladas dessa forma. – Ela olhou para ele, mas seus olhos não o viam; ela perscrutava suas próprias névoas. – Isso não é uma história, são duas. Ambas estão montadas sobre mentiras, a primeira ligada à segunda por uma tênue especulação, especulação pública, sobre uma crise bancária que nunca seria tornada pública, a menos que e até que uma completa e secreta investigação provasse a veracidade dos fatos. E a segunda história, a declaração evidentemente falsa de que milhões foram roubados do Gemeinschaft, foi anexada à igualmente falsa história de que eu teria matado três homens em Zurique. Foi acrescentada. Intencionalmente.

– Explica isso, por favor.

– Está aqui, Jason. Acredite em mim quando eu digo isso a você. Está bem na nossa cara.

– O que é?

– Alguém está tentando nos enviar uma mensagem.

19

O sedã do Exército corria para o sul na East River Drive de Manhattan, os faróis iluminando os últimos vestígios de uma nevasca de fim de inverno que rodopiavam à frente. O major no banco traseiro cochilava, o corpo comprido acomodado no canto, as pernas esticadas em diagonal pelo soalho. No seu colo uma maleta; com um delgado fio de náilon ligado à alça por um grampo de metal, a outra ponta entrando pela sua manga esquerda e, por dentro da túnica, presa ao cinto. Esse dispositivo de segurança tinha sido retirado apenas duas vezes nas últimas nove horas. Uma vez durante a partida do major de Zurique, e de novo na sua chegada ao Aeroporto Kennedy. Em ambos os lugares, entretanto, agentes do governo americano ficaram vigiando os funcionários da alfândega – mais precisamente, vigiando a maleta. Não tinham sido informados do motivo, deviam simplesmente observar as inspeções e, ao menor desvio dos procedimentos de rotina – o que significava qualquer interesse inusitado na maleta –, deviam interferir. Com armas, se necessário.

Houve um soar de campainha repentino, baixo; o major abriu os olhos de imediato e trouxe a mão esquerda à altura do rosto. O som era de um alarme de pulso; apertou o botão no relógio e semicerrou os olhos para verificar o ponteiro fluorescente do segundo mostrador daquele instrumento que marcava a hora de dois fusos. O primeiro marcava a hora de Zurique, o segundo, de Nova York; o alarme tinha sido armado há 24 horas, quando o oficial recebeu suas instruções por telegrama. A transmissão aconteceria dali a três minutos. Isto é, pensou o major, viria se o Cu de Ferro fosse tão preciso como ele exigia que seus subordinados fossem. O oficial se espreguiçou, equilibrando a maleta desajeitadamente, e inclinou-se para frente, falando com o motorista.

– Sargento, ligue o misturador de vozes em 1.430 megahertz, por favor?

– Sim, senhor. – O sargento empurrou duas chaves no rádio embaixo do painel de instrumentos, depois girou o botão para a frequência de 1.430. – Pronto, major.

– Obrigado. O microfone chega até aqui?

– Não sei. Nunca experimentei, major. – O motorista puxou o pequeno microfone de plástico do gancho e esticou o fio em espiral por sobre o assento. – Acho que chega – concluiu.

Irrompeu uma estática do microfone, o transmissor misturador esquadrinhando e interferindo na frequência. A mensagem chegaria em segundos. Chegou.

– Treadstone? Treadstone, confirmar, por favor.

– Treadstone recebendo – disse o major Gordon Webb. – Posso ouvir claramente. Continue.

– Qual é a sua posição?

– Cerca de um quilômetro e meio ao sul da Triborough, East River Drive – disse o major.

– Você está dentro do horário – veio a voz do microfone.

– Fico contente em saber. Só isso já vale meu dia... senhor.

Houve uma breve pausa, o outro lado não gostara do comentário do major.

– Siga até a rua 71 leste, número 139. Confirme repetindo.

– Rua Setenta-e-um leste, um-três-nove.

– Mantenha a viatura fora da área. Aproxime-se a pé.

– Entendido.

– Desligo.

– Desligo. – Webb empurrou o botão de transmissão para o lugar e entregou o microfone de volta ao motorista. – Esqueça o endereço, sargento. Seu nome por enquanto está num arquivo muito pequeno.

– Entendido, major. De qualquer maneira só ouvi estática nessa coisa aí. Mas como não sei onde é e estas rodas não devem ir até lá, onde é que o senhor deseja saltar?

Webb sorriu.

– A não mais de dois quarteirões. Acabo dormindo na sarjeta se tiver que caminhar mais do que isso.

– Que tal Lex e 72?

– São dois quarteirões?

– Não mais do que três.

– Se forem três quarteirões, você volta para soldado raso.

– Assim eu não poderia pegar o senhor mais tarde, major. Não são admitidos soldados nessa missão.

– Seja como você disse, capitão. – Webb fechou os olhos. Depois de dois anos, ele ia finalmente ver a Treadstone Seventy-One com os próprios olhos. Antes ele achava que sentiria uma sensação de expectativa: não sentia. Sentia apenas uma sensação de cansaço, de vazio. *O que é que tinha acontecido?*

O ruído incessante dos pneus no calçamento debaixo do carro era hipnótico, mas o ritmo era quebrado por choques agudos onde o concreto e as rodas não eram compatíveis. Os sons trouxeram-lhe lembranças de um tempo há muito passado, de barulhos penetrantes da selva, todos reunidos em um único tom. E depois a noite – aquela noite – quando luzes ofuscantes e explosões em staccato o cercaram por todos os lugares, avisando-o de que estava prestes a morrer. Mas ele não morreu; um milagre feito por um homem devolvera-lhe a vida... e os anos se passaram, aquela noite, aqueles dias nunca seriam esquecidos. *O que com os diabos tinha acontecido?*

– Chegamos, major.

Webb abriu os olhos, a mão enxugando o suor que se formara na sua testa. Olhou para o relógio, segurou com força a maleta e estendeu a mão para a maçaneta da porta.

– Estarei aqui entre 23h e 23h30 horas, sargento. Se você não puder estacionar, fique circulando e eu o encontro.

– Sim, senhor. – O motorista virou-se no banco. – O major pode me dizer se mais tarde vamos andar mais?

– Por quê? Você tem outro freguês?

– Que isso, major? Estou a sua disposição até receber ordem em contrário, o senhor sabe disso. Mas estes veículos blindados gastam combustível como os velhos tanques Sherman. Se vamos longe, é melhor eu completar.

– Desculpe. – O major fez uma pausa. – Está bem. De qualquer modo você vai ter de descobrir onde é, porque eu não sei. Vamos a um aeroporto particular em Madison, Nova Jersey. Tenho que chegar lá no mais tardar à 1h00.

– Tenho uma vaga ideia – disse o motorista. – Às 23h30, vai ficar um bocado apertado, major.

– OK, 23h00, então. E obrigado. – Webb saiu do carro, fechou a porta e esperou até que o sedã marrom entrasse no fluxo de tráfego da rua 72. Afastou-se do meio-fio e dirigiu-se para a 71.

Quatro minutos mais tarde ele estava defronte de uma casa com fachada de arenito marrom-claro, de linhas ricas, sóbrias, combinando com as outras casas naquela rua ladeada de árvores. Era uma rua tranquila, uma rua de gente com dinheiro – dinheiro antigo. Era o último lugar em Manhattan que se poderia suspeitar ser a sede de uma das centrais de informações mais secretas do país. E até vinte minutos atrás, o major Gordon Webb era uma das únicas oito ou dez pessoas nos Estados Unidos a saberem de sua existência.

Treadstone Seventy-One.

Subiu os degraus, sabendo que a pressão que seu peso exercia na tela de ferro embutida na pedra sob os seus pés acionava um dispositivo eletrônico que, por sua vez, acionava câmeras, levando sua imagem à tela no interior da casa. Fora isso, ele pouco sabia, exceto que a Treadstone Seventy-One nunca fechava; era operada e monitorada 24 horas por dia por umas poucas pessoas cujas identidades eram desconhecidas.

Chegou ao degrau mais alto e apertou a campainha, uma campainha comum, mas não numa porta comum, o major percebeu. A pesada madeira era rebitada a uma placa de aço atrás dela, os apliques decorativos de ferro eram os rebites e a grande maçaneta dourada disfarçava uma chapa elétrica. Esta chapa fazia com que fossem disparados ferrolhos de aço que se encaixavam em orifícios também de aço sempre que os alarmes fossem acionados. Webb deu uma olhada nas janelas. Cada vidraça, ele sabia, tinha cerca de trinta milímetros de espessura, capaz de resistir ao impacto de balas calibre 30. A Treadstone Seventy-One era uma fortaleza.

A porta se abriu e o major sorriu involuntariamente para a figura ali de pé, tão inteiramente fora do contexto do lugar ela parecia. Era uma mulher baixinha, elegante, de cabelo grisalho com feições aristocráticas suaves e um porte que denunciava nobreza endinheirada. A voz confirmou sua ideia; ela tinha o sotaque de gente educada na Inglaterra e nos Estados Unidos, refinado nas melhores escolas de aperfeiçoamento social para moças e em incontáveis partidas de polo.

– Que bom que o senhor veio nos fazer uma visita, major. Jeremy escreveu dizendo que o senhor talvez viesse. Por favor, entre. É um prazer ver o senhor novamente.

– É um prazer ver a senhora de novo, também – replicou Webb, entrando no saguão decorado com bom gosto, terminando a frase depois de a porta se fechar. – Mas não tenho certeza se já nos vimos antes.

A mulher riu.

– Oh, nós jantamos juntos tantas vezes.

– Com Jeremy?

– É claro.

– Quem é Jeremy?

– Um sobrinho devotado que é também seu amigo devotado. Um rapaz tão gentil, é pena que não exista. – Ela segurou o braço do major enquanto caminhavam pelo longo corredor. – Isso é por causa dos vizinhos que podem estar passando. Venha agora, eles estão esperando.

Passaram por um arco que levava a uma grande sala de jantar; o major olhou para o seu interior. Havia um piano de cauda perto das janelas da frente, uma harpa ao lado; e por toda parte – no piano e nas mesas lustradas brilhando sob a luz suave de lâmpadas – se viam fotografias em porta-retratos de prata; recordações de um passado cheio de riqueza e graça. Veleiros, homens e mulheres no convés de transatlânticos, diversos retratos de militares. E, sim, dois instantâneos de alguém montado para uma partida de polo. Era um aposento bem condizente com uma casa de fachada de arenito marrom daquela rua.

Chegaram ao final do corredor; havia uma grande porta de mogno, em baixo-relevo e parcialmente coberta de ornamentos de ferro, dispositivos de segurança. Se havia ali uma câmera infravermelha, Webb não conseguiu descobrir onde ficava a lente. A mulher de cabelo grisalho apertou uma campainha invisível; o major pôde ouvir um ligeiro zumbido.

– Seu amigo chegou, senhores. Parem de jogar pôquer e comecem a trabalhar. Sentido, Jesuíta!

– Jesuíta? – perguntou Webb, intrigado.

– É uma velha piada – retrucou a mulher. – É do tempo em que provavelmente você jogava gude e fazia caretas para menininhas.

A porta se abriu e surgiu a figura envelhecida mas ainda empertigada de David Abbott.

– Prazer em vê-lo, major – disse o ex-Monge Silencioso do Serviço Secreto, estendendo a mão.

– É um prazer estar aqui, senhor. – Apertaram as mãos. Um outro homem, também de certa idade, porte imponente, aproximou-se de Abbott.

– Um amigo de Jeremy, sem dúvida – disse o homem, a voz grave com uma ponta de ironia. – Tempos difíceis dispensam apresentações elaboradas, meu jovem. Venha, Margaret. Há uma lareira esplêndida lá em cima. – Virou-se para Abbott. – Você me avisa quando for sair, David?

– A hora costumeira, espero eu – replicou o Monge. – Vou mostrar a esses dois como te chamar.

Foi aí que Webb percebeu que havia um terceiro homem na sala; ele estava de pé na extremidade pouco iluminada do aposento, e o major reconheceu-o imediatamente. Era Elliot Stevens, assessor sênior do presidente dos Estados Unidos – alguns diziam ser seu alter ego. Estava com quarenta e poucos anos, esbelto, de óculos, e tinha um quê de autoridade despretensiosa.

– ... vai ficar bem. – O homem imponente que não tivera tempo de se apresentar estava falando; Webb não o havia escutado, a atenção no assessor da Casa Branca. – Estarei esperando.

– Da próxima vez eu faço – continuou Abbott, desviando os olhos com carinho para a mulher de cabelo grisalho. – Obrigado, irmã Meg. Conserve seu hábito bem passado. E abaixado.

– Você continua safado, Jesuíta.

Os dois se retiraram, fechando a porta atrás deles. Webb ficou por um momento balançando a cabeça e sorrindo. O homem e a mulher do número 139 da rua 71 leste faziam parte da sala no início do corredor, da mesma forma que a sala fazia parte da casa com fachada marrom, tudo fazendo parte de uma rua tranquila, ladeada de árvores, de gente endinheirada.

– Você os conhece há muito tempo, não é?

– A vida toda, pode-se dizer – replicou Abbott. – Ele era um iatista que usávamos nas regatas do Adriático para as operações Donovan na Iugoslávia. Mikhailovitch disse certa vez que ele velejava na pura coragem, dobrando as piores condições atmosféricas à sua vontade. E não se deixe iludir pela graciosidade da irmã Meg. Ela foi uma das mulheres da operação Intrépido, uma leoa com dentes muito afiados.

– Foi uma história assombrosa.

– Nunca se saberá tudo – disse Abbott, encerrando o assunto. – Quero apresentá-lo a Elliot Stevens. Acho que não preciso dizer de quem se trata. Webb, Stevens. Stevens, Webb.

– Soa como se fosse uma firma de advocacia – disse Stevens amistosamente, atravessando a sala, a mão estendida. – Prazer em conhecê-lo, Webb. Fez uma viagem boa?

– Eu preferiria o transporte militar. Odeio essas malditas linhas aéreas comerciais. Achei que o agente da alfândega no Kennedy ia cortar o forro da minha maleta.

— Você parece respeitável demais nesse uniforme — riu o Monge. — Está na cara que é um contrabandista.

— Ainda não tenho certeza se compreendo o uniforme — disse o major, carregando a pasta para uma comprida mesa de armar encostada na parede e soltando o fio de náilon do cinto.

— Eu não preciso dizer a você — respondeu Abbott — que muitas vezes o mais seguro é apresentar-se de maneira bem óbvia na aparência. Um oficial da inteligência do Exército circulando disfarçado em Zurique neste momento delicado poderia levantar suspeitas.

— Então eu não compreendo também — disse o assessor da Casa Branca, chegando-se a Webb perto da mesa, vendo as manobras do major com o fio de náilon e com o fecho. — Será que uma presença óbvia não levantaria suspeitas mais incômodas? Pensei que assumir um disfarce era tornar a descoberta menos provável.

— A viagem de Webb a Zurique foi uma inspeção consular de rotina, prevista nos programas do G-Dois. Ninguém engana ninguém com essas viagens; elas são o que são e nada mais. Avaliar novas fontes, pagar informantes. Os soviéticos fazem isso a toda hora; nem mesmo se importam em esconder. Nem nós, para falar francamente.

— Mas esta *não era* a finalidade dessa viagem — disse Stevens, começando a compreender. — Assim o óbvio esconde o que não é óbvio.

— Isso mesmo.

— Posso ajudar? — O assessor da presidência parecia fascinado com a maleta.

— Obrigado — disse Webb. — É só puxar o fio.

Stevens puxou.

— Sempre pensei que fossem correntes em torno do pulso — disse ele.

— Muitas mãos foram cortadas — explicou o major, sorrindo ante a reação do homem da Casa Branca. — Há um fio de aço por dentro do náilon. — Ele soltou a maleta e abriu-a na mesa, olhando em torno para a elegância do recesso onde se achava a biblioteca. Na extremidade da sala havia um par de portas envidraçadas até o chão que aparentemente davam para um jardim externo, vendo-se o contorno indistinto de um grande muro de pedra pelo vidro grosso. – Então isto é a Treadstone Seventy-One. Não é da forma que eu imaginava.

– Elliot, por favor feche as cortinas de novo, sim? – disse Abbott. O assessor presidencial foi até as portas envidraçadas e fez o que ele tinha pedido. Abbott foi até a estante, abriu o gabinete na parte de baixo e apertou um botão. Ouviu-se um ligeiro zumbido; toda a estante recuou lentamente para a esquerda. Do outro lado da estante havia um console de rádio eletrônico, o mais sofisticado que Webb já vira. – Isso é mais do que você tinha em mente? – perguntou o Monge.

– Minha Nossa... – O major assobiou enquanto estudava os mostradores, calibradores, quadros de ligações e dispositivos de varredura embutidos no painel. A sala de guerra do Pentágono tinha equipamentos bem mais sofisticados, mas aquele ali era um similar miniaturizado das centrais de inteligência mais bem estruturadas.

– Eu também assobiaria – disse Stevens, de pé em frente da espessa cortina. – Mas o sr. Abbott já me deu uma demonstração particular. Isso é só o começo. A não ser pelo número de botões, este lugar aqui pareceria o Comando Aéreo Estratégico de Omaha.

– Estes mesmos botões também transformam esta sala novamente numa graciosa biblioteca no East Side. – O velho apertou outro botão no gabinete; em segundos o enorme console foi substituído por estantes de livros. Depois ele foi até uma das estantes e pressionou mais um botão no gabinete. O zumbido começou; a estante deslizou, e logo em seu lugar apareceram três arquivos altos. O Monge tirou uma chave e abriu uma das gavetas do arquivo. – Não estou querendo me exibir, Gordon. Quando terminar, quero que você estude isso aqui. Vou mostrar a chave que os colocará no lugar de volta. Se você tiver algum problema, nosso anfitrião se encarregará de tudo.

– O que é que eu devo procurar?

– Vamos chegar lá; agora quero saber de Zurique. O que é que você soube?

– Desculpe, sr. Abbott – interrompeu Stevens. – Se eu vou devagar, é que tudo isso é novo para mim. Mas estou pensando em algo que o senhor disse há um minuto sobre a viagem do major Webb.

– O que é?

– O senhor disse que a viagem estava prevista com antecedência na programação do G-Dois.

– É isso.

– Por quê? A presença óbvia do major era para confundir Zurique, não Washington. Ou não era?

O Monge sorriu.

– Vejo por que o presidente o tem a seu lado. Nós nunca duvidamos que Carlos tenha se infiltrado em um círculo ou dois – ou em dez – em Washington. Ele acha as pessoas insatisfeitas e oferece a elas o que não têm. Um Carlos não pode existir sem pessoas assim. O senhor deve se lembrar, ele não apenas vende a morte, ele também vende os segredos das nações. Com muita frequência para os soviéticos, se não por outro motivo pelo menos para provar como foram inflexíveis em expulsá-lo.

– O presidente gostará de saber disso – disse o assessor.
– Isso explicaria muita coisa.

– É por esse motivo que o senhor está aqui, não é? – disse Abbott.

– Acho que sim.

– E Zurique é um bom lugar para começarmos – disse Webb, levando a maleta para uma poltrona em frente aos arquivos. Sentou-se espalhando a seus pés as pastas que estavam dentro da maleta e pegou diversas folhas. – Os senhores podem achar que Carlos está infiltrado em Washington, mas eu tenho a confirmação disso.

– Onde? Na Treadstone?

– Não há uma prova clara disso, mas é uma hipótese que não pode ser descartada. Ele encontrou a *fiche*. Ele a alterou.

– Meu Deus, como?

– O como nós só podemos imaginar; quem, eu sei.

– Quem?

– Um homem chamado Koenig. Até três dias atrás ele era encarregado das verificações iniciais no Gemeinschaft Bank.

– Até três dias atrás? Onde é que ele está agora?

– Morto. Um acidente de automóvel forjado, numa estrada que ele percorria todos os dias de sua vida. Aqui está o relatório da polícia; mandei traduzir. – Abbott pegou os papéis e sentou-se numa cadeira próxima. Elliot Stevens permaneceu de pé; Webb continuou. – Há algo muito interessante aqui. Não nos diz nada que já não saibamos, mas há uma pista que eu gostaria de seguir.

– Qual é? – perguntou o Monge, lendo. – Isso aqui descreve o acidente. A curva, a velocidade do veículo, aparentemente uma guinada de direção para evitar uma colisão.

– Está no fim. Menciona o assassinato no Gemeinschaft.

– Faz isso? – Abbott virou a página.

– Veja só. As duas últimas frases. Percebe o que eu quero dizer?

– Não exatamente – replicou Abbott, franzindo as sobrancelhas. – Aqui diz somente que Koenig era funcionário do Gemeinschaft, onde recentemente ocorreu um homicídio... e que ele tinha testemunhado o início do tiroteio. É tudo.

– Não acho que seja "tudo" – disse Webb. – Acho que há mais coisa. Alguém começou a levantar uma questão, mas ela ficou no ar. Gostaria de descobrir quem usa o lápis vermelho nos relatórios da polícia de Zurique. Pode ser o homem de Carlos; sabemos que ele tem alguém lá.

O Monge reclinou-se na cadeira, ainda com as sobrancelhas franzidas.

– Presumindo que você tenha razão, por que a referência toda não foi apagada?

– Era óbvio demais. *Houve* realmente o assassinato; Koenig era uma testemunha; o funcionário encarregado da investigação que assinou o relatório podia perfeitamente perguntar por quê.

– Mas se ele tivesse especulado sobre uma conexão, não seria estranho que sua especulação fosse apagada?

– Não necessariamente. Estamos falando de um banco na Suíça. Certas áreas são oficialmente invioláveis, a menos que haja prova.

– Nem sempre. Percebo que vocês tiveram muito sucesso com os jornais.

— Extraoficialmente. Apelei para o sensacionalismo jornalístico mais baixo e — embora quase o tivesse matado — consegui que Walther Apfel colaborasse em parte.

— Um momento — disse Elliot Stevens. — Acho que é aqui que o Salão Oval entra em cena. Presumo pelos jornais que vocês estão se referindo à mulher canadense.

— Não mesmo. Essa história já tinha estourado; não podíamos evitar. Carlos está infiltrado na polícia de Zurique; eles soltaram aquele relatório. Nós simplesmente o ampliamos e fizemos a ligação dela com uma outra história igualmente falsa sobre milhões que teriam sido roubados do Gemeinschaft. — Webb fez uma pausa e olhou para Abbott. — Isso é uma coisa sobre a qual precisamos conversar; talvez a história não seja falsa, no fim das contas.

— Não posso acreditar nisso — disse o Monge.

— Eu não *quero* acreditar nisso — replicou o major. — Jamais.

— Os senhores se importariam de voltar atrás? — pediu o assessor da Casa Branca, sentado defronte do oficial do Exército. — Quero entender isso bem.

— Deixe-me explicar — interrompeu Abbott, vendo o espanto no rosto de Webb. — Elliot está aqui por ordem do presidente. Por causa do assassinato no aeroporto de Ottawa.

— Foi uma confusão dos diabos — disse Stevens bruscamente. — O primeiro-ministro quase manda o presidente tirar nossas estações da Nova Escócia. Ficou danado da vida.

— Como é que terminou?

— Muito mal. Tudo o que eles sabem é que um importante economista do Tesouro Nacional fez uma sindicância discreta sobre uma empresa americana que não constava das listas e acabou morto por causa disso. Para tornar as coisas piores, disseram ao serviço de inteligência canadense para ficar fora do caso: era uma operação americana altamente secreta.

— Pelos diabos, quem fez *isso?*

— Acho que ouvi o nome do Cu de Ferro ligado, de certa forma, com esse negócio — disse o Monge.

— General Crawford? Filho da puta imbecil, que filho da puta estúpido!

– Você pode imaginar? – aparteou Stevens. – O homem *deles* é assassinado, e *nós* temos o topete de dizer a eles para não se meterem.

– Ele tinha razão, é claro – corrigiu Abbott. – O negócio tinha que ser feito rapidamente, sem espaço para mal-entendidos. Precisava-se colocar um tampão imediatamente, dar um choque forte o suficiente para estancar tudo. Isso me deu tempo para contactar MacKenzie Hawkins, eu e Mac trabalhamos juntos na Birmânia; ele se aposentou, mas eles o ouvem. Agora estão cooperando, e é isso que importa, não é?

– Há outras coisas a considerar, sr. Abbott – protestou Stevens.

– Estão em níveis diferentes, Elliot. As formalidades não fazem parte do nosso ramo, não perdemos tempo com atitudes diplomáticas. Eu entendo que essas atitudes são necessárias, mas não nos preocupam.

– Elas preocupam o presidente, senhor. São parte de formalidades diárias. E é por isso que tenho que voltar para ele com um panorama bastante claro. – Stevens fez uma pausa, voltando-se para Webb. – Agora, por favor, me diga de novo. Exatamente o que é que o senhor fez e por quê? Que papel desempenhamos no que diz respeito a essa mulher canadense?

– Inicialmente nenhum, foi a jogada de Carlos. Alguém muito alto na hierarquia da polícia de Zurique está na folha de pagamento de Carlos. Foi a polícia de Zurique que inventou a suposta pista ligando a mulher às três mortes. E isso é ridículo, ela não é assassina.

– Está bem, está bem – disse o assessor. – Foi coisa de Carlos. Por que ele fez isso?

– Para fazer Bourne sair da toca. A tal de St. Jacques e Bourne estão juntos.

– Bourne é o assassino que se autodenomina Caim, certo?

– Sim – disse Webb. – Carlos jurou-o de morte. Caim avançou no território de Carlos por toda a Europa e o Oriente Médio, mas não há fotografias de Caim, nem ninguém sabe realmente como é a sua aparência. Então, circulando uma foto da mulher, e vou lhe contar, ela está em absolutamente todos os jornais de lá, alguém podia localizá-la. Se ela for encontrada, as chances são de que Caim, Bourne, seja encontrado também. Carlos os matará, a ambos.

– Está bem. De novo, aí está Carlos. Agora o que *vocês* fizeram?

– Exatamente o que eu disse. Chegamos até o Gemeinschaft e convencemos o banco a confirmar o fato de que a mulher poderia, apenas poderia, estar ligada a um roubo gigantesco. Não foi fácil, mas foi o homem deles, Koenig, que teve que ser subornado, não um dos nossos. Isso é uma questão interna; eles queriam pôr uma pedra no caso. Aí eles chamaram os jornais e os encaminharam a Walther Apfel. Mulher misteriosa, assassinato, milhões roubados; os editores avançaram na história.

– Pelo amor de Deus, por quê? – gritou Stevens. – Vocês usaram um cidadão de outro país em benefício de uma estratégia da inteligência dos Estados Unidos! Um alto funcionário de um governo fortemente aliado. Vocês estão malucos? Vocês apenas fizeram piorar a situação, vocês a sacrificaram!

– O senhor está enganado – disse Webb. – Nós estamos tentando salvar a vida dela. Voltamos a arma de Carlos contra ele.

– Como?

O Monge levantou a mão.

– Antes de respondermos temos que voltar a uma outra questão – disse ele. – Porque a resposta a esta pergunta pode lhe dar uma indicação de como as informações têm que ficar restritas. Um instante atrás eu perguntei ao major como o homem de Carlos podia ter encontrado Bourne; encontrado a *fiche* que identificava Bourne como Caim. Acho que sei, mas quero que o major lhe conte.

Webb inclinou-se para frente.

– Os registros da Medusa – disse ele, em voz baixa, relutantemente.

– Medusa...? – A expressão de Stevens demonstrava o fato de que a operação tinha sido assunto de reuniões confidenciais anteriores na Casa Branca. – Estão enterrados – disse ele.

– Corrigindo – interrompeu Abbott. – Há um original e duas cópias, e elas estão em cofres no Pentágono, na CIA e no Conselho de Segurança Nacional. O acesso a elas é limitado a um grupo selecionado de pessoas, e cada uma dessas pessoas é a mais alta na hierarquia de sua unidade. Bourne surgiu da

Medusa; uma comparação desses nomes com os dos registros bancários faria surgir seu nome. Alguém os deu a Carlos.

Stevens olhou fixamente para o Monge.

– O senhor está dizendo que Carlos... aliciou... homens dessa hierarquia? É uma acusação muito forte.

– É a única explicação – disse Webb.

– Mas por que Bourne usaria seu próprio nome?

– Era necessário – replicou Abbott. – Era uma parte essencial de sua imagem. Tinha que ser autêntica, tudo tinha que ser autêntico. Tudo.

– Autêntico?

– Talvez o senhor compreenda agora – continuou o major. – Fazendo a ligação da mulher com os milhões supostamente roubados do Gemeinschaft Bank, nós estamos avisando a Bourne para aparecer. Ele sabe que a notícia é falsa.

– Avisando a Bourne para *aparecer?*

– O homem chamado Jason Bourne – disse Abbott, levantando-se e caminhando lentamente na direção das cortinas cerradas – é um oficial do serviço secreto americano. Não existe Caim, não aquele em que Carlos acredita. Ele é um chamariz, uma armadilha para Carlos; é isso que ele é. Ou era.

O silêncio foi breve, quebrado pelo homem da Casa Branca.

– Acho melhor o senhor explicar. O presidente tem que saber.

– Acho que sim – disse Abbott pensativamente, abrindo as cortinas e olhando, absorto, para fora. – É um dilema insolúvel, realmente. Os presidentes mudam, homens diferentes com temperamentos e ambições diferentes sentam-se no Salão Oval. Entretanto uma estratégia de longo alcance do serviço secreto não muda, não uma estratégia do tipo dessa. Contudo, uma frase descuidada dita por sobre um copo de uísque numa conversa, após eles terem largado a presidência, ou uma frase egotista num livro de memórias podem mandar pelos ares essa mesma estratégia. Não se passa um dia sem que nos preocupemos com os homens que sobreviveram à Casa Branca.

– *Por favor* – interrompeu Stevens. – Peço-lhe que se lembre de que estou aqui cumprindo ordens do atual presidente. Se o senhor aprova ou desaprova, não interessa. Por lei ele tem o direito de saber; e em seu nome eu insisto nesse direito.

— Muito bem — disse Abbott, ainda olhando para fora.
— Há três anos tomamos um personagem emprestado aos ingleses. Criamos um homem que nunca existiu. Se bem me recordo, antes da invasão da Normandia, o serviço secreto inglês lançou um cadáver boiando no litoral de Portugal, sabendo que todos os documentos que estivessem escondidos com ele iriam parar na embaixada da Alemanha em Lisboa. Foi criada uma vida para o corpo morto; um nome, um posto de oficial na Marinha; escolas, treinamento, ordens de serviço, carteira de motorista, cartões de sócio de seletos clubes de Londres e uma meia dúzia de cartas pessoais. Espalhadas por toda parte havia pistas, alusões em linguagem ambígua e umas poucas referências cronológicas e geográficas bem diretas. Todas elas apontavam para o fato de que a invasão aconteceria num lugar a 150 quilômetros das praias da Normandia e seis semanas depois do dia D de junho. Depois que os agentes alemães, em pânico, fizeram checagens por toda a Inglaterra, as quais, incidentalmente, foram controladas e monitoradas pelo *MI-5,* o Alto Comando em Berlim aceitou a história como verídica e desviou uma boa parte de suas defesas. Assim como muitas vidas foram perdidas, milhares e milhares de outras foram salvas por aquele homem que nunca existiu. — Abbott deixou a cortina voltar ao lugar e caminhou vagarosamente de volta para sua cadeira.

— Ouvi falar dessa história — disse o assessor da Casa Branca. — E?

— A nossa foi uma variação — disse o Monge, sentando-se pesadamente. — Criar um homem vivo, difundir rapidamente uma lenda, parecendo estar simultaneamente por toda parte, percorrendo com velocidade todo o sudeste da Ásia, suplantando Carlos em cada acontecimento, especialmente na área de números absolutos. Onde quer que houvesse um crime ou uma morte não explicada, ou um personagem importante envolvido em um acidente fatal, lá estava Caim. Fontes fidedignas, informantes pagos conhecidos por sua veracidade, receberam seu nome; embaixadas, postos de escuta, redes inteiras de informações eram bombardeadas com relatórios que enfatizavam as atividades de Caim em rápida expansão. Seus "assassinatos" se avolumavam a cada mês, às vezes dava a impressão de que até a cada semana. Ele estava por toda parte... e ele *existia*. Sob todos os aspectos.

– O senhor quer dizer que esse Bourne existia?

– Sim. Ele passou meses aprendendo tudo que havia sobre Carlos, estudando todos os arquivos que tínhamos, cada homicídio confirmado ou em que se suspeitasse do envolvimento de Carlos. Ele se debruçou sobre as táticas de Carlos, seus métodos de operação, tudo. Grande parte *desse* material nunca tinha sido trazido à luz e provavelmente nunca o será. É explosivo; governos e empresas internacionais se engalfinhariam. Literalmente havia muito pouco que Bourne não soubesse, que pudesse ser *aprendido,* sobre Carlos. E então ele se apresentava, sempre com uma aparência diferente, falando diversas línguas, conversando com círculos selecionados de criminosos empedernidos sobre coisas das quais somente um matador profissional poderia falar. E depois ele sumia, deixando em seu rastro homens e mulheres espantados e muitas vezes amedrontados. Eles tinham visto Caim; ele existia e ele não tinha piedade. Foi essa a imagem que Bourne passou.

– Ele vem trabalhando assim oculto há *três anos?* – perguntou Stevens

– Vem. Ele se mudou para a Europa, o mais completo assassino da Ásia, formado na tenebrosa Medusa, desafiando Carlos no seu próprio quintal. E no processo ele salvou quatro homens marcados por Carlos para morrer, levou o crédito por outros que Carlos havia matado, caçoou dele em cada ocasião... sempre tentando fazer com que ele viesse a público. Passou quase três anos vivendo o mais perigoso tipo de mentira que um homem pode viver, uma espécie de existência que poucos homens conhecem. A maioria deles não teria aguentado a pressão; e essa possibilidade nunca pôde ser descartada.

– Que tipo de homem é ele?

– Um profissional – respondeu Gordon Webb. – Alguém que tem treinamento e capacidade, que compreendeu que Carlos tinha que ser descoberto, parado.

– Mas três *anos...?*

– Se isso parece incrível – disse Abbott –, você devia saber que ele se submeteu à cirurgia. Foi como uma ruptura final com o passado, com o homem que ele era, a fim de se tornar um homem que ele não era. Eu acho que não há meio pelo qual uma nação possa recompensar um homem como Bourne pelo que ele tem feito. Talvez o único meio seja dar a ele a oportunidade de ter êxito; e, por Deus, eu pretendo conseguir isso.

O Monge parou durante precisamente dois segundos, depois acrescentou.

– Se ele *for* Bourne.

Foi como se Elliot Stevens tivesse sido atingido por um martelo invisível.

– O que é que você disse? – perguntou ele.

– Acho que deixei isso para o fim. Queria que você tivesse uma ideia geral do caso antes de mostrar a falha. Talvez *não* seja uma falha, simplesmente não sabemos. Aconteceram tantas coisas que não fazem sentido para nós, mas que não sabemos. É por essa razão que não pode haver absolutamente qualquer interferência de outros níveis, nenhuma pílula de ouro da diplomacia que possa expor nossa estratégia. Podemos com isso condenar um homem à morte, um homem que deu mais do que qualquer um de nós. Se tiver sucesso, ele poderá voltar para viver sua própria vida, mas apenas de maneira anônima, sem que sua identidade seja revelada.

– Acho que você tem que explicar isso – disse, atônito, o assessor presidencial.

– Lealdade, Elliot. Ela não está restrita ao que comumente chamamos de "mocinhos". Carlos montou um exército de homens e mulheres que lhe são devotados. Eles podem não conhecê-lo, mas eles o reverenciam. Entretanto, se Bourne puder pegar Carlos, ou atrair Carlos para uma armadilha onde possamos pegá-lo, e depois sumir, ele voltará para casa livre.

– Mas você diz que talvez ele *não* seja Bourne!

– Eu disse que não sabemos. *Era* Bourne no banco, as assinaturas são autênticas. Mas será que é Bourne agora? Os próximos dias nos dirão.

– Se ele aparecer – acrescentou Webb.

– É um problema delicado – continuou o velho. – Há tantas variáveis. Se não for Bourne, ou se ele trocou de lado, isso pode explicar o telefonema para Ottawa, a morte no aeroporto. Pelo que pudemos depreender, a habilidade da mulher foi usada para sacar o dinheiro em Paris. Tudo o que Carlos precisou foi fazer umas poucas perguntas junto à diretoria do Tesouro canadense. O resto seria brincadeira de criança para ele. Matar o contato dela, levá-la ao pânico, isolá-la e usá-la para apanhar Bourne.

– Você conseguiu falar com ela? – perguntou o major.

– Eu tentei e falhei. Fiz com que Mac Hawkins telefonasse para um homem que também trabalhava em íntima conexão com St. Jacques, um homem chamado Alan qualquer coisa. Ele a instruiu a voltar para o Canadá imediatamente. Ela desligou na cara dele.

– *Diabos!* – explodiu Webb.

– Pois é. Se tivéssemos conseguido trazê-la de volta, poderíamos ter sabido de muita coisa. Ela é a chave. Por que é que ela está com ele? Por que ele com ela? Nada faz sentido.

– Muito menos para mim! – disse Stevens, seu espanto transformado em raiva. – Se vocês querem a cooperação do presidente, e eu não prometo nada, é melhor que sejam mais claros.

Abbott virou-se para ele.

– Há seis meses Bourne desapareceu – disse ele. – Alguma coisa aconteceu; não estamos certos do que, mas podemos juntar várias peças numa probabilidade. Ele espalhou uma notícia em Zurique de que estava a caminho de Marselha. Mais tarde, tarde demais, nós compreendemos. Ele ficara sabendo que Carlos havia aceitado a encomenda da morte de Howard Leland, e Bourne tentava impedi-lo de cumprir a missão. Depois, nada; ele sumiu no espaço. Será que foi morto? Será que não aguentou a pressão? Será que... desistiu?

– Não posso aceitar isso – interrompeu Webb, com raiva. – Não vou aceitar isso!

– Sei que você não vai – disse o Monge. – É por isso que quero que examine aquele arquivo. Você conhece os códigos dele; estão todos lá. Veja se consegue detectar alguma variação em Zurique.

– Por favor! – interrompeu Stevens. – O que é que vocês *pensam?* Vocês devem ter encontrado algo concreto, algo no qual basear sua posição. Eu quero saber, sr. Abbott. O presidente precisa saber.

– Eu gostaria muitíssimo de ter encontrado – replicou o Monge. – O que é que encontramos? Tudo e nada. Quase três anos da mais cuidadosa e elaborada operação de despistamento que temos em nossos registros. Cada ato falso foi documentado, cada movimento definido e justificado; cada homem e mulher, informantes, contatos, fontes, receberam rostos, vozes, histórias para contar. E cada mês, cada semana, um pouco mais perto de Carlos. Depois nada. Silêncio. Seis meses de vácuo.

– Mas não agora – contra-atacou o assessor do presidente. – Esse silêncio foi quebrado. Por quem?

– Aí está a pergunta-chave, não é? – disse o velho, a voz cansada.

– Meses de silêncio, então subitamente uma explosão de atividades não autorizadas, incompreensíveis. A conta violada, a *fiche* alterada, milhões transferidos – sob todas as aparências, roubados. Acima de tudo, homens assassinados e armadilhas montadas para outros homens. Mas por quê, *por* quem? – O Monge sacudiu a cabeça, fatigado. – Quem é o homem que está lá?

20

A limusine estava estacionada entre dois postes de luz, do outro lado da rua em relação às pesadas portas ornamentadas da casa de fachada marrom. No banco da frente sentava-se um motorista uniformizado, nada havendo de inusitado em um motorista na direção de um veículo desse tipo parado naquela rua ladeada de árvores. O que era inusitado, entretanto, era o fato de dois outros homens permanecerem nas sombras do banco traseiro, nenhum deles fazendo qualquer menção de sair. Em vez disso, eles observavam a entrada da casa, sabendo que sua presença não poderia ser detectada pelo feixe infravermelho de uma câmera de segurança.

Um dos homens ajeitou os óculos, os olhos atrás das lentes parecendo uma coruja e claramente suspeitosos de quase tudo que viam. Alfred Gillette, diretor do setor de triagem e avaliação de pessoal do Conselho de Segurança Nacional, falou.

– Como é bom estar no lugar certo quando a arrogância é derrotada. Quanto mais sendo o instrumento para tal.

– Você não gosta mesmo dele, não é? – disse o companheiro de Gillette, um homem atarracado metido numa capa de chuva preta e cujo sotaque denunciava uma língua eslava de algum lugar da Europa.

– Eu o odeio. Ele representa tudo o que eu mais odeio em Washington. Bons colégios, casas suntuosas em Georgetown, fazendas na Virgínia, reuniões tranquilas nos clubes. Eles têm seu mundozinho fechado e ninguém entra, eles comandam tudo. Os *filhos-da-mãe*. A pequena nobreza de Washington, superior, vaidosa. Usam o intelecto de outros homens, o trabalho de outros homens e embrulham tudo em decisões que levam o seu imprima-se. E, se você está do lado de fora, torna-se parte dessa entidade amorfa, o staff.

– Você exagera – disse o europeu, os olhos na casa marrom. – Você não se saiu mal lá. Se não fosse assim, nós nunca o teríamos contactado.

Gillette lançou um olhar mal-humorado.

– Se eu não me saí mal, foi porque me tornei indispensável para muita gente como David Abbott. Guardo na minha cabeça milhares de fatos dos quais eles jamais se recordariam. Foi simplesmente mais fácil para eles me colocar onde estavam as perguntas, onde havia problemas precisando de soluções. Diretor do setor de triagem e avaliação de pessoal! Eles criaram esse título, esse cargo, para mim. Você sabe por quê?

– Não, Alfred – replicou o europeu, olhando para o relógio. – Não sei.

– Porque não têm a paciência de ficar horas estudando milhares de resumos e dossiês. Preferem ir jantar no Sans Souci, ou pavonear-se perante comissões do Senado, lendo páginas preparadas por outros, pelos invisíveis e anônimos "membros do staff".

– Você é um homem amargo – disse o europeu.

– Mais do que você pode imaginar. Uma vida inteira fazendo o trabalho que aqueles filhos da mãe deveriam fazer eles mesmos. E para quê? Um título e um almoço ocasional em que meu cérebro é servido junto com o camarão e a entrada! Por homens como esse David Abbott e sua tremenda arrogância; eles não são nada sem gente como eu.

– Não subestime o Monge. Carlos não o subestima.

– Como é que ele poderia subestimar? Ele não sabe o que avaliar. Tudo que Abbott faz é envolto em mistério; ninguém sabe quantos erros ele já cometeu. E, se algum erro vem à luz, são homens como eu que recebem a culpa.

O europeu passou o olhar da janela para Gillette.

— Você é muito passional, Alfred — disse ele friamente. — Deve tomar cuidado com isso.

O burocrata sorriu.

— Isso nunca atrapalha; acredito que minhas contribuições para Carlos são uma prova disso. Vamos dizer que estou me preparando para uma confrontação que eu não evitaria por nada nesse mundo.

— Uma declaração honesta — disse o homem atarracado.

— E quanto a você? Você me encontrou.

— Sei o que procurar. — O europeu voltou a olhar pela janela.

— Quero dizer *você*. O trabalho que você faz. Para Carlos.

— Não tenho um raciocínio tão complicado. Vim de um país onde homens instruídos são promovidos por caprichos de débeis mentais que recitam de cor a ladainha marxista. Carlos, também, sabia o que procurar.

Gillette riu, os olhos opacos a ponto de brilhar.

— Não somos tão diferentes, afinal de contas. Troque as páginas sangrentas de nosso *establishment* ocidental por Marx e você tem um grande paralelismo.

— Talvez — concordou o europeu, olhando de novo para o relógio.

— Não deve demorar. Abbott sempre pega a ponte aérea da meia-noite, cada hora sua devendo ser explicada em Washington.

— Você tem certeza de que ele vai sair sozinho?

— Ele sempre sai e certamente não gostaria de ser visto com Elliot Stevens. Webb e Stevens vão também sair separadamente; vinte minutos de intervalo é a norma para os que são convocados.

— Como é que você achou a Treadstone?

— Não foi difícil. Você contribuiu, Alfred; você fazia parte de um staff e tanto. — O homem riu, os olhos na casa marrom. — Caim surgiu da Medusa, você nos disse, e, se as suspeitas de Carlos estão corretas, isto apontava para o Monge, *nós* sabíamos *disso;* Medusa o ligava a Bourne. Carlos nos mandou manter Abbott sob vigilância 24 horas por dia; algo tinha dado errado. Quando os tiroteios em Zurique foram ouvidos em Washington, Abbott ficou descuidado. Nós o seguimos até aqui. Foi apenas uma questão de persistência.

– Isso te levou ao Canadá? Ao homem em Ottawa?

– O homem em Ottawa denunciou-se quando procurou a Treadstone. Quando soubemos quem era a moça, ficamos de olho no Tesouro, vigiando a seção dela. Veio um telefonema de Paris; era ela, pedindo que ele iniciasse uma busca. Não sabemos por que, mas suspeitamos que Bourne possa estar tentando implodir a Treadstone. Se ele desertou, essa é uma maneira de fugir e ficar com o dinheiro. Não importa. De repente, esse chefe de seção do qual ninguém fora do governo do Canadá jamais ouvira falar transformou-se num problema de altíssima prioridade. As redes ficaram entupidas pelos comunicados de informações. Isso significava que Carlos tinha razão; *você* tinha razão, Alfred. Caim não existe. Ele é uma invenção, uma armadilha.

– Desde o início – insistiu Gillette – eu te disse. Três anos de relatórios falsos, fontes não confirmadas. Estava tudo lá.

– Desde o começo – falou pensativo o europeu. – Sem dúvida a mais esplêndida criação do Monge... até que alguma coisa aconteceu e a criação desertou. Tudo está virando do avesso; está fazendo água.

– A vinda de Stevens até aqui confirma isso. O presidente insiste em saber.

– Ele tem que fazer isso. Há uma suspeita incômoda em Ottawa de que um chefe de seção do Tesouro foi morto pelo serviço secreto americano. – O europeu desviou o rosto da janela e olhou para o burocrata. – Lembre-se, Alfred, nós simplesmente queremos saber o que aconteceu. Eu te apresentei os fatos tais como nós os soubemos; são irrefutáveis, e Abbott não pode negá-los. Mas devem ser apresentados como tendo sido obtidos independentemente, através de suas próprias fontes. Você está estarrecido. Exige uma auditoria; toda a comunidade de informações foi passada para trás.

– E foi! – exclamou Gillette. – Passada para trás e usada. Ninguém em Washington sabe sobre Bourne, sobre a Treadstone. Eles deixaram todo mundo de fora; é estarrecedor. Não preciso fingir. Filhos da mãe arrogantes!

– Alfred – advertiu o europeu, levantando a mão nas sombras –, lembre-se bem para quem você está trabalhando agora. A ameaça não pode se basear em emoção, mas sim em um frio sentimento de quem se sente ultrajado profissionalmente. Ele suspeitará de você imediatamente; você deve afastar essas suspeitas também de imediato. *Você* é o acusador, não ele.

– Eu me lembrarei.

– Bom. – Luzes de farol refletiram no vidro. – O táxi de Abbott chegou. Eu cuido do motorista. – O europeu estendeu a mão para a direita e acionou um contato debaixo da axila. – Vou ficar no meu carro do outro lado da rua, ouvindo. – Falou para o motorista. – Abbott vai sair a qualquer momento, agora. Você sabe o que fazer.

O motorista assentiu. Os dois homens saíram da limusine simultaneamente. O motorista deu a volta no carro como que pretendendo acompanhar um rico empresário até o lado sul da rua. Gillette ficou observando pela janela traseira; os dois homens ficaram juntos por vários segundos, depois se separaram, o europeu indo na direção do táxi que chegava, a mão erguida, uma nota entre os dedos. O táxi seria mandado embora; quem o chamara mudara de planos. O motorista da limusine tinha corrido para o lado norte da rua e agora se escondera nas sombras de uma escada, a apenas duas portas da entrada da Treadstone Seventy-One.

Trinta segundos mais tarde os olhos de Gillette foram atraídos para a porta da casa marrom. Uma luz se acendeu quando David Abbott saiu, impaciente e visivelmente aborrecido. O táxi estava atrasado, e ele tinha que pegar um avião; devia seguir uma programação rígida. Abbott desceu os degraus, virando à esquerda na calçada, procurando o táxi, na expectativa. Em segundos ele passaria pelo motorista da limusine. Quando Abbott aproximou-se, ambos já estavam bem longe do alcance das câmeras.

A intercepção foi rápida, a troca de palavras também rápida. Alguns segundos depois David Abbott, surpreendido, entrou na limusine e o motorista voltou-se para as sombras.

– Você! – disse o Monge, com raiva e desprezo na voz. – De todos eles, *você*.

– Acho que você não está em condições de ser desdenhoso... muito menos arrogante.

– O que é que você fez! Como *tem coragem?* Zurique. Os registros da Medusa. Foi você.

– Os registros da Medusa, sim. Zurique, sim. Mas não é uma questão de o que eu fiz e sim do que *você fez*. Nós mandamos nossos próprios homens para Zurique, dizendo-lhes o que deveriam procurar. Nós encontramos. O nome dele é Bourne, não é? Ele é o homem que vocês chamam de Caim. O homem que você inventou.

Abbott controlou-se.

– Como encontrou esta casa?

– Persistência. Eu mandei seguir você.

– Você mandou que me seguissem? Que diabo pensa que está *fazendo?*

– Tentando emendar uma história. Uma história que você distorceu e sobre a qual mentiu, ocultando a verdade do restante de nós outros. O que é que *você* pensou que estava fazendo?

– Oh, meu Deus, seu grandissíssimo imbecil! – Abbott inspirou profundamente. – Por que fez isso? Por que não veio você mesmo falar comigo?

– Porque você não fez nada. Você manipulou toda a comunidade de informações. Milhões de dólares, incontáveis milhares de homens-hora, embaixadas e postos informaram mentiras e distorções sobre um assassino que nunca existiu. Oh, eu me recordo de suas palavras; que desafio para Carlos! Que armadilha irresistível era essa! A não ser pelo fato de que nós, também, éramos seus peões e, como membro responsável do Conselho de Segurança, eu fiquei profundamente ofendido. Todos vocês são iguais. Quem o elegeu Deus para você violar todas as regras, não, não apenas as regras, as leis, e nos fazer passar por idiotas?

– Não havia outro meio – disse o velho, com ar cansado, o rosto transformado num monte de rugas à meia-luz. – Quantos sabem? Diga a verdade.

– Eu mantive a história restrita. É só o que posso dizer.

– Isso pode não ser suficiente. Oh, Cristo!

– Talvez não dure, ponto final – disse o burocrata de modo enfático. – Quero saber o que aconteceu.

— O que aconteceu?
— A essa grandiosa estratégia sua. Parece que... está fazendo água.
— Por que você diz isso?
— É perfeitamente óbvio. Vocês perderam Bourne; não conseguem achá-lo. O seu Caim desapareceu com uma fortuna depositada para ele em Zurique.

Abbott ficou em silêncio por alguns instantes.

— Espere um minuto. O que é que te deu a pista?
— Você — disse Gillette rapidamente, o homem prudente se expondo ante uma pergunta capciosa. — Devo admitir que eu admirei o seu controle quando aquela zebra do Pentágono deitou falação sobre a Operação Medusa... sentado exatamente na frente do homem que a criou.
— Conversa sua. — A voz do velho agora estava forte. — Aquilo não serviu de pista nenhuma para você.
— Digamos que foi muito estranho você não dizer nada, isto é, quem naquela mesa conhecia mais a Medusa do que você? Mas você não disse uma palavra, e aquilo me fez pensar. Então eu levantei uma grande objeção à atenção que estava sendo dispensada a esse assassino, Caim. Você não pôde resistir, David. Você tinha que apresentar uma razão muito plausível para continuar a busca por Caim. Você lançou Carlos na caçada.
— Era verdade — interrompeu Abbott.
— É claro que era; você sabia como usá-la e sabia como detectá-la. Engenhoso. Uma serpente saída da cabeça da Medusa, preparada para receber um título mítico. O desafiante pula na arena do campeão para fazer com que este saia da sua toca.
— Era um plano perfeito, perfeito desde o início.
— Por que não? Como digo, era engenhoso, chegando mesmo ao detalhe de saber cada lance nosso contra Caim. Quem melhor para transmitir esses lances para Caim do que o único homem do Comitê dos Quarenta que recebia relatórios de cada conferência sobre operações secretas. Você nos usou a todos!

O Monge assentiu.

— Muito bem. Você tem razão até certo ponto, houve muito abuso, na minha opinião totalmente justificado, mas não é o que você pensa. Há controle e ponderação; sempre há, e eu não poderia proceder de outra maneira. A Treadstone é restrita a um pequeno grupo de homens entre os mais confiáveis dentro do governo. Vão desde o G-Dois do Exército até o Senado, da CIA até a Inteligência Naval, e, agora, falando abertamente, também a Casa Branca. Se houvesse realmente algum abuso, qualquer um deles não hesitaria em suspender a operação. Nenhum jamais achou que devia fazê-lo, e peço a você que também não o faça.

– Eu faria parte da Treadstone?
– Você já faz parte dela agora.
– Entendo. O que aconteceu? Onde está Bourne?
– Só Deus sabe. Nem mesmo sabemos se ele é Bourne.
– Vocês nem mesmo sabem *o quê?*

Entendo. O que aconteceu? Onde está Bourne?
Só Deus sabe. Nem mesmo sabemos se ele é Bourne.
Vocês nem mesmo sabem o quê?

O europeu estendeu a mão para a chave no painel e desligou-a.

– Então é isso – ele disse. – É disso que precisávamos saber. – Virou-se para o motorista a seu lado. – Rápido, agora. Fique atrás da escada. Lembre-se, se um deles sair, você tem exatamente três segundos antes que a porta se feche. Trabalhe rápido.

O homem uniformizado saiu primeiro; caminhou pela calçada até a Treadstone Seventy-One. De uma das casas adjacentes um casal de meia-idade estava dando adeus em voz alta para seus anfitriões. O motorista desacelerou o passo, metendo a mão no bolso à procura de um cigarro e parou para acendê-lo. Era agora um motorista aborrecido, matando o tempo de uma tediosa espera. O europeu ficou observando, depois desabotoou a capa de chuva e puxou um revólver longo, fino, o cano aumentado pelo volume do silenciador. Soltou a trava de segurança, colocou o revólver de volta no coldre, saiu do carro e atravessou a rua na direção da limusine. Os espelhos tinham sido colocados em ângulos apropriados de modo que nenhum dos dois homens dentro do veículo percebesse a sua aproximação. Ele fez uma breve pausa junto à mala traseira e depois, rapidamente, a mão estendida, correu até a porta dianteira direita, abriu-a e pulou dentro, a arma apoiada no assento.

Alfred Gillette engasgou, a mão esquerda procurando a maçaneta da porta; o europeu bateu na trava das quatro portas. David Abbott ficou imóvel, olhando fixo para o intruso.

– Bom dia, Monge – disse o europeu. – Um outro, de quem me disseram que veste muitas vezes o hábito religioso, lhe manda suas congratulações. Não apenas por Caim, mas pelo seu pessoal que cuida da Treadstone. O latista, por exemplo. Foi um grande agente antigamente.

Gillette recuperou a voz; era um misto de grito e sussurro.

– O que é isto? Quem é você? – gritou ele, fingindo desconhecimento.

– Oh, vamos lá, meu amigo. Isso não é necessário – disse o homem com a arma. – Posso ver na expressão do rosto do sr. Abbott que ele percebe que as dúvidas iniciais dele em relação a você eram verdadeiras. A gente deve sempre confiar nos nossos primeiros instintos, não é, Monge? Você tinha razão, é claro. Encontramos um outro homem descontente; o sistema de vocês os produz com incrível rapidez. Ele, na verdade, nos abriu os arquivos da Medusa, e isso foi o que realmente nos levou até Bourne.

– O que é que você está fazendo? – gritou Gillette. – O que é que você está *dizendo?*

– Você é um chato, Alfred. Mas sempre fez parte de um staff e tanto. É pena que não soubesse de que lado ficar, o seu tipo de gente nunca sabe.

– Você!... – Gillette levantou todo o corpo do banco, o rosto contorcido.

O europeu disparou a arma, o sopro do cano fazendo um rápido ruído dentro da forração macia da limusine. O burocrata amoleceu, o corpo caiu enrodilhado no chão contra a porta, os olhos de coruja ainda abertos com a morte.

– Acho que você não vai chorar a morte dele – disse o europeu.

– Não vou – disse o Monge.

– É Bourne que está lá, você sabe. Caim desertou; ele não aguentou. Terminou o longo período de silêncio. A serpente saída da cabeça da Medusa resolveu atacar por conta própria. Ou talvez ele tenha sido subornado. Isso é possível também, não é? Carlos compra muitos homens, este aí a seus pés, por exemplo.

– Você não vai saber nada de mim. Não tente.

– Não há nada mais a saber. Sabemos tudo. Delta, Charlie... Caim. Mas os nomes não têm mais importância; nunca tiveram, realmente. Tudo que resta é o isolamento final – a anulação do homem-monge que toma as decisões. Você. Bourne caiu na armadilha. Está perdido.

– Há outros que tomam decisões. Bourne vai procurá-los.

– Se isso acontecer, eles o matarão na primeira oportunidade. Não há nada mais desprezível do que um homem que deserta, mas, para que um homem deserte, tem que haver uma prova irrefutável de que ele era seu, para começar. Carlos tem a prova; ele era um de vocês, suas origens as mais secretas dos arquivos da Medusa.

O velho franziu as sobrancelhas; ele tinha medo, não por sua vida, mas por alguma coisa infinitamente mais indispensável.

– Você está louco – disse. – Não há prova.

– Aí é que está o erro, o seu erro. Carlos está em toda parte; seus tentáculos alcançam todos os tipos de esconderijos. Vocês precisavam de um homem da Medusa, alguém que tivesse vivido e desaparecido. Escolheram um homem chamado Bourne porque as circunstâncias de seu desaparecimento tinham sido apagadas, eliminadas de todos os registros que existiram; ou, pelo menos, vocês assim acreditavam. Mas vocês não levaram em consideração o próprio pessoal de campo de Hanói que havia se infiltrado na Medusa; esses registros existem. No dia 25 de março de 1968, Jason Bourne foi executado por um oficial da inteligência nas selvas de Tam Quan.

O Monge jogou-se para a frente; não havia mais nada a fazer senão um gesto final, um desafio final. O europeu disparou.

A porta da casa marrom se abriu. Das sombras debaixo da escada o motorista sorriu. O assessor da Casa Branca estava sendo acompanhado pelo velho que vivia na Treadstone, aquele que chamavam de latista; o assassino sabia que isso queria dizer que os alarmes da frente estavam desligados. Não precisava do intervalo de três segundos.

— Foi tão bom você ter vindo nos visitar — disse o latista, apertando a mão do outro.

— Muito obrigado, senhor.

Foram essas as últimas palavras ditas pelos dois. O motorista mirou por sobre o corrimão da parede de tijolos, puxando o gatilho duas vezes, os estampidos abafados inaudíveis no meio da miríade de outros sons distantes da cidade. O latista caiu para dentro; o assessor da Casa Branca segurou com força o peito, caindo entre os umbrais da porta. O assassino deu a volta pela parede de tijolos e correu até os degraus, agarrando o corpo de Stevens quando este caía. Com a força de um touro, ele levantou o homem da Casa Branca, jogando-o pela porta para dentro do saguão, atrás do latista. Depois se virou para a borda interior da pesada porta, reforçada por placas de aço. Ele sabia o que procurava; encontrou. Ao longo da moldura superior, desaparecendo na parede, havia um cabo grosso, pintado da cor do caixilho. Ele fechou a porta parcialmente, levantou a arma e disparou contra o cabo. O sopro foi seguido por uma erupção de estática e fagulhas; as câmeras de segurança estavam desativadas, todas as telas escuras.

Ele abriu a porta para fazer um sinal; não foi necessário. O europeu estava atravessando rapidamente a rua tranquila. Em segundos ele tinha subido os degraus e entrado, olhando em volta do saguão e do corredor — para a porta no fundo do corredor. Juntos os dois homens levantaram um tapete no chão do saguão, o europeu segurando a porta pela borda, e colocaram o tecido contra o aço de modo a deixar o espaço de cinco centímetros, os pinos de segurança ainda no lugar. Nenhum alarme de retaguarda poderia ser disparado.

Ficaram de pé em silêncio; ambos sabiam que, se alguém os descobrisse, isso ia acontecer logo. A descoberta veio sob a forma de uma porta se abrindo no andar de cima, seguido de passos e palavras que flutuavam na escada, uma voz feminina culta.

— Querido! Eu acabei de notar que aquela maldita câmera pifou. Quer checar; por favor? — Houve uma pausa; depois a voz da mulher falou de novo. – Pensando bem, por que não dizer a David? – Depois a pausa, de novo com um senso de tempo perfeito. – Não incomode o Jesuíta, querido. Diga a David!

Dois passos. Silêncio. Agitação de pano. O europeu observou a escada. Uma luz se apagou. David. Jesuíta... Monge!

– Pegue ela! – gritou para o motorista, virando-se, a arma apontada para a porta no fim do corredor.

O homem uniformizado subiu correndo a escada; houve um disparo; saiu de uma arma poderosa – ruidosa, sem silenciador. O europeu olhou para cima; o motorista segurava o ombro, o casaco encharcado de sangue, a pistola levantada, cuspindo fogo repetidamente no alto da escada.

A porta no fim do corredor abriu com violência, o major ali de pé em estado de choque, uma pasta de arquivo na mão. O europeu atirou duas vezes; Gordon Webb dobrou o corpo para trás, a garganta aberta, os papéis da pasta voando para trás. O homem de capa de chuva correu pela escada até o motorista; lá em cima, caída sobre o corrimão, estava a mulher de cabelo grisalho, morta, sangue saindo da cabeça e do pescoço.

– Você está bem? – perguntou o europeu.

O motorista assentiu.

– A vagabunda arrebentou metade do meu ombro, mas eu me viro.

– Você tem que se virar! – ordenou seu superior, tirando a capa de chuva. – Ponha meu casaco. Quero o Monge aqui dentro! Rápido!

– Jesus!

– *Carlos* quer o Monge aqui dentro!

Desajeitadamente o homem ferido vestiu a capa de chuva preta e desceu a escada circundando os corpos do latista e do assessor da Casa Branca. Cuidadosamente, com dor, ele saiu pela porta e desceu os degraus da frente da casa.

O europeu ficou observando o companheiro para se assegurar de que ele estava suficientemente apto para a tarefa. Estava sim; era um touro que tinha cada desejo satisfeito por Carlos. O motorista carregaria o cadáver de David Abbott para dentro, sem dúvida amparando-o como se estivesse ajudando um velho bêbado, no caso de estar passando alguém pela rua;

e depois ele arranjaria um jeito de estancar sua hemorragia o bastante para levar o corpo de Alfred Gillette até o rio, enterrando-o num pântano. Os homens de Carlos eram capazes de realizar essas proezas; eram todos muito fortes. Touros descontentes que tinham encontrado suas próprias razões de viver em um único homem.

O europeu voltou-se e foi andando pelo corredor; havia um serviço a fazer. O isolamento final de um homem chamado Jason Bourne.

Era mais do que ele esperava, os arquivos expostos eram um presente além da imaginação. Ali estavam pastas contendo cada código e método de comunicação usado pelo mítico Caim. Agora já não tão mítico, pensou o europeu enquanto juntava os papéis. A cena estava pronta, os quatro corpos em posição na elegante e tranquila biblioteca. David Abbott curvado numa cadeira, os olhos mortos demonstrando choque. Elliot Stevens estava a seus pés; o latista, curvado sobre a mesa de armar, uma garrafa de uísque virada na mão, e Gordon Webb esparramado no chão, agarrando a maleta. Não importa o tipo de violência que tivesse acontecido ali; a cena indicava que ela tinha sido inesperada; a conversa interrompida por um repentino tiroteio.

O europeu deu uma volta pelo local, luvas de camurça, avaliando sua obra de arte, e aquilo *era* uma obra de arte. Tinha mandado embora o motorista, limpado cada alça, cada maçaneta, cada superfície de madeira reluzente. Era hora do toque final. Foi até uma mesa onde havia copos de conhaque numa bandeja de prata, pegou um e levou-o à luz; como esperava, estava imaculadamente limpo. Colocou-o de volta e tirou do bolso um invólucro de plástico pequeno, achatado. Abriu-o e retirou um pedaço de fita transparente, elevando-o também contra a luz. Lá estavam elas, nítidas como retratos – pois eram retratos, tão inegáveis como qualquer fotografia.

Tinham sido tiradas de um copo de Perrier, trazidas de um escritório no Gemeinschaft Bank em Zurique. Eram as impressões digitais da mão direita de Jason Bourne.

O europeu pegou o copo de conhaque e, com a paciência de um artista, que ele era, comprimiu a fita em torno da superfície mais baixa, depois tirou-a de leve. De novo suspendeu o copo; as impressões podiam ser vistas na sua perfeição embaçada contra a luz do abajur de mesa.

Levou o copo até um canto do piso de tacos e deixou-o cair. Ajoelhou-se, estudou os fragmentos, retirou alguns e varreu o restante para debaixo da cortina.

Era o bastante.

21

– Mais tarde – disse Bourne, jogando as maletas dos dois na cama. – Temos que dar o fora daqui.

Marie estava sentada na poltrona. Ela tinha relido o artigo do jornal de novo, selecionando frases, repetindo-as. Sua concentração era absoluta; estava com a atenção monopolizada, cada vez mais confiante na sua análise.

– Estou certa, Jason. Alguém *está* nos enviando uma mensagem.

– Falaremos sobre isso mais tarde, já ficamos aqui tempo demais para o rumo que as coisas estão tomando. Aquele jornal estará por todo o hotel em uma hora, e os jornais da manhã podem ainda ser piores. Não é hora de modéstia; a sua figura se destaca no saguão do hotel, e você já foi vista neste aqui por muita gente. Pegue suas coisas.

Marie levantou-se, mas não fez nenhum outro movimento. Em vez disso, ela permaneceu no lugar e forçou-o a olhar para ela.

– Vamos falar sobre diversas coisas mais tarde – disse ela, com firmeza. – Você ia me deixar, Jason, e eu quero saber por quê.

– Eu já disse e direi de novo – disse ele, sem fugir ao assunto –, porque você tem de saber e eu estou mesmo disposto a fazer isso. Mas neste exato momento eu quero cair fora daqui. Pegue suas coisas, diabo!

Ela piscou, a súbita raiva dele fazendo o efeito esperado.

– Sim, é claro – sussurrou.

Pegaram o elevador para o saguão. Ao olhar para o piso gasto do elevador, Bourne teve a sensação de que estavam numa jaula, expostos e vulneráveis; se o carro parasse, eles seriam pegos. Depois ele entendeu por que aquela sensação era tão forte. Lá embaixo, no balcão de recepção, havia uma pilha de jornais à direita do concierge. Cópias do mesmo tablóide que Jason pusera na pasta que Marie carregava agora. O *concierge* estava lendo um; lia com sofreguidão; remexendo um palito entre os dentes, indiferente a qualquer outra coisa que não fosse o escândalo mais recente.

– Vai direto em frente – disse Jason. – Não pare, vai direto para a porta. Eu encontro você lá fora.

– Oh, meu Deus – ela murmurou, vendo o *concierge*.

– Vou pagar a ele o mais rápido que puder.

O som dos saltos de Marie no chão de mármore eram uma perturbação que Bourne não queria. O *concierge* levantou os olhos quando Jason chegou a sua frente, bloqueando a vista dele.

– Foi muito agradável aqui – disse ele em francês –, mas estou com muita pressa. Tenho que ir de carro para Lyon hoje à noite. Arredonde a conta para quinhentos francos. Não tenho tempo de deixar gorjetas.

O chamariz financeiro obteve êxito. O *concierge* chegou ao total bem depressa; apresentou a conta. Jason pagou e curvou-se para pegar as maletas, levantando os olhos para o som de surpresa que explodiu da boca aberta do *concierge*. O homem estava olhando fixo para a pilha de jornais a sua direita, os olhos na fotografia de Marie St. Jacques. Ele olhou para as portas de vidro da entrada; Marie estava na calçada. O homem virou o olhar para Bourne; a ligação estava feita, o homem assaltado por um súbito medo.

Jason caminhou rapidamente na direção das portas de vidro, enviezou o ombro para empurrá-las e olhou para trás, para o balcão de recepção. O *concierge* estendia a mão para o telefone.

– Vamos! – gritou ele para Marie. – Procure um táxi!

Acharam um na rue Lecourbe, a cinco quarteirões do hotel. Bourne vestiu-se no papel de um turista americano inexperiente, usando um francês canhestro que já lhe servira tão bem no banco Valois. Explicou ao motorista que ele e sua *petite amie* queriam sair do centro de Paris por um dia ou dois, para algum lugar onde pudessem ficar sozinhos. Talvez o motorista pudesse sugerir alguns lugares e eles escolheriam um.

O motorista sabia de alguns e disse.

– Há uma pequena hospedaria nos arredores de Issy-les-Moulineaux, chamada La Maison Carrée – disse ele. – Uma outra em Ivry sur Seine, que o senhor vai gostar. É muito privativa, monsieur. Ou talvez o Auberge du Com em Montrouge; é muito discreto.

– Vamos ao primeiro – disse Jason. – Foi o primeiro que lhe veio à mente. Quanto tempo leva?

– Não mais de quinze, vinte minutos, monsieur.

– Bom. – Bourne virou-se para Marie e falou baixinho. – Mude o cabelo.

– O quê?

– Mude o cabelo. Prenda-o ou coloque para trás. Não importa, mas mude. Saia do alcance do espelho retrovisor. Depressa!

Alguns minutos depois o comprido cabelo ruivo de Marie estava puxado para trás, num estilo clássico, afastado do rosto e do pescoço e preso num coque apertado, com auxílio de um espelho e de grampos que ela trazia na bolsa.

– Remova o batom. Todo ele.

Ela pegou um lenço de papel e fez o que ele mandava.

– Está bem?

– Está. Você tem um lápis de sobrancelha?

– É claro.

– Engrosse as sobrancelhas, somente um pouquinho. Alongue elas um centímetro mais ou menos; uma pequena curva para baixo nas pontas.

Ela seguiu as instruções novamente.

– Agora – perguntou.

– Ficou melhor – retrucou ele, estudando-a. As mudanças eram de pequena monta mas o efeito era enorme. Ela havia sutilmente se transformado de uma mulher linda e discretamente elegante, numa outra mais severa. Pelo menos não era mais, à primeira vista, a mulher da fotografia do jornal e isso era tudo que interessava.

– Quando chegarmos a Moulineaux – sussurrou ele – salte rápido e fique em pé. Não deixe o motorista te ver.

– É um pouco tarde para isso, não é?

– Faça como estou dizendo.

Me ouve. Sou um camaleão chamado Caim e posso ensinar a você muitas coisas que eu não gostaria de ensinar, mas que no momento são necessárias. Posso mudar a cor para me dissimular em qualquer ambiente da floresta. Posso mudar com o vento somente sentindo o cheiro. Posso achar o caminho através de selvas naturais e artificiais. Alfa, Bravo, Charlie, Delta... Delta caça Charlie e Charlie caça Caim. Eu sou Caim. Sou a morte. E eu devo te contar quem eu sou e te perder.

– Meu amor, o que foi?

– O quê?

– Você está olhando para mim, não está respirando. Você está bem?

– Desculpe – disse ele, desviando o olhar, respirando de novo. – Estou imaginando nossos próximos movimentos. Vou saber melhor o que fazer quando chegarmos lá.

Chegaram à hospedaria. Havia um estacionamento rodeado por uma cerca de postes feitos de trilhos à direita; algumas pessoas que jantavam tarde saíram da entrada ornamentada por uma treliça. Bourne inclinou-se para a frente no banco.

– Nos deixe dentro do estacionamento, por favor – ordenou ele, não dando explicação para aquele pedido estranho.

– Pois não, monsieur – disse o motorista, assentindo, depois dando de ombros, querendo dizer com esse gesto que seus passageiros eram de fato um casal cauteloso. A chuva tinha parado, restando uma garoa parecida com nevoeiro. O táxi foi embora. Bourne e Marie permaneceram nas sombras de uma árvore ao lado da hospedaria até que o veículo desaparecesse. Jason pôs as maletas no solo úmido.

– Espere aqui – disse.

– Aonde é que você vai?

– Vou chamar um táxi pelo telefone.

O segundo táxi levou-os até Montrouge. O motorista não deu a mínima importância ao casal de aparência severa que era claramente uma dupla de provincianos e que, com toda certeza, procurava pousada mais barata. Quando e se ele pegasse um jornal e visse uma fotografia de uma franco-canadense envolvida com assassinato e roubo em Zurique, a mulher no banco traseiro agora não lhe viria à mente.

O Auberge du Com não fazia jus a seu nome. Não era uma hospedaria pitoresca do interior localizada num recanto escondido do campo. Em vez disso consistia numa estrutura achatada, de dois andares, a uns quatrocentos metros da rodovia. Se tinha alguma característica, esta era a de ser uma cópia dos motéis espalhados pelo mundo e que luzem na periferia das grandes cidades; a finalidade puramente comercial garantia o anonimato dos hóspedes. Não era difícil imaginar o número desses encontros pelas dezenas de registros feitos com nomes falsos.

Assim eles se registraram com nomes falsos e receberam um quarto de plástico onde cada acessório no valor de mais de vinte francos era pregado no chão ou preso por parafusos sem cabeça a uma superfície de fórmica laqueada. Havia, entretanto, uma característica positiva no lugar: uma máquina de fazer gelo no corredor. Eles viram que funcionava porque podiam ouvir o barulho. Com a porta fechada.

— Agora, muito bem. Quem estaria nos mandando uma mensagem? — perguntou Bourne, de pé, balançando o copo de uísque na mão.

— Se eu soubesse, entraria em contato com eles — disse ela, sentada na pequena escrivaninha, a cadeira voltada para ele, as pernas cruzadas, observando-o atentamente. — A mensagem talvez esteja associada ao motivo de você estar fugindo.

— Se estava, era uma armadilha.

— Não era uma armadilha. Um homem como Walther Apfel não faria o que fez para que montassem uma armadilha.

— Eu não teria tanta certeza disso. — Bourne foi até a única poltrona de plástico e sentou-se. — Koenig fez; ele me marcou como alvo bem ali naquela sala de espera.

— Ele foi subornado, não era um alto funcionário do banco. Ele agiu sozinho. Apfel não poderia fazer isso.

Jason levantou os olhos.

— O que é que você quer dizer com isso?

— A declaração de Apfel tinha que ser autorizada por seus superiores. Foi feita em nome do banco.

— Se você está tão certa, vamos telefonar para Zurique.

— Eles não querem isso. Ou eles não têm a resposta ou não podem dá-la. As últimas palavras de Apfel foram de que eles não tinham mais nada a comentar. Para ninguém. Isso, também, era parte da mensagem. Temos que contactar uma outra pessoa.

Bourne bebeu; precisava de álcool, pois estava chegando o momento em que ele começaria a contar a história do assassino chamado Caim.

— Então estamos de volta a quem? — disse ele. — De volta à armadilha.

— Você pensa que sabe quem é, não é? — Marie pegou o maço de cigarros na mesa. — E por isso que você está fugindo, não é?

— A resposta para ambas as perguntas é sim. — *Tinha chegado o momento. A mensagem havia sido mandada por Carlos. Eu sou Caim, e você deve me deixar. Eu preciso te perder. Mas antes há Zurique, e você precisa compreender.* — Aquele artigo foi "plantado" para me pegar.

— Não vou discutir isso — disse ela bruscamente, surpreendendo-o com a interrupção. — Tenho tempo para pensar; eles sabem que as provas são falsas; tão evidentemente falsas que é ridículo. O que a polícia de Zurique espera mesmo é que eu entre em contato com a embaixada canadense agora. — Marie parou, o cigarro ainda não aceso na mão. — Meu Deus, Jason, é isso que eles querem que façamos.

— Quem quer que façamos?

— Quem quer que esteja nos mandando a mensagem. Eles sabem que não tenho escolha senão telefonar para a embaixada, conseguir a proteção do governo do Canadá. Eu não pensei nisso porque eu *falei* com a embaixada, com o tal de Dennis Corbelier, e ele não tinha absolutamente nada a me dizer. Ele só fez o que eu disse a ele para fazer; não havia mais nada. Mas isso foi *ontem*, não *hoje*, não *hoje à noite*. — Marie dirigiu-se ao telefone na mesinha de cabeceira.

Bourne levantou-se rápido da cadeira e a interceptou, segurando o braço dela.

— Não faça isso — disse ele com firmeza.

— Por que não?

— Porque você está enganada.

— Estou certa, Jason! Deixe que eu prove.

Bourne ficou na frente dela.

— Acho melhor você ouvir o que eu tenho para dizer.

– Não! – gritou ela, espantando-o. – Não quero ouvir. Não quero ouvir nada agora!

– Há uma hora em Paris era a única coisa que você queria ouvir. Ouça!

– Não! Há uma hora eu estava morrendo. Você tinha decidido fugir. Sem mim. E agora eu sei que isso vai acontecer de novo e de novo até que alguém consiga pará-lo. Você ouve palavras, vê imagens, e fragmentos de coisas que você não entende voltam à sua mente, mas como elas existem você condena a si próprio. Você *vai sempre se condenar* até que alguém te prove que... não interessa quem você tenha sido... há outros te usando, que querem te sacrificar. Mas há também outras pessoas que querem ajudá-lo, nos ajudar. É essa a mensagem! Sei que estou com a razão. Quero provar isso a você. Me *deixa!*

Bourne ficou segurando os braços de Marie, em silêncio, olhando para o rosto dela, aquele rosto adorável cheio de dor e esperança inútil, os olhos implorando. A terrível dor estava por toda parte dentro dele. Talvez fosse melhor assim; ela veria por si mesma, e o medo dela a faria escutar, a faria compreender. Nada lhes restava mais. Eu sou Caim...

– Está bem, pode dar o telefonema, mas tem que ser feito a meu modo. – Soltou-a e foi até o telefone; discou para a recepção do Auberge du Com. – Aqui é do quarto 341. Acabei de ter notícias de amigos meus em Paris; eles estão vindo para ficar conosco durante algum tempo. Vocês têm um quarto nesse corredor para eles? Ótimo. O nome deles é Briggs, um casal americano. Vou descer e pagar adiantado, e você me dá a chave. Obrigado.

– O que é que você está fazendo?

– Provando uma coisa para você – disse ele. – Me dá um vestido – continuou ele. – O mais comprido que tiver.

– O quê?

– Se você quiser dar o telefonema, faça o que eu estou dizendo.

– Você está maluco.

– Eu mesmo já admiti isso – disse ele, pegando uma calça e uma camisa da maleta. – O vestido, por favor.

Quinze minutos mais tarde, o quarto do sr. e da sra. Briggs, a uma distância de seis portas e do outro lado do corredor em relação ao 341, estava pronto. As roupas foram colocadas apropriadamente, luzes escolhidas foram deixadas acesas, enquanto outras não funcionavam porque as lâmpadas tinham sido retiradas.

Jason voltou ao quarto; Marie estava de pé perto do telefone.

– Estamos prontos.

– O que é que você fez?

– O que eu queria fazer, o que eu tinha que fazer. Pode dar o telefonema agora.

– É muito tarde. E se ele não estiver lá?

– Acho que vai estar. Se não estiver, te darão o telefone da casa dele. Você repassou o que eu te disse para falar?

– Repassei, mas isso não interessa, não é importante. Eu sei que não estou errada.

– Veremos. Apenas diga as palavras que eu te disse. Estarei bem junto de você ouvindo. Vai em frente.

Ela pegou o telefone e discou. Sete segundos depois que ela fez contato com a mesa telefônica da embaixada, Dennis Corbelier estava na linha. Era uma e quinze da manhã.

– Cristo Todo-Poderoso, onde é que você *está*?

– Você estava esperando minha chamada, então?

– Eu tinha uma grande esperança de que você telefonasse! Isso aqui está um pandemônio. Estou esperando por você desde cinco horas da tarde.

– Alan também estava. Em Ottawa.

– Alan quem? De que é que você está falando? Onde diabos você *está*?

– Primeiro eu quero saber o que é que você tem para me dizer.

– Te *dizer*?

– Você tem uma mensagem para mim, Dennis. Qual é?

– Qual é *o quê?* Que mensagem?

O rosto de Marie ficou pálido.

– Eu não matei ninguém em Zurique. Eu não iria...

– Então pelo amor de Deus – interrompeu o adido –, *venha* para cá! Nós te daremos toda a proteção que pudermos. Ninguém poderá te pegar aqui!

– Dennis, me ouve! Você estava esperando aí pelo meu telefonema, não é?

— É, é claro.
— Alguém te disse para esperar, não é verdade?

Uma pausa. Quando Corbelier falou, sua voz estava contida.

— Sim, ele disse. Eles disseram.
— O que é que eles te disseram?
— Que você precisava de ajuda. Muita ajuda.

Marie voltou a respirar.

— E eles querem nos ajudar?
— "Nos ajudar?" — replicou Corbelier. — Você quer dizer que ele está com você, então?

O rosto de Bourne estava bem perto do dela, a cabeça inclinada para ouvir as palavras de Corbelier. Ele assentiu.

— Está — respondeu ela. — Estamos juntos, mas ele saiu por uns minutos. É tudo mentira; eles te disseram isso também, não disseram?

— Tudo que eles disseram foi que você tinha de ser encontrada, protegida. Eles querem *mesmo* te ajudar, querem mandar um carro buscá-la. Um dos nossos carros. Diplomático.

— Quem são eles?
— Eu não os conheço pelo nome, não preciso conhecer. Sei os cargos que ocupam.

— Cargos?
— Especialistas, FS-5. Não se vai muito acima disso.
— Você confia neles?
— Meu Deus, confio! Eles me ligaram através de Ottawa. As ordens deles vieram de Ottawa.

— Eles estão na embaixada agora?
— Não, são de postos externos. — Corbelier fez uma pausa, obviamente desesperado. — Jesus Cristo, Marie, onde você *está*?

Bourne assentiu de novo, ela falou.

— Estamos no Auberge du Coin em Montrouge. Sob o nome de Briggs.

— Vou mandar o carro te pegar imediatamente.
— Não, Dennis! — protestou Marie, observando Jason, os olhos dele dizendo a ela para seguir suas instruções. — Mande pela manhã. Logo de manhãzinha, quatro horas a contar de agora, por favor.

– Eu não posso fazer isso! Pelo seu próprio bem.
– Você tem que fazer, você não entende. Ele foi atraído para fazer alguma coisa e está amedrontado, quer fugir. Se ele soubesse que eu te telefonei, já estaria fugindo. Me dê tempo. Posso convencê-lo a se entregar. Somente mais algumas horas. Ele está confuso, mas no fundo ele sabe que estou com a razão. – Marie disse as palavras, olhando para Bourne.
– Que tipo de filho da mãe ele é?
– Um cara aterrorizado – respondeu ela. – Que está sendo manipulado. Preciso de tempo. Me dê tempo.
– Marie.. .? – Corbelier parou. – Está bem. Logo de manhãzinha. Vamos dizer... seis horas. E, Marie, eles querem te ajudar. Eles *podem* te ajudar.
– Eu sei. Boa noite.
– Boa noite.
Marie desligou.
– Agora, vamos esperar – disse Bourne.
– Não sei o que você quer provar. É claro que Corbelier vai chamar os FS-5, e é claro que eles virão até aqui. O que é que você espera? Ele não podia senão admitir o que ia fazer, o que ele acha que tem que fazer.
– E esses caras do FS-5 diplomáticos são os que nos estão enviando a mensagem?
– Meu palpite é de que eles nos levarão a quem está mandando. Ou se quem está mandando estiver longe demais, eles nos porão em contato com eles. Nunca tive mais certeza de alguma coisa na minha vida profissional.
Bourne olhou para ela.
– Espero que você tenha razão, porque é toda a sua vida que me preocupa. Se as provas em Zurique contra você não forem parte da mensagem, se elas foram colocadas lá por especialistas para me encontrar, se a polícia de Zurique acredita nelas, então eu sou o homem aterrorizado que você descreveu para Corbelier. Ninguém mais do que eu quer que você esteja com a razão. Mas acho que não está.

Passavam três minutos das duas horas quando as luzes do corredor do hotel piscaram e se apagaram, deixando o longo corredor em relativa escuridão. A claridade que vinha do vão da escada era a única fonte de iluminação. Bourne estava de pé perto da porta do quarto, pistola na mão, as luzes apagadas, vigiando o corredor através de uma brecha entre a borda e o umbral da porta. Marie estava atrás, olhando por cima do ombro dele; estavam em silêncio.

Os passos soaram abafados, mas eram passos. Distintos, determinados, dois pares de sapatos subiam cautelosamente a escada. Em segundos os vultos de dois homens emergiram da luz fraca. Marie sufocou um grito involuntariamente; Jason estendeu a mão por cima do ombro e agarrou com rudeza a boca da mulher. Ele compreendeu; ela havia reconhecido um dos dois homens, um indivíduo que ela vira apenas uma vez antes. Na Steppdeckstrasse, em Zurique, minutos antes que um outro ordenasse sua execução. Era o homem louro que eles haviam mandado até o quarto de Bourne, o batedor descartável trazido agora de Paris para identificar o alvo que ele não tinha atingido. Na mão esquerda ele trazia uma pequena lanterna elétrica e, na direita, uma arma de cano longo, com maior volume por causa do silenciador.

O companheiro era mais baixo, atarracado, o andar parecendo a marcha de um animal, ombros e cintura se movendo fluidamente com as pernas. A gola do sobretudo estava levantada, a cabeça, coberta por um chapéu de aba estreita, lançando sombra sobre o rosto invisível. Bourne olhou bem para o segundo homem; havia algo de familiar nele, na sua figura, no andar, no modo como movia a cabeça. O que era? O que era? Ele conhecia o homem.

Mas não houve tempo para pensar nisso; os dois homens se aproximavam da porta do quarto reservado no nome do sr. e da sra. Briggs. O homem louro levantou a pequena lanterna para os números, depois abaixou o facho de luz na direção da maçaneta e do ferrolho.

O que se seguiu foi de uma eficiência hipnótica. O homem atarracado tinha um molho de chaves na mão direita; colocou-o debaixo do facho de luz e escolheu uma chave específica. Na mão esquerda ele segurava a arma, cuja forma revelava na luz fraca um silenciador grande, usado em automáticas de grosso calibre, como a poderosa Sternlicht Luger, muito empregada pela Gestapo durante a Segunda Guerra Mundial.

Essa arma atravessava chapas delgadas de aço e concreto, seu som semelhante à tosse de um velho reumático. Era ideal para pegar inimigos do estado à noite, em lugares tranquilos, perto de outros moradores que não percebiam qualquer barulho, a não ser o desaparecimento da vítima pela manhã.

O homem mais baixo introduziu a chave, girou-a silenciosamente, depois abaixou o cano da arma para o ferrolho. Três sopros rápidos acompanharam três relâmpagos; a madeira que rodeava os parafusos se estilhaçou. A porta abriu-se; os dois assassinos entraram depressa.

Houve dois segundos de silêncio, depois uma erupção de tiros abafados, sopros e relâmpagos brancos na escuridão. A porta foi fechada com força, mas não ficou fechada, abrindo-se de novo, enquanto sons mais altos de batidas e sacudidelas vinham de dentro do quarto. Finalmente acharam uma luz; foi acesa rapidamente e depois estourada a tiros com fúria, o abajur atirado ao chão, o vidro se espatifando. Um grito de raiva explodiu da garganta de um homem enfurecido.

Os dois homens correram para fora, as armas apontadas, preparadas para uma armadilha, espantados em não encontrar nenhuma. Alcançaram a escada e correram enquanto a porta à direita do quarto invadido se abria. Um hóspede sonolento olhou para fora, depois deu de ombros e voltou para dentro. O silêncio voltou ao corredor escurecido.

Bourne manteve seu posto, o braço em torno de Marie St. Jacques. Ela tremia, a cabeça encostada com força no peito dele, soluçando baixo, histericamente, não acreditando. Ele deixou passar vários minutos, até que o tremor cessou e arquejos profundos substituíram os soluços. Ele não podia esperar mais tempo: ela precisava ver por si mesma. Ver tudo, ficar com uma impressão indelével; ela tinha que compreender de uma vez por todas. *Eu sou Caim. Eu sou a morte.*

– Vem – murmurou ele.

Ele a levou para o corredor, guiando-a com firmeza na direção do quarto que era agora sua prova definitiva. Empurrou a porta quebrada, e eles entraram.

Ela ficou imóvel, ambos repugnados mas hipnotizados pelo que viam. No umbral aberto de uma porta, à direita, via-se a vaga silhueta de um vulto, a luz atrás dela tão fraca que só se podia enxergar o contorno, e mesmo assim quando os olhos se acostumassem à estranha mistura de escuridão e brilho. Era a figura de uma mulher num vestido longo, o pano se movendo suavemente na brisa que entrava pela janela aberta.

Janela. Bem defronte havia uma segunda figura, quase invisível mas sem dúvida lá, sua forma uma mancha indistintamente desenhada por um resquício de luz que vinha do corredor distante. Aqui também a figura parecia se mover, em rápidos e espasmódicos adejos do tecido.

– Oh, meu Deus – disse Marie, petrificada. – Acenda as luzes, Jason.

– Nenhuma delas funciona – retrucou ele. – Somente dois abajures de mesa, eles acharam um. – Atravessou o quarto cautelosamente e alcançou o abajur que estava procurando; estava no chão, encostado na parede. Ele se ajoelhou e acendeu-o; Marte estremeceu.

Pendurado na porta do banheiro, mantido no lugar por tiras arrancadas de uma cortina, estava seu vestido longo, balançando ao vento de fonte desconhecida. Estava perfurado por orifícios de balas.

Contra a janela mais afastada, a camisa e as calças de Bourne tinham sido pregadas no caixilho, as vidraças estilhaçadas, a brisa entrando e fazendo com que o pano se mexesse para cima e para baixo. O tecido branco da camisa estava perfurado em meia dúzia de lugares, uma linha diagonal de balas através do peito.

– Aí está a sua mensagem – disse Jason. – Agora você sabe qual é. E agora eu acho melhor que você ouça o que eu tenho para dizer.

Marie não lhe respondeu. Em vez disso, ela foi andando devagar até o vestido, estudando-o como se não acreditasse no que via. Sem aviso, ela de repente virou-se, os olhos brilhando, as lágrimas contidas.

– Não! Está errado! Alguma coisa está muito errada! Ligue para a embaixada.

– O quê?

– Faça o que eu digo. Agora!

– Para com isso, Marie. Você tem que compreender.

– Não, com os diabos você! *Você* tem que compreender! Não devia acontecer isso. Não podia.

— Mas aconteceu.

— Ligue para a embaixada! Pegue o telefone ali e ligue para eles agora! Pergunte por Corbelier. *Rápido,* pelo amor de Deus! Se eu valho alguma coisa para você, faça o que eu estou pedindo!

Bourne não podia negar-lhe o pedido. A intensidade dela estava matando os dois.

— O que eu digo para ele? — perguntou ele, indo até o telefone.

— Chama ele primeiro! É que eu estou com medo de... oh, Deus, estou com medo!

— Qual é o número?

Ela lhe deu o número; ele discou, passando um tempo interminável até a mesa telefônica responder. Quando finalmente isso aconteceu, a telefonista estava em pânico, as palavras subindo e descendo, às vezes incompreensível. Ao fundo ele podia ouvir gritos, ordens bruscas ditas rapidamente em inglês e em francês. Em poucos segundos ele soube por quê.

Dennis Corbelier, adido canadense, estava descendo os degraus da embaixada na avenida Montaigne à 1h40 da manhã quando recebeu um tiro na garganta. Estava morto.

— Aí está a outra parte da mensagem, Jason — murmurou Marie, exaurida, olhando para ele. — E agora eu ouvirei tudo que você tem a dizer. Porque há alguém lá tentando chegar até você, tentando te ajudar. Foi enviada uma mensagem, mas não a nós, não a mim. Mas apenas a você, e apenas você podia entender.

22

Um por um os quatro homens chegaram ao Hotel Hilton na rua 16, em Washington. O hotel estava repleto de gente. Cada um tomou um elevador diferente, saltando dois ou três andares acima ou abaixo do andar de destino e subindo ou descendo as escadas para o andar certo. Não havia tempo para se reunir fora dos limites do distrito de Colúmbia; a crise era sem precedentes. Esses eram os homens da Treadstone Seventy-One que restavam vivos. Os outros estavam mortos, assassinados em uma chacina numa rua tranquila de Nova York.

Dois dos rostos eram conhecidos do público, um mais do que o outro. O primeiro pertencia ao velho senador pelo Colorado, o segundo era o general-de-brigada I.A.Crawford – Irwin Arthur, mais conhecido como Cu de Ferro – porta-voz credenciado do serviço de inteligência do Exército e guardião dos bancos de dados do G-Dois. Os outros dois homens eram praticamente desconhecidos, exceto nos limites de suas próprias instituições. Um era oficial da Marinha, de meia-idade, do controle de informações do 5º Distrito Naval. O quarto e último homem era um veterano de quarenta e seis anos da CIA, magro, um feixe de raiva que andava com ajuda de uma bengala. Seu pé tinha sido despedaçado por uma granada no sudeste da Ásia; atuara como agente ultrassecreto na Operação Medusa na época. Seu nome era Alexander Conklin.

Não havia mesa de reunião no recinto; era um quarto comum para casal com duas camas padronizadas, um sofá, duas poltronas e uma mesa de café. Era um lugar pouco condizente para se fazer uma reunião daquela importância; não havia computadores com suas telas escuras iluminadas de letras verdes nem equipamentos eletrônicos de comunicação que se ligassem a mesas em Londres, Paris ou Istambul. Era um quarto de hotel simples, sem nada a não ser os quatro cérebros que tinham os segredos da Treadstone Seventy-One.

O senador sentou-se num canto do sofá, o oficial da Marinha no outro. Conklin deixou-se cair numa poltrona, esticando seu pé imóvel defronte de seu corpo, a bengala entre as pernas, enquanto o general-de-brigada Crawford permanecia de pé, o rosto avermelhado, os músculos do maxilar pulsando de raiva.

– Falei com o presidente – disse o senador, enxugando a testa, sua atitude demonstrando claramente que não havia dormido. – Eu tinha que fazê-lo, íamos nos reunir hoje à noite. Digam-me tudo o que puderem, cada um de vocês. O senhor começa, general. O que aconteceu, em nome de Deus?

– O major Webb ia encontrar sua viatura às 23h na esquina da Lexington com 72. A hora tinha sido confirmada, mas ele não apareceu. Cerca de 23h30 o sargento motorista ficou apreensivo por causa da distância do aeroporto em Nova Jersey. Lembrou-se do endereço, principalmente porque o major lhe recomendara que o esquecesse, foi até lá de carro e chegou até a porta. As linguetas de segurança tinham sido travadas, e a porta simplesmente se abriu; todos os alarmes haviam sido colocados em curto. Tinha sangue no chão do saguão, a mulher morta na escada. Ele seguiu pelo corredor até a sala de operações e achou os corpos.

– Esse homem merece um promoção bem discreta – disse o oficial da Marinha.

– Por que o senhor diz isso? – perguntou o senador.

Crawford replicou.

– Ele teve a presença de espírito de chamar o Pentágono e insistiu em falar com o setor de transmissões secretas. Especificou a frequência do misturador, a hora e o lugar de recepção e disse que precisava falar com o emitente. Não disse uma única palavra a ninguém até que cheguei ao telefone.

– Matricule-o na Escola de Guerra, Irwin – disse Conklin, carrancudo, segurando a bengala. – Ele é mais inteligente do que a maioria dos palhaços que vocês têm lá.

– Sua observação não foi apenas desnecessária, Conklin – advertiu o senador –, como flagrantemente insultuosa. Continue, por favor, general.

Crawford trocou um olhar com o homem da CIA.

– Eu liguei para o coronel Paul McClaren, em Nova York, ordenei-lhe que fosse lá e mandei que não fizesse absolutamente nada até que eu chegasse. Depois liguei para Conklin e George, que estão aqui, e voamos juntos para cá.

– Chamei uma equipe de impressões digitais do Bureau, em Manhattan – acrescentou Conklin. – É gente que já trabalhou conosco e em quem podemos confiar. Eu não lhes disse o que procurávamos, mas mandei que fizessem uma varredura completa no lugar e me informassem, somente a mim, o que encontrassem. – O homem da CIA parou, levantando a bengala na direção do oficial da Marinha. – Depois George deu-lhes 37 nomes, todos de homens cujas impressões digitais nós sabíamos que constavam dos arquivos do FBI. Eles vieram com um resultado que não esperávamos, não queríamos... não acreditávamos.

– Delta – disse o senador.

– É – concordou o oficial da Marinha. – Os nomes que eu apresentei a eles eram de gente que, não importa quão pequena a possibilidade, pudesse ter sabido do endereço da Treadstone, inclusive, por falar nisso, todos nós. A sala foi cuidadosamente limpa; cada superfície, cada maçaneta, cada copo, exceto um. Era um copo de conhaque quebrado, apenas uns poucos fragmentos no canto debaixo de uma cortina, mas era o bastante. As impressões estavam lá: dedos médio e indicador, mão direita.

– O senhor tem absoluta certeza? – perguntou o senador falando devagar.

– As impressões não mentem, senador – disse o oficial. – Estavam lá, conhaque úmido ainda nos fragmentos. Fora desta sala, Delta é o único que sabia o endereço da rua 71.

– Podemos ter certeza disso? Os outros podem ter dito algo.

– Não há essa possibilidade – interrompeu o general-de-brigada.

– Abbott nunca o revelaria e Elliot Stevens só recebeu o endereço quinze minutos antes de chegar lá, ao telefonar de uma cabine pública. Além disso, na pior das hipóteses, ele dificilmente pediria sua própria execução.

– E o major Webb? – continuou pressionando o senador.

– O major – replicou Crawford – recebeu o endereço pelo rádio somente de mim depois que aterrissou no Aeroporto Kennedy. Como os senhores sabem, era uma frequência do G-Dois, com misturador de vocês. Devo-lhes lembrar que ele também perdeu a vida.

– É, é claro. – O velho senador balançou a cabeça. – É inacreditável. *Por quê?*

– Eu gostaria de trazer à baila um assunto desagradável – disse o general Crawford. – De início eu não me mostrei entusiasmado com o candidato. Compreendi as razões de David e concordei que ele estava qualificado para a missão, mas, se os senhores se recordam, ele não foi o meu preferido.

– Que eu soubesse, nós não tínhamos muitas opções – disse o senador. – Tínhamos um homem – um homem qualificado, como os senhores concordaram – que estava desejoso de ir em missão ultrassecreta por um período de tempo indeterminado, arriscando sua vida todo dia, cortando todos os laços com o passado. Quantos homens assim existem?

– Podíamos ter encontrado um outro mais equilibrado – retrucou o general. – Eu mostrei isso na época.

– Você mostrou – corrigiu Conklin – a sua própria definição de um homem equilibrado, a qual, na época, eu mostrei ser um caco velho.

– Nós dois estivemos na Medusa, Conklin – disse Crawford, com raiva, mas falando de modo sensato. – Não é só você que tem discernimento. A conduta de Delta em ação era contínua e abertamente hostil ao comando. Eu estava em condições de observar o procedimento dele um pouco mais claramente do que você.

– Na maior parte das vezes ele tinha todo o direito de proceder assim. Se vocês passassem mais tempo no campo e menos em Saigon, teriam compreendido isso. *Eu* entendi por que ele se comportava daquela maneira.

– Isso talvez os surpreenda – disse o general, levantando a mão como que pedindo trégua –, mas não estou defendendo as grandes burrices que floresciam frequentemente em Saigon, ninguém pode fazer isso. Estou tentando descrever um padrão de comportamento que poderia ter levado aos acontecimentos da noite de anteontem na rua 71.

Os olhos do homem da CIA continuaram fixos em Crawford; sua hostilidade desapareceu quando ele assentiu com a cabeça.

– Sei que você está querendo fazer isso. Desculpe. Aí é que está o X da questão, não é? Não é fácil para mim, trabalhei com Delta em meia dúzia de setores, estive com ele em Phnom Penh antes mesmo que a Medusa fosse um lampejo nos olhos do Monge. Ele nunca foi o mesmo depois de Phnom Penh; foi por isso que ele se engajou na Medusa, a razão pela qual ele desejou transformar-se em Caim.

O senador inclinou-se para a frente no sofá.

– Eu já ouvi isso, mas me conte de novo. O presidente tem que saber tudo.

– A mulher e os dois filhos dele foram mortos num píer no rio Mekong, bombardeado e metralhado por um avião desviado da rota – ninguém sabe a que lado pertencia – a identidade do aparelho nunca foi denunciada. Ele odiava aquela guerra, odiava todos que estavam nela. Ele explodiu. – Conklin fez uma pausa, olhando para o general. – E eu acho que o senhor tem razão, General. Ele explodiu de novo. Estava nele.

– O que é que estava? – perguntou o senador secamente.

– A explosão, eu acho – disse Conklin. – A represa explodiu. Ele foi além de seus limites, e o ódio se apossou dele. Não é difícil de se imaginar, vocês têm que ser bem cuidadosos. Ele matou aqueles homens, aquela mulher, como um louco com violência proposital. Nenhum deles esperava aquilo a não ser talvez a mulher, que estava no andar de cima e que provavelmente ouviu os gritos. Ele não é mais Delta. Nós criamos um mito chamado Caim, mas este mito não existe mais. É realmente ele.

– Depois de tantos meses... – O senador recostou-se, a voz se arrastando. – Por que ele voltou? De onde?

– De Zurique – respondeu Crawford. – Webb estava em Zurique e acho que ele é o único que poderia tê-lo trazido de volta. O porquê nós talvez nunca venhamos a saber, a menos que ele esperasse pegar todos nós lá.

– Ele não sabe onde estamos – protestou o senador. – Seus únicos contatos eram com o latista, a mulher deste e David Abbott.

– E Webb, é claro – acrescentou o general.

– É claro – concordou o senador. – Mas não na Treadstone nem mesmo Webb.

– Isso não importa – disse Conklin, batendo no tapete a sua frente com a bengala. – Ele sabe que há uma junta. Webb pode ter-lhe dito que estaríamos todos lá, esperando com certa razão que nós iríamos. Teríamos um monte de perguntas a lhe fazer: onde esteve nestes seis meses e onde estão os vários milhões de dólares. Delta poderia achar que a chacina era a solução perfeita. Poderia nos eliminar e desaparecer. Sem pistas.

– Por que o senhor tem tanta certeza?

– Porque, primeiro, ele esteve *lá* – replicou o homem da inteligência, levantando a voz. – Temos suas impressões digitais num copo de conhaque que ele nem mesmo terminou de beber. E, segundo, é uma armadilha clássica com algumas centenas de variações.

– O senhor pode explicar isso?

— A tática é ficar esperando — interrompeu o general, olhando para Conklin — até que o inimigo não aguenta mais e se expõe.

— E nós nos tornamos o inimigo? O inimigo *dele?*

— Não há a menor dúvida quanto a isso agora — disse o oficial da Marinha. — Por quais sejam as razões, Delta desertou. Já aconteceu antes, graças a Deus sem muita frequência. Sabemos o que fazer.

Mais uma vez o senador se inclinou para a frente no sofá.

— O que é que os senhores *vão* fazer?

— A fotografia dele nunca entrou em circulação — explicou Crawford.

— Vamos distribuí-la agora. Para cada base de operações e para cada posto de escuta, para cada fonte e informante que temos. Ele tem que ir a algum lugar e começaremos com um lugar que ele conhece nem que seja para arranjar outra identidade. Ele gastará dinheiro; vai ser encontrado. Quando isso acontecer, as ordens serão claras.

— Vocês o trarão de volta imediatamente?

— Nós o mataremos — disse Conklin simplesmente. — Não se prende um homem como Delta, e não podemos correr o risco de que algum outro governo o faça. Não com o que ele sabe.

— Não posso dizer isso ao presidente. Há leis.

— Não para Delta — disse o agente. — Ele está além das leis. Ele está além da salvação.

— Além...

— É isso mesmo, senador — interrompeu o general. — Está além da salvação. Acho que o senhor sabe o significado da frase. O senhor terá que tomar a decisão se conta ou não para o presidente. Seria melhor que...

— Vocês têm que explorar tudo — disse o senador, interrompendo o oficial. — Falei com Abbott na semana passada. Ele me disse que estava sendo desenvolvida uma estratégia para se chegar a Delta. Zurique, o banco, o nome de Treadstone; tudo era parte do plano, não é?

— É, e acabou — disse Crawford. — Se a prova na rua 71 não é suficiente para o senhor, esta aqui deverá ser. Delta recebeu um aviso claro para vir. Ele não veio. O que mais o senhor quer?

– Eu quero estar absolutamente seguro.

– Eu quero ele morto. – As palavras de Conklin, embora ditas em voz baixa, tiveram o efeito de um vento frio, súbito. – Ele não apenas quebrou todas as regras que estabelecemos para nós mesmos, não importa quais sejam, mas foi até o fundo do poço. Ele é doente, ele é Caim. Usamos o nome Delta tantas vezes, não apenas Bourne, mas Delta, que acho que nos esquecemos. Gordon Webb era o irmão dele. Encontrem-no. Matem-no.

LIVRO TRÊS

23

Faltavam dez minutos para as três da manhã quando Bourne chegou ao balcão de recepção do Auberge du Coin, enquanto Marie seguia direto para a entrada. Para alívio de Jason, não havia jornais no balcão, mas o funcionário da noite de serviço era do mesmo tipo de seu antecessor no centro de Paris. Era um homem meio calvo, atarracado, com os olhos semicerrados, recostado na cadeira, os braços cruzados na frente do peito, a penosa depressão de uma noite interminável pesando sobre si. Mas daquela noite, pensou Bourne, ele se lembraria por muito tempo ainda, sem falar nos danos no quarto do andar de cima, que não seriam descobertos senão pela manhã. Um funcionário da noite em Montrouge tinha que ter transporte.

– Acabei de telefonar para Rouen – disse Jason, as mãos no balcão, um homem furioso com os acontecimentos fora de controle que invadiam seu mundo pessoal. – Tenho que partir agora e preciso alugar um carro.

– Por que não? – rosnou o homem, saindo da cadeira. – Qual o senhor preferiria, monsieur? Uma carruagem de ouro ou um tapete mágico?

– Não entendi.

– Nós alugamos quartos, não automóveis.

– *Preciso* estar em Rouen antes do amanhecer.

– Impossível. A menos que o senhor ache um táxi maluco o bastante para levá-lo a essa hora.

– Acho que você não compreendeu. Posso ter muito prejuízo e dificuldades se não chegar ao meu escritório até as oito horas. Estou disposto a pagar bem.

– Isso é um problema, monsieur.

– Certamente haverá alguém aqui que me alugaria seu carro, vamos dizer por... mil, mil e quinhentos francos.

– Mil... *mil e quinhentos* francos, monsieur? Os olhos semicerrados do funcionário se abriram até a pele ficar esticada. – Em dinheiro, monsieur?

– É claro. Minha companheira o devolveria amanhã à noite.

– Não tem pressa, monsieur.

– Não entendi. É lógico, não há realmente razão pela qual eu não alugaria um táxi. Pode-se pagar o sigilo.

— Eu não sei onde *conseguiria* um — interrompeu o funcionário num furor persuasivo. — Por outro lado, meu Renault não é novo, e, talvez não seja o mais rápido na estrada, mas é um carro que presta ao serviço, é até mesmo um carro bem valioso.

O camaleão havia mudado suas cores novamente, tinha sido aceito de novo como alguém que ele não era. Mas agora ele sabia quem era e compreendia.

Rompia o dia. Mas não havia nenhum quarto acolhedor numa hospedaria do interior, nenhum papel de parede matizado pela luz da manhã que entrava pela janela. Em vez disso, os primeiros raios de sol vindos do leste coroavam a paisagem campestre da França e definiam os contornos de campos e colinas de Saint-Germain-en-Laye. Eles estavam sentados num pequeno automóvel estacionado no acostamento de uma deserta estrada vicinal, a fumaça dos cigarros espiralando pelas janelas parcialmente abertas.

Ele havia começado aquela primeira narrativa na Suíça com as palavras *Minha vida começou há seis meses numa pequena ilha do Mediterrâneo chamada Ile de Port Noir.*

Esta outra agora começara com uma tranquila declaração: *Sou conhecido como Caim.*

Havia contado tudo, não omitindo nada de que pudesse se lembrar, inclusive as terríveis imagens que haviam explodido em sua mente quando ele ouvira as palavras ditas por Jacqueline Lavier no restaurante iluminado por candelabros, em Argenteuil. Nomes, incidentes, cidades... assassinatos.

— Tudo se encaixa. Não havia nada que eu não soubesse, nada que não estivesse lá no fundo da minha cabeça, tentando sair. Era a verdade.

— *Era* a verdade — repetiu Marie.

Ele olhou detidamente para ela.

— Estávamos enganados, você não vê?

— Talvez. Mas também tínhamos razão. Você estava certo, e eu estava certa.

— Sobre o quê?

— Sobre você. Tenho que dizer isso de novo, com calma e com lógica. Você ofereceu a sua vida por mim antes de me conhecer; isso não é uma decisão do homem que você descreveu. Se esse homem existiu, ele não existe mais. – Os olhos de Marie imploravam, enquanto a voz mantinha-se controlada. – Você disse isso, Jason. "O que um homem não se lembra, não existe. Para ele." Talvez seja com isso que você se defronta. Você pode abandonar tudo isso?

Bourne balançou a cabeça; chegara o momento terrível.

– Posso – disse ele. – Mas sozinho. Não com você.

Marie tragou o cigarro, observando-o, a mão trêmula.

– Entendo. É essa a sua decisão, então?

– Tem que ser.

– Você vai desaparecer heroicamente de modo que eu fique inocentada.

– Tenho que fazer isso.

– Muitíssimo obrigada, e que diabos você pensa que é?

– Como?

– *Com os diabos,* quem você pensa que é?

– Sou um homem a quem chamam de Caim. Sou perseguido por governos, pela polícia, desde a Ásia até a Europa. Há homens em Washington querendo me matar pelo que eles acham que eu sei sobre a Medusa; um assassino chamado Carlos quer me dar um tiro na garganta pelo que eu lhe fiz. Pense nisso por um instante. Quanto tempo você acha que eu posso ficar fugindo até que alguém em um desses exércitos que estão por aí me encontre, me encurrale, me *mate?* É assim que você quer terminar a vida?

– Meu bom Deus, não! – gritou Marie, tudo lhe parecendo muito óbvio na sua mente analítica. – Não quero apodrecer numa prisão da Suíça durante cinquenta anos nem ser enforcada por coisas que eu nunca fiz em Zurique!

– Há um meio de arranjar as coisas de Zurique. Tenho pensado nisso. Posso fazer uma coisa.

– Como? – Ela esmagou o cigarro no cinzeiro.

– Pelo amor de Deus, que diferença faz? Uma confissão. Me entregando, não sei ainda, mas posso fazer! Posso endireitar sua vida novamente. Tenho que endireitá-la!

– Não dessa maneira.

– Por que não?

Marie tocou o rosto dele, a voz agora suave mais uma vez, desaparecida a estridência súbita.

– Porque eu acabei de provar novamente meu ponto de vista. Até mesmo o homem condenado, tão certo da sua própria culpa, deve poder ver isso. O homem chamado Caim nunca faria o que você acabou de se oferecer para fazer. Em favor de ninguém.

– Eu *sou* Caim!

– Mesmo que eu fosse forçada a concordar que você foi, você não é mais agora.

– A reabilitação definitiva? Uma lobotomia autoinduzida? Perda total da capacidade de memória? Acontece que isso é verdade, mas não vai impedir ninguém de me procurar. Não vai impedir que ele ou que eles puxem um gatilho.

– Acontece que isso é o pior, e não estou pronta para aceitar.

– Então você não está olhando os fatos.

– Estou olhando para dois fatos que você parece ter descartado. Eu não. Viverei com eles pelo resto da minha vida, porque sou responsável. Dois homens foram mortos do mesmo modo brutal porque se colocaram entre você e uma mensagem que alguém estava tentando te mandar. Através de mim.

– Você viu a mensagem de Corbelier. Quantos furos de balas havia lá? Dez, quinze?

– Então ele foi usado! Você o ouviu no telefone e eu também. Ele não estava mentindo, ele estava tentando nos ajudar. Se não a você, certamente a mim.

– É... possível.

– Tudo é possível. Eu não tenho respostas, Jason, apenas discrepâncias, coisas que não podem ser explicadas, que não *devem* ser explicadas. Você nem uma vez, jamais, mostrou uma necessidade ou um impulso para ser aquilo que você diz que pode ter sido. E sem essas coisas um homem como aquele não pode existir. Ou então não é *ele*.

– Eu sou ele.

– Me ouve. Eu te quero muito, meu amor, e isso pode me tornar cega, eu sei. Mas eu também sei uma coisa sobre mim mesma. Eu não sou uma boneca deslumbrada; eu já vi muita coisa no mundo e olho com atenção e muito de perto para homens que me atraem. Talvez para confirmar o que eu acho que sejam os meus valores; e *são* valores. São meus, de mais ninguém. – Ela parou por um momento e se afastou dele. – Eu tenho observado um homem sendo torturado, por si mesmo e por outros, e que não se desespera. Você pode dar os seus gritos silenciosos, mas não permite que eles pesem sobre mais ninguém que não seja você mesmo. Em vez disso, você procura e cava e tenta compreender. E isso, meu amigo, não é a mente de um assassino de sangue-frio, não mais do que você tem feito e quer fazer por mim. Eu não sei o que você foi antes, ou de que crimes é culpado, mas esses crimes não são o que você acredita que eles sejam; o que outros querem que você acredite. E isso me leva de volta a esses valores dos quais eu falava. Eu me conheço. Eu não poderia amar o homem que você diz que é. Eu amo o homem que eu sei que você é. Você acabou de confirmar isso de novo. Nenhum assassino faria a oferta que você acabou de fazer. E esta oferta, senhor, é recusada, com todo respeito.

– Você é uma perfeita idiota! – explodiu Jason. – Não posso ajudá-la, você não pode me ajudar!

– Eu acabei de fazer isso – disse ela, sussurrando.

– Fazer o quê? – perguntou Bourne, com raiva.

– Acabei de nos dar algo. – Ela se virou para ele. – Eu acabei de dizer, estava aqui há muito tempo. "O que os outros querem que nós acreditemos..."

– De que diabos você está falando?

– Seus crimes... o que os outros querem que você acredite que sejam seus crimes.

– Eles existem. São meus.

– Espere um minuto. Suponha que eles existissem, mas que não *fossem* seus? Suponha que as provas foram plantadas, de maneira tão perfeita como foram plantadas contra mim em Zurique, mas que pertençam a uma outra pessoa. Jason, você não *sabe* quando você perdeu a memória.

– Port Noir.

– Isso foi quando você começou a construir uma memória, não quando você a perdeu. *Antes de* Port Noir; isso poderia explicar tanta coisa. Poderia explicar *você,* a contradição entre você e o homem que as pessoas pensam que você é.

– Você está enganada. Nada pode explicar as lembranças, as imagens, que me vêm à mente.

– Talvez você só se lembre do que eles contaram – disse Marie. – Repetindo, repetindo, repetindo. Até que não houvesse nada mais. Fotografias, gravações, estímulos visuais e auditivos.

– Você está descrevendo um vegetal que anda e funciona e que recebeu lavagem cerebral. Isso não sou eu.

Ela olhou para ele e falou suavemente.

– Estou descrevendo um homem inteligente e muito doente cuja experiência está de acordo com o que outros homens estão procurando. Você sabe com que facilidade um homem assim pode ser encontrado? Estão nos hospitais por toda parte, em sanatórios particulares, em enfermarias militares. – Ela fez uma pausa, depois continuou rapidamente. – Aquele artigo de jornal contou uma outra verdade. Eu sei trabalhar razoavelmente bem com computadores, qualquer um na minha área tem que saber. Se eu estivesse procurando uma curva-exemplo que incluísse fatores isolados, eu saberia como fazê-lo. Por outro lado, se alguém estivesse procurando um homem hospitalizado com amnésia, cuja experiência incluísse habilidades específicas, línguas e características raciais, os bancos de dados médicos poderiam fornecer candidatos. Só Deus sabe, não muitos em nosso caso; talvez somente uns poucos, talvez apenas um. Mas um homem era tudo o que eles estavam buscando, era tudo de que precisavam.

Bourne olhou para a paisagem, tentando arrombar as portas de aço de sua mente, tentando achar algo semelhante à esperança que ela sentia.

– O que você está dizendo é que eu sou uma ilusão reproduzida – disse ele, fazendo a declaração de maneira fria.

– Esse é o efeito final, mas não é o que estou dizendo. Estou dizendo que é possível que você tenha sido manipulado. Usado. Isso explicaria muita coisa. – Ela tocou a mão dele. – Você me diz que há momentos em que as coisas querem explodir de você, explodir a sua cabeça.

– Palavras... lugares, nomes... são elementos desencadeadores.

– Jason, não seria possível que desencadeassem coisas falsas? Coisas que você ouviu milhares de vezes, mas que você não consegue vivenciar. Você não as pode ver claramente, porque elas *não* são você.

— Duvido. Eu tenho visto o que posso fazer. Eu já fiz essas coisas antes.

— Você pode ter feito essas coisas por outras razões... *Diabos,* estou lutando por sua vida! Pelas *nossas* vidas!... Está bem! Você pode *pensar,* pode *sentir.* Pense agora, sinta *agora!* Olhe para mim e diga, depois de olhar para dentro de si mesmo, para dentro de seus pensamentos e sentimentos, me diga que você sabe sem nenhuma dúvida que é um assassino chamado Caim! Se você puder fazer isso, *realmente* fazer isso, então me leve até Zurique, assuma a culpa por tudo e saia da minha vida! Mas, se você não pode, fique comigo e deixe-me ajudá-lo. E me ame, pelo amor de Deus. Me *ame,* Jason.

Bourne pegou a mão dela e apertou-a como se ela fosse uma criança trêmula.

— Não é uma questão de sentir ou pensar. Eu vi a conta no Gemeinschaft; os lançamentos iam até uma data bem recuada. Combinam com todas as coisas que eu fiquei sabendo.

— Mas aquela conta, aqueles lançamentos, podem ter sido criados ontem, ou na semana passada, ou há seis meses. Tudo que você ouviu e leu sobre você mesmo poderia ser parte de um esquema imaginado por aqueles que querem que você desempenhe o papel de Caim. Você *não* é Caim, mas eles querem que você pense que é, querem que outros pensem que você é. Mas existe alguém que sabe que você não é Caim e está tentando te dizer isso. Tenho minha prova, também. Meu amor está vivo, mas dois amigos estão mortos porque eles se meteram entre você e quem está te mandando a mensagem, está tentando salvar a sua vida. Foram mortos pela mesma gente que quer te sacrificar a Carlos, na pele de Caim. Você já disse que tudo se encaixava. Não se encaixava, Jason, mas *isto* se encaixa! Isto explica o que *você* é.

— Uma casca vazia que nem mesmo possui as memórias que ele pensa que tem? Com demônios correndo dentro dela e se debatendo alucinadamente, na ânsia de cair fora? Não é uma perspectiva muito agradável.

— Não são demônios, meu amor. São partes de você, há uma raiva interior que grita e quer sair, porque há partes de você que não pertencem à casca que você lhes deu.

— E, se eu explodir essa casca, o que é que vou encontrar?

– Muitas coisas. Algumas boas, outras ruins, uma grande quantidade de coisas que machucam. Mas Caim não estará lá, eu te prometo isso. Acredito em você, meu amor. Por favor, não desista.

Ele manteve a distância, uma parede de vidro entre os dois.

– E se estivermos errados? Definitivamente errados? E aí?

– Fuja de mim rápido. Ou me mate. Não me importo.
– Eu te amo.
– Eu sei. É por isso que eu não estou com medo.
– Achei dois números de telefone no escritório de Lavier. O primeiro era de Zurique, o outro aqui de Paris. Com alguma sorte eles podem me levar ao único número de que preciso.
– Nova York? Treadstone?
– É. A resposta está lá. Se não sou Caim, alguém naquele número sabe quem eu sou.

Voltaram para Paris na suposição de que estariam muito menos em evidência entre a multidão de uma cidade grande do que numa isolada hospedaria do interior. Um homem louro usando óculos de aros de tartaruga e uma mulher linda, mas de aspecto severo, sem maquilagem e com o cabelo puxado para trás como uma compenetrada aluna da Sorbonne, não seriam figuras deslocadas em Montmartre. Alugaram um quarto no Terrasse na rue de Maistre, registrando-se como um casal de Bruxelas.

No quarto, ficaram de pé por um momento, sem necessidade de palavras para exprimir o que cada um estava vendo e sentindo. Permanecendo ali, abraçados, isolados do mundo intruso que se recusava a deixá-los em paz, que os mantinha equilibrados na corda bamba um junto do outro, muito acima do negro abismo; se um caísse, era o fim dos dois.

Bourne não podia mudar sua cor naquele instante. Seria falso, e não havia lugar para artifícios.

– Precisamos descansar um pouco – disse ele. – Temos que dormir. Vai ser um longo dia.

Fizeram amor. Com suavidade, entregando-se totalmente no conforto quente e rítmico da cama. E houve um momento em que seus corpos se encaixaram num ângulo perfeito, a ponto de lhes tirar o fôlego, e eles riram. Foi um riso calmo, de prazer, o prazer mútuo sedimentando o que de mais profundo havia entre eles. Abraçaram-se com mais força quando o momento passou, cada vez mais e mais determinados a varrer para longe os terríveis sons e as horrendas visões de um mundo escuro que os mantinha girando em seus ventos. Viam-se de repente fora daquele mundo, mergulhando em um outro muito melhor, onde a luz do sol e a água azul substituíam a escuridão. Agarraram-se a este outro mundo sofregamente.

Exauridos, adormeceram, os dedos entrelaçados.

Bourne acordou primeiro, com o som de buzinas e motores do tráfego de Paris. Olhou para o relógio; eram 13h10 da tarde. Tinham dormido quase cinco horas, provavelmente menos do que precisavam, mas era o bastante. Ia ser mesmo um longo dia. O que fazer ele não sabia bem; sabia apenas que havia dois números de telefone que tinham que levá-lo a um terceiro. Em Nova York.

Virou-se para Marie, que ressonava profundamente a seu lado, o rosto – aquele rosto admirável, lindo – inclinado sobre a borda do travesseiro, os lábios entreabertos, a centímetros dos seus. Ele a beijou, e ela estendeu a mão para ele, os olhos ainda fechados.

– Você é um sapo e eu vou transformá-lo num príncipe – disse ela, com uma voz cheia de sono. – Ou é o contrário?

– Por mais amplitude que isso possa ter, não está dentro do meu atual quadro de referência.

– Então você vai continuar sendo um sapo. Pula, pula, sapinho. Me mostra como você pula.

– Pare de me atentar. Eu só pulo quando como moscas.

– Sapos comem moscas? Acho que sim. Que horrível.

– Vamos, abra os olhos. Nós dois temos que começar a pular. Temos que começar a caçar.

Ela piscou e olhou para ele.

– Caçar para quê?

– Para mim – disse ele.

De uma cabine telefônica na rue Lafayette, fizeram uma chamada a cobrar para um número em Zurique, sob o nome do sr. Briggs. Bourne raciocinou que Jacqueline Lavier não teria perdido tempo em acionar os alarmes; um deveria ter sido enviado a Zurique.

Quando ouviu o sinal na Suíça, Jason afastou-se e passou o fone para Marie. Ela sabia o que dizer.

Não teve tempo de dizer. A telefonista internacional em Zurique surgiu na linha.

– Sentimos informar que o número que a senhora pediu não está mais em serviço.

– É uma emergência, telefonista. Você tem outro número?

– O telefone não está mais em serviço, madame. Não há outro número.

– Eu devo ter dado o número errado. É muito urgente. Você poderia me dar o nome da pessoa que tinha esse número?

– Sinto muito, mas isso não é possível.

– Eu já disse, é uma emergência! Posso falar com o seu chefe, por favor?

– Ele não vai poder ajudá-la. Esse número não consta da lista. Boa tarde, madame.

A ligação foi desfeita.

– Cortaram a ligação – disse ela.

– Demorou tanto essa porcaria para descobrirmos isso – retrucou Bourne, olhando em torno da rua. – Vamos sair daqui.

– Você acha que eles poderiam rastrear a chamada até aqui? Em Paris? Até um telefone público?

– Em três minutos pode-se localizar a estação, apontando-se o bairro. Em quatro fecham o cerco em meia dúzia de quarteirões.

– Como é que você sabe disso?

– Eu gostaria de poder te dizer. Vamos.

– Jason. Por que não esperar escondido? E observar?

– Porque eu não sei o que observar, e eles sabem. Eles têm um retrato para se guiar; podem colocar homens por toda a área.

– Eu não pareço nada com o retrato que saiu nos jornais.

– Você não. Eu. Vamos!

Andaram rapidamente dentro da corrente humana que ia e vinha até que chegaram ao bulevar Malesherbes, a dez quarteirões de distância, onde havia outra cabine telefônica, com um prefixo diferente da primeira. Desta vez não tinham que lidar com telefonistas; era em Paris. Marie entrou, moedas na mão e discou; estava preparada.

Mas as palavras que vieram pela linha a deixaram boquiaberta:

– *La résidence du Général Villiers. Bonjour?... Allô? Allô?*

Por alguns segundos Marie não conseguiu falar. Ela ficou simplesmente olhando para o telefone.

– *Je m'excuse* – murmurou ela. – *Une erreur.* – Desligou.

– O que é que há? – perguntou Bourne, abrindo a porta de vidro.

– O que aconteceu? O que é?

– Não faz sentido – disse ela. – Eu simplesmente liguei para a casa de um dos mais respeitados e poderosos homens da França.

24

– André François Villiers – repetiu Marie, acendendo um cigarro. Eles tinham voltado para o quarto no Terrasse para colocar as ideias em ordem e digerir a espantosa informação. – Formado em Saint-Cyr, herói da Segunda Guerra Mundial, uma lenda viva da Resistência, e, não fosse seu rompimento com De Gaulle na questão da Argélia, seria seu provável herdeiro político. Jason, ligar um homem assim a Carlos é simplesmente inacreditável.

– A ligação existe. Acredite.

– É muitíssimo improvável. Villiers é um velho condestável da França, uma família cujas origens remontam ao século XVII. Hoje em dia ele é um dos membros mais importantes da Assembleia Nacional, politicamente à direita de Carlos Magno, para dizer a verdade, mas mesmo assim um militar cumpridor da lei e da ordem. É como ligar Douglas MacArthur a um pistoleiro da Máfia. Não faz sentido.

– Então vamos procurar um sentido. Como *foi* o rompimento com De Gaulle?

– Por causa da Argélia. No início dos anos 60, Villiers fazia parte da OAS, era um dos coronéis deste exército secreto de ultranacionalistas sob as ordens de Salan. Eles se opunham aos acordos de Evian, que deram a independência à Argélia, acreditando que por direito este país pertencia à França.

– Os coronéis loucos de Argel – disse Bourne, da mesma forma que fazia com tantas outras palavras e frases, sem saber de onde vinham e por que ele as dizia.

– Isso tem algum significado para você?

– Deve ter, mas eu não sei qual é.

– *Pense* – disse Marie. – Por que os "coronéis loucos" te lembrariam algo? Qual é a primeira coisa que vem a sua cabeça? Rápido!

Jason olhou para ela com um ar de desamparo, e em seguida as palavras vieram.

– Bombardeios... infiltrações. *Provocateurs*. Você estuda isso, estuda os mecanismos.

– *Por quê?*

– Eu não sei.

– As decisões são baseadas no que você aprende?

– Acho que sim.

– Que tipo de decisões? Você decide *o quê?*

– Rompimentos.

– O que isso significa para você? Rompimentos.

– Não sei! Não consigo pensar!

– Está bem... está bem. Voltaremos ao assunto numa outra hora.

– Não temos tempo. Vamos voltar a Villiers. Depois da independência da Argélia, o que aconteceu?

– Houve uma reconciliação capenga com De Gaulle. Villiers nunca esteve diretamente implicado com o terrorismo, e seu passado militar não permitiria isso. Ele voltou à França, foi bem recebido, na verdade, era um combatente de uma causa perdida, mas respeitada. Reassumiu seu comando, chegando ao posto de general, antes de entrar para a política.

– É um político militante, então?

– É mais um porta-voz. Um estadista decano. Continua um militarista ferrenho, ainda esbravejando no que diz respeito à diminuição do poderio militar do país.

– Howard Leland – disse Jason. – Aí está a ligação dele com Carlos.

– Como? Por quê?

— Leland foi assassinado porque interferiu com o desenvolvimento e a exportação de armas do Quai D'Orsay. Não precisamos mais do que isso.

— Parece incrível, um homem como ele... — A voz de Marie diminuiu de intensidade; ela foi assaltada por uma recordação. — O filho dele foi assassinado. Por motivos políticos, cerca de cinco ou seis anos atrás.

— Me conte.

— O carro dele foi pelos ares em uma explosão na Rue du Bac. Saiu em todos os jornais por toda parte. *Ele* era um político militante, um conservador como o pai, a cada passo opondo-se aos socialistas e comunistas. Era um membro jovem do parlamento, um obstrucionista no que diz respeito a gastos do governo, mas na realidade muito popular. Era um aristocrata de grande charme.

— Quem o matou?

— Especularam que foram comunistas fanáticos. Ele tinha conseguido bloquear algumas leis favoráveis à extrema-esquerda. Depois do assassinato, seus aliados se dispersaram, e a legislação foi aprovada. Muitos acham que foi por esse motivo que Villiers deixou o Exército e candidatou-se à Assembleia Nacional. É por isso que essa hipótese é tão improvável, tão contraditória. Afinal de contas, seu filho foi assassinado; podíamos esperar que a última pessoa na terra com quem ele gostaria de ter ligações seria um assassino profissional.

— Há também uma outra coisa. Você disse que ele foi bem recebido em Paris porque nunca esteve *diretamente* implicado com o terrorismo.

— Se esteve — interrompeu Marie —, a coisa foi enterrada. Aqui na França eles são mais tolerantes com causas passionais quando se trata da pátria e da cama. E ele era um herói legítimo, não se esqueça.

— Mas uma vez terrorista, sempre terrorista, não se esqueça disso também.

— Não concordo. As pessoas mudam.

— Não mudam quando se trata de certas coisas. Nenhum terrorista jamais esquece como foi eficiente; ele vive disso.

— Como é que você poderia saber disso?

— Não sei se quero me fazer essa pergunta agora.

— Então não faça.

– Mas tenho certeza a respeito de Villiers. Vou procurá-lo.
– Bourne foi até a mesinha de cabeceira e apanhou a lista telefônica. – Vamos ver se ele está na lista ou se é uma linha particular. Precisarei do endereço.
– Você não conseguirá chegar perto dele. Se ele é uma ligação de Carlos, terá seguranças. Eles o matarão no ato; têm a sua fotografia, lembra-se?
– Não vai adiantar. Eu não serei o que eles estão procurando. Aqui está. Villiers, A.F. Parc Monceau.
– Ainda não acredito. Só de saber para quem ela estava telefonando deve ter colocado a tal Lavier em estado de choque.
– Ou a amedrontado a ponto de ela fazer qualquer coisa.
– Não acha estranho que ela tenha recebido esse número?
– Não nessas circunstâncias. Carlos quer que seus zangões saibam que ele não está brincando. Ele quer Caim.
Marie levantou-se.
– Jason? O que é um "zangão"?
Bourne ergueu os olhos para ela.
– Não sei... Alguém que trabalha cegamente para outra pessoa.
– Cegamente? Sem ver?
– Sem saber. Pensando que está fazendo uma coisa quando na realidade está fazendo uma outra.
– Não entendo.
– Digamos que eu mande você vigiar um carro numa certa esquina. O carro nunca aparece, mas o fato de você estar lá serve para avisar a alguém que a está observando que uma outra coisa aconteceu.
– Aritmeticamente, uma mensagem impossível de ser rastreada.
– É, acho que é isso.
– Foi o que aconteceu em Zurique. Walther Apfel era um zangão. Ele autorizou a publicação daquela história do roubo sem saber o que realmente estava dizendo.
– E o que era?
– Um bom palpite é que você estava sendo avisado para ligar para alguém que você conhecia muito bem.
– Treadstone Seventy-One – disse Jason. – Voltamos a Villiers. Carlos me encontrou em Zurique através do Gemeinschaft. Isso significa que ele tinha que saber da existência

da Treadstone; há uma boa chance de que Villiers também saiba. Se não souber, pode haver um meio de fazer com que ele descubra para nós.

— Como?

— O nome dele. Se ele é realmente tudo que você diz que é, ele tem a si mesmo em alto conceito. O honorável Villiers ligado a um marginal como Carlos pode causar um escândalo. Ameaçarei ir até a polícia, aos jornais.

— Ele simplesmente negaria tudo. Ele diria que é uma calúnia.

— Deixe que ele faça isso. O número dele estava no escritório de Lavier. Além disso, qualquer retratação sairá na mesma página que seu obituário.

— Você ainda tem que chegar até ele.

— Vou chegar. Sou parcialmente um camaleão, lembra-se?

De certa forma a rua sombreada de árvores em Parc Monceau lhe pareceu familiar, mas não no sentido de que já tivesse andado por ali antes. Em vez disso, era a atmosfera. Duas fileiras de casas de pedra bem conservadas, porta e janelas reluzindo, baixelas brilhando, escadas limpíssimas, no andar de cima os quartos bem claros cheios de plantas pendentes. Era uma rua chique num bairro rico da cidade, e ele sabia que já havia sido apresentado a um lugar como aquele antes, e que essa apresentação *significara* alguma coisa.

Eram 19h35 da noite, um dia de março frio, o céu límpido e o camaleão vestido adequadamente para a ocasião. O cabelo louro de Bourne estava coberto por um boné, o pescoço escondido entre a gola de um casaco que tinha o nome de uma agência de serviços de mensageiros impresso atrás. Pendurada ao ombro, a alça de lona de uma mochila quase vazia; era o fim daquela jornada para o mensageiro. Tinha duas ou três entregas para fazer, talvez quatro ou cinco, se ele achasse que eram necessárias; no momento ele saberia. Os envelopes não traziam na verdade cartas, mas folhetos anunciando os prazeres do Bateaux Mouche, apanhados num saguão de hotel. Ele selecionaria ao acaso algumas casas perto da residência do general Villiers e depositaria os folhetos nas caixas de correio. Seus olhos iriam registrar tudo que vissem, procurando um detalhe acima de tudo. Que tipo de dispositivo de segurança tinha Villiers? Quem montava guarda ao general e quantos eram?

E como estava convencido de que encontraria ou homens em carros ou outros homens fazendo a ronda, Bourne ficou surpreendido de verificar que não havia nem uma coisa nem outra. André François Villiers, militarista, porta-voz de sua causa e principal elo de ligação com Carlos, não tinha dispositivos de segurança externos, quaisquer que fossem. Se estava protegido, esta proteção se dava apenas dentro da casa. Considerando a dimensão de seu crime, Villiers ou era arrogante ao ponto de se descuidar ou era um completo idiota.

Jason subiu os degraus da residência adjacente, a porta de Villiers a apenas sete metros de distância. Depositou o folheto na abertura da caixa de correio, levantando os olhos para as janelas da casa de Villiers, procurando um rosto, um vulto. Não havia nenhum.

A porta da casa do lado abriu-se subitamente. Bourne agachou-se, metendo a mão debaixo do paletó à procura da arma, achando que *tinha sido* um completo idiota; alguém mais observador do que ele o havia visto. Mas as palavras que ouviu lhe alertaram que não se tratava disso. Um casal de meia-idade – uma empregada uniformizada e um homem de paletó escuro – falava na entrada.

– Verifique se os cinzeiros do carro estão limpos – disse a mulher. – Você sabe que ele não gosta de encontrar os cinzeiros cheios.

– Ele saiu de carro esta tarde – respondeu o homem. – Isso significa que eles estão cheios agora.

– Limpe-os na garagem, você tem tempo. Ele deve descer só daqui a uns dez minutos. Ele só precisa estar em Nanterre às 20h30.

O homem assentiu, puxando a gola do paletó enquanto ia descendo os degraus.

– Dez minutos – disse ele, distraidamente.

A porta se fechou, e o silêncio voltou à rua tranquila. Jason levantou-se, segurando o corrimão, observando o homem descer depressa a rua. Não tinha certeza de onde ficava Nanterre, apenas que era um subúrbio de Paris. E se Villiers ia dirigir ele mesmo, e se estaria sozinho, não havia razão para adiar o confronto.

Bourne colocou a alça no ombro e desceu rapidamente a escada, virando à esquerda na calçada. Dez minutos.

Jason ficou olhando pelo para-brisa a porta se abrir e o general André François Villiers aparecer. Era um homem de estatura mediana, atarracado, e beirando aos setenta anos, talvez com setenta e poucos. Era calvo, com cabelo grisalho cortado à escovinha e um cavanhaque branco cuidadosamente aparado. Seu porte era indiscutivelmente militar, impondo o corpo no espaço que o cercava, abrindo caminho pela força, paredes invisíveis se desmoronando quando ele andava.

Bourne olhava para ele, fascinado, imaginando que tipo de loucura poderia ter levado um homem assim ao vergonhoso mundo de Carlos. Quaisquer que fossem as razões, estas teriam que ser poderosas, pois *ele* era poderoso. E isso é que o tornava perigoso – pois ele era respeitado e se fazia ouvir por seu governo.

Villiers virou-se, falando para a empregada e olhando para o relógio de pulso. A mulher balançou a cabeça, fechando a porta, enquanto o general descia rápido os degraus e contornava o capô de um grande sedã, passando para o lado do motorista. Abriu a porta e entrou, depois deu a partida no motor e saiu dirigindo vagarosamente até o meio da rua. Jason esperou até que o automóvel alcançasse a esquina e dobrasse à direita; saiu com o Renault do meio-fio e acelerou, alcançando o cruzamento a tempo de ver Villiers dobrar à direita novamente a um quarteirão para leste.

Havia uma certa ironia na coincidência, um presságio, se ele acreditasse nessas coisas. O itinerário que o general Villiers escolheu para ir ao afastado subúrbio de Nanterre incluía um trecho de estrada vicinal no campo, uma paisagem quase idêntica à de Saint-Germain-en-Laye, onde há doze horas Marie tinha pedido a Jason para não desistir – de sua própria vida e da vida dela. Havia trechos de pastagem, campos que se fundiam com as suaves colinas, mas em vez de coroada pela luz da manhã, a paisagem estava banhada pelos raios brancos e frios da lua. Ocorreu a Bourne que aquela parte isolada da estrada seria um dos melhores locais para interceptar o general quando ele voltasse.

Não foi difícil para Jason seguir o outro carro a uma distância de até quatrocentos metros, mas ficou surpreso ao perceber que tinha quase que praticamente alcançado o velho soldado. De repente Villiers tinha desacelerado e entrado numa estradinha de cascalho cortada na mata, o estacionamento à distância iluminado por holofotes. Um aviso, pendurado em duas correntes num poste bem inclinado, surgiu diante dos faróis:

L'ARBALÈTE. O general ia se encontrar com alguém para jantar em um restaurante afastado, não *no* subúrbio de Nanterre, mas perto dali. No campo.

Bourne passou pela entrada do restaurante e parou no acostamento, o lado direito do carro escondido pela folhagem. Precisava pensar. Tinha que se controlar. Sua mente pegava fogo, este fogo crescia e se espalhava. De repente viu-se aturdido por uma extraordinária possibilidade.

Levando em consideração os terríveis acontecimentos – o grande constrangimento experimentado por Carlos na noite passada no motel em Montrouge, era mais do que provável que André Villiers tivesse sido convocado a um restaurante afastado para uma reunião de emergência. Talvez com o *próprio* Carlos. Se fosse esse o caso, o recinto estaria guardado, e o homem cuja fotografia havia sido distribuída àqueles guardas seria morto a tiros no instante em que fosse reconhecido. Por outro lado, a oportunidade de observar um núcleo pertencente a Carlos – ou o próprio Carlos – era uma coisa que talvez nunca mais acontecesse. Ele tinha que entrar no L'Arbalète. Havia uma compulsão dentro dele para assumir esse risco. *Qualquer* risco. Era loucura! Mas ele não era mesmo são. Como pode ser são um homem que não tem memória? *Carlos. Encontre Carlos! Deus do céu, por quê?*

Apalpou a arma na cintura; estava bem segura. Saiu do carro e vestiu o sobretudo, cobrindo o casaco com o letreiro nas costas. Pegou um chapéu no banco do carro e abaixou por completo sua aba estreita. Depois tentou se lembrar se estava usando os óculos de aro de tartaruga quando foi fotografado no Argenteuil. Não estava; ele os tinha tirado à mesa, quando passaram sucessivos relâmpagos de dor por sua cabeça, desencadeados por palavras que lhe falavam de um passado familiar demais, amedrontador demais para se encarar. Apalpou o bolso da camisa; os óculos estavam lá se ele necessitasse deles. Fechou a porta do carro e dirigiu-se para o bosque.

O brilho dos holofotes do restaurante filtrava-se através das árvores, ficando mais forte a cada poucos metros, menos folhagem bloqueando a luz. Bourne chegou ao estacionamento de cascalho a sua frente. No restaurante em estilo rústico, uma fileira de pequenas janelas corria ao comprido do prédio, candelabros bruxuleantes atrás das vidraças iluminavam os vultos dos fregueses. De repente seus olhos foram atraídos para o segundo andar. Embora este não se estendesse por todo o comprimento do prédio, mas apenas até a metade, sendo a parte de trás ocupada por um terraço aberto, a parte fechada, contudo, era semelhante ao primeiro andar. Uma fileira de janelas, um pouco maiores, talvez, mas ainda alinhadas, e ainda com candelabros brilhando. Viam-se pessoas indo e vindo, mas eram diferentes das pessoas no andar de baixo.

Eram todos homens. Estavam de pé e não sentados, movimentavam-se despreocupadamente, copos na mão, a fumaça dos cigarros subindo em espirais acima das cabeças. Era impossível dizer quantos – mais de dez, menos de vinte, talvez.

Lá estava ele, indo de um grupo a outro, o cavanhaque branco apontando para a frente, aparecendo e desaparecendo conforme sua figura ficava intermitentemente bloqueada por outras pessoas perto das janelas. Realmente o general Villiers tinha ido de carro a Nanterre para uma reunião, e era provável que o motivo desta fossem os fracassos das últimas 48 horas, fracassos que tinham permitido a um homem chamado Caim permanecer vivo.

A vantagem. Qual era a sua vantagem? Onde estavam os guardas? Quantos e onde eram seus postos? Mantendo-se oculto nas folhagens, Bourne deslocou-se até a frente do restaurante, dobrando silenciosamente os galhos, vendo se não havia homens escondidos na folhagem ou nas sombras do prédio. Não avistou nenhum e refez o caminho, avançando por um terreno desconhecido até alcançar a parte lateral do restaurante.

Abriu-se uma porta, um feixe de luz crua iluminou um homem de jaleco branco que saía. Ficou ali por um instante, acendendo um cigarro. Bourne olhou para a esquerda, para a direita e para cima, onde ficava o terraço; não apareceu ninguém. Um segurança posicionado naquelas imediações seria alertado pela luz súbita três metros abaixo da reunião. Não havia guardas do lado de fora. A segurança deveria estar – como acontecia com a casa de Villiers em Parc Monceau – dentro do próprio prédio.

Apareceu um outro homem no umbral da porta, também usando um jaleco branco, mas trajando, além disso, um chapéu de chef. A voz era áspera, o francês ornamentado com o dialeto gutural da Gasconha.

– Enquanto você fica aí na moleza, nós damos duro! O carrinho de doces já está meio vazio. Vai encher ele. *Agora, seu filho da mãe!*

O homem dos doces voltou-se e deu de ombros; esmagou o cigarro e voltou para dentro, fechando a porta atrás de si. A luz se foi, ficando apenas o brilho opaco da lua, que não era suficiente para iluminar o terraço. Não havia ninguém lá, nenhum guarda patrulhando as largas portas duplas que levavam ao salão interno.

Carlos. Encontre Carlos. Prepare uma armadilha para Carlos. Caim é Charlie, e Delta é Caim.

Bourne avaliou a distância e os obstáculos. Ele estava a menos de quinze metros dos fundos do prédio, três ou quatro abaixo da balaustrada que cercava o terraço. Havia duas aberturas na parede externa, de onde saía vapor, e perto delas um cano de esgoto que ficava próximo à balaustrada. Se conseguisse subir pelo cano e pôr um pé na abertura mais baixa, ele poderia apoiar-se na balaustrada e içar-se para o terraço. Mas antes precisava livrar-se de um pouco do peso. Tirou o sobretudo, colocando-o a seus pés junto com o chapéu, e cobriu ambos com folhagem. Depois o suficiente para permitir o impulso e correu o mais depressa que pôde até o cano de esgoto, atravessando o cascalho.

No escuro, ele experimentou o metal macio; estava preso firmemente no lugar. Estendeu os braços o mais alto que pôde, depois saltou, agarrando o cano, os pés contra a parede, avançando um de cada vez até que o pé esquerdo ficou paralelo à primeira abertura. Mantendo-se firme, ele deslizou o pé até o recesso e empurrou o corpo ainda mais para cima no cano. Ficou a uns poucos centímetros da balaustrada. Mais um impulso e chegaria lá.

De repente a porta abriu debaixo dele, a luz branca inundando o cascalho até o mato. Uma figura surgiu, cambaleando e tentando manter o equilíbrio, seguida pelo chef de chapéu branco, que gritava.

– Seu vagabundo! Você é um beberrão, é isso que você é! Você vem bebendo durante toda a merda da noite! Os doces estão todos lá no chão do salão de jantar. Tudo está uma bagunça. Cai fora, você não vai receber um *sou!*

A porta fechou-se com violência, o som do ferrolho demonstrando que o assunto estava encerrado. Jason ficou agarrado ao cano, braços e tornozelos apoiados, rios de suor escorrendo pela testa. O homem lá embaixo deu uns passos vacilantes para trás, fazendo diversas vezes gestos obscenos com a mão direita para o chef, que não estava mais ali. Seus olhos vidrados subiram pela parede, encontrando o rosto de Bourne. Jason conteve a respiração quando os olhos dos dois se encontraram; o homem olhou para Jason espantado, depois piscou e olhou de novo. Balançou a cabeça, fechando as pálpebras, depois arregalou os olhos, procurando absorver a imagem que ele não tinha certeza se estava lá. Afastou-se, foi andando de lado e depois para a frente, certamente tendo decidido que a aparição no meio da parede era o resultado da pressão do trabalho. Deu a volta cambaleando no canto do prédio, mais calmo por ter rejeitado a loucura que lhe assaltara os olhos.

Bourne respirou de novo, deixando o corpo descansar na parede, aliviado. Mas foi só por um instante; a dor no tornozelo descera para o pé, iniciando uma cãibra. Alçou o corpo agarrando a barra de ferro que formava a base da balustrada com a mão direita, soltando a esquerda do cano para juntar-se à outra. Pôs os joelhos de encontro às telhas e puxou o corpo vagarosamente junto à parede até que a cabeça ultrapassou a borda do terraço. Estava deserto. Jogou a perna direita para cima da laje, a mão direita pegando no ferro batido de cima; com um movimento rápido ele girou por sobre a balaustrada.

Estava num terraço usado para jantares nos meses de primavera e verão, ladrilhado, que podia acomodar de dez a quinze mesas. No centro da parede e separando a parte fechada do terraço propriamente dito reconheceu as largas portas duplas que ele avistara lá do bosque. As pessoas lá dentro estavam agora imóveis, paradas, e por um instante Jason ficou imaginando se um alarme não havia sido disparado – se aqueles homens não estavam esperando por ele. Ficou imóvel, a mão na arma; não aconteceu nada. Aproximou-se da parede, permanecendo na sombra. Depois esgueirou-se de costas contra a madeira e foi progredindo devagar até a primeira porta, até os dedos tocarem o umbral. Vagarosamente inclinou a cabeça aos pouquinhos até que os olhos ficaram à altura da vidraça e olhou para dentro.

O que ele viu era, ao mesmo tempo, algo atraente e amedrontador. Os homens estavam formados em uma fileira – de frente para André Villiers, que lhes dirigia a palavra. Eram treze ao todo, doze deles não apenas de pé, mas em posição de sentido. Eram homens velhos, mas não apenas velhos; eram velhos soldados. Nenhum deles usava uniforme; em vez disso em cada lapela viam-se fitas, cores de suas unidades acima de condecorações por bravura e hierarquia. Havia algo ali que permeava toda a cena, algo inconfundível. Aqueles homens estavam acostumados ao comando – acostumados ao poder. Estava nítido nos seus rostos, nos olhos, no modo como ouviam – rendendo respeito, mas não cegamente, sempre fazendo seu julgamento. Os corpos eram velhos, mas havia força naquela sala. Uma força imensa. E esse era o aspecto amedrontador. Se aqueles homens pertenciam a Carlos, os recursos do assassino não só alcançavam longe, como também eram extraordinariamente perigosos. Porque aqueles homens não eram homens comuns, eram soldados profissionais calejados. A menos que tivesse cometendo um grave erro, pensou Bourne, a profundidade da experiência e o âmbito de influência naquela sala eram assustadores.

Os coronéis loucos de Argel – o que sobrara deles? Homens movidos pela recordação de uma França que não existia mais, um mundo que desaparecera, substituído por um outro que eles consideravam fraco e ineficiente. Homens assim podiam compactuar com Carlos, no mínimo pelo poder secreto que isso lhes dava. Golpear. Atacar. Matar. Decisões de vida ou morte que numa outra época tinham feito parte de seu dia-a-dia, ressuscitadas por uma força que poderia servir a causas que eles se recusavam a admitir não ser mais viáveis. Uma vez terrorista, sempre terrorista, e o assassinato era o núcleo vivo do terror.

O general elevava a voz. Jason tentou ouvir as palavras através da vidraça. Elas ficaram mais claras.

— ... nossa presença será sentida, nosso propósito será entendido. Estamos juntos na nossa trincheira e esta trincheira é inviolável, *seremos* ouvidos! Em memória de todos aqueles que tombaram, nossos irmãos de farda e de armas, que deram suas vidas pela glória da França. Forçaremos nossa amada pátria a se lembrar e, em nome desses homens, permanecer forte, não se curvando a ninguém! Aqueles que se opõem a nós conhecerão nossa fúria. Nisso, também, estamos unidos. Rezamos ao Deus Todo-Poderoso para que os que nos precederam tenham encontrado a paz, pois ainda estamos em guerra... Senhores, eu lhes dou Nossa Senhora, nossa França!

Houve um uníssono de palavras de aprovação contidas, os velhos soldados permanecendo rígidos na posição de sentido. E aí uma outra voz se elevou, as cinco primeiras palavras cantadas em solo, ao que se juntou o restante do grupo.

Allons enfants de la patrie,
Le jour de gloire est arrivé...

Bourne voltou-se, enojado pelo que via e pelos sons dentro do salão. Desperdício em nome da glória, a morte de camaradas que tombaram exigindo novas mortes. Era preciso; e se isso significava fazer um pacto com Carlos, que se fizesse.

Mas o que o perturbava tanto? Por que ele se via subitamente envolvido por sentimentos de raiva e inutilidade? O que acionara a repulsa que ele sentia de maneira tão forte? Foi então que ele percebeu. Ele odiava homens como André Villiers, desprezava aqueles homens no salão. Eram todos velhos que tinham feito a guerra, roubando a vida dos jovens...

Por que as névoas estavam se fechando novamente? Por que a dor era tão aguda? Não havia tempo para perguntas nem força para tolerá-las. Tinha que afastá-las da mente e concentrar-se em André François Villiers, guerreiro e senhor da guerra, cujas causas pertenciam ao passado mas cujo pacto com um assassino exigia a morte hoje.

Ele montaria um armadilha para o general. Ele o dobraria. Procuraria saber tudo que o velho sabia e provavelmente o mataria. Homens como Villiers roubavam a vida dos jovens. Não mereciam viver. *Estou novamente no meu labirinto, e as paredes estão cheias de pontas. Oh, Deus, como elas doem.*

Jason pulou a balaustrada na escuridão e desceu pelo cano de esgoto, cada músculo em dor. A dor também tinha que ser apagada. Ele precisava chegar a um trecho deserto da estrada enluarada e pegar o mercador da morte.

25

Bourne ficou esperando no Renault, duzentos metros a leste da entrada do restaurante, o motor ligado, pronto para partir rápido no instante em que visse Villiers sair dirigindo. Diversos outros já tinham partido, todos em carros separados. Conspiradores não ficam anunciando suas reuniões, e aqueles velhos eram conspiradores no verdadeiro sentido. Haviam trocado todas as honras que ganharam pela conveniência mortal da arma de um assassino e pela organização de um assassino. A idade e o preconceito haviam roubado deles a racionalidade, assim como eles tinham passado a vida roubando outras vidas... dos jovens e dos muito jovens.

Que é isso? Por que esse pensamento não me deixa? Alguma coisa terrível bem dentro de mim está tentando sair, tentando, acho eu, me matar. O medo e a culpa me engolfam... mas de que e por que eu não sei. Por que será que esses velhos provocam esses sentimentos de medo e culpa... e ódio?

Aqueles homens eram a guerra. Eram a morte. Em terra e vinda dos céus. Dos céus... dos céus. Me ajude, Marie. Pelo amor de Deus, me ajude!

Lá vinha ele. Os faróis saíram da alameda de entrada, o carro comprido e negro refletindo a luz dos holofotes. Jason manteve seus próprios faróis apagados ao sair das sombras. Acelerou pela estrada até que chegou à primeira curva; depois acendeu os faróis e apertou o pedal até o fundo. O trecho isolado daquela estrada no campo tinha menos de três quilômetros. Precisava correr.

Já eram 23h10 e, como há três horas, os campos se perdiam em colinas, tudo banhado pela luz de uma lua de março, agora no centro do céu. Ele chegou à área que escolhera, *era* viável. O acostamento era largo, ao longo de uma pastagem, o que permitia que ambos os automóveis ficassem fora da estrada. O objetivo imediato, contudo, era fazer com que Villiers parasse. O general era velho mas não frágil; se ele suspeitasse da tática empregada, entraria com o carro pelo campo e fugiria. Tudo dependia da oportunidade e do momento certo para o inesperado.

Fazendo uma curva em U, Bourne virou o Renault no sentido contrário e ficou esperando até que viu os faróis apontando na distância. Aí ele acelerou de repente, dando guinadas violentas no volante para a direita e para a esquerda. O carro ziguezagueava na estrada – era um motorista que tinha perdido o controle, incapaz de manter a linha reta, mas acelerando, apesar disso.

Villiers não teve escolha; diminuiu a marcha à medida que Jason avançava como um louco na sua direção. Aí, de repente, quando os dois veículos estavam a não mais de seis metros de colidir, Bourne virou a direção para a esquerda, ao mesmo tempo em que freava, os pneus cantando na derrapagem. Parou e, com a janela aberta, levantou a voz num grito indefinido. Era um meio gemido, meio grito; podia ser a expressão vocal de um homem doente ou bêbado, mas uma entonação que não era de ameaça. Bateu com a mão no vidro da janela e ficou em silêncio, encolhido no banco, a arma no colo.

Ouviu a porta do sedã de Villiers abrir e deu uma olhada por cima do volante. O velho não estava armado, visivelmente; parecia não suspeitar de nada, apenas aliviado de não ter havido uma colisão. Iluminado pela luz dos faróis, o general caminhou até a janela esquerda do Renault, gritando, ansioso, o francês de comandos imperiosos de Saint-Cyr.

– Que significa isso? O que é que o senhor pensa que está fazendo? O senhor está bem? – As mãos agarraram a borda da janela.

– Eu estou, mas o senhor não está – replicou Bourne em inglês, levantando a arma.

– O quê... – O velho engasgou, empertigado. – Quem é o senhor e o que é isso?

Jason saiu do Renault, a mão esquerda estendida por cima do cano da arma.

– Estou contente que o seu inglês seja fluente. Volte para o seu carro. Tire-o da estrada.

– E se eu recusar?

– Eu o mato agora mesmo. Não precisa muito para me provocar.

– Essas palavras vêm das Brigadas Vermelhas? Ou da facção parisiense do Baader-Meinhof?

– Por quê? O senhor poderia dar uma contraordem se elas viessem?

– Eu cuspo neles! E em você!

– Ninguém jamais duvidou da sua coragem, general. Vá até seu carro.

– Não é uma questão de coragem! – disse Villiers sem se mexer. – É uma questão de lógica. O senhor não vai conseguir nada me matando, muito menos me sequestrando. Minhas ordens são firmes, inteiramente cumpridas por meus auxiliares e por minha família. Os israelenses estão absolutamente certos. Não haverá negociações com terroristas. Pode usar a sua arma, verme! Ou então caia fora daqui!

Jason observou com atenção o velho soldado, assaltado de repente por uma profunda incerteza, mas sem a intenção de ser ludibriado. A verdade estaria nos olhos furiosos que o encaravam. Um nome envolto na sordidez aliado a outro nome coberto com as honras da nação teriam causado um outro tipo de explosão; a verdade estaria nos olhos.

– Lá no restaurante, o senhor disse que a França não se curvaria para ninguém. Mas um general da França tornou-se lacaio de alguém. General André Villiers, mensageiro de Carlos, contato de Carlos, soldado de Carlos, lacaio de Carlos.

Os olhos furiosos se arregalaram, mas não da maneira que Jason esperava. À fúria juntou-se subitamente o ódio, não o choque, não a histeria, mas uma repulsa profunda, inflexível. As costas da mão de Villiers subiram rápidas, partindo da cintura, e bateram no rosto de Bourne de maneira violenta, precisa, dolorosa. Esse primeiro lance foi seguido por uma bofetada brutal, insultuosa, a força da pancada fazendo Jason cambalear. O velho avançou, bloqueado pelo cano da arma, mas sem medo, insensível à presença do ferro, dominado apenas pela ânsia de castigar. Os golpes vieram um depois do outro, aplicados por um homem possuído.

– Sem-vergonha! – gritou Villiers. – Porco, porco imundo! Verme!

– Eu atiro! Vou matá-lo! Para! – Mas Bourne não podia puxar o gatilho. Ele recuou até o carro pequeno, com as costas espremidas no teto. O velho ainda atacava, as mãos voando pelo ar, girando, batendo.

– Me mate se puder, se tiver *coragem!* Porco!

Jason jogou a arma no chão, levantando os braços para se defender dos golpes de Villiers. Jogou a mão esquerda para a frente, agarrando o pulso direito do velho, depois a direita, segurando o antebraço esquerdo que batia para baixo como uma espada de folha larga. Torceu os dois violentamente, trazendo Villiers de encontro a seu corpo, forçando o velho soldado a permanecer imóvel, os rostos a centímetros um do outro, o peito de Villiers arquejando.

– O senhor está me dizendo que *não* é homem de Carlos? Está negando isso?

Villiers jogou-se para a frente, tentando livrar-se de Bourne, seu tronco forte batendo contra o de Jason.

– Eu o mato! *Animal!*

– Mas, *com os diabos,* o senhor é ou não é?

O velho cuspiu no rosto de Bourne, o fogo nos seus olhos agora nublado, lágrimas surgindo.

– Carlos matou meu filho – disse ele num sussurro. – Ele matou meu único filho na rue du Bac. A vida de meu filho foi pelos ares com cinco bananas de dinamite na rue du Bac!

Vagarosamente Jason foi reduzindo a pressão dos dedos. Respirando pesadamente, ele falou o mais calmo que pôde.

– Entre com o seu carro no campo e fique lá. Temos que conversar, general. Alguma coisa aconteceu que o senhor desconhece, e é melhor que nós dois descubramos o que é.

– *Nunca!* Impossível! Isso não podia acontecer!

– Aconteceu – disse Bourne, sentado com Villiers no banco dianteiro do sedã.

– Cometeram um engano terrível! Você não sabe o que está dizendo!

– Não há engano, e eu sei realmente o que estou dizendo porque eu mesmo achei o número. Não apenas é o número certo, mas é também um magnífico disfarce. Ninguém de sã consciência iria ligar o senhor a Carlos, especialmente tendo em vista a morte do seu filho. Todos sabem que foi obra de Carlos?

– Na Sûreté, talvez sim. Nos serviços de inteligência militares e na Interpol, com bastante certeza. Li os relatórios.

– O que diziam?

– Presumiam que Carlos fez um favor a amigos seus da época em que era um radical, chegando mesmo a ponto de permitir que estes aparecessem como responsáveis por seu ato. Foi por motivos políticos, o senhor sabe. Meu filho foi um sacrifício, um exemplo para outros que se opõem aos fanáticos.

— Fanáticos?

— Os extremistas estavam formando uma coalizão de fachada com os socialistas, fazendo promessas que não tinham intenção de cumprir. Meu filho percebeu isso, denunciou a manobra e apresentou uma legislação que bloquearia essa aliança. Por isso foi morto.

— Foi por isso que o senhor abandonou o Exército e candidatou-se às eleições?

— Com todo o meu coração. É costume o filho levar avante o trabalho do pai... — O velho fez uma pausa, o luar iluminando o seu rosto abatido. — Nessa questão, foi o legado do pai continuar o trabalho do filho. Ele não era militar nem eu sou político, mas tenho conhecimento de armas e explosivos. Suas causas eram moldadas por mim, sua filosofia refletia a minha própria, e ele foi morto por essas ideias. Para mim, a decisão que tomei foi clara. Eu levaria nossas crenças à arena política e deixaria seus inimigos lutarem contra mim. O soldado estava preparado para isso.

— Mais de um soldado, pelo que observei.

— O que é que o senhor quer dizer com isso?

— Aqueles homens lá no restaurante. Pareciam que comandavam metade dos exércitos da França.

— E é verdade, monsieur. Antigamente eram conhecidos como os jovens comandantes zangados de Saint-Cyr. A República era corrupta, os militares, incompetentes, a linha Maginot, uma piada. Se na época tivessem prestado atenção ao que eles diziam, a França não teria caído. Tornaram-se os líderes da Resistência; lutaram contra os boches e Vichy por toda a Europa e a África.

— O que é que eles fazem agora?

— A maior parte vive de pensões, muitos obcecados com o passado. Rezam para a Virgem para que aquelas coisas nunca se repitam. Em muitas áreas, contudo, eles percebem que isso está acontecendo. Os militares foram reduzidos a um papel secundário, enquanto os comunistas e socialistas na Assembleia estão sempre corroendo o poder das forças armadas. O aparato de Moscou mantém-se fiel à sua tradição: não muda há décadas. Uma sociedade livre está madura para a infiltração e, uma vez infiltrada, as mudanças não cessam até que a sociedade seja refeita a uma outra imagem. A conspiração está por toda parte; não pode ser desafiada.

— Alguns poderiam objetar que trata-se de uma posição bastante extremada.

— Por defender a sobrevivência? A força? A honra? Estas palavras soam anacrônicas demais para o senhor?

— Não acho. Mas posso imaginar muita coisa ruim sendo feita em nome delas.

— Nossas filosofias são diferentes, e não me interessa discuti-las. O senhor me perguntou sobre meus colegas, e eu lhe respondi. Agora, por favor, essa incrível desinformação da sua parte. É espantosa. O senhor não sabe o que é perder um filho, ter um filho assassinado.

A dor me volta, e eu não sei por quê. Dor e vazio, um vácuo no céu... partindo do céu. Morte no céu e vinda do céu. Jesus, como dói. Essa coisa. O que é?

— Eu compreendo — disse Jason, as mãos agarradas para fazer cessar o tremor súbito. — Mas ela faz sentido.

— Nem por um instante! Como o senhor disse, ninguém de sã consciência me ligaria a Carlos e ainda menos ao próprio safado assassino. É um risco que ele não correria. É impensável.

— Exatamente. E é por isso que o senhor está sendo usado; *é* impensável. O senhor é o elo de transmissão perfeito para as instruções finais.

— Impossível! Como?

— Alguém no seu telefone está em contato direto com Carlos. Usa códigos, diz determinadas palavras a fim de chamá-lo ao telefone. Provavelmente quando o senhor não está lá, talvez quando o senhor está. O senhor mesmo atende o telefone?

Villiers franziu as sobrancelhas.

— Na verdade eu não atendo. Pelo menos não nesse número. Há muitas pessoas que devem ser evitadas, e eu tenho uma linha particular.

— Quem atende?

— Geralmente a governanta ou o marido dela, que trabalha parte como mordomo, parte como motorista. Ele foi meu motorista durante os últimos anos em que estive no Exército.

Quando não é nenhum dos dois, minha esposa, é claro. Ou meu assessor, que muitas vezes trabalha no meu escritório em casa; foi meu ajudante-de-ordens por vinte anos.

– Quem mais?

– Não há ninguém mais.

– Empregadas?

– Nenhuma fixa. Quando é preciso, elas são contratadas para a ocasião. Há mais dinheiro no nome Villiers do que nos bancos.

– Faxineira?

– Duas. Vêm duas vezes por semana e nem sempre são as mesmas.

– É melhor o senhor observar mais de perto o seu motorista e o ajudante-de-ordens.

– Isso é uma afronta! A lealdade deles está acima de qualquer dúvida.

– Também a de Brutus, e César tinha um posto mais alto que o seu.

– O senhor não fala a sério.

– Falo muitíssimo sério. E é melhor que o senhor acredite. Tudo que lhe contei é verdade.

– Mas o senhor não me contou muita coisa, na verdade, não é? O seu nome, por exemplo?

– Não é necessário. Saber só o faria sofrer mais.

– De que maneira?

– No caso muito remoto de eu estar enganado sobre a ligação, e esta possibilidade quase não existe.

O velho assentiu com a cabeça da maneira como os velhos fazem quando repetem palavras que os surpreenderam tanto que não acreditam nelas. O rosto marcado por sulcos subia e descia ao luar.

– Um homem sem nome monta uma armadilha para mim à noite, me mantém sob a mira de uma arma e me faz uma acusação indecente, uma acusação tão nojenta que fico com vontade de matá-lo, e ele fica esperando que eu aceite sua palavra. A palavra de um homem sem nome, sem rosto que eu possa reconhecer e sem credenciais a oferecer a não ser a declaração de que Carlos o está caçando. Me diga por que devo acreditar nesse homem?

– Porque – respondeu Bourne – ele não teria razão para vir procurá-lo se *ele* não acreditasse que isso era verdade.

Villiers olhou fixamente para Jason.

– Não, há uma outra razão. Há um momento, o senhor poupou minha vida. Lançou fora sua arma, não a disparou. O senhor poderia tê-lo feito. Facilmente. O senhor preferiu, em vez disso, me implorar que conversássemos.

– Acho que não implorei.

– Estava nos seus olhos, meu jovem. Está sempre nos seus olhos. E muitas vezes na sua voz, mas é necessário ouvi-la atentamente. A súplica pode ser fingida, não a raiva. Ou é real ou é uma impostura. A sua raiva era real... como também a minha. – O velho fez um gesto na direção do pequeno Renault a dez metros de distância, no campo. – Siga-me até Parc Monceau. Conversaremos mais no meu escritório. Juro pela minha vida que o senhor está enganado no que diz respeito aos dois homens, mas, como o senhor observou, César ficou cego pela falsa devoção. E, realmente, ele tinha um posto superior ao meu.

– Se eu entrar na sua casa e alguém me reconhecer, eu sou um homem morto. E também o senhor.

– Está tarde, meus ajudantes saíram logo depois das cinco horas, e o motorista se recolhe no máximo às dez para ver sua interminável televisão. O senhor espera do lado de fora enquanto eu entro para checar. Se as coisas estiverem normais, eu o chamo; se não estiverem, eu volto e vou embora de carro. O senhor me segue de novo. Paro em algum lugar e continuamos.

Jason observava com atenção enquanto Villiers falava.

– Por que o senhor quer que eu volte até Parc Monceau?

– Onde mais? Acredito no choque de uma confrontação inesperada. Um daqueles homens está deitado na cama vendo televisão num quarto do terceiro andar. E há uma outra razão. Quero que minha esposa ouça o que o senhor tem a dizer. Ela é a mulher de um velho soldado e tem antenas para coisas que muitas vezes escapam ao oficial no campo. Acostumei-me a confiar na sua percepção; ela consegue identificar um padrão de comportamento assim que ouve alguém.

Bourne tinha que pronunciar aquelas palavras.

– Eu o peguei fingindo uma coisa; o senhor pode me pegar fingindo outra. Como vou saber que Parc Monceau não é uma armadilha?

O velho não titubeou.

– O senhor tem a palavra de um oficial general da França, e isso é tudo que tenho. Se não for suficiente para o senhor, pegue a sua arma e dê o fora.

– Isso basta – disse Bourne. – Não porque é a palavra de um general, mas porque é a palavra de um homem cujo filho foi assassinado na rue du Bac.

Para Jason, a volta a Paris de carro pareceu muito mais longa do que a ida. Lutava novamente com imagens, imagens que o faziam ficar banhado de suor. E de dor, começando nas têmporas, descendo até o peito, formando um nó no estômago – relâmpagos agudos batendo, batendo até que ele ficava com vontade de gritar.

Morte nos céus... vinda dos céus. Não havia escuridão, mas sim luz do sol, ofuscante. Não havia ventos que atiravam seu corpo para dentro de mais escuridão, mas, em vez disso, silêncio e o cheiro da selva e... margens de rios. O silêncio seguido do guinchar de pássaros e o barulho agudo de máquinas. Pássaros... máquinas... mergulhando do céu na luz ofuscante do sol. Explosões. Morte. Dos jovens e dos muito jovens.

Para com isso! Segure o volante! Concentre-se na estrada mas não pense! O pensamento é muito doloroso, e você não sabe por quê.

Entraram na rua ladeada de árvores de Parc Monceau. Villiers ia trinta metros na frente, defrontando-se com um problema que não existia há algumas horas; havia muito mais automóveis na rua agora e estacionar ficara muito difícil.

Entretanto havia um espaço razoável à esquerda, do outro lado da rua em relação à casa do general; nele podiam caber ambos os carros. Villiers pôs a mão de fora da janela, fazendo sinal para Jason entrar na vaga atrás dele.

E aí aconteceu. Os olhos de Jason foram atraídos por uma luz na porta de entrada, seu olhar de repente congelado nas pessoas sob a luz; o reconhecimento de uma delas foi tão surpreendente e tão fora de propósito que ele se viu estendendo a mão para a arma na cintura.

Afinal de contas, será que ele tinha sido atraído para uma armadilha? Será que a palavra de um oficial general da França não valia nada?

Villiers manobrava o sedã para entrar na vaga. Bourne virou-se no banco, olhando em todas as direções; não havia ninguém vindo na sua direção, ninguém se aproximando. Não era uma armadilha. Era uma outra coisa, algo que não era do conhecimento do velho general.

Do outro lado da rua, no umbral da porta, estava uma mulher ainda jovem – uma mulher linda. Ela falava depressa, com pequenos gestos ansiosos, para um homem de pé no degrau mais alto, que assentia como que recebendo instruções. O homem, cabelo grisalho, bem-apessoado, era o operador da mesa telefônica da Les Classiques. Era o homem cujo rosto Jason conhecia tão bem, e, entretanto, não sabia quem era. O rosto que tinha desencadeado outras imagens... imagens tão violentas e tão dolorosas como aquelas que o vinham despedaçando durante essa última meia hora no Renault.

Mas havia uma diferença. Aquele rosto trazia de volta a escuridão e os ventos torrenciais no céu noturno, as explosões se sucedendo umas às outras, sons de tiroteio em staccato ecoando através de miríades de túneis na selva.

Bourne afastou os olhos da porta e olhou para Villiers pelo para-brisa. O general tinha apagado os faróis e estava se preparando para sair do carro. Jason soltou a embreagem e deixou o carro avançar até fazer contato com o para-choque do outro veículo. Villiers virou-se rápido no banco.

Bourne apagou seus próprios faróis e acendeu a pequena luz interna do teto. Levantou a mão – a palma para baixo – depois levantou-a duas vezes de novo, avisando ao velho soldado para permanecer onde estava. Villiers assentiu, e Jason apagou a luz.

Ele olhou de novo para a entrada da casa. O homem tinha descido um degrau, parando a um último comando da mulher. Bourne podia vê-la com clareza agora. Ela devia ter 35 a quase quarenta anos, cabelo escuro curto, cortado na moda, emoldurando um rosto bronzeado pelo sol. Era uma mulher alta, na verdade um corpo de manequim, a silhueta esguia, o volume dos seios acentuado pelo tecido fino e meio transparente do longo vestido branco que realçava o bronzeado da pele. Se ela fazia parte da casa, Villiers não a tinha mencionado, o que significava que ela não fazia. Era uma visitante que sabia quando vir à casa do velho; se encaixava na estratégia de cadeia de transmissão. E isso queria dizer que ela tinha um contato na casa de Villiers. O velho devia conhecê-la, mas até que ponto? A resposta obviamente era que ele não a conhecia o bastante.

O operador da mesa telefônica de cabelo grisalho fez um gesto de assentimento final, desceu os degraus e caminhou rapidamente até o final do quarteirão. A porta se fechou, a luz das luminárias externas ficaram brilhando na escada deserta e na porta negra reluzente com ferrolhos dourados.

Por que aqueles degraus e aquela porta significavam algo para ele? Imagens. A realidade que não era real.

Bourne saltou do Renault, observando as janelas para ver se havia algum movimento das cortinas; não percebeu nada. Foi rápido até o carro de Villiers; a janela da frente estava abaixada, o rosto do general voltado para cima, as sobrancelhas grossas franzidas com um ar de curiosidade.

— Por Deus do céu, o que é que você está fazendo? — perguntou ele.

— Ali adiante, na sua casa — disse Jason, se agachando na calçada. — Viu o que eu acabei de ver?

— Acho que sim. E daí?

— Quem era a mulher? O senhor a conhece?

— Espero pelo amor de Deus que sim! É minha esposa.

— Sua *esposa*? — O espanto de Bourne ficou patente em seu rosto. — Pensei que o senhor tivesse dito... Pensei que o senhor tivesse dito que ela era uma pessoa mais *velha*. Que o senhor queria que ela ouvisse a minha história porque ao longo dos anos o senhor aprendera a confiar no seu bom senso. Foi o que o senhor *disse*.

— Não foi exatamente assim. Eu disse que ela era a esposa de um velho soldado. E eu, realmente, respeito o seu discernimento. Mas ela é minha segunda mulher — minha segunda mulher muito mais moça do que eu —, mas tão devotada quanto a primeira, que morreu há oito anos.

— Oh, meu Deus...

— Não deixe que a diferença de nossas idades o perturbe. Ela é orgulhosa e feliz de ser a segunda madame Villiers. Tem sido de grande ajuda para mim na Assembleia.

— Sinto muito — murmurou Bourne. — Cristo, sinto muito.

— O que é que há? O senhor a tomou por outra pessoa? As pessoas fazem isso com frequência; ela é uma moça muito bonita. Tenho muito orgulho dela. — Villiers abriu a porta enquanto Jason se erguia. — O senhor espere aqui — disse o general. — Vou lá dentro checar; se tudo estiver normal, eu abro a porta e faço sinal para o senhor. Se não estiver, eu volto para o carro e vamos embora.

Bourne ficou imóvel defronte de Villiers, evitando que o velho se adiantasse.

— General, tenho que lhe perguntar uma coisa. Não sei como, mas tenho que fazer isso. Eu disse que encontrei o seu número de telefone em uma central de transmissão usada por Carlos. Eu não lhe disse onde, apenas que foi confirmado por alguém que admitiu passar mensagens para contatos de Carlos e destes receber outras mensagens para passar adiante. — Bourne respirou fundo, dando uma rápida olhada para a porta do outro lado da rua. — Agora eu tenho que lhe fazer uma pergunta e, por favor, pense cuidadosamente antes de responder. A sua esposa compra roupas numa loja chamada Les Classiques?

— Em Saint-Honoré?

— É.

— Acontece que sei que ela não compra.

— O senhor tem certeza?

— Absoluta. Não apenas porque eu nunca vi uma conta de lá, mas também porque ela me disse que não gosta do estilo deles. Minha esposa entende muito de moda.

— Oh, Jesus.

— O quê?

— General, eu não posso entrar naquela casa. Não importa o que o senhor ache, eu não posso entrar lá.

— Por que não? O que é que o senhor está dizendo?

— O homem que falava com a sua esposa na escada. Ele é da central de transmissão, esta central fica na Les Classiques. Ele é um contato de Carlos.

O sangue desapareceu do rosto de André Villiers. Ele se virou e olhou fixamente para a casa do outro lado da rua ladeada de árvores, para a porta negra reluzente com ferrolhos dourados que refletiam a luz das luminárias externas.

O mendigo com o rosto marcado por bexigas coçou a barba, tirou o boné puído da cabeça e entrou penosamente pelas portas de bronze da pequena igreja de Neuilly-sur-Seine.

Foi andando até o fim do corredor mais à direita, sob o olhar de desaprovação de dois padres. Os dois ficaram aborrecidos; aquela era uma paróquia rica e, apesar da compaixão bíblica, a riqueza tinha realmente seus privilégios. Um deles era manter um certo status dos frequentadores – em benefício dos outros frequentadores –, e aquele vagabundo velho e mal arrumado não se enquadrava absolutamente no padrão.

O mendigo fez uma tênue tentativa de se ajoelhar, sentou-se num banco da segunda fileira, persignou-se e ajoelhou, a cabeça curvada em oração, a mão direita puxando a manga esquerda do sobretudo. No pulso trazia um relógio que não condizia com o resto de seu vestuário. Era um relógio digital caro, os números grandes e o mostrador brilhante. Era um pertence que ele nunca seria bastante tolo de deixar de lado, pois fora um presente de Carlos. Certa vez ele se atrasara 25 minutos para a confissão; seu benfeitor ficara indignado, e ele não achara outra desculpa a não ser a de que lhe faltava um marcador de tempo preciso. No encontro seguinte Carlos empurrara o relógio por baixo da cortina translucente que separava o pecador do homem santo.

Chegara na hora certa. O mendigo se levantou e foi andando até o segundo confessionário à direita. Afastou a cortina e entrou.

– Angelus Domini.

– Angelus Domini, filho de Deus. – O sussurro detrás da cortina negra era duro. – Seus dias são confortáveis?

– Eles estão confortáveis...

– Muito bem – interrompeu a silhueta. – O que é que você me traz? Minha paciência está chegando ao fim. Pago milhares, centenas de milhares, por incompetência e fracasso. O que aconteceu em Montrouge? Quem foi responsável pelas mentiras que chegaram da embaixada na avenida Montaigne? Quem as aceitou?

– O Auberge du Coin foi uma armadilha, mas não uma armadilha para matar. É difícil saber exatamente de que se tratava. Se o adido chamado Corbelier repetiu as mentiras, nosso pessoal está convencido de que ele não tinha ciência disso. Ele foi enganado pela mulher.

– Ele foi enganado por Caim! Bourne rastreia cada fonte, fornece cada informação falsa, desmascarando assim cada uma delas e confirmando o desmascaramento. Mas por quê? Para quem? Agora já sabemos o que e quem ele é, mas ele não passa nada para Washington. Ele se recusa a aparecer.

– Para sugerir uma resposta – disse o mendigo –, eu teria que recuar muitos anos, mas é possível que ele não esteja querendo a interferência de seus superiores. O serviço secreto americano tem a sua quota de autocratas vacilantes, raramente trocando informações completas uns com os outros. No tempo da guerra fria, ganhava-se dinheiro vendendo a mesma informação três ou quatro vezes para as mesmas centrais. Talvez Caim espere até que perceba que só há um curso de ação a tomar, sem que os de cima fiquem discutindo sobre estratégias divergentes.

– A idade não embotou o seu sentido de manobra, velho amigo. Foi por isso que eu o convoquei.

– Ou talvez – continuou o mendigo – ele realmente tenha desertado. Acontece.

– Não acho, mas isso não interessa. Washington pensa que ele desertou. O Monge está morto, todos da Treadstone estão mortos. Eles têm certeza de que Caim é o assassino.

– O Monge? – disse o mendigo. – É um nome do passado; ele esteve em atividade em Berlim, em Viena. Nós o conhecemos bem, e era melhor para a saúde manter distância dele. Aí está a sua resposta, Carlos. Sempre foi o estilo do Monge manter os efetivos o mais reduzidos possível. Ele trabalhava com a teoria de que seus círculos estavam infiltrados, comprometidos. Ele deve ter dado ordem para que Caim só se reportasse a ele. Isso explicaria a confusão de Washington, os meses de silêncio.

– Isso explicaria a nossa? Durante meses não houve uma palavra, uma atividade.

– Há muitas possibilidades. Doença, exaustão, recolhimento para novo treinamento. Até mesmo para espalhar a confusão entre o inimigo. O Monge tinha uma infinidade de truques.

— Contudo, antes de morrer, ele disse a um colega que *não* sabia o que tinha acontecido. Que nem ele mesmo tinha certeza se esse homem *era* Caim.

— Um homem chamado Gillette. Era um dos nossos, mas Abbott não devia saber.

— Uma outra explicação possível. O Monge tinha um instinto acerca desse tipo de gente. Dizia-se em Viena que David Abbott desconfiaria de Cristo na montanha e preferiria procurar uma padaria.

— É possível. Suas palavras são confortadoras, você procura as coisas onde outros não o fazem.

— Eu tenho mais experiência, já fui um homem importante. Infelizmente joguei fora meu dinheiro.

— Você ainda joga.

— Sou um perdulário — o que posso dizer?

— Obviamente uma outra coisa.

— Você é muito observador, Carlos. Devíamos ter nos conhecido em outras épocas.

— Agora você está sendo presunçoso.

— Sempre sou. Você sabe que eu sei que você pode tirar minha vida num piscar de olhos a qualquer momento que quiser, portanto eu devo ter algum valor para você. E não apenas com palavras que vêm da minha experiência.

— O que é que você tem para me contar?

— Isso pode não ter grande valia, mas é alguma coisa. Eu vesti umas roupas respeitáveis e passei um dia no Auberge du Coin. Havia um homem, um homem obeso, que foi interrogado e descartado pela Sûreté, cujos olhos eram muito inquietos. E suava muito. Tive uma conversinha com ele, mostrando-lhe uma identificação de funcionário da OTAN que fiz no início dos anos 50. Parece que ele negociou o aluguel de um automóvel às três horas da manhã de ontem. Para um homem louro em companhia de uma mulher. A descrição combina com a fotografia tirada no Argenteuil.

— Alugou um carro?

— Supostamente o carro deveria ser devolvido dentro de um dia ou dois pela mulher.

— Isso nunca acontecerá.

– É claro que não, mas isso levanta uma questão, não é? Por que Caim se daria ao trabalho de obter um automóvel dessa maneira?

– Para fugir o mais rapidamente possível.

– E nesse caso a informação não tem valor – disse o mendigo. – Mas há tantos meios de se viajar mais rápido de maneira menos conspícua. E Bourne dificilmente confiaria num funcionário noturno ganancioso; este poderia facilmente ir buscar uma recompensa com a Sûreté. Ou com qualquer outro.

– Aonde você quer chegar?

– Sugiro que Bourne pode ter arranjado o carro com o único propósito de seguir alguém aqui em Paris. Não ficando à toa em público onde ele pudesse ser avistado, não alugando carros que pudessem ser rastreados, não correndo desesperadamente atrás de táxis fugidios. Em vez disso, uma simples troca de placas e um Renault preto indefinível nas ruas cheias. Onde alguém começaria a procurar?

A silhueta virou-se.

– Madame Lavier – disse o assassino em voz baixa. – E todos mais que ele suspeita na Les Classiques. É o único lugar que ele tem para iniciar. Eles serão vigiados e dentro de dias, horas talvez, um Renault preto será visto, e ele será encontrado. Você tem uma descrição completa do carro?

– Até mesmo que tem três amassados no para-lama traseiro da esquerda.

– Bom. Espalhe a notícia para os velhos. Varram as ruas, as garagens, os estacionamentos. Aquele que encontrar o carro nunca mais terá que procurar trabalho.

– Por falar nisso...

Foi passado um envelope entre a borda esticada da cortina e o feltro azul da moldura.

– Se sua teoria estiver certa, considere isso apenas como um sinal.

– Eu *estou* certo, Carlos.

– Por que está tão convencido?

– Porque Caim faz o que você faria, o que eu teria feito, nos velhos tempos. Ele tem que ser respeitado.

– Ele tem que ser morto – disse o assassino. – O dia 25 de março está próximo. No dia *25* de março de 1968, Jason Bourne foi executado nas selvas de Tam Quan. Agora, anos depois – quase na mesma data – um outro Jason Bourne está sendo caçado, os americanos tão ansiosos quanto nós para o verem morto. Fico a imaginar qual de nós puxará o gatilho desta vez.

– Isso tem importância?

– *Eu* o quero – murmurou a silhueta. – Ele nunca foi real, e é esse o seu crime contra mim. Diga aos velhos que se algum deles o achar, passe a informação para Parc Monceau mas não faça nada. Mantenha-o sob vigilância, mas não façam *nada!* Eu o quero vivo no dia 25 de março. Nesse dia eu mesmo o executarei e mandarei entregar seu corpo aos americanos.

– Passarei a ordem imediatamente.

– Angelus Domini, filho de Deus.

– Angelus Domini – disse o mendigo.

26

O velho soldado foi andando em silêncio ao lado do homem mais jovem pelo caminho iluminado do Bois de Boulogne. Nenhum dos dois falava, pois muita coisa já havia sido dita – admitida, posta em dúvida, negada e reafirmada. Villiers tivera que refletir e analisar, aceitar e rejeitar violentamente o que ouvira. Sua vida seria muito mais suportável se ele pudesse reagir com raiva, atacar a mentira e recuperar a sua sanidade. Mas ele não poderia fazer isso impunemente; era um soldado e virar as costas não era com ele.

Havia muita verdade no jovem. Estava nos seus olhos, na sua voz, em cada gesto com que pedia compreensão. O homem sem nome não estava mentindo. A traição máxima acontecia na casa de Villiers, e isso explicava tantas coisas que ele não tivera a coragem de questionar antes. E o velho tinha vontade de chorar.

Para o homem sem memória pouca coisa havia para mudar ou inventar; o camaleão não precisava ser convocado. Sua história era convincente porque a parte mais fundamental baseava-se na verdade. Ele tinha que encontrar Carlos, descobrir o que o assassino sabia; não haveria vida para ele se fracassasse. Só disse isso. Não houve menção a Marie St. Jacques ou a Ile de Port Noir, ou a uma mensagem enviada por uma pessoa ou por pessoas desconhecidas, ou a uma casca vazia ambulante que nem sabia quem era ou deixava de ser, que nem mesmo podia ter certeza de que os fragmentos de memória que possuía eram realmente seus. Nada disso foi mencionado.

Em vez disso Jason relatou tudo que sabia sobre o assassino chamado Carlos. Seu conhecimento era tão vasto que, durante o relato, Villiers ficou olhando para ele espantado, reconhecendo informações que ele sabia serem altamente confidenciais, chocado com cada dado novo e surpreendente que se encaixava em uma dúzia de teorias existentes, mas que ele nunca ouvira expostos com tanta clareza. Por causa de seu filho, o general tivera acesso aos arquivos mais secretos de seu país que diziam respeito a Carlos, e nada nesses registros se equiparava ao conjunto de fatos apresentados pelo homem mais jovem.

– Essa mulher com a qual você falou no Argenteuil, a que telefona para minha casa, que admitiu para você ser um contato...

– O nome dela é Lavier – interrompeu Bourne.

O general fez uma pausa.

– Obrigado. Ela percebeu o seu disfarce, ela fez com que o fotografassem.

– É.

– Antes eles não tinham nenhuma fotografia?

– Não.

– Então, ao mesmo tempo que você caça Carlos, ele também o está caçando. Mas você não tem fotografias dele; você só conhece dois contatos, um dos quais estava na minha casa.

– É.

– Falando com a minha esposa.

– É.

O velho se virou. Tinha começado o período de silêncio.

Chegaram ao fim do caminho, onde havia um lago em miniatura. Era rodeado de cascalho branco, bancos de dois em dois ou de três em três metros, circundando a água como uma guarda de honra em volta de um túmulo de mármore negro. Foram até o segundo banco. Villiers quebrou o silêncio.

– Eu gostaria de me sentar – disse ele. – Com a idade a energia diminui. Isso muitas vezes me envergonha.

— Não deveria se envergonhar – disse Bourne, sentando ao lado dele.

— Não deveria – concordou o general –, mas me envergonho. – Calou-se por um instante, acrescentando em voz baixa – Frequentemente em companhia de minha esposa.

— Não precisa falar disso.

— O senhor se enganou. – O velho voltou-se para o mais jovem. – Não estou me referindo à cama. Simplesmente há horas em que sinto necessidade de cortar certas atividades, sair mais cedo de um jantar, não comparecer a fins de semana no Mediterrâneo ou me recusar a ir passar uns dias em Gstaad.

— Não sei se estou entendendo.

— Eu e minha esposa ficamos separados com frequência. De diversas maneiras nós vivemos vidas muito separadas, tendo prazer, é claro, nas atividades do outro.

— Ainda não compreendi.

— Devo me envergonhar ainda mais? – disse Villiers. – Quando um velho encontra uma jovem muito linda ansiosa para partilhar de sua vida, certas coisas ficam subentendidas, outras não tão de imediato. Há, é lógico, a segurança financeira e, no meu caso, um certo grau de exibição pública. Bens materiais, acesso a figuras importantes, amizade fácil com celebridades; tudo isso é bem compreensível. Em troca dessas coisas, traz-se uma linda companheira para casa, transita-se com ela entre seus pares... uma forma de reafirmação da virilidade, pode-se dizer. Mas sempre ficam dúvidas. – O velho soldado parou durante algum tempo; o que ia dizer não era fácil para ele. – Será que ela vai arranjar um amante? – continuou ele em voz baixa. – Será que anseia por um corpo mais jovem, mais firme, alguém mais sintonizado com ela? Se ela o fizer, tenho que aceitar, até mesmo ficar aliviado, penso eu, rezando a Deus para que tenha o bom senso de ser discreta. Um político corno perde seu eleitorado mais depressa do que um bêbado eventual; significa que perdeu inteiramente o controle. Há outras preocupações. Será que ela vai abusar do seu nome? Condenar publicamente um adversário que ele está tentando convencer? Há as inclinações dos jovens; são controláveis, aceitando-se os riscos em troca. Mas há uma dúvida subjacente que, se for provada verdadeira, não pode ser tolerada. E essa dúvida é se ela faz parte de um plano. Desde o início.

— O senhor sentiu isso, então? — perguntou Jason em voz baixa.

— Sentimentos não são a realidade! — exclamou de volta o velho soldado veementemente. — Eles não existem quando se está observando o campo.

— Então por que o senhor está me contando isso?

A cabeça de Villiers pendeu para trás, depois caiu para a frente, os olhos na água.

— Poderia haver uma explicação para o que nós dois vimos hoje à noite. Rezo para que haja e vou dar a ela todas as chances de prová-lo. — O velho calou-se de novo. — Mas no fundo do coração eu sinto que não há. Senti isso no momento em que o senhor me falou sobre Les Classiques. Olhei para o outro lado da rua, para a porta da minha casa, e, subitamente, diversas coisas se encaixaram em seu lugar. Durante as duas últimas horas eu venho bancando o advogado do diabo; não adianta mais continuar. Havia o meu filho antes de aquela mulher aparecer.

— Mas o senhor disse que confiava no discernimento dela. Que ela lhe era de grande ajuda.

— É verdade. O senhor vê, eu queria confiar nela, queria desesperadamente confiar nela. A coisa mais fácil do mundo é convencer a si próprio de que se está certo. Quando se fica mais velho, isso vai ficando mais fácil ainda.

— O que é que se encaixou no lugar para o senhor?

— A própria ajuda que ela me dá, a própria confiança que eu depositei nela. — Villiers virou-se e olhou para Jason. — O senhor tem um conhecimento extraordinário sobre Carlos. Eu estudei aqueles arquivos mais do que qualquer homem vivo, porque eu daria mais do que qualquer homem vivo para vê-lo preso e executado, apenas eu no pelotão de fuzilamento. E, por mais completos que sejam, aqueles arquivos não chegam aos pés do que o senhor sabe. Contudo, a sua ênfase é somente nas suas mortes, nos seus métodos de assassinato. O senhor desprezou a outra faceta de Carlos. Ele não apenas vende sua arma, mas também os segredos dos países.

— Eu sei disso — disse Bourne. — Não é a faceta...

— Por exemplo — continuou o general, como se não tivesse ouvido Jason. — Eu tenho acesso a documentos confidenciais relativos à segurança da França no campo militar e nuclear. Talvez cinco outros homens, todos acima de suspeita compartilham esse privilégio. Apesar disso, com uma maldita regularidade, nós descobrimos que Moscou soube disso, que Washington soube daquilo, que Pequim soube de outra.

– O senhor discutia esses assuntos com sua esposa? – perguntou Bourne, surpreendido.

– É claro que não. Sempre que eu trago esses documentos para casa, eu os coloco num cofre no meu escritório. Ninguém pode entrar ali, exceto na minha presença. Há somente uma outra pessoa que tem a chave, uma outra pessoa que sabe onde se encontra a chave do alarme. Minha esposa.

– Eu diria que esse sistema é tão perigoso quanto discutir o material. Tanto um quanto o outro podem ser obtidos dela pela força.

– Há uma razão para isso. Estou numa idade em que o inesperado é uma ocorrência diária, é só ler as páginas dos obituários. Se alguma coisa acontecer comigo, ela tem instruções para telefonar para o Conseiller Militaire, ir até o meu escritório e permanecer junto ao cofre até que chegue o pessoal da segurança.

– Ela não poderia simplesmente ficar na porta?

– Sabe-se de casos de homens de minha idade que morreram em suas mesas de trabalho. – Villiers fechou os olhos. – Em tudo isso lá estava ela. A única casa, o único lugar, que ninguém acreditava ser possível.

– O senhor tem certeza?

– Mais do que eu gostaria de admitir para mim mesmo. Foi ela que insistiu no casamento. Eu frequentemente trazia à baila a diferença de nossas idades, mas ela não queria saber. O que conta são os anos juntos, alegava, não os anos que separavam as nossas datas de nascimento. Ela se ofereceu para assinar um acordo renunciando a quaisquer direitos sobre os bens dos Villiers, e, naturalmente, eu não quis saber disso, pois era uma prova de sua dedicação a mim. O provérbio é muito certo: um tolo velho é um tolo completo. Entretanto sempre havia as dúvidas; vieram com as viagens, com as separações inesperadas.

– Inesperadas?

– Ela tinha muitos interesses, sempre precisando de sua atenção. Um museu franco-suíço em Grenoble, uma galeria de artes plásticas em Amsterdã, um monumento à Resistência em Boulogne-sur-Mer, uma conferência oceanográfica idiota em Marselha. Tivemos uma discussão séria a respeito desta última. Eu precisava dela em Paris; havia funções diplomáticas às quais era preciso comparecer e eu a queria comigo. Ela não ficou. Era como se estivesse recebendo ordens de ficar aqui, de ir para lá ou para algum outro lugar num determinado momento.

Grenoble – perto da fronteira com a Suíça, a uma hora de Zurique. Amsterdã. Boulogne-sur-Mer – no canal da Mancha, a uma hora de Londres. Marselha... Carlos.

– Quando foi a conferência em Marselha? – perguntou Jason.

– Agosto passado, eu acho. Lá pelo fim do mês.

– No dia 26 de agosto, às cinco horas da tarde, o embaixador Howard Leland foi assassinado no cais do porto de Marselha.

– Sim, eu sei – disse Villiers. – O senhor já falou sobre isso. Eu lamentei a morte do homem, não de suas opiniões. – O velho soldado parou; olhou para Bourne. – *Meu Deus* – murmurou. – Ela tinha que estar com ele. Carlos a chamou, e ela foi até ele. Ela *obedeceu*.

– Nunca cheguei a aventar isso – disse Jason. – Juro para o senhor que cheguei a supor que ela fosse um contato. Nunca fui a esse extremo.

Subitamente saiu um grito da garganta do velho – profundo e cheio de agonia e ódio. Ele levou as mãos ao rosto, a cabeça inclinou-se para trás novamente à luz da lua, e ele chorou.

Bourne ficou imóvel; não havia nada que pudesse fazer.

– Sinto muito – disse.

O general recobrou o controle.

– E eu também – replicou finalmente. – Peço-lhe desculpas.

– Não é preciso.

– Acho que é. Não vamos mais discutir isso. Farei o que deve ser feito.

– E o que é?

– Fazer o que ela fez não é diferente de ter matado esse meu filho que ela não gerou. Ela fingia cultuar sua memória. E no entanto ela foi e é cúmplice no seu assassinato. E durante todo esse tempo ela cometeu uma segunda traição contra a nação a que servi por toda a minha vida.

– O senhor vai matá-la?

– Vou matá-la. Ela vai me contar a verdade e depois morrerá.

– Ela vai negar tudo que o senhor disser.

– Duvido.

– Isso é loucura!

– Meu jovem. Eu passei meio século emboscando os inimigos da França e lutando contra eles, mesmo quando eram franceses. Terá que surgir a verdade.

– O que é que o senhor acha que ela vai fazer? Ficar sentada lá ouvindo o senhor e calmamente concordar que é culpada?

– Ela não fará nada calmamente. Mas ela concordará; ela vai se denunciar.

– Por que ela faria isso?

– Porque, quando eu a acusar, ela terá a oportunidade de me matar. Quando ela fizer a tentativa, eu terei uma desculpa, não terei?

– O senhor vai correr esse risco?

– Vou ter que correr.

– Suponha que ela não faça a tentativa, não tente matar o senhor?

– Aí seria uma outra explicação – disse Villiers. – Nesse caso, improvável, eu olharia para meus flancos se eu fosse o senhor, monsieur. – Balançou a cabeça. – Não vai acontecer. Nós dois sabemos disso, eu com muito mais certeza do que o senhor.

– Ouça-me – insistiu Jason. – O senhor disse que o seu filho estava em primeiro lugar. Pense nele! Vá atrás do assassino, não da cúmplice. Ela é uma enorme ferida para o senhor, mas ele é uma ferida maior. Pegue o homem que matou o seu filho! No fim o senhor vai pegar os dois. Não faça uma confrontação com ela; ainda não. Use o que o senhor sabe contra Carlos. Pegue-o para mim. Ninguém jamais chegou tão perto.

– O senhor pede mais do que eu posso dar – disse o velho.

– Não se o senhor pensar no seu filho. Se o senhor pensar em si mesmo, isso que o senhor disse é verdade. Mas não é se o senhor pensar na rue du Bac.

— O senhor é cruel demais, monsieur.
— Eu tenho razão, e o senhor sabe disso.
Uma nuvem alta passou pelo céu noturno, bloqueando rapidamente a luz da lua. A escuridão era completa; Jason estremeceu. O velho soldado falou, voz carregada de resignação.
— É, o senhor está certo – disse ele. — Excessivamente cruel e excessivamente certo. É o assassino, não a vagabunda, que deve ser detido. Como trabalharemos juntos? Como caçaremos juntos?
Bourne fechou os olhos por um instante, aliviado.
— Não diga nada. Carlos está me procurando por toda Paris. Eu matei seus homens, descobri sua central de transmissão de mensagens, encontrei um contato. Estou muito perto dele. A menos que ambos estejamos enganados, o seu telefone vai ficar cada vez mais ocupado. Estou certo disso.
— Como?
— Vou interceptar uma meia dúzia de funcionários da Les Classiques. Diversas vendedoras, Madame Lavier, talvez Bergeron e com toda certeza o homem da mesa telefônica. Eles falarão. E eu também. Aquele seu telefone lá vai ficar bastante ocupado.
— Mas, e eu? O que é que eu faço?
— Fique em casa. Diga que não está se sentindo bem. E sempre que o telefone tocar, fique por perto de quem quer que seja que atenda. Escute suas conversas, tente pegar uns códigos, interrogue os criados sobre o que lhes foi dito. O senhor pode até mesmo ouvir na extensão. Se escutar alguma coisa, muito bem, mas provavelmente isso não acontecerá. Quem estiver na linha vai saber que o senhor está escutando. Ainda assim o senhor vai frustrar o contato. E dependendo da posição que a sua esposa tiver...
— A vagabunda tiver – interrompeu o velho soldado.
— ... na hierarquia de Carlos, nós podemos até mesmo chegar a forçá-lo a sair do esconderijo.
— Como?
— As linhas de comunicação dele estarão rompidas. A central de transmissão de mensagens segura foi perturbada. Ele vai exigir uma reunião com a sua esposa.
— Ele dificilmente vai denunciar seu paradeiro.

– Ele vai ter que dizer a *ela*. – Bourne fez uma pausa, um outro pensamento tomando forma. – Se a perturbação for bastante grave, haverá um certo telefonema, ou uma certa pessoa que o senhor não conhece e que virá a sua casa, e, logo depois, sua esposa lhe dirá que tem que ir a algum lugar. Quando isso acontecer, insista para que deixe um número onde o senhor possa achá-la. Seja firme quanto a isso; o senhor não a está impedindo de ir, mas o senhor deve poder chamá-la. Diga qualquer coisa, use o relacionamento que ela cultivou. Diga-lhe que se trata de um assunto militar muito delicado sobre o qual o senhor não pode falar até que obtenha autorização. Aí então o senhor vai querer discuti-lo com ela antes de fazer um julgamento. Ele vai morder a isca.

– Para que servirá isso?

– Ela vai lhe dizer onde está. Talvez onde Carlos esteja. Se não Carlos, certamente outros próximos a ele. Aí o senhor me telefona. Vou lhe dar o nome de um hotel e de um quarto. O nome do registro não faz sentido, não se preocupe com ele.

– Por que o senhor não me dá o seu verdadeiro nome?

– Porque se o senhor por acaso o mencionar, consciente ou inconscientemente, será um homem morto.

– Eu não estou senil.

– Não, não está. Mas o senhor é um homem que foi muito ferido moralmente. Acho que o foi no maior grau que um homem pode ser. O *senhor* pode arriscar a sua vida, eu não arriscarei a minha.

– O senhor é um homem estranho, monsieur.

– Sou. Se eu não estiver lá quando o senhor telefonar, uma mulher atenderá. Ela saberá onde estou. Estabeleceremos um horário para as mensagens.

– Uma mulher? – O general recuou. – O senhor não disse nada a respeito de uma mulher, ou de qualquer outra pessoa.

– Não há mais ninguém. Sem ela eu não estaria vivo. Carlos está nos caçando, a nós dois; tem tentado nos matar, a nós dois.

– Ela sabe a meu respeito?

– Sabe. Foi ela que disse que não poderia ser verdade que o senhor estivesse mancomunado com Carlos. Eu achei que o senhor estivesse.

– Talvez eu a encontre.

– Não é provável. Até que Carlos seja pego, se ele puder ser pego, nós não poderemos ser vistos com o senhor. O senhor é a última das pessoas com quem poderemos ser vistos. Mais tarde, se houver um mais tarde, talvez o senhor não queira ser visto conosco. Comigo. Estou sendo honesto com o senhor.

– Eu compreendo e respeito esse ponto de vista. De qualquer modo agradeça a essa mulher por mim. Agradeça a ela por pensar que eu não poderia estar aliado a Carlos.

Bourne assentiu.

– O senhor tem certeza de que sua linha particular não está grampeada?

– Absoluta. Ela sofre uma varredura de tempos em tempos. Todos os telefones de uso restrito do Conseiller também sofrem.

– Sempre que estiver esperando um telefonema meu, atenda o telefone e limpe sua garganta duas vezes. Eu saberei que é o senhor. Se por qualquer razão o senhor não puder falar, diga-me para telefonar para sua secretária de manhã. Voltarei a telefonar dentro de dez minutos. Qual é o número?

Villiers lhe deu o número.

– O seu hotel? – perguntou o general.

– O Terrasse. Rue de Maistre, Montmartre. Quarto 420.

– Quando começaremos?

– O mais cedo possível. Hoje, ao meio-dia.

– Aja como uma alcateia de lobos – disse o velho soldado, inclinando-se para a frente, um comandante instruindo seus oficiais. – Ataque com rapidez.

27

– Ela foi tão encantadora. Eu simplesmente *tenho* que fazer alguma coisa por ela – exclamou Marie num francês esfuziante, ao telefone. – E também pelo jovem tão gentil, ele me ajudou tanto. Vou lhe dizer, o vestido foi um *succès fou!* Estou tão agradecida.

– Por suas descrições, madame – replicou a voz masculina e culta na mesa telefônica da Les Classiques –, estou certo de que a senhora se refere a Janine e Claude.

– É, é isso mesmo. Janine e Claude. Me lembro agora. Vou mandar um bilhete para cada um com um sinal de agradecimento. Será que por acaso o senhor saberia seus sobrenomes? Quero dizer, parece que seria grosseiro endereçar envelopes simplesmente para "Janine" e "Claude". Assim é que se mandam cartas para criados, o senhor não acha? Poderia perguntar a Jacqueline?

– Não é necessário, madame. Eu sei os sobrenomes. E, se me permite, madame tem tanta sensibilidade quanto generosidade. Janine Dolbert e Claude Oreale.

– Janine Dolbert e Claude Oreale – repetiu Marie, olhando para Jason. – Janine é casada com aquele pianista lindo, não é?

– Não creio que mademoiselle Dolbert seja casada.

– É claro. Confundi com outra pessoa.

– Se me permite, madame, não entendi o *seu* nome.

– Que idiota que fui! – Marie empurrou o fone para longe e levantou a voz. – Querido, você voltou, e tão cedo! Que coisa maravilhosa. Estou falando com aquele pessoal maravilhoso da Les Classiques... Sim, já, já, meu amor. – Puxou o fone para os lábios. – Muito obrigado. O senhor foi muito gentil. – Desligou. – Que tal me saí?

– Se alguma vez decidir largar a economia – disse Jason, folheando a lista telefônica de Paris –, vá ser vendedora. Acreditei em tudo que você disse.

– As descrições foram precisas?

– Até o dedo mindinho. Toque inteligente, essa do pianista.

– Ocorreu-me que, se ela fosse casada, o telefone estaria no nome do marido.

– Não está – interrompeu Bourne. – Aqui está. Dolbert, Janine, rue Losserand. – Jason tomou nota do endereço. – Oreale, isto se escreve com *O*, como o pássaro, não é? E não com *AU*.

– Acho que sim. – Marie acendeu um cigarro. – Você vai mesmo até a casa deles?

Bourne assentiu.

– Se os pegasse em Saint-Honoré, Carlos faria com que fossem vigiados.

– E os outros? Lavier, Bergeron e aquele cara sem nome da mesa telefônica.

– Amanhã. Hoje é dia de dar início às ondas.

– De quê?

– De fazer com que eles falem. Fiquem nervosos à toa dizendo coisas que não devem ser ditas. No fim do expediente, as novidades terão corrido toda a loja, passadas por Dolbert e Oreale. Vou pegar mais dois outros esta noite; eles telefonarão para Lavier e para o homem da mesa telefônica. Teremos a primeira onda de choque e depois a segunda. O telefone do general começará a tocar hoje de tarde. Pela manhã o pânico será geral.

– Duas perguntas – disse Marie, levantando-se da beira da cama e indo na direção dele. – Como é que você vai fazer com que dois funcionários saiam da Les Classiques durante o expediente da loja? E que pessoas você vai encontrar hoje à noite?

– Ninguém vive em completo isolamento – retrucou Bourne, olhando para o relógio. – Especialmente na *haute couture*. São 11h15 agora, vou chegar ao apartamento de Dolbert por volta de meio-dia e fazer com que o encarregado do prédio telefone para ela no trabalho. O homem vai dizer a ela para vir para casa imediatamente. Há um problema urgente, muito pessoal, que é melhor que ela venha resolver.

– Que problema?

– Não sei, mas quem não tem um?

– Vai fazer o mesmo com Oreale?

– Provavelmente uma coisa ainda mais eficaz.

– Você é terrível, Jason.

– Eu sou um caso grave – disse Bourne, o dedo novamente correndo pela coluna de nomes. – Aqui está ele. Oreale, Claude Giselle. Sem comentários. Rue Racine. Vou falar com ele às três. Quando eu terminar, ele vai voltar direto para Saint-Honoré e vai começar a gritar.

– E os outros dois? Quem são eles?

– Vou conseguir os nomes com Oreale ou Dolbert, ou com ambos. Eles não sabem, mas estarão me fornecendo a segunda onda de choque.

Jason ficou parado nas sombras de uma entrada recuada, na rue Losserand. Estava a cinco metros da porta do pequeno prédio de apartamentos de Janine Dolbert, onde momentos antes um *surintendant* espantado e subitamente recompensado tinha feito um favor a um estranho bem falante. O homem tinha telefonado para Mademoiselle Dolbert no trabalho dizendo-lhe que um cavalheiro numa limusine com chofer tinha vindo até ali duas vezes perguntando por ela. Ele estava de novo ali; o que é que o *surintendant* deveria fazer?

Um pequeno táxi negro encostou no meio-fio, e uma Janine Dolbert, aspecto cadavérico, agitada, literalmente se atirou para fora. Jason saiu apressado da entrada onde estava e interceptou-a na calçada, a poucos metros da porta.

– Veio rápido – disse ele, tocando no cotovelo dela. – Que bom vê-la de novo. Você me ajudou tanto outro dia.

Janine Dolbert olhou para ele, os lábios entreabertos, tentando se lembrar, e de repente se surpreendeu. – *O senhor.* O americano – disse ela em inglês. – Monsieur Briggs, não é? Foi o senhor que...

– Eu disse a meu chofer para tirar uma hora de folga. Eu queria ver você em particular.

– Eu? Por que o senhor desejaria me ver?

– Você não sabe? Então por que veio correndo para cá?

Os olhos grandes debaixo do cabelo curto, enrolado, fixaram-se nos dele, o rosto pálido mais pálido ainda à luz do sol.

– O senhor é da House of Azur, então? – perguntou, sonhando.

– Talvez eu seja. – Bourne aplicou um pouco mais de pressão ao cotovelo da mulher. – E?

– Já entreguei o que prometi. Não haverá nada mais, concordamos com isso.

– Você tem certeza?

– Não seja idiota! O senhor não conhece a *couture* de Paris. Alguém ficará furioso e fará comentários desagradáveis no seu próprio ateliê. Que padrões estranhos! E quando sair a linha de outono, com o senhor provocando o desfile de metade dos modelos de Bergeron antes dele próprio, quanto tempo o senhor acha que eu vou ficar na Les Classiques? Sou a vendedora número dois de Lavier, uma das poucas que têm acesso a seu escritório. É melhor que o senhor cuide de mim conforme foi prometido. Em uma de suas lojas de Los Angeles.

– Vamos dar uma volta – disse Jason, empurrando-a com suavidade. – Você pegou o homem errado, Janine. Nunca ouvi falar da House of Azur e não tenho o menor interesse em modelos roubados, exceto no fato de que esse conhecimento possa ser útil.

– Oh, meu Deus...

– Continue andando. – Bourne apertou o braço dela. – Eu disse que queria falar com você.

– Sobre o quê? O que o senhor quer de mim? Como soube meu nome? – As palavras saíam rapidamente agora, as frases se atropelando.

– Tirei a hora do almoço mais cedo e devo voltar imediatamente, a loja está muito cheia hoje. Por favor, o senhor está machucando o meu braço.

– Desculpe.

– O que eu disse foi uma tolice. Uma mentira. Lá na loja, nós temos escutado boatos, eu estava testando o senhor. É *isso* que eu estava fazendo. Eu estava testando o senhor!

– Você é muito convincente. Tenho que reconhecer isso.

– Sou leal à Les Classiques. Sempre fui leal.

– É uma linda qualidade, Janine. Eu admiro a lealdade. Outro dia eu estava dizendo para... qual é o nome dele?... aquele sujeito simpático da mesa telefônica. Qual é o nome dele? Esqueci.

– Philippe – disse a vendedora, amedrontada, obsequiosa. – Philippe d'Anjou.

– É isso. Obrigado. – Chegaram a uma viela estreita, calçada de pedras, entre dois edifícios. Jason impeliu-a para lá. – Vamos entrar aqui um instante, apenas para ficarmos fora da rua. Não se preocupe, não vou demorar. Vou tomar só uns minutos do seu tempo. – Caminharam uns dez passos na pequena rua. Bourne parou. Janine Dolbert apertou as costas contra a parede. – Cigarro? – perguntou ele, tirando um maço do bolso.

– Obrigada, vou querer.

Ele acendeu o cigarro para ela, notando que a mão da mulher tremia.

– Está relaxada agora?

– Estou. Não, na verdade não estou. O que o senhor quer de mim, monsieur Briggs?

– Para começar o nome não é Briggs, mas acho que você já deve saber disso.

– Não sei. Por que eu deveria?

– Eu estava certo de que a vendedora número um de Lavier teria contado a você.

– Monique?

– Use os sobrenomes, por favor. É importante a precisão.

– Brielle, então – disse Janine franzindo as sobrancelhas, curiosa.

– Ela conhece o senhor?

– Por que não pergunta a ela?

– Como o senhor quiser. O que *é* que há, monsieur?

Jason balançou a cabeça.

– Você realmente *não* sabe, não é? Dois terços dos funcionários da Les Classiques estão trabalhando conosco, e uma das mais inteligentes nem mesmo foi contatada. É claro que é possível que alguém tenha pensado que você constituísse um risco, isso acontece.

– *O que* acontece? Que risco? Quem *é* o senhor?

– Não há tempo agora. Os outros podem informá-la. Estou aqui porque nunca recebemos um relatório seu, apesar de você falar com os principais clientes da loja durante o dia inteiro.

– O senhor *precisa* ser mais claro, monsieur.

– Vamos dizer que sou porta-voz de um grupo de pessoas – americanos, franceses, ingleses, holandeses – que estão fechando o cerco em torno de um assassino que vem matando líderes políticos e militares em cada um de nossos países.

– *Matando?* Militares, políticos... – A boca de Janine abriu-se, a cinza do cigarro se espalhou, caindo sobre sua mão rígida. – O que é isso? De que o senhor *está falando?* Nunca ouvi falar nada disso!

– Eu só posso me desculpar – disse Bourne em voz baixa, sinceramente. – Você poderia ter sido contatada há várias semanas. Foi um erro da parte do homem que me precedeu. Desculpe, deve ter sido um choque para você.

– *Está sendo* um choque, monsieur – murmurou a vendedora, o corpo côncavo tenso, uma curva, um caniço laqueado encostado à parede. – O senhor fala de coisas que estão além da minha compreensão.

— Mas agora sou eu que compreendo — interrompeu Jason.
— Você não disse uma palavra sobre ninguém. Agora está claro.

— Não para mim.

— Estamos fechando o cerco sobre Carlos. O assassino conhecido por Carlos.

— *Carlos?* — O cigarro caiu da mão de Dolbert, o choque agora completo.

— Ele é um dos clientes mais assíduos da loja, todas as evidências indicam isso. Reduzimos as probabilidades a oito homens. A cilada está montada para uma determinada hora nos próximos dias, e estamos tomando todas as precauções.

— Precauções...

— Sempre há o perigo de reféns, todos nós sabemos disso. Esperamos que haja tiroteio, mas será reduzido ao mínimo. O problema básico é com o próprio Carlos. Ele jurou que nunca seria pego vivo; anda pelas ruas amarrado a explosivos com poder maior que uma bomba de quinhentos quilos, segundo os cálculos. Mas nós conseguiremos neutralizá-lo. Nossos atiradores de elite estarão no local; um tiro certeiro na cabeça e tudo estará terminado.

— *Une seule balle...*

De repente Bourne consultou o relógio.

— Já tomei bastante do seu tempo. Você tem que voltar à loja, e eu tenho que voltar ao meu posto. Lembre-se, se você me vir lá fora, você não me conhece. Se eu entrar na Les Classiques, trate-me como se eu fosse um cliente rico qualquer. A não ser que aviste um cliente que você ache que possa ser o nosso homem; aí me avise o mais rápido possível. Outra vez, desculpe pelo transtorno. Foi uma falha nas comunicações, só isso. Acontece.

— *Uma falha...*

Jason assentiu, virou-se no lugar onde estava e começou a afastar-se rapidamente da viela na direção da rua. Parou e virou-se para olhar Janine Dolbert. Ela parecia em coma, encostada à parede; para ela o mundo elegante da *haute couture* estava girando alucinadamente, fora de órbita.

Philippe d'Anjou. O nome não significava nada para ele, mas Bourne não conseguia expulsá-lo da mente. Ele continuava repetindo o nome, tentando visualizar uma imagem...

enquanto o rosto do operador de mesa telefônica de cabelo grisalho fazia com que ele evocasse imagens de escuridão e relâmpagos de luz. Philippe d'Anjou. Nada. Absolutamente nada. Apesar disso, tinha havido alguma coisa, alguma coisa que produzia um nó no estômago de Bourne, fazia seus músculos ficarem tensos e sem flexibilidade, o corpo duro e contraído... pela escuridão.

Sentou-se perto da porta de um café na rue Racine, preparado para levantar-se e sair no momento em que avistasse a figura de Claude Oreale chegar à entrada do velho prédio do outro lado da rua. O quarto do homem ficava no quinto andar, em um apartamento que ele dividia com dois outros homens e ao qual se chegava apenas por uma escada gasta e angulosa. Quando ele chegasse, Bourne tinha certeza de que não viria andando.

Isso porque Claude Oreale, que fora tão efusivo com Jacqueline Lavier numa outra escada em Saint-Honoré, recebera um telefonema de uma senhoria desdentada dizendo-lhe que trouxesse de volta sua *sale gueule* à rue Racine e fizesse parar a gritaria e a quebradeira da mobília que estava acontecendo no seu apartamento do quinto andar. Ou ele parava com aquilo ou ela chamaria os gendarmes; tinha vinte minutos para dar as caras.

Ele deu as caras em quinze. Seu corpo franzino, metido num terno Pierre Cardin – velas flutuando ao vento de popa –, podia ser visto correndo pela calçada depois de sair da parada mais próxima do metrô. Evitava esbarrar nas outras pessoas com a agilidade de um corredor fora de forma treinado pelo Ballet Russe. O pescoço fino estava esticado vários centímetros à frente do seu peito encolhido, o cabelo negro comprido parecendo uma crina ao vento, paralelo ao chão. Chegou à entrada e agarrou o corrimão, subindo aos pulos os degraus e se lançando para as sombras do saguão.

Jason saiu rapidamente do café e atravessou a rua correndo. Dentro do prédio ele correu até a velha escada e partiu célere pelos degraus rachados. Do hall do quarto andar pôde ouvir os socos na porta, que partiam de cima.

– *Ouvrez! Ouvrez! Vite, nom de Dieu!* – Oreale parou, o silêncio lá dentro talvez mais alarmante do que qualquer outra coisa.

Bourne subiu os degraus restantes até que pôde enxergar Oreale entre as barras do corrimão e o soalho. O corpo franzino do vendedor estava apertado contra a porta, as mãos de cada lado, dedos estendidos, o ouvido contra a madeira, o rosto afogueado. Jason gritou em francês gutural, burocrático, enquanto aparecia para o outro.

– Sûreté! Fique exatamente onde você está, rapaz. Não queremos nenhuma cena desagradável. Estamos vigiando você e seus amigos. Sabemos da existência deste ponto de venda.

– Não! – gritou Oreale. – Isso não tem nada a ver comigo, juro!

Bourne ergueu a mão.

– Fique quieto. Não grite assim! – Logo depois de dar estas ordens, ele se inclinou sobre o corrimão e olhou para baixo.

– O senhor não pode me envolver! – continuou o vendedor. – Eu não estou envolvido! Já lhes disse mil vezes para acabar com esse negócio! Um dia eles ainda vão se matar. Drogas são coisa de idiota! Meu Deus, que silêncio. Acho que estão mortos!

Jason se afastou do corrimão e se aproximou de Oreale, as palmas das mãos levantadas.

– Eu lhe disse para calar a boca – sussurrou ele, rispidamente. – Entra aí e fica quieto! Não quero perturbar aquela vaca velha lá embaixo.

O vendedor fixou transfixado, o pânico agora interrompido por uma histeria silenciosa.

– O quê?

– Você tem uma chave – disse Bourne. – Abra isso aí e entre.

– Está com a tranca – replicou Oreale. – Está sempre com tranca nos dias de hoje.

– Seu filho da mãe idiota, nós tivemos de vir falar com você! Tivemos que trazer você aqui sem que ninguém soubesse por quê. Abra essa porta, rápido!

Como um coelho amedrontado que era, Claude Oreale remexeu o bolso e tirou uma chave. Destrancou a porta e empurrou-a para abrir, como se fosse um homem entrando numa câmara mortuária cheia de cadáveres mutilados. Bourne empurrou-o pelo umbral, seguiu atrás dele e fechou a porta.

O que se podia ver do apartamento estava em agudo contraste com o restante do prédio. A sala de estar de bom tamanho estava mobiliada com peças elegantes e caras, dezenas de almofadas de veludo vermelho e amarelo, espalhadas nos sofás, cadeiras e no chão. Era uma sala erótica, um santuário luxuoso no meio de ruínas.

– Tenho só uns poucos minutos – disse Jason. – Não há tempo para mais nada a não ser para tratar do negócio.

– Negócio? – perguntou Oreale, a expressão inerte paralisada. – Eu não sou traficante.

– Esquece isso. Temos coisa melhor para conversar.

– Que negócio?

– Recebemos uma informação de Zurique e queremos que você a leve para sua amiga Lavier.

– Madame Jacqueline? Minha *amiga?*

– Não podemos confiar nos telefones.

– Que telefones? A informação? *Que* informação?

– Carlos tinha razão.

– Carlos? Que Carlos?

– O assassino.

Claude Oreale deu um grito. Trouxe a mão à boca, mordeu a junta do dedo indicador e gritou.

– Do que é que o senhor está *falando?*

– Fica quieto!

– Por que o senhor está dizendo isso para mim?

– Você é o número cinco. Contamos com você.

– Cinco *o quê? Para* quê?

– Para ajudar Carlos a escapar da rede. Eles estão fechando o cerco. Amanhã, no dia seguinte, talvez no outro dia depois desse. Ele deve ficar afastado, ele *tem de* ficar afastado. Eles vão cercar a loja, atiradores de elite a cada três metros. O tiroteio será terrível; se ele estiver lá pode haver um massacre. Todos vocês. Mortos.

Oreale gritou de novo, a junta do dedo vermelha.

– Quer parar com isso! Não sei do que o senhor está falando! O senhor é um louco, e eu não vou querer ouvir mais nada, não ouvi *nada*. Carlos, fogo cruzado... massacres! Deus, estou sufocando... preciso de ar.

– Você vai receber dinheiro. Muito dinheiro, acho eu. Lavier vai te agradecer. Também d'Anjou.

— D'Anjou? Ele me odeia! Me chama de pavão, me xinga toda vez que pode.

— É um disfarce, claro. Na realidade, ele gosta muito de você... talvez mais do que você imagine. Ele é o número seis.

— Que *números* são esses? Pare de falar em números!

— Como poderíamos fazer a distinção entre vocês, atribuir missões? Não podemos usar nomes.

— Quem não pode?

— Todos nós que trabalhamos para Carlos.

O grito foi ensurdecedor, enquanto o sangue gotejava do dedo de Oreale.

— Não quero *ouvir!* Sou um costureiro, um *artista!*

— Você é o número cinco. Você vai fazer exatamente o que eu disser ou nunca mais verá este seu antro de perdição.

— Aiii!

— Para de gritar! Nós gostamos de vocês; sabemos que estão todos estressados. Por falar nisso, não confiamos no contador.

— Trignon?

— Somente primeiros nomes. É importante a clandestinidade.

— Pierre, então. Ele é detestável. Ele nos desconta os telefonemas.

— Achamos que ele está trabalhando para a Interpol.

— Interpol?

— Se ele estiver, vocês todos podem passar dez anos na prisão. *Você* seria comido vivo, Claude.

— Aiii!

— Cala a boca! Faça com que somente Bergeron saiba do que pensamos. Fique de olho em Trignon, especialmente nos próximos dois dias. Se ele sair da loja por qualquer razão, continue vigiando. Pode significar que a armadilha está se fechando. — Bourne caminhou até a porta, a mão no bolso. — Tenho que voltar, e você também. Diga aos números de um a seis tudo que eu te contei. É fundamental espalhar a informação.

Oreale gritou de novo, desta vez de maneira histérica.

— Números! Sempre *números!* Que número? Eu sou um artista, não um número!

– Você não terá um rosto a menos que volte para lá tão depressa quanto veio até aqui. Fale com Lavier, d'Anjou, Bergeron. O mais depressa que puder. Depois os outros.

– *Que* outros?

– Pergunte ao número dois.

– Dois.

– Dolbert, Janine Dolbert.

– *Janine*. Ela, também?

– Certo. Ela é o dois.

O homem jogou os braços desvairadamente sobre a cabeça num protesto desesperado.

– Isso é loucura! Nada faz sentido!

– A sua vida faz, Claude – disse Jason simplesmente. – Dê valor a ela. Estarei esperando do outro lado da rua. Saia daqui em exatamente três minutos. E não use o telefone; apenas saia e volte para a loja. Se você não estiver lá fora em três minutos, eu terei que voltar. – Tirou a mão do bolso. Nela havia uma arma.

Oreale soltou uma golfada de ar, o rosto cor de cinza ao olhar para a arma.

Bourne saiu e fechou a porta.

O telefone tocou na mesinha de cabeceira. Marie olhou para o relógio; eram 20h15 e por um instante ela sentiu uma pontada aguda de medo. Jason tinha dito que telefonaria às nove. Ele partira do La Terrasse depois do escurecer, por volta das sete, para interceptar uma vendedora chamada Monique Brielle. O plano era rígido, só devendo ser interrompido em caso de emergência. Será que acontecera alguma coisa?

– É do quarto 420? – perguntou uma voz masculina grave do outro lado da linha.

O alívio tomou conta de Marie; o homem era André Villiers. O general havia telefonado no final da tarde para dizer a Jason que o pânico tomara conta da Les Classiques; sua esposa tinha sido chamada ao telefone nada menos do que seis vezes num período de uma hora e meia. Nem uma única vez, contudo, ele pudera escutar qualquer coisa de substancial; sempre que pegava o telefone, a conversa séria dava lugar a um bate-papo inconsequente.

– É – disse Marie. – Aqui é o 420.

– Desculpe, nós não nos falamos antes.
– Eu sei quem é o senhor.
– Eu também estou ciente da senhorita. Quero tomar a liberdade de agradecer-lhe.
– Compreendo. Não há de quê.
– Indo ao que interessa. Estou telefonando do meu escritório e, naturalmente, esta linha não tem extensão. Diga ao nosso amigo comum que a crise se acirrou. Minha esposa está no quarto, sob o pretexto de enjoo, mas aparentemente ela não está tão doente que não possa telefonar. Em diversas ocasiões, como antes, eu peguei a extensão mas serviu apenas para perceber que eles estão alertas para qualquer interferência. Cada vez eu me desculpei de maneira bem brusca, dizendo que esperava uns telefonemas. Francamente, não sei se minha esposa ficou convencida, mas é claro que ela não está em situação de me questionar. Vou ser direto, mademoiselle. Há uma tensão muda crescendo entre nós e, debaixo da superfície, esta tensão é violenta. Que Deus me dê forças.
– Eu só posso lhe pedir para se lembrar do objetivo – interrompeu Marie. – Lembre-se do seu filho.
– Sim – disse o velho em voz baixa. – Meu filho. E a vagabunda que alega cultuar a sua memória. Desculpe.
– Está tudo bem. Vou passar o que o senhor me contou para o nosso amigo. Ele deve telefonar até as 21h.
– Por favor – interrompeu Villiers. – Há mais uma coisa. É a razão pela qual eu estou telefonando. Duas vezes enquanto minha esposa estava ao telefone as vozes na linha me sugeriram algo. A segunda eu reconheci; um rosto veio à minha mente de imediato. A do operador da mesa telefônica em Saint-Honoré.
– Sabemos o seu nome. E a primeira?
– Foi estranho. Eu não conheci a voz, não pude evocar nenhum rosto ligado a ela, mas eu entendi por que estava na linha. Era uma voz peculiar, meio sussurro, meio comando, um eco de si mesma. Foi o tom de comando que me espantou. A senhorita vê, aquela voz não estava conversando com a minha esposa, a voz dera uma ordem. Alterou-se no momento em que peguei a extensão, é claro; um sinal combinado para um adeus rápido, mas o resíduo ficou. Este resíduo, até mesmo

o tom, é bem conhecido por qualquer militar; é o seu meio de dar ênfase. Estou sendo claro?

– Acho que sim – disse Marie suavemente, ciente de que se o que o velho estava dando a entender era o que ela pensava, então o estresse por que estava passando devia ser insuportável.

– Fique certa de uma coisa, mademoiselle – disse o general –, era o porco assassino. – Villiers parou, a sua respiração audível, as palavras seguintes arrastando-se, um homem forte prestes a explodir em choro. – Ele estava... *dando instruções... à minha... esposa...* – A voz do velho soldado falhou. – Perdoe-me, não tenho o direito de embaraçá-la.

– O senhor tem todo o direito – disse Marie, de repente alarmada. – O que está acontecendo deve ser terrivelmente doloroso para o senhor, e é ainda pior porque o senhor não tem ninguém com quem falar.

– Estou falando com você, senhorita. Eu não devia, mas estou.

– Eu gostaria que continuássemos conversando. Eu queria que um de nós pudesse estar com o senhor. Mas isso não é possível, e eu sei que o senhor compreende isso. Por favor, tente aguentar. É muitíssimo importante que não seja feita nenhuma conexão entre o senhor e nosso amigo. Pode custar a sua vida.

– Acho que talvez eu já a tenha perdido.

– *Ça, c'est absurd* – disse Marie bruscamente, um tapa proposital na cara do velho soldado – *Vous êtes un soldat. Arrêtez ça immédiatement!*

– *C'est l'institutrice qui corrige le mauvais élève. Vous avez bien raison.*

– *On dit que vous êtes un géant. Je le crois* – Houve silêncio na linha; Marie conteve a respiração. Quando Villiers falou, ela respirou de novo.

– Nosso amigo comum é um homem de sorte. Você é uma mulher extraordinária.

– Absolutamente. Eu quero apenas que meu amigo volte para mim. Não há nada de extraordinário nisso.

– Talvez não. Mas eu também gostaria de ser seu amigo. Você lembrou a um homem muito velho quem e o que ele é. Ou quem e o que ele já foi e deve tentar ser novamente. Agradeço-lhe uma segunda vez.

— Não há de quê... meu amigo — Marie desligou, profundamente comovida e igualmente perturbada. Ela não estava convencida de que Villiers poderia enfrentar as próximas 24 horas, e, se ele não conseguisse, o assassino saberia que seu aparato havia sido infiltrado. Ele daria ordens para que todos os contatos da Les Classiques fugissem de Paris e desaparecessem. Ou haveria um banho de sangue em Saint-Honoré, com os mesmos resultados.

Se uma dessas duas coisas acontecesse, não haveria respostas, nem endereço em Nova York, nem mensagem decifrada, nem o assassino seria encontrado. O homem que ela amava voltaria ao seu labirinto. E ele a deixaria.

28

Bourne avistou a mulher na esquina, andando debaixo da luz dos postes, na direção do pequeno hotel que era seu lar. Monique Brielle, a auxiliar número um de Lavier, era uma versão mais sólida, mais musculosa de Janine Dolbert; ele se lembrou de tê-la visto na loja. Transmitia um ar de confiança, o seu andar era de uma mulher segura, certa do conhecimento que tinha do seu ofício. Sem nada de vaidade. Jason compreendeu por que ela era a número um de Lavier. A confrontação seria rápida, o impacto da mensagem, surpreendente, a ameaça, inerente. Era hora de dar início à segunda onda de choque. Ele permaneceu imóvel e deixou que ela passasse pela calçada, os saltos batendo marcialmente no chão. A rua não estava cheia, mas também não estava deserta; havia talvez uma meia dúzia de pessoas no quarteirão. Seria necessário isolá-la, depois conduzi-la para fora do raio de audição de alguém que pudesse escutar as palavras, pois havia palavras que nenhum mensageiro arriscaria deixar que fossem ouvidas. Ele a alcançou a não mais de dez metros da entrada do pequeno hotel; diminuiu o passo até emparelhar com ela, ficando a seu lado.

— Entre em contato com Lavier imediatamente — disse, em francês, olhando fixo para a frente.

— Como? O que o senhor disse? Quem é o senhor, monsieur?

— Não pare! Continue andando. Passe pela entrada.

— O senhor sabe onde eu moro?

– Há muito pouca coisa que eu não sei.
– E se eu entrar direto? Há um porteiro...
– Também há Lavier – interrompeu Bourne. – Você perderá seu emprego e não conseguirá encontrar outro em Saint-Honoré. E acho que esse será o menor dos seus problemas.
– Quem é o senhor?
– Não sou seu inimigo. – Jason olhou para ela. – E não me transforme em um.
– *O senhor.* O americano! Janine... Claude Oreale!
– Carlos – completou Bourne.
– Carlos? Que *loucura* é essa? Toda a tarde, nada além de Carlos! E *números!* Todos têm um número do qual ninguém jamais ouviu falar! E conversa de ciladas e homens com armas! É loucura!
– Está acontecendo. Continue andando. Por favor. Para o seu próprio bem.

Ela continuou, o passo menos seguro, o corpo tenso, uma marionete rígida, insegura de seus cordões.

– Jacqueline nos falou – disse ela, a voz intensa. – Ela nos disse que isso tudo é loucura, que ele, *o senhor,* estava a fim de arruinar a Les Classiques. Que uma das outras casas deve ter pagado ao senhor para nos arruinar.
– O que é que você esperava que ela dissesse?
– O senhor é um provocador contratado. Ela nos disse a verdade.
– Ela também lhes disse para ficarem calados? Para não dizer uma palavra sobre isso com ninguém?
– É claro.
– Acima de tudo – continuou Jason como se não a tivesse ouvido –, não contatar a polícia, o que, nessas circunstâncias, teria sido a coisa mais lógica do mundo a fazer. De certa maneira, a *única* coisa a fazer.
– É, naturalmente...
– Não naturalmente – contradisse Bourne. – Olhe aqui, sou apenas um elo de ligação, provavelmente não mais importante do que você. Não estou aqui para convencê-la, eu estou aqui para passar uma mensagem. Fizemos um teste com Dolbert, passamos para ela informações falsas.
– Janine? – À perplexidade de Monique Brielle somou-se uma crescente confusão. – As coisas que ela disse eram

inacreditáveis! Tão inacreditáveis como a gritaria histérica de Claude, as coisas que *ele* disse. Mas o que ela disse foi o oposto do que ele disse.

— Sabemos disso, foi feito intencionalmente. Ela tem conversado com Azur.

— A House of Azur?

— Cheque isso amanhã. Submeta-a a um interrogatório.

— Interrogatório?

— Faça isso, simplesmente. Poderá se encaixar.

— Com o quê?

— Com a cilada. Azur poderia estar trabalhando para a Interpol.

— Interpol? Ciladas? É a mesma loucura! Ninguém sabe do que o senhor está falando!

— Lavier sabe. Entre em contato com ela imediatamente. — Eles estavam se aproximando do fim do quarteirão; Jason tocou o braço dela. — Vou deixá-la aqui na esquina. Volte para seu hotel e telefone para Jacqueline. Diga-lhe que é muito mais sério do que pensávamos. Tudo está desmoronando. O pior de tudo, alguém desertou. Não foi Dolbert nem nenhuma das vendedoras, mas alguém mais alto na hierarquia. Alguém que sabe de tudo.

— Desertou? O que é que isso significa?

— Há um traidor na Les Classiques. Diga-lhe para ter cuidado. Com todos. Se ela não fizer isso, poderá ser o fim de todos nós. — Bourne soltou o braço dela, depois desceu do meio-fio e atravessou a rua. No outro lado ele avistou um vão de porta recuado e rapidamente entrou ali.

Esgueirou o rosto no umbral e espreitou, olhando novamente para a esquina. Monique Brielle estava a meio caminho do quarteirão, correndo na direção da entrada do hotel. O primeiro pânico da segunda onda de choque tinha começado. Era hora de telefonar para Marie.

— Estou preocupada, Jason. Esta história está arrasando com o general. Ele quase sucumbiu ao telefone. O que acontece quando ele olha para ela? O que ele deve estar sentindo, pensando?

433

— Ele vai aguentar — disse Bourne, observando o tráfego em Champs-Elysées de dentro da cabine telefônica envidraçada, desejando estar mais confiante acerca de André Villiers. — Se isso não acontecer, eu terei que matá-lo. Não quero ficar pensando nisso mas é isso que terei que fazer. Eu deveria ter fechado a minha maldita boca e me encarregado da mulher eu mesmo.

— Você não poderia ter feito isso. Você viu d'Anjou na escada; você não poderia ter entrado lá.

— Eu teria pensado em alguma forma. Conforme já concordamos, eu sou engenhoso, mais do que eu gosto de pensar que sou.

— Mas você está fazendo alguma coisa! Está semeando o pânico, forçando os que transmitem as ordens de Carlos a se exporem. Alguém tem que fazer cessar o pânico, e mesmo você já disse que acha que Jacqueline Lavier não tem gabarito para isso. Jason, você vai encontrar alguém e vai saber. Vai conseguir pegá-lo! Vai mesmo!

— Espero que sim. Cristo, como eu espero isso! Sei exatamente o que estou fazendo, mas de vez em quando... — Bourne parou. Ele odiava dizer aquilo, mas tinha que dizer — tinha que dizer aquilo para ela. — Eu fico confuso. É como se estivesse dividido ao meio, uma parte minha dizendo "Salve-se", a outra parte... Deus me ajude... dizendo "Pegue Carlos".

— É o que você vem fazendo desde o início, não é? — disse Marie, em voz baixa.

— Eu não me *importo* com Carlos! — gritou Jason, limpando o suor que tinha começado a surgir na raiz do cabelo, ciente também de que sentia frio. — Isso está me pondo maluco — acrescentou, sem saber ao certo se tinha dito aquelas palavras em voz alta ou para si mesmo.

— Meu amor, volte.

— O quê? — Bourne olhou para o telefone, de novo sem saber se tinha ouvido palavras pronunciadas ou se ele as queria ouvir. *Estava acontecendo de novo. As coisas eram e não eram. O céu estava escuro lá fora, fora de uma cabine telefônica em Champs-Elysées. Ele já vira aquele céu brilhante, tão ofuscante. E quente, não frio. Com pássaros que guinchavam e raios de metal que gritavam.*

— Jason!

— O quê?

— Volte, meu amor, por favor, volte.

— Por quê?

— Você está cansado. Precisa descansar.

— Tenho que falar com Trignon. Pierre Trignon. Ele é da contabilidade.

— Faça isso amanhã. Pode esperar até amanhã.

— Não. Amanhã é para os capitães. *O que ele estava dizendo? Capitães. Tropas. Vultos se esbarrando em pânico. Mas era a única maneira, a única maneira. O camaleão era um... provocador.*

— Ouça — disse Marie, a voz insistente. — Alguma coisa está acontecendo com você. Já aconteceu antes, nós sabemos disso, meu amor. E, quando acontece, temos que parar, nós sabemos disso, também. Volte para o hotel. Por favor.

Bourne fechou os olhos, o suor agora secando e os sons do tráfego do lado de fora da cabine substituindo a gritaria nos seus ouvidos. Podia ver as estrelas no céu daquela noite fria, não havia mais a luz do sol ofuscante nem mais o calor insuportável. Tinha passado, o que quer que fosse.

— Estou bem. É verdade, estou bem agora. Só um rápido mal-estar, foi só isso.

— Jason? — Marie falou devagar, forçando-o a escutar. — O que causou isso?

— Não sei.

— Você acabou de se encontrar com a tal de Brielle. Ela disse alguma coisa para você? Alguma coisa que te fez pensar em uma outra coisa?

— Não tenho certeza. Eu estava ocupado demais imaginando o que eu mesmo ia dizer.

— *Pense,* meu amor!

Bourne fechou os olhos, tentando se lembrar. Teria havido algo? Algo que fora dito casualmente ou de modo tão rápido que se perdeu no momento?

— Ela me chamou de *provocateur* — disse Jason, não compreendendo por que a palavra lhe ocorrera. — Mas, ora, é isso que eu sou, não é? É o que estou fazendo.

— É — concordou Marie.

— Tenho que ir — continuou Bourne. — A casa de Trignon fica a apenas uns poucos quarteirões daqui. Quero falar com ele antes das dez.

— Tenha cuidado. — Marie falou como se seus pensamentos estivessem em outro lugar.

— Vou ter. Eu te amo.

— Acredito em você — disse Marie St. Jacques.

A rua estava tranquila, o lugar era uma estranha mistura de lojas e áreas residenciais semelhante ao centro de Paris, fervilhante de atividade durante o dia, deserto à noite.

Jason chegou ao pequeno prédio de apartamentos que a lista telefônica dava como sendo a residência de Pierre Trignon. Subiu os degraus e entrou em um saguão limpo, parcamente iluminado. Uma fileira de caixas de correio de metal dourado ficava à direita, cada uma acima de um pequeno círculo raiado através do qual o visitante levantava sua voz o bastante para se identificar. Jason correu o dedo pelos nomes impressos abaixo das fendas: M. PIERRE TRIGNON – 42. Empurrou o pequeno botão negro duas vezes; dez segundos mais tarde ouviu um ruído de estática.

— *Oui?*

— *Monsieur Trignon, s'il vous plaît?*

— *Ici.*

— *Télégramme, monsieur. Je ne peux pas quitter ma bicyclette.*

— *Télégramme? Pour moi?*

Pierre Trignon não era homem que recebesse telegramas com frequência; isso se revelava no seu tom de voz espantado. O resto das palavras soaram quase indistinguíveis, mas uma voz feminina no fundo estava em choque, equiparando um telegrama a todas as espécies de desastres horrendos.

Bourne ficou esperando fora da porta de vidro fosco que levava ao interior do prédio de apartamentos. Em segundos ele ouviu o ruído rápido de passos, ficando cada vez mais alto enquanto alguém — obviamente Trignon — descia a escada correndo. A porta abriu-se com força, escondendo Jason. Um homem atarracado, calvície em progresso, suspensórios vincando a carne debaixo de uma camisa branca estufada, foi até a fileira de caixas de correio, parando na de número 42.

— Monsieur Trignon?

O homem voltou-se, a face de querubim mostrando uma expressão de desânimo.

— Um telegrama! Recebi um telegrama! – exclamou ele. – Você trouxe um telegrama para mim?

— Peço desculpas pela mentira, Trignon, mas foi em seu próprio benefício. Acho que você não ia querer ser interrogado na frente de sua esposa e de sua família.

— *Interrogado?* – exclamou o homem, os lábios grossos e protuberantes curvados, os olhos amedrontados. – *Eu?* Sobre o quê? O que é isso? Por que o senhor está aqui na minha casa? Sou um cidadão cumpridor das leis.

— Você trabalha em Saint-Honoré? Para uma empresa chamada Les Classiques?

— Trabalho. Quem é o senhor?

— Se o senhor prefere, podemos ir até o meu escritório – disse Bourne.

— Quem *é* o senhor?

— Sou um investigador especial do Birô de Impostos e Registros, Divisão de Fraude e Conspiração. Venha, meu carro oficial está aí fora.

— Aí fora? Vir? Eu estou sem paletó nem casaco! Minha esposa. Ela está lá em cima, esperando que eu leve um telegrama. Um telegrama!

— Você pode mandar um para ela se quiser. Venha agora. Estou nesse negócio o dia todo e quero acabar com isso logo.

— Por favor, monsieur – protestou Trignon. – Eu insisto, não quero ir a lugar nenhum! O senhor disse que tinha umas perguntas. Faça suas perguntas e me deixe subir. Não tenho vontade de ir ao seu escritório.

— Pode levar alguns minutos – disse Jason.

— Vou dizer a minha esposa pelo interfone que foi um engano. O telegrama é para o velho Gravet; ele mora aqui no primeiro andar e quase não pode ler. Ela compreenderá.

Madame Trignon não compreendeu, mas suas objeções agudas foram abafadas por um monsieur Trignon ainda mais agudo.

— Aí está, o senhor vê – disse o homem, afastando-se da caixa de correio, os fiapos de cabelo na calva molhados de suor. – Não há razão para ir a lugar nenhum. O que são uns poucos minutos na vida de um homem? Os programas de televisão serão repetidos dentro de um mês ou dois. Agora, em nome de Deus, de que se trata, monsieur? Meus livros são imaculados; totalmente imaculados! Naturalmente que eu não posso ser responsável pelo trabalho do contador, sou um mero escriturário. É uma firma separada, *ele* é uma firma separada. Francamente, eu nunca gostei dele; ele diz tanto palavrão, se o senhor entende o que quero dizer. Mas, aí, quem sou eu para dizer? – Trignon colocou as mãos com as palmas para cima, o rosto encolhido em um sorriso servil.

– Para começar – disse Bourne, ignorando os protestos – não saia dos limites da cidade de Paris. Se, por qualquer razão, pessoal ou profissional, você for convocado a fazê-lo, nos comunique. Para falar com franqueza, isso não será permitido.

– O senhor certamente está brincando, monsieur!

– Certamente que não.

– Não tenho razão para sair de Paris nem dinheiro para fazer isso. Esta ordem é uma coisa inacreditável. O que é que eu fiz?

– O Birô vai requisitar seus livros pela manhã. Esteja preparado.

– Requisitar? Qual é a causa? Preparado para o quê?

– Pagamento a pretensos fornecedores cujas faturas são fraudulentas. A mercadoria nunca foi recebida, nem nunca houve intenção de recebê-la, e os pagamentos, em vez disso, foram desviados para um banco em Zurique.

– Zurique? Eu não sei do que o senhor está falando! Não preparei nenhum cheque para Zurique.

– Não diretamente, sabemos disso. Mas foi muito fácil para você prepará-los para firmas inexistentes; as quantias foram pagas e depois enviadas a Zurique por telegrama.

– Cada fatura é rubricada por madame Lavier! Eu não pago *nada* por minha própria conta!

Jason fez uma pausa, franzindo as sobrancelhas.

– Agora, é você que está brincando – disse ele.

– Dou minha palavra! É a política da casa. Pergunte a qualquer um! Les Classiques não paga um *sou* sem autorização de madame.

– O que você está dizendo, então, é que você recebe ordens diretamente dela.

— Mas é claro!
— E ela recebe ordens de quem?

Trignon sorriu.

— Dizem que de Deus, quando não é ao contrário. É claro, isso é uma brincadeira, monsieur.

— Acredito que você pode falar com mais seriedade. Quem são, especificamente, os proprietários da Les Classiques?

— É uma sociedade, monsieur. Madame Lavier tem muitos amigos ricos; eles investiram na capacidade de madame. E, naturalmente, no talento de René Bergeron.

— Esses investidores se reúnem frequentemente? Eles traçam as diretrizes? Talvez indiquem certas empresas com as quais realizar negócios?

— Eu não saberia dizer, monsieur. Naturalmente, todo mundo tem amigos.

— Talvez nós tenhamos nos concentrado nas pessoas erradas — interrompeu Bourne. — É bem possível que você e madame Lavier, como as duas pessoas diretamente envolvidas com o dia a dia das finanças, estejam sendo usados.

— Usados para quê?

— Para canalizar dinheiro para Zurique. Para a conta de um dos mais cruéis assassinos da Europa.

Trignon contorceu-se, a barriga saliente tremendo enquanto ele se encostava na parede.

— Em nome de Deus, do que é que o senhor está falando?

— Preparem-se. Especialmente você. Você preparava os cheques, ninguém mais.

— Somente com autorização!

— Você alguma vez conferiu a mercadoria com as faturas?

— Não é minha função!

— Então, em resumo, você realizava pagamentos relativos a mercadorias que nunca viu.

— Eu nunca vi nada! Apenas faturas que já estavam rubricadas. Só paguei essas!

— É melhor que você encontre todas elas. E também que você e madame Lavier comecem a procurar todas as cópias nos arquivos. Porque vocês dois, especialmente você, vão responder às acusações.

— Acusações? Que acusações?

— À falta de uma mais específica, vamos chamá-la de cumplicidade em múltiplos homicídios.

— Múltiplos...

— Homicídios. A conta em Zurique pertence ao assassino conhecido como Carlos. Você, Pierre Trignon, e sua atual empregadora, madame Jacqueline Lavier, estão diretamente implicados no financiamento do mais procurado assassino da Europa. Ilich Ramirez Sanchez. Também conhecido por Carlos.

— Aiii!... — Trignon sentou-se no chão do saguão, os olhos em choque, as feições inchadas torcidas num esgar. — Durante toda a tarde... — murmurou ele. — As pessoas correndo à toa, fazendo reuniões histéricas nos corredores, me olhando de modo estranho, passando por meu pequeno escritório e virando o rosto. Oh, meu *Deus*.

— Se eu fosse você, eu não perderia um segundo. Amanhã, sem tardar, talvez seja o dia mais difícil da sua vida. — Jason foi até a porta de fora e parou, a mão na maçaneta. — Não me cabe alertá-lo, mas, se eu fosse você, eu falaria com madame Lavier imediatamente. Comecem a preparar a sua defesa conjunta, talvez seja tudo que lhes reste fazer. Não deve ser descartada a hipótese de uma penhora judicial.

O camaleão abriu a porta e saiu, o ar frio da noite batendo em seu rosto.

Pegue Carlos. Monte uma cilada para Carlos. Caim é Charlie, e Delta é Caim.

Falso!

Ache um número em Nova York. Ache a Treadstone. Ache o significado da mensagem. Ache quem a mandou.

Ache Jason Bourne.

A luz do sol irrompeu pelas janelas de vitral enquanto o velho bem barbeado, num terno fora de moda, apressava-se pelo corredor da igreja de Neuilly-sur-Seine. O padre alto, de pé junto a uma prateleira de velas de novena, ficou olhando para ele, impressionado com a sensação de familiaridade. Por um momento o religioso achou que já tivesse visto aquele homem antes, mas não sabia onde. Ontem estivera ali um mendigo desgrenhado, mais ou menos da mesma altura, da mesma... Não, os sapatos desse velho estavam engraxados, o cabelo branco penteado cuidadosamente, e o terno, embora de uma outra década, era de boa qualidade.

– Angelus Domini – disse o velho, enquanto abria as cortinas do confessionário.

– Basta! – murmurou a silhueta atrás da cortina. – Que notícias você me traz de Saint-Honoré?

– Pouca coisa substancial, a não ser o respeito pelos métodos dele.

– Há um padrão de comportamento?

– Aleatório, parece. Ele escolhe pessoas que não sabem absolutamente de nada e instila o caos no meio delas. Eu sugiro cessar as atividades na Les Classiques.

– Naturalmente – concordou a silhueta. – Mas qual é o objetivo dele?

– Além do caos? – perguntou o velho. – Eu diria que é espalhar a desconfiança entre aqueles que realmente sabem de alguma coisa. A mulher Brielle usou as palavras dele. Ela disse que o americano lhe pediu para dizer a Lavier que havia um "traidor" interno, declaração evidentemente falsa. Qual deles ousaria? A noite passada foi uma loucura, conforme você sabe. O escriturário, Trignon, ficou alucinado. Esperou até duas da manhã do lado de fora da casa de Lavier e, literalmente, quase avançou em cima dela quando ela voltava do hotel de Brielle, gritando e chorando na rua.

– A própria Lavier não se comportou muito melhor. Ela estava descontrolada quando telefonou para Parc Monceau; foi-lhe dito para não telefonar mais. Ninguém deve telefonar para lá... nunca mais. *Nunca.*

– Recebemos a ordem. Os poucos de nós que sabem o número já esqueceram.

– Certifique-se de que realmente esqueceram. – A silhueta se mexeu subitamente; houve um tremular da cortina. – *Naturalmente* para semear a desconfiança! Segue-se o caos. Agora não há mais dúvida sobre isso. Ele pegará os contatos, tentará arrancar informações deles e, quando um ceder, ele o entregará aos americanos e partirá para o próximo. Mas ele vai fazer as abordagens sozinho, é típico da sua personalidade. Ele *é* um louco. E obcecado.

– Talvez seja ambas as coisas – contrapôs o velho –, mas também é um profissional. Ele vai fazer com que os nomes sejam entregues a seus superiores no caso de ele fracassar. Assim, não importa se você o pegar ou não, *os contatos* serão pegos.

– Eles estarão mortos – disse o assassino. – Mas não Bergeron. Ele é valioso demais. Diga-lhe que vá para Atenas; ele sabe onde.

– Presumo que estou me encarregando de Parc Monceau?

– *Isso* seria impossível. Mas por enquanto você vai levar minhas decisões finais a quem interessa.

– E a primeira pessoa com quem devo fazer contato é Bergeron. Em Atenas.

– É.

– Então Lavier e d'Anjou estão condenados?

– Estão condenados. A isca raramente sobrevive, e eles não sobreviverão. Você pode também passar uma outra mensagem para as duas equipes que cobrem Lavier e d'Anjou. Diga-lhes que as estarei observando... todo o tempo. Não vou tolerar erros.

Foi a vez de o velho fazer uma pausa, pedir silenciosamente a atenção.

– Guardei o melhor para o fim, Carlos. O Renault foi encontrado há uma hora e meia numa garagem em Montmartre. Foi levado para lá a noite passada.

No silêncio o velho pôde ouvir a respiração lenta e forçada da figura atrás do pano.

– Presumo que você tenha tomado medidas para que o carro fosse vigiado minuto a minuto e seguido, minuto a minuto.

O suposto mendigo riu baixinho.

– De acordo com as suas últimas instruções, tomei a liberdade de contratar um amigo, um amigo com um carro em boas condições. Ele, por sua vez, contratou três conhecidos, e juntos eles estão dando plantão em quatro turnos de seis horas na rua, do lado de fora da garagem. Eles não sabem de nada, é claro, exceto que devem seguir o Renault a qualquer hora do dia ou da noite.

– Você não me desaponta.

– Não posso me dar a esse luxo. E uma vez que Parc Monceau está descartado, eu não tenho um número de telefone para dar a eles se não o meu próprio, o qual, como você sabe, é o de um café decadente no Quartier Latin. Eu e o proprietário somos amigos desde os velhos tempos, desde dias melhores. Eu posso telefonar para ele de cinco em cinco minutos para ver se há recados, e ele nunca reclama. Eu sei onde ele obteve o dinheiro para montar o negócio e quem ele teve que matar para consegui-lo.

– Você age bem, você tem valor.

– Também tenho um problema, Carlos. Como nenhum de nós deve telefonar para Parc Monceau, como iremos contatá-lo? No caso de eu precisar. Digamos, por exemplo, o Renault.

– É, sei desse problema. Você tem consciência da gravidade do que está me pedindo?

– Eu preferiria muito mais não ter que fazer isso. Minha única esperança é de que, quando tudo terminar e Caim estiver morto, você se lembre de minhas contribuições e, em vez de me matar, troque o número.

– Você realmente se antecipou.

– Nos velhos tempos era esse meu meio de sobrevivência.

O assassino murmurou sete dígitos.

– Você é o único homem vivo que tem esse número. É claro que não pode ser rastreado.

– É evidente. Quem esperaria que um mendigo o tivesse?

– Cada hora te leva mais perto de um melhor padrão de vida. O cerco está se fechando, e cada hora traz Caim para mais perto de uma de nossas diversas armadilhas. Caim será pego, e o corpo de um impostor será jogado de volta aos espantados estrategistas que o criaram. Eles contavam com um monstruoso ego, e ele lhes deu o que eles pediram. No final das contas, ele não passou de uma marionete, uma marionete descartável. Todo mundo sabia disso, menos ele.

Bourne pegou o telefone.

– Sim?

– Quarto 420?

– Pode falar, general.

– Os telefonemas cessaram. Ela não está mais sendo contatada, não pelo telefone, pelo menos. O casal de criados tinha saído, e o telefone tocou duas vezes. Ambas as vezes ela me pediu para atender. Não estava realmente querendo falar.

– Quem telefonou?

– A farmácia, para falar de uma receita, e um jornalista, pedindo uma entrevista. Ela não poderia ter conhecimento de nenhum dos dois.

– O senhor ficou com a impressão de que ela estava tentando despistar ao fazer com que o senhor atendesse às chamadas?

Villiers fez uma pausa, a resposta eivada de raiva.

– Isso aconteceu, o efeito não sendo tão sutil assim, pois ela mencionou o fato de que talvez fosse almoçar fora. Disse que tinha uma reserva no George Cinq e eu poderia contatá-la lá se ela decidisse ir.

– Se ela for, eu gostaria de chegar lá primeiro.

– Eu lhe comunico.

– O senhor disse que ela não está sendo contatada por telefone. "Não pelo telefone, pelo menos", foi o que eu acho que o senhor disse. O senhor queria dar a entender alguma coisa com isso?

– Queria. Há trinta minutos uma mulher chegou à minha casa. Minha esposa ficou relutante em recebê-la, mas acabou cedendo. Eu vi o rosto dela apenas por um instante na sala de estar, mas foi o bastante. A mulher estava em pânico.

– Descreva ela, por favor.

Villiers fez o que ele pedia.

– Jacqueline Lavier – disse Jason.

– Achei que talvez fosse. Pela aparência dela, a alcateia de lobos teve enorme sucesso; era evidente que ela não dormira. Antes de levá-la para a biblioteca, minha esposa me disse que era uma velha amiga passando por uma crise conjugal. Uma mentira deslavada; na idade dela as crises conjugais já se acabaram, há apenas aceitação e problemas com os netos.

– Não entendo por que ela foi à sua casa. É arriscado demais. Não faz sentido. A menos que ela tenha feito isso por sua própria iniciativa, sabendo que não deveriam ser feitos mais telefonemas.

– Essa ideia me ocorreu – disse o velho soldado. – Assim eu senti necessidade de tomar um pouco de ar, um passeio em volta do quarteirão. Meu assessor me acompanhou, um velho trôpego fazendo sua caminhada terapêutica sob o olhar vigilante de um acompanhante. Mas meus olhos também estavam vigilantes. Lavier foi seguida. Dois homens estavam sentados num carro a quatro casas de distância, o automóvel equipado com rádio. Aqueles homens não moram na minha rua. Isso estava patente em suas caras, no modo como observavam minha casa.

— Como o senhor sabe que ela não veio com eles?

— Moramos numa rua tranquila. Quando Lavier chegou, eu estava na sala de visitas tomando café e pude ouvi-la subir correndo os degraus. Fui até a janela a tempo de ver um táxi indo embora. Ela veio de táxi; ela foi seguida.

— Quando é que ela foi embora?

— Ainda não foi. E os homens ainda estão lá fora.

— Em que tipo de carro eles estão?

— Citroën. Cor cinza. As três primeiras letras da placa são *NYR*.

— São pássaros voando, seguindo um contato. De onde os pássaros vêm?

— Desculpe, não entendi. O que é que você disse?

Jason balançou a cabeça.

— Não tenho certeza. Não importa. Vou tentar chegar aí antes que Lavier parta. Faça o que puder para me ajudar. Interrompa sua esposa, diga que tem que falar com ela por uns minutos. Insista para que "a velha amiga" fique; diga qualquer coisa, apenas não a deixe sair.

— Vou fazer o possível.

Bourne desligou e olhou para Marie, de pé junto à janela do outro lado do quarto.

— Está funcionando. Começam a desconfiar uns dos outros. Lavier foi a Parc Monceau e foi seguida. Estão começando a suspeitar de sua própria gente.

— Pássaros voando — disse Marie. — O que é que você quis dizer com isso?

— Não sei, não é importante. Não há tempo.

— Acho que é importante, Jason.

— Agora não. — Bourne foi até a cadeira onde tinha deixado o sobretudo e o chapéu. Vestiu-os rapidamente e foi até a escrivaninha, abriu a gaveta e pegou a arma. Olhou para ela por um momento, se lembrando. As imagens estavam lá, o passado que era todo seu e contudo não era todo seu, em absoluto. A Bahnhofstrasse e o Carillon du Lac; o Drei Alpenhäuser e a Löwenstrasse; uma pensão suja na Steppdeckstrasse.

A arma simbolizava todos eles, pois ela quase lhe tinha tirado a vida certa vez, em Zurique.

Mas aquela era Paris. E tudo que começara em Zurique estava em movimento.

Ache Carlos. Monte uma cilada para Carlos. Caim é Charlie, e Delta é Caim.

Falso! Maldito seja você, falso!

Ache a Treadstone. Ache uma mensagem. Ache um homem.

29

Jason permaneceu no canto mais afastado do banco traseiro enquanto o táxi entrava no quarteirão de Villiers em Parc Monceau. Correu os olhos pelos carros alinhados junto ao meio-fio; não havia nenhum Citroën cor cinza, nenhuma placa com as letras NYR.

Mas lá estava Villiers. O velho soldado estava sozinho na calçada, a quatro portas de distância da sua casa.

Dois homens... num carro a quatro casas de distância de minha casa.

Villiers estava agora onde aquele carro estivera parado; era um sinal.

— *Arrêtez, s'il vous plaît* — disse Bourne ao motorista. — *Le vieux là-bas. Je veux parler avec lui* — Abaixou o vidro da janela e inclinou-se para a frente — *Monsieur?*

— Em inglês — replicou Villiers, indo na direção do táxi, um velho chamado por um estranho.

— Que aconteceu? — perguntou Jason.

— Não consegui detê-las.

— O que aconteceu?

— Minha esposa saiu com a tal de Lavier. Contudo fui inflexível. Eu lhe disse que esperasse meu telefonema no George Cinq. Era um assunto da maior importância, e eu precisava do aconselhamento dela.

— O que foi que ela disse?

— Que não tinha certeza se estaria no George Cinq. Que sua amiga insistia em ver um padre em Neuilly-sur-Seine, na igreja do Sagrado Sacramento. Disse que se sentia obrigada a acompanhá-la.

— O senhor criou objeção?
— Fui muito insistente. E, pela primeira vez na nossa vida juntos, ela percebeu os meus próprios pensamentos. Disse: "Se é seu desejo checar onde estou, André, por que não telefona para a paróquia? Tenho certeza de que alguém poderá me reconhecer e me chamar ao telefone." Será que ela estava me testando?

Bourne tentou pensar.

— Talvez. Alguém iria vê-la lá, e ela faria com que isso acontecesse. Mas chamá-la ao telefone pode ser mais difícil. Quando foi que ela partiu?

— Há menos de cinco minutos. Os dois homens no Citroën a seguiram.

— Elas foram no carro do senhor?

— Não. Minha esposa chamou um táxi.

— Vou até lá — disse Jason.

— Eu achei que você iria — disse Villiers. — Procurei o endereço da igreja.

Bourne deixou cair uma nota de cinquenta francos no encosto do banco dianteiro. O motorista agarrou o dinheiro.

— É importante eu chegar a Neuilly-sur-Seine o mais depressa possível. A igreja do Sagrado Sacramento. Sabe onde fica?

— É claro, monsieur. É a paróquia mais bonita do bairro.

— Me leva lá depressa e terá uma outra nota de cinquenta francos.

— Vamos voar nas asas dos anjos abençoados, monsieur.

Voaram, o plano de voo pondo em perigo a maior parte do tráfego no caminho.

— Lá estão as torres da Sagrado Sacramento, monsieur — disse o motorista vitorioso, doze minutos mais tarde, apontando pelo para-brisa para as três torres de pedra, altaneiras. — Mais um minuto, talvez dois se esses idiotas que deviam ser retirados das ruas permitirem...

— Diminua — interrompeu Bourne, a atenção voltada não para as torres da igreja mas para um automóvel mais à frente. Tinham dobrado uma esquina, e ele o tinha visto naquele momento; era um Citroën cor cinza, dois homens no banco da frente.

Chegaram a um sinal fechado; os carros pararam. Jason

deixou cair a segunda nota de cinquenta francos sobre o banco e abriu a porta.

— Volto logo. Se o sinal abrir, siga em frente devagar e depois eu o alcanço.

Bourne saiu e, mantendo o corpo abaixado, correu entre os carros até que viu as letras NYR; o número da placa era 768, mas naquele momento era irrelevante. O motorista do táxi fizera jus ao dinheiro.

O sinal abriu e a coluna de automóveis se lançou para a frente como um inseto alongado puxando as partes de sua carapaça. O táxi emparelhou com Jason; ele abriu a porta e entrou.

— Você fez um bom trabalho — disse ao motorista.

— Não sei bem que trabalho estou fazendo.

— É um problema sentimental. Deve-se pegar a adúltera no ato.

— Na *igreja,* monsieur? O mundo está avançando depressa demais para mim.

— Não no trânsito — disse Bourne. Chegaram à última esquina antes da igreja do Sagrado Sacramento. O Citroën fez a curva, com um único veículo entre ele e um táxi cujos passageiros não se podia distinguir. Alguma coisa estava preocupando Jason. A vigilância por parte dos dois homens era por demais ostensiva, era óbvia demais. Era como se os homens de Carlos quisessem que alguém naquele táxi soubesse que eles estavam ali.

É claro! A mulher de Villiers estava naquele táxi. Com Jacqueline Lavier. E os dois homens no Citroën queriam que a esposa de Villiers soubesse que eles estavam atrás dela.

— Lá está a Sagrado Sacramento — disse o motorista, entrando na rua onde a igreja se elevava na sua magnificência medieval franciscana, no centro de um gramado extremamente bem cuidado, cruzado por caminhos de pedra e ornamentado com estátuas. — Que faço, monsieur?

— Entre naquela vaga — ordenou Jason, apontando para um espaço na fileira de carros estacionados. O táxi com a esposa de Villiers e madame Lavier parou em frente do caminho guardado por um santo de concreto. A linda esposa de Villiers saiu primeiro, estendendo a mão para Jacqueline Lavier, que pisou na calçada, o rosto acinzentado. Ela usava óculos escuros grandes, aros cor de laranja, e levava uma bolsa branca, mas não estava mais elegante. Sua coroa de cabelo de mechas prateadas caía em tufos esparsos nos lados de sua máscara branca como a morte, e as meias estavam rasgadas. Estava pelo menos a uns cem metros de distância, mas Bourne teve a impressão de quase poder ouvir sua respiração entrecortada, acompanhando os movimentos hesitantes daquela mulher, antes uma figura magnífica, enquanto ela caminhava à luz do sol.

O Citroën tinha avançado além do táxi e agora encostava no meio-fio. Nenhum dos dois homens saltou, mas uma fina haste de metal, refletindo o brilho do sol, começou a se elevar da mala. Uma antena de rádio estava sendo ativada, códigos enviados por uma frequência secreta. Jason ficou hipnotizado, não pelo que via ou por saber o que estava sendo feito, mas por uma outra coisa. As palavras lhe chegavam, de onde ele não sabia, mas elas estavam ali.

Delta para Almanac, Delta para Almanac. Não responderemos. Repito, negativo, irmão.

Almanac para Delta. Você responderá conforme ordenado. Abandonar. Abandonar. Ordem final.

Delta para Almanac. Você é final, irmão. Vá se foder. Delta fora, equipamento avariado.

De repente a escuridão estava por toda parte em volta dele, a luz do sol tinha desaparecido. Não havia mais torres altaneiras de uma igreja subindo para o céu; em vez disso, formas negras de folhagem irregular estremeciam sob a luz de nuvens iridescentes. Tudo se movia, *tudo se movia;* ele tinha que se mover com o movimento. Permanecer imóvel era morrer. *Mexa-se!* Pelo amor de Deus, *mexa-se!*

E tire eles *de lá.* Um por *um.* Rasteje para mais perto; vença o medo – o medo terrível – e reduza os efetivos. Era tudo o que tinha que fazer. Reduzir os efetivos. O Monge deixara isso bem claro. Faca, arame, joelho, polegar; você conhece os pontos sensíveis. De morte.

A morte é uma estatística para os computadores. Para você é a sobrevivência.

O Monge.

O Monge?

A luz do sol brilhou de novo, cegando-o por um instante, o pé na calçada, o olhar no Citroën cinza a cem metros de distância. Mas era difícil ver; por que era tão difícil? Bruma, nevoeiro... agora não era a escuridão, mas sim um nevoeiro impenetrável. Sentia calor; não, sentia frio. Frio! Jogou a cabeça para cima, percebendo de repente onde estava e o que estava fazendo. O rosto tinha estado colado à vidraça; a respiração embaçara o vidro.

– Vou sair por uns minutos – disse Bourne. – Fique aqui.
– O dia todo, se quiser, monsieur.

Jason levantou a gola do sobretudo, puxou a aba do chapéu para a frente e colocou os óculos de aros de tartaruga. Foi andando ao lado de um casal na direção de um quiosque de artigos religiosos montado na calçada, separando-se deles depois para ficar atrás de uma mulher com uma criança no balcão. Podia avistar claramente o Citroën, mas o táxi que tinha sido chamado a Parc Monceau não estava mais lá, dispensado pela esposa de Villiers. Fora uma decisão curiosa por parte dela, pensou Bourne; táxis não eram tão fáceis de encontrar assim.

Três minutos depois o motivo ficou claro... e perturbador. A esposa de Villiers saiu da igreja caminhando rapidamente, a sua figura alta, escultural, atraindo olhares de admiração de transeuntes. Ela seguiu diretamente para o Citroën, falou com os homens no banco da frente, depois abriu a porta traseira.

A bolsa. A bolsa *branca!* A esposa de Villiers estava carregando a bolsa que poucos minutos antes estava nas mãos de Jacqueline Lavier. Ela entrou no banco de trás do Citroën e fechou a porta. O motor do sedã foi ligado e acelerado, prenunciando uma partida rápida e súbita. Enquanto o carro se afastava, a haste de metal brilhante que era a antena do veículo foi ficando menor e menor, retraindo-se para dentro da base.

Onde estava Jacqueline Lavier? Por que teria ela dado a bolsa à esposa de Villiers? Bourne começou a andar, depois parou, alertado pelo instinto. Uma cilada? Se Lavier estava sendo seguida, aqueles que a seguiam também poderiam estar sendo seguidos – e não era por ele.

Olhou em torno da rua, estudando os pedestres na calçada, depois cada carro, cada motorista e passageiro, procurando descobrir um rosto que não pertencesse ao lugar, como Villiers tinha dito dos dois homens no Citroën, que não pertenciam a Parc Monceau.

Não havia interrupções no ir e vir de gente nem olhos penetrantes ou mãos escondidas em bolsos protuberantes. Ele estava sendo cauteloso demais; Neuilly-sur-Seine não era uma cilada para ele. Afastou-se do balcão e partiu na direção da igreja.

Parou, os pés subitamente colados ao chão. Um padre saía da igreja, um padre num terno preto, de colarinho branco engomado e um chapéu preto que lhe cobria parcialmente o rosto. Ele já o tinha visto antes. Não há muito tempo, não num passado esquecido, mas recentemente. Muito recentemente. Semanas, dias... horas, talvez. Onde tinha sido? *Onde?* Ele o conhecia! Era o jeito de andar, o modo de menear a cabeça nos ombros largos que pareciam flutuar com o movimento do corpo. Era um homem com uma arma! Onde *tinha sido?*

Zurique? O Carillon du Lac? Dois homens avançando na multidão, convergindo, trazendo a morte. Um usava óculos de aros de ouro; não era ele. Aquele homem estava morto. Seria o outro homem do Carillon du Lac? Ou em Guisan Quai? Um animal, rosnando, olhos arregalados no ato de estupro. Seria ele? Ou uma outra pessoa. Um homem de casaco escuro no corredor do Auberge du Coin, onde as luzes da escada iluminavam a cilada. Uma cilada dentro da cilada, onde aquele homem disparara sua arma no escuro sobre sombras que ele julgava ser humanas. Seria *aquele* homem?

Bourne não sabia, ele só sabia que já vira aquele padre, mas não como padre. E sim como um homem armado.

O assassino no terno preto de clérigo chegou ao fim do caminho de pedra e virou para a direita na base do santo de pedra, o rosto iluminado pelo sol por um breve instante. Jason ficou petrificado; a pele. A pele do assassino era morena, não bronzeada pelo sol, mas de nascimento. Uma pele latina, a cor temperada gerações atrás por antepassados vivendo no Mediterrâneo ou adjacências. Ancestrais que migraram por todo o globo... atravessando os mares.

Bourne ficou paralisado pelo choque de sua própria certeza. Ele estava olhando para Ilich Ramirez Sanchez.

Ache Carlos. Arme uma cilada para Carlos. Caim é Charlie, e Delta é Caim.

Jason abriu a frente do casaco, a mão direita agarrando a coronha da arma na cintura. Começou a correr pela calçada, esbarrando nos transeuntes, jogando para o lado um ambulante, desviando-se de um mendigo que revirava uma cesta de arame. O *mendigo!* A mão do mendigo mergulhou no bolso. Bourne voltou-se a tempo de ver o cano de uma automática surgir do casaco puído, os raios de sol brilhando no metal. O mendigo tinha uma arma! A mão magra se levantou, armas e olhos firmes. Jason jogou-se para a rua, encostando-se na lateral de um pequeno carro. Ouviu os estampidos das balas acima e em volta dele, cortando o ar com um objetivo mortal. Gritos, agudos e de dor, se elevaram de pessoas na calçada, pessoas que ele não via. Bourne jogou-se entre dois automóveis e atravessou a rua correndo, desviando-se do tráfego. O mendigo estava fugindo; um homem velho com olhos de aço corria no meio da multidão, desaparecia.

Pegue Carlos. Arme uma cilada para Carlos. Caim é...

Jason girou e correu de novo, avançando, derrubando tudo que encontrava em seu caminho, voando na direção do assassino. Parou, sem fôlego, confusão e raiva enchendo-lhe o peito, relâmpagos agudos de dor voltando a suas têmporas. Onde *estava* ele? Onde estava *Carlos!* E então Jason o viu; o assassino tinha entrado atrás do volante de um grande sedã preto. Bourne correu novamente no meio dos carros, batendo em capôs e malas enquanto abria caminho loucamente na direção do assassino. De repente foi bloqueado por dois carros que tinham colidido. Esticou as mãos numa grade de radiador cromada, brilhante, e saltou por sobre os dois para-choques que tinham colidido. Parou de novo, os olhos ardendo de dor pelo que via, sabendo que não adiantava mais continuar. Era tarde demais. O grande sedã preto tinha encontrado uma brecha no trânsito, e Ilich Ramirez Sanchez fugia velozmente.

Jason atravessou de volta para a outra calçada enquanto as sirenes da polícia atraíam todos os olhares. Havia pedestres arranhados, feridos, mortos; um mendigo com uma arma tinha atirado neles.

Lavier! Bourne começou a correr de novo, de volta à igreja do Sagrado Sacramento. Alcançou o caminho de pedra sob o olhar do santo de concreto e virou à esquerda, correndo na direção das portas em arco e dos degraus de mármore. Subiu correndo e entrou na igreja gótica, dando de cara com prateleiras de velas tremulantes, raios combinados de luz colorida derramando-se das janelas de vitral, no alto de paredes de pedra escuras. Atravessou a nave central, encarando os devotos, procurando um cabelo de mechas prateadas e uma máscara facial laminada de branco.

Não viu Lavier em lugar nenhum, e, contudo, ela não tinha saído; estava em algum lugar na igreja. Jason voltou-se, olhando em torno; avistou um padre alto passando despreocupadamente pela prateleira das velas. Bourne atravessou uma fileira de cadeiras estofadas e interceptou o padre na nave lateral.

– Desculpe, padre – disse ele. – Acho que me perdi de alguém.

– Ninguém fica perdido na casa de Deus, senhor – retrucou o clérigo, sorrindo.

– Ela talvez não esteja perdida em espírito, mas se eu não a encontrar, ela ficará muito zangada. Há uma emergência no lugar onde ela trabalha. O senhor está aqui há muito tempo, padre?

– Eu recebo os membros do nosso rebanho que procuram assistência, sim. Estou aqui há quase uma hora.

– Duas mulheres entraram há pouco. Uma era muito alta, muito bonita, usando um casaco de cor clara e acho que um lenço escuro no cabelo. A outra era uma senhora mais velha, não tão alta, e não aparentando boa saúde. Por acaso o senhor as viu?

O padre assentiu.

– Vi. Havia tristeza no rosto da mulher mais velha, estava pálida e angustiada.

– O senhor sabe aonde foram? Sei que a amiga mais jovem saiu.

– Uma amiga devota, eu diria. Ela levou a pobrezinha para a confissão, ajudando-a a entrar no confessionário. A limpeza da alma nos dá força durante tempos de desespero.

– Para a confissão?

– É, no segundo confessionário da direita. Ela tem um padre confessor compassivo, devo acrescentar. É um padre visitante da arquidiocese de Barcelona. Um homem notável, também; fico triste em dizer que hoje é seu último dia. Ele volta para a Espanha... – O padre alto franziu as sobrancelhas. – Não é estranho? Há poucos instantes eu pensei ter visto padre Manuel sair. Imagino que ele foi substituído por algum tempo. Não importa, a pobre senhora está em boas mãos.

– Tenho certeza disso – disse Bourne. – Obrigado, padre. Vou esperar por ela. – Jason percorreu o corredor na direção da fileira de confessionários, os olhos no segundo, onde um pequeno pedaço de pano branco indicava estar ocupado no momento; uma alma estava sendo absolvida. Sentou-se na fileira da frente, depois ajoelhou-se, virando a cabeça vagarosamente em torno de modo que pudesse ver a parte de trás da igreja. O padre alto estava de pé junto à entrada, sua atenção voltada para o tumulto na rua. Lá fora, podia-se ouvir o barulho das sirenes à distância, chegando mais perto.

Bourne levantou-se e foi até o segundo confessionário. Abriu a cortina e olhou para dentro, vendo o que esperava ver. Apenas o método o tinha deixado em dúvida.

Jacqueline Lavier estava morta, o corpo caído para a frente, virado para o lado, apoiado na banqueta do penitente, a máscara da face virada para cima, os olhos abertos, encarando a morte no teto. O casaco estava aberto, o pano do vestido manchado de sangue. A arma era um abridor de cartas, longo, fino, enterrado acima do seio esquerdo. Os dedos estavam curvados em torno do cabo, as unhas de verniz da cor do seu sangue.

A seus pés havia uma bolsa – não a bolsa branca que ela trouxera às mãos há dez minutos, mas uma bolsa da moda, Yves St. Laurent, as iniciais famosas estampadas no tecido, um emblema da *haute couture*. A razão disso era clara para Jason. Dentro havia papéis identificando uma trágica suicida, uma mulher esgotada, tão cheia de angústia que tirara a própria vida quando procurava absolvição aos olhos de Deus. Carlos era perfeito, brilhantemente perfeito.

Bourne fechou a cortina e saiu do confessionário. De algum lugar lá no alto de uma torre, os sinos tocavam o Angelus da manhã.

O táxi percorria sem destino as ruas de Neuilly-sur-Seine, Jason no banco de trás, a mente acelerada.

Não fazia sentido esperar, talvez isto lhe fosse fatal. Os planos mudavam quando as condições mudavam, e estas haviam tomado um rumo mortal. Jacqueline Lavier tinha sido seguida, a sua morte inevitável alterava a sequência dos acontecimentos. Cedo demais, ela ainda era valiosa. Depois Bourne compreendeu. Ela fora assassinada não porque tivesse sido desleal a Carlos, mas sim porque o havia desobedecido. Ela fora a Parc Monceau – isso tinha sido seu erro indesculpável.

Havia um outro contato na Les Classiques, um operador de mesa telefônica, de cabelo grisalho, chamado Philippe d'Anjou, cujo rosto evocava imagens de violência e escuridão, relâmpagos de luz e de som dilacerantes. Ele pertencera ao passado de Bourne, disso ele tinha certeza, e por causa disso o homem caçado tinha que ser cauteloso; ele não sabia o que o homem significava para ele. Mas era um elo de ligação, e assim também estaria sendo vigiado, como Lavier tinha sido vigiada, uma outra isca para uma outra cilada, devendo ser morto quando o cerco se fechasse.

Seriam esses os dois únicos? Haveria outros? Um vendedor obscuro, sem rosto, talvez, que não era absolutamente um vendedor, mas uma outra coisa qualquer? Um fornecedor que passava horas em Saint-Honoré, lutando bravamente pela causa da *haute couture,* mas com uma outra causa bem mais importante para ele. Ou ela. Ou o estilista musculoso, René Bergeron, cujos movimentos eram tão rápidos e... *fluidos.*

Bourne ficou tenso de repente, o pescoço apoiado no banco, uma lembrança recente desencadeada. *Bergeron.* A cor escura da pele, os ombros largos acentuados pelas mangas apertadas e arregaçadas... ombros que flutuavam acima da cintura delgada, abaixo da qual pernas fortes se moviam velozes, como as de um animal, de um gato.

Seria possível? Seriam as outras conjecturas meros fantasmas, fragmentos compostos de imagens familiares que ele julgava que poderiam ser Carlos? Estaria o assassino – desconhecido de seus elos de ligação – agindo no interior mesmo de seu próprio aparato, controlando e preparando cada movimento? Seria ele *Bergeron?*

Precisava achar um telefone imediatamente. Cada minuto perdido era um minuto que o afastava da resposta, e muitos minutos poderiam significar que não haveria absolutamente resposta alguma. Mas ele próprio não podia dar o telefonema;

a sequência de eventos tinha sido tão rápida que ele precisava se refrear, armazenar sua própria informação.

— Na primeira cabine telefônica que você vir, encoste — disse ao motorista, que estava ainda perturbado pelo caos na igreja do Sagrado Sacramento.

— Como quiser, monsieur. Mas se monsieur compreende, já passou da hora que eu devo voltar à garagem da frota. Já passou muito da hora.

— Eu entendo.

— Lá está um telefone.

— Bom. Encoste.

A cabine telefônica vermelha, as vidraças graciosamente antiquadas brilhando ao sol, parecia uma grande casa de bonecas quando vista de fora e cheirava a urina do lado de dentro. Bourne discou para o Terrasse e pediu o quarto 420. Marie atendeu.

— Que aconteceu?

— Não tenho tempo para explicar. Quero que você telefone para a Les Classiques e pergunte por René Bergeron. D'Anjou estará provavelmente na mesa; invente um nome e diga a ele que você está tentando falar com Bergeron na linha particular de Lavier há uma hora mais ou menos. Diz que é urgente, que você precisa falar com ele.

— Quando ele atender, o que eu digo?

— Acho que ele não atenderá, mas se isso acontecer, simplesmente desligue. E, se D'Anjou voltar à linha, pergunte a ele quando Bergeron deverá voltar. Volto a telefonar para você em três minutos.

— Querido, você está bem?

— Tive uma profunda experiência religiosa. Conto para você mais tarde.

Jason ficou de olho no relógio, os saltos infinitesimais do fino e delicado ponteiro dos segundos deslocando-se numa lentidão angustiante. Começou sua contagem regressiva aos trinta segundos, calculando as batidas do coração que ecoavam em sua garganta em mais ou menos duas e meia por segundo. Começou a discar em dez segundos, colocou as moedas em quatro e falou com a mesa telefônica do Terrasse em menos cinco. Marie pegou o fone no momento em que começou a tocar.

– Que aconteceu? – perguntou ele. – Pensei que você talvez ainda estivesse falando.

– Foi uma conversa muito curta. Acho que d'Anjou ficou desconfiado. Ele talvez tenha uma relação dos nomes a quem foi dado o número particular, não sei. Mas ele parecia esquivo, hesitante.

– O que é que ele disse?

– Monsieur Bergeron está comprando tecidos no Mediterrâneo. Partiu hoje de manhã e não deverá estar de volta antes de algumas semanas.

– É possível que eu tenha acabado de vê-lo a centenas de quilômetros do Mediterrâneo.

– Onde?

– Na igreja. Se era Bergeron, ele deu absolvição com a ponta de um instrumento muito agudo e cortante.

– Do que é que você está falando?

– Lavier está morta.

– Oh, meu Deus! O que é que você vai fazer?

– Falar com um homem que eu acho que conheci. Se ele tiver um pingo de cérebro na cabeça, ele ouvirá. Ele está condenado à morte.

30

– D'Anjou.

– Delta? Eu fiquei imaginando quando... Acho que reconheceria sua voz em qualquer lugar.

Ele tinha dito aquela palavra! O nome tinha sido pronunciado. O nome que não significava nada para ele, mas que, de alguma forma, era tudo. D'Anjou sabia. Philippe d'Anjou era parte de um passado não lembrado. Delta. Caim é Charlie, e Delta é Caim. Delta. Delta. Delta! Ele conhecera esse homem, e esse homem tinha a resposta! Alfa, Bravo, Caim, Delta, Eco, Foxtrote...

Medusa.

– Medusa – disse ele em voz baixa, repetindo o nome que era um grito silencioso em seus ouvidos.

– Paris não é Tam Quan, Delta. Não temos mais dívidas um com o outro. Não queira pagamento. Trabalhamos para patrões diferentes agora.

— Jacqueline Lavier está morta. Carlos a matou em Neuilly-sur-Seine há menos de trinta minutos.

— Nem mesmo tente. Há duas horas Jacqueline estava a caminho de sair da França. Ela me telefonou do Aeroporto de Orly. Foi se reunir a Bergeron...

— Numa compra de tecidos no Mediterrâneo?— interrompeu Jason.

D'Anjou fez uma pausa.

— A mulher na linha perguntando por René. Pensei nisso. Não muda nada. Eu falei com ela; ela telefonou de Orly.

— Mandaram que ela fizesse isso. Ela parecia estar controlada?

— Ela estava descontrolada, e ninguém sabe disso mais do que você. Você tem feito um trabalho admirável aqui, Delta. Ou Caim. Ou seja como for que você se chama agora. É claro que ela não estava bem. É por essa razão que ela vai sair por uns tempos.

— É por isso que ela está morta. Você é o próximo.

— As últimas 24 horas foram dignas de você. Esta agora não está sendo.

— Ela foi seguida, você está sendo seguido. Vigiado a cada minuto.

— Se estou, é para minha própria proteção.

— Então por que Lavier está morta?

— Não acredito que ela esteja.

— Ela cometeria suicídio?

— Nunca.

— Telefone para a reitoria da igreja do Sagrado Sacramento em Neuilly-sur-Seine. Pergunte por uma mulher que se matou durante a confissão. O que é que você tem a perder? Telefonarei para você de novo.

Bourne desligou e saiu da cabine. Desceu do meio-fio procurando um táxi. O próximo telefonema para Philippe d'Anjou seria feito no mínimo a dez quarteirões de distância. O homem da Medusa não se convenceria facilmente, e, até que isso acontecesse, Jason não poderia arriscar que scanners eletrônicos determinassem nem mesmo a localização geral da chamada.

Delta? Acho que reconheceria sua voz em qualquer lugar... Paris não é Tam Quan. Tam Quan... Tam Quan, Tam Quan! Caim é Charlie e Delta é Caim. Medusa!

Para com isso! Não fique pensando em coisas que... você não pode pensar. Concentre-se no que *é*. Agora. *Você*. Não no que outros dizem que você é – nem mesmo no que você pode achar que é. Apenas no agora. E o agora é um homem que pode te dar respostas.

Agora nós trabalhamos para patrões diferentes...

Era essa a chave.

Me diga! Pelo amor de Deus, me diga! Quem é ele? Quem é meu patrão, d'Anjou?

Um táxi fez um desvio brusco, parando perigosamente próximo a suas pernas. Jason abriu a porta e entrou.

– Place Vendôme – disse ele, sabendo que era perto de Saint-Honoré. Era imperioso ficar o mais perto possível para pôr em ação o plano que ia rapidamente se formando. A vantagem era dele; era uma questão de usá-la com um duplo objetivo. D'Anjou tinha que ser convencido de que os homens que o vinham seguindo eram seus carrascos. Mas o que aqueles homens não poderiam saber era que um outro estaria seguindo a eles.

A Place Vendôme estava cheia como de costume, o tráfego louco como sempre. Bourne viu uma cabine telefônica na esquina e saltou do táxi. Entrou na cabine e discou o número da Les Classiques; fazia quatorze minutos que ele telefonara de Neuilly-sur-Seine.

– D'Anjou?

– Uma mulher se suicidou durante a confissão, é tudo que eu sei.

– Ora, você não iria se contentar com isso. Medusa não iria se contentar só com isso.

– Me dá um tempinho para colocar a mesa na espera. – A linha ficou muda por quatro segundos aproximadamente. D'Anjou voltou. – Uma mulher de meia-idade com cabelo branco e prateado, roupas caras e uma bolsa St. Laurent. Acabei de descrever dez mil mulheres em Paris. Como é que vou saber se você não escolheu uma, matou-a e fez dela a base para este seu telefonema?

– Oh, certamente. Levei-a para dentro da igreja como uma pietà, o sangue pingando no corredor de suas feridas abertas. Seja razoável, d'Anjou. Vamos começar com o que é óbvio. A bolsa não era dela; ela levava uma bolsa de couro branca. Ela dificilmente seria do tipo de andar anunciando uma loja concorrente.

– O que empresta credibilidade à minha versão. Ela *não* era Jacqueline Lavier.

– Empresta mais credibilidade à minha. Os documentos na bolsa a identificaram como uma outra pessoa. Vão reclamar o corpo logo, ninguém fará referência à Les Classiques.

– Isso é o que você diz.

– Não. Esse é o método usado por Carlos em cinco assassinatos que posso citar. – *Ele podia, isso é que o amedrontava.* – Um homem é morto, a polícia acredita tratar-se de uma pessoa, a morte é um enigma, os assassinos são desconhecidos. Depois eles descobrem que é uma outra pessoa, e, nessa hora, Carlos já está em outro país, com outro contrato cumprido. Lavier foi uma variação desse método, é tudo.

– Palavras, Delta. Você nunca falou muito, mas, quando você falava, as palavras tinham valor.

– E se você estiver em Saint-Honoré daqui a três ou quatro semanas – e você não estará –, você veria como isso termina. Um desastre de avião ou um barco perdido no Mediterrâneo. Corpos carbonizados a ponto de não ser possível a identificação ou simplesmente desaparecidos. As identidades dos mortos, entretanto, plenamente estabelecidas. Lavier e Bergeron. Mas um realmente morto – madame Lavier. Monsieur Bergeron é um privilegiado, mais do que você poderia imaginar. Bergeron está de novo no negócio. E, quanto a você, você é uma estatística no necrotério de Paris.

– E você?

– De acordo com o plano, eu também estou morto. Eles esperam me pegar por intermédio de você.

– Lógico. Ambos viemos da Medusa, eles sabem disso... Carlos sabe disso. Deve presumir que você me reconheceu.

– E você a mim?

D'Anjou fez uma pausa.

– Sim – disse. – Como eu te disse, agora nós trabalhamos para patrões diferentes.

– É sobre isso que eu quero falar.

– Não tem conversa, Delta. Mas, em consideração aos velhos tempos –, pelo que você fez por todos nós em Tam

Quan –, aceite o conselho de um medusiano. Caia fora de Paris ou você será aquele homem morto que acabou de mencionar.

– Não posso fazer isso.

– Você deve. Se eu tiver a oportunidade, eu mesmo puxarei o gatilho e serei bem recompensado por isso.

– Então vou te dar essa oportunidade.

– Me perdoe se eu acho isso ridículo.

– Você não sabe o que eu quero ou o quanto eu estou disposto a arriscar para conseguir isso.

– Seja o que for o que você queira, vai se arriscar por isso. Mas o perigo verdadeiro virá do seu inimigo. Eu o conheço, Delta. E tenho que voltar à mesa. Eu lhe desejo uma boa caçada mas...

Era o momento de usar a única arma que lhe restava, a única ameaça que poderia manter d'Anjou na linha.

– Quem é que você contata para pedir instruções agora que Parc Monceau está desativado?

A tensão ficou ainda maior pelo silêncio de d'Anjou. Quando respondeu, sua voz era um sussurro.

– *O que é que você disse?*

– Foi por isso que ela foi morta, você sabe. Por isso você será morto também. Ela foi a Parc Monceau e por isso morreu. Você tem ido a Parc Monceau e por isso morrerá também. Carlos não pode mais suportá-lo, você simplesmente sabe demais. Por que razão ele colocaria em risco um arranjo desse tipo? Ele vai usá-lo para me pegar, depois o mata e estabelece uma outra Les Classiques. De um medusiano para outro, você duvida disso?

O silêncio foi mais longo agora, mais intenso que antes. Era evidente que o homem mais velho da Medusa fazia a si mesmo diversas perguntas difíceis.

– O que é que você quer de mim? Logo eu. Você deve saber que reféns não têm importância. Contudo você me provoca, me surpreende com o que conseguiu saber. Eu não tenho valor para você quer morto quer vivo, então o que é que você quer?

– Informação. Se você tiver o que eu quero, eu o tiro de Paris hoje à noite e nem Carlos nem você jamais ouvirão falar de mim novamente.

– Que informação?

– Você mentirá se eu te pedir agora. Eu mentiria. Mas quando eu te encontrar, você vai me contar a verdade.
– Com um fio de arame na minha garganta?
– No meio da multidão?
– Da multidão? À luz do dia?
– Daqui a uma hora. Do lado de fora do Louvre. Perto da escada. No ponto de táxi.
– O Louvre? Gente? Que informação você acha que eu tenho e que me permitirá fugir? Você não espera com certeza que eu vá falar do meu patrão.
– O seu não. O meu.
– Treadstone?

Ele sabe. Philippe d'Anjou tinha a resposta. Fique calmo. Não deixe transparecer a sua ansiedade.

– Seventy-One – completou Jason – Apenas uma pergunta simples e eu desapareço. E quando você me der a resposta, a verdade, eu te dou uma coisa em troca.
– O que é que eu poderia querer de você? Exceto você?
– Informação que talvez te deixe viver. Não é garantida, mas você vai acreditar quando eu te contar, você não poderá viver sem ela. *Parc Monceau,* d'Anjou.

Silêncio novamente. Bourne podia imaginar o homem grisalho, da Medusa, olhando fixo para a mesa telefônica, o nome do bairro rico de Paris ecoando cada vez mais alto na sua mente. Vinha morte de Parc Monceau, e d'Anjou tinha tanta certeza disso quanto de que a mulher morta em Neuilly-sur-Seine era Jacqueline Lavier.

– Que informação pode ser? – perguntou d'Anjou.
– A identidade do seu patrão. Um nome e provas suficientes para serem lacradas em um envelope e entregues a um advogado, que a manteria consigo durante toda a sua vida natural. Mas se sua vida tivesse um fim não natural, até mesmo por acidente, o advogado teria instruções para abrir o envelope e revelar o conteúdo. É proteção, d'Anjou.
– Entendo – disse o medusiano, em voz baixa. – Mas você disse que há homens me vigiando, me seguindo.
– Use um ardil – disse Jason. – Diga a eles a verdade. Você tem um número de telefone para chamar, não tem?
– Tenho, há um número, um homem. – A voz do homem mais velho elevou-se ligeiramente, espantada.

— Fale com ele, diga a ele exatamente o que eu disse...
exceto o que diz respeito à central de transmissão de mensagens, é claro. Diga que eu fiz contato com você, que quero um encontro com você. Será do lado de fora do Louvre dentro de uma hora. A verdade.

— Você é maluco.

— Sei o que estou fazendo.

— Você costumava saber. Está armando uma cilada para si mesmo, preparando sua própria execução.

— E, no caso de isso acontecer, você talvez seja amplamente recompensado.

— Ou executado, se o que você diz é verdade.

— Vamos descobrir se é. Farei contato com você de uma forma ou de outra, pode acreditar na minha palavra. Eles têm minha fotografia; eles saberão quando eu fizer. É melhor uma situação controlada do que uma em que não se tem nenhum controle.

— Agora estou ouvindo Delta falar – disse d'Anjou. – Ele não arma uma cilada para si mesmo, ele não fica na frente de um pelotão de fuzilamento e pede uma venda para os olhos.

— Não, ele não faz isso – concordou Bourne. – Você não tem escolha, d'Anjou. Uma hora. No Louvre.

O sucesso de qualquer cilada está na sua simplicidade fundamental. A cilada dentro da cilada, pela natureza de sua especial complexidade, deve ser rápida e ainda mais simples.

As palavras lhe vieram à mente enquanto ele esperava dentro do táxi em Saint-Honoré, na mesma rua da Les Classiques. Ele pedira ao motorista para fazer duas vezes a volta ao quarteirão, um turista americano cuja esposa fazia compras naquela área da *haute couture*. Mais cedo ou mais tarde ela sairia de uma das lojas e ele a encontraria.

O que ele encontrou foram os seguranças de Carlos. A antena coberta de borracha de um sedã preto era tanto uma prova disso como um sinal de perigo. Ele se sentiria mais seguro se aquele transmissor de rádio entrasse em curto, mas não havia meio de fazê-lo. A alternativa era a contrainformação. Em algum momento nos próximos 45 minutos Jason faria o possível para conseguir com que fosse passada uma informação errada por aquele rádio. De seu posto escondido, no banco traseiro, ele estudou os dois homens no carro do outro lado da rua. Se havia alguma coisa que os diferenciava de centenas de outros homens, ali em Saint-Honoré, era o fato de que eles não conversavam.

Philippe d'Anjou saiu para a calçada, um chapéu cinza cobrindo seu cabelo grisalho. O olhar esquadrinhou a rua, sinalizando a Bourne que o ex-medusiano tinha se protegido. Ele telefonara para um número; transmitira a informação surpreendente; sabia que havia homens em um carro prontos para segui-lo.

Um táxi, aparentemente chamado pelo telefone, encostou no meio-fio. D'Anjou falou com o motorista e entrou. Do outro lado da rua uma antena elevou-se ameaçadoramente de seu encaixe; começara a caçada.

O sedã saiu atrás do táxi de d'Anjou; era a confirmação de que Jason precisava. Ele se inclinou para a frente e falou para o motorista.

— Esqueci – disse com irritação. – Ela disse que estaria no Louvre hoje de manhã, fazendo compras à tarde. Cristo, estou atrasado meia hora! Pode me levar ao Louvre, por favor?

— *Mais oui, monsieur. Le Louvre.*

Duas vezes durante o curto trajeto até a monumental fachada com vista para o Sena, o táxi de Jason ultrapassou o sedã preto, para em seguida ser ultrapassado por ele. A proximidade deu a Bourne a oportunidade de ver exatamente o que ele necessitava ver. O homem ao lado do motorista no sedã falava repetidamente num microfone de mão. Carlos queria ter certeza de que a cilada não tinha furos; outros estavam fechando o cerco sobre o local da execução.

Chegaram à enorme entrada do Louvre.

— Entre na fila atrás daqueles outros táxis – disse Jason.

— Mas eles estão esperando fregueses, monsieur. Eu já tenho um freguês; *o senhor* é meu freguês. Vou levar o senhor ao...

— Faça o que estou mandando – disse Bourne, deixando cair cinquenta francos por sobre o encosto do banco.

O motorista desviou e entrou na fila. O sedã preto estava a vinte metros de distância para a direita; o homem do rádio tinha se virado no banco e olhava pela janela esquerda traseira. Jason seguiu o olhar dele e viu o que ele achava que ia ver. A muitos metros de distância a oeste, na grande praça, estava um automóvel cinza, o carro que havia seguido Jacqueline Lavier e a esposa de Villiers até a igreja do Sagrado Sacramento e que fugira com esta última de Neuilly-sur-Seine, depois de ter escoltado Lavier para sua confissão final. Podia-se ver sua antena retraindo para a base. À direita, o soldado de Carlos não estava mais segurando o microfone. A antena do sedã preto também estava sendo recolhida, o contato tinha sido feito, o contato visual confirmado. Quatro homens. Eram os executores a mando de Carlos.

Bourne se concentrou no aglomerado de pessoas em frente da entrada do Louvre, avistando logo d'Anjou, elegantemente vestido. Ele caminhava devagar, com cautela, indo e vindo, perto do grande bloco de granito branco que flanqueava os degraus de mármore à esquerda.

Agora. Era hora de soltar a contrainformação.

– Saia da fila – mandou Jason.

– O quê, monsieur?

– Duzentos francos se você fizer exatamente o que eu vou dizer. Saia e vá até a frente da fila, depois dê duas voltas para a esquerda, entrando novamente na alameda seguinte.

– Não compreendo, monsieur!

– Não tem que compreender. Trezentos francos.

O motorista saiu para a direita, foi até o início da fila, onde girou o volante, embicando o táxi para a esquerda na direção da fila de carros estacionados. Bourne puxou a automática da cintura, mantendo-a entre os joelhos. Checou o silenciador, apertando bem o cilindro.

– Aonde é que o senhor quer ir, monsieur? – perguntou o espantado motorista quando entraram na alameda que levava de volta à entrada do Louvre.

– Diminua a marcha – disse Jason. – O grande carro cinza ali diante, o que está voltado para a saída do Sena. Você está vendo?

– É claro.

– Faça a volta devagar, para a direita. – Bourne deslizou para a esquerda do banco e abaixou o vidro, mantendo a cabeça e a arma escondidas. Ele ia mostrá-las em questão de segundos.

O táxi se aproximou da traseira do sedã, o motorista girando novamente o volante. Estavam paralelos. Jason levan-

465

tou a cabeça e a arma para serem vistas. Fez a mira na janela direita traseira do sedã cinza e disparou, cinco tiros, um depois do outro, espatifando vidro e surpreendendo os dois homens, que gritaram um para o outro. Eles se lançaram para baixo, no chão do assento dianteiro. Mas ele tinha sido visto. Era esta a contrainformação.

– Saia daqui! – gritou Bourne para o aterrorizado motorista, enquanto jogava os trezentos francos por sobre o assento. O táxi arrancou na direção dos portões de pedra do Louvre.

Agora.

Jason deslizou de novo pelo banco, abriu a porta e rolou no chão de pedras, gritando as últimas instruções para o motorista.

– Se você quer continuar vivo, caia fora daqui!

O táxi arrancou em frente, o motor acelerado, o motorista gritando. Bourne mergulhou entre dois carros estacionados, escondendo-se do sedã cinza, e levantou-se vagarosamente, espreitando entre as janelas. Os homens de Carlos foram rápidos, profissionais, não perdendo tempo na perseguição. Tinham o táxi sob sua vista, e ele não poderia competir com o poderoso sedã; o táxi era o alvo. O homem atrás do volante engrenou a marcha e partiu em velocidade enquanto o seu companheiro pegava o microfone, a antena se erguendo. Foram gritadas ordens para o outro sedã próximo aos grandes degraus de pedra. O táxi, acelerando, dobrou na rua ao longo do rio Sena, com o grande carro cinza diretamente no seu encalço. Quando passaram a poucos metros de Jason, as expressões dos rostos dos dois homens diziam tudo. Eles tinham Caim sob suas miras, o cerco se fechara e eles ganhariam sua recompensa em questão de minutos.

Uma cilada dentro da cilada, pela natureza de sua especial complexidade, deve ser rápida e ainda mais simples...

Uma questão de minutos... ele tinha apenas uns poucos minutos, se tudo em que acreditava fosse verdade. D'Anjou! O contato tinha desempenhado o seu papel – um papel de pouca importância – e era descartável – como Jacqueline Lavier fora descartável.

Bourne correu de onde estava, entre os dois carros, na direção do sedã preto; o carro não estava a mais de cinquenta metros dele. Podia ver os dois homens; os dois convergiam sobre Philippe d'Anjou, que ainda se encontrava em frente do pequeno lance de degraus de mármore. Um tiro preciso de qualquer um dos dois homens, e d'Anjou estaria morto, a Treadstone Seventy-One desaparecendo com ele. Jason correu mais rápido, a mão dentro do casaco, segurando a pesada automática.

Os soldados de Carlos estavam apenas a poucos metros, eles mesmos se apressando agora, a execução devendo ser rápida, o homem condenado abatido antes de compreender o que estava acontecendo.

– *Medusa!* – gritou Bourne, sem saber por que gritava esse nome em vez do próprio nome de d'Anjou. – Medusa, *Medusa!*

D'Anjou levantou a cabeça rápido, expressão de choque no rosto. O motorista do sedã preto tinha se virado, a arma apontada para Jason, enquanto seu companheiro se adiantava para d'Anjou, a pistola dirigida para o ex-medusiano. Bourne mergulhou para a direita, a automática estendida, firme na sua mão esquerda. Atirou à meia-altura, a pontaria certeira; o homem que avançava sobre d'Anjou curvou-se para trás enquanto suas pernas enrijecidas foram colhidas por um momento de paralisia; caiu no calçamento de pedras. Duas balas explodiram acima da cabeça de Jason, os projéteis batendo no metal atrás dele. Ele rolou para a esquerda, a arma de novo firme, apontada para o segundo homem. Puxou o gatilho duas vezes; o motorista gritou, sangue se espalhando pelo rosto ao tombar.

A histeria tomou conta da multidão. Homens e mulheres gritavam, pais jogavam-se sobre os filhos, outros subiam correndo os degraus entrando pelas grandes portas do museu, enquanto os guardas tentavam sair. Bourne levantou-se, procurando d'Anjou. O homem mais velho tinha mergulhado atrás de um bloco de granito branco, sua figura magra agora rastejando desajeitadamente, cheia de terror, para fora do esconderijo. Jason lançou-se por entre a multidão em pânico, colocando a automática no cinto, afastando os corpos histéricos que se interpunham entre ele e o homem que poderia lhe dar as respostas. Treadstone. *Treadstone!*

Chegou até o medusiano grisalho.

– Levante! – ordenou ele. – Vamos cair fora daqui!

– Delta!... Era o homem de Carlos! Eu o conheço. Eu já *usei* os serviços dele! Ele ia me matar!

– Eu sei. Venha! Rápido! Outros estarão de volta, virão nos procurar. *Venha!*

Uma sombra escura caiu sobre os olhos de Bourne, no canto dos olhos. Ele se virou, jogando instintivamente d'Anjou no chão enquanto quatro rápidos disparos partiam de uma figura escura de pé na fila de táxis. Pedaços de granito e mármore explodiram por toda parte em volta deles. Era *ele!* Os ombros grandes, maciços que flutuavam no espaço, a cintura esguia acentuada por um terno preto bem ajustado... o rosto de pele morena, envolto por um lenço de seda branca abaixo do chapéu preto de aba estreita. Carlos!

Pegue Carlos! Arme uma cilada para Carlos! Caim é Charlie e Delta é Caim!

Falso!

Ache a Treadstone! Ache uma mensagem; para um homem! Ache Jason Bourne!

Ele estava ficando louco! Imagens embaralhadas do passado convergiam sobre a terrível realidade do presente, levando-o à loucura. As portas de sua mente se abriam e fechavam ruidosamente, a luz surgia por um momento, no momento seguinte era a escuridão. A dor voltou a suas têmporas com notas agudas e dissonantes do trovão ensurdecedor. Ele partiu atrás do homem de terno preto com um lenço de seda branca enrolado no rosto. Aí viu os olhos e o cano da arma, três olhos mirando nele como raios negros de laser. Bergeron?... Era Bergeron? Era ele? Ou Zurique... ou... Não havia tempo!

Ele deu uma guinada para a esquerda, depois mergulhou para a direita, fora da linha de tiro. Balas explodiram na pedra, os silvos penetrantes seguindo-se a cada explosão. Jason girou para debaixo de um carro estacionado; entre as rodas ele podia ver a figura de preto fugindo. A dor continuava, mas o trovejar tinha cessado. Rastejou pelas pedras do calçamento, levantou-se e correu de volta para os degraus do Louvre.

O que é que ele tinha feito? D'Anjou tinha desaparecido! Como é que aquilo tinha acontecido? A cilada que armara não havia sido absolutamente uma cilada. Seu próprio plano fora usado contra ele, deixando fugir o único homem que lhe poderia dar as respostas. Ele seguira os soldados de Carlos, mas Carlos o tinha seguido! Desde Saint-Honoré. Tudo aquilo para nada; um vazio nauseante se apossou dele.

E então ouviu as palavras, pronunciadas detrás de um carro próximo. Philippe d'Anjou apareceu cautelosamente.

– Parece que Tam Quan nunca está muito longe. Aonde vamos, Delta? Não podemos ficar aqui.

Estavam sentados numa divisória cortinada de um café cheio de gente na rue Pilon, uma rua secundária de Montmartre que era pouco mais que uma viela. D'Anjou tomou um gole do seu conhaque duplo, a voz baixa, tensa.

– Vou voltar para a Ásia – disse ele. – Para Cingapura ou Hong Kong ou mesmo para as ilhas Seychelles, talvez. A França nunca foi um bom lugar para mim, e, agora, se tornou mortal.

– Talvez não seja preciso – disse Bourne, tomando o uísque, o líquido quente se espalhando rapidamente e induzindo uma breve calma. – Falo sério. Você me diz o que eu quero saber e eu dou a você... – Ele parou, as dúvidas o engolfando; não, ele diria o que tinha que dizer. – Eu dou a você a identidade de Carlos.

– Não estou nem um pouco interessado – retrucou o ex-medusiano, observando Jason atentamente. – Eu te digo o que puder. Por que eu esconderia algo? É óbvio que não vou procurar as autoridades, mas, se eu tiver alguma informação que possa ajudar a pegar Carlos, o mundo seria um lugar mais seguro para mim, não é? Pessoalmente, entretanto, eu não quero me envolver.

– Você nem mesmo está curioso?

– Em teoria, talvez, pois a sua expressão me diz que ficarei chocado. Então, faça as suas perguntas e depois me surpreenda.

– Você ficará chocado.

Sem aviso prévio d'Anjou disse o nome em voz baixa.

– Bergeron?

Jason não se mexeu. Mudo, ele ficou olhando espantado para o homem mais velho. D'Anjou continuou.

– Já pensei nisso um milhão de vezes. Sempre que falávamos eu olhava para ele e ficava a imaginar. A cada vez, entretanto, eu rejeitava a ideia.

— Por quê? — interrompeu Bourne, recusando-se a reconhecer a acuidade do medusiano.

— Veja bem, eu não tenho certeza, eu somente sinto que isso não é verdade. Talvez porque eu tenha sabido de mais coisas sobre Carlos através de René Bergeron do que de qualquer outra pessoa. Ele é obcecado por Carlos, trabalha para ele há anos, tem um orgulho enorme de ser seu confidente. O problema é que ele fala *demais* acerca de Carlos.

— O eu se manifestando através de uma segunda personalidade?

— É possível, acho eu, mas incoerente com as extraordinárias precauções que Carlos toma, com a literalmente impenetrável muralha de segredo que construiu a seu redor. Não estou certo, é claro, mas tenho minhas dúvidas de que seja Bergeron.

— Você é que disse, eu não.

D'Anjou sorriu.

— Você não tem que ficar absolutamente preocupado com isso, Delta. Faça as suas perguntas.

— Pensei que *fosse* Bergeron. Desculpe.

— Não precisa se desculpar, pois pode ser que seja. Eu já disse, isso não me interessa. Daqui a uns dias eu voltarei para a Ásia, atrás do franco, do dólar ou do iene. Nós medusianos sempre fomos engenhosos, não é?

Jason não tinha certeza do motivo, mas o rosto abatido de André Villiers lhe veio à mente. Ele prometera a si mesmo saber o que pudesse para o velho soldado. Ele não teria essa oportunidade novamente.

— Onde é que a esposa de Villiers se encaixa nesse esquema?

As sobrancelhas de d'Anjou se arquearam.

— Angélique? Mas é claro, você disse Parc Monceau, não é? Como...

— Os detalhes não são importantes agora.

— Certamente que não são para mim.

— E ela? — pressionou Bourne.

— Você olhou bem para ela? A pele?

— Estive bem perto. Ela é bronzeada. Muito alta e bronzeada.

— Ela mantém a pele daquela maneira. A Riviera, as ilhas

gregas, Costa del Sol, Gstaad; ela nunca fica sem seu bronzeado de sol.

— É muito bonito.

— Também é um ardil muito engenhoso. É um disfarce do que ela é. Para ela não há a brancura do outono ou do inverno nem a falta de cor no rosto, nos braços e nas pernas tão longas. A cor atraente de sua pele sempre esteve lá, porque estaria lá de qualquer maneira. Com ou sem Saint-Tropez ou a Costa Brava ou os Alpes.

— Do que é que você está falando?

— Embora a lindíssima Angélique Villiers seja oficialmente uma parisiense, ela não o é. Ela é hispânica, venezuelana, para ser mais preciso.

— Sanchez – murmurou Bourne –, Ilich Ramirez Sanchez.

— É. Entre os muito poucos que conversam sobre essas coisas, diz-se que ela é uma prima em primeiro grau de Carlos, sua amante desde a idade de quatorze anos. Há boatos, entre essas mesmas poucas pessoas, que, além de si próprio, ela é a única pessoa no mundo que tem importância para ele.

— E Villiers é o zangão inconsciente.

— Usando o jargão da Medusa, Delta? – D'Anjou assentiu. – É, Villiers é o zangão. E a infiltração brilhantemente planejada de Carlos dentro dos departamentos mais secretos do governo francês, inclusive dos próprios arquivos sobre Carlos.

— Brilhantemente planejado – disse Bourne, se lembrando. – Porque é inimaginável.

— Totalmente.

Bourne inclinou-se para a frente, fazendo uma interrupção abrupta.

— Treadstone – disse ele, ambas as mãos segurando com força o copo na sua frente. – Me conta sobre a Treadstone Seventy-One.

— O que é que eu posso contar a *você*?

— Tudo que você sabe. Tudo que Carlos sabe.

— Acho que não sou capaz de fazer isso. Eu ouço coisas, junto os pedaços de conversas, mas, exceto no que diz respeito à Medusa, eu dificilmente posso servir de conselheiro, muito menos de confidente.

Era tudo que Jason podia fazer para se controlar, refrear

sua ânsia de perguntar sobre a Medusa, sobre Delta e Tam Quan, as asas no céu noturno e a escuridão e as explosões de luz que o cegavam sempre que ele ouvia as palavras. Não conseguiu. Certas coisas tinham que ser presumidas, sua própria perda esquecida. Mas as prioridades. Treadstone. Treadstone Seventy-One...

– O que é que você ouviu? O que é que você conseguiu juntar dos pedaços?

– O que eu ouvi e o que eu pude juntar nem sempre foram compatíveis. Ainda assim, para mim há fatos óbvios.

– Tais como?

– Delta tinha feito um acordo lucrativo com os americanos. Um outro acordo lucrativo, de um tipo diferente do anterior, talvez.

– Explique melhor isso, por favor.

– Há onze anos os boatos correntes em Saigon eram de que Delta, o homem frio como gelo, era o mais bem pago de todos nós medusianos. É claro que você era o mais capaz que *eu* conheci, e então eu julguei que você deve ter feito um acordo difícil. Entretanto, esse outro acordo que você assinou deve ser infinitamente mais difícil, para você fazer o que está fazendo agora.

– Qual é esse acordo? O que você ouviu?

– O que sabemos. Foi confirmado em Nova York. O Monge confirmou o acordo antes de morrer, foi o que me disseram. Era coerente com o esquema desde o seu início.

Bourne levantou o copo, evitando os olhos de d'Anjou. O Monge. *O Monge. Não pergunte. O Monge está morto, quem quer ou o que quer que ele fosse. Ele não é relevante agora.*

– Vou repetir – disse Jason. – O que é que pensam que eles sabem que eu estou fazendo?

– Ora, Delta. Sou *eu* que estou partindo. Não faz sentido...

– Por favor – interrompeu Bourne.

– Muito bem. Você concordou em se transformar em Caim. O mítico assassino com um lista interminável de encomendas de morte que nunca existiram, todas elas mentiras forjadas por fontes confiáveis, de todas as maneiras possíveis. Objetivo. Desafiar Carlos "minando sua fama a cada ato", era assim que Bergeron colocava a coisa; para derrubar os preços, divulgar as suas deficiências e a própria superioridade de Caim. Em essência, fazer Carlos se expor e pegá-lo. Foi este o seu acordo com os americanos.

Raios de uma luz do sol própria irromperam nos cantos escuros da mente de Jason. À distância, portas se abriam, mas ainda estavam longe demais e abriam-se apenas parcialmente. Mas havia luz onde antes houvera apenas escuridão.

– Então os americanos são... – Bourne não terminou a frase, esperando, numa breve agonia, que d'Anjou o fizesse para ele.

– É – disse o medusiano. – A Treadstone Seventy-One. A mais fechada organização de informações dos Estados Unidos depois do serviço de operações consulares do Departamento de Estado. Criada pelo mesmo homem que criou a Medusa. David Abbott.

– O Monge – disse Jason em voz baixa, instintivamente, abrindo parcialmente uma outra porta.

– É claro. Quem mais ele convocaria para desempenhar o papel de Caim senão o homem da Medusa conhecido por Delta?

– Um papel – Bourne parou, a luz do sol ficando mais brilhante, quente, sem cegar.

D'Anjou inclinou-se para a frente.

– Fica claro, naturalmente, que o que eu ouvi e o que pude juntar de pedaços de conversas são incompatíveis. Diziam que Jason Bourne aceitou a missão por razões que eu sabia não serem verdadeiras. Eu estava lá, eles não; eles não podiam saber.

– O que é que eles diziam? O que é que você ouviu?

– Que você era um oficial do serviço secreto americano, possivelmente um militar. Você pode imaginar isso? Você. Delta! O homem cheio de desprezo por tanta coisa e mais ainda por tudo que fosse americano. Eu disse a Bergeron que isso era impossível, mas eu não tenho certeza se ele acreditou em mim.

– O que você disse a ele?

– O que eu acreditava. O que eu ainda acredito. Não foi dinheiro, nenhuma quantia de dinheiro poderia ter feito com que ele fizesse isso, tinha que ser uma outra coisa. Acho que você fez isso pela mesma razão que muitos outros entraram para a Medusa. Para conseguir uma ficha limpa em algum lugar, poder voltar para o que tinha antes e que foi tirado de você. Não sei, é claro, e não espero que você confirme, mas é o que penso.

– É possível que você tenha razão – disse Jason, suspendendo a respiração, os ventos frescos do alívio soprando nos nevoeiros. *Fazia sentido. Tinha sido mandada uma mensagem. Podia ser isso. Ache a mensagem. Ache o emitente. Treadstone!*

– O que nos leva de volta – continuou d'Anjou – às histórias sobre Delta. Quem era ele? O que ele era? Esse homem educado, estranhamente calado, que podia se transformar numa arma letal nas selvas. Que arrastava a si mesmo e aos outros a um ponto além de toda resistência em nome de causa nenhuma. Nós nunca entendemos.

– Nunca foi preciso. Há alguma coisa mais que você possa me contar? Eles sabem da localização precisa da Treadstone?

– Certamente. Eu soube por Bergeron. Uma residência na cidade de Nova York, na rua 71, leste. Número 139. Não é isso?

– Possivelmente... Alguma coisa mais?

– Apenas o que você obviamente já sabe, o plano que eu admito que me confunde.

– E qual é?

– Que os americanos pensam que você desertou. Colocando melhor, eles querem que Carlos acredite que eles acham que você desertou.

– Por quê?– *Ele estava perto. A coisa estava ali!*

– Porque houve um longo período de silêncio coincidindo com a inatividade de Caim. Além do dinheiro roubado, mas principalmente o silêncio.

Aí estava. A mensagem. O silêncio. Os meses em Port Noir. A loucura em Zurique, a insanidade em Paris. Era impossível que alguém soubesse o que tinha acontecido. Ele estava sendo chamado para voltar. Para se apresentar. Você tinha razão, Marie, meu amor, meu querido amor. Você tinha razão desde o início.

– Nada mais então?– perguntou Bourne, tentando controlar a impaciência na voz, mais ansioso agora do que nunca para voltar para Marie.

— É tudo que eu sei, mas, por favor, compreenda, nunca me contaram tudo isso. Eu fui recrutado devido ao meu conhecimento da Medusa, e foi confirmado que Caim era da Medusa, mas nunca fiz parte do círculo interno de Carlos.

— Você esteve bem perto. Obrigado — Jason pôs várias notas na mesa e começou a deslizar no banco para sair da divisória.

— Há mais uma coisa — disse d'Anjou — Não sei se tem importância a essa altura, mas eles sabem que o seu nome não é Jason Bourne.

— O quê?

— Dia 25 de março. Você não se lembra, Delta? A data está apenas a dois dias de hoje, e a data é muito importante para Carlos. Foi espalhada a ordem. Ele quer o seu cadáver no dia 25. Ele quer entregar o corpo aos americanos nesse dia.

— O que é que você está tentando dizer?

— No dia 25 de março de 1968, Jason Bourne foi executado em Tam Quan. Você o matou.

31

Ela abriu a porta e, por um momento, ele ficou ali parado, olhando para ela, vendo os grandes olhos castanhos que estudavam o seu rosto, olhos que tinham medo e, apesar disso, curiosos. Ela sabia. Não a resposta, mas que havia uma resposta, e que ele tinha voltado para dizer a ela que resposta era essa. Ele entrou no quarto; ela fechou a porta.

— Aconteceu — disse ela.

— Aconteceu. — Bourne se voltou e estendeu as mãos para ela. Ela se aproximou dele, e os dois se abraçaram, o silêncio do abraço dizendo mais do que quaisquer palavras faladas. — Você tinha razão — murmurou ele finalmente, os lábios encostados no cabelo macio de Marie. — Há muita coisa que eu não sei, talvez nunca venha a saber, mas você tinha razão. Não sou Caim porque não existe Caim, nunca existiu. Pelo menos o Caim de que eles falavam. Ele nunca existiu. Foi um mito inventado para atrair Carlos para fora do esconderijo. Sou essa criação. Um homem da Medusa chamado Delta concordou em transformar-se numa mentira chamada Caim. Eu sou esse homem.

Ela se afastou, ainda nos braços dele.

– Caim é Charlie... – Ela pronunciou as palavras em voz baixa.

– ...e Delta é Caim – completou Jason. – Você já me ouviu dizer isso?

Marie assentiu.

– Já. Uma noite lá naquele quarto na Suíça você gritou isso durante o sono. Você nunca mencionou Carlos, somente Caim... Delta. De manhã eu comentei sobre o assunto, mas você não me respondeu. Apenas ficou olhando pela janela.

– Porque eu não entendia. Ainda não entendo, mas aceito o fato. Isso explica muitas coisas.

Ela assentiu novamente.

– O *provacateur*. As palavras em código que você usa, as frases estranhas, as percepções. Mas por quê? Por que *você?*

– Para limpar minha ficha em algum lugar. Foi o que ele disse.

– Quem disse?

– D'Anjou.

– O homem na escada de Parc Monceau? O operador da mesa telefônica?

– O homem da Medusa. Eu o conheci na Medusa.

– O que é que foi que ele disse?

Bourne relatou o encontro. E, enquanto falava, ele pôde observar nela o alívio que ele mesmo sentia. Havia uma luz nos olhos dela e um pulsar mudo no pescoço, alegria pura irrompendo da garganta. Era quase como se ela não conseguisse esperar que ele terminasse para poder abraçá-lo novamente.

– Jason! – exclamou ela, tomando o rosto dele nas mãos. – Querido, meu amor! Meu amigo voltou para mim. É tudo que nós sabíamos, tudo que sentíamos.

– Ainda não é tudo – disse ele, tocando o pescoço dela. – Sou Jason para você, Bourne para mim, porque foi esse o nome que me foi dado e tenho que usá-lo porque não tenho nenhum outro. Mas esse não é o meu nome.

– É uma invenção?

– Não, ele é real. Eles dizem que eu matei esse homem num lugar chamado Tam Quan.

Marie tirou as mãos do rosto dele, deixando-as deslizar para os ombros, não permitindo que ele se afastasse.

– Deve ter havido um motivo.
– Espero que sim. Não sei. Talvez seja essa a ficha que estou tentando limpar.
– Isso não importa – disse ela, soltando-o. – Está no passado, há mais de dez anos. Tudo que interessa agora é você contatar o homem da Treadstone, porque eles estão tentando chegar até você.
– D'Anjou disse que correu a notícia de que os americanos acham que eu desertei. Não ouviram uma palavra de mim por mais de seis meses, milhões foram roubados em Zurique. Ele devem achar que eu sou o mais caro dos erros de cálculo que já cometeram.
– Você pode explicar o que aconteceu. Você não quebrou o acordo intencionalmente; por outro lado, você não pode continuar. É impossível. Todo o treino que você recebeu não significa nada para você. Restaram apenas fragmentos; imagens e frases que você não consegue relacionar com nada. Pessoas que você deveria conhecer, você não conhece mais. São rostos sem nomes, sem motivos para estar onde estão ou ser o que são.

Bourne tirou o casaco e puxou a automática da cintura. Olhou o silenciador – aquela extensão do cano, feia, perfurada, que permitia reduzir a quantidade de decibéis de um tiro a um simples estampido. A visão daquilo o fez sentir-se mal. Foi até a escrivaninha, pôs a arma na gaveta e fechou-a com um movimento brusco. Ficou segurando no puxador por um instante, os olhos desviados para o espelho, para o rosto sem nome refletido no vidro.

– O que é que eu digo a eles? – perguntou ele. – Quem está falando é Jason Bourne. É claro que eu sei que esse não é o meu nome porque eu matei um homem chamado Jason Bourne, mas é o nome que vocês me deram... Desculpe, senhores, mas alguma coisa aconteceu comigo no caminho para Marselha. Perdi alguma coisa, nada que vocês possam avaliar em dinheiro, apenas minha memória. Bem, eu sei que temos um acordo, mas não me lembro qual é, a não ser por frases malucas como "Pegue Carlos!" e "Arme uma cilada para Carlos!" e algo sobre Delta sendo Caim e Caim deve substituir Charlie e Charlie sendo realmente Carlos. Coisas assim, que podem levar os senhores a pensar que eu realmente me lembro.

Os senhores poderiam mesmo dizer a si próprios, "Temos um safado de primeira aqui. Vamos colocá-lo por umas décadas num campo de concentração bem guardado. Ele não apenas nos enganou, mas, o que é pior, ele pode vir a constituir um terrível embaraço" – Bourne virou-se do espelho e olhou para Marie. – Eu não estou brincando. O que é que eu digo?

– A verdade – respondeu ela. – Eles vão aceitá-la. Eles mandaram uma mensagem, estão tentando fazer contato com você. Quanto aos seis meses, mande um telegrama para Washburn em Port Noir. Ele guardou registros; registros completos, detalhados.

– Talvez ele não responda. Fizemos um acordo. Por juntar meus pedaços ele receberia um quinto do dinheiro de Zurique, de uma forma que não pudesse ser rastreado até ele. Mandei um milhão de dólares americanos.

– Você acha que isso o impediria de ajudar você?

Jason fez uma pausa.

– Ele talvez nem possa ajudar a si mesmo. Ele tem um problema, é alcoólatra. É um bêbado da pior espécie; ele sabe disso e gosta disso. Quanto tempo ele pode viver com um milhão de dólares? Além disso, quanto tempo você acha que aqueles piratas da beira do cais vão deixar ele viver depois que descobrirem?

– Você ainda assim pode provar que esteve lá. Você esteve doente, isolado. Não entrou em contato com ninguém.

– Como é que os homens da Treadstone podem ter certeza? Do ponto de vista deles eu sou uma enciclopédia ambulante de segredos oficiais. Eu tinha que fazer o que foi feito. Como é que eles podem ter certeza de que eu não falei com pessoas com quem não devia falar?

– Diga a eles para mandar uma equipe a Port Noir.

– Será recebida com olhares vazios e com silêncio. Deixei aquela ilha no meio da noite com metade da gente do cais do porto correndo atrás de mim com ganchos. Se qualquer pessoa lá conseguiu ganhar dinheiro à custa de Washburn, essa pessoa perceberá a conexão e se mandará.

– Jason, eu não sei aonde você quer chegar. Você conseguiu a sua resposta, a resposta pela qual você vinha procurando desde que acordou uma certa manhã em Port Noir. O que mais você quer?

— Quero ter cuidado, é tudo – disse Bourne de maneira rude. — Quero "olhar antes de saltar" e ter absoluta certeza de que "o gás está fechado antes de acender o fogo". — Ele estava gritando. De repente parou.

Marie atravessou o quarto e parou defronte dele.

— Muito bem. Mas não é isso, não é?

Jason balançou a cabeça.

— Não, não é – disse ele. — A cada passo eu sinto medo, medo das coisas que acabo sabendo. Agora, no fim, estou com mais medo do que nunca. Se eu não sou Jason Bourne, quem eu sou, realmente? O que foi que deixei para trás? Isso já ocorreu a você?

— Com todas as suas implicações, querido. De certa forma eu tenho muito mais medo do que você. Mas não acho que isso possa nos fazer parar. Eu desejaria muitíssimo que pudesse, mas sei que não pode.

Na embaixada americana, na avenue Gabriel, o adido entrou no gabinete do primeiro-secretário e fechou a porta. O homem sentado à escrivaninha ergueu os olhos.

— Você tem certeza de que é ele?

— Só tenho certeza de que ele usou as palavras-chave – disse o adido, cruzando a sala até a mesa, uma ficha de arquivo assinalada de vermelho na mão. — Aqui está a senha – continuou ele, entregando a ficha ao primeiro secretário. — Cheguei as palavras que ele usou e, se a senha está correta, eu diria que ele é o próprio.

O homem atrás da mesa estudou a ficha.

— Quando foi que ele usou o nome Treadstone?

— Só depois que eu o convenci de que ele não ia falar com ninguém do serviço de inteligência dos Estados Unidos a menos que me desse um motivo realmente importante. Acho que ele pensou que fosse me fazer desmaiar quando disse que era Jason Bourne. Quando eu simplesmente perguntei em que eu poderia ajudá-lo, ele pareceu espantado, quase como se fosse bater o telefone na minha cara.

— Ele não disse que estava sendo procurado?

— Eu fiquei esperando que ele dissesse, mas não disse. De acordo com aquele resumo de dez palavras: "Oficial de campo experiente. Possível deserção ou captura pelo inimigo", ele poderia ter apenas dito a palavra "senha" e entraríamos em sintonia. Ele não disse.

– Então talvez ele não seja o próprio.

– Mas o restante se encaixa. Ele *realmente* disse que Washington o vem procurando há mais de seis meses. Foi aí que ele usou o nome Treadstone. Disse que era da Treadstone, era assim que esperava me surpreender. Ele também me disse para passar as palavras-chave Delta, Caim e Medusa. As duas primeiras estão na ficha. Já cheguei. Não sei o que significa Medusa.

– Eu não sei o que qualquer dessas palavras significa – disse o primeiro-secretário. – Exceto que minhas ordens são de comunicar imediatamente qualquer informação a esse respeito, deixar livre todo o tráfego criptografado para Langley e conseguir um canal reservado para um maluco chamado Conklin. Dele eu já ouvi falar; um safado filho da puta que teve o pé arrebentado por uma mina no Vietnã. Ele tem umas funções muito estranhas na CIA. Também sobreviveu aos expurgos, o que me faz pensar que ele é um homem que eles não querem que fique por aí jogado procurando emprego. Ou um editor.

– Quem você acha que Bourne é? – perguntou o adido. – Nesses oito anos em que estou fora dos Estados Unidos nunca vi uma caçada tão concentrada numa só pessoa e, ao mesmo tempo, tão desorganizada.

– Alguém que eles querem mesmo pegar. – O primeiro-secretário levantou-se da cadeira. – Obrigado por isso. Vou relatar a Washington como você trabalhou bem. Qual é o esquema? Acho que ele não te deu um número de telefone.

– De maneira nenhuma. Ele queria telefonar de novo dentro de quinze minutos, mas eu banquei o burocrata atarantado. Disse a ele para me telefonar em mais ou menos uma hora, de modo que podemos ganhar tempo para jantar.

– Não sei. Não podemos nos arriscar a perdê-lo. Vou deixar Conklin estabelecer o plano de ação. Ele é que está no comando disso. Ninguém faz um movimento no caso de Bourne sem a autorização dele.

Alexander Conklin estava sentado em sua mesa no escritório forrado de branco, em Langley, na Virgínia, e escutava o homem da embaixada em Paris. Estava convencido de que *era* Delta. A referência à Medusa era a prova, pois era um nome que ninguém podia conhecer a *não ser* Delta. O safado! Estava fingindo-se de agente em dificuldades. As pessoas que o comandavam pelo telefone na Treadstone não respondiam às palavras-chave certas – quaisquer que estas fossem – porque os mortos não falam. Ele estava usando a omissão para se safar da encrenca! Que frieza espantosa! Filho da mãe!

Mate quem o comanda e use suas mortes para declarar que a caçada terminou. Qualquer tipo de caçada. Quantos homens tinham feito isso antes, pensou Alexander Conklin. Ele mesmo tinha. Havia um posto de comando nas colinas de Huong Khe, um insano dando ordens insanas, morte certa para uma dúzia de unidades da Medusa empenhadas numa caçada insana. Um jovem oficial da inteligência chamado Conklin tinha rastejado até o acampamento Kilo com um fuzil norte-vietnamita, calibre russo, e tinha metido duas balas na cabeça do maníaco. A morte do homem foi lamentada e foram implementadas medidas de segurança mais severas, mas a caçada foi suspensa.

Entretanto, nas trilhas da selva próximo ao acampamento não haviam sido encontrados fragmentos de vidro. Fragmentos de vidro com as impressões digitais que sem dúvida nenhuma identificariam o franco-atirador como sendo um recruta ocidental da própria Medusa. Na rua 71 havia tais fragmentos, mas o assassino não sabia disso – Delta não sabia disso.

– Num determinado momento nós ficamos seriamente em dúvida se era ele mesmo – disse o primeiro-secretário da embaixada, divagando, como se quisesse preencher o silêncio abrupto de Washington. – Um oficial de campo experiente teria dito ao adido para checar a senha, mas o sujeito não disse.

– Um descuido – replicou Conklin, levando seu pensamento de volta ao enigma brutal que era Delta-Caim – O que ficou combinado?

– Inicialmente Bourne insistiu em telefonar de novo quinze minutos depois, mas eu dei ordens ao pessoal para ganhar tempo. Por exemplo, podíamos usar a hora do jantar... – O homem da embaixada queria fazer com que o executivo da CIA em Washington percebesse a perspicácia de suas contribuições. Aquilo poderia continuar por até um minuto; Conklin já ouvira centenas de variações dessa conversa.

Delta. Por que ele tinha desertado? A loucura devia ter consumido sua cabeça, deixando-lhe apenas os instintos para a sobrevivência. Ele estava naquilo há tempo demais; sabia que mais cedo ou mais tarde eles o encontrariam, o matariam. Nunca houve qualquer alternativa; ele sabia disso desde o momento em que desertou – ou sucumbiu – ou o que quer que fosse. Não havia mais nenhum lugar para se esconder; era um alvo por todo o globo. Ele nunca poderia saber quem surgiria das sombras e terminaria com a sua vida. Isso era um sentimento com que todos eles conviviam, o argumento isolado mais persuasivo contra a deserção. Assim, uma outra solução tinha que ser encontrada: sobrevivência. O Caim bíblico foi o primeiro a cometer fratricídio. Será que o nome mítico desencadeara a decisão vergonhosa, o próprio plano? Será que era assim tão simples? Deus sabia que era uma solução perfeita. Matar todos eles, matar o próprio irmão.

Com o desaparecimento de Webb, do Monge, do latista e de sua mulher... quem poderia duvidar das instruções que Delta havia recebido, uma vez que somente esses quatro lhe passavam instruções? Ele tinha retirado os milhões e os distribuíra de acordo com as ordens. Os beneficiários de fachada que ele havia inventado eram algo que fazia parte do próprio plano do Monge. Quem era Delta para questionar o Monge? O criador da Medusa, o gênio que o tinha recrutado e criado, a ele. Caim.

A solução perfeita. Para ser inteiramente convincente, tudo o que ele precisava era da morte do irmão, seguida de um remorso adequado. Seria feito o julgamento oficial. Carlos tinha se infiltrado e destruído a Treadstone. O assassino vencera, e a Treadstone seria abandonada. Filho da mãe!

– ... então, basicamente eu achei que o plano de ação viria de você.

O primeiro-secretário em Paris tinha terminado. Era um imbecil, mas Conklin precisava dele; tinha que ouvir uma música e, ao mesmo tempo, tocar outra.

– Você agiu certo – disse um executivo respeitoso em Langley. – Vou fazer com que nosso pessoal aqui saiba como você conduziu tudo muito bem. Você está certo, precisamos de tempo, mas Bourne não percebe isso. Nós não podemos também dizer isso a ele, o que torna as coisas mais difíceis. Estamos num canal reservado, de modo que posso falar o que quero?

– É claro.

– Bourne está sob pressão. Ele ficou... detido... por um longo período de tempo. Estou sendo claro?

– Os soviéticos?

– Em Lubyanka. Ele conseguiu porque se fez de agente duplo.

– Moscou então pensa que ele está trabalhando para eles agora.

– É o que eles pensam. – Conklin fez uma pausa. – E nós não temos certeza. Coisas malucas acontecem em Lubyanka.

O primeiro-secretário assobiou baixinho.

– É um abacaxi. Como é que você vai tomar uma decisão?

– Com a sua ajuda. No entanto, o grau de prioridade é muito alto, está acima da embaixada, até mesmo do embaixador. Você está no centro do problema, foi você a pessoa contatada. Depende de você aceitar ou não a missão. Se você aceitar, acho que poderá ganhar um elogio direto do Salão Oval.

Conklin pôde ouvir a lenta respiração vinda de Paris.

– Farei o que puder, é claro. Diga.

– Você já fez. Quero ganhar tempo. Quando ele telefonar, fale com ele pessoalmente.

– Naturalmente – interrompeu o homem da embaixada.

– Diga a ele que você já retransmitiu os códigos, que Washington está mandando para aí um funcionário da Treadstone em avião militar. Diga também que Washington quer que ele fique fora de circulação e longe da embaixada; todos os acessos estão sendo vigiados. Depois pergunte se ele quer proteção e, se ele quiser, descubra onde ele quer ser apanhado. Mas não mande ninguém; quando você falar com ele novamente eu já terei feito contato com alguém aí. Aí eu lhe dou um nome e uma identificação visual que você pode repassar para ele.

– Identificação visual?

– Alguém ou alguma coisa que ele possa reconhecer.

– Um de seus homens?

— É, nós achamos que é o melhor meio. Além de você, não interessa envolver a embaixada no negócio. Na verdade, é fundamental que isso não aconteça; assim, quaisquer conversas que vocês tenham não devem ser registradas.

— Eu me encarregarei disso — disse o primeiro-secretário. — Mas como é que a única conversa que eu vou ter com ele vai determinar se é um agente duplo?

— Por que não será só uma, serão cerca de dez.

— Dez?

— É isso mesmo. Suas instruções para Bourne, nossas instruções transmitidas por você, são para que ele telefone de hora em hora, para ter certeza de que está em território seguro. Na última hora então, você diz a ele que o funcionário da Treadstone chegou a Paris e vai se encontrar com ele.

— E qual vai ser o resultado disso? — perguntou o homem da embaixada.

— Ele vai permanecer em movimento... se ele não for dos nossos. Há uma meia dúzia de agentes soviéticos conhecidos em Paris, atuando sob disfarces altamente secretos, todos eles com telefones grampeados. Se ele estiver trabalhando para Moscou, a tendência é que ele use pelo menos um desses. Estaremos de olho. E se isso realmente acontecer, acho que você vai se lembrar, para o resto da sua vida, do tempo em que precisou passar uma noite inteira na embaixada. Os elogios presidenciais têm a particularidade de impulsionar um funcionário de carreira. É claro, você não tem muito o que subir...

— Há sempre coisas mais altas, sr. Conklin — interrompeu o primeiro-secretário.

Tinha terminado a conversa; o homem da embaixada telefonaria de novo depois de falar com Bourne. Conklin levantou-se da cadeira e foi mancando pela sala até um arquivo cinzento encostado à parede. Destrancou a gaveta superior. Dentro havia uma pasta grampeada contendo um envelope lacrado com os nomes e localização de homens que podiam ser chamados em emergências. Em outra época eles tinham sido bons profissionais, homens leais, que por uma razão ou outra não podiam mais continuar na folha de pagamento de Washington. Em todos os casos fora necessário tirá-los da cena oficial, realocá-los com novas identidades. Os que eram fluentes em outros idiomas frequentemente obtinham a cidadania cooperando com governos estrangeiros. Tinham simplesmente desaparecido.

Havia os marginais, homens que, a serviço de sua pátria, tinham suplantado as leis, que muitas vezes tinham matado pelo interesse de seu país. Mas a pátria não podia tolerar a sua existência oficial; seus disfarces tinham sido descobertos, as ações conhecidas. Mesmo assim, eles podiam ser convocados. Certas somas em dinheiro eram constantemente canalizadas para contas fora da fiscalização oficial, ficando subentendido que se referiam aos pagamentos desses profissionais.

Conklin levou o envelope de volta para a mesa e abriu a fita que o lacrava; seria lacrado novamente, remarcado. Havia um homem em Paris, *um* homem dedicado que tinha subido na hierarquia do corpo de oficiais do serviço de inteligência do Exército, já tenente-coronel aos 35 anos. Podia contar com ele; ele compreendia as prioridades nacionais. Há doze anos ele matara um cinegrafista de esquerda numa aldeia perto de Hu.

Três minutos depois o homem estava na linha, o telefonema sem registro, sem gravação. O ex-oficial recebeu um nome e um pequeno resumo da deserção. O relato descrevia, inclusive, uma viagem aos Estados Unidos em missão especial, durante a qual o desertor em questão, disfarçado, tinha eliminado aqueles que comandavam a execução do plano.

— Um agente duplo? — perguntou o homem em Paris.
— Moscou?

— Não, não são os soviéticos — retrucou Conklin, ciente do fato de que se Delta pedisse proteção, haveria conversas entre os dois homens.

— Era um plano de grande alcance para pegar Carlos, incluindo um disfarce muito secreto.

— O assassino?

— Certo.

— Você pode *dizer* que não é Moscou, mas você não *me* convence. Carlos foi treinado em Novgorod e, até onde sei, ele ainda é um pistoleiro canalha da KGB.

— Talvez. Os detalhes não devem ser discutidos, mas basta dizer que estamos convencidos de que nosso homem foi comprado; ele fez uns milhões e quer passaporte livre.

– Então ele eliminou o comando e o dedo aponta para Carlos, o que não significa absolutamente nada, mas lhe dá um outro assassinato.

– É isso. Queremos fazer o jogo dele, deixar que ele pense que está limpo conosco. Ou melhor, gostaríamos de uma confissão, qualquer informação que pudermos obter, e é por isso que estou a caminho. Mas é definitivamente secundário tirá-lo daí. Há muita gente em muitos lugares com o compromisso de deixá-lo onde ele está. Você pode ajudar? Haverá uma gratificação.

– Com todo prazer. E guarde a gratificação. Eu detesto imbecis como ele. Eles estouram redes inteiras.

– Não pode haver erro; ele é um dos melhores. Eu sugiro que você leve apoio, pelo menos um.

– Tenho um homem de Saint-Gervais que vale por cinco. Ele pode ser contratado.

– Contrate ele. Vou dar os detalhes. O controle em Paris é um homem da embaixada; ele não sabe de nada mas está em comunicação com Bourne e pode pedir proteção para ele.

– Eu faço o papel – disse o ex-oficial da inteligência. – Continue.

– Não há muito mais coisa, por enquanto. Vou tomar um jato em Andrews. Minha hora de chegada em Paris será qualquer coisa entre onze e meia-noite, hora local. Quero ver Bourne dentro de mais ou menos uma hora depois que chegar e estar de volta a Washington de manhã. É apertado, mas é assim que tem que ser.

– É assim que será, então.

– O homem na embaixada é o primeiro-secretário. O nome dele é...

Conklin passou os outros detalhes, e os dois homens combinaram as senhas básicas para o contato inicial em Paris. As palavras-chave que diriam ao homem da CIA se havia ou não problemas quando eles falassem. Conklin desligou. Tudo estava correndo exatamente do modo como Delta estava esperando que elas corressem. Os herdeiros da Treadstone agiriam de acordo com o regulamento, e o regulamento era específico no que dizia respeito a planos que falhassem e agentes idem. Deviam ser eliminados, cortados, não sendo permitida nenhuma conexão ou reconhecimento oficial. Planos e agentes fracassados constituíam um embaraço para Washington. E desde o início, a Treadstone Seventy-One havia usado e abusado de suas manobras, envolvendo importantes órgãos da comunidade de informações dos Estados Unidos e de não poucos governos estrangeiros. Os contatos com os sobreviventes tinham que ser feitos a uma grande distância.

Delta sabia disso tudo e, como ele próprio destruíra a Treadstone, ele ia dar valor às precauções, imaginar como seriam, ficar alarmado se elas não existissem. E, quando posto frente à evidência, ele reagiria com fingida revolta e angústia artificial em relação à violência que acontecera na rua 71. Alexander Conklin o escutaria com toda a atenção, tentando discernir uma nota verdadeira, ou mesmo um traço de explicação racional, mas sabia que não ouviria nem uma coisa nem outra. Fragmentos irregulares de vidro não podiam ser lançados através do Atlântico, apenas para serem escondidos debaixo de uma cortina pesada numa casa de fachada marrom de Manhattan, e impressões digitais eram uma prova mais precisa de que um homem havia estado no local do que qualquer fotografia. Não havia meio de serem forjadas.

Conklin poderia dar a Delta o benefício de dois minutos para dizer o que quer que lhe viesse à mente engenhosa. Ele ouviria e depois puxaria o gatilho.

32

– Por que eles estão fazendo isso? – perguntou Jason, sentado junto a Marie no café cheio de gente. Ele tinha dado o quinto telefonema, cinco horas depois de haver contatado a embaixada. – Eles querem me manter correndo. Estão me forçando a correr, e eu não sei por quê.

– Você é que está se forçando a fazer isso – disse Marie. – Você poderia ter dado os telefonemas do quarto.

– Não, não poderia. Por algum motivo eles querem que eu saiba disso. Cada vez que telefono, aquele filho da mãe me pergunta onde eu estou agora, se estou em "território seguro"? Que frase mais idiota, "território seguro". Mas ele está dizendo mais alguma coisa. Ele me diz que cada contato deve ser feito de um local diferente, para que ninguém de fora *ou* de dentro possa me rastrear até um determinado telefone, um determinado endereço. Eles não querem me colocar sob sua guarda, mas sim me conservar na corda bamba. Eles me querem, mas estão com medo de mim; isso não faz sentido!

– Não é possível que você esteja imaginando essas coisas? Ninguém disse nada que se parecesse com isso nem remotamente.

– Não precisam dizer. Está nas coisas que não dizem. Por que não me dizem simplesmente para ir logo para a embaixada? Me dão uma ordem. Ninguém poderia me alcançar lá; é território dos Estados Unidos. Eles não fazem isso.

– As ruas estão sendo vigiadas. Disseram isso a você.

– Você sabe, eu aceitei isso, cegamente, até trinta segundos atrás quando alguma coisa me chamou a atenção. Por quem? *Quem* está vigiando as ruas?

– Carlos, é claro. Os homens dele.

– Você sabe disso e eu sei disso, pelo menos nós podemos presumir isso, mas *eles* não sabem disso. Eu posso não saber que diacho de homem eu sou ou de onde vim, mas eu sei o que aconteceu comigo durante as últimas 24 horas. Eles não sabem.

– Eles podem presumir também, não podem? Podem ter localizado homens estranhos em carros, ou andando por aí durante muito tempo, de maneira óbvia demais.

– Carlos é muito inteligente para fazer isso. E há inúmeras maneiras de fazer com que um determinado veículo entre rapidamente pelo portão de uma embaixada. Os efetivos dos fuzileiros em todo lugar são treinados nessas coisas.

– Eu acredito que sim.

– Mas eles não estão fazendo isso; eles nem mesmo sugerem isso. Em vez disso, me fazem perder tempo, me fazendo brincar de gato e rato. Diabos, por quê?

– Você mesmo disse, Jason. Eles ficaram sem notícias suas por seis meses. Estão sendo cuidadosos.

– Por que *dessa* maneira? Se eles me puserem dentro daqueles portões, eles podem fazer o que quiser. Eles me controlam. Podem me dar uma festa ou me jogar dentro de uma cela. Em vez disso, eles não querem me tocar, mas também não querem me perder.

– Estão esperando por um homem que está vindo de Washington para cá.

– Que melhor lugar para esperar esse homem do que na embaixada? – Bourne empurrou a cadeira para trás. – Alguma coisa está errada. Vamos embora.

Alexander Conklin, herdeiro da Treadstone, levou exatamente seis horas e doze minutos para cruzar o Atlântico. Para voltar ele tomaria o primeiro voo do Concorde que saísse de Paris pela manhã, alcançando o aeroporto de Dulles às 7h30, hora de Washington, e chegaria a Langley às nove horas. Se alguém tentasse lhe telefonar ou perguntasse onde ele tinha passado a noite, um obsequioso major do Pentágono daria uma resposta falsa. E o primeiro-secretário da embaixada em Paris seria comunicado que, se ele alguma vez mencionasse ter tido uma única conversa com o homem de Langley, ele seria rebaixado para o pior cargo na hierarquia e despachado para sua nova missão na Terra do Fogo. Estava garantido.

Conklin seguiu direto para a fileira de telefones públicos na parede e telefonou para a embaixada. O primeiro-secretário estava todo zeloso do seu senso de responsabilidade.

– Tudo de acordo com o previsto, Conklin – disse o homem da embaixada, com súbita intimidade no tratamento. O homem da CIA estava agora em Paris, e cada macaco no seu galho. – Bourne está nervoso. Durante nossa última comunicação ele perguntou várias vezes por que não recebia ordem para vir para cá.

– Ele perguntou isso? – A princípio Conklin ficou surpreendido; depois ele compreendeu. Delta estava fingindo as reações de um homem que não sabe dos acontecimentos da rua 71. Se tivesse recebido ordem para vir para a embaixada, ele teria fugido. Ele era mais esperto; não poderia haver conexão oficial. Treadstone era um anátema, um plano desacreditado, um grande embaraço. – Você reiterou que as ruas estavam sendo vigiadas?

– Naturalmente. Aí ele me perguntou quem as estava vigiando. Você pode imaginar isso?

– Posso. O que foi que você disse?

– Que ele sabia tão bem quanto eu, e que, levando em conta a situação, eu achava contraproducente discutir esses assuntos no telefone.

– Muito bem.

— Eu também achei.

— O que é que ele respondeu a isso? Ele aceitou a explicação?

— De uma maneira estranha, sim. Ele disse "Entendo". Foi tudo.

— Ele mudou de ideia e pediu proteção?

— Continuou a recusá-la. Mesmo quando eu insisti. — O primeiro-secretário fez uma breve pausa. — Ele não quer ser vigiado, não é? — disse, confidencialmente.

— Não, não quer. Quando é que você está esperando o próximo telefonema?

— Daqui a cerca de quinze minutos.

— Diga a ele que o funcionário da Treadstone chegou. — Conklin tirou um mapa do bolso com o itinerário marcado com tinta azul. — Diga a ele que o encontro foi marcado para a 1h30 na estrada entre Chevreuse e Rambouillet, cinco quilômetros ao sul de Versalhes, no Cimetière de Noblesse.

— Uma e trinta, estrada entre Chevreuse e Rambouillet... o cemitério. Será que ele sabe como chegar lá?

— Ele já esteve lá antes. Se ele disser que vai de táxi, diga-lhe para tomar as precauções normais e dispensar o táxi.

— Não vai parecer estranho? Quero dizer, para o motorista. É uma hora esquisita para se prantear os mortos.

— Eu disse para você "dizer a ele". É claro que ele não vai tomar um táxi.

— É claro — disse o primeiro-secretário rapidamente, recuperando-se da gafe com um oferecimento desnecessário. — Como eu ainda não telefonei para o seu homem daqui, devo chamá-lo agora e dizer que você chegou?

— Eu me encarrego disso. Você ainda tem o telefone dele?

— Tenho, é claro.

— Queime-o — ordenou Conklin. — Antes que ele queime você. Volto a telefonar em vinte minutos.

Um trem passou ruidosamente no nível mais baixo do metrô, podendo-se sentir as vibrações em toda a plataforma. Bourne desligou o telefone público pendurado na parede de concreto e ficou olhando um momento para o aparelho. Uma outra porta se abrira parcialmente em algum lugar distante da sua mente, a luz muito longe, muito fraca para se enxergar lá dentro. Ainda assim, havia imagens. Na estrada para Rambouillet... através de um arco de treliça de ferro... uma colina de inclinação suave com mármore branco. Cruzes... grandes, maiores, mausoléus... e estátuas por toda a parte. O Cimetière de Noblesse. Um cemitério, mas muito mais do que um lugar de repouso para os mortos. Um local para receber instruções, mas ainda mais do que isso. Um lugar onde havia conversas durante os enterros e a descida dos caixões. Dois homens vestidos de preto, iguais ao grupo de pessoas também vestidas de preto, andando entre os acompanhantes do enterro para se encontrarem e trocarem as palavras que precisavam dizer um para o outro.

Havia um rosto, mas estava embaçado, fora de foco; Bourne via apenas seus olhos. E aquele rosto fora de foco e aqueles olhos tinham um nome. David... Abbott. O Monge. O homem que ele conhecia mas não conhecia. Criador da Medusa e de Caim.

Jason piscou várias vezes e balançou a cabeça como que para afastar de si uma súbita névoa. Olhou para Marie, que estava a uns cinco metros a sua esquerda, encostada na parede, aparentemente observando as pessoas na plataforma, vendo se havia alguém que talvez os estivesse observando. Mas ela não estava fazendo isso; estava olhando para Bourne, uma expressão de preocupação no rosto. Ele assentiu, dando-lhe confiança; não era um momento ruim para ele. Em vez disso, imagens estavam lhe chegando à mente. Ele já tinha estado naquele cemitério; de certa forma ele sabia disso. Foi na direção de Marie; ela se virou e o seguiu na direção da entrada, um passo atrás dele.

– Ele está aqui – disse Bourne. – Treadstone chegou. Devo encontrar com ele perto de Rambouillet. Num cemitério.

– Que coisa macabra. Por que um cemitério?

– Deve ser para me dar confiança.

– Meu Deus, como?

– Eu já estive lá. Eu me encontrei com pessoas lá... com um homem. Escolhendo esse lugar para o encontro, um encontro inusitado, Treadstone está me informando que este é o verdadeiro Bourne.

Ela pegou o braço dele enquanto subiam a escada na direção da rua.

– Quero ir com você.

– Desculpe, mas isso não.

– Você não pode me deixar de *fora!*

– Tenho que fazer isso, porque eu não sei o que vou encontrar lá. E se não for o que eu espero, não quero alguém ao meu lado.

– Querido, isso não faz sentido! Estou sendo caçada pela polícia. Se me encontrarem, eles vão me mandar de volta a Zurique no próximo avião; você mesmo disse isso. Que valor eu teria para você em Zurique?

– Não é você. É Villiers. Ele confia em nós, confia em você. Você pode telefonar para ele se eu não estiver de volta quando amanhecer ou se eu não telefonar dizendo o motivo. Ele pode fazer muito barulho, e Deus sabe que ele está pronto para isso. Ele é a única retaguarda que temos, a única. Para ser mais específico, a esposa dele é... através dele.

Marie assentiu, aceitando a lógica dele.

– Ele está pronto – concordou ela. – Como é que você vai chegar a Rambouillet?

– Temos um carro, lembra-se? Vou levar você até o hotel e depois vou até a garagem.

Ele entrou no elevador do complexo de garagens em Montmartre e apertou o botão para o quarto andar. Seu pensamento estava num cemitério em algum lugar entre Chevreuse e Rambouillet, na estrada onde já havia passado de carro, mas não tinha idéia de quando ou com que fim.

E era por isso que ele queria ir de carro agora, em vez de ficar esperando até que sua chegada correspondesse mais precisamente à hora do encontro. Se as imagens que tinham vindo à sua mente não estivessem completamente distorcidas, aquele era um cemitério enorme. Onde era precisamente o ponto de encontro, entre aquelas centenas de metros quadrados de túmulos e estátuas? Ele chegaria lá por volta de uma hora, sobrando uma meia hora para andar para cima e para baixo das aleias procurando um par de faróis ou um sinal. Outras coisas lhe viriam à mente.

A porta do elevador abriu-se com ruído. O andar estava cheio de carros e Jason tentou se lembrar do exato local onde estacionara o Renault; era num canto afastado, mas à direita ou à esquerda? Tentou a esquerda; o elevador ficava a sua esquerda quando ele trouxera o carro há vários dias. Parou, a lógica o orientando. O elevador ficava a sua esquerda quando ele tinha entrado, não depois que ele estacionara o carro; o veículo estava em diagonal, a sua direita, então. Virou-se com um o movimento rápido, os pensamentos na estrada entre Chevreuse e Rambouillet.

Fosse por sua mudança súbita e inesperada de direção ou pelo amadorismo da vigilância, Bourne nunca soube nem se preocupou em descobrir. O que quer que tenha sido, aquele movimento salvou sua vida, disso ele teve certeza. A cabeça de um homem desapareceu rápido atrás do capô de um carro no segundo corredor a sua direita; aquele homem o estava vigiando. Um profissional experiente teria ficado de pé, segurando um molho de chaves que tivesse possivelmente apanhado do chão, ou verificado um limpador de para-brisa, e depois se afastaria. A única coisa que ele não devia fazer era o que aquele homem fez; arriscar-se a ser visto abaixando-se rapidamente para se esconder.

Jason continuou andando, os pensamentos centrados nessa nova situação. Quem era aquele homem? Como eles o teriam achado? E então ambas as dúvidas ficaram tão claras, tão óbvias, que ele se sentiu como um idiota. O funcionário no Auberge du Coin.

Carlos tinha feito um levantamento completo – como sempre perfeito – examinando cada detalhe do fracasso. E um desses detalhes era um funcionário de serviço na ocasião do fracasso. Esse homem fora investigado, depois interrogado; não seria difícil. A apresentação de uma faca ou de um revólver seriam mais do que suficientes. A informação jorraria dos lábios trêmulos do funcionário do turno da noite, e o exército de Carlos receberia ordem de se espalhar por toda a cidade, cada bairro dividido em setores, procurando um determinado Renault preto. Uma busca muito trabalhosa, mas não impossível, facilitada pelo motorista, que não se preocupara em trocar a placa. Durante quantas horas, sem cessar, a garagem teria sido vigiada? Quantos homens estavam ali? Dentro, fora? Em quanto tempo os outros chegariam? Carlos viria?

As perguntas eram secundárias. Ele tinha que dar o fora. Podia fazer isso sem o carro, talvez, mas a dependência em que ele ficaria para poder lidar com situações ainda desconhecidas iria tolher seus movimentos; precisava de transporte e precisava dele agora. Nenhum táxi levaria um estranho a um cemitério nos arredores de Rambouillet à uma hora da manhã e não era hora de depender da possibilidade de roubar um carro nas ruas.

Parou, tirando cigarros e fósforos do bolso; depois, acendeu um fósforo e inclinou a cabeça para aproximar-se da chama. Com o canto do olho pôde ver uma sombra quadrada, atarracada; o homem tinha mais uma vez se abaixado, agora atrás de um carro mais próximo.

Jason agachou-se de repente, virou para esquerda e se lançou para fora do corredor, entre dois carros adjacentes, amortecendo a queda com as palmas das mãos, manobra essa feita em silêncio. Rastejou em volta das rodas traseiras do automóvel a sua direita, braços e pernas se movendo com rapidez, em silêncio, na estreita passagem entre os veículos, uma aranha correndo por sua teia. Estava atrás do homem agora; arrastou-se para a frente na direção do corredor e ficou de joelhos, encostado a um carro e espreitando o vulto. O homem atarracado podia ser visto inteiramente agora, de pé. Estava evidentemente intrigado, pois andava hesitantemente na direção do Renault, abaixado de novo, apertando os olhos para ver através do para-brisa. O que ele viu amedrontou-o ainda mais; não havia nada, ninguém. Abriu a boca, a inspiração ruidosa como prelúdio da fuga. Tinha sido enganado; ele sabia disso e não ia ficar ali esperando as consequências – o que mostrou a Bourne uma outra coisa. O homem tinha recebido orientação sobre o motorista do Renault, o perigo explicado. O homem começou a correr na direção da rampa de saída.

Agora. Jason ficou de pé num salto e atravessou rápido o corredor, entre os carros, até emparelhar com o homem em fuga, lançando-se sobre as costas do sujeito e atirando-o no chão de concreto. Deu uma gravata no pescoço fino do homem, batendo com a cabeça enorme no chão, enquanto os dedos de sua mão esquerda pressionavam as órbitas.

— Você tem exatamente cinco segundos para me dizer quem está lá fora — disse ele em francês, lembrando-se do rosto contorcido de um outro francês no elevador de Zurique. Naquela ocasião havia homens do lado de fora, homens que queriam matá-lo, na Bahnhofstrasse. — Diga! *Agora!*

— Um homem, um único homem, é tudo!

Bourne afrouxou a gravata, pressionando mais os olhos.

— Onde?

— Num carro — despejou o homem. — Estacionado do outro lado da rua. Meu Deus, você está me sufocando! Está me cegando!

— Ainda não. Você vai saber quando e se eu fizer as duas coisas. Que tipo de carro?

— Estrangeiro. Não sei. Italiano, eu acho. Ou americano. Não *sei*. Por favor! Meus olhos!

— Cor!

— Escura! Verde, azul, muito escura. Oh, meu *Deus!*

— Você trabalha para o Carlos, não é?

— Quem?

Jason pressionou de novo.

— Você me ouviu, você trabalha para o Carlos!

— Não conheço Carlos nenhum. Nós telefonamos para um homem; há um número. É tudo o que fazemos.

— Você telefonou para ele? — O homem não respondeu; Bourne enterrou mais os dedos. — Fala!

— Telefonei. Eu *tinha* que telefonar.

— Quando?

— Há poucos minutos. O telefone público na segunda rampa. Meu Deus! Eu não consigo enxergar.

— Consegue sim. Levanta! — Jason soltou o homem e colocou-o de pé. — Vá até o carro. Rápido! — Bourne empurrou o homem entre os carros estacionados de volta para o corredor do Renault. Ele se virou, protestando, indefeso. — Você me ouviu. Depressa! — gritou Jason.

— Só estou ganhando uns francos.

— Agora você vai dirigir para fazer jus a eles. — Bourne empurrou-o de novo na direção do Renault.

Momentos depois um pequeno automóvel preto descia a rampa de saída na direção de uma cabine de vidro onde havia um único atendente e uma caixa registradora. Jason estava no banco de trás, a pistola pressionada contra o pescoço arranhado do homem. Jogou uma nota e o tíquete pela janela; o atendente pegou os dois.

– Vamos! – disse Bourne. – Faça exatamente o que eu disser para fazer!

O homem pressionou o acelerador, e o Renault partiu em velocidade pela saída. Na rua o carro deu uma volta em U, fazendo cantar os pneus, e parou bruscamente na frente de um Chevrolet verde-escuro. A porta do carro se abriu atrás deles; seguiram-se passos, correndo.

– *Jules? Que se passe-t-il? C'est toi qui conduis?* – Surgiu um homem na janela aberta.

Bourne levantou a automática, apontando o cano para o rosto do homem.

– Recue dois passos – disse em francês. – Não mais que isso, só dois. E depois fique parado. – Ele bateu de leve na cabeça do homem chamado Jules. – Saia. Devagar.

– Nós só devíamos seguir você – protestou Jules, saindo para a rua. – Seguir você e informar onde você ia.

– Vocês vão fazer melhor do que isso – disse Bourne, saindo do Renault, levando o mapa de Paris com ele. – Vocês vão dirigir para mim. Por algum tempo. Entre no seu carro, vocês dois!

A oito quilômetros de Paris, na estrada para Chevreuse, os dois homens receberam ordem de sair do carro. Era uma rodovia de terceira classe, escura, parcamente iluminada. Nos últimos cinco quilômetros não tinham encontrado lojas, prédios, casas ou telefones públicos.

– Qual foi o número que disseram a vocês para telefonar? – exigiu Jason. – Não mintam. Vocês vão se meter em encrenca ainda pior.

Jules lhe deu o número. Bourne assentiu e sentou-se no banco atrás do volante do Chevrolet.

O velho de sobretudo puído estava sentado encolhido nas sombras de uma divisória vazia, perto do telefone. O pequeno restaurante estava fechado, sua presença lá era uma concessão de um amigo dos velhos tempos, de tempos melhores. Ele continuava a olhar para o aparelho na parede, imaginando quando iria tocar. Era só uma questão de tempo, e, quando isso acontecesse, ele, por sua vez, daria um telefonema e os dias de bonança estariam de volta para sempre. Ele seria o único homem em Paris que tinha ligação com Carlos. Os rumores circulariam, e os mais velhos passariam a respeitá-lo de novo.

O som agudo da campainha saltou do telefone, ecoando nas paredes do restaurante deserto. O mendigo saiu da divisória e correu até o aparelho, o peito arfando de ansiedade. Era o sinal. Caim estava cercado! Os dias de espera paciente seriam meramente um prefácio de uma vida boa. Levantou o fone do seu recesso curvo.

– Sim?
– É Jules! – gritou uma voz sem fôlego.

O rosto do velho ficou pálido, o pulsar do peito tornando-se tão alto que ele quase não conseguia ouvir as coisas terríveis que eram ditas. Mas tinha ouvido o bastante.

Ele era um homem morto.

Explosões de um calor insuportável juntaram-se às vibrações que se apossaram de seu corpo. Não havia ar, apenas luz branca e erupções ensurdecedoras irrompendo do seu estômago para a cabeça.

O mendigo caiu no chão, o fio esticado ao máximo, o fone ainda na mão. Ficou olhando para o terrível aparelho que transportara aquelas palavras terríveis. O que é que ele poderia fazer? O que em nome de Deus ele *iria fazer?*

Bourne caminhava pela aleia entre os túmulos, forçando sua mente a fluir livremente como ordenara Washburn em Port Noir. Se ele algum dia tivesse que se transformar numa esponja, esse dia era agora; o homem da Treadstone tinha que compreender. Ele estava tentando, com todo o seu poder de concentração, tirar algum significado do que não se lembrava, encontrar sentido em imagens que vinham até ele sem aviso prévio. Não tinha rompido qualquer acordo que tivesse feito; não tinha desertado, ou fugido... Era um deficiente, simples assim.

Tinha que encontrar o homem da Treadstone. Onde estaria ele lá em meio àquelas passagens silenciosas? Onde o homem esperava que *Bourne* estivesse? Havia chegado ao cemitério bem antes da uma hora, pois o Chevrolet era um carro mais rápido do que o velho Renault. Passara pelos portões, avançara várias centenas de metros pela estrada, estacionara bem para fora da estrada, no acostamento, razoavelmente escondido. No caminho de volta para os portões começara a chover. Era uma chuva fria, uma chuva de março, mas uma chuva silenciosa, uma pequena intrusão no silêncio.

Passou por um conjunto de túmulos dentro de uma área circundada por uma cerca de ferro baixa, a peça central sendo uma cruz de alabastro que se elevava uns três metros acima do solo. Ficou parado por um momento diante da cena. Será que já estivera ali antes? Será que uma outra porta estava se abrindo ao longe? Ou era ele que tentava desesperadamente achar uma? E aí a lembrança lhe veio à mente. Não era esse grupo particular de túmulos, nem a cruz de alabastro, nem a cerca de ferro baixa. Era a chuva. *Uma chuva súbita. Grupos de acompanhantes do enterro reunidos de preto em torno do local do enterro, o abrir dos guarda-chuvas. E dois homens se encontrando, os guarda-chuvas se tocando, desculpas rápidas, em voz baixa, enquanto um envelope marrom, comprido, trocava de mãos, de bolso para bolso, sem que as outras pessoas ali presentes notassem.*

Havia algo mais. Uma imagem detonada por uma outra imagem, alimentando a si mesma, vista a uns poucos minutos atrás. A chuva caía agora em cascata sobre o mármore branco; não era uma chuva fria, ligeira, mas uma chuva torrencial, batendo contra a parede de uma superfície de um branco brilhante... e de colunas... fileiras de colunas em todos os lados, uma réplica em miniatura de um tesouro antigo.

Do outro lado da colina. Perto dos portões. Um mausoléu branco, uma versão reduzida do Partenon pertencente a alguém. Bourne tinha passado por aquele mausoléu há menos de cinco minutos; olhara para ele, mas não o tinha visto. *Era* ali que a chuva súbita tinha acontecido, onde os dois guarda-chuvas haviam se tocado e um envelope fora entregue. Ele apertou os olhos para verificar o relógio. Uma hora e quatorze minutos; começou a correr pela aleia. Ainda estava adiantado; havia tempo para ver os faróis do carro, ou a luz de um fósforo...

O facho de uma lanterna. Lá estava ela no fundo da colina e se movia para cima e para baixo, voltando intermitentemente para os portões como se o portador estivesse preocupado com alguém que pudesse aparecer. Bourne quase teve um impulso incontrolável de correr entre as fileiras de túmulos e estátuas gritando a toda voz. *Estou aqui! Sou eu. Entendi a mensagem de vocês. Eu voltei! Tenho tanto para contar para vocês... e há tanta coisa que vocês precisam me contar!*

Mas ele não gritou nem correu. Acima de tudo ele precisava mostrar controle, pois o que o afligia era tão incontrolável. Tinha que parecer completamente lúcido – mentalmente são nos limites de sua memória. Começou a descer a colina na chuvinha fria, lamentando que, na sua ânsia, ele não se lembrasse de ter trazido uma lanterna.

A lanterna. Alguma coisa estranha no facho de luz a 150 metros de distância. A luz se mexia em movimentos verticais curtos, como querendo enfatizar... como se o homem que segurasse a lanterna estivesse falando enfaticamente com um outro.

De fato estava. Jason abaixou-se, espreitando através da chuva, os olhos fixos num reflexo de luz penetrante e rápido que aparecia sempre que o facho batia nesse objeto a sua frente. Rastejou para a frente, o corpo colado ao chão, cobrindo praticamente uns trinta metros em segundos, o olhar ainda no facho de luz e no estranho reflexo. Agora podia ver com mais clareza; parou e se concentrou. Havia dois homens, um segurando a lanterna, o outro, um rifle de cano curto, o aço grosso da arma bem conhecido de Bourne. A uma distância de até dez metros aquele rifle era capaz de arrebentar um homem e jogá-lo a mais de dois metros de altura. Era uma arma muito estranha para um funcionário de Washington estar carregando por aí.

O facho de luz virou para o lado do mausoléu de mármore; a figura que tinha o rifle recuou rapidamente, escondendo-se atrás de uma coluna a não mais de oito metros do homem que segurava a lanterna.

Jason não precisava pensar; sabia o que tinha que fazer. Ele até aceitava que houvesse uma explicação para a arma mortal, mas ela não seria usada nele. Ajoelhado, avaliou a distância e procurou locais seguros, tanto para se esconder quanto para se proteger. Começou a andar, limpando a chuva do rosto, sentindo a arma na cintura que ele sabia que não poderia usar.

Seguiu avançando de túmulo em túmulo, de estátua em estátua, dirigindo-se para a direita, depois desviando-se gradualmente para a esquerda até que praticamente fechou o semicírculo. Estava a cinco metros do mausoléu; o homem com a arma assassina estava de pé na coluna do canto da esquerda, debaixo de um pórtico curto para evitar a chuva. Acariciava a arma como se esta fosse um objeto sexual, abrindo a culatra, incapaz de resistir e dar uma olhada em seu interior. Correu a palma da mão pelos cartuchos já inseridos, num gesto obsceno.

Agora. Bourne saiu rastejando de detrás do túmulo, mãos e pés empurrando o corpo por sobre a grama molhada até chegar a dois metros do homem. Saltou de pé, uma pantera silenciosa, letal, jogando terra a sua frente, uma mão visando ao cano do rifle, a outra dirigida à cabeça do homem. Alcançou as duas coisas, agarrou-as, prendendo o cano com a mão esquerda, o cabelo do homem, com a direita. A cabeça virou para trás, a garganta esticada, sem som. Jason bateu a cabeça do homem no mármore branco com tanta força que a expulsão de ar que se seguiu indicava uma concussão severa. O homem amoleceu, e Jason apoiou-o contra a parede, permitindo que o corpo inconsciente deslizasse silenciosamente para o chão, entre as colunas. Revistou-o e retirou a automática Magnum 357 de um coldre de couro na parte de dentro do paletó, uma faca de montanha afiada como uma navalha de uma bainha na cintura e um pequeno revólver 22 de um coldre no tornozelo. Nada daquilo eram, nem remotamente, itens fornecidos pelo governo; aquele era um assassino profissional, um arsenal ambulante.

Quebre os dedos dele. As palavras vieram à mente de Bourne; tinham sido ditas por um homem de óculos de aros de ouro num grande sedã que corria pela Steppdeckstrasse. Havia motivo na violência. Jason pegou a mão direita do homem e entortou os dedos para trás até que ouviu o ruído; fez o mesmo com a esquerda, a boca do homem bloqueada, o cotovelo de Bourne entre seus dentes. Não se ouviu qualquer som mais alto do que o som da chuva, e nenhuma das mãos poderia empunhar uma arma, nem ser usada como arma, enquanto as armas propriamente ditas eram colocadas fora do alcance, nas sombras.

Jason levantou-se e espreitou em torno da coluna. Agora o homem da Treadstone dirigia o facho de luz diretamente para a terra, a seus pés. Era o sinal estacionário, o facho que o pássaro perdido deveria seguir; poderia significar outras coisas também – os minutos seguintes diriam. O homem se virou na direção do portão, dando um passo de reconhecimento como se tivesse ouvido algo, e, pela primeira vez, Bourne viu a bengala, notou o claudicar. O funcionário da Treadstone era um deficiente... assim como ele.

Jason lançou-se de volta ao primeiro túmulo e ficou espreitando atrás do mármore. O homem da Treadstone ainda mantinha a atenção nos portões. Bourne consultou o relógio: era 1h27. Tinha tempo. Ele se afastou do túmulo, progredindo junto ao chão, até que ficou fora de vista, depois levantou-se e correu, refazendo o arco de volta ao alto da colina. Parou um instante, deixando que a respiração e as batidas do coração retomassem uma semelhança com a normalidade, depois procurou no bolso uma caixa de fósforos. Tirou um fósforo e acendeu-o, protegendo a chama da chuva.

– Treadstone? – disse ele alto o bastante para ser ouvido lá embaixo.

– Delta!

Caim é Charlie, e Charlie é Caim. Por que o homem da Treadstone usou o nome Delta em vez de Caim? Delta não fazia parte da Treadstone; tinha desaparecido com a Medusa. Jason começou a descer a colina, a chuva fria batendo em seu rosto, a mão instintivamente debaixo do paletó, segurando a automática na cintura.

Caminhou até a área gramada na frente do mausoléu de mármore. O homem da Treadstone avançou mancando em sua direção, parou, levantando a lanterna, a luz fazendo com que Bourne fechasse os olhos e desviasse a cabeça.

– Faz muito tempo – disse o oficial aleijado, abaixando a luz. – Meu nome é Conklin, no caso de você ter esquecido.

– Obrigado. Eu tinha esquecido. É apenas uma dessas coisas.

– Uma dessas coisas?

– Que eu esqueci.

– Mas você se lembrou desse lugar. Eu achei que você fosse se lembrar. Li os registros de Abbott; foi aqui que vocês se encontraram pela última vez, fez a última entrega. Durante o enterro oficial de um ministro ou coisa assim, não foi?

– Não sei. Sobre isso é que precisamos conversar em primeiro lugar. Vocês não tiveram notícias minhas durante mais de seis meses. Há uma explicação.

– Mesmo? Quero ouvir.

– A maneira mais simples de dizer é que eu fui baleado, e os efeitos dos ferimentos causaram um severo... deslocamento. Desorientação é uma palavra melhor, eu acho.

– Parece boa. O que é que significa?

– Sofri uma perda de memória. Total. Passei meses em uma ilha do Mediterrâneo, ao sul de Marselha, sem saber quem eu era ou de onde tinha vindo. Havia um médico, um inglês chamado Washburn, que conservou os registros médicos. Ele pode confirmar o que eu lhe estou dizendo.

– Tenho certeza de que pode – disse Conklin, assentindo. – E aposto que esses registros devem ser enormes. Cristo, você pagou bem!

– O que você quer dizer com isso?

– Nós temos um registro, também. Um funcionário de um banco em Zurique, que pensou que estava sendo testado pela Treadstone, transferiu um milhão e meio de francos suíços para serem retirados em Marselha, de forma impossível de ser rastreada. Obrigado por nos dar o nome.

– Isso é parte do que vocês têm que compreender. Eu não sabia. Ele salvou minha vida, juntou os meus pedaços. Eu era praticamente um cadáver quando me levaram até ele.

– Aí você decidiu que um milhão de dólares seria uma cifra aproximadamente justa, não era? Cortesia do orçamento da Treadstone.

– Eu já lhe disse, eu não *sabia*. A Treadstone não existia para mim, de muitas formas ela ainda não existe.

– Esqueci. Você perdeu a memória. Qual foi a palavra? Desorientação?

– É, mas não é forte o bastante. A palavra é amnésia.

– Vamos ficar com desorientação. Porque parece que você se orientou direto para Zurique, direto para o Gemeinschaft.

– Havia um negativo implantado cirurgicamente perto do meu quadril.

– Certamente que havia, você insistiu nisso. Alguns de nós compreendemos por quê. Era o melhor seguro para você.

– Não sei do que você está falando. Você não pode entender *o que* eu disse?

– Claro. Você encontrou o negativo com apenas um número escrito nele e imediatamente assumiu o nome de Jason Bourne.

— A história não aconteceu assim! Todo dia parecia que eu tomava conhecimento de alguma coisa, passo a passo, uma revelação de cada vez. Um funcionário de um hotel me chamou de Bourne; eu não sabia do nome Jason até que fui ao banco.

— Onde você soube exatamente o que fazer — interrompeu Conklin. — Sem qualquer hesitação. No vaivém, sumiram quatro milhões.

— Washburn me disse o que fazer!

— Aí chegou uma mulher que por acaso era uma especialista em assuntos financeiros para dizer a você como esconder o dinheiro para usá-lo mais tarde. E antes disso você apagou Chernak na Löwenstrasse e três homens que *nós* não conhecíamos, mas imaginamos que, com toda certeza, eles o conheciam. E, aqui em Paris, um outro morto com um tiro num carro-forte de um banco. Outro colega? Você apagou todas as pistas, todas as malditas pistas. Até que só restou a você uma única coisa a fazer. E você, seu filho de uma puta, você fez isso.

— Você quer me *ouvir?* Aqueles homens tentaram me matar, estavam me caçando desde Marselha. A não ser isso, eu honestamente *não sei* do que você está falando. As coisas me vêm à mente de vez em quando. Rostos, ruas, prédios, às vezes são apenas imagens que eu não consigo localizar, mas sei que querem dizer algo, só que não sou capaz de relacioná-las. E nomes; há nomes, mas aí não há rostos. Vá pro diabo, eu tenho *amnésia!* Esta é a verdade!

— Um desses nomes não seria Carlos, não é?

— É, e você sabe disso. Aí está a questão, você sabe muito mais do que *eu.* Posso enumerar mil fatos sobre Carlos, mas não sei *por quê.* Um homem que está agora a meio caminho da Ásia me disse que eu tinha um acordo com a Treadstone. O homem trabalhava para Carlos. Ele disse que Carlos sabe. Que Carlos estava fechando o cerco em volta de mim, que vocês haviam espalhado a notícia de que eu tinha desertado. Ele não entendia o plano, e eu não soube dizer a ele qual era. Vocês pensavam que eu tinha desertado porque não receberam mais notícias de mim, e eu não podia me comunicar com vocês porque eu não sabia quem vocês eram. Eu *ainda* não sei quem vocês são!

– Ou o Monge, acho eu.
– É, é... o Monge. O nome dele é Abbott.
– Muito bem. E o latista? Você se lembra do latista, não se lembra? E da mulher dele?
– Nomes. Eles estão aí, sim. Não têm rostos.
– Elliot Stevens?
– Nada.
– Ou... Gordon Webb. – Conklin disse o nome em voz baixa.
– O quê? – Bourne sentiu o golpe no peito, depois uma dor ardente e excruciante que se espalhou por suas têmporas e seus olhos. *Seus olhos estavam em fogo! Fogo! Explosões e escuridão, ventos fortes e dor... Almanac para Delta! Abandonar, abandonar! Você responderá conforme ordenado. Abandonar!* Gordon... Jason ouviu sua própria voz, mas estava longe num vento distante. Fechou os olhos, os olhos que ardiam tanto, e tentou afastar as névoas. Depois abriu os olhos e não ficou absolutamente surpreso de ver a pistola de Conklin apontada para a sua cabeça.

– Eu não sei como você fez aquilo, mas foi você. Era a única coisa que faltava você fazer e você fez. Você voltou a Nova York e queimou todos eles. Você chacinou todos eles, seu filho-da-puta. Eu juro por Cristo que gostaria de levar você de volta e vê-lo amarrado a uma cadeira elétrica, mas não posso, então eu vou fazer aquilo que é mais parecido. Vou matá-lo eu mesmo.

– Não vou a Nova York há meses. Antes, eu não sei... mas não fui lá nesses últimos seis meses.

– Mentiroso! Por que você não fez aquilo *direito?* Por que não programou sua maldita ausência de memória de modo a poder ir aos enterros? O do Monge foi outro dia mesmo; você veria lá um bando de velhos amigos. E o do seu *irmão!* Jesus Cristo Todo-Poderoso! Você poderia ter acompanhado a esposa dele pelo corredor da igreja. Talvez feito a despedida fúnebre, isso seria o máximo. Pelo menos falar bem do irmão que você matou.

– Irmão?... *Para* com isso! Pelo amor de Deus, para com isso!

– Por que devo parar? Caim vive! Nós o criamos e ele nasceu!

— Não sou Caim. Ele nunca *existiu!* Eu nunca existi!
— Então você sabe! *Mentiroso! Filho da mãe!*
— Guarde essa arma. Estou lhe dizendo, guarde essa arma!
— De jeito nenhum. Eu jurei a mim mesmo que eu daria a você dois minutos porque eu queria ouvir o que você inventaria. Bem, eu ouvi e o que você disse é uma grossa mentira. Quem *te* deu o direito? Todos nós perdemos coisas, faz parte do trabalho, e se você não gosta do maldito trabalho, você cai fora. Quem não se adapta desaparece; foi o que pensei que você tivesse feito e eu queria deixar você de lado, convencer os outros para *deixar* você desaparecer! Mas, não, você voltou e virou a arma contra nós.
— Não! Isso não é verdade!
— Diz isso aos técnicos do laboratório que têm oito fragmentos de vidro que apresentam duas impressões digitais. Dedos indicador e anular, mão direita. Você esteve lá e massacrou cinco pessoas. Você, um *deles,* puxou as armas e acabou com eles. Um cenário completo. O plano desacreditado. Cartuchos variados, projéteis múltiplos, *infiltração.* A Treadstone foi suspensa, e você saiu livre.
— Não, você está errado! Foi Carlos. Não fui eu, *Carlos*. Se o que você está dizendo aconteceu na rua 71, foi ele! Ele sabe. Eles sabem. Uma residência na rua 71. Número 139. Eles sabem tudo a respeito dela!

Conklin assentiu, os olhos embaçados, podendo-se ver, à luz fraca e através da chuva, o ódio estampado neles.
— Tão perfeito — disse ele vagarosamente. — O principal agente do plano consegue explodir com tudo fazendo um pacto com o alvo. O que é que você leva além dos quatro milhões? Carlos te deu imunidade contra seu método particular de perseguição? Vocês dois fazem um par encantador.
— Isso é loucura!
— E cuidadoso — completou o homem da Treadstone. — Somente nove pessoas vivas conheciam aquele endereço antes das 19h30 da noite de sexta-feira passada. Se Carlos o descobriu, só havia uma pessoa que poderia ter dito a ele. *Você!*
— Como é que *eu poderia?* Eu não sabia o endereço. Eu *não* sei o endereço!

— Você acabou de dizer. — A mão esquerda de Conklin segurou a bengala; era um prelúdio para o disparo, firmando um pé aleijado.

— *Não* atire! — gritou Bourne, sabendo que o apelo era inútil, girando para a esquerda enquanto gritava, a mão direita batendo no pulso que segurava a arma. *Che-sah!* foi a palavra desconhecida que era o grito silencioso na sua cabeça. Conklin recuou, disparando a esmo no ar, tropeçando na bengala. Jason girou e se abaixou, agora jogando seu pé esquerdo contra a arma que voou da mão que a segurava.

Conklin rolou no chão, os olhos nas colunas afastadas do mausoléu, esperando a explosão partida da arma que arrebentaria seu atacante no ar. Não! O homem da Treadstone rolou de novo. Agora para a direita, as feições em choque, os olhos abertos focalizados sobre... — Havia alguém mais!

Bourne agachou-se, mergulhando em diagonal para trás enquanto os quatro tiros chegavam em rápida sucessão. Ele rolou de novo e puxou a automática da cintura. Viu o homem na chuva; um vulto ergueu-se sobre um túmulo. Atirou duas vezes; o homem caiu.

A três metros Conklin rastejava na grama úmida, ambas as mãos esticadas freneticamente sobre o chão, procurando o aço da arma. Bourne saltou e correu; ajoelhou-se junto do homem da Treadstone, uma mão segurando o cabelo molhado, a outra a automática, o cano contra a cabeça de Conklin. Das colunas afastadas do mausoléu veio um grito prolongado, terrível. Foi aumentando cada vez mais, sinistro no seu volume, depois cessou.

— Aí está o seu pistoleiro contratado — disse Jason, puxando a cabeça de Conklin para o lado. — A Treadstone tem contratado alguns funcionários bem estranhos. Quem era o outro homem? De que corredor da morte você tirou ele?

— Ele foi um homem melhor do que você jamais foi — replicou Conklin, a voz tensa, a chuva brilhando no rosto iluminado pela luz da lanterna caída no chão a dois metros. — Todos eles foram. Perderam tanta coisa quanto você, mas nunca desertaram. Podemos contar com eles!

— Não importa o que eu diga, você não vai acreditar em mim. Você não *quer* acreditar!

– Porque eu sei o que você é, o que fez. Você apenas confirmou toda essa maldita coisa. Você pode me matar, mas eles vão te pegar. Você é gente da pior espécie. Você pensa que é especial. Sempre pensou. Eu te vi depois de Phnom Penh, *todo mundo* perdido lá, mas isso não o interessava. Era só você, apenas *você!* Depois na Medusa! Não havia regras para Delta! O animal só queria matar. E é esse o tipo que deserta. Bem, eu perdi também, mas nunca desertei. Continue! Me mate! Depois você pode voltar para Carlos. Mas, quando eu não voltar, eles saberão. Eles virão atrás de você e não vão parar até que o peguem. Vá! Atire!

Conklin estava gritando, mas Bourne quase não o ouvia. Em vez disso ele tinha ouvido duas palavras e os golpes de dor martelavam suas têmporas. *Phnom Penh! Phnom Penh. Morte nos céus, vinda dos céus. Morte dos jovens e dos muito jovens. Pássaros que guinchavam e máquinas que gritavam e o cheiro mortal da selva... e um rio. Ele estava cego de novo, em fogo de novo.*

O homem da Treadstone estava se afastando. Sua figura aleijada rastejava em pânico, aos arrancos, as mãos segurando na grama úmida. Jason piscou, tentando forçar sua mente a voltar ao normal. Depois, instantaneamente, ele viu que tinha que apontar a automática e disparar. Conklin tinha achado a arma e a estava levantando. Mas Bourne não conseguia puxar o gatilho.

Mergulhou para a direita, rolando no chão, jogando-se na direção das colunas de mármore do mausoléu. Os tiros de Conklin saíram sem direção, o homem aleijado incapaz de firmar a perna ou a pontaria. Depois o tiroteio cessou, e Jason ficou de pé, o rosto encostado na pedra macia e úmida. Espreitou pelo lado, a automática levantada: ele tinha que matar aquele homem, pois ele o mataria, mataria Marie e ligaria ambos a Carlos.

Conklin claudicava pateticamente na direção dos portões, virando-se continuamente, a arma na mão, seu destino um carro lá fora na estrada. Bourne levantou a automática, a figura aleijada na sua alça de mira. Uma fração de segundo e tudo estaria acabado, o inimigo vindo da Treadstone morto, a esperança retornando com aquela morte, pois havia homens de bem em Washington.

Ele não conseguiu atirar; não conseguiu apertar o gatilho. Abaixou a arma, impotente, de pé junto às colunas de mármore, vendo Conklin entrar no carro.

O carro. Ele tinha que voltar para Paris. Havia um meio. Estivera ali à sua disposição o tempo todo. *A mulher* estava lá.

Bateu de leve na porta, a mente voando, os fatos sendo analisados, absorvidos e descartados tão rapidamente quanto lhe vinham ao pensamento, um plano se desenvolvendo. Marie reconheceu a batida; abriu a porta.

— Meu Deus, olhe só você! Que aconteceu!

— Não há tempo — disse ele, correndo para o telefone do outro lado do quarto. — Era uma cilada. Eles estão convencidos de que desertei, que estou vendido a Carlos.

— *O quê?*

— Dizem que viajei para Nova York na semana passada, na última sexta-feira. Que matei cinco pessoas... entre eles um irmão meu. — Jason fechou os olhos por um instante. — Havia um irmão, *há* um irmão. Não sei, não posso pensar nisso agora.

— Você nunca saiu de Paris! Você pode provar isso!

— Como? Oito, dez horas, é tudo que é necessário. E oito ou dez horas sem dar notícias é tudo de que *eles* precisam agora. Quem vai testemunhar?

— Eu vou. Você esteve comigo.

— Eles acham que você é cúmplice — disse Bourne, pegando o telefone e discando. — O roubo, a deserção. Port Noir, toda essa maldita coisa. Eles a ligaram a mim. Carlos arranjou até fragmentos de uma impressão digital. Cristo! Ele juntou tudo!

— O que é que você está fazendo? Para quem está telefonando?

— Nossa retaguarda, lembra-se? A única que temos. Villiers. A esposa de Villiers. Ela é a única. Vamos pegá-la e pressioná-la, torturá-la se for preciso. Mas temos que fazer isso; ela não vai lutar porque não pode vencer... Maldito, por que não responde?

— O telefone privado é no escritório dele. São três da manhã. Ele provavelmente...

— Ele está! General? É o senhor? — Jason teve que perguntar; a voz do outro lado da linha era estranhamente baixa, mas não baixa devido ao sono interrompido.

— Sim, sou eu, meu jovem amigo. Desculpe pela demora. Eu estava lá em cima com minha esposa.

— É por causa dela que estou telefonando. Temos que agir. Agora. Avise o serviço de inteligência francês, a Interpol e a embaixada americana, mas diga a eles para não interferirem até que eu a veja, fale com ela. Temos que falar.

— Acho que não, sr. Bourne... sim, eu sei o seu nome, meu amigo. Quanto a falar com minha esposa, entretanto, acho que isso não será possível. Eu a matei.

33

Jason ficou olhando fixamente para a parede do quarto do hotel, para o papel estampado com desenhos esmaecidos.

— Por quê? — disse ele em voz baixa no telefone. — Pensei que o senhor tivesse compreendido.

— Eu tentei, meu amigo — disse Villiers, a voz além da raiva e da tristeza. — Deus sabe que eu tentei, mas não pude evitar. Fiquei olhando para ela... vendo meu filho ao lado dela, morto pelo porco imundo que era seu mentor. Minha prostituta era a prostituta de outra pessoa... era a prostituta do animal. Não poderia ser de outra maneira, e, quando eu soube, vi que não era. Acho que ela viu a afronta nos meus olhos, Deus sabe, estava neles. — O general fez uma pausa, a lembrança lhe doendo, agora. — Ela não só viu a afronta, mas a verdade. Ela viu que eu sabia. O que ela era, o que ela tinha sido durante os anos que passamos juntos. No final, eu dei a ela a oportunidade que eu disse a você que lhe daria.

— De matar o senhor?

— Sim. Não foi difícil. Entre nossas camas há uma mesinha de cabeceira com uma arma na gaveta. Ela estava deitada na cama dela, a Maja de Goya, esplêndida na sua arrogância, ignorando-me, imersa em seus pensamentos particulares, enquanto eu me consumia com os meus próprios pensamentos. Abri a gaveta procurando uma caixa de fósforos e voltei para a minha cadeira e o meu cachimbo, deixando a gaveta aberta, a coronha da arma bem à vista.

— Foi meu silêncio, penso eu, e o fato de que eu não conseguia tirar os olhos dela que a forçaram a prestar atenção em mim, e depois a se concentrar em mim. A tensão entre nós tinha crescido a um ponto onde muito pouco tinha que ser dito para arrebentar as comportas, e, Deus me ajude, eu disse esse pouco que faltava. Vi-me perguntando "Por que você fez isso?". Depois a acusação saiu completa. Eu a chamei de minha prostituta, a prostituta que matou meu filho.

– Ela ficou me encarando por alguns momentos, os seus olhos se afastando uma vez para olhar para a gaveta aberta e a arma... e o telefone. Fiquei de pé, as brasas de meu cachimbo brilhando, soltas... *chauffé au rouge*. Ela colocou as pernas para fora da cama, pôs ambas as mãos naquela gaveta aberta e pegou a arma. Eu não a detive, em vez disso eu tinha que ouvir as palavras saídas de seus próprios lábios, ouvir minha própria acusação a mim mesmo bem como a dela. O que ouvi irá para o túmulo comigo, pois haverá honra ainda na minha pessoa e na pessoa de meu filho. Não seremos vilipendiados por gente que deu menos do que nós. Nunca.

– General... – Bourne balançou a cabeça, incapaz de pensar claramente, sabendo que tinha que ganhar alguns segundos a fim de poder reunir as ideias. – General, o que aconteceu? Ela deu ao senhor meu nome. Como? O senhor tem que me dizer isso. *Por favor.*

– Voluntariamente. Ela disse que o senhor era um pistoleiro insignificante que desejava tomar o lugar de um gigante. Que o senhor era um ladrão fugido de Zurique, um homem repudiado por sua própria gente.

– Ela disse quem eram essas pessoas?

– Se disse eu não ouvi. Eu estava cego, surdo, a raiva incontrolável. Mas você não precisa temer nada de minha parte. O capítulo está encerrado, minha vida termina com um telefonema.

– *Não!* – gritou Jason. – Não faça isso! Pelo menos não agora.

– Eu devo.

– Por favor. Não se satisfaça com a prostituta de Carlos. Pegue Carlos! Arme uma cilada para Carlos!

– Colhendo desprezo sobre o meu nome deitando-me com aquela prostituta? Manipulado pela cadela do animal?

– Para o inferno o seu nome, e o seu *filho?* Cinco bananas de dinamite na rue du Bac.

– Deixe-o em paz. Deixe-me em paz. Está acabado.

– *Não* acabou! Me ouça! Me dê um momento, é tudo que peço. – As imagens na mente de Jason corriam furiosamente por seus olhos, chocando-se, suplantando-se umas às outras. Mas essas imagens tinham significado. Propósito. Ele podia ver a mão de Marie no seu braço, segurando-o firmemente, de certa forma ancorando seu corpo na realidade. – Alguém ouviu o tiro?

– Não houve tiro. O *coup de grâce é* mal compreendido hoje em dia. Eu prefiro a intenção original. Fazer cessar o sofrimento de um camarada ferido ou um inimigo respeitado. Não é usado para uma prostituta.

– O que o senhor quer dizer? O senhor disse que a matou.

– Eu a estrangulei, forçando seus olhos a olharem os meus enquanto a respiração ia cessando no seu corpo.

– Ela tinha a arma apontada para o senhor...

– Ineficaz, quando os olhos de alguém estão queimando das brasas soltas de um cachimbo. Mas isso não interessa agora; ela podia ter vencido.

– E ela venceu *mesmo* se o senhor parar aqui! O senhor não percebe isso? Carlos vence? Ela confessou! E o senhor não teve cabeça para fazer nada mais do que estrangular a prostituta até a morte! O senhor falou de *desprezo?* O senhor está atraindo todo o desprezo; não resta nada senão o desprezo!

– Por que o senhor insiste, monsieur Bourne? – perguntou Villiers, a voz cansada. – Não quero caridade da sua parte, nem da de ninguém. Simplesmente me deixe em paz. Eu aceito o que for. O senhor não vai conseguir nada.

– Eu posso conseguir se puder fazer com que o senhor me ouça! Pegue Carlos, arme uma cilada para Carlos! Quantas vezes tenho que lhe dizer isso? É ele que o senhor quer! Com ele o senhor ajusta as contas! E é dele que eu preciso! Sem ele sou um homem morto. *Nós* estaremos mortos. Pelo amor de Deus, *me ouça!*

– Eu gostaria de ajudá-lo, mas não há modo pelo qual eu possa. Ou que eu deseje, se prefere.

– Há. – As imagens entraram em foco. Ele sabia onde estava, para onde estava indo. O significado e o propósito se uniram. – Inverta a cilada. Saia dela incólume, com tudo que o senhor tem no lugar.

– Não entendo. Como isso é possível?

– O senhor não matou sua esposa. Fui *eu* que a matei!
– *Jason!* – gritou Marie, apertando o braço dele.
– Sei o que estou fazendo – disse Bourne. – Pela primeira vez, eu sei realmente o que estou fazendo. É engraçado, mas acho que já sabia disso desde o início.

Parc Monceau estava calmo, a rua deserta, umas poucas luzes nas entradas tremulando na chuva fria, lembrando um nevoeiro. Todas as janelas estão escuras na fileira de casas luxuosas, exceto na residência de André François Villiers, uma lenda em Saint-Cyr e na Normandia, membro da Assembleia Nacional da França... assassino da esposa. As janelas acima e à esquerda da entrada brilhavam com uma luz baça. Era o quarto de dormir onde o dono da casa tinha matado a dona da casa, onde um velho soldado com a memória oprimida sufocara a vida da amante de um assassino.

Villiers não tinha concordado com nada; ele estava chocado demais para responder. Mas Jason tinha conseguido implantar nele sua ideia, martelando a mensagem com uma ênfase tão insistente que as palavras tinham encontrado eco pelo telefone. Pegue Carlos! Não se satisfaça com a prostituta do assassino! Pegue o homem que matou o seu filho! O homem que pôs cinco bananas de dinamite no carro na rue du Bac e levou o último rebento da família Villiers. É ele que o senhor quer. Pegue-o!

Pegue Carlos! Arme uma cilada para Carlos. Caim é Charlie, e Delta é Caim. Era tão claro para ele. Não havia outro meio. No final, era o início – como o início se revelara para ele. Para sobreviver ele tinha que atrair o assassino; se falhasse, era um homem morto. E não haveria vida para Marie St. Jacques. Ela seria destruída, aprisionada, talvez morta, por um ato de fé que se tornara um ato de amor. A marca de Caim estava nela, e o embaraço seria evitado com a sua destruição. Ela era uma ampola de nitroglicerina equilibrada na corda bamba no centro de um depósito de munição desconhecido. Use uma rede. Afaste-a. Uma bala na cabeça neutraliza os explosivos na mente dela. Ela não pode falar!

Havia tanta coisa que Villiers tinha que compreender, e tão pouco tempo para explicar, o próprio tempo de explicação limitado tanto por uma lembrança que não existia quanto pelo estado atual da mente do velho soldado. Era preciso encontrar um equilíbrio delicado no relato, estabelecendo parâmetros relativos ao tempo e às contribuições imediatas do general. Jason compreendeu; ele estava pedindo a um homem que tinha em conta a honra acima de todas as coisas para mentir para o mundo. Para Villiers fazer isso, o objetivo tinha que ser imensamente honroso.

Pegue Carlos!

Havia uma segunda entrada para a casa do general, no andar térreo, à direita dos degraus, depois de um portão, onde se faziam as entregas para a cozinha no andar de baixo. Villiers tinha concordado em deixar o portão e a porta destrancados. Bourne não se preocupou em dizer ao velho soldado que isso não importava; que ele entraria de qualquer modo, pois o seu plano tinha em si um certo grau de danos físicos. Mas antes havia o risco de que a casa estivesse sendo vigiada, havendo boas razões para que Carlos o fizesse, e igualmente boas razões para não o fazer. Levando tudo em conta, o assassino podia ter decidido ficar afastado de Angélique Villiers o máximo possível, não dando oportunidade a que um de seus homens fosse avistado, provando assim sua conexão, a conexão com Parc Monceau. Por outro lado, a morta Angélique era sua prima e amante... *a única pessoa na Terra com quem ele se preocupa.* Philippe d'Anjou.

D'Anjou! É claro que haveria alguém vigiando – ou dois ou dez! Se D'Anjou tivesse fugido da França, Carlos poderia prever o pior; se o homem da Medusa não tivesse conseguido isso, o assassino teria certeza de que o pior tinha acontecido. D'Anjou seria forçado a falar, revelando cada palavra trocada com Caim. Onde? Onde estavam os homens de Carlos? O que era estranho, pensou Jason, se não houvesse nenhum deles postado em Parc Monceau nessa mesma noite, todo o seu plano seria em vão.

Não seria; lá estavam eles. Num sedã – o mesmo sedã que partira em disparada pelos portões do Louvre há doze horas, os mesmos dois homens – assassinos que eram a retaguarda de assassinos. O carro estava a quinze metros de distância, do lado esquerdo da rua, com uma boa visão da casa de Villiers. Mas seriam aqueles dois homens, com os olhos despertos e alertas, tudo que havia? Bourne não podia afirmar; havia automóveis estacionados em ambos os lados da rua. Agachou-se nas sombras do prédio da esquina, em diagonal em relação aos dois homens do sedã. Sabia o que precisava fazer, mas não tinha certeza como fazê-lo. Precisava de uma manobra para distrair o inimigo, barulhenta o bastante para atrair os soldados de Carlos, visível o bastante para fazer sair do esconderijo quaisquer outros que pudessem estar escondidos na rua, no alto de um telhado, ou atrás de uma janela escura.

Fogo. Surgindo de lugar inesperado. Repentino, afastado da casa de Villiers, contudo perto o bastante e alarmante o suficiente para pôr em polvorosa toda aquela rua calma, deserta, margeada de árvores. Vibrações... sirenes; explosivo... explosões. Podia ser feito. Era só uma questão de equipamento.

Bourne voltou furtivamente para detrás do prédio da esquina, entrando numa rua perpendicular, e correu silenciosamente até a porta de entrada mais próxima, onde parou e tirou o paletó e o sobretudo. Depois ele tirou a camisa, rasgando o pano do colarinho até a cintura; vestiu os dois casacos de novo, suspendendo as golas, abotoando o sobretudo, a camisa debaixo do braço. Espreitou na chuva noturna, esquadrinhando os automóveis na rua. Precisava de gasolina, mas estava em Paris e os tanques de combustíveis deviam estar trancados. A maioria, mas não todos; deveria haver uma tampa sem fechadura entre os carros enfileirados no meio-fio.

Foi então que ele viu o que queria ver, ali diretamente a sua frente, na calçada, acorrentada a um portão de ferro. Era uma motoneta, maior que uma lambreta, menor que uma motocicleta, o tanque de gasolina localizado entre o guidão e o assento. A tampa deveria estar presa por uma corrente, mas não era provável que tivesse tranca. Oito litros de gasolina não eram quarenta; o risco de qualquer roubo tinha que ser avaliado em relação ao lucro e oito litros de gasolina dificilmente valeriam uma multa de quinhentos francos.

Jason se aproximou do veículo. Olhou para cima e para baixo da rua; não havia ninguém, nenhum som exceto o mansinho gotejar da chuva. Torceu a tampa do tanque de gasolina, e esta saiu facilmente. Melhor ainda, a abertura era relativamente grande, o nível do combustível quase cheio. Recolocou a tampa; ainda não estava pronto para molhar a camisa. Precisava de uma outra peça de equipamento.

Encontrou-a na próxima esquina, perto de um bueiro. Era uma pedra de calçamento parcialmente deslocada, tirada de seu lugar por uma década de motoristas descuidados encostando no meio-fio. Jason bateu com o calcanhar para soltá-la da parte que a prendia, recolheu-a juntamente com um pedaço menor e voltou para a motoneta, o pedaço de pedra no bolso, a pedra maior na mão. Experimentou o peso... experimentou o braço. Servia; ambos serviam.

Três minutos depois ele puxava vagarosamente a camisa encharcada do tanque de gasolina, o vapor se misturando à chuva, um resíduo de óleo cobrindo suas mãos. Embrulhou a pedra maior com o pano, torcendo e dando um nó nas mangas, deixando-as bem firmes, mantendo o seu míssil no lugar. Ele estava pronto.

Caminhou furtivamente de volta ao prédio na esquina da rua de Villiers. Os dois homens no sedã ainda estavam lá, concentrados na casa de Villiers. Atrás do sedã havia três outros carros, um Mercedes, uma limusine marrom-escura e um Bentley. O Bentley estava estacionado na frente de um prédio de pedras brancas, as janelas emolduradas de verniz negro. Uma suave luz interna do corredor iluminava as janelas das sacadas, de cada lado da escada; a da esquerda era obviamente uma sala de jantar; ele podia ver cadeiras e uma mesa comprida iluminadas por uma luz adicional que vinha de um espelho no aparador estilo rococó. As janelas daquela sala de jantar, com sua esplêndida vista para a elegante e rica rua parisiense, iam servir ao seu propósito.

Bourne tirou a pedra menor do bolso, tinha pouco menos que um quarto do tamanho do paralelepípedo encharcado de gasolina, mas serviria para o que ele queria. Esgueirou-se lentamente pelo canto do prédio, dobrou o braço e lançou a pedra o mais longe possível por cima e além do sedã.

O estrondo ecoou na rua tranquila. A pedra bateu no capô de um carro e saiu quicando até cair no chão. Os dois homens do sedã tiveram um sobressalto. O homem junto ao motorista abriu a porta de seu lado, o pé encostando no chão, uma arma na mão. O motorista abaixou a janela e acendeu os faróis. Os fachos de luz saltaram para a frente, produzindo um reflexo ofuscante no metal e no cromado do automóvel da frente. Tinha sido evidentemente uma reação estúpida, servindo apenas para revelar o medo dos homens postados em Parc Monceau.

Agora. Jason atravessou a rua correndo, a atenção nos dois homens, cujas mãos cobriam os olhos, tentando ver através do brilho da luz refletida. Ele alcançou o porta-malas do Bentley, o paralelepípedo debaixo do braço, uma caixa de fósforo na mão esquerda, um maço de fósforos na mão direita. Agachou-se, acendeu os fósforos, abaixou a pedra até o chão, depois segurou-a pela ponta do pano estendido. Encostou os fósforos acesos debaixo do pano embebido em gasolina; a coisa pegou fogo instantaneamente.

Bourne levantou-se rapidamente e, balançando a pedra pelas mangas, lançou-a com toda a sua força sobre o meio-fio, na direção da janela da sacada. Assim que o projétil caiu, ele se afastou do prédio.

O estrondo de vidro estilhaçado foi uma súbita intrusão na quietude banhada pela chuva da rua. Bourne correu para a esquerda, atravessando a estreita avenida, e voltou na direção do quarteirão de Villiers, de novo procurando as sombras de que necessitava. O incêndio se espalhou, insuflado pelo vento que entrava pela janela quebrada, tomando conta das cortinas. Em trinta segundos a sala era um forno flamejante, as chamas aumentadas ainda pelo reflexo no grande espelho do aparador. Irromperam gritos, as janelas próximas se iluminaram, depois as mais distantes na rua. Um minuto se passou, e o caos crescia. A porta da casa em chamas abriu-se violentamente e umas pessoas apareceram – um homem de idade de camisão de dormir, uma mulher de negligê e um só chinelo – ambos em pânico.

Outras portas se abriram, outras pessoas surgiram, se adaptando do sono ao caos, algumas correndo na direção da residência tomada pelo fogo – um vizinho em dificuldades. Jason atravessou o cruzamento em diagonal, uma figura a mais correndo, no ajuntamento que rapidamente se formava. Parou onde tinha começado há apenas alguns minutos, perto do prédio da esquina, e ficou ali sem se mexer, tentando localizar os homens de Carlos.

Ele tinha razão; os dois homens não eram os únicos postados em Parc Monceau. Agora havia quatro homens, reunidos perto do sedã, falando rapidamente, em voz baixa. Não, eram cinco. Um outro caminhava depressa pela calçada para juntar-se aos quatro.

Ouviu sirenes. Ficando mais fortes, chegando mais perto. Os cinco homens estavam alarmados. Tinham que tomar uma decisão; não podiam ficar todos onde estavam. Talvez estivessem pensando em suas fichas criminais.

Acordo. Um homem permaneceria – o quinto homem. Ele assentiu e atravessou depressa a rua na direção da casa de Villiers. Os outros entraram no sedã, e, enquanto um carro do corpo de bombeiros assomava na rua, o automóvel deu a partida e afastou-se, célere, passando pelo mamute vermelho que corria na direção oposta.

Restava um obstáculo: o quinto homem. Jason contornou o prédio, localizando-o a meio caminho entre a esquina e a casa de Villiers. Era agora uma questão de oportunidade e choque. Bourne começou a andar a passos largos, semelhantes aos usados pelas pessoas que iam na direção do fogo, a cabeça voltada para trás na direção da esquina, uma pessoa se misturando às outras em torno de si, só que na direção oposta. Passou pelo homem; não tinha sido notado – mas seria notado se continuasse caminhando para o portão do andar térreo da casa de Villiers e o abrisse. O homem estava olhando para todos os lados, preocupado, espantado, talvez amedrontado pelo fato de ser ele, agora, o único patrulhando a rua. Estava de pé defronte de uma grade baixa; um outro portão, uma outra entrada para o andar térreo, para uma outra casa de luxo em Parc Monceau.

Jason parou, deu dois rápidos passos laterais na direção do homem e depois girou, o peso do corpo apoiado no pé esquerdo enquanto jogava com toda força o direito no peito do quinto homem, lançando-o de costas por sobre a grade de ferro. O homem gritou enquanto caía no estreito corredor de concreto. Bourne saltou por sobre a grade, os nós dos dedos da mão direita rígidos, os calcanhares de ambos os pés para a frente. Caiu em cima do peito do homem, o impacto quebrando as costelas do outro, enquanto a mão explodia contra a garganta do inimigo. O soldado de Carlos arriou. Ele recobraria a consciência bem depois de alguém removê-lo para um hospital. Jason revistou o homem; havia uma única arma presa ao peito. Bourne retirou-a e a colocou no bolso do sobretudo. Ele a daria a Villiers.

Villiers. O caminho estava livre.

Subiu a escada até o terceiro andar. A meio caminho ele avistou a estreita barra de luz que saía debaixo da porta do quarto de dormir; do outro lado daquela porta estava um velho que era a sua única esperança. Ele tinha que ser convincente, e de uma forma verdadeira, não havia lugar agora para o camaleão. Tudo em que acreditava baseava-se em um único fato. Carlos tinha que vir atrás dele. Era essa a verdade. Era essa a cilada.

Chegou ao hall e virou para a esquerda na direção da porta do quarto de dormir. Parou por um momento, tentando afastar o eco em seu peito; estava ficando mais forte, o pulsar mais rápido. *Parte da verdade, não toda a verdade.* Nenhuma invenção, simplesmente omissão.

Um acordo... um contrato... com um grupo de homens – homens honrados – que perseguiam Carlos. Era tudo que Villiers tinha que saber; era o que ele tinha que aceitar. Não podia lhe contar que ele lidava com um homem atacado de amnésia, pois naquela perda de memória podia se achar um homem desonrado. A lenda de Saint-Cyr, Argélia e Normandia não aceitaria isso; não agora, aqui, no fim de sua vida.

Oh, Deus, o equilíbrio era tênue! A linha entre a crença e a descrença tão tênue... tão tênue quanto fora para o homem semimorto cujo nome não era Jason Bourne.

Abriu a porta e entrou no inferno particular de um velho. Lá fora, do outro lado das janelas guarnecidas de cortinas, as sirenes soavam estridentes e as pessoas gritavam. Espectadores de uma arena que não viam, escarnecendo do desconhecido, ignorando a sua causa insondável.

Jason fechou a porta e permaneceu imóvel. O grande aposento estava banhado nas sombras, a única luz vindo de um abajur na mesinha de cabeceira. Seus olhos avistaram algo que ele desejaria não precisar ver. Villiers tinha puxado uma cadeira de espaldar alto pelo quarto e estava sentado nela, perto dos pés da cama, olhando fixo para a mulher morta esparramada sobre as cobertas. A cabeça bronzeada de Angélique Villiers repousava no travesseiro, os olhos abertos, saindo das órbitas. A garganta estava inchada, a carne um roxo avermelhado, uma equimose se espalhava por todo o pescoço. O corpo ainda estava dobrado, em contraste com a cabeça levantada, contorcida em luta furiosa, as pernas longas, nuas, esticadas, os lábios virados, o negligê rasgado, os seios saltando da seda – mesmo na morte, sensual. Não houve nenhuma tentativa de esconder o corpo da vagabunda.

O velho soldado estava sentado como uma criança espantada, punida por uma ação insignificante, o sentido do crime escapando ao raciocínio do carrasco, e talvez ao dele próprio, Bourne. Villiers afastou os olhos da mulher morta e olhou para Bourne.

– O que aconteceu lá fora? – perguntou numa voz monocórdia.

– Havia homens vigiando a sua casa. Homens de Carlos, cinco deles. Provoquei um incêndio no quarteirão, ninguém ficou ferido. Todos foram embora menos um; eu dei conta dele.

– O senhor é engenhoso, monsieur Bourne.

– Sou engenhoso – concordou Bourne. – Mas eles vão voltar. O incêndio vai ser controlado, e eles voltarão. Se Carlos relacionar os fatos, e acho que vai fazer isso, ele vai mandar alguém entrar aqui. Não virá pessoalmente, é claro, mas um de seus pistoleiros virá. Quando esse homem encontrar o senhor... e ela... ele o matará. Carlos a perde, mas ele ainda vence. Ele vence uma segunda vez; ele usou o senhor por intermédio dela e no fim ele o mata. Ele vai embora, e o senhor está morto. As pessoas poderão tirar as conclusões que quiserem, mas acho que não serão lisonjeiras.

– O senhor é muito preciso. Confiante no seu julgamento.

– Eu sei do que estou falando. Eu preferiria não dizer o que vou lhe dizer, mas não há tempo para seu sentimentalismo.

– Não me sobrou nenhum. Diga o que quiser.

– Sua esposa lhe disse que era francesa, não foi?

– É. Do sul. A família dela era de Loures Barouse, perto da fronteira espanhola. Ela veio para Paris há anos. Morou com uma tia. E daí?

– Alguma vez o senhor se encontrou com a família dela?

– Não.

– Eles não vieram para o seu casamento?

– Depois de analisar todos os aspectos, achamos que seria melhor não convidá-los. A disparidade de nossas idades poderia chocá-los.

– E a tia em Paris?

– Morreu antes de eu conhecer Angélique. Aonde o senhor quer chegar com tudo isso?

– A sua esposa não era francesa. Duvido até mesmo que tivesse uma tia em Paris, e a família dela não era de Loures Barouse, embora a fronteira com a Espanha tenha uma certa importância. Poderia disfarçar muita coisa, explicar muita coisa.

– O que é que o senhor quer dizer com isso?

– Ela era venezuelana. Prima em primeiro grau de Carlos, sua amante desde os quatorze anos. Formavam uma dupla, há anos. Me disseram que ela era a única pessoa na Terra com quem ele se preocupava.

– Uma vadia.

– O instrumento de um assassino. Fico imaginando quantos alvos ela ajudou a matar. Quantos homens de valor estão mortos por causa dela.

– Eu não posso matá-la duas vezes.

– O senhor pode usá-la. Usar a morte dela.

– A insanidade a que você se referiu?

– A única insanidade é se o senhor estragar a sua vida. Carlos ganha tudo; vai continuar usando sua arma... e bananas de dinamite... e o senhor vai ser apenas uma estatística a mais. Uma outra morte acrescentada à longa lista de cadáveres honrados. *Isso* é insanidade.

– E o senhor é um homem que raciocina? Assume a culpa por um crime que não cometeu? Pela morte de uma prostituta? Caçado por um assassinato que não é seu?

– Faz parte do plano. É uma parte fundamental, na verdade.

– Não me fale de insanidade, meu jovem. Eu lhe peço, vá embora. O que o senhor me contou me dá a coragem de enfrentar o Deus Todo-Poderoso. Se alguma vez uma morte foi justificada, foi a dela, pelas minhas mãos. Eu olharei nos olhos de Cristo e vou jurar isso.

— O senhor se descartou, então — disse Jason, notando pela primeira vez o volume de uma arma no bolso do paletó do velho.

— Não vou comparecer a um julgamento, se é isso a que o senhor se refere.

— Oh, isso é perfeito, general! Nem mesmo o próprio Carlos poderia inventar algo melhor. Não precisou desperdiçar um só movimento, ele nem mesmo teve que usar a própria arma. Mas aqueles que interessam saberão que ele o fez; que ele foi o autor de tudo.

— Os que interessam não saberão de nada. *Une affaire du coeur... une grave maladie...* Eu não estou preocupado com as línguas dos assassinos e ladrões.

— E se eu contar a verdade? Dizer que o senhor a matou?

— Quem ouviria? Mesmo que o senhor vivesse para falar. Não sou idiota, monsieur Bourne. O senhor está fugindo de algo mais do que simplesmente Carlos. O senhor está sendo caçado por muitos, não apenas por um. O senhor mesmo me contou isso. O senhor não me disse o seu nome... para o meu próprio bem, alegou o senhor. Quando e se isso terminar, o senhor disse, seria *eu* que talvez não quisesse ser visto com *o senhor*. Essas não são palavras de um homem em quem se deposita muita confiança.

— O senhor confiou em mim.

— Eu lhe disse por quê — disse Villiers, olhando para o lado, para a esposa morta. — Estava nos seus olhos.

— A verdade?

— A verdade.

— Então olhe para mim agora. A verdade ainda está neles. Naquela estrada para Nanterre o senhor me disse que ouviria o que eu tinha para dizer porque eu lhe poupei a vida. Estou tentando fazê-lo de novo. O senhor pode sair daqui livre, sem culpa, e continuar defendendo as coisas que diz serem importantes para o senhor, que foram importantes para o seu filho. O senhor pode vencer!... Não me entenda mal, não estou sendo generoso. O senhor continuar vivo e fazer o que lhe peço é a única maneira de eu continuar vivo, a única maneira de eu um dia poder ser livre.

O velho soldado ergueu os olhos.

— Por quê?

— Eu lhe disse que queria Carlos porque algo me foi tirado, alguma coisa muito necessária à minha vida, minha sanidade, e ele era a causa disso. É essa a verdade, eu penso que seja a verdade, mas não é a verdade toda. Há outras pessoas envolvidas, algumas decentes, outras não, e o meu acordo com elas era pegar Carlos, armar uma cilada para Carlos. Elas queriam o que o senhor quer. Mas alguma coisa aconteceu que eu não sei explicar, não vou tentar explicar, e essas pessoas pensam que eu as traí. Acham que fiz um pacto com Carlos, que roubei milhões delas e matei outras que eram os meus elos de ligação com elas. Elas têm gente por toda parte e as ordens eram para que me matassem assim que me vissem. O senhor tem razão, eu estou fugindo de alguém mais que não Carlos. Estou sendo caçado por homens que eu não conheço e não posso ver. Por todas as razões erradas. Eu não fiz aquilo de que me acusam, mas ninguém quer me ouvir. Eu não tenho pacto com Carlos, eu sei que não tenho.

— Acredito em você. Não há nada que impeça que eu dê um telefonema a seu favor. Eu lhe devo isso.

— Como? O que é que o senhor vai dizer? "O homem que eu conheço por Jason Bourne não tem um pacto com Carlos. Eu sei disso porque ele denunciou a amante de Carlos para mim, e essa mulher era minha esposa, a esposa que eu estrangulei até a morte para não levar meu nome à desonra. Estou pronto para chamar a Sûreté e confessar meu crime — embora, é claro, eu não vá lhes dizer por que a matei. Ou por que eu vou me matar."... É isso, general? É isso que o senhor vai dizer?

O velho ficou encarando Bourne, em silêncio, a contradição fundamental clara para ele agora.

— Então eu não posso ajudá-lo.

— Bom. Ótimo. Carlos vence em tudo. Ela vence. O senhor perde. O seu filho perde. Vá em frente, chame a polícia, depois ponha o cano da arma na sua maldita boca e estoure sua maldita cabeça! Vá *em frente!* É isso que o senhor quer! Abandonar tudo, deitar e *morrer!* O senhor não serve para mais nada. O senhor é um velho, *um velho* cheio de autopiedade! Deus sabe que o senhor não é páreo para Carlos. Não é páreo para o homem que colocou cinco bananas de dinamite na rue du Bac e matou o seu filho.

As mãos de Villiers tremiam; o tremor espalhou-se para sua cabeça.

— Não faça isso. Eu estou lhe dizendo, não *faça* isso.

— Está me dizendo o quê? Por acaso está me dando uma ordem? O velhinho nos seus botões dourados está dando um *comando?* Nada disso! Eu não recebo ordens de homens como o senhor! Vocês são uma fraude! São piores do que todos a quem atacam; pelo menos estes têm o tutano de fazer o que dizem que vão fazer! Vocês *não!* Tudo que têm é vento. Palavras ao vento e clichês à disposição. Deite e *morra,* meu velho! Mas não me dê uma ordem!

Villiers descruzou as mãos e levantou bruscamente da cadeira, o corpo exaurido agora trêmulo.

— Eu já disse. Não fale mais!

— Não estou interessado no que o senhor está me dizendo para fazer. Eu tinha razão na primeira vez em que o vi. O senhor pertence a Carlos. Era seu lacaio vivo e será seu lacaio morto.

O rosto do velho soldado contorceu-se de dor. Puxou a arma, um gesto patético, a ameaça, entretanto, real.

— Na minha vida já matei muitos homens. Na minha profissão isso era inevitável, muitas vezes perturbador. Não quero matá-lo agora, mas eu o farei se o senhor fizer pouco de meus desejos. Me deixe. Saia desta casa.

— Isso é terrível. O senhor deve estar orientado pela cabeça de Carlos. O senhor me mata, ele vence tudo! — Jason deu um passo à frente, ciente de que este era o primeiro movimento que fazia desde que entrara no quarto. Viu os olhos de Villiers se arregalarem; a arma tremeu, a sombra oscilante projetada na parede. Uma pequeníssima pressão e o projétil se lançaria para a frente, a bala encontrando o alvo. Pois, a despeito da loucura do momento, a mão que segurava aquela arma tinha passado uma vida inteira pegando no aço; ela ficaria firme quando chegasse o momento. Se este chegasse. Era o risco que Bourne tinha que correr. Sem Villiers não haveria nada; o velho tinha que compreender. Subitamente Jason gritou:

— Vá *em frente!* Dispare. Me *mate.* Cumpra as ordens de Carlos! O senhor é um soldado. Recebeu as suas ordens. Obedeça.

Aumentou o tremor na mão de Villiers, os nós dos dedos brancos enquanto a arma se erguia, o cano agora à altura da cabeça de Bourne. E aí Jason ouviu o sussurro da garganta de um velho.

– *Vous êtes un soldat arrêtez... arrêtez.*

– O quê?

– Eu sou um soldado. Recentemente alguém me disse, alguém que lhe é muito caro. – Villiers falava em voz baixa. – Ela envergonhou um velho guerreiro fazendo-o lembrar-se de quem ele era... quem ele *tinha* sido. *On dit que vous êtes un géant. Je le crois.* Ela teve a bondade de me dizer isso também. Tinham lhe dito que eu era um gigante, e ela acreditou nisso. Ela estava errada, Deus Todo-Poderoso, ela estava errada, mas vou tentar. – André Villiers baixou a arma; havia dignidade na sua submissão. A dignidade de um soldado. A de um gigante. – O que é que eu tenho que fazer?

Jason respirou de novo.

– Forçar Carlos a vir atrás de mim. Mas não aqui, não em Paris. Nem mesmo na França.

– Aonde então?

Jason ficou parado.

– O senhor pode me tirar do país? Eu devo lhe dizer, estou sendo procurado. Meu nome e descrição devem estar agora em todos os balcões de viagem e postos de fronteira na Europa.

– Pelas razões erradas?

– Pelas razões erradas.

– Acredito no senhor. Há meios. O Conseilleur Militaire tem meios e fará o que eu pedir.

– Com uma identidade falsa? Sem dizer a ninguém por quê?

– Minha palavra basta. Eu faço jus a isso.

– Uma outra pergunta. O assessor de quem o senhor falou. O senhor confia nele, confia *realmente* nele?

– A minha vida. Acima de todos os homens.

– A vida de outra pessoa? Que o senhor disse muito acertadamente que me era muito cara?

– Naturalmente. Por quê? O senhor vai viajar sozinho?

– Tenho que viajar sozinho. Ela nunca me deixaria ir.

– O senhor vai ter que lhe dizer alguma coisa.

— Sim, direi que precisei ficar secretamente aqui em Paris, ou em Bruxelas, ou Amsterdã. Cidades onde Carlos age. Mas que ela tem que ir embora; nosso carro foi achado em Montmartre. Os homens de Carlos estão revistando cada rua, cada apartamento, cada hotel. O senhor está trabalhando comigo agora; o seu assessor a levará para o interior, ela estará segura lá. Vou dizer isso a ela.

— Agora eu devo fazer uma pergunta. O que acontece se o senhor não voltar?

Bourne tentou fazer com que sua voz não demonstrasse o tom de apelo.

— Terei tempo no avião. Eu colocarei por escrito tudo que aconteceu, tudo de que eu... me lembro. Eu lhe mando isso e o senhor toma as decisões. Com ela. Ela o chamou de gigante. Faça as decisões certas. Proteja-a.

— "*Vous êtes un soldat.. arrêtez.*" Eu lhe dou a minha palavra. Ela nada sofrerá.

— É tudo que posso pedir.

Villiers jogou a arma na cama. Ela foi parar entre as pernas nuas da mulher morta; o velho soldado tossiu abruptamente, desdenhosamente, o ânimo recobrado.

— Voltando às coisas práticas... — disse ele, a autoridade lhe voltando de maneira desajeitada, mas com nitidez. — Qual é o seu plano?

— Para começar, o senhor está à beira de um colapso, quase em estado de choque. O senhor é um autômato dando voltas no escuro, seguindo instruções que não consegue entender mas que tem que obedecer.

— Não é muito diferente da realidade, você diria? — interrompeu Villiers. — Antes que um jovem com a verdade nos olhos me forçasse a ouvi-lo. Mas como cheguei a esse estado que conhecemos? E por quê?

— Tudo o que o senhor sabe, tudo de que se lembra, é que um homem invadiu a sua casa durante o incêndio e bateu com toda força a arma na sua cabeça e o senhor caiu desmaiado. Quando acordou, o senhor encontrou a sua esposa morta, estrangulada, com um bilhete perto do corpo. Foi o que estava escrito no bilhete que o fez perder a lucidez.

— O que seria? — perguntou o velho soldado, cautelosamente.

– A verdade – disse Jason. – A verdade que o senhor nunca vai permitir que ninguém saiba. O que ela era para Carlos, o que ele era para ela. O assassino que escreveu o bilhete deixou um número de telefone, dizendo que o senhor podia confirmar o que estava escrito. Uma vez satisfeito, o senhor podia destruir o bilhete e comunicar a morte da maneira que quisesse. Mas por dizer ao senhor a verdade, por matar a traidora que contribuiu tanto para a morte de seu filho, ele quer que o senhor entregue uma mensagem escrita.

– A Carlos?

– Não. Ele mandará um contato.

– Agradeço a Deus por isso. Eu não tenho certeza se aguentaria tudo isso, sabendo que era ele.

– A mensagem chegará a ele.

– Qual é?

– Vou escrevê-la para o senhor; o senhor pode entregá-la ao homem que ele mandar. Tem que ser exata, tanto no que diz, como no que não diz. – Bourne olhou para a mulher morta, para o inchaço na garganta. – O senhor tem álcool?

– Bebida?

– Não. Álcool comum. Serve perfume.

– Tenho certeza de que há álcool no armário de remédios.

– O senhor se importa de pegá-lo para mim? Também uma toalha, por favor.

– O que vai fazer?

– Pôr minhas mãos onde as suas estiveram. Só para ter a certeza, embora eu não ache que alguém vá questioná-lo. Enquanto eu faço isso, telefone para quem o senhor precisar para me tirar daqui. O tempo é importante. Eu tenho que estar a caminho antes de o senhor telefonar para o contato de Carlos e muito antes de telefonar para a polícia. Eles vigiarão os aeroportos.

– Posso ganhar tempo até o amanhecer, acho eu. Um velho em estado de choque, conforme o senhor disse. Não mais do que isso. Aonde é que o senhor irá?

– Nova York. O senhor pode conseguir isso? Tenho um passaporte me identificando como um homem chamado George Washburn. Foi um bom trabalho de falsificação.

– O que torna o meu muito mais fácil. O senhor vai ter status diplomático. Livre trânsito em ambos os lados do Atlântico.

— Como inglês? O passaporte é britânico.

— É uma condescendência da OTAN. Canais do Conseiller; o senhor faz parte de uma equipe anglo-americana envolvida em negociações militares. Queremos a sua volta imediata aos Estados Unidos para receber instruções. Não é incomum, e é o suficiente para fazê-lo passar rapidamente por ambos os postos de imigração.

— Bom. Já cheguei os horários. Há um vôo às sete horas da manhã, pela Air France, Aeroporto Kennedy.

— O senhor estará nele. — O velho fez uma pausa; não tinha ainda terminado. Deu um passo na direção de Jason. — Por que Nova York? O que o faz ter tanta certeza de que Carlos o seguirá até Nova York?

— Duas perguntas com duas respostas diferentes — disse Bourne. — Eu tenho que entregá-lo no mesmo local onde ele me incriminou pela morte de quatro homens e uma mulher que eu não conhecia... um desses homens era alguém muito chegado a mim, uma parte de mim, acho eu.

— Não compreendo.

— Nem eu tenho certeza de que compreendo. Não há tempo. Tudo isso estará no que vou escrever para o senhor no avião. Tenho que provar que *Carlos sabia*. Um prédio em Nova York. Onde tudo isso aconteceu; eles têm que compreender. Ele *tinha conhecimento* daquilo. Confie em mim.

— Agora a segunda pergunta. Por que ele irá atrás de você?

Jason olhou de novo para a mulher morta na cama.

— Instinto, talvez. Eu matei a única pessoa na terra com quem ele se importava. Se ela fosse uma outra pessoa e Carlos a tivesse matado, eu o seguiria por toda a terra até encontrá-lo.

— Ele talvez seja menos sentimental. Acho que essa foi a opinião que você defendeu.

— Há mais coisa além disso — replicou Jason, desviando os olhos de Angélique Villiers. — Ele não tem nada a perder, tudo a ganhar. Ninguém sabe qual é a aparência dele, mas ele me conhece de vista. Ainda assim, ele não sabe o que penso. Ele me afastou, me isolou, me transformou em alguém que eu nunca pretendi ser. Talvez ele tenha tido bastante sucesso, talvez eu seja maluco, insano. Deus sabe que matá-la foi uma coisa insana. Minhas ameaças são irracionais. A que ponto além disso chegou a minha insanidade? Um homem irracional, um homem insano, é um homem em pânico. Esse homem pode ser destruído.

– A sua ameaça é irracional? O senhor pode ser destruído?
– Não tenho certeza. Eu só sei que não tenho escolha. – *Ele não tinha. Pegue Carlos. Arme uma cilada para Carlos. Caim é Charlie, e Delta é Caim. O homem e o mito eram finalmente um só, imagens e realidade se fundindo. Não havia outro meio.*

Haviam se passado dez minutos desde que ele telefonara para Marie, mentira para Marie e ouvira a calma aceitação em sua voz, sabendo que isso significava que ele precisava de tempo para pensar. Ela não tinha acreditado no que ele disse, mas acreditava *nele;* ela também não tinha escolha. E ele não pudera minorar a dor que ela sentia; não tinha havido tempo. Agora tudo estava em movimento, Villiers no andar térreo telefonando para um número de emergência no Conseiller Militaire da França, providenciando para que um homem com um passaporte falso fugisse de Paris com status diplomático. Em menos de três horas um homem estaria sobre o Atlântico, aproximando-se do aniversário de sua própria execução. Era a chave; era a cilada. Era o último ato irracional, insanidade na ordem do dia.

Bourne estava de pé perto da escrivaninha; abaixou a caneta e estudou as palavras que tinha escrito no papel timbrado de uma mulher morta. Eram as palavras que um velho alquebrado, aturdido, deveria repetir ao telefone para um contato desconhecido que exigiria o papel e o entregaria a Ilich Ramirez Sanchez.

> Eu matei a sua vagabunda e vou voltar para pegá-lo. Há setenta e uma ruas na selva. Uma selva tão densa quanto a de Tam Quan, mas há uma trilha que você não conhece, um cofre no porão que você desconhecia – assim como você nunca soube sobre mim no dia da minha execução há onze anos. Um outro homem sabia e você o matou. Não importa. Naquele cofre estão documentos que me libertarão. Você acha que eu me transformei em Caim sem uma proteção final? Washington não ousará me tocar! É de direito que, na data da morte de Bourne, Caim pegue os documentos que lhe garantirão uma vida muito

longa. Você condenou Caim à morte. Agora eu o condeno à morte. Vou voltar e você poderá se juntar a sua vagabunda.
Delta

Jason deixou cair o bilhete na escrivaninha e foi até a mulher morta. O álcool estava seco, a garganta inchada preparada. Ele se curvou e estendeu os dedos, colocando as mãos onde as mãos de um outro homem haviam estado.

Loucura.

34

A luz do sol surgiu sobre as torres da igreja em Levallois Perret, a noroeste de Paris, naquela fria manhã de março. Umas poucas mulheres idosas, voltando para seus lares depois de cumprirem seus horários noturnos no serviço da faxina na cidade, entravam e saíam pelas portas de bronze, segurando os corrimãos e os livros de orações, as preces começando ou terminando. Junto com elas havia homens malvestidos – a maioria velhos, outros lamentavelmente jovens – segurando seus sobretudos, procurando o calor da igreja, garrafas em seus bolsos, prolongando o precioso esquecimento, um outro dia para sobreviver.

Um velho, entretanto, não acompanhava o movimento hipnótico dos outros. Era um velho com pressa. Havia relutância – até mesmo medo – no seu rosto vincado, pálido, mas não hesitação no seu caminhar ao subir os degraus e atravessar as portas, passando pelas velas tremulantes e indo até o corredor da esquerda mais afastado. Era uma hora estranha para um homem procurar se confessar, não obstante aquele velho mendigo seguiu diretamente para o primeiro confessionário, abriu a cortina e deslizou para dentro.

– Angelus Domini...

– Você *trouxe?* – o sussurro autoritário, a silhueta clerical atrás da cortina tremendo de raiva.

– Sim. Ele o colocou na minha mão como um homem em estado de choque, chorando, dizendo para eu sair. Ele queimou o bilhete de Caim para ele e disse que negaria tudo se uma simples palavra fosse alguma vez mencionada. – O velho passou as páginas de papel escrito por baixo da cortina.

– Ele usou o papel timbrado dela. – O murmúrio do assassino se interrompeu, a mão apoiou a cabeça e ouviu-se então um grito mudo de angústia vindo de detrás da cortina.

– Insisto em lembrar, Carlos – implorou o mendigo. – O mensageiro não é responsável pelas notícias que leva. Não pude me recusar a ouvi-lo, recusar a trazer o bilhete para você.

– Como? *Por quê?*

– Lavier. Ele a seguiu até Parc Monçeau, depois as duas até a igreja. Eu o vi em Neuilly-sur-Seine quando servia de apoio. Eu disse isso.

– Eu sei. Mas *por quê?* Ele podia tê-la usado de cem maneiras diferentes! Contra mim! Por que *isso?*

– Está no bilhete dele. Ele ficou maluco. Ele foi exigido demais, Carlos. Isso acontece, eu já vi acontecer. Um homem numa missão dupla, mortos os homens que o comandavam, ele não tem ninguém para confirmar sua missão inicial. Ambos os lados querem a sua cabeça. Ele é exigido a tal ponto que talvez nem mesmo saiba quem ele é.

– Ele sabe... – O murmúrio era eivado de uma fúria calma. – Ao assinar o nome Delta, ele está me dizendo que sabe. Nós dois sabemos de onde isso vem, de onde *ele* vem.

O mendigo fez uma pausa.

– Se isso for verdade, então ele ainda representa um perigo para você. Ele tem razão. Washington não vai tocá-lo. Talvez não queiram reconhecê-lo, mas vão retirar seus carrascos. É até possível que sejam forçados a conceder-lhe um privilégio ou dois em troca de seu silêncio.

– Os documentos de que ele fala? – perguntou o assassino.

– É. Nos velhos tempos, em Berlim, Praga, Viena, eles eram chamados de "pagamentos finais". Bourne usou "proteção final", uma variação de menor importância. Eram documentos redigidos de comum acordo entre o comando e o agente infiltrado, para serem usados no caso de o plano falhar, ou de o comando ser morto, o agente ficando sem quaisquer outras avenidas abertas para ele. Você não deve ter estudado isso em Novgorod; os soviéticos não faziam esse tipo de arranjo. Os desertores soviéticos, contudo, insistiam em tê-los.

– São comprometedores, então?

— Tinham que ser até certo ponto. Geralmente na área de quem era manipulado. É preciso sempre evitar os embaraços, carreiras podem ser destruídas por situações embaraçosas. Mas eu não tenho que ficar explicando. Você usa essa técnica de maneira brilhante.

— Setenta e uma ruas na selva... — disse Carlos, lendo o papel na mão, uma serenidade gélida no murmúrio. — Uma selva tão densa quanto Tam Quan... Desta vez a execução terá lugar conforme o programa. Jason Bourne não sairá *desta* Tam Quan vivo. Sob qualquer outro nome, Caim será morto e Delta pagará pelo que fez. Angélique, você tem a minha palavra. — O encantamento cessou, a mente do assassino voltando rápida às coisas práticas. — Villiers tinha alguma ideia de quando Bourne saiu da casa dele?

— Ele não sabia. Eu disse a você, ele tinha perdido quase toda a lucidez, em um estado de choque tão grande quanto no momento em que deu o telefonema.

— Não importa. Os primeiros voos para os Estados Unidos começam dentro de uma hora. Estarei num deles. Chegarei a Nova York com o inimigo, e desta vez não falharei. Minha faca estará esperando, a lâmina afiada como uma navalha. Vou arrancar a pele da cara dele; os americanos receberão o seu Caim sem rosto! Aí eles poderão dar a esse Bourne, a esse Delta, o nome que eles quiserem.

O telefone de listas azuis tocou na mesa de Alexander Conklin. A campainha era discreta, o som baixo dava uma ênfase misteriosa. Esse telefone era a linha direta de Conklin com as salas dos computadores e dos bancos de dados. Não havia ninguém ali para atender.

O executivo da CIA irrompeu subitamente pela porta, claudicando, desacostumado com a bengala que lhe fora providenciada pelo G-Dois, em Bruxelas, na noite anterior, ao requisitar um transporte militar para o aeroporto de Andrews, em Maryland. Atirou a bengala longe e se lançou para o telefone. Os olhos estavam injetados pela falta de sono, a respiração entrecortada; o homem responsável pela dissolução da Treadstone estava exausto. Tinha estado em comunicação secreta com uma dúzia de órgãos que faziam operações clandestinas — em Washington e no exterior — tentando desfazer a insanidade das últimas 24 horas. Divulgara cada um dos itens de informação que conseguira nos arquivos entre todos os órgãos da Europa, tinha colocado em alerta agentes no eixo Paris-Londres-Amsterdã. Bourne estava vivo e era perigoso; tinha tentado matar o seu controle de Washington; ele poderia estar em qualquer lugar num raio de dez horas de Paris. Todos os aeroportos e estações de trem estavam cobertos, todas as redes clandestinas ativadas. Achem-no! *Matem-no!*

– Sim? – Conklin apoiou-se na mesa e pegou o telefone.

– Aqui é estação Dock 12 – disse uma eficiente voz masculina. – Acho que temos alguma coisa. Pelo menos, o Departamento de Estado não tem nada listado sobre ele.

– *O que é,* pelo amor de Deus?

– O nome que o senhor nos deu há quatro horas. Washburn.

– E daí?

– Um certo George P. Washburn recebeu um visto prévio em Paris rumo a Nova York, num voo da Air France de hoje de manhã. Washburn é um nome bem comum, poderia ser apenas um homem de negócios com boas ligações, mas o nome estava na listagem pessoal de status diplomático. Nós checamos com o Departamento de Estado. Nunca ouviram falar dele. Não há ninguém chamado Washburn ligado a qualquer negociação em andamento na OTAN, entre o governo francês e qualquer nação-membro.

– Então como diabos ele recebeu um visto desses? Quem lhe deu o status diplomático?

– Checamos com Paris, não foi fácil. Aparentemente foi um arranjo do Conseiller Militaire. É um pessoal fechado.

– O Conseiller? Como é que eles podem dar um visto para *nosso* pessoal?

– Não se trata de "nosso" pessoal ou pessoal "deles", pode ser qualquer um. É apenas uma cortesia do país anfitrião, e era um avião francês. É uma maneira de conseguir um lugar decente num avião superlotado. Além disso, o passaporte de Washburn nem mesmo era americano. Era inglês.

Havia um médico, um inglês chamado Washburn... Era ele! Era Delta, e o Conseiller da França havia cooperado com ele. Mas por que Nova York? O que é que havia em Nova York para ele? E quem tinha uma posição tão alta em Paris para fazer esse arranjo para Delta? O que ele lhes teria contado? Oh, Cristo! *Quanto* ele lhes teria contado?

— Quando é que o voo chegou?

— Dez e trinta e sete, hoje de manhã. Há pouco mais de uma hora.

— Muito bem — disse o homem cujo pé tinha sido arrancado na Medusa, arrastando-se penosamente em torno da mesa até sua cadeira. — Você já passou a mensagem e agora eu quero que ela seja apagada dos registros telefônicos. Apague tudo. Tudo o que você me passou. Fui claro?

— Entendido, senhor. Apagado, senhor.

Conklin desligou. Nova York. *Nova York?* Não era Washington, mas sim Nova York! Não havia mais nada em Nova York. Delta sabia disso. Se ele estivesse atrás de alguém da Treadstone — se estivesse atrás *dele,* Conklin —, teria tomado um voo direto para Dulles. O que havia em Nova York?

E por que Delta tinha deliberadamente usado o nome Washburn? Era o mesmo que telegrafar o seu plano; ele sabia que esse nome seria detectado mais cedo ou mais tarde... Mais tarde... *Depois* que ele estivesse além dos portões! Delta estava dizendo ao que restava da Treadstone que ele estava jogando pesado. Estava em posição não só de denunciar a operação Treadstone, mas só Deus sabe o que mais. Redes inteiras que ele usara como Caim, postos de escuta e consulados de fachada que não eram mais do que postos de espionagem eletrônica... até mesmo o espectro sangrento da Medusa. Suas conexões dentro do Conseiller eram a prova para a Treadstone do quanto ele ascendera. Sua mensagem era a de que, se ele podia alcançar um grupo tão pequeno de estrategistas, nada o deteria. Mas com os diabos, impedi-lo de fazer *o quê?* Qual era o interesse dele? Ele tinha os milhões, ele podia ter desaparecido!

Conklin balançou a cabeça, lembrando-se. Houve um tempo em que ele teria deixado Delta desaparecer; ele disse isso a ele num cemitério nos arredores de Paris. Um homem podia suportar apenas até um certo limite, e ninguém sabia melhor isso do que Alexander Conklin, que fora um dos melhores oficiais do serviço secreto da comunidade de inteligência. Até um certo limite; os clichês hipócritas sobre ainda estar vivo ficam mofados e amargos com o tempo. Dependia do que se era antes do convívio com a deformidade. Até um certo limite... Mas Delta *não* desaparecera! Ele voltara com declarações loucas, exigências loucas... táticas malucas que nenhum oficial da inteligência experiente teria levado a sério. Pois, por mais informações explosivas que ele possuísse, por mais alto que ele tivesse se infiltrado, nenhum homem mentalmente são entraria novamente num campo minado cercado por seus inimigos. E toda a chantagem do mundo não o traria de volta...

Nenhum homem mentalmente são. Nenhum homem *mentalmente são*. Conklin sentou-se vagarosamente na cadeira.

Eu não sou Caim. Ele nunca existiu. Eu nunca existi! Eu não estive em Nova York... Foi Carlos. Não fui eu, foi Carlos! Se o que você está dizendo aconteceu na rua 71, então foi ele. Ele sabe!

Mas Delta tinha estado na casa marrom da rua 71. Impressões digitais – dedos anular e indicador, mão direita. E o método de transporte estava agora explicado: Air France, cobertura do Conseiller... Fato: Carlos não podia ter sabido.

As coisas me vêm à cabeça... rostos, ruas, prédios. Imagens que eu não consigo localizar... Eu sei mil fatos sobre Carlos, mas não sei por quê!

Conklin fechou os olhos. Havia uma frase, uma frase simples em código, que tinha sido usada no início da Treadstone. Qual era? Tinha vindo da Medusa... *Caim é Charlie, e Delta é Caim.* Era isso. Caim é para *Carlos.* Delta-Bourne tornara-se o Caim que era o chamariz para Carlos.

Conklin abriu os olhos. Jason Bourne deveria substituir Ilich Ramirez Sanchez. Era essa toda a estratégia da Treadstone Seventy-One. Era a chave para toda a estrutura da camuflagem, a paralaxe que atrairia Carlos para fora de seu esconderijo, colocando-o sob suas miras.

Bourne. Jason Bourne. O homem totalmente desconhecido, um nome enterrado há mais de uma década, um pedaço de destroço humano deixado na selva. Mas ele *tinha* existido; isso também fazia parte do plano.

Conklin remexeu as pastas na sua mesa até encontrar a que estava procurando. Não tinha título, apenas uma inicial e dois números seguidos de um X preto, significando que era a única pasta contendo as origens da Treadstone.

T-7 1 X. O nascimento da Treadstone Seventy-One.

Ele abriu a pasta, com um certo receio de ver o que ele sabia que estava lá.

Data da execução. Setor de Tam Quan. 25 de março.

Os olhos de Conklin se adiantaram para o calendário na sua mesa.

24 de março.

– Oh, meu Deus – murmurou ele, estendendo a mão para o telefone.

O dr. Morris Panov atravessou as portas duplas da enfermaria de psiquiatria no terceiro andar do Anexo Naval do Bethesda e chegou junto ao balcão de enfermagem. Sorriu para a estagiária uniformizada que manuseava umas fichas sob o olhar severo da enfermeira-chefe do andar, de pé ao lado da moça. Aparentemente a jovem tinha colocado em um lugar errado a ficha de um paciente – se não o próprio paciente –, e a chefe não ia deixar que isso acontecesse de novo.

– Não se iluda com a severidade de Annie – disse Panov para a moça atrapalhada. – Debaixo desses olhos frios, desumanos, há um coração de puro granito. Na verdade, ela escapou do quinto andar há duas semanas, mas nós todos estamos com medo de divulgar a notícia.

A moça deu um risinho; a enfermeira balançou a cabeça, irritada. O telefone tocou na mesa atrás do balcão.

– Atenda ali, por favor, querida – disse Annie para a moça. A estagiária assentiu e foi para a mesa. A enfermeira virou-se para Panov. – Dr. Mo, como é que vou conseguir meter alguma coisa na cabeça delas com o senhor por aí?

– Com amor, minha cara Annie. Com amor. Mas sem se esquecer das correntes.

– O senhor não tem jeito. Mas, me diga, como está o seu paciente da 5-A? Eu soube que o senhor estava preocupado com ele.

– Ainda estou.

– Ouvi dizer que o senhor ficou acordado a noite inteira.

– Tinha um filme às três horas da madrugada na televisão que eu queria ver.

– Não faça isso, Mo – disse a enfermeira em tom maternal. – O senhor é muito jovem para terminar assim.

— E talvez velho demais para evitar isso, Annie. Mas obrigado.

De repente Panov e a enfermeira perceberam que ele estava sendo chamado, a estagiária de olhos arregalados na mesa falando no microfone.

— Dr. Panov, por favor. Telefone para...

— Eu sou o dr. Panov — disse o psiquiatra num sussurro para a moça. — Não queremos que ninguém saiba. E nossa Annie Donovan aqui é na verdade minha mãe polonesa. Quem é?

A estagiária olhou espantada para a identificação no jaleco branco do médico, piscou e retrucou.

— Um tal de sr. Alexander Conklin, doutor.

— Oh? — Panov ficou surpreendido. Alex Conklin tinha sido um paciente de internações periódicas no hospital durante cinco anos, até que ambos concordaram que ele havia se ajustado o máximo possível — o que não significava muito. Havia tantos ali e era tão pouco o que os médicos podiam fazer por eles. Qualquer que fosse o assunto, a coisa tinha que ser relativamente séria para Conklin telefonar para o Bethesda e não para o seu consultório. — Onde é que posso pegar esse telefonema, Annie?

— Sala 1 — disse a enfermeira, apontando para o outro lado do corredor. — Está vazia. Vou fazer com que transfiram a ligação.

Panov foi na direção da porta, um sentimento desagradável se apossando dele.

— Preciso de algumas respostas rápidas, Mo — disse Conklin, a voz tensa.

— Não sou muito bom em respostas rápidas, Alex. Por que você não vem me ver hoje à tarde?

— Não se trata de mim. É uma outra pessoa. Talvez.

— Nada de jogos, por favor. Pensei que já tivéssemos ultrapassado essa fase.

— Nada de jogos. É uma emergência Quatro-Zero e preciso de ajuda

— Quatro-Zero? Chame um dos seus assessores. Nunca pedi esse tipo de autorização.

— Não posso. Por aí você vê como a coisa é urgente.

— Então é melhor pedir a Deus.

— Mo, *por favor!* Eu só tenho que confirmar umas possibilidades, o resto eu posso tentar entender eu mesmo. E não tenho cinco segundos a perder. Um homem pode estar correndo por aí pronto para acabar com uns fantasmas, com qualquer um que ele pense que seja um fantasma. Ele já matou gente muito importante, e eu não sei se ele sabe disso. Ajude-me, ajude-o!

— Se eu puder. Vamos lá.

— Um homem é colocado numa situação de máximo estresse, altamente perigosa, por um longo período de tempo, durante todo esse tempo sob uma identidade falsa. Este disfarce propriamente dito é uma isca; muito visível, muito negativa, havendo uma pressão constante para manter essa visibilidade. O propósito é atrair para fora do esconderijo um alvo semelhante à isca, convencendo o alvo de que a isca é uma ameaça para ele, forçando o alvo a se expor... Está me acompanhando até aqui?

— Até aqui — disse Panov. — Você diz que há uma pressão constante sobre esse chamariz para manter um perfil negativo, altamente visível. Qual é o ambiente dele?

— O mais brutal que você possa imaginar.

— Por quanto tempo?

— Três anos.

— Meu Deus — disse o psiquiatra. — Sem interrupções?

— Absolutamente nenhuma. Vinte e quatro horas por dia, 365 dias por ano. Três anos. Alguém fingindo que não é ele mesmo.

— Quando é que vocês, seus idiotas, vão aprender? Até mesmo prisioneiros nos piores campos podiam ser eles mesmos, falar com outros que também eram eles mesmos. — Panov parou, comparando suas próprias palavras e o que Conklin queria dizer. — É essa a questão, não é?

— Não estou bem certo — respondeu o oficial de inteligência. — É obscuro, confuso, até mesmo contraditório. O que eu quero perguntar a você é o seguinte. Poderia um homem nessa situação começar a... a acreditar que ele é o chamariz, assumir as características, absorver o dossiê falso a tal ponto que ele pense que é ele?

– A resposta para isso é tão óbvia que me espanta que você a tenha feito. É claro que pode. Provavelmente aconteceu. É uma ação prolongada, insuportável, que não pode ser tolerada a menos que essa convicção se torne uma parte de sua realidade cotidiana. O ator que nunca deixa o palco de uma peça que nunca termina. Dia após dia, noite após noite. – O médico parou de novo, e continuou, depois, cautelosamente. – Mas essa não é realmente a sua pergunta, não é?

– Não – retrucou Conklin. – Vou um passo adiante. Além do chamariz. Tenho que ir, é a única coisa que faz sentido.

– Espere um minuto – interrompeu Panov bruscamente. – É melhor você parar por aqui, porque eu não estou confirmando nenhum diagnóstico às cegas. Pelo menos não na direção que você está me levando. Sem essa, Charlie. Isso seria dar a você uma permissão pela qual eu não vou ser responsável, com ou sem pagamento de consulta.

– Sem essa... *Charlie?* Por que você disse isso, Mo?

– Como assim? É só uma expressão. Eu a ouço a toda hora de crianças brincando nas ruas e das garotas de programa nos meus bares preferidos.

– Como você sabe para onde eu estou te levando? – disse o homem da CIA.

– Porque eu tenho que ler os livros, e você não é muito sutil. Você acabou de descrever um caso clássico de esquizofrenia paranoica com múltiplas personalidades. Não se trata apenas de o seu homem assumindo o papel de *chamariz,* mas o próprio chamariz transferindo sua personalidade para a pessoa que ele persegue. O *alvo*. É para lá que você está indo, Alex. Você está me dizendo que o seu homem são três pessoas: ele próprio, o chamariz e o alvo. E eu repito. Sem essa, Charlie. Eu não vou confirmar nada que se assemelhe nem remotamente a isso sem um exame completo. Isso é dar a você direitos que você não tem, três razões para matar. De maneira alguma!

– Não estou pedindo a você para confirmar nada! Eu só quero saber se é *possível*. Pelo amor de Deus, Mo, há um homem mortalmente experiente solto por aí com uma arma, matando pessoas que ele alega não conhecer, mas que trabalharam com ele por três anos. Ele nega ter estado num lugar determinado numa hora determinada quando suas próprias impressões digitais provam que ele esteve lá. Ele diz que imagens lhe chegam à mente; rostos que ele não consegue localizar, nomes que ele ouviu falar mas que não sabe de onde. Alega que nunca foi um chamariz; nunca foi ele! Mas ele foi! Ele é! Isso *é possível?* É tudo que quero saber. Será que o estresse e o tempo e as pressões diárias o dividiram assim? Em três?

Panov suspendeu a respiração durante um instante.

– É possível – disse em voz baixa. – Se os seus fatos são verdadeiros, é possível. É tudo que vou dizer, porque há muitas outras possibilidades.

– Obrigado. – Conklin fez uma pausa. – Uma última pergunta. Digamos que há uma data, um dia e um mês, que era importante no dossiê falso, no dossiê do chamariz.

– Você tem que ser mais específico.

– Vou ser. É a data na qual foi morto o homem cuja identidade foi assumida pelo chamariz.

– Então isso obviamente não fazia parte do dossiê em uso, mas era conhecido do seu homem. Estou certo?

– Está, ele sabia disso. Digamos que ele estivesse lá na hora em que o homem morreu. Ele se lembraria do fato?

– Não como chamariz.

– Mas como um dos outros dois?

– Presumindo que o alvo também soubesse disso, ou que tivesse comunicado isso através de sua transferência, sim.

– Há também um lugar onde o plano foi concebido, onde o chamariz foi criado. Se o nosso homem estivesse nas vizinhanças desse lugar e a data da morte estivesse se aproximando, seria ele atraído ao local? Será que o fato lhe viria à mente e se tornaria importante para ele?

– Viria se estivesse associado com o lugar original da morte. Porque o chamariz nasceu ali; é possível. Depende de quem ele era no momento.

– Suponhamos que ele fosse o alvo?

– E conhecesse o local?

– Sim, porque uma outra parte dele tinha que conhecer.

– Então ele seria atraído para lá. Seria uma compulsão subconsciente.

– Por quê?

— Para matar o chamariz. Ele mataria tudo que avistasse mas o principal objetivo seria o chamariz. Ele mesmo.

Alexander Conklin recolocou o telefone no gancho, seu pé inexistente latejando, os pensamentos tão convulsionados que teve que fechar os olhos para encontrar um fio de raciocínio consistente. Ele estava errado em Paris... no cemitério de Paris. Ele queria matar um homem por motivos errados, os motivos verdadeiros além de sua compreensão. Ele estava lidando com um louco. Alguém cujas aflições não se explicavam por vinte anos de treinamento, mas que eram compreensíveis se alguém considerasse suas dores e perdas, as ondas intermináveis de violência... tudo terminando em vão. Ninguém sabia de nada, realmente. Nada fazia sentido. Um Carlos caía numa cilada, matava hoje, e um outro tomaria o seu lugar. Por que, nós fizemos isso... David?

David. Eu finalmente disse o seu nome. Já fomos amigos, David... Delta. Eu conheci a sua esposa e os seus filhos. Bebemos juntos e jantamos juntos algumas vezes em postos longínquos, na Ásia. Você era o melhor funcionário do serviço diplomático no Oriente, e todos sabiam disso. Você ia ser a chave para a nova política, a que estava prestes a ser implantada. E aí aconteceu aquela coisa. Morte dos céus no Mekong. Você desertou, David. Todos ficamos perdidos, mas você foi o único que se transformou em Delta. Na Medusa. Eu não te conhecia tão bem assim — drinques e um jantar ou dois não fazem de ninguém amigos íntimos — mas poucos de nós se tornaram animais. Você se tornou um animal, Delta.

E agora você deve morrer. Ninguém pode suportá-lo mais. Nenhum de nós.

— Nos deixe, por favor — disse o general Villiers para seu assessor, sentado numa mesa no café de Montmartre, do lado oposto de Marie St. Jacques. O assessor assentiu e foi para uma mesa a três metros de distância da divisória; ele já deveria ter ido embora mas ainda estava de guarda. O velho soldado, exausto, olhou para Marie. — Por que você insistiu que eu viesse aqui? Ele queria você fora de Paris. Eu dei minha palavra a ele.

— Fora de Paris, fora da corrida — disse Marie, comovida pelo aspecto angustiado do rosto do velho. — Desculpe. Não quero ser um outro fardo para o senhor. Ouvi as notícias no rádio.

— Insanidade — disse Villiers, pegando o conhaque que seu assessor havia pedido para ele. — Três horas com a polícia, vivendo uma mentira terrível, condenando um homem por um crime que foi meu.

— A descrição foi correta, incrivelmente correta. Ninguém poderia deixar de notá-lo.

— Ele mesmo me deu. Sentou-se defronte do espelho da minha esposa e me disse o que falar, olhando para o seu próprio rosto, da maneira mais estranha possível. Disse que era a única maneira. Carlos só poderia ficar convencido se eu fosse à polícia, desencadeando uma caçada humana. Ele tinha razão, é claro.

— Ele estava certo — concordou Marie. — Mas ele não está em Paris, ou em Bruxelas ou Amsterdã.

— Não entendi.

— Eu quero que o senhor me diga aonde ele foi.

— Ele mesmo lhe disse.

— Ele mentiu para mim.

— Como pode ter certeza?

— Porque eu sei quando ele me diz a verdade. O senhor vê, nós dois o sabemos.

— Nós dois...? Acho que não compreendo.

— Acho que o senhor não compreende mesmo; eu tinha certeza de que ele não tinha lhe contado. Quando ele mentiu para mim ao telefone, dizendo as coisas que disse de maneira tão hesitante, sabendo que eu sabia que eram mentiras, eu não pude compreender. Eu não consegui juntar os fatos até que ouvi as notícias no rádio. O seu relato e um outro. Aquela descrição... tão completa, tão total, até mesmo a cicatriz na sua têmpora esquerda. Depois eu entendi. Ele não ia ficar em Paris, ou na periferia de Paris. Ele ia para bem longe, onde aquela descrição não significaria muito, onde Carlos pudesse ser conduzido, entregue às pessoas com as quais Jason tinha o acordo. Estou certa?

Villiers abaixou o copo.

— Eu dei minha palavra. Você deve ser retirada em segurança do país. Não entendo o que você está dizendo.

– Então vou tentar ser mais clara – disse Marie, inclinando-se para a frente. – Houve uma outra notícia no rádio, uma que o senhor obviamente não ouviu porque o senhor estava com a polícia ou isolado. Dois homens foram encontrados mortos a tiros em um cemitério perto de Rambouillet hoje de manhã. Um era um assassino conhecido de Saint-Gervais. O outro foi identificado como um ex-oficial do serviço secreto americano morando em Paris, um homem altamente controverso, que matou um jornalista no Vietnã e que pôde escolher ser reformado do Exército ou ser submetido à corte marcial.

– Você quer dizer que os incidentes estão relacionados? – perguntou o velho.

– Jason foi instruído pela embaixada americana para ir àquele cemitério a noite passada para encontrar com um homem que viera de avião de Washington.

– *Washington?*

– É. Seu acordo era com um pequeno grupo de homens do serviço secreto americano. Eles tentaram matá-lo na noite passada; eles acham que têm que matá-lo.

– Meu bom Deus, por quê?

– Porque não podem confiar nele. Eles não sabem o que ele fez ou onde ele esteve durante um longo período de tempo, e ele não consegue dizer isso a eles. – Marie fez uma pausa, fechando os olhos por um instante. – Ele não sabe quem ele é. Ele não sabe quem *eles* são; e o homem de Washington contratou outros homens para matá-lo na noite passada. Aquele homem não quis ouvi-lo; eles acham que Jason os traiu, que roubou milhões deles, matou homens de quem ele nunca ouviu falar. Ele não fez nada disso. Mas Jason, por sua vez, não tem respostas claras. É um homem com somente fragmentos de memória, cada fragmento o condenando. Tem uma amnésia quase total.

O rosto vincado de Villiers estava imobilizado de espanto, os olhos com uma expressão doída, recordando.

– "Por todas as razões erradas..." Ele me disse isso. "Eles têm homens por toda parte... as ordens são para me executar assim que me virem. Sou caçado por homens que eu não conheço e não posso ver. Por todas as razões erradas..."

— Por *todas* as razões erradas — enfatizou Marie, estendendo a mão sobre a mesa e tocando o braço do velho. — E eles têm homens por toda parte, homens que receberam ordens de matá-lo assim que o virem. Onde quer que vá, lá eles o estarão esperando.

— Como eles saberão aonde ele foi?

— Ele vai lhes dizer. É parte do plano. E, quando ele o fizer, eles o matarão. Ele está caindo na sua própria armadilha.

Villiers ficou em silêncio por vários momentos, assoberbado pela culpa. Finalmente falou, num sussurro.

— Deus Todo-Poderoso, o que foi que eu fiz?

— O que o senhor julgou que era certo. O que ele convenceu ao senhor que era certo. O senhor não pode se culpar. Ou a ele, realmente.

— Ele disse que ia escrever tudo que tinha acontecido com ele, tudo de que se lembrava... Como deve ter sido doloroso fazer essa declaração! Não posso esperar por essa carta, mademoiselle. Nós não podemos esperar. Devo saber tudo que você puder me contar. Agora.

— O que é que o senhor pode fazer?

— Ir até a embaixada americana. Ao embaixador. Agora. *Tudo*.

Marie St. Jacques retirou a mão lentamente enquanto se inclinava para trás na divisória, o cabelo ruivo sobre o encosto. Os olhos estavam longe, embaçados com a névoa de lágrimas.

— Ele me disse que a vida começou para ele numa pequena ilha no Mediterrâneo chamada Ile de Port Noir...

O secretário do Departamento de Estado entrou raivosamente no escritório do diretor de operações consulares, uma seção do departamento encarregada das atividades clandestinas. Atravessou a sala até a mesa do espantado diretor, que se levantara ao avistar aquele homem poderoso, sua expressão um misto de choque e surpresa.

— Sr. secretário?... Não recebi nenhuma mensagem do seu gabinete, senhor. Eu teria subido imediatamente.

O secretário de Estado jogou um bloco de folhas amarelas de papel oficial na mesa do outro. Na primeira página havia uma coluna de seis nomes escritos em letras grandes.

BOURNE
DELTA
MEDUSA
CAIM
CARLOS
TREADSTONE

– O que é isto? – perguntou o secretário. – Com os diabos, o que *é* isto?

O diretor de operações consulares inclinou-se na mesa.

– Não sei, senhor. São nomes, é claro. Um código para o alfabeto, a letra D, é uma referência à Medusa; isso ainda é confidencial, mas já ouvi falar nela. E suponho que "Carlos" se refira ao assassino; gostaria de saber mais sobre ele. Mas nunca ouvi falar de "Bourne" ou "Caim" ou "Treadstone".

– Então venha até o meu gabinete e ouça a fita com uma conversa telefônica que acabei de ter com Paris e você vai saber tudo sobre eles! – explodiu o secretário de Estado. – Há coisas extraordinárias na fita, inclusive sobre assassinatos em Ottawa e Paris, e ligações muito estranhas que nosso primeiro-secretário na avenue Montaigne teve com um homem da CIA. Há também mentiras deslavadas para autoridades de governos estrangeiros, para *nossos* próprios órgãos de informações e para os jornais europeus – sem o conhecimento nem o consentimento do Departamento de Estado! Houve uma operação de despistagem global que divulgou contrainformações por mais países do que eu posso imaginar. Nós estamos trazendo para cá, sob disfarce diplomático de alto nível, uma mulher canadense: uma economista do governo de Ottawa que é procurada por assassinato em Zurique. Estamos sendo forçados a dar asilo a uma fugitiva, a violar as leis; porque essa mulher está dizendo a verdade, estamos com o rabo na seringa! Quero saber o que está acontecendo. Cancele tudo na sua agenda, e eu estou dizendo mesmo *tudo*. Você vai passar o resto do dia e toda a noite se precisar levantando todas essas informações. Há um homem andando por aí que não sabe quem é, mas com mais informações confidenciais na cabeça do que dez computadores do serviço secreto.

Já passava da meia-noite quando o exausto diretor de operações consulares conseguira estabelecer contato. O primeiro-secretário da embaixada em Paris, sob a ameaça de demissão sumária, lhe dera o nome de Alexander Conklin. Mas Conklin não foi encontrado em lugar algum. Ele tinha voltado a Washington num avião militar que partira de Bruxelas de manhã, mas tinha saído de Langley às 13h22 da tarde, sem deixar nenhum número de telefone – nem mesmo um número de emergência – onde pudesse ser contatado. E do que o diretor pôde apurar a respeito de Conklin, essa omissão era extraordinária. O homem da CIA era o que comumente se chamava de "caça-tubarão"; ele chefiava os planos específicos onde se suspeitava de deserção e traição, sua área de ação abarcando o mundo todo. Havia muitos homens em muitos postos que podiam precisar da sua aprovação ou desaprovação num determinado momento. Não fazia sentido que ele cortasse esse fio por doze horas. O que parecia também inusitado era que o registro de seus telefonemas tenha sido apagado, não havia nem uma chamada registrada nos dois últimos dias – e a CIA tinha normas específicas relativas a esses registros. Responsabilidades rastreáveis eram a nova ordem do novo regime. Entretanto o diretor de operações consulares tinha aprendido uma coisa: Conklin trabalhara com a Medusa.

Usando a ameaça de uma retaliação do Departamento de Estado, o diretor tinha requisitado uma listagem em circuito fechado dos telefonemas de Conklin nas últimas cinco semanas. Relutantemente a CIA a enviou, e o diretor ficou sentado durante duas horas defronte de uma tela, dando ordens aos operadores em Langley para repetirem a lista até que ele lhes dissesse para parar.

Oitenta e seis números tinham sido chamados, sendo mencionada a palavra Treadstone; ninguém nos números chamados indicara conhecer a palavra. Depois o diretor analisou as possibilidades; havia um homem do Exército que ele não tinha levado em consideração devido a sua bem conhecida antipatia para com a CIA. Mas Conklin telefonara para ele duas vezes no espaço de vinte minutos há uma semana. O diretor contatou suas fontes no Pentágono e encontrou o que estava procurando: Medusa.

O general-de-brigada Irwin Arthur Crawford, atual oficial de carreira na chefia dos bancos de dados do serviço de inteligência do Exército, ex-comandante de unidade em Saigon, vinculado a operações secretas – ainda confidenciais *Medusa*.

O diretor pegou o telefone da sala de reuniões; essa linha não passava pela mesa telefônica. Discou o número da casa do general em Fairfax, e, no quarto toque, Crawford atendeu. O homem do Departamento de Estado se identificou e perguntou se o general se importava de retornar a ligação para o departamento e checar a origem.

– Por que eu iria fazer isso?
– Diz respeito a um assunto chamado Treadstone.
– Telefono de volta.

Ele telefonou em dezoito segundos e nos dois minutos seguintes o diretor apresentou um resumo das informações que o Departamento de Estado tinha.

– Não há nada no que você disse que nós não saibamos – disse o general. – Desde o início havia um comitê de controle, e o Salão Oval recebeu um sumário preliminar uma semana após a inauguração. Nosso objetivo justificava essas normas de procedimento, pode ficar certo disso.

– Gostaria de ter essa certeza – retrucou o homem do departamento. – Isso está relacionado com aquele negócio em Nova York de uma semana atrás? Elliot Stevens, aquele major Webb e David Abbott? Onde as circunstâncias foram, vou colocar assim, consideravelmente alteradas?

– Você está ciente das alterações?
– Sou o chefe do serviço de operações consulares, general.
– É, você deveria... Stevens não era casado; o resto se compreende. Preferimos alegar roubo e homicídio. A resposta é afirmativa.

– Entendo... O seu homem Bourne voou para Nova York ontem de manhã.
– Eu sei. Nós sabemos, isto é, Conklin e eu. Somos os herdeiros.
– O senhor tem estado em contato com Conklin?
– Falei com ele pela última vez por volta de uma hora da tarde. A ligação não foi registrada. Ele insistiu nisso, para dizer a verdade.

– Ele saiu de Langley. Não há nenhum telefone onde ele possa ser contatado.
– Também sei disso. Não tente. Com todo respeito devido, diga ao secretário de Estado para se afastar. O senhor deve se afastar. Não se envolva.
– Nós *estamos* envolvidos, general. Estamos trazendo a mulher canadense por via diplomática.
– Pelo amor de Deus, por quê?
– Fomos forçados a fazê-lo; ela nos forçou a isso.
– Então mantenha-a isolada. Vocês têm que fazer isso! Ela é *nossa* ruína, seremos responsabilizados.
– Acho que é melhor o senhor explicar.
– Estamos lidando com um homem *insano*. Com esquizofrenia múltipla. Ele é um pelotão de fuzilamento ambulante, pode matar uma dúzia de pessoas inocentes com um único acesso, uma explosão em sua própria cabeça, e ele nem mesmo saberia por quê.
– Como é que o senhor sabe?
– Porque ele já matou. Aquela chacina em Nova York foi *ele*. Ele matou Stevens, o Monge, Webb, acima de todos, Webb, e dois outros dos quais o senhor nunca ouviu falar. Nós compreendemos agora. Ele não era responsável, mas isso não muda nada. Deixe ele conosco. Para Conklin.
– Bourne?
– É. Temos provas. Impressões digitais. Foram confirmadas pelo Birô. Foi ele.
– O seu homem deixaria impressões digitais?
– Ele deixou.
– Ele não poderia ter deixado – disse o homem do departamento, com firmeza.
– O quê?
– Me diga, de onde é que vocês tiraram a conclusão de insanidade? Essa tal de esquizofrenia múltipla ou que diacho seja que o senhor está chamando essa coisa.
– Conklin conversou com um psiquiatra, um dos melhores, uma autoridade em colapsos nervosos causados por estresse. Alex descreveu o caso e é brutal. O médico confirmou nossas suspeitas, as suspeitas de Conklin.
– Ele as *confirmou?* – perguntou o diretor, estupefato.
– Confirmou.

— Baseado no que Conklin disse? No que ele *achou* que sabia?

— Não havia outra explicação. Deixe o homem para nós. Ele é nosso problema.

— O senhor é um grandissíssimo idiota, general. O senhor devia ter ficado com os seus bancos de dados ou talvez com a sua artilharia mais primitiva.

— Está me ofendendo.

— Pode ficar ofendido o quanto quiser. Se o senhor tiver feito o que eu acho que fez, não vai lhe sobrar muito mais do que ficar ofendido.

— Explique-se – disse o general, a voz dura.

— Vocês não estão lidando com um louco, ou com uma vítima dessa maldita esquizofrenia múltipla, sobre a qual eu duvido que o senhor saiba mais do que eu. Vocês estão lidando com um homem com amnésia, um homem que vem tentando há meses descobrir quem é e de onde vem. E, por meio de uma fita gravada com uma conversa telefônica que temos aqui, ficamos sabendo que ele tentou lhes dizer, tentou dizer a Conklin, mas Conklin se recusou a ouvir. Nenhum de vocês quis *ouvir...* Vocês mandam um homem envergar um disfarce extremo durante três anos, três *anos,* para atrair Carlos, e, quando o plano falha, vocês pressupõem a pior hipótese.

— Amnésia?... Não, o senhor está enganado! Falei com Conklin; ele ouviu *com atenção* o que o homem tinha a falar. O senhor não compreende; nós dois conhecemos...

— Não quero ouvir o nome dele! – interrompeu o diretor de operações consulares.

O general fez uma pausa.

— Nós dois conhecemos... Bourne... anos atrás. Acho que o senhor sabe de onde; o senhor leu o nome para mim. Ele era o homem mais estranho que já conhecemos, o mais paranoico de todos nós na organização. Ele aceitava missões, riscos, que nenhum homem mentalmente são aceitaria. E apesar disso nunca pediu nada. Tinha tanto ódio dentro dele.

— E isso o fez candidato a uma enfermaria psiquiátrica dez anos mais tarde?

— Sete anos – corrigiu Crawford. – Tentei evitar que ele fosse escolhido na Treadstone. Mas o Monge disse que ele era o melhor. Eu não pude contra-argumentar quanto a isso, pelo menos em termos de habilidade. Mas fiz ouvir minhas objeções. Ele era psicologicamente um caso marginal; sabíamos por quê. E acabei tendo razão. Finco pé nisso.

— O senhor não vai fincar o pé em nada, general. O senhor vai é cair sentado no seu cu de ferro. Porque o Monge estava com a razão. O seu homem é o melhor, com ou sem memória. Ele está atraindo Carlos, entregando Carlos bem aí na sua maldita porta de entrada. Isto é, ele estará entregando Carlos a menos que vocês o matem primeiro. — A respiração baixa, forçada, de Crawford era precisamente o que o diretor tinha medo de ouvir. Ele continuou. — O senhor não pode contatar Conklin, pode? — perguntou.

— Não.

— Ele desapareceu, não é? Fez seus próprios arranjos, os pagamentos foram canalizados para terceiros desconhecidos entre si, o rastreamento da fonte impossível, todas as conexões com a CIA e com a Treadstone apagadas. E a essa hora há fotografias nas mãos de homens que Conklin não conhece, não reconheceria se eles o prendessem. Não me fale de pelotões de fuzilamento. O seu já está posicionado mas o senhor não pode vê-lo, o senhor não sabe onde ele está. Mas ele está preparado, meia dúzia de fuzis prontos para atirar quando o homem condenado aparecer. Estou descrevendo o cenário?

— O senhor não espera que eu responda a essa pergunta — disse Crawford.

— O senhor não tem que responder. Essa é a divisão de operações consulares; já estive envolvido em coisas assim antes. Mas o senhor tem razão a respeito de uma coisa. Esse *é* um problema de vocês, da sua competência. Nós não vamos nos sujar por causa de vocês. Vai ser a minha recomendação para o secretário de Estado. O Departamento de Estado não pode arcar com o ônus de saber quem o senhor é. Considere esse telefonema como não registrado.

— Entendido.

— Sinto muito — disse o diretor, enfático, ouvindo o tom de vazio na voz do general. — Algumas vezes tudo dá errado.

— É. Aprendemos isso na Medusa. O que é que o senhor vai fazer com a moça?

— Nós nem mesmo sabemos o que vamos fazer com o senhor ainda.

— Isso é fácil. Eisenhower disse na conferência de cúpula: "O que é esse U-Two?". Nós vamos continuar, sem sumário preliminar. Nada. Podemos tirar o nome da moça dos registros de Zurique.

— Vamos dizer a ela isso. Pode ajudar. Vamos pedir desculpas a todo mundo, tentaremos obter dela um acordo bem satisfatório.

— Tem *certeza?* – interrompeu Crawford.

— Sobre o acordo?

— Não. Sobre a amnésia. O senhor é positivo a respeito?

— Ouvi aquela fita pelo menos vinte vezes, ouvi a voz dela. Nunca estive tão certo de alguma coisa na minha vida. Por falar nisso, ela já chegou há várias horas. Está no Hotel Pierre, sob vigilância. Nós a traremos para Washington de manhã, depois de decidir o que vamos fazer.

— Espere um minuto! – A voz do general se elevou. – Não amanhã! Ela está aqui...? Posso ter autorização para vê-la?

— Não faça a sua cova ainda mais funda, general. Quanto menos nomes ela conhecer, melhor. Ela estava com Bourne quando ele telefonou para a embaixada; sabe da existência do primeiro-secretário, provavelmente sabe sobre Conklin agora. Talvez ele mesmo se arrebente. Fique fora disso.

— O senhor acabou de me dizer para levar o negócio até o fim.

— Não dessa maneira. O senhor é um homem decente; eu também. Somos profissionais.

— O senhor não entende! Temos fotografias, sim, mas elas talvez não sirvam. São de três anos atrás, e Bourne mudou, mudou drasticamente. É por isso que Conklin está no local, onde eu não sei, mas ele está lá. Ele é o único que viu Bourne, mas era de noite, chovia. Talvez ela seja a nossa única chance. Ela esteve com ele, viveu com ele durante semanas. Ela o *conhece*. É possível que ela o reconheça antes de qualquer outra pessoa.

— Não entendo.

— Vou explicar. Entre as muitas habilidades de Bourne está a sua capacidade de mudar de aparência, misturar-se com a multidão ou com um grupo de árvores; estar onde a gente não o veja. Se o que o senhor diz é verdade, ele talvez não se lembre, mas costumávamos usar uma palavra na

Medusa. Seus subordinados costumavam chamá-lo de... um camaleão.

— Esse é o seu Caim, general.

— Era o nosso Delta. Não havia ninguém como ele. E é por isso que a moça pode ajudar. Agora. Me dê autorização! Deixe-me vê-la, falar com ela.

— Dando essa autorização a você, nós reconhecemos o seu papel no caso. Acho que não podemos fazer isso.

— Pelo amor de Deus, o senhor acabou de dizer que somos homens decentes! Somos? Podemos salvar a vida dele! Talvez. Se ela estiver comigo e nós o encontrarmos, poderemos tirá-lo de lá!

— *De lá?* O senhor está me dizendo que sabe exatamente onde é que ele vai estar?

— Sei.

— Como?

— Porque ele não iria a nenhum outro lugar.

— E quanto ao tempo? – perguntou, incrédulo, o diretor de operações consulares. – O senhor sabe *quando* ele estará lá?

— Sei. Hoje. É a data de sua própria execução.

35

O rádio explodia com música de rock em vibrações metálicas enquanto o motorista de cabelo comprido batia com a mão no aro externo do volante e mexia o maxilar acompanhando o ritmo. O táxi avançava lentamente na parte leste da rua 71, preso na coluna de carros que começava na saída para a East River Drive. Os ânimos se exaltavam, os motores roncando sem andar e os carros avançavam apenas para frear subitamente, a centímetros dos para-choques a sua frente. Eram 8h45 da manhã, hora do rush em Nova York.

Bourne, sentado no banco traseiro, olhava para a rua margeada de árvores por baixo da aba de seu chapéu, através das lentes dos óculos escuros. Ele já tinha estado ali, tudo era indelével. Ele já tinha andado nas calçadas, visto as portas, as frentes das lojas e as paredes cobertas de hera – tão deslocadas na cidade como um todo e, ao mesmo tempo, tão de acordo com essa rua. Olhou para cima e viu os jardins dos terraços dos edifícios, associando-os a um gracioso jardim a vários quarteirões de distância, na direção do parque, além de um par de elegantes janelas com balcões, na extremidade de uma sala grande... sofisticada... Este aposento ficava em um prédio alto, estreito, de pedra chanfrada, marrom, com uma coluna de janelas largas, de caixilho de chumbo, quatro andares acima da calçada. Janelas feitas de vidro grosso refletiam a luz tanto de dentro quanto de fora, produzindo delicados lampejos de roxo e azul. Vidro antigo, talvez, vidro ornamental... vidro à prova de bala. Uma residência de arenito marrom com um lance de grossos degraus do lado de fora. Eram degraus diferentes, pouco comuns, cada nível entrecruzado por estrias negras que se projetavam acima da superfície, protegendo a pessoa que descia das intempéries. Sapatos que descessem não escorregariam no gelo ou na neve... e o peso de qualquer pessoa subindo acionaria dispositivos eletrônicos dentro da casa.

Jason conhecia aquela casa, sabia que eles estavam fechando o cerco sobre ela. O eco de seu peito se acelerou e se tornou mais forte quando entraram no quarteirão. Agora ele veria a casa a qualquer momento e, enquanto segurava o pulso, percebeu por que Parc Monceau tinha tocado em certas cordas lá no fundo de sua mente. Aquela pequena parte de Paris parecia-se tanto com esse pequeno trecho do Upper East Side. A não ser pela intromissão esporádica de um alpendre malcuidado na frente de uma casa ou uma fachada caiada de branco, mal projetada, os dois quarteirões seriam idênticos.

Pensou em André Villiers. Nas páginas de um bloco comprado às pressas no Aeroporto Charles de Gaulle, Jason tinha escrito tudo de que podia se lembrar desde que sua memória passou a existir novamente. Desde o primeiro momento em que um homem vivo, livre das balas, tinha aberto os olhos num quarto úmido e sujo, em Ile de Port Noir, passando pelas medonhas revelações de Marselha, Zurique e Paris – especialmente Paris, onde o espectro do manto de um assassino caíra sobre seus ombros, ficando provada a sua perícia como matador. Sob todos os aspectos era uma confissão, tão condenatória no que não conseguia explicar como no que descrevia. Mas era a verdade como ele a via, infinitamente mais escusatória depois da sua morte do que antes. Nas mãos de André Villiers seria bem usada; seriam tomadas as decisões certas no que se referia a Marie St. Jacques. Saber disso lhe dera a liberdade de que ele precisava agora. Havia colocado as páginas num envelope lacrado e, do Aeroporto Kennedy, ele o despachara para Parc Monceau. Quando o envelope chegasse a Paris, estaria vivo ou estaria morto; ele teria matado Carlos ou Carlos o teria matado. Em algum lugar naquela rua – da mesma forma como numa rua a milhares de quilômetros de distância – um homem cujos ombros flutuavam rigidamente acima de uma cintura marcada viria em seu encalço. Era a única coisa da qual ele estava absolutamente certo; ele teria feito o mesmo. Em algum lugar naquela rua...

Lá estava ela! Estava lá, o sol da manhã brilhando na porta de verniz negro com sua maçaneta dourada reluzente, penetrando nas janelas grossas, de caixilhos de chumbo, que se elevavam como uma coluna larga de azul cintilante, arroxeado, ressaltando a suntuosidade ornamental do vidro, mas não a sua resistência a impactos de fuzis de alta potência e armas automáticas de grosso calibre. Ele estava *ali* e por razões-emoções – que não podia definir, seus olhos começaram a lacrimejar e sentiu sua garganta apertar. Teve a sensação indescritível de que tinha voltado a um lugar que era tanto parte dele quanto o seu próprio corpo e do que lhe restava na mente. Não era um lar; não sentiu conforto nem serenidade ao olhar para aquela elegante residência do East Side. Mas havia algo mais, uma sensação avassaladora de... *volta.* Estava de volta ao começo, *o* começo, tanto da partida quanto da criação, noite negra e amanhecer impetuoso. Alguma coisa estava acontecendo com ele; agarrou o pulso com mais força, tentando desesperadamente conter o impulso quase incontrolável de se jogar do táxi e atravessar a rua correndo para a estrutura monstruosa e silenciosa de pedra chanfrada e vidros de um azul profundo. Queria subir os degraus aos pulos e bater com o punho na pesada porta negra.

Me deixem entrar! Estou aqui! Vocês têm que me deixar entrar! Não compreendem?
ESTOU DENTRO!

Imagens passavam diante de seus olhos; sons estridentes assaltavam-lhe os ouvidos. Uma dor intermitente, pulsante, continuava a explodir nas têmporas. Estava dentro de uma sala escura – *aquela* sala – olhando para uma tela, para outra, imagens interiores que continuavam a aparecer e desaparecer em rápida sucessão.

Quem é ele? Rápido. Você está muito devagar! Você é um homem morto. Onde é essa rua? O que ela significa para você? Quem é que você encontrou aqui? O quê? Bom. Use a simplicidade; fale o mínimo possível. Aqui está uma lista: oito nomes. Quais deles são contatos? Rápido! Aqui está outra. Métodos de fazer os assassinatos se assemelharem. Quais são seus? Não, não, não! Delta podia fazer isso, não Caim! Você não é Delta, você não é você! Você é Caim. Você é um homem chamado Bourne. Jason Bourne! Você escorregou. Tente de novo. Concentre-se! Esqueça tudo mais. Apague o passado. Ele não existe para você. Você é apenas o que você é aqui, o que se tornou aqui!

Oh, meu Deus. Marie tinha dito isso.

Talvez você só saiba o que lhe contaram... Muitas e muitas vezes. Até que não houvesse mais nada... Coisas que foram ditas... mas que você não consegue reviver... porque elas não são você.

O suor escorria de seu rosto, ardendo nos olhos, e ele esfregava com força os pulsos, tentando afastar da mente a dor e os sons e os relâmpagos de luz. Ele tinha escrito para Carlos dizendo que estava voltando para buscar documentos escondidos que eram a sua... "proteção final". Naquela hora esta frase lhe tinha chamado a atenção por ser fraca; ele quase a apagara, querendo uma razão mais forte para viajar para Nova York. Contudo o instinto lhe dissera para deixar a frase; de alguma maneira... era uma parte do seu passado. Agora ele entendia. Sua identidade estava dentro daquela casa. Sua *identidade*. E, quer Carlos viesse ou não atrás dele, ele tinha que encontrá-la. *Precisava* encontrá-la.

Subitamente tudo pareceu insano! Sacudiu a cabeça violentamente para a frente e para trás tentando reprimir a compulsão, acalmar os gritos que soavam a sua volta – gritos que eram seus gritos, sua voz. *Esqueça Carlos. Esqueça a cilada. Entre na casa! Ela estava lá, era o começo!*

Para com isso!

A ironia era macabra. Não havia proteção final na casa, apenas uma explicação final para si mesmo. E esta não tinha significado sem Carlos. Aqueles que o perseguiam sabiam disso e não tomavam conhecimento disso; eles o queriam morto por causa disso. Mas ele estava tão perto... ele tinha que descobri-la. A explicação estava lá.

Bourne levantou os olhos; o motorista de cabelo comprido o observava pelo espelho retrovisor.

– Enxaqueca – disse Jason secamente. – Dê a volta no quarteirão. Depois volte aqui de novo. Estou adiantado para o meu compromisso. Eu lhe digo onde me deixar.

– O senhor manda.

Devido a um súbito e breve desafogo no trânsito, a casa marrom tinha ficado para trás. Bourne virou-se no banco e olhou para a casa pela janela traseira. A crise estava passando, as visões e os sons de seu pânico pessoal desapareciam gradualmente; apenas a dor permanecia, mas ela também iria diminuir, ele sabia. Tinham sido uns poucos minutos extraordinários. As prioridades ficaram alteradas; a compulsão substituíra a razão, o apelo do desconhecido fora tão forte que, por um momento, ele quase perdera o controle. Não podia deixar que isso acontecesse de novo; a própria cilada era tudo. Ele tinha que ver aquela casa de novo; tinha que estudá-la de novo. Tinha o dia inteiro para trabalhar e aperfeiçoar seu plano e suas táticas para a noite, mas agora a prioridade era uma segunda avaliação, mais calma. Outras viriam durante o dia, avaliações mais meticulosas. O camaleão que existia nele seria acionado.

Dezesseis minutos depois ficou evidente que, fosse o que fosse que ele pretendia examinar, isso já não interessava mais. De repente, tudo ficara diferente. O trânsito voltou a ficar lento, um outro obstáculo surgira na rua. Um caminhão de mudanças tinha estacionado defronte à casa marrom; homens de macacão de trabalho estavam ali parados, fumando cigarros e bebendo café, tirando um pequeno descanso antes do trabalho começar. A pesada porta negra estava aberta e um homem de paletó verde, o emblema da firma de mudanças no bolso esquerdo, estava parado no saguão, uma prancheta na mão. A Treadstone ia ser desmontada! Em poucas horas estaria destripada, uma casca! Não podia ser! Eles tinham que parar!

Jason inclinou-se para a frente, dinheiro na mão, a dor sumira da cabeça; agora ele era todo ação. Tinha que telefonar para Conklin em Washington. Não podia ser mais tarde – quando então as pedras do xadrez já estariam no lugar – tinha que ser imediatamente! Conklin tinha que dar ordem para eles pararem! Toda a sua estratégia baseava-se na escuridão... sempre a escuridão. A luz de uma lanterna acertando primeiro uma viela, depois outra, depois batendo nas paredes escuras e por fim nas janelas escurecidas. Tudo bem orquestrado, rápido, lançando-se de uma posição para outra. Um assassino seria atraído para um prédio de pedra à noite. À *noite*. Aconteceria à noite! Não agora! Ele saltou do táxi.

– Ei, senhor! – gritou o motorista pela janela aberta.

Jason inclinou-se.

– O que foi?

– Eu queria só agradecer. Isso faz meu...

Um estampido. Sobre seu ombro! Seguido de uma tosse que era o início de um grito. Bourne olhou para o motorista, para o filete de sangue que surgira sobre a orelha esquerda do homem. O homem estava morto, atingido por um tiro endereçado a ele, Bourne, disparado de alguma janela ali da rua.

Jason deixou-se cair no chão, depois saltou para a esquerda, girando na direção do meio-fio. Dois outros estampidos seguiram-se em rápida sucessão, o primeiro penetrando na lateral do táxi, o segundo explodindo no asfalto. Era inacreditável! Ele ia ser executado antes de a caçada começar! Carlos estava *lá!* Em posição! Ele ou um dos seus homens estavam posicionados numa janela ou no alto de um telhado de onde se podia observar toda a rua. Contudo, a possibilidade de mortes indiscriminadas causadas por um assassino postado numa janela ou num telhado era um contrassenso; a polícia chegaria, a rua seria bloqueada e até mesmo uma cilada poderia ser abortada. E Carlos *não* era louco! Não fazia sentido. Nem Bourne tinha tempo para ficar especulando, precisava fugir da cilada... *Ele tinha que chegar àquele telefone.* Carlos estava ali! Às portas da Treadstone! Ele o trouxera de volta. Ele tinha realmente trazido o assassino de volta! Era a sua prova!

Bourne levantou-se e começou a correr, desviando-se dos grupos de pedestres. Chegou à esquina e virou para a direita – a cabine ficava a uns sete metros de distância, mas também era um alvo. Ele não podia usá-la.

Do outro lado da rua havia uma delicatessen, um pequeno aviso acima da porta: TELEFONE. Desceu do meio-fio e começou a correr de novo, desviando-se dos automóveis que avançavam. Um deles podia fazer o trabalho que Carlos tinha reservado para si mesmo. Essa ironia também era macabra.

– A CIA, senhor, é fundamentalmente uma organização que apura os fatos – disse o homem na linha, em tom condescendente. – O tipo de atividade que o senhor está descrevendo constitui uma parte menor do nosso trabalho, e, para dizer a verdade, ela tem sido enormemente exagerada por filmes e escritores mal-informados.

– Com os diabos, me *ouça!* – disse Jason, com a mão em concha sobre o telefone, na delicatessen cheia de gente. – Apenas me diga onde Conklin está. É uma emergência!

– O gabinete dele já lhe informou, senhor. O sr. Conklin saiu ontem à tarde e só deve voltar no fim da semana. Como o senhor diz que conhece o sr. Conklin, o senhor deve estar a par do ferimento que sofreu a serviço. Ele vai frequentemente à fisioterapia...

– *Quer parar* com isso! Eu o vi em Paris há duas noites. Ele veio de Washington para me encontrar.

– Quanto a isso – interrompeu o homem em Langley –, quando a sua ligação foi transferida para esta seção, nós já tínhamos checado. Segundo os registros, o sr. Conklin não sai do país há mais de um ano.

– Então esse registro desapareceu! Ele esteve lá! Vocês estão querendo códigos – disse Bourne desesperadamente. – Eu não tenho. Mas alguém trabalhando com Conklin reconhecerá as palavras. Medusa. Delta. Caim... Treadstone! *Alguém* tem que reconhecer!

– Ninguém reconhece. Nós fomos informados disso.

– Por alguém que não conhece as palavras. Há uns que conhecem. Acredite!

– Sinto muito. Eu realmente...

– Não desligue! – Havia um outro meio; um meio que ele não ousava empregar, mas não havia outra saída. – Há cinco ou seis minutos eu saltei de um táxi na rua 71. Fui avistado e alguém tentou me matar.

— Ma... tar o senhor?

— Foi. O motorista falou comigo, e eu me inclinei para ouvir o que ele dizia. Este movimento salvou minha vida, mas o motorista está morto, uma bala no crânio. É verdade, e eu sei que vocês têm meios de checar isso. Há provavelmente meia dúzia de carros da polícia no local agora. Pode verificar. É o melhor conselho que posso lhe posso dar.

Houve um breve silêncio da parte de Washington.

— Como o senhor perguntou pelo sr. Conklin, pelo menos usou o nome dele, vou seguir essa pista. Onde posso contatar o senhor?

— Vou ficar por aqui. Estou fazendo esta chamada com um cartão de crédito internacional. Emitido pela França, o nome é Chamford.

— Chamford? O senhor disse...

— Por favor.

— Eu volto a falar.

A espera pareceu interminável. Um minuto depois o homem em Langley estava na linha, a raiva substituindo a condescendência.

— Acho que nossa conversa chegou ao fim, sr. Bourne ou Chamford, ou como quer que o senhor se chame. A polícia de Nova York foi contatada; não houve nenhum incidente como o senhor descreveu na rua 71. E o senhor tem razão. Nós temos realmente meios de checar. Quero alertá-lo para o fato de que há leis contra telefonemas desse tipo, envolvendo penas severas. Bom dia, senhor.

Houve um clique; a linha ficou muda. Bourne ficou olhando para o aparelho, sem acreditar. Durante meses os homens em Washington o tinham procurado, queriam matá-lo pelo silêncio que eles não podiam compreender. Agora, quando ele mesmo se apresentava — e estava lhes apresentando o objetivo exclusivo do acordo de três anos que fizera com eles — eles o dispensavam. Ainda por cima nem queriam ouvi-lo! Mas aquele homem *tinha* ouvido. E ele tinha voltado ao telefone negando uma morte que tinha ocorrido há apenas uns poucos minutos. Não podia ser... era *coisa de louco*. Tinha *acontecido*.

Jason pôs o telefone de volta no gancho, tentado a fugir da delicatessen cheia. Em vez disso, seguiu calmamente na direção da porta, pedindo desculpas às pessoas alinhadas no balcão, os olhos no vidro da frente, esquadrinhando as pessoas na calçada. Lá fora, tirou o sobretudo e substituiu os óculos escuros pelos óculos de aros de tartaruga. Uma transformação sem importância, mas ele não ficaria onde estava indo tempo o bastante para que eles percebessem a grande diferença. Atravessou rápido o cruzamento das ruas na direção da 71.

Na esquina ele se misturou a um grupo de pedestres que esperavam o sinal. Virou a cabeça para a esquerda, o queixo apertado contra o colarinho. O tráfego fluía, mas o táxi tinha desaparecido. Havia sido retirado da cena com precisão cirúrgica, um órgão doente, feio, cortado do corpo, as funções vitais em processo normal. Mostrava a precisão do grande assassino, que sabia exatamente quando usar o bisturi.

Bourne virou-se depressa e começou a andar na direção sul. Tinha que encontrar uma loja, precisava mudar sua pele. O camaleão não podia esperar.

Na suíte do Hotel Pierre, Marie St. Jacques estava furiosa com o general Irwin Arthur Crawford.

— Vocês têm que me escutar! — acusava ela. — Nenhum de vocês quer escutar. Vocês têm ideia do que *fizeram* com ele?

— Muito bem — retrucou o oficial, o pedido de desculpas no reconhecimento, não na voz. — Eu só posso repetir o que já lhe disse. Nós não sabíamos *para* que ouvir. As diferenças entre a aparência e a realidade estavam além de nossa compreensão, evidentemente além da compreensão dele próprio. E, se estava além da dele, por que não estaria da nossa?

— Ele tentou conciliar a aparência e a realidade, como o senhor as chama, durante sete meses! E tudo que vocês fizeram foi enviar homens para matá-lo! Ele tentou *contar* a vocês. Que tipo de pessoas vocês *são?*

— Somos pessoas com defeitos, srta. St. Jacques. Com defeitos, mas decentes, na minha opinião. É por isso que eu estou aqui. Temos pouco tempo, e eu quero salvá-lo se puder, se *nós* pudermos.

— Meu Deus, vocês me enojam! — Marie parou, balançou a cabeça e continuou, em voz baixa. — Eu farei tudo o que pedirem, vocês sabem disso. O senhor pode contatar esse Conklin?

— Tenho certeza que sim. Eu ficarei nos degraus de entrada da casa até que ele não tenha outra escolha *senão* me contatar. Mas talvez ele não seja nossa preocupação.

— Carlos?

— Talvez outros.

— O que é que o senhor quer dizer com isso?

— Eu explicarei no caminho. Nossa principal preocupação agora, nossa *única* preocupação agora, é contatar Delta.

— Jason?

— É. O homem que chamamos de Jason Bourne.

— E ele tem sido um dos seus desde o início — disse Marie. — Não havia fichas para limpar nem pagamentos ou perdões para negociar?

— Nada. Tudo lhe será contado no devido tempo, mas agora *não* é hora. Já dei ordens para que você esteja em um carro do governo, sem identificação, do outro lado da rua. Vamos lhe dar binóculos; você o conhece melhor do que ninguém atualmente. Talvez possa localizá-lo. Rezo a Deus que possa.

Marie foi rapidamente até o closet e pegou o casaco.

— Ele me disse uma noite que era um camaleão...

— Ele se lembrou? — interrompeu Crawford.

— Lembrou de quê?

— Nada. Ele tinha uma capacidade de entrar e sair de situações difíceis sem ser visto. Foi tudo que eu quis dizer.

— Espere um minuto. — Marie aproximou-se do homem do Exército, os olhos subitamente fixos nos dele, de novo. — O senhor diz que temos que contatar Jason, mas há uma maneira melhor. Deixe que ele venha até nós. Até *mim*. Me ponha nos degraus daquela casa. Ele *me* verá, virá fazer um contato.

— Dando a quem quer que esteja lá dois alvos?

— O senhor não conhece seu próprio homem, general. Eu disse "virá fazer um contato". Ele mandará alguém, pagará um homem ou uma mulher na rua para me levar uma mensagem. Eu o conheço. Ele fará isso. É a maneira mais segura.

— Não posso permitir isso.

— Por que não? O senhor fez tudo mais de maneira estúpida! Cegamente! Faça alguma coisa inteligente!

— Não posso. Talvez até resolvesse problemas dos quais você não tem ciência, mas não posso fazer isso.

– Me dê uma razão.
– Se Delta estiver com a razão, se Carlos tiver vindo atrás dele e estiver na rua, o risco é muito grande. Carlos conhece você de fotografias. Ele a matará.
– Quero correr esse risco.
– Eu não quero. Eu acho que falo pelo meu governo quando digo isso.
– Acho que o senhor não está pensando no governo, francamente.
– Deixe isso para outros. Vamos, por favor?

– Administração de Serviços Gerais – falou um operador de mesa telefônica desinteressado.
– Sr. J. Petrocelli, por favor – disse Alexander Conklin, a voz tensa, os dedos enxugando o suor da testa, de pé junto à janela, o telefone na mão. – Rápido, por favor!
– Todo mundo está com pressa. – As palavras foram cortadas, substituídas por um zumbido de uma campainha.
– Petrocelli, Divisão de Reclamação de Faturas.
– O que é que pensa que está *fazendo?* – explodiu o homem da CIA, o choque calculado, uma arma.
A pausa foi breve.
– Neste exato momento, ouvindo um maluco fazer uma pergunta idiota.
– Ótimo, ouça bem. Meu nome é Conklin, da CIA, autorização Quatro-Zero. Você sabe *realmente* o que isso quer dizer?
– Eu não tenho entendido nada que vocês vêm dizendo nesses últimos dez anos.
– É melhor entender isso. Levei quase uma maldita hora mas acabei de fazer contato com o despachante de uma empresa de mudanças aqui de Nova York. Ele disse que tinha uma fatura assinada por você para retirar toda a mobília de uma casa de arenito marrom na rua 71, número 139, para ser exato.
– É... eu me lembro disso. O que é que há de errado?
– Quem lhe deu essa ordem? É *nosso* território. Nós retiramos nosso equipamento na semana passada, mas nós não, repito, nós *não* requisitamos nenhuma outra atividade.
– Espere um instante – disse o burocrata. – Eu vi essa fatura. Quero dizer, eu a li antes de assinar; vocês aí estão

me pondo curioso. A ordem veio diretamente de Langley com uma requisição de prioridade.

– *Quem* em Langley?

– Me dá um minuto e eu já lhe digo. Tenho uma cópia no meu arquivo, está aqui na minha mesa. – O ruído de papel podia ser ouvido ao telefone. Parou e Petrocelli voltou. – Aqui está, Conklin. Vá discutir esse problema com o seu próprio pessoal do Controle Administrativo.

– Eles não sabem o que estão fazendo. Cancele a ordem. Telefone para a empresa de mudanças e diga a eles para sumir! Agora!

– Tire o cavalinho da chuva, meu velho.

– O quê?

– Coloque uma requisição de prioridade escrita na minha mesa antes das três horas da tarde de hoje, e ela talvez, apenas talvez, possa ser processada amanhã. Aí nós colocamos tudo de volta.

– Colocar tudo de *volta?*

– É isso mesmo. Vocês nos dizem para tirar as coisas, nós tiramos. Vocês nos dizem para pôr as coisas de volta, nós pomos. Temos métodos e procedimentos que devem ser seguidos, igual a vocês.

– Aquele equipamento todo era emprestado! Não era e não *é* uma operação da agência.

– Então por que você está telefonando para mim? O que é que você tem a ver com isso?

– Não tenho tempo para explicar. Apenas tire aqueles caras de lá. Telefone para Nova York e tire eles de lá! São ordens de Quatro-Zero.

– Podem ser da Quatro-Mil e mesmo assim tire o seu cavalo da chuva. Olha aqui, Conklin, nós dois sabemos que você pode conseguir o que quer se eu tiver o que preciso. Faça as coisas direito. Faça as coisas pelo regulamento.

– Não posso envolver a agência nisso!

– Também não vai me envolver.

– Aquele pessoal tem que sair! Estou lhe dizendo. – Conklin parou, os olhos na casa marrom do outro lado da rua, os pensamentos subitamente paralisados. Um homem alto, vestindo um sobretudo preto, tinha subido os degraus de concreto; virou-se e ficou parado defronte da porta aberta. Era

Crawford. O que é que ele estava fazendo? O que é que ele estava fazendo *ali?* Tinha perdido o juízo; estava maluco! Era um alvo parado; podia desmontar a cilada!

— Conklin? Conklin...? — A voz foi desaparecendo do telefone enquanto o homem da CIA desligava.

Conklin virou-se para o homem atarracado a dois metros de distância, numa janela adjacente. Na mão grande do homem havia um fuzil, com uma mira telescópica presa ao cano. Alex não sabia o nome do homem e não queria saber; tinha pago o bastante para não se preocupar com isso.

— Está vendo aquele homem lá embaixo, de sobretudo preto, junto à porta? — perguntou.

— Vejo. Ele não é o que estamos procurando. É velho demais.

— Vá lá e diga a ele que há um aleijado do outro lado da rua que quer falar com ele.

Bourne saiu da loja de roupas usadas na Terceira Avenida, parando defronte de uma vitrine suja para avaliar o que via. Servia; tudo combinava. O gorro de lã preto cobria sua cabeça até o meio da testa; a jaqueta de campanha do Exército enrugada e remendada era vários números maior que o seu tamanho; a camisa xadrez de flanela vermelha, a calça cáqui bufante e os sapatos pesados de operário com solas grossas de borracha e bico grande arredondado, tudo isso formava um conjunto. Precisava somente encontrar um tipo de andar que combinasse com a roupa. O andar de um homem forte, de poucas luzes, cujo corpo começava a sentir os efeitos de uma vida inteira de esforço físico, cuja mente aceitava a inevitabilidade diária da faina bruta, recompensado com uma caixa de seis cervejas ao fim da labuta.

Ele encontraria esse andar; já o usara antes. Em algum lugar. Mas, antes que buscasse isso na sua imaginação, tinha que dar um telefonema; viu uma cabine telefônica adiante com uma lista meio rasgada pendente da prateleira de metal por uma corrente. Começou a andar, as pernas automaticamente mais rígidas, os pés batendo no chão, os braços pesados nas juntas, os dedos das mãos ligeiramente espaçados, curvados de anos de trabalho pesado. Uma expressão obstinada e entorpecida no rosto viria mais tarde. Não agora.

— Mudanças e Guarda-Móveis Belkins — disse uma telefonista, em algum lugar do Bronx.

— Meu nome é Johnson — disse Jason, impacientemente mas de maneira gentil. — Acho que tenho um problema e espero que você possa me ajudar a resolvê-lo.

— Vou tentar, senhor. Qual é?

— Eu ia a caminho da casa de um amigo na rua 71, um amigo que morreu recentemente, para pegar algo que eu lhe emprestei. Quando cheguei lá, o caminhão de vocês estava em frente da casa. É muito embaraçoso, mas acho que o seu pessoal pode levar esse objeto que é meu. Há alguém aí com quem eu possa falar?

— Seria com o despachante, senhor.

— Posso saber o nome dele, por favor?

— O quê?

— O nome dele?

— É claro. Murray. Murray Schumac. Vou fazer a ligação.

Houve dois cliques antes de um longo zumbido na linha.

— Schumac.

— Sr. Schumac?

— Sou eu.

Bourne voltou a contar sua história embaraçosa.

— É claro que eu podia facilmente conseguir uma carta com o meu advogado, mas a coisa em questão tem um valor tão pequeno, quase nenhum...

— O que é?

— Um caniço de pesca. Não é um desses caros, mas é que ele tem um molinete de modelo antigo, do tipo que não embaraça a linha de cinco em cinco minutos.

— É, eu sei ao que o senhor se refere. Saio para pescar na baía de Sheepshead. Já não se fazem molinetes como antigamente. Acho que são as ligas.

— Acho que tem razão, sr. Schumac. Sei exatamente em que armário ele o guardava.

— Oh, com o diabo, um caniço de pesca. Vá lá e procure um cara chamado Dugan, ele é o supervisor de serviço. Diga a ele que eu disse que o senhor podia pegar o caniço, mas o senhor tem que passar o recibo. Se ele encrencar, diga a ele para sair e me telefonar; o telefone lá dentro está desligado.

— Sr. Dugan. Muito obrigado, sr. Schumac.
— Cristo, aquele lugar está um horror hoje!
— Desculpe, não entendi.
— Nada. Um cara doidão telefonou para nós dizendo para cair fora de lá. E o negócio era sério, pagamento em dinheiro. O senhor pode acreditar nisso?

Carlos. Jason acreditava sim.

Bourne seguiu para oeste, na rua 70, na direção da avenida Lexington. A três quarteirões, para o sul, ele achou o que estava procurando; uma loja de artigos do Exército e da Marinha. Entrou.

Oito minutos depois ele saiu carregando quatro cobertores marrons grossos e seis tiras largas de lona com fivelas de metal. Nos bolsos de seu casaco de campanha havia dois foguetes de sinalização comuns. Ele os vira ali no balcão da loja, parecendo algo que não eram, desencadeando imagens além da memória, de volta a uma época em que a vida tinha significado e propósito. E raiva. Ele colocou o equipamento no ombro esquerdo seguiu na direção da rua 71. O camaleão avançava para o interior da selva, uma selva tão densa quanto a esquecida Tam Quan.

Eram 10h48 quando Jason chegou à esquina do quarteirão ladeado de árvores que guardava os segredos da Treadstone Seventy-One. Estava voltando ao começo – seu começo –, e o medo que ele sentia não era de danos físicos. Ele estava preparado para eles, cada tendão tensionado, cada músculo pronto; os joelhos e os pés, mãos e cotovelos eram armas, os olhos eram alarmes supersensíveis que enviariam os sinais para aquelas armas. Seu medo era mais profundo. Ele estava prestes a entrar no lugar em que nasceu e tinha um medo terrível do que pudesse encontrar lá – lembrar lá.

Para com isso! A cilada está por toda parte. Caim é Charlie, e Delta é Caim.

O movimento do tráfego tinha diminuído consideravelmente, terminada a hora do rush, a rua na calmaria do meio da manhã. Pedestres andavam por ali agora, mas sem se apressar; os carros desviavam-se preguiçosamente do caminhão de mudanças, o toque das buzinas nervosas substituídos por breves caretas de irritação. Jason atravessou o sinal para o lado da

Treadstone; a estrutura alta e estreita de pedra marrom, e vidros de um azul profundo estava a quinze metros dele. Cobertores e tiras de lona no lugar, um trabalhador já cansado, meio lerdo de raciocínio, caminhava atrás de um casal bem-vestido na direção da casa.

Ele chegou aos degraus de concreto no momento em que dois homens musculosos, um negro e o outro branco, saíam pela porta carregando uma harpa coberta. Bourne parou e chamou, as palavras hesitantes, o falar grosseiro.

– Ei! Onde está *Doo*gan?

– Onde acha que ele está, porra? – retrucou o branco, virando a cabeça. – Sentado na porra de uma cadeira.

– Ele não vai levantar nada que seja mais pesado do que uma prancheta, cara – acrescentou o negro. – Ele é um *executivo,* não é, Joey?

– Ele é um panaca, é isso que ele é. Que é que você tem aí?

– Schumac me mandou – disse Jason. – Ele queria um outro homem aqui embaixo e achou que vocês iam precisar desse negócio. Disse pra eu trazer isso.

– Murray, o terror! – riu o negro. – Você é novo aqui, cara? Nunca te vi antes. Você é horista?

– Sou.

– Leva essa merda aí pro executivo – grunhiu Joey, começando a descer os degraus. – Ele pode *alocar* isso, que tal essa, hum, Pete? *Alocar,* gostou?

– Adorei, Joey. Você é um dicionário e tanto.

Bourne subiu os degraus marrom-avermelhados, passando pelos homens da mudança que desciam, e entrou pela porta. Dentro viu uma escada em espiral à direita, e o longo e estreito corredor a sua frente, o qual levava a uma outra porta a uns dez metros de distância. Ele tinha subido aqueles degraus mais de mil vezes, andado de lá para cá naquele corredor outras tantas. Estava de volta e uma sensação avassaladora de medo o assaltou. Começou a caminhar pelo corredor escuro, estreito; à distância podia ver os raios da luz do sol brilhando através de duas janelas da sacada. Aproximava-se da sala onde nascera Caim. *Aquela* sala. Agarrou as tiras de lona no ombro e fez força para parar de tremer.

Marie inclinou-se para a frente no banco traseiro do sedã blindado oficial, os binóculos prontos. Algo havia acontecido, ela não tinha certeza do que, mas podia imaginar. Um homem baixo tinha passado pelos degraus da casa marrom há uns poucos minutos, diminuindo o passo no momento em que se aproximava do general, obviamente dizendo algo para o oficial. O homem continuara a descer o quarteirão e segundos depois Crawford o seguira.

Conklin havia sido encontrado.

Era um pequeno passo se o que o general dissera fosse verdade. Atiradores contratados, não conhecendo o seu empregador, este desconhecendo os contratados. Contratados para matar um homem... por todos os motivos errados! Oh, Deus, ela os odiava a todos! Homens insensatos, estúpidos. Jogando com as vidas de outros homens, sabendo tão pouco, pensando que sabiam muito.

Eles não escutaram! Eles nunca escutavam até que fosse tarde demais, mesmo assim com muita indulgência e fortes advertências do que poderia ter acontecido – se as coisas fossem como eles achavam que eram, mas elas não eram. A corrupção nascia da cegueira, as mentiras, da obstinação e do constrangimento. Não criem constrangimentos para os poderosos; a napalm dizia tudo.

Marie focalizou o binóculo. Um homem da Belkins se aproximou dos degraus, cobertores e tiras nos ombros, andando atrás de um casal de velhos, certamente residentes do quarteirão e que tinham saído para dar uma volta. O homem de jaqueta de campanha e gorro preto de lã havia parado; começou a falar com dois outros funcionários da empresa de mudanças que carregavam um objeto triangular porta afora.

O que era aquilo? Havia algo... algo estranho. Ela não conseguia ver o rosto do homem; estava escondido de seu campo de visão, mas havia algo no seu pescoço, o inclinar da cabeça... o que era? O homem começou a subir os degraus, um homem grosseiro, cansado do seu dia antes que este começasse... um homem desleixado. Marie tirou o binóculo; ela estava ansiosa demais, inclinada demais a ver coisas onde elas não existiam.

Oh, meu Deus, meu amor, meu Jason. Onde é que você está? Venha para mim. Deixe-me achá-lo. Não me deixe por causa desses homens cegos e insensatos. Não deixe que eles o tirem de mim.

Onde estava Crawford? Ele havia prometido mantê-la informada de cada movimento, de tudo. Ela havia sido ríspida; não confiava nele, em nenhum deles; não confiava na inteligência deles, aquela palavra que se soletrava com um *i* minúsculo. Ele tinha prometido... onde é que ele *estava*?

Falou para o motorista.

– Quer abaixar a janela, por favor? Estou torrando aqui dentro.

– Desculpe, senhorita – retrucou o militar do Exército, em roupas civis. – Vou ligar o ar-condicionado para a senhorita.

As janelas e portas eram controladas por botões ao alcance apenas do motorista. Ela estava em um túmulo de vidro e metal numa rua banhada de sol e ladeada por árvores.

– Não acredito em uma palavra disso! – disse Conklin, com raiva, enquanto atravessava a sala, claudicando, e chegava à janela. Inclinou-se no peitoril, olhando para fora, a mão esquerda encostada ao rosto, os dedos contra a junta do dedo indicador. – Em uma maldita palavra!

– Você não quer acreditar, Alex – contrapôs Crawford. – A solução é tão mais simples.

– Você não ouviu a fita. Você não ouviu Villiers!

– Ouvi a mulher; ela é tudo que eu preciso ouvir. Ela disse que nós não ouvimos... você não ouviu.

– Então ela está mentindo! – Conklin girou o corpo desajeitadamente. – Cristo, é claro que ela está mentindo! Por que ela não mentiria? É a mulher dele. Fará qualquer coisa para salvá-lo do matadouro.

– Você está errado e sabe disso. O fato de ele estar aqui prova que você está errado, prova que eu estava errado em aceitar o que você disse.

Conklin respirou com força, a mão direita tremendo enquanto segurava a bengala.

— Talvez... talvez nós, talvez... — Não terminou; em vez disso, olhou para Crawford, desanimado.

— Precisamos continuar seguindo nosso plano? — disse o oficial em voz baixa. — Você está cansado, Alex. Está sem dormir há vários dias, está exausto. Acho que não ouvi isso.

— Não. — O homem da CIA balançou a cabeça, os olhos fechados, o rosto refletindo o desgosto. — Não, você não ouviu e eu não disse nada. Diabo! Eu apenas desejaria saber por onde começar.

— Eu sei — disse Crawford, indo até a porta e a abrindo. — Entre, por favor.

O homem atarracado entrou, os olhos voando para o fuzil encostado à parede. Olhou para os dois homens, avaliando-os.

— O que é que há?

— O exercício foi cancelado — disse Crawford. — Acho que você já deve ter percebido isso.

— Que exercício? Fui contratado para protegê-lo. — O pistoleiro olhou para Alex. — Quer dizer que o senhor não precisa mais de proteção?

— Você sabe exatamente o que eu quero dizer — interrompeu Conklin. — Todos os sinais estão cancelados, tudo o que combinamos.

— Que sinais? Não sei de sinal nenhum. Os termos do meu contrato são muito claros. Eu devo proteger o senhor.

— Bom, ótimo — disse Crawford. — Agora o que nós temos que saber é quem mais está lá fora protegendo ele.

— Quem mais lá fora onde?

— Fora desta sala, deste apartamento. Em outras salas, na rua, em carros, talvez. Temos que *saber*.

O homem atarracado foi até o fuzil e pegou-o.

— Acho que os senhores me compreenderam mal. Meu contrato é individual. Se outros foram contratados, eu não sei quem são.

— Você os conhece! — gritou Conklin. — Quem *são* eles? *Onde* é que estão?

— Não tenho ideia... senhor. — O pistoleiro gentil mantinha o fuzil no braço direito, o cano apontado para o chão. Ele o levantou talvez uns cinco centímetros, não mais do que isso, o movimento quase imperceptível. — Se meus serviços não são mais necessários, eu vou embora.

— Você pode entrar em contato com eles? — interrompeu o general. — Nós o pagaremos bem.

— Já fui bem pago, senhor. Seria errado aceitar dinheiro por um serviço que não posso fazer. E não tem mais sentido continuar com isso.

— A vida de um homem está em perigo lá! — gritou Conklin.

— A minha também — disse o pistoleiro indo até a porta, a arma um pouco mais levantada. — Adeus, senhores. — Saiu.

— *Jesus!* — bradou Alex, virando-se para a janela, a bengala batendo contra o radiador. — O que *vamos fazer?*

— Para começar, dispense essa empresa de mudanças. Eu não sei que parte ela desempenhava no seu plano, mas agora ela não passa de um fator de complicação.

— Não posso. Tentei. Eu não tenho nada a ver com ela. A divisão de controle administrativo da CIA pegou nossos papéis quando retiramos o equipamento. Eles viram que uma loja estava sendo fechada e deram ordem à Administração de Serviços Gerais para nos tirar imediatamente de lá.

— Com toda a rapidez possível — disse Crawford, assentindo. — O Monge cobria aquele equipamento com sua assinatura; a declaração assinada por ele absolve a agência. Está nos arquivos dele.

— Isso seria bom se tivéssemos 24 horas. Nós nem mesmo sabemos se ainda temos vinte minutos.

— Ainda assim vamos precisar dele. Haverá um inquérito por parte do Senado. Secreto, espero... Isole a rua.

— O quê?

— Você me ouviu, isole a rua! Chame a polícia, diga a eles para isolar tudo!

— Em nome da CIA? Isso é assunto interno.

— Então *eu* o farei. Em nome do Pentágono, dos chefes do Estado-maior, se tiver que fazer. Estamos aqui plantados inventando desculpas, quando a coisa está bem na nossa cara! Limpe a rua, isole, traga um caminhão com alto-falante. Ponha *ela* para falar no alto-falante, ponha ela num *microfone!* Deixe ela dizer o que quiser, deixe que grite o diabo. Ela tinha razão. Ele virá até *ela.*

— Você sabe o que está dizendo? — perguntou Conklin.
— Vão fazer perguntas. Jornais, televisão, rádio. Tudo vai vir à tona. Publicamente.

— Sei disso — disse o general. — Sei também que ela fará tudo isso no nosso lugar se a coisa der errado. De qualquer jeito ela pode fazer isso, não importa o que aconteça, mas eu prefiro tentar salvar um homem de quem eu não gostava, que não aprovava. Mas eu já tive respeito por ele e acho que o respeito mais ainda agora.

— E o outro homem? Se Carlos realmente estiver por aí, nós vamos abrir os portões para ele. Estaremos dando a ele os meios de escapar.

— Nós não criamos Carlos. Criamos Caim e abusamos dele. Nós roubamos sua mente e sua memória. Nós devemos isso a ele. Desça e pegue a mulher. Vou usar o telefone.

Bourne entrou na grande biblioteca com a luz do sol escoando entre as largas e elegantes janelas da sacada do outro lado do aposento. Além das vidraças viam-se os muros altos de um jardim... por toda a volta objetos dolorosos demais de se olhar; ele os conhecia e não conhecia. Eram fragmentos de sonhos — mas sólidos, para serem tocados, para serem sentidos, para serem usados — não efêmeros, absolutamente não. Uma mesa comprida de armar onde se enchiam os copos de uísque, poltronas de couro onde homens se sentavam e conversavam, prateleiras que continham livros e outras coisas — coisas ocultas — que surgiam ao toque de botões. Era uma sala onde nascera um mito, mito que correra através do sudeste da Ásia e explodira na Europa. Bourne viu um ressalto no teto, longo, em forma de tubo, e a escuridão veio, seguida de relâmpagos de luz e imagens numa tela e vozes que gritavam em seus ouvidos. *Quem é ele? Rápido. Você está muito devagar! Você é um homem morto! Onde é essa rua? O que ela significa para você? Quem você encontrou lá?... Métodos de matar. Quais são os seus? Não!... Você não é Delta, você não é você!... Você é apenas o que você é aqui, se tornou aqui!*

— Ei! Quem é *você*, porra? — A pergunta foi gritada por um homem grande, de rosto vermelho, sentado numa poltrona perto da porta, uma prancheta nos joelhos. Jason tinha passado direto por ele.

— Você é Doogan? — perguntou Bourne.
— Sou.
— Schumac me mandou. Precisavam de outro homem aqui.
— Pra quê? Já tenho cinco e essa porra de lugar tem corredores tão estreitos que quase não dá pra se passar. São uns burros subindo e descendo agora.
— Não sei. Schumac me mandou, é tudo que sei. Ele disse pra eu trazer esse negócio. — Bourne deixou cair no chão os cobertores e as tiras de lona.
— Murray manda mais porcaria? Quero dizer, isso é novo.
— Eu não...
— Eu sei, eu *sei!* Schumac te mandou. Vou perguntar a Schumac.
— Não pode. Ele me disse pra te dizer que ele ia pra Sheepshead. Só volta hoje de tarde.
— Ah, essa boa! Ele vai pescar e me deixa com essa merda... Você é novo. Você é um desses prestadores de serviços horistas?
— Sou.
— Esse Murray é uma beleza, mesmo. Só me faltava vir um outro molenga. Dois espertinhos metidos a besta e agora quatro molengas.
— Você quer que eu comece por aqui? Posso começar por aqui.
— Não, seu burro! Molengas começam lá em cima, não ouviu? É mais longe, *capisce?*
— É, eu *capisce.* — Jason inclinou-se para pegar os cobertores e tiras de lona.
— Deixa essa porcaria aí, você não vai precisar disso. Vai lá pra cima, pro andar mais alto, e começa com as peças de madeira simples. O mais pesado que você puder carregar, e não me vem com esse papo furado de sindicato.

Bourne deu a volta no hall do segundo andar e subiu a estreita escada para o terceiro, como que atraído por uma força magnética além de sua compreensão. Estava sendo puxado para um outro quarto mais alto ainda da casa marrom, um quarto que tinha tanto o conforto da solidão quanto a frustração do isolamento. O hall do terceiro andar estava escuro, sem luzes acesas; em nenhuma parte a luz do sol entrava pelas janelas. Ele chegou ao alto da escada e ficou por um momento em silêncio. Que quarto era? Havia três portas, duas do lado esquerdo do hall, uma à direita. Começou a andar vagarosamente na direção da segunda porta a sua esquerda, quase invisível nas sombras. Era ela; era onde os pensamentos vinham na escuridão... lembranças que o perseguiam, que faziam-no sofrer. Luz do sol e o cheiro do rio e da selva... máquinas que gritavam no céu, gritavam vindo do céu. *Oh, Deus, que dor.*

Pôs a mão na maçaneta, girou-a e abriu a porta. Escuridão, mas não completa. Havia uma pequena janela na extremidade mais afastada do quarto; uma cortina preta fechada cobria a janela, mas não totalmente. Ele conseguia ver um resto de sol, uma faixa tão estreita que quase não iluminava, ali no lugar onde a cortina encontrava o peitoril. Seguiu naquela direção, na direção daquele pequeno raio de luz do sol.

Um arranhar! Um arranhar na escuridão! Ele girou, aterrorizado com os truques que brincavam em sua mente. Mas não era um truque! Surgiu um brilho de diamante no ar, a luz saltando do aço.

Uma faca avançava contra seu rosto.

— Eu gostaria de ver vocês mortos pelo que fizeram — disse Marie, olhando para Conklin. — E esta conclusão me revolta.

— Então não há nada que eu possa lhe dizer — replicou o homem da CIA, claudicando pelo quarto na direção do general. — Poderíamos ter tomado outras decisões, por ele e por você.

— Poderiam mesmo? Por onde é que ele devia começar? Quando aquele homem tentou matá-lo em Marselha? Na rue Sarrasin? Quando eles o caçaram em Zurique? Quando atiraram nele em Paris? E durante todo esse tempo ele não sabia por quê. O que é que ele devia fazer?

— Aparecer, diabo! Aparecer!

— Ele fez isso. E quando fez o senhor tentou matá-lo.

— Você estava lá! Você estava com ele. Você não havia perdido a memória.

— Pressupondo que eu soubesse a quem procurar, o senhor teria me ouvido?

Conklin devolveu o olhar.

— Não sei – respondeu, interrompendo o diálogo entre eles e voltando-se para Crawford. – O que é que está acontecendo?

— Washington vai telefonar dentro de dez minutos.

— Mas o que é que está *acontecendo?*

— Não sei se você vai gostar de ouvir isso. Intromissão federal nos estatutos municipais e estaduais de cumprimento da lei. São necessárias autorizações.

— Meu Deus!

— Olha! – O militar do Exército curvou-se de repente na janela. – O caminhão está indo embora.

— Alguém conseguiu a ordem – disse Conklin.

— Quem?

— Vou descobrir. – O homem da CIA foi mancando até o telefone; havia pedaços de papel na mesa, números de telefone escritos apressadamente. Ele escolheu um e discou. – Quero falar com Schumac... por favor... Schumac? Aqui é Conklin, da CIA. Quem te deu a ordem?

A voz do despachante do outro lado da linha podia ser ouvida em metade da sala.

— Que ordem? Me deixa em paz! Estamos fazendo o serviço e vamos terminá-lo! Francamente eu acho que você é maluco...

Conklin bateu com o telefone.

— Cristo... oh, *Cristo!* – A mão dele tremia enquanto continuava segurando o aparelho. Pegou o fone e discou de novo, os olhos em outro pedaço de papel. – Petrocelli. Divisão de Reclamação de Faturas – pediu ele. – Petrocelli? Conklin falando de novo.

— O senhor sumiu. O que aconteceu?

— Não tenho tempo. Seja franco comigo. Aquela fatura com prioridade da seção de controle da agência. Quem a assinou?

— O que é que o senhor quer dizer? O cara lá de cima que sempre assina. McGivern.

O rosto de Conklin ficou branco.

— É disso que eu tinha medo – murmurou ele enquanto baixava o fone. Virou-se para Crawford, a cabeça trêmula enquanto falava. – A ordem para a Administração de Serviços Gerais foi assinada por um homem que se aposentou há duas semanas.

— Carlos...
— Oh, meu Deus! — gritou Marie. — O homem levando os cobertores, as tiras de lona! O modo com que meneava a cabeça, o pescoço. Virado para a direita. Era ele! Quando a cabeça dele dói, ele a inclina para a direita. Era Jason! Ele está lá *dentro!*

Alexander Conklin voltou-se para a janela, os olhos fixos na porta de verniz negro do outro lado da rua. Estava fechada.

A mão! A pele... os olhos negros no pequeno feixe de luz. *Carlos!*

Bourne lançou a cabeça rapidamente para trás enquanto o fio afiado como navalha da lâmina cortava a carne debaixo do queixo, a erupção do sangue derramando-se pela mão que empunhava a faca. Ele lançou com força o pé direito para a frente, atingindo o atacante invisível na rótula, depois fez o pivô e bateu com o calcanhar esquerdo na virilha do homem. Carlos se virou, e de novo a lâmina surgiu da escuridão, agora na sua direção, a linha de ataque diretamente para seu estômago. Jason saltou para trás, cruzando os pulsos e deu um golpe para baixo, bloqueando o braço moreno que era uma extensão do punho. Torceu seus dedos para dentro, juntando as mãos e, prendendo o antebraço abaixo do seu pescoço empapado de sangue, dobrou o braço em diagonal para cima. A faca fez um corte no pano de seu casaco de campanha e outro no seu peito. Bourne dobrou o braço para baixo, torcendo o pulso que ele agora segurava, e lançou o ombro contra o corpo do assassino, dando um novo tranco quando Carlos caiu para o lado, perdendo o equilíbrio, o braço quase arrancado fora da articulação.

Jason ouviu o ruído da faca caindo no chão. Jogou-se naquela direção, ao mesmo tempo em que estendia a mão para a arma na cintura. A mão prendeu no pano; ele rolou pelo chão, mas não rápido o bastante. A ponta de aço de um sapato bateu com força do lado de sua cabeça — na têmpora — desencadeando ondas de choque. Ele rolou de novo, cada vez mais rápido, até que bateu na parede; ergueu-se num joelho tentando focalizar a visão através das sombras ondulantes e obscuras naquela quase total escuridão. A carne de uma mão surgiu no pequeno feixe de luz que vinha da janela; lançou-se sobre ela, suas próprias mãos agora como garras, os braços verdadeiros aríetes. Agarrou a mão, dobrando-a para trás, quebrando o pulso. Um grito encheu o quarto.

Um grito e um estampido oco, letal, de um tiro. Uma incisão gélida apareceu no peito esquerdo superior de Bourne, a bala se alojando em algum lugar perto da omoplata. Enlouquecido de dor, ele se agachou e saltou de novo sobre o assassino armado de encontro à parede, passando por cima de uma peça de mobília com aresta aguda. Carlos afastou-se com um salto disparando mais dois tiros a esmo. Jason mergulhou para a esquerda, tirando sua pistola, apontando para os sons na escuridão. Atirou, a explosão ensurdecedora, inútil. Ouviu a porta bater, fechando-se; o assassino fugira para o corredor.

Tentando encher os pulmões de ar, Bourne rastejou na direção da porta. Quando a alcançou, o instinto o fez ficar quase colado a ela. O que se seguiu foi um real pesadelo. Houve uma rajada curta de uma arma automática que destroçou as almofadas de madeira da porta, lançando fragmentos pelo quarto. No momento em que os tiros cessaram, Jason levantou sua própria arma e disparou em diagonal através da porta; as rajadas se repetiram. Bourne girou se afastando da porta, comprimindo as costas contra a parede; o tiroteio parou, e ele disparou de novo. Havia agora dois homens separados por alguns centímetros, querendo, acima de tudo, matar um ao outro. *Caim é Charlie, e Delta é Caim. Pegue Carlos. Arme uma cilada para Carlos. Mate Carlos!*

E em seguida eles já não estavam mais a centímetros um do outro. Jason ouviu passos que corriam, depois os sons de um corrimão sendo quebrado e uma pessoa se lançando escada abaixo. Carlos corria para baixo; o animal queria ajuda; estava ferido. Bourne limpou o sangue do rosto, da garganta, e ficou defronte do que restava da porta. Abriu-a e saiu para o corredor estreito, a arma apontada a sua frente. Foi andando com dificuldade na direção do alto da escada escura. De repente ouviu gritos lá embaixo.

– Que diabos você *está fazendo homem? Pete! Pete!*
Dois estampidos metálicos encheram o ar.
– Joey! *Joey!*

Ouviu-se um único estampido; corpos desabaram no chão lá no andar de baixo.

– Jesus! *Jesus,* Mãe de...

Dois sons metálicos de novo, seguidos por um grito gutural, de morte. Um terceiro homem tinha sido morto.

O que é que o terceiro homem tinha dito? *Dois espertinhos metidos a besta e agora quatro molengas.* O caminhão de mudanças era uma operação de Carlos! O assassino tinha trazido dois pistoleiros com ele – os três primeiros molengas contratados. Três homens com armas, e ele só tinha uma única arma. Bourne estava encurralado no último andar da casa marrom. Carlos ainda estava lá dentro. *Lá dentro.* Se ele pudesse sair, seria Carlos que estaria encurralado! Se ele pudesse sair!

Havia uma janela na extremidade da frente do hall, obscurecida por uma cortina preta. Jason dirigiu-se para lá, tropeçando, segurando o pescoço, comprimindo o ombro para amenizar a dor no peito. Arrancou a cortina de seu suporte; a janela era pequena, o vidro ali também era grosso, blocos prismáticos de roxo e azul que deixavam a luz passar. Era inquebrável, o caixilho rebitado no lugar; não havia meio de ele poder quebrar uma única vidraça. E aí seus olhos foram atraídos para baixo, para a rua 71. O caminhão de mudanças tinha ido embora! Alguém tinha que levá-lo dirigindo... um dos homens de Carlos! Então restavam dois. *Dois* homens, não três. E ele se achava em posição mais elevada; sempre havia vantagens em estar na posição mais elevada.

O rosto contorcido, curvado parcialmente, Bourne foi até a primeira porta a sua esquerda; ela era paralela ao topo da escada. Abriu-a e entrou. Pelo que pôde observar aquele era um quarto de dormir comum: abajures, mobília pesada, quadros nas paredes. Ele pegou o abajur mais próximo, arrancou o fio da parede e levou-o até o corrimão. Levantou-o acima da cabeça e jogou-o para baixo, afastando-se, enquanto o metal e o vidro se espatifavam lá embaixo. Houve uma outra rajada de tiros, as balas arrebentando o teto, fazendo uma trilha no gesso. Jason gritou, deixando o grito ir diminuindo até se transformar num grito mais baixo, este num lamento desesperado e depois o silêncio. Esgueirou-se para detrás do corrimão. Esperou. Silêncio.

Aconteceu. Ele pôde ouvir os passos lentos, cautelosos; o pistoleiro estava no hall do segundo andar. Os passos chegaram mais perto, ficaram mais altos; uma sombra tênue apareceu na parede escura. *Agora.* Bourne saltou do recesso e disparou quatro tiros em rápida sucessão contra a figura na escada; uma linha de buracos de bala e erupções de sangue surgiram em diagonal no colarinho do homem. O assassino rodopiou, gritando de raiva e dor enquanto seu pescoço virava para trás e o corpo caía aos trancos pela escada até que ficou imóvel, esparramado, de cara para cima, atravessado nos três últimos degraus. Nas mãos uma metralhadora de campanha automática, mortal, com uma braçadeira e um punho para apoio.

Agora. Jason correu até o alto da escada e se lançou para baixo, segurando no corrimão, tentando manter o que lhe restava de equilíbrio. Não podia perder um minuto; talvez não houvesse outro. Se ele queria chegar ao segundo andar, o momento era agora, no instante imediatamente após a morte do pistoleiro. Quando saltou sobre o homem morto, Bourne viu que era um pistoleiro; não era Carlos. O homem era alto e branco, muito branco, as feições nórdicas ou do norte da Europa, de modo algum latino.

Jason correu para o corredor do segundo andar, procurando as sombras, encostado à parede. Parou, ouvindo. Houve um arranhar agudo um pouco afastado, um raspão rápido vindo de baixo. Ele sabia o que precisava fazer agora. O assassino estava no andar térreo. E o som não tinha sido provocado intencionalmente; não fora alto e prolongado o bastante para dar a entender uma cilada. Carlos estava ferido – uma rótula esmagada ou um pulso quebrado podiam desorientá-lo a ponto de ele chegar a esbarrar numa peça de mobília ou roçar na parede com uma arma na mão, perdendo por um instante o equilíbrio, assim como Bourne estava perdendo o seu. Era o que ele precisava saber agora.

Jason agachou-se e arrastou-se de volta à escada, perto do corpo morto esparramado pelos degraus. Ele tinha que parar por um instante; estava perdendo força, muito sangue. Tentou pressionar a carne no alto da garganta e comprimir o ferimento no peito – qualquer coisa para estancar a hemorragia. Foi em vão; para continuar vivo ele precisava sair da casa marrom, afastar-se do lugar onde nascera Caim. Conseguiu regularizar o ritmo da respiração, estender a mão e tirar a arma automática das mãos do homem morto. Estava pronto.

Ele estava pronto e estava morrendo. *Pegue Carlos. Arme uma cilada para Carlos... Mate Carlos!* Não podia sair; sabia disso. O tempo não estava a seu favor. O sangue se esvairia dele antes que isso acontecesse. O fim era o começo: Caim era Carlos, e Delta era Caim. Só restava uma única pergunta angustiante: quem era Delta? Não interessava. Agora isso tinha ficado para trás; logo viria a escuridão, não violenta, mas pacífica... livrando-o daquela pergunta.

E com a sua morte Marie estaria livre, seu amor estaria livre. Homens decentes providenciariam para que isso acontecesse, conduzidos por um homem decente em Paris cujo filho tinha sido assassinado na rue du Bac, cuja vida fora destruída pela amante de um assassino. Nos próximos minutos, pensou Jason, verificando silenciosamente o pente de balas da sua automática, ele cumpriria a promessa feita àquele homem, cumpriria o acordo que fizera com homens que não conhecia. Se o fizesse, ele teria a prova. Jason Bourne morrera uma vez nesta data; ele morreria de novo, mas levaria Carlos com ele. Estava pronto.

Abaixou-se até ficar de bruços e rastejou até o alto de escada. Sentia o cheiro de sangue debaixo de seu corpo, o cheiro doce e suave penetrando em suas narinas e avisando que o seu tempo estava se esgotando. Chegou ao degrau mais alto, puxou as pernas para debaixo do corpo e tirou do bolso um dos foguetes de sinalização que havia comprado na loja de artigos do Exército e da Marinha na avenida Lexington. Agora ele sabia por que tivera o impulso de comprá-los. Estava de volta à não lembrada Tam Quan, esquecida exceto pelos relâmpagos de luz ofuscantes. Os sinalizadores fizeram-no lembrar daquele fragmento de memória; agora eles iluminariam uma selva.

Desenrolou o pavio encerado do pequeno recesso redondo na ponta do sinalizador, levou-o aos dentes e cortou o fio, que ficou com menos de três centímetros. Pegou no outro bolso um isqueiro de plástico; colocou-o junto ao foguete, agarrando os dois com a mão esquerda. Prendeu bem a metralhadora no pano de seu casaco de campanha empapado de sangue e esticou as pernas. Rastejando como uma cobra, começou a descer o último lance de degraus, a cabeça para baixo, os pés para cima, as costas raspando a parede.

Chegou à metade da escada. Silêncio, escuridão, todas as luzes tinham sido apagadas... Luzes? *Luz?* Onde estavam os raios de sol que ele tinha visto no corredor há apenas uns minutos? Eles se escoavam por um par de janelas da sacada na outra extremidade da sala – aquela sala – além do corredor, mas agora ele só via escuridão. A porta fora fechada; a porta abaixo dele, a única outra porta no corredor, também estava fechada, assinalada por uma fina faixa de luz na parte de baixo. Carlos fazia com que ele tivesse que escolher. Atrás de qual porta? Ou o assassino tinha um plano melhor? Será que o próprio Carlos estava ali mesmo, na escuridão do corredor estreito?

Bourne sentiu uma pontada lancinante de dor na omoplata, depois uma erupção de sangue que encharcou a camisa de flanela debaixo do casaco. Outro aviso: restava muito pouco tempo.

Procurou apoio na parede, a arma apontada para as colunas finas do corrimão, apontada para a escuridão do corredor. *Agora!* Puxou o gatilho. As explosões em staccato ceifaram as colunas enquanto o corrimão caía, as balas batendo nas paredes e na porta abaixo dele. Soltou o gatilho, deslizando a mão sob o cano fumegante, segurando um isqueiro de plástico com a mão direita, o foguete de sinalização na esquerda. Riscou o isqueiro e aproximou a chama da mecha curta do foguete. Trouxe a mão de volta à arma e puxou o gatilho de novo, fazendo explodir tudo abaixo dele. Em algum lugar um candelabro de vidro espatifou-se no chão; os silvos dos ricochetes encheram a escuridão. E então – *luz!* Uma luz ofuscante surgia quando o sinalizador acendeu, incendiando a selva, iluminando as árvores e as paredes, as trilhas secretas e os corredores de mogno. O cheiro da morte e da selva estava por toda parte, e ele estava lá.

Almanac para Delta. Almanac para Delta. Abandonar, abandonar!

Nunca. Agora não. No fim não. Caim é Carlos, e Delta é Caim. Arme uma cilada para Carlos. Mate Carlos!

Bourne ficou de pé, as costas comprimidas contra a parede, o sinalizador na mão esquerda, a arma explodindo na sua direita. Jogou-se para baixo no chão atapetado, abrindo com um pontapé a porta a sua frente, espatifando molduras de prata e troféus que voaram das mesas e prateleiras pelo ar. Para o meio das árvores. Parou; não havia ninguém na sala silenciosa, à prova de som, elegante. Ninguém na trilha da selva.

Virou-se e lançou-se para o hall, arrebentando as paredes com uma prolongada rajada de balas. Ninguém.

A porta no final do corredor estreito e escuro. Atrás dela estava a sala onde Caim nascera. Onde Caim morreria, mas não sozinho.

Suspendeu o fogo, passando o sinalizador para a mão direita, abaixo da arma, e tirou do outro bolso o segundo sinalizador. Desenrolou o pavio e levou-o aos dentes, cortando o fio, agora a milímetros de distância do ponto de contato com a gelatina incendiária. Encostou o primeiro sinalizador no segundo; a explosão de luz foi tão intensa que doeu nos olhos. Desajeitadamente, ele segurou os dois sinalizadores na mão esquerda e, com as pernas e os braços perdendo a batalha pelo equilíbrio, aproximou-se da porta.

Estava aberta, a brecha estreita estendendo-se de cima a baixo, na aresta onde havia a fechadura. O assassino estava recuando, mas, ao olhar para aquela porta, Jason instintivamente percebeu algo nela que Carlos não sabia. Aquela porta era uma parte do seu passado, uma parte da sala onde Caim nascera. Estendeu sua mão direita, prendendo a arma entre o antebraço e o quadril, e segurou a maçaneta.

Agora. Abriu aporta com força e jogou os sinalizadores dentro. Uma longa rajada em staccato de uma arma Sten ecoou na sala, por toda a casa, sons surdos formando um acorde contínuo ali embaixo, onde a chuva de balas penetrava no escudo de chumbo reforçado por placa de aço da porta.

O tiroteio cessou, o pente acabara. *Agora.* Bourne colocou o dedo no gatilho, empurrou a porta com a força do ombro e jogou-se para dentro, disparando em círculos enquanto rolava pelo chão, girando as pernas no sentido contrário ao do relógio. Ouviu tiros a esmo e Jason apontou a arma para a origem dos disparos. Um rosnar furioso partiu da escuridão no aposento; este som acompanhou a percepção de Bourne de que as cortinas tinham sido fechadas, bloqueando a luz do sol nas janelas da sacada. Então por que havia tanta luz... luz ampliada além da luminosidade ofuscante dos sinalizadores? Era atordoante, causando-lhe explosões na cabeça, pontadas lancinantes de agonia nas têmporas.

A *tela!* A grande tela tinha sido abaixada de seu recesso saliente no teto, esticada até o chão, a ampla extensão de sua cor de prata brilhante formando uma defesa branco incandescente de fogo gélido. Jogou-se atrás de uma grande divisória de cobre; levantou-se e puxou o gatilho, uma outra rajada – uma rajada final. Seu último pente se acabara. Segurou a arma pela haste de apoio e atirou-a no vulto de macacão branco e um lenço branco de seda que caíra do rosto.

O *rosto!* Ele o conhecia! Já o tinha visto antes! Onde... onde? Foi em Marselha? Sim... não! Zurique? Paris? Sim *e* não! Aí ocorreu-lhe naquele instante, naquela luz, vibrante, que o rosto do outro lado da sala era conhecido de muitos, não apenas dele. Mas de onde? *Onde?* Como tantas outras coisas, ele o conhecia e não o conhecia. Mas ele o conhecia! Era só o nome que ele não conseguia achar!

Jogou-se no chão, atrás da pesada divisória. Vieram tiros, dois... três, a segunda bala rasgando a carne do seu braço esquerdo. Tirou a automática do cinto; sobravam três tiros. Um deles tinha que chegar ao alvo – Carlos. Havia uma dívida para pagar em Paris e um contrato para cumprir, seu amor ficando muito mais seguro com a morte do assassino. Tirou o isqueiro de plástico do bolso, acendeu e aproximou-o de um pedaço de pano suspenso num gancho da divisória. O pano pegou fogo; ele o segurou e jogou-o para a direita, enquanto mergulhava para a esquerda. Carlos atirou no pano incendiado enquanto Bourne girava nos joelhos, apontando a arma, puxando o gatilho duas vezes.

O vulto cambaleou mas não caiu. Em vez disso, agachou-se e depois saltou como uma pantera branca, em diagonal, para a frente, as mãos estendidas. O que é que ele estava fazendo? E então Jason percebeu. O assassino agarrou a beira da grande tela prateada, arrancou-a do seu suporte de metal no teto e puxou-a para baixo com todo o seu peso e força.

A tela voou para cima de Bourne, bloqueando-lhe a visão, bloqueando tudo mais em sua mente. Ele gritou enquanto a prata brilhante descia sobre si, subitamente mais aterrorizado com ela do que com Carlos ou qualquer outro ser humano na Terra. Aquilo o aterrorizou, o enfureceu, estilhaçando sua mente em fragmentos: imagens explodiram em seus olhos, e vozes raivosas gritavam em seus ouvidos. Apontou a arma e atirou contra a terrível mortalha. Ao bater sua mão selvagemente contra a tela, empurrando o pano áspero para longe, ele percebeu. Tinha disparado o seu último tiro, o seu *último*. Como uma lenda chamada Caim, Carlos conhecia pela visão e pelo som todas as armas na Terra; ele tinha contado os tiros.

O assassino estava agora em cima dele, a automática na mão, apontada para a cabeça de Jason.

– A sua execução, Delta. No dia marcado. Por tudo o que você fez.

Bourne curvou-se para trás, rolando rapidamente para a direita; pelo menos poderia morrer em movimento! Tiros encheram a sala fervente, agulhas quentes cortando seu pescoço, as pernas, a cintura. Mexa-se, mexa-se!

De repente os tiros cessaram e à distância ele pôde ouvir sons repetidos de martelar, madeira e aço sendo arrebentados, o barulho ficando mais forte, mais insistente. Houve um estrondo final vindo do corredor escuro perto da biblioteca, seguido de homens gritando e correndo. Lá fora o canto insistente das sirenes.

– Aqui! Ele está *aqui!* – gritou Carlos.

Aquilo era loucura! O assassino estava conduzindo os invasores diretamente para ele, *para* ele! A razão era loucura, nada na Terra fazia sentido!

A porta abriu-se com violência, e um homem alto de sobretudo preto entrou acompanhado de outro, alguém com ele, mas Jason não conseguia ver. O nevoeiro estava cobrindo seus olhos, formas e sons foram ficando obscurecidos, embaçados. Rolava no espaço. Para longe... para longe.

Mas então ele viu a única coisa que não queria ver. O homem que apontara a arma para a sua cabeça começou a correr pelo corredor fracamente iluminado. *Carlos*. Seus gritos tinham aberto a porta da armadilha! Ele *revertera* a cilada! Em meio ao caos ele conseguia enganar os seus caçadores. Ele estava *escapando!*

— Carlos... — Bourne sabia que não podia ser ouvido; o que saía de sua garganta ferida era um sussurro. Tentou de novo, forçando o som do diafragma. — É ele. É... *Carlos!*

Houve confusão, ordens gritadas inutilmente, ordens engolidas em consternação. E de repente um vulto entrou em foco. Um homem claudicava em sua direção, um aleijado que tinha tentado matá-lo num cemitério nos arredores de Paris. Não sobrara nada! Jason jogou-se, rastejando, na direção do sinalizador. Agarrou-o e levantou-o como se fosse uma arma, apontada para o assassino com uma bengala.

— Vem! *Vem!* Mais perto, seu filho da mãe! Vou queimar seus olhos! Você pensa que vai me matar, mas *não vai!* Vou te matar! Eu vou queimar seus olhos!

— Você não entende — disse a voz trêmula do assassino manco. — Sou eu, Delta. É Conklin. Eu estava enganado.

O sinalizador queimava em suas mãos, nos seus olhos!... *Loucura. Agora as explosões estavam por toda parte ao seu redor, cegando, ensurdecendo, pontuadas por gritos ensurdecedores vindos da selva, que irrompiam a cada detonação.*

A selva! Tam Quan! O cheiro úmido e quente, estava por toda parte, mas eles tinham chegado lá! O acampamento era deles!

Uma explosão a sua esquerda; ele pôde ver! Muito acima do solo, suspensas entre duas árvores, as hastes de uma gaiola de bambu. A pessoa dentro dela se mexia. Estava viva! Pegue ele!

Um grito veio da direita. Ofegando, tossindo na fumaça, um homem mancava na direção da macega densa, um fuzil na mão. Era ele, o cabelo louro na luz, um pé quebrado da queda do paraquedas. Filho da mãe! Um merda que tinha sido treinado com eles, estudado os mapas com eles, voado para o norte com eles... todo o tempo montando uma cilada para eles! Um traidor com um rádio que informou ao inimigo exatamente onde procurar naquela selva impenetrável que era Tam Quan.

Era Bourne! Jason Bourne. Traidor, merda!

Pega ele! Não o deixe chegar até os outros! Mate-o! Mate Jason Bourne! Ele é seu inimigo! Atire!

Ele não caiu! A cabeça que tinha explodido ainda estava

á. *Vindo na direção dele! O que estava acontecendo? Loucura... Tam Quan.*

– Venha conosco – disse o vulto que claudicava, saindo da selva e entrando no que restava de uma sala elegante. Aquela sala. – Nós não somos seus inimigos. Venha conosco.

– Afaste-se de mim! – Bourne jogou-se de novo, agora de volta à tela caída. Era seu esconderijo, sua mortalha, o cobertor lançado sobre um homem ao nascer, um forro para seu caixão. – Você é meu inimigo! Vou matar vocês todos! Não me importo, não interessa! Você não entende? Sou *Delta!* Caim é Charlie, e Delta é Caim! O que mais querem de mim? Eu fui e não fui! Eu sou e não sou! Filhos da mãe, filhos da mãe! Vem! Mais perto!

Ouviu-se uma outra voz, uma voz mais grave, mais calma, menos insistente.

– Traga ela aqui.

Lá longe as sirenes chegaram a um crescendo e depois cessaram. Veio a escuridão, e as ondas levaram Jason até o céu noturno, mas depois o jogaram para baixo de novo, lançando-o com força no abismo da violência aquosa. Entrou numa eternidade de falta de gravidade... memória. De repente uma explosão varreu o céu noturno, um diadema de fogo emergindo das águas escuras. E então ele ouviu as palavras vindas das nuvens, enchendo a Terra.

– Jason, meu amor. Meu único amor. Pegue minha mão. Me abrace, Jason. Bem forte, meu querido.

A paz chegou com a escuridão.

EPÍLOGO

O general-de-brigada Crawford pôs a pasta a seu lado, no sofá.

– Não preciso disso – disse a Marie St. Jacques, que estava sentada defronte dele numa cadeira de espaldar reto. – Já li isso centenas de vezes, tentando descobrir onde é que falhamos.

– Vocês presumiram algo que não existia – disse a única outra pessoa na suíte do hotel. Era o dr. Morris Panov, psiquiatra; estava de pé junto à janela, protegendo seu rosto inexpressivo do sol que entrava no aposento. – Eu deixei que fizessem e vou carregar isso para o resto da minha vida.

– Agora já faz quase duas semanas – disse Marie, impaciente. – Eu gostaria de ouvir detalhes. Acho que faço ju. a isso.

– Você faz mesmo. Foi uma insanidade chamada autorização.

– Insanidade – concordou Panov.

– Proteção, também – acrescentou Crawford. – Eu sou responsável por essa parte. Tem que continuar durante muito tempo.

– Proteção? – Marie franziu as sobrancelhas.

– Vamos chegar lá – disse o general, olhando para Panov. – Do ponto de vista de todo mundo, é vital. Espero que todos a aceitem.

– Por favor! Quem é Jason?

– O nome dele é David Webb. Ele era um diplomata, funcionário de carreira, especialista em assuntos do Extremo Oriente, até seu afastamento do governo há cinco anos.

– Afastamento?

– Demissão por acordo mútuo. Seu trabalho na Medusa tornou-se incompatível com uma carreira sistemática no Departamento de Estado. "Delta" ficou estigmatizado, e muita gente sabia que ele era Webb. Homens assim raramente são aceitos em mesas de reunião diplomáticas. Não sei se isso deveria acontecer. Feridas profundas se reabrem facilmente na sua presença.

– Ele era tudo que dizem? Na Medusa?

– Era. Ele esteve lá. Era tudo que dizem.

– É difícil acreditar – disse Marie.

– Ele havia perdido algo que era muito especial para ele e não conseguia aceitar isso. Só podia atacar.

– O que foi que ele perdeu?

– A família. A esposa estava em Thai; tinham dois filhos, um menino e uma menina. Ele servia em Phnom Penh, sua casa era nos arredores, perto do rio Mekong. Numa tarde de domingo, enquanto a esposa e os filhos estavam no cais, um avião desgarrado fez círculos e mergulhou largando duas bombas e metralhando a área. Quando ele chegou ao rio, o mais tinha ido pelos ares, a esposa e os filhos boiavam na água, os corpos crivados de balas.

— Oh, Deus — murmurou Marie. — A quem pertencia o avião?

— Nunca foi identificado. Hanói disse que não era dele; Saigon disse que não era nosso. Lembre-se, o Camboja era neutro; ninguém quis assumir a responsabilidade. Webb tinha que revidar; foi para Saigon e recebeu treinamento para a Medusa. Trouxe a inteligência de um especialista para uma operação muito violenta. Transformou-se em Delta.

— Foi aí que ele conheceu d'Anjou?

— Mais tarde, sim. Delta já era famoso nessa época. O serviço secreto do Vietnã do Norte tinha posto sua cabeça a prêmio por um alto preço, e não era segredo que entre nossa própria gente algumas pessoas esperavam que os vietcongues conseguissem isso. Então Hanói descobriu que o irmão mais moço de Webb era um oficial do Exército em Saigon, e, como conheciam Delta, sabiam que os irmãos eram muito chegados, decidiram montar uma cilada; não tinham nada a perder. Sequestraram o tenente Gordon Webb e o levaram para o norte, mandando de volta um informante vietcongue com a notícia de que ele estava preso no setor de Tam Quan. Delta mordeu a isca; juntamente com o informante, um agente duplo, ele formou uma equipe de medusianos que conheciam a área e escolheu uma noite em que nenhuma aeronave deveria levantar voo para ir de avião para o norte. D'Anjou estava nessa equipe. Também lá estava um outro homem que Webb não conhecia; um homem branco que tinha sido subornado por Hanói, um especialista em comunicações que era capaz de montar no escuro os componentes eletrônicos de um rádio de alta frequência. E foi exatamente o que ele fez, revelando a posição da equipe. Webb conseguiu romper o cerco e encontrou o irmão. Também encontrou o agente duplo e o homem branco. O vietnamita escapou para a selva; o homem branco não. Delta executou-o no local.

— E esse homem? — Os olhos de Marie estavam grudados em Crawford.

— Jason Bourne. Um medusiano de Sidney, na Austrália; um contrabandista de armas, drogas e escravas por todo o Sudeste Asiático; um homem violento com uma ficha criminal, mas, apesar disso, altamente eficiente, se o preço fosse bastante alto. Para a Medusa foi conveniente esconder as circunstâncias de sua morte; ele se tornou um "desaparecido em combate" de uma unidade especializada. Anos mais tarde, quando a Treadstone estava sendo formada e Webb foi chamado de volta, foi o próprio Webb que escolheu o nome de Bourne Preenchia os requisitos de autenticidade, podia ser rastreado Ele assumiu o nome do homem que o havia traído, o homen que ele matara em Tam Quan.

– Onde é que ele estava quando foi convocado para a Treadstone? – perguntou Marie. – O que é que ele fazia?

– Dava aulas numa pequena faculdade em New Hampshire. Levava uma vida isolada, alguns dizem que autodestrutiva. – Crawford pegou a pasta. – Os fatos essenciais são esses, srta. St. Jacques. Outras áreas ficarão a cargo do dr. Panov, que já deixou claro que minha presença não é necessária. Há, contudo, um último detalhe que deve ser inteiramente compreendido. É uma ordem direta da Casa Branca.

– A proteção – disse Marie, suas palavras uma declaração enfática.

– É. Aonde quer que ele vá, não importa a identidade que assuma ou o sucesso do disfarce, ele terá segurança por 24 horas. Pelo tempo que for necessário, mesmo que nunca aconteça.

– Por favor, explique isso.

– Ele é a única pessoa viva que já viu Carlos. O Carlos sem disfarces. Ele sabe a identidade do assassino mas ela está bloqueada em sua mente, parte do seu passado esquecido. Pelo que ele diz, nós percebemos que Carlos é alguém bastante conhecido, uma figura notória do governo de algum país, ou da mídia, ou do mundo das finanças ou da sociedade internacional. Isso condiz com a teoria reinante. A questão é que um dia essa identidade pode surgir na mente de Webb. Nós sabemos que a senhorita conversou muito com o dr. Panov. Acredito que ele confirmará o que eu disse.

Marie virou-se para o psiquiatra.

– É verdade, Mo?

– É possível – disse Panov.

Crawford foi embora, e Marie serviu café para dois. Panov foi até o sofá onde o general tinha estado sentado.

– Ainda está quente – disse ele, sorrindo. – Crawford estava suando até o seu famoso traseiro. Ele tem todo o direito de estar assim, todos eles.

– O que vai acontecer?

– Nada. Absolutamente nada até que eu lhes diga que podem continuar. E isso talvez não aconteça durante meses, alguns anos pelo que sei. Não acontecerá até que ele esteja pronto.

– Para quê?

– Perguntas. E fotografias, um montão delas. Eles organizaram uma enciclopédia fotográfica baseada na vaga descrição que Bourne lhes forneceu. Não me entenda mal; um dia ele terá que começar. Ele vai querer fazer isso, todos nós queremos que faça. Carlos tem que ser pego, e não tenho a intenção de chantageá-los para que não façam nada. Muitas pessoas já deram muito de si; *ele* deu muito de si. Mas no momento ele vem em primeiro lugar. A saúde mental dele vem em primeiro lugar.

– É a isso que eu me refiro. O que é que vai acontecer com ele?

Panov bebeu o café.

– Ainda não tenho certeza. Tenho muito respeito pela mente humana para lhe vender psicologia barata; há muito disso por aí, sendo usado nas mãos erradas. Tenho estado presente em todas as reuniões, fiz questão disso, e conversei com outros psiquiatras e neurocirurgiões. É verdade que podemos pegar um bisturi e alcançar os centros nervosos, reduzir as ansiedades, trazer para ele uma espécie de paz. Até mesmo levá-lo de volta ao que era, talvez. Mas esse não é o tipo de paz que ele quer... e há um risco muito mais perigoso. Podemos cortar coisas demais, tirar dele coisas que já descobriu, que continuará descobrindo. Com cuidado. Com tempo.

– Tempo?

– Acredito que sim. Porque os padrões de comportamento já se estabeleceram. Há crescimento, a dor do reconhecimento e a excitação da descoberta. Isso lhe diz alguma coisa?

Marie olhou direto nos olhos escuros e cansados de Panov; havia uma luz neles.

– Todos nós – disse ela.
– Certo. De certo modo, ele é um microcosmo vivo de todos nós. Quero dizer, nós todos estamos tentando descobrir o que diabos somos, não é?

Marie foi até a janela da frente do chalé à beira-mar, as altas dunas atrás da casa, o terreno cercado em volta. E guardas. A cada quinze metros um homem com uma arma. Ela podia ver Bourne a várias centenas de metros lá embaixo, na praia; ele atirava conchas na água, observando-as saltar pelas ondas que morriam suavemente na praia. As semanas tinham sido boas para ele, com ele. O corpo tinha cicatrizes mas estava inteiro de novo, firme. Os pesadelos ainda o assaltavam, e momentos de angústia ainda voltavam durante as horas do dia, mas de certa forma eram todos menos aterrorizantes. Ele estava começando a saber lidar com o seu tormento, estava começando a rir de novo. Panov tinha razão. As coisas estavam acontecendo nele; as imagens ficavam mais claras, adquirindo um sentido onde não havia antes.

Mas alguma coisa estava acontecendo *agora!* Oh, *Deus*, o que foi? Ele se jogara na água e balançava as mãos, gritando. De repente, saltou, pulando sobre as ondas, vindo para a praia. À distância, perto da cerca de arame farpado, um guarda voltou-se, um fuzil rápido nos braços, um rádio portátil tirado da cintura.

Ele começou a correr pela areia molhada na direção da casa, o corpo dando guinadas, balançando, os pés cavando furiosamente na superfície macia, levantando jatos de água e de areia atrás dele. *O que aconteceu?*

Marie ficou imobilizada, transida de medo, preparada para o momento que ela sabia que chegaria algum dia, preparada para o som do tiroteio.

Ele irrompeu pela porta, o peito arfando, quase sem fôlego. Olhou fixo para ela, os olhos tão claros como ela nunca os vira. Falou em voz baixa, tão baixa que ela quase não pôde ouvi-lo. Mas ouviu.

– Meu nome é David...

Ela foi andando vagarosamente na direção dele.

– Alô, David – disse ela.

L&PM POCKET

- *Akropolis* – Valerio Massimo Manfredi
- *O álibi* – Sandra Brown
- *Assédio sexual* – Michael Crichton
- *Como um romance* – Daniel Pennac
- *Devoradores de mortos* – Michael Crichton
- *Emboscada no Forte Bragg* – Tom Wolfe
- *A identidade Bourne* – Robert Ludlum
- *O parque dos dinossauros* – Michael Crichton
- *Sob o sol da Toscana* – Frances Mayes
- *Sol nascente* – Michael Crichton
- *Trilogia da paixão* – J. W. von Goethe
- *A última legião* – Valerio Massimo Manfredi
- *As virgens suicidas* – Jeffrey Eugenides

IMPRESSÃO:

Pallotti
GRÁFICA EDITORA
IMAGEM DE QUALIDADE

Santa Maria - RS - Fone/Fax: (55) 3220.4500
www.pallotti.com.br